JEAN AUEL

Américaine, Jean Auel a été cadre dans une société d'électronique avant de se lancer dans la rédaction des *Enfants de la terre.* Fruit d'un considérable travail de documentation, cette saga préhistorique a connu un succès immédiat et spectaculaire aux États-Unis et a été diffusée dans le monde entier.

La Vénus de Willendorf en Autriche

Le Grand Voyage

DU MÊME AUTEUR
CHEZ POCKET

Les enfants de la terre

1. Le clan de l'ours des cavernes.
2. La vallée des chevaux.
3. Les chasseurs de mammouths.
4. Le grand voyage.
5. Le retour d'Ayla. (Le grand voyage – 2ème partie).

Jean M. Auel

Les Enfants de la Terre

* * * *

Le Grand Voyage

(1re partie)

PRESSES DE LA CITÉ

A la fin de la glaciation du Würm, de 35 000 à 25 000 avant nos jours, l'Europe largement recouverte de glaces et dont le tracé des côtes était différent de celui d'aujourd'hui connut une période de réchauffement de 10 000 ans. C'est à cette époque que se déroule l'histoire des

Enfants de la Terre

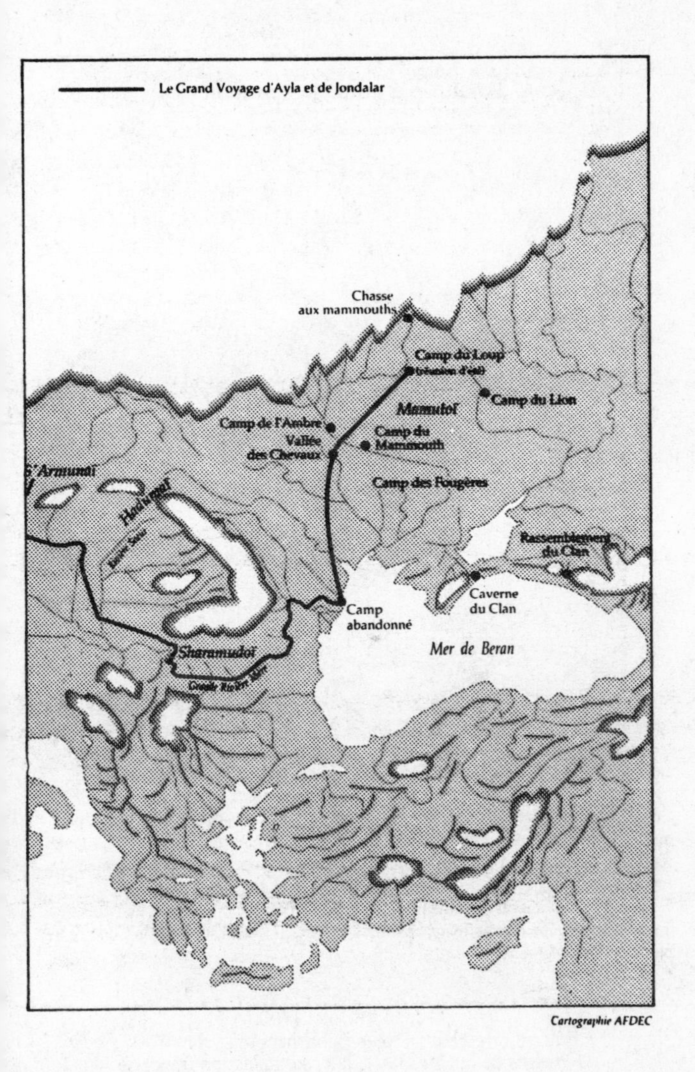

Cartographie AFDEC

Titre original :

The Plains of Passage

Traduit par Alexis Champon

Édition originale : Crown Publishers Inc., New York

ISBN : 2-266-12215-0

1

A travers la brume poudreuse, la femme aperçut au loin un faible mouvement et se demanda s'il s'agissait du loup qu'elle avait vu gambader quelques instants plus tôt.

Elle jeta un coup d'œil inquiet à son compagnon et, plissant les yeux, chercha le loup dans le nuage qui montait du sol.

— Regarde, Jondalar ! s'écria-t-elle, le doigt tendu.

Sur sa gauche, on devinait les contours de tentes coniques balayées par les tourbillons de vent.

Embusqué, le loup guettait les êtres bipèdes dont la silhouette se dessinait de plus en plus clairement dans l'air chargé de poussière, leurs sagaies pointées vers les nouveaux arrivants.

— Je crois que nous avons atteint la rivière, Ayla, mais on dirait bien que nous ne sommes pas les seuls à vouloir camper ici, remarqua l'homme en tirant sur les rênes pour stopper son cheval.

D'une légère pression des jambes, la femme fit arrêter sa jument. Elle faisait tellement corps avec l'animal qu'elle avait à peine conscience de le diriger.

Un grondement menaçant sortit de la poitrine du loup et Ayla nota qu'il avait abandonné sa position défensive pour passer en posture d'attaque. Il allait bondir ! Elle émit un sifflement aigu, comme un appel d'oiseau inconnu. Le loup quitta l'affût et s'élança vers la femme à cheval.

— Ici, Loup ! commanda-t-elle, accompagnant son ordre d'un geste de la main.

Les deux cavaliers s'approchèrent des inconnus postés devant les tentes, le loup trottant aux côtés de la jument louvette.

Un vent violent et capricieux, chargé de particules de lœss, les enveloppa, faisant disparaître à leur vue la troupe menaçante. Ayla passa sa jambe par-dessus la croupe de sa jument et se laissa glisser à terre. Elle s'agenouilla à côté du loup, une main sur son échine, l'autre contre son poitrail, pour le calmer et le retenir si nécessaire. Elle sentait la gorge de l'animal frémir d'un grondement féroce et ses muscles bandés, prêts à la détente. Elle leva la tête vers Jondalar. Une fine pellicule de poussière recouvrait les épaules et les longs cheveux blonds de l'homme à la haute stature. La robe de son alezan avait viré du brun au jaune grisâtre et ressemblait maintenant à celle, plus banale, de la vigoureuse jument. Whinney — c'était le nom de la jument — et Ayla avaient aussi la même couleur. Bien qu'on fût encore au début de l'été, les vents violents qui soufflaient des glaciers du nord desséchaient déjà les steppes sur un vaste espace au sud des montagnes.

Contre elle, Ayla sentit monter la tension du loup, et c'est alors qu'elle vit s'avancer, au milieu des hommes armés de sagaies, quelqu'un habillé comme Mamut les jours de grande cérémonie, les vêtements peints et décorés de symboles énigmatiques et la tête recouverte d'un masque aux cornes d'aurochs.

— Allez-vous-en, esprits mauvais ! Partez ! hurla le mamut en agitant un bâton d'un geste menaçant.

Ayla crut déceler une voix féminine à travers le masque. En tout cas, les mots avaient été prononcés en mamutoï. Bâton levé, le mamut se précipita vers eux, et Ayla dut retenir le loup. Le personnage masqué se mit à psalmodier et à danser d'avant en arrière en levant haut les genoux, comme s'il voulait les effrayer ou les chasser, et ne réussit qu'à faire peur aux chevaux.

Ayla s'étonna de voir Loup prêt à attaquer. D'habitude, les loups ne s'en prennent pas aux humains. Puis, elle se souvint : elle avait souvent observé le comportement des loups lorsqu'elle apprenait à chasser. Elle savait qu'ils étaient affectueux et loyaux avec leur propre bande, mais qu'ils n'hésitaient pas à chasser les étrangers de leur territoire. On racontait même que des loups avaient égorgé d'autres loups pour protéger leur groupe.

Pour le bébé loup, recueilli et élevé par Ayla dans le foyer mamutoï, le Camp du Lion constituait sa bande, et tout autre humain n'appartenant pas à ce camp était pour lui un loup étranger. Lorsqu'il avait grandi, il s'était mis à gronder et à montrer les dents quand un étranger leur rendait visite. Là, en territoire inconnu, celui d'une autre bande, peut-être, il n'était pas étonnant qu'il se mît sur la défensive à la vue d'hommes armés de sagaies. Pour quelle raison, d'ailleurs, les habitants de ce Camp les brandissaient-ils ?

La mélopée était familière à Ayla, et elle comprit soudain pourquoi. Les paroles appartenaient à la langue sacrée connue des seuls mamuti. Ayla ne saisissait pas tous les mots, Mamut ayant juste commencé à les lui apprendre avant qu'elle ne parte. Mais elle devinait que les incantations, bien que destinées à amadouer, exprimaient en réalité la même intention que les invectives en mamutoï prononcées plus tôt. Il s'agissait d'exhorter l'étrange loup et les esprits des hommes-chevaux à les laisser en paix et à s'en retourner dans le monde des esprits.

Pour que le peuple du Camp ne la comprît pas, Ayla expliqua en zelandonii les paroles du mamut.

— Alors, ils nous prennent pour des esprits ! s'exclama Jondalar. Ah, je comprends, maintenant. J'aurais dû le deviner. Ils nous menacent avec leurs sagaies parce qu'ils ont peur de nous. Et cela risque de se reproduire chaque fois que nous rencontrerons des êtres humains sur notre route. Ils ne sont pas habitués aux animaux apprivoisés et ils ne recherchent les chevaux et les loups que pour leur chair ou leur fourrure.

— Au début, à la Réunion d'Eté, les Mamutoï

n'étaient pas rassurés, eux non plus, rappela Ayla. Ils ont mis du temps avant d'accepter que des chevaux et Loup se promènent en liberté parmi eux.

— Dans la grotte de ta vallée, le jour où, en ouvrant les yeux, je t'ai vue aider Whinney à mettre bas Rapide, j'ai moi-même cru que le lion m'avait tué et que je me retrouvais dans le monde des esprits, renchérit Jondalar. Peut-être devrais-je descendre de cheval moi aussi, et leur montrer que je suis un simple mortel, et non pas un esprit d'homme-cheval.

Jondalar s'exécuta, mais il garda dans ses mains la corde, attachée au licol qu'il avait fabriqué. Rapide secouait la tête, piaffant et reculant devant le mamut qui chantait toujours en agitant son bâton. De sa tête baissée, Whinney frôlait le dos d'Ayla, agenouillée devant elle. Ayla n'utilisait ni corde ni licol, elle menait son cheval à l'aide de simples pressions des jambes et de mouvements du corps.

Saisissant des bribes du langage étrange que parlaient les esprits, et voyant Jondalar descendre de sa monture, le chaman psalmodia encore plus fort, suppliant les esprits de se retirer, essayant de les amadouer avec des promesses de cérémonies en leur honneur et de cadeaux.

— Tu devrais leur dire qui nous sommes, proposa Ayla. Ce mamut a l'air bien effrayé.

Jondalar raccourcit sa longe. Affolé, Rapide tentait de se cabrer, et les cris du mamut, son bâton menaçant, n'arrangeaient rien. Même Whinney cédait à la panique, bien qu'elle fût d'une nature plus calme que son fougueux rejeton.

— Ecoutez-moi, nous ne sommes pas des esprits, déclara Jondalar, profitant d'une pause du mamut. Je suis un visiteur, j'entreprends le Voyage. Et elle, ajouta-t-il en désignant Ayla, c'est une Mamutoï. Elle appartient au Foyer du Mammouth.

Les autres se regardèrent, surpris. Le mamut cessa ses incantations, agitant cependant son bâton de temps à autre pendant qu'il étudiait les voyageurs de plus près. Peut-être avait-il affaire à des esprits qui tentaient de l'abuser, mais du moins parlaient-ils une langue intelligible. Finalement, le mamut prit la parole.

— Pourquoi devrions-nous vous croire ? Comment savoir si vous n'essayez pas de nous tromper ? Vous prétendez qu'elle est du Foyer du Mammouth, mais où est sa marque ? Son visage n'est pas tatoué.

— Il n'a pas dit que j'étais une mamut. Il a dit que j'appartenais au Foyer du Mammouth. Le vieux Mamut, du Camp du Lion, avait commencé à m'enseigner son savoir avant mon départ, mais je ne suis pas entièrement initiée.

Le mamut parlementa avec un homme et une femme.

— Celui-là, déclara-t-il ensuite en désignant Jondalar, est bien un visiteur, comme il l'affirme. Il parle avec un accent étranger. Mais toi, tu prétends être une Mamutoï, pourtant, tu ne parles pas comme eux.

Jondalar retint son souffle. Il est vrai qu'Ayla avait un accent particulier. Elle ne pouvait pas prononcer certains sons et elle les articulait à sa manière, de façon étrange. On la comprenait très bien, sa prononciation n'était pas désagréable — en fait, il la trouvait mélodieuse — mais elle était bizarre. Ce n'était pas un accent étranger, c'était comme un langage presque inconnu. Ayla avait conservé l'accent guttural du langage oral limité qu'utilisait le peuple qui l'avait recueillie, jeune orpheline, et élevée.

— Je ne suis pas née mamutoï, avoua Ayla, retenant toujours Loup. J'ai été adoptée par le Foyer du Mammouth, par Mamut lui-même.

Cette déclaration provoqua un brouhaha, et un nouveau conciliabule entre le mamut, l'homme et la femme.

— Si vous ne venez pas du monde des esprits, alors, comment expliquez-vous que le loup vous obéisse et que les chevaux acceptent de vous porter sur leur dos ? demanda le mamut, décidé à en finir.

— C'est facile, si vous les recueillez quand ils sont tout petits, répondit Ayla.

— C'est ce que vous dites, mais ce n'est certainement pas la seule explication.

On ne pouvait pas tromper un mamut, du Foyer du Mammouth, lui aussi.

— J'étais là quand elle a ramené le bébé loup au campement, intervint Jondalar. Il était encore à l'âge où l'on tète, et j'étais sûr qu'il ne survivrait pas. Mais elle l'a nourri de viande hachée et de bouillon, en se relevant la nuit comme on fait avec les bébés d'homme. Tout le monde était étonné de le voir vivre et grandir, mais ce n'était que le début. Plus tard, elle lui a appris à obéir. Elle lui a interdit d'éclabousser en s'ébrouant, de semer le désordre dans le camp, et de mordre les enfants, même quand ils lui faisaient mal. Si je n'avais pas été témoin, jamais je n'aurais cru qu'on pouvait apprendre tout cela à un loup, ni qu'il comprendrait. Vous avez raison, il ne suffit pas de les recueillir jeunes. Elle s'est occupée du loup comme s'il était son enfant. Pour lui, elle est sa mère, voilà pourquoi il fait tout ce qu'elle lui demande.

— Et les chevaux? demanda l'homme à côté du mamut.

Il avait épié le fougueux étalon et le grand homme blond qui le maîtrisait.

— Pour les chevaux, c'est pareil. On peut les dresser si on les prend jeunes et qu'on les soigne bien. Il faut du temps et beaucoup de patience, mais ils apprennent.

Tous avaient baissé leur sagaie, et écoutaient, captivés. Les esprits n'avaient pas coutume de s'exprimer dans un langage intelligible, mais le maternage d'animaux faisait bien partie de ces bizarreries qu'on attendait de leur part… s'agissait-il de phrases à double sens?

La femme du Camp prit la parole.

— J'ignore la façon d'élever des animaux comme une mère, mais il y a une chose que je sais : le Foyer du Mammouth n'adopte pas d'étrangers pour en faire des Mamutoï. Ce n'est pas un Foyer ordinaire, il est voué à Ceux Qui Servent la Mère. On est destiné au Foyer du

Mammouth, ou c'est lui qui vous choisit. J'ai un parent au Camp du Lion et je sais que Mamut est très vieux. C'est peut-être le plus vieil homme vivant. Pourquoi aurait-il décidé d'adopter quelqu'un ? En outre, Lutie ne l'aurait pas permis. Ce que vous dites est invraisemblable, nous n'avons aucune raison de vous croire.

Ayla releva une équivoque dans le discours de la femme, ou plutôt dans les expressions subtiles qui accompagnaient ses paroles : la raideur de son maintien, la tension de ses épaules, le pli soucieux de son front. On aurait dit qu'elle prévoyait des ennuis. Ayla comprit alors que sa langue n'avait pas fourché. La femme avait délibérément introduit un mensonge dans ses propos, un piège, en somme. Grâce à son éducation si particulière, la ruse n'échappa pas à Ayla.

Ceux qui avaient élevé Ayla et qu'on appelait les Têtes Plates, mais qui eux-mêmes se nommaient le Clan, communiquaient entre eux avec profondeur et précision malgré un langage oral très primitif. Leur capacité d'articulation limitée leur avait valu d'être qualifiés de moins qu'humains, d'animaux tout juste bons à grogner. En fait, ils utilisaient un langage fort complexe composé de gestes et de signes.

Le peu de mots qu'utilisait le Clan — et que Jondalar pouvait à peine reproduire, tout comme Ayla avait des difficultés à prononcer certains sons zelandonii ou mamutoï — étaient articulés avec une vocalisation spéciale et ne servaient qu'à accentuer le sens des gestes, ou alors à nommer des choses ou des personnes. Le maintien, la posture, et les jeux de physionomie apportaient les nuances et donnaient à la langue toute sa variété et sa profondeur, exactement comme l'intonation et l'inflexion pour le langage verbal. Mais avec un tel mode de communication, il était impossible de mentir sans se trahir. Le mensonge était inconnu.

En apprenant leur langue, Ayla avait aussi appris à déceler et à déchiffrer les infimes mouvements corporels et les expressions du visage, indispensables pour une parfaite compréhension. S'initiant au zelandonii avec Jondalar, et à mesure qu'elle progressait en mamutoï,

Ayla s'était rendu compte qu'elle percevait les signaux involontaires contenus dans chaque mimique et dans chaque geste, et ce, même chez les gens censés n'avoir recours qu'au langage verbal.

Elle découvrit qu'elle comprenait au-delà du contenu des mots et cette découverte lui causa d'abord un véritable désarroi. Les mots et les gestes qui les accompagnaient étaient parfois contradictoires, or elle ignorait l'existence du mensonge. Elle ne connaissait qu'une façon de ne pas dire la vérité : se taire.

Elle finit par saisir que certains mensonges n'étaient proférés que par pure courtoisie, mais ce ne fut qu'en acquérant le sens de l'humour — dont l'un des ressorts est de dire une chose en sous-entendant une autre — qu'elle saisit soudain la nature du langage oral, et par là, celle du peuple qui l'utilisait. Sa capacité d'interpréter les signes inconscients lui procura alors une dimension inattendue dans sa compréhension de la langue : la faculté presque inquiétante de percevoir ce que les gens voulaient vraiment dire. Elle en retirait un avantage considérable. Quoiqu'elle ne pût mentir elle-même, elle savait presque toujours si on lui disait la vérité.

— Lorsque j'étais au Camp du Lion, je n'ai rencontré personne du nom de Lutie, déclara Ayla qui avait décidé d'être directe. Ceux Qui Ordonnent se nomment Talut et Tulie, sa sœur.

La femme approuva d'un imperceptible signe de tête.

— Je sais qu'il n'est pas dans les usages d'être adopté par le Foyer du Mammouth, d'habitude, on y est destiné, poursuivit Ayla. Talut et Nezzie voulaient m'adopter, Talut avait même agrandi le foyer afin de construire un abri pour les chevaux, mais le vieux Mamut a surpris tout le monde. C'est pendant la cérémonie qu'il m'a adoptée. Il a dit que j'appartenais au Foyer du Mammouth, que j'avais été élue dès ma naissance.

— Si tu avais amené ces chevaux au Camp du Lion, je comprends que le vieux Mamut ait pu dire une chose pareille, déclara l'homme.

La femme lui jeta un regard courroucé et marmonna

quelques mots. Il y eut un nouveau conciliabule à trois. L'homme avait décidé que les étrangers étaient des humains et non des esprits leur jouant un tour — ou s'ils étaient des esprits, qu'ils n'étaient pas dangereux. Toutefois, il ne croyait pas qu'ils étaient ce qu'ils prétendaient. L'explication de l'homme à la haute stature sur le comportement étrange des animaux ne l'avait pas convaincu, il la jugeait trop simpliste, mais il était intéressé. Les chevaux et le loup l'intriguaient. La femme trouvait que les étrangers parlaient sans retenue et qu'ils se montraient trop amicaux. Elle était persuadée qu'ils leur cachaient quelque chose. Elle refusait de leur accorder sa confiance et ne voulait pas se compromettre avec eux.

Pour le mamut, la nature humaine des voyageurs s'imposa après qu'il eut trouvé une explication plausible, pour un initié, à l'extraordinaire comportement des animaux. Il était sûr que la femme blonde était une Visiteuse aux grands pouvoirs, et que le vieux Mamut savait sans doute qu'elle avait reçu le don mystérieux de commander aux animaux. Peut-être l'homme avait-il aussi des pouvoirs particuliers. Quand leur Camp rejoindrait la Réunion d'Eté, il serait passionnant de discuter avec ceux du Camp du Lion et d'avoir l'opinion des mamuti. Il était plus simple de croire à la magie qu'à cette idée grotesque qu'on puisse dresser les animaux.

Leur délibération ne déboucha sur aucun accord. La femme était mal à l'aise, les étrangers la troublaient. Elle aurait volontiers admis qu'elle avait peur si cette pensée l'avait effleurée. L'étalage de tels pouvoirs occultes la gênait mais son avis était minoritaire.

— Cet endroit où les rivières se rejoignent offre un bon emplacement pour dresser un campement, déclara l'homme. Notre chasse a été bonne, et un troupeau de cerfs géants vient dans notre direction. Il devrait arriver dans quelques jours. Si vous décidez de camper à côté de nous, vous pourrez participer à cette chasse.

— Nous te remercions de ton invitation, répondit Jondalar. Nous camperons ici pour la nuit, mais nous devons repartir demain matin.

L'invitation était prudente, loin de l'accueil qu'il avait reçu des étrangers qu'il avait rencontrés quand il voyageait à pied avec son frère. La formule de bienvenue exprimée au nom de la Mère offrait plus que l'hospitalité. C'était une invitation à tout partager. Celle, plus limitée, que leur faisait l'homme, montrait de la méfiance, mais au moins ne levait-on plus les sagaies contre eux.

— Alors, au nom de Mut, acceptez de partager notre dîner, et nous serions heureux que vous déjeuniez avec nous demain matin.

Celui Qui Ordonne ne pouvait proposer plus, mais Jondalar sentait qu'il aurait aimé offrir davantage.

— Au nom de la Grande Terre Mère, nous serons heureux de partager votre dîner, dès que nous aurons installé notre camp, accepta Jondalar. Mais demain, nous partirons tôt.

— Où êtes-vous donc si pressés d'aller ?

Jondalar avait vécu longtemps parmi eux, mais il fut tout de même surpris par la question directe, typique des Mamutoï, surtout qu'elle venait d'un inconnu. Dans le peuple de Jondalar, une question ainsi formulée aurait été une impolitesse, non pas une grave indiscrétion, mais le signe d'un manque de maturité, ou, à tout le moins, un défaut d'appréciation du discours subtil et plus indirect des adultes.

Mais Jondalar avait appris que la candeur était une qualité chez les Mamutoï, et que l'absence de franchise était mal vue, même si les Mamutoï n'étaient pas toujours aussi ouverts qu'ils en avaient l'air. Tout dépendait de la façon dont on posait les questions, comment elles étaient reçues, et ce qui était sous-entendu. Mais la franche curiosité du chef de ce Camp allait de soi, parmi les Mamutoï.

— Je retourne chez mon peuple, répondit Jondalar, et je ramène cette femme avec moi.

— Etes-vous vraiment à un jour près ?

— J'habite très loin, vers l'ouest. Je suis resté absent... (Jondalar réfléchit)... quatre ans, et il nous faudra encore une année avant d'arriver, si tout se passe bien. Nous traverserons des endroits dangereux, des rivières, des glaciers, et je ne veux pas les atteindre à la mauvaise saison.

— A l'ouest ? On dirait plutôt que vous vous dirigez vers le sud.

— C'est exact. Nous voulons rejoindre la mer de Beran et la Grande Rivière Mère. Ensuite, nous remonterons le courant.

— Il y a quelques années, mon cousin est allé vers l'ouest, faire du troc. Il a rencontré là-bas des hommes qui vivaient près d'une rivière qu'ils appelaient aussi la Grande Mère et il pensait qu'il s'agissait de la même. Ces hommes étaient venus de nos régions. Tout dépend à quelle hauteur de la rivière vous allez, mais il y a un passage au sud du Grand Glacier, au nord de la montagne de l'ouest. Vous raccourciriez votre Voyage en prenant ce chemin.

— Oui, Talut m'a parlé de la route du nord, mais personne n'est sûr qu'il s'agisse de la même rivière. Si ce n'est pas la même, cela prendra du temps de retrouver l'autre. Je suis venu par le sud et je connais la route. En outre, j'ai un parent parmi le Peuple du Fleuve. Mon frère a été uni à une femme sharamudoï, et j'ai vécu parmi eux. J'aimerais les revoir, c'est la dernière fois que j'en aurai l'occasion.

— Nous commerçons avec le Peuple du Fleuve... il me semble avoir entendu parler d'étrangers, il y a un ou deux ans, des étrangers qui vivaient avec ce Camp qu'une femme mamutoï avait rejoint. Maintenant que j'y repense, oui, on parlait de deux frères. Les Sharamudoï n'ont pas les mêmes coutumes d'union que nous, mais si je me souviens bien, la femme mamutoï et son compagnon devaient s'unir avec un autre couple. Je crois que c'était une sorte d'adoption. Ils ont envoyé des messagers inviter les Mamutoï appartenant au foyer de la femme. Plusieurs s'y sont rendus, et un ou deux en sont revenus.

— L'étranger, c'était Thonolan, mon frère, déclara Jondalar, content que l'on puisse ainsi vérifier ses dires, et bien qu'il ne pût prononcer le nom de son frère sans ressentir un profond chagrin. Il a été uni à Jetamio en même temps que Markeno à Tholie. C'est Tholie qui, la première, m'a appris le mamutoï.

— Tholie est une cousine éloignée, et tu lui serais apparenté par ton frère ? (L'homme se tourna vers sa sœur.) Thurie, cet homme est un parent, nous lui devons l'hospitalité et à la femme aussi. Je m'appelle Rutan, poursuivit-il sans attendre la réponse, je suis Celui Qui Ordonne du Camp du Faucon. Au nom de Mut, soyez les bienvenus.

La femme n'avait plus le choix. Elle ne pouvait pas embarrasser son frère en refusant de se joindre à l'accueil des étrangers, mais elle avait l'intention de lui exposer sa façon de penser plus tard, quand ils seraient seuls.

— Je suis Thurie, Celle Qui Ordonne du Camp du Faucon. Au nom de la Mère, soyez les bienvenus ici. En été, nous devenons le Camp des Fougères.

Jondalar avait déjà reçu des accueils plus chaleureux. Il trouva celui-ci réservé et contraint. Thurie les recevait « ici », autrement dit, dans un campement temporaire. Il savait que le Camp des Fougères était le nom d'un camp de chasse estivale. L'hiver les Mamutoï étaient sédentaires, et ce groupe, comme tous les autres, vivait dans une grande habitation semi-souterraine, ou dans plusieurs, moins spacieuses. C'était ce qu'ils appelaient le Camp du Faucon, et Celle Qui Ordonne s'était bien gardée de le mentionner.

— Moi, Jondalar des Zelandonii, au nom de la Grande Terre Mère, que nous nommons Doni, je vous salue.

— Nous avons de la place dans la tente du mamut, déclara Thurie, mais pour les animaux... heu... je ne sais pas...

— Si ça ne vous ennuie pas, il nous serait plus facile de dresser notre camp à proximité plutôt que de nous installer avec vous, répondit Jondalar par politesse. Nous sommes très sensibles à votre hospitalité, mais les chevaux ont besoin de paître où ils veulent, ils connaissent notre tente et y retourneront plus facilement. Ils seraient inquiets dans votre Camp.

— C'est bien naturel, approuva Thurie, soulagée. (Elle aurait été inquiète, elle aussi.)

Ayla se rendit compte qu'elle devait les saluer à son tour. Loup n'était plus sur le qui-vive, et elle relâcha son étreinte. Je ne peux tout de même pas passer ma vie à genoux pour retenir Loup, se dit-elle. Lorsqu'elle se releva, le louveteau sauta après elle, mais elle le calma.

Rutan lui souhaita la bienvenue de loin, sans lui tendre les mains. Elle lui renvoya son salut.

— Moi, Ayla des Mamutoï, du Foyer du Mammouth, je vous salue au nom de Mut.

Puis ce fut le tour de Thurie qui limita son invitation au Camp des Fougères, comme pour Jondalar. Ayla lui répondit avec cérémonie. Elle aurait souhaité de leur part un accueil plus chaleureux, mais comment leur en vouloir ? Elle comprenait que des animaux voyageant de leur plein gré avec des humains puissent être source d'inquiétude. Il était difficile de demander à tout le monde d'être aussi ouvert à la nouveauté que Talut, pensa-t-elle en éprouvant une certaine nostalgie au souvenir des gens du Camp du Lion qu'elle avait tant aimés.

Elle s'adressa à Jondalar en zelandonii :

— Loup s'est détendu maintenant. Je sais qu'il n'aimera pas cela, mais je préférerais ne pas le lâcher tant qu'il est dans ce Camp, et aussi au cas où nous rencontrerions d'autres gens. (Elle aurait voulu parler librement, mais elle ne se sentait pas à l'aise dans ce Camp de Mamutoï.) Il me faudrait une corde comme celle que tu as fabriquée pour guider Rapide, Jondalar. J'ai encore des cordes et des lanières au fond d'un de mes paniers. Je vais apprendre à Loup à ne pas courir après les étrangers et à rester où je le lui ordonne.

Ayla ne pouvait pas reprocher à Loup, qui avait compris la menace que représentaient les sagaies pointées vers eux, de se précipiter au secours des humains et des chevaux de sa bande. Son attitude s'expliquait, mais elle n'en était pas moins inacceptable. Il devait cesser de prendre les êtres humains qu'ils allaient être amenés à rencontrer pendant le Voyage pour des loups étrangers. Il faudrait qu'elle lui apprenne à modifier son comportement, et à accueillir les inconnus avec plus de retenue. Elle se demanda alors s'il existait d'autres peuples qui comprenaient qu'un loup obéisse à une femme, ou que des chevaux laissent des humains grimper sur leur dos.

— Reste avec lui, dit Jondalar, je vais chercher une corde.

Tenant toujours Rapide par sa longe, bien que le jeune étalon se fût calmé, il fouilla dans les paniers chargés sur le dos de Whinney. L'hostilité du Camp s'était atténuée, les Mamutoï n'étaient pas plus sur la défensive qu'avec des étrangers ordinaires. A en juger par les regards, la curiosité avait remplacé la peur.

Whinney aussi s'était apaisée. Jondalar la flatta et lui parla gentiment tout en fourrageant dans les paniers. Il avait beaucoup d'affection pour la robuste jument, et quoiqu'il aimât l'impétuosité de Rapide, il admirait la patience sereine de Whinney. Il attacha la longe de Rapide aux lanières qui retenaient les paniers sur le dos de sa mère. Jondalar rêvait de guider Rapide comme Ayla guidait Whinney, sans licol et sans longe. Plus il chevauchait l'étalon, plus il découvrait l'étonnante sensibilité de l'animal. Il apprenait à trouver une meilleure assiette, et à commander Rapide par simple pression des jambes ou par de légers mouvements du corps.

Ayla, suivie de Loup, contourna la jument. Jondalar lui tendit la corde.

— Nous ne sommes pas obligés de rester ici, Ayla, murmura-t-il. Il est encore tôt, si tu veux, nous pouvons chercher un emplacement plus loin, au bord de cette rivière, ou d'un autre cours d'eau.

— Non, je préfère que Loup s'habitue aux gens qu'il ne connaît pas, même s'ils ne sont pas très amicaux. Ce sont des Mamutoï, Jondalar, ils font partie de mon peuple. Et je n'en rencontrerai peut-être plus jamais.

Je me demande s'ils vont aller à la Réunion d'Eté ? J'ai bien envie de leur demander de transmettre un message au Camp du Lion.

Ayla et Jondalar plantèrent leur tente à l'écart du Camp des Fougères au bord du large affluent. Ils déchargèrent les chevaux et les laissèrent brouter à leur guise. En les regardant s'éloigner et disparaître dans le brouillard de poussière, Ayla ressentit une pointe d'inquiétude.

Ils avaient suivi le cours de la rive droite, à une distance respectable de l'eau. La rivière coulait vers le sud. Ses larges méandres serpentaient à travers la plaine monotone en creusant une profonde tranchée. S'ils étaient restés dans la steppe, au-dessus du fleuve, le chemin eût été plus direct, mais balayé par des vents opiniâtres et sans protection contre l'âpreté du soleil et de la pluie.

— Est-ce là la rivière dont Talut parlait ? demanda Ayla en déroulant ses couvertures de fourrure.

L'homme plongea sa main dans un des paniers et en tira un fragment de défense de mammouth, plat et gravé d'inscriptions. Il leva les yeux vers le ciel grisâtre, d'une luminosité aveuglante mais diffuse, puis observa le paysage enveloppé dans la brume poudreuse. Il était tard dans l'après-midi, ça, il le voyait bien, mais il n'en savait pas plus.

— Il n'y a aucun moyen d'en être sûr, Ayla, dit Jondalar en rangeant la carte. Je n'aperçois aucun repère, et j'ai l'habitude d'évaluer la distance que je parcours à pied. Mais l'allure de Rapide est différente.

— Faudra-t-il vraiment une année entière pour atteindre ton pays ?

— Difficile à dire. Tout dépendra des obstacles que nous rencontrerons, des arrêts que nous ferons. Si nous arrivons chez les Zelandonii à la même époque l'année prochaine, nous pourrons nous estimer heureux. Nous n'avons même pas atteint la mer de Beran où se jette la Grande Rivière Mère. Et ensuite nous devrons la remonter jusqu'à sa source, dans le glacier, et même au-delà, expliqua Jondalar le front soucieux.

Ses yeux, d'habitude d'un intense éclat bleu, trahissaient l'inquiétude.

— Nous devrons franchir des fleuves, mais c'est le glacier qui me tracasse, Ayla. Il faudra le traverser quand la glace sera dure, c'est-à-dire avant le printemps, mais on ne peut jamais savoir. Dans ces régions souffle un fort vent du sud, qui peut réchauffer la glace et la faire fondre en une journée. La neige et la glace se mélangent en surface et craquent comme du bois mort. Des crevasses énormes s'ouvrent et les ponts de neige s'écroulent. Des torrents, des rivières de neige fondue même, courent sur la glace, disparaissant parfois dans des gouffres profonds. Cela arrive sans qu'on s'y attende et c'est très dangereux. Nous sommes en été, et bien que l'hiver paraisse loin, le Voyage sera plus long que tu ne le penses.

Ayla prit un air entendu. Elle décida de ne plus se poser de questions sur la durée du Voyage, ni sur ce qui l'attendait une fois arrivée. Mieux valait vivre au jour le jour, et ne penser qu'au lendemain. Il serait bien temps ensuite de s'inquiéter de l'accueil que lui réserverait le peuple de Jondalar. L'accepterait-il comme les Mamutoï l'avaient acceptée ?

— Si seulement le vent tombait ! soupira-t-elle.

— Oui, moi aussi j'en ai assez de croquer du sable, approuva Jondalar. Allons donc rendre visite à nos voisins et voir si nous ne trouvons pas quelque chose de mieux à manger.

Ils se rendirent au Camp des Fougères, accompagnés de Loup qu'Ayla surveillait de près. Là, ils se joignirent à un groupe rassemblé autour d'un feu. Un gros gigot cuisait sur une broche. La conversation fut longue à démarrer, mais bientôt la curiosité céda la place à un intérêt chaleureux et une discussion animée balaya les dernières réserves. Les rares habitants de ces steppes préglaciaires n'avaient pas souvent la chance de croiser des inconnus, et cette rencontre inattendue alimenterait les conversations futures et pourvoirait en anecdotes le

Camp du Faucon pour d'innombrables lunes. Ayla se lia d'amitié avec plusieurs personnes, notamment une jeune mère et sa petite fille, assez grande pour s'asseoir seule. Le bébé jouait et riait aux éclats, charmant tout le monde, Loup le premier.

Au début, la jeune mère vit d'un œil anxieux l'animal s'intéresser de près à son enfant, mais elle s'aperçut que la petite gazouillait de plaisir aux coups de langue amicaux du loup. En outre, Loup fit preuve d'une patience angélique lorsque l'enfant s'agrippa à sa fourrure et lui tira de pleines poignées de poils. Tous en furent très étonnés.

Les autres enfants mouraient d'envie de caresser Loup et bientôt il joua avec eux aussi. Ayla expliqua qu'il avait grandi parmi les enfants du Camp du Lion, et qu'il s'ennuyait probablement d'eux. Il avait toujours été particulièrement attentif aux plus jeunes ou aux plus faibles, et savait faire la différence entre l'étreinte trop fougueuse d'un bambin et les tiraillements de queue ou d'oreille malintentionnés des plus grands. Sa patience avec les premiers était admirable, et il gratifiait les autres d'un grognement d'avertissement, ou d'un coup de dent, qui, sans blesser, signalait qu'il valait mieux arrêter le jeu.

Jondalar raconta qu'ils venaient de quitter la Réunion d'Eté. Rutan expliqua qu'eux-mêmes avaient été retardés par des réparations, sinon ils s'y seraient déjà rendus aussi. Il questionna Jondalar sur ses voyages, sur Rapide. Un cercle attentif les écoutait. On posait moins facilement des questions à Ayla, qui d'ailleurs ne les devançait pas. Le mamut aurait bien aimé la prendre à part, pour discuter avec elle de sujets plus ésotériques, mais Ayla préféra rester au Camp avec les autres. Même Celle Qui Ordonne était plus à l'aise, et lorsque Ayla regagna sa tente, elle demanda à Thurie de rappeler à ceux du Camp du Lion combien elle pensait à eux, quand elle arriverait à la Réunion.

Cette nuit-là, Ayla, songeuse, tarda à s'endormir. Elle était contente d'avoir surmonté l'impression causée par l'accueil inamical, et d'avoir rejoint le Camp. Une fois dépassée la peur de l'inconnu ou de l'étrange, ces gens avaient montré de la curiosité et une soif d'apprendre. Elle-même avait compris qu'en voyageant avec des compagnons aussi inhabituels, ils s'exposaient à des réactions violentes de la part de ceux qu'ils croiseraient sur leur route. Elle ignorait ce qui l'attendait, mais sans aucun doute, ce Voyage serait plus aventureux qu'elle ne l'avait d'abord imaginé.

2

Le lendemain matin, Jondalar avait hâte de partir mais Ayla voulut revoir ses amis au Camp des Fougères et malgré l'impatience de son compagnon, les adieux s'éternisèrent. Il était près de midi quand ils quittèrent enfin le Camp.

Les collines verdoyantes à travers lesquelles ils avaient chevauché depuis leur départ de la Réunion d'Eté prirent de l'altitude. L'affluent qui descendait des hauteurs coulait avec davantage de vigueur que le fleuve sinueux et creusait dans le sol de lœss déposé par le vent un lit profond entre deux rives escarpées. Ils durent suivre l'affluent vers l'ouest, puis vers le nord-ouest, avant de trouver un gué.

Plus ils s'écartaient de leur direction, plus Jondalar devenait irascible et impatient. Il se demandait s'il ne devrait pas tout de même choisir la route du sud, plus longue, plutôt que celle du nord-ouest qu'on leur avait recommandée — à plusieurs reprises, il est vrai — et où la rivière semblait les conduire. Ce chemin ne lui était pas familier, mais si c'était un raccourci avantageux, sans doute valait-il mieux le prendre. Si seulement il était sûr d'atteindre ainsi avant le printemps le plateau du glacier, à la source de la Grande Rivière Mère, il n'hésiterait même pas.

Cela impliquait qu'il abandonnât l'idée de revoir une dernière fois les Sharamudoï, mais était-ce si important ? Il dut s'avouer qu'il en brûlait d'envie, il avait tellement espéré ces retrouvailles. Il s'efforçait de faire la part des choses : sa décision d'emprunter la route du sud se justifiait-elle par son désir de prendre un chemin familier, et donc d'arriver à bon port avec Ayla, ou par l'envie de revoir un peuple qu'il considérait comme sa seconde famille ? Les conséquences possibles d'un mauvais choix l'inquiétaient.

Ayla interrompit les méditations de Jondalar.

— Regarde, Jondalar, déclara-t-elle. Je crois que nous pouvons traverser ici, la rive d'en face paraît facile à gravir.

Ils étaient parvenus à un coude de la rivière, et ils s'arrêtèrent pour examiner la situation. De leur côté, le courant bouillonnant avait creusé une berge escarpée, mais en face, la rive intérieure du méandre s'élevait en pente douce, étroite plage d'alluvions grisâtres bordée de broussailles.

— Crois-tu que les chevaux pourront descendre par ici ?

— Oui, je pense, répondit Ayla. L'eau doit avoir creusé profond de ce côté-ci. Il est impossible de deviner si les chevaux devront nager ou non. Alors, peut-être est-il préférable de mettre pied à terre et de traverser à la nage, nous aussi. Si ce n'est pas trop profond, s'empressa-t-elle d'ajouter en voyant la mine contrariée de Jondalar, les chevaux nous porteront de l'autre côté. J'ai horreur de mouiller mes vêtements, mais je n'ai vraiment pas envie de les ôter pour nager.

Ils forcèrent les chevaux à descendre le talus escarpé. Leurs sabots glissèrent sur la terre fine et tous furent précipités à grand renfort d'éclaboussures dans le courant violent qui les entraîna en aval. C'était plus profond qu'Ayla ne l'avait prévu. Après un instant de panique, les chevaux s'habituèrent à ce nouvel élément et entreprirent de nager à contre-courant jusqu'à la rive opposée. Comme ils remontaient la pente douce de la berge, Ayla chercha Loup des yeux, et l'aperçut sur la rive qu'ils venaient de quitter, jappant et couinant, courant de droite et de gauche.

— Il n'ose pas sauter, constata Jondalar.

— Allez, Loup ! Saute ! l'encouragea Ayla. Vas-y, tu peux nager.

Mais le jeune loup continuait à gémir, la queue entre les pattes.

— Qu'est-ce qui lui prend ? Ce n'est pourtant pas la première fois qu'il traverse une rivière, s'énerva Jondalar, exaspéré par ce nouveau retard.

Il avait espéré parcourir une longue étape aujourd'hui, mais tout semblait se liguer contre lui.

Ils avaient levé le camp à une heure tardive, ensuite ils avaient dû pousser vers le nord-ouest, une direction qu'il eût préféré éviter, et voilà que Loup refusait de traverser l'eau. Il savait aussi qu'ils devraient s'arrêter pour vérifier le contenu des paniers, bien que leur tissage serré les rendît quasiment imperméables. Et pour compléter le tableau, il était trempé et il se faisait tard. Le vent fraîchissait, or ils devraient changer de vêtements et faire sécher ceux qu'ils portaient. En été, les jours étaient plutôt chauds, mais la nuit, les vents hurlants apportaient le souffle polaire du glacier. Partout sur la terre on subissait l'effet du glacier gigantesque qui écrasait les terres du nord sous des couches de glace hautes comme des montagnes, mais nulle part autant que dans les steppes froides qui le bordaient.

S'il n'avait pas été si tard, ils auraient voyagé dans leurs habits trempés. Le vent et le soleil les auraient séchés. Jondalar était impatient de descendre dans le sud, ne serait-ce que pour allonger leur étape... si seulement ils pouvaient se remettre en route.

— Le courant est trop rapide, il n'a pas l'habitude, remarqua Ayla. Il doit d'abord sauter dedans, c'est nouveau pour lui.

— Que vas-tu faire ?

— Si je ne réussis pas à le décider, j'irai le chercher.

— Ayla, je suis sûr que si nous nous mettons en route, il sautera pour te suivre. Si nous voulons avancer un peu aujourd'hui, il faut partir tout de suite.

Le regard de mépris courroucé qu'elle lui jeta lui fit regretter ces dernières paroles.

— Ça te plairait, toi, qu'on t'abandonne quand tu as

peur ? riposta-t-elle. Il n'ose pas sauter dans l'eau parce que c'est nouveau pour lui. C'est normal, non ?

— Mais je voulais dire... enfin, Ayla, ce n'est qu'un loup, et les loups savent nager. Il a seulement besoin d'une bonne raison pour se jeter à l'eau. S'il ne nous rattrape pas, nous reviendrons le chercher. Je n'ai jamais envisagé un seul instant de l'abandonner, tu sais.

— Inutile de revenir le chercher, j'y vais maintenant, déclara Ayla.

Elle tourna le dos à l'homme pour encourager Loup à sauter, et fit entrer Whinney dans l'eau. Le louveteau poussait des gémissements, reniflait le sol labouré par les sabots, et leur jetait des regards implorants. Guidant sa jument dans le courant, Ayla appela le loup, mais au milieu de la rivière, Whinney, sentant le sol se dérober sous ses sabots, hennit de peur et se débattit à la recherche de la terre ferme.

— Allez, Loup, viens ! Allez, ce n'est que de l'eau, saute ! cria Ayla, tentant d'obtenir par la cajolerie que le jeune animal effarouché se jette dans l'eau tourbillonnante.

Décidant alors de nager jusqu'à la rive escarpée, elle se laissa glisser du dos de Whinney. Loup rassembla enfin son courage et sauta. Il tomba dans l'eau avec un grand plouf et se mit aussitôt à nager vers Ayla.

— Bravo, Loup, c'est bien !

Whinney fit demi-tour, luttant pour reprendre pied, et Ayla, tenant Loup d'une main, essaya de la rejoindre. Jondalar, qui était entré dans l'eau jusqu'à la poitrine, calma Whinney et s'avança au-devant d'Ayla. Ils regagnèrent la berge tous ensemble.

— Eh bien, dépêchons-nous, si nous voulons avancer un peu aujourd'hui ! lança Ayla en remontant sur Whinney, l'œil toujours brillant de colère.

— Non, arrête ! s'exclama Jondalar en la retenant. Nous ne partirons pas avant que tu aies changé tes vêtements trempés. D'ailleurs, nous ferions mieux de frictionner les chevaux pour les sécher, et Loup aussi. Nous avons fait assez de chemin pour aujourd'hui. Nous camperons ici, ce soir. J'ai mis quatre ans pour arriver jusqu'ici, je me moque pas mal d'en mettre autant pour rentrer chez moi, du moment que je t'y conduis saine et sauve, Ayla.

L'inquiétude et l'amour qu'Ayla lut dans les yeux si bleus de Jondalar eurent raison de sa colère. Elle se blottit contre lui. Il chercha ses lèvres, et comme la première fois, lorsqu'il lui avait montré ce qu'était un baiser, elle ressentit un plaisir merveilleux. A la pensée qu'ils voyageaient ensemble et qu'elle l'accompagnait chez son peuple, une joie ineffable la submergea. Elle l'aimait plus qu'elle n'aurait su le dire, davantage encore après ce long hiver où elle avait cru qu'il ne l'aimait pas et qu'il partirait sans elle.

Lorsqu'elle était retournée dans la rivière, il avait craint pour sa vie, et maintenant il la serrait dans ses bras. Il n'aurait jamais cru possible d'aimer quelqu'un à ce point. Avant Ayla, il ne se savait pas capable d'un tel amour. Il avait même failli la perdre, convaincu qu'elle resterait avec l'homme à la peau sombre et aux yeux rieurs, et il ne supportait pas l'idée de la perdre une seconde fois.

Avec pour compagnons deux chevaux et un loup, dans un monde qui ignorait que les animaux pussent s'apprivoiser, un homme seul avec la femme qu'il aimait, au milieu de vastes prairies glacées, peuplées d'animaux d'innombrables espèces mais où l'homme était rare, se préparait pour un Voyage à travers tout un continent. Parfois, l'idée qu'un malheur pût s'abattre sur Ayla le pétrifiait de peur. Dans ces moments-là, il voulait la serrer contre lui pour toujours.

Jondalar sentit la chaleur du corps d'Ayla, l'abandon de son baiser, et le désir monta en lui. Mais cela attendrait. Elle était trempée et glacée, elle avait besoin d'un feu et de vêtements secs. Ce rivage offrait un bon emplacement pour camper, et s'il était encore tôt pour s'arrêter, eh bien, ils auraient au moins le temps de sécher leurs habits et ils partiraient le lendemain à la première heure.

— Loup ! Lâche ça ! s'écria Ayla en se précipitant pour arracher au jeune animal l'objet enveloppé dans une peau. Je croyais t'avoir appris à ne pas jouer avec le cuir.

Elle essaya de le lui ôter de la gueule, mais il raffermit sa prise en serrant les dents, et secoua la tête dans tous les sens en grognant par jeu.

— Lâche ça ! ordonna Ayla en faisant mine de lui taper le museau.

Penaud, Loup rampa docilement, la queue entre les pattes, et déposa son butin aux pieds d'Ayla, couinant pour se faire pardonner.

— C'est la deuxième fois qu'il fouille dans les bagages, remarqua Ayla en ramassant les paquets que le louveteau avait mordillés. Il sait que c'est interdit, mais il ne résiste pas aux peaux de bêtes.

— Je ne sais pas quoi te dire, intervint Jondalar en aidant Ayla. Il lâche prise dès que tu lui demandes, mais tu n'es pas toujours là et puis, tu ne peux pas le surveiller tout le temps... Qu'est-ce que c'est ? Je ne me souviens pas d'avoir déjà vu ça, ajouta-t-il, en saisissant un paquet enveloppé avec soin dans une peau finement tannée.

Ayla rougit et lui prit vivement le paquet des mains.

— C'est... c'est quelque chose que j'ai rapporté... de... du Camp du Lion, assura-t-elle et elle enfouit l'objet au fond d'un de ses paniers.

Sa réaction surprit Jondalar. Ils avaient tous deux limité leurs bagages au strict minimum, n'emportant que l'essentiel. Le paquet en question n'était pas très encombrant, mais pas négligeable non plus. Qu'est-ce qu'Ayla avait donc emporté ?

— Arrête, Loup !

Ayla s'élança à la poursuite du louveteau, et Jondalar ne put retenir un sourire. On aurait dit que Loup savait qu'il faisait des bêtises, et qu'il taquinait Ayla pour l'obliger à jouer avec lui. Il avait trouvé un de ses chaussons, un mocassin souple qu'elle portait à l'intérieur de la tente quand le sol était gelé, ou froid et humide, pendant qu'elle aérait ses bottes, ou qu'elle les faisait sécher.

— Qu'est-ce que je vais faire de lui ? gémit Ayla, exaspérée.

Elle revenait vers Jondalar, tenant à la main l'objet du dernier chapardage de Loup. Elle jeta un regard sévère au chenapan. Loup s'avança en rampant, la mine déconfite, avec des petits gémissements en signe de soumission en réponse au mécontentement d'Ayla. Mais une pointe d'espièglerie se cachait derrière sa détresse. Il savait qu'Ayla l'aimait, et dès qu'elle se laisserait apitoyer, il se mettrait à frétiller en jappant de plaisir, de nouveau prêt à jouer.

De la taille d'un adulte, plus mince cependant, Loup n'était encore qu'un louveteau. Il était né hors saison d'une louve dont le compagnon était mort. Son pelage tirait sur le gris — mélange de poils blancs, fauves, marron et noirs, dont l'ensemble, d'une couleur indéfinie, permet aux loups de se fondre dans un paysage de broussailles, d'herbe, de terre, de roches ou de neige. Mais sa mère avait le poil noir.

C'était cette couleur inhabituelle qui avait incité les autres femelles de sa bande à la harceler sans merci, à lui donner le plus bas statut du groupe et, finalement, à la chasser. Elle avait erré en solitaire, apprenant à survivre hors des territoires des bandes, jusqu'à ce qu'elle rencontre un autre solitaire, un vieux mâle qui avait quitté sa bande où il n'avait plus sa place. Au début, ils se débrouillèrent bien. Elle était plus robuste à la chasse, lui, plus expérimenté, et ils avaient même réussi à établir et à défendre un petit territoire. Etait-ce le meilleur régime alimentaire qu'ils pouvaient s'assurer grâce à leur chasse commune, ou la présence permanente aux côtés de la louve d'un compagnon, ou encore ses propres prédispositions génétiques qui lui avaient permis d'avoir une période de rut hors de la saison des amours ? Toujours est-il que son compagnon ne s'en plaignit pas, et n'ayant pas de rival à vaincre, il avait pu volontiers la satisfaire.

Malheureusement, ses vieux os, raidis par l'âge, n'avaient pas résisté aux ravages d'un nouvel hiver rigoureux dans les steppes périglaciaires. Le début de la saison froide avait eu raison de lui. Ce fut une perte accablante pour la femelle noire, livrée à elle-même pour mettre bas… et en plein hiver. L'environnement naturel ne tolère guère les animaux déviants, et les cycles saisonniers renforcent cela. Une louve noire, dans un paysage d'herbe roussâtre, de terre gris-jaune ou balayé par des rafales de neige, est trop facilement repérée par les rares proies en hiver. Sans compagnon, sans famille pour prendre soin d'elle et de ses petits et l'aider à se nourrir, la femelle s'était affaiblie, et ses bébés avaient succombé l'un après l'autre. Il n'en était bientôt resté plus qu'un.

Ayla connaissait les loups. Dès qu'elle avait commencé à chasser, elle avait observé leurs mœurs, mais comment aurait-elle deviné que le loup noir, qui avait essayé de lui voler l'hermine qu'elle venait d'abattre avec sa fronde, était une mère affamée, encore en train d'allaiter ? La saison de la reproduction était passée. Lorsqu'elle avait voulu récupérer sa fourrure et que, contre toute attente, le loup l'avait attaquée, Ayla l'avait tué pour se défendre. C'était alors qu'elle s'était aperçue de l'état de l'animal. Elle en avait déduit qu'elle avait eu affaire à une louve solitaire, et éprouvant une étrange affinité avec l'animal chassé de sa bande, elle s'était mise à la recherche des petits orphelins qui ne trouveraient personne d'autre pour les adopter. Elle avait suivi les traces de la louve jusqu'à sa tanière, puis elle avait rampé à l'intérieur où elle avait trouvé le dernier petit survivant, les yeux à peine ouverts et pas encore sevré. Elle l'avait pris et l'avait rapporté au Camp du Lion.

Lorsque Ayla leur avait montré le minuscule bébé loup, tout le monde avait été surpris, mais déjà elle était arrivée dans ce Camp avec des chevaux qui lui obéissaient. On s'était habitué à leur présence et à cette femme étrange qui s'entendait si bien avec les animaux. Et puis, tout le monde se demandait ce qu'elle allait faire de ce loup. Qu'elle pût l'élever et le dresser en avait étonné plus d'un. Jondalar, lui-même, était encore ébahi par l'intelligence de l'animal. Une intelligence presque humaine.

— J'ai l'impression qu'il te taquine, Ayla, dit Jondalar.

Ayla regarda Loup et ne put réprimer un sourire. Aussitôt, le louveteau redressa la tête et sa queue fouetta le sol.

— Tu as sans doute raison, mais ça ne m'aidera pas à l'empêcher de mâchonner tout ce qu'il trouve, répondit Ayla en contemplant le chausson déchiqueté. Autant lui laisser celui-là. Il l'a déjà mis en pièces, et tant qu'il jouera avec, il ne touchera peut-être pas le reste.

Elle lui jeta le chausson qu'il attrapa au vol d'un bond avec, Jondalar l'aurait juré, un sourire moqueur.

— Dépêchons-nous, fit-il en se souvenant qu'ils n'avaient pas beaucoup progressé la veille.

Une main en visière pour se protéger du soleil qui se levait à l'est, Ayla scruta les alentours. Elle aperçut Whinney et Rapide dans la prairie herbeuse, derrière la bande de broussailles qui longeait le coude de la rivière. Elle siffla, un sifflement proche, mais différent tout de même, de celui qu'elle utilisait pour appeler Loup. La jument à la robe louvette dressa la tête, hennit et accourut au galop. Le jeune étalon la suivit.

Ils plièrent la tente, chargèrent les chevaux, et s'apprêtaient à lever le camp quand Jondalar décida de répartir les piquets de la tente dans un panier et ses sagaies dans un autre pour équilibrer son chargement. Ayla attendait, adossée à Whinney. Elles aimaient toutes deux cette position qu'Ayla avait adoptée quand la pouliche était sa seule compagne dans la vallée riche mais déserte où elle vivait alors.

Elle avait tué la mère de Whinney aussi. Elle chassait déjà depuis des années, mais seulement avec sa fronde dont elle avait appris seule à se servir. Elle pouvait la cacher facilement, et elle avait justifié cette transgression des tabous du Clan, en utilisant sa fronde uniquement contre les prédateurs qui chassaient les mêmes proies que les hommes, et leur volaient parfois leur viande. Le cheval fut le premier gros animal à chair abondante qu'elle tua, et ce fut aussi la première fois qu'elle se servit d'une lance.

Si elle avait été un garçon, le Clan l'aurait autorisée à se servir d'un épieu, et c'eût été sa première chasse. Mais une femme qui utilisait un épieu devait mourir. Elle avait tué le cheval pour manger. Mais en creusant le piège, Ayla n'avait pas prévu qu'une jument en train d'allaiter y tomberait. Lorsque ensuite elle avait aperçu le poulain, son cœur s'était serré, sachant sa mort certaine sans sa mère. Pourtant, elle n'avait pas pensé à le recueillir et à l'élever. Pourquoi y aurait-elle songé ? Personne n'avait encore fait une chose pareille.

Mais lorsque des hyènes s'en étaient prises au poulain effarouché, Ayla avait repensé à celle qui avait essayé d'emporter le bébé d'Oga. Ayla détestait les hyènes, peut-être à cause de l'épreuve qu'elle avait dû affronter quand elle en avait tué une, dévoilant ainsi son secret à tous. Elles n'étaient pas pires que la plupart des autres prédateurs ou charognards, mais elles symbolisaient, aux yeux d'Ayla, la cruauté, le vice et le mal. Sa réaction ce jour-là avait été la même que la première fois, et les pierres qui avaient jailli de sa fronde avaient été aussi efficaces. Elle avait tué une hyène, mis les autres en fuite, et secouru le jeune animal sans défense. Mais cette fois, au lieu du bannissement, elle avait trouvé un compagnon à sa solitude, et les joies d'une relation affective extraordinaire.

Ayla avait pour le louveteau l'amour d'une mère pour un enfant charmant et intelligent, mais ses sentiments envers la jument étaient différents. Whinney avait partagé son isolement, et elles s'étaient toutes deux rapprochées autant qu'il était possible à deux créatures aussi dissemblables. Elles se connaissaient bien, se comprenaient, et se faisaient confiance. La jument louvette n'était pas seulement un animal utile, ni même un enfant aimé, elle avait été son unique compagne pendant des années, c'était son amie fidèle.

La première fois qu'Ayla avait grimpé sur le dos de Whinney et l'avait chevauchée au triple galop, ç'avait été un acte spontané, irrationnel. Et la griserie de cette cavalcade l'avait incitée à recommencer. Au début, elle n'avait même pas essayé de diriger la jument, mais elles étaient si proches que leur compréhension mutuelle avait grandi à chaque sortie.

En attendant que Jondalar eût terminé, Ayla regardait Loup mâchonner son chausson et se dit qu'il fallait trouver un moyen de canaliser ses instincts destructeurs. Elle enregistra machinalement les détails de la végétation qui poussait sur le bout de terrain où ils venaient de camper. La rivière, qui butait sur le haut talus escarpé de la rive opposée, inondait chaque année la berge en pente douce, déposant un terreau fertile qui nourrissait une grande variété de broussailles, d'herbes, d'arbustes et au-delà, les gras pâturages. Partout où elle allait, Ayla prêtait attention aux plantes. C'était une seconde nature, et grâce à un savoir enraciné au point d'en être devenu presque un instinct, elle cataloguait tout ce qui poussait et en répertoriait l'usage.

Elle vit un arbousier raisin d'ours, arbuste nain qui poussait dans la lande, aux petites feuilles coriaces et persistantes d'un vert foncé, les branches chargées de clochettes blanches teintées de rose, promesse d'une récolte abondante de baies rouges. Amères et astringentes, on pouvait les adoucir en les cuisant avec d'autres aliments. Mais les baies, Ayla le savait, étaient plus qu'une nourriture, leur jus soulageait la brûlure que cause parfois la miction, surtout lorsque l'urine est mêlée de sang.

Plus loin, un raifort dont les petites fleurs blanches étaient groupées au sommet d'une tige aux feuilles alternes et étroites qui surgissait d'un bouquet de longues feuilles plus larges, d'un vert foncé brillant. Sa racine, allongée et charnue, à l'arôme âcre, possédait un goût violemment épicé. En petite quantité, il relevait agréablement les plats, mais ses propriétés médicinales intéressaient davantage Ayla. C'était un stimulant pour l'estomac, il aidait à uriner et soulageait les articulations douloureuses. Elle hésita à en récolter, et décida finalement de ne pas s'attarder.

Mais en voyant une sauge des prés, elle n'hésita pas à sortir son bâton à fouir. Sa racine était l'un des ingrédients de la tisane matinale qu'elle buvait pendant la période lunaire où elle saignait. Le reste du temps, elle se composait une infusion avec d'autres plantes, notamment les fils d'or qui s'enroulent autour des végétaux et les étouffent. Il y avait fort longtemps, Iza lui avait parlé des herbes magiques qui fortifieraient son totem et l'aideraient à vaincre celui des hommes, évitant ainsi qu'un bébé grandisse en elle. Iza lui avait bien recommandé de n'en parler à personne, surtout pas à un homme.

Ayla doutait que les bébés fussent le fruit des esprits, et pensait plutôt que l'homme jouait un rôle prépondérant. Quoi qu'il en fût, les plantes secrètes étaient efficaces. Depuis qu'elle buvait sa tisane spéciale, aucune vie nouvelle n'avait germé en elle, qu'un homme fût dans les parages, ou non. Ayla n'aurait pas été mécontente de mettre un enfant au monde, pourvu qu'ils fussent installés quelque part. Mais Jondalar lui avait bien fait comprendre qu'il eût été risqué pour elle de tomber enceinte au cours du Voyage.

Elle arracha la racine de la sauge des prés, et pendant qu'elle la nettoyait, elle aperçut les feuilles en forme de cœur et les longs calices jaunes et tubuleux d'une serpentaire, efficace contre les fausses couches. Avec un pincement au cœur, elle repensa au jour où Iza en avait cueilli pour elle. Elle se releva et s'apprêtait à ranger les racines fraîches dans un panier spécial, attaché au sommet du chargement, lorsqu'elle vit Whinney picoter de l'avoine sauvage. Elle aussi en aimait les graines, une fois cuites, et poursuivant machinalement son inventaire médicinal, elle nota que les fleurs et les chaumes facilitaient la digestion.

Le cheval avait déposé du crottin, dont l'odeur avait attiré les mouches. En certaines saisons, les insectes devenaient insupportables, et Ayla décida de ramasser des plantes qui les éloignaient, dès qu'elle en verrait. Qui sait quelles régions ils traverseraient ?

Dans sa lecture spontanée de la végétation locale, Ayla identifia une variété d'armoise, au goût amer et à la forte odeur camphrée, qui avait poussé en grosse touffe. Elle savait que son odeur ne chassait pas les insectes, mais elle possédait d'autres vertus. Il y avait aussi des géraniums sauvages aux feuilles dentelées et aux fleurs à cinq pétales d'un rose rouge qui donnaient des fruits en forme de bec de grue. Les feuilles, séchées et réduites en poudre, arrêtaient les saignements et cicatrisaient les plaies. En infusion, elles soulageaient les maux de bouche et l'urticaire. Les racines possédaient des vertus bienfaisantes pour les diarrhées et autres problèmes intestinaux. Le goût, bien qu'amer et piquant, était assez doux pour les enfants ou les vieillards.

En cherchant des yeux Jondalar, Ayla vit que Loup mâchait toujours son chausson. Poussée par une intuition soudaine, elle examina de nouveau les dernières plantes qu'elle avait remarquées. Pourquoi avaient-elles retenu son attention ? Quelque chose l'avait frappée, sans doute. Elle comprit d'un coup. Elle reprit vivement son bâton à fouir et commença de déblayer la terre autour de l'armoise au goût amer et à la forte odeur camphrée, puis autour du géranium, astringent et piquant, mais inoffensif.

Jondalar était déjà à cheval, prêt à partir.

— Pourquoi ramasser des plantes, Ayla ? s'impatienta-t-il. Il faut que l'on parte. Tu en as vraiment besoin maintenant ?

— Oh, oui ! Mais je n'en ai pas pour longtemps, répondit Ayla en s'attaquant à la longue racine charnue du raifort au goût si épicé. Je crois avoir découvert un moyen d'éloigner Loup de nos affaires, expliqua-t-elle en désignant le jeune louveteau mâchouillant ce qui restait du chausson de cuir. Je vais fabriquer un baume « anti-Loup ».

Ils quittèrent leur campement pour rejoindre, vers le sud-est, l'affluent qu'ils avaient suivi la veille. Le vent chargé de poussière était tombé pendant la nuit, et sous un ciel limpide, l'air enfin pur dévoilait un horizon dégagé. A perte de vue, du nord au sud, de l'est à l'ouest, tout n'était que prairies, une immensité ondoyante, une mer houleuse d'herbe toujours en mouvement. Les quelques arbres au bord des cours d'eau accentuaient encore l'impression d'immensité. Mais l'étendue des plaines herbeuses dépassait ce qu'ils imaginaient.

D'énormes couches de glace de trois, cinq, jusqu'à huit mille mètres d'épaisseur, recouvraient les confins de la terre et débordaient sur les plaines septentrionales, écrasant la croûte rocheuse du continent d'un poids incommensurable. Au sud du glacier, des steppes froides et sèches, vastes comme un continent, allaient de l'océan, à l'ouest, jusqu'à la mer, à l'est. Les terres qui bordaient le glacier n'étaient qu'une immense et riche prairie. Les plantes herbacées envahissaient tout, des vallées jusqu'aux collines battues par les vents. Seuls les montagnes, rivières, lacs et mers, qui dégageaient assez d'humidité pour permettre aux arbres de pousser, faisaient intrusion dans les vertes prairies nordiques de l'Ere Glaciaire.

Ayla et Jondalar sentirent que le sol s'inclinait au fur et à mesure qu'ils approchaient du grand fleuve, dont ils étaient pourtant encore assez éloignés. Bientôt, ils se retrouvèrent perdus dans de hautes herbes. Même en se haussant sur Whinney, Ayla n'apercevait que la tête et les épaules de Jondalar, noyé au milieu des herbes de deux mètres cinquante, et dont les tiges aux sommets duveteux ou couronnés de fleurs minuscules s'agitaient au gré du vent, formant une surface dorée aux reflets rougeâtres, sur un océan bleu-vert. Elle voyait apparaître et disparaître la monture marron et devinait Rapide plus qu'elle ne le reconnaissait.

Ayla se félicitait d'être à cheval. La barrière verte s'ouvrait sur leur passage sans offrir de résistance, mais ils voyaient à peine plus loin que les herbes les plus proches et, derrière eux, le mur se reformait, effaçant toute trace de leur passage. Leur vue se limitait à leur espace immédiat, comme s'ils se déplaçaient avec lui. Seuls, l'astre incandescent traçant sa route dans l'azur immaculé, et la courbure des tiges indiquant le sens du vent, les guidaient dans leur marche et évitaient qu'ils ne fussent séparés l'un de l'autre.

Tout en chevauchant, Ayla entendait le murmure du vent et les moustiques susurrer à ses oreilles. Au milieu des herbes denses, l'air était chaud et étouffant. Bien qu'Ayla vît les tiges s'agiter, elle ne sentait aucun courant d'air. Un bourdonnement de mouches et une odeur de crottin lui apprirent que Rapide venait de se soulager. Son fumet lui était aussi familier que celui de sa jument... ou même que sa propre odeur, et Ayla aurait deviné que le jeune étalon était passé par là même si elle n'avait pas su qu'il la précédait de quelques pas. L'air était chargé des arômes d'un humus riche et d'une végétation bourgeonnante. Elle ne classait pas les odeurs en bonnes ou en mauvaises, l'odorat était pour elle comme la vue ou l'ouïe, un sens qui l'aidait à percevoir et à analyser le monde extérieur.

Au bout d'un certain temps, la monotonie du paysage, haies après haies de tiges vertes, la cadence régulière du cheval, et la chaleur du soleil, presque à la verticale, engourdirent la conscience d'Ayla. Les longues tiges minces se brouillèrent en une tache verte qu'elle ne voyait même plus. Mais peu à peu, elle découvrit une autre végétation : il n'y avait pas que de l'herbe dans cette prairie, et comme d'habitude elle le nota inconsciemment. C'était sa manière d'aborder le monde.

Là, se dit Ayla, un animal a dû laisser cette trace en se roulant dans l'herbe... tiens, des pattes-d'oie, comme Nezzie appelait l'ansérine qui poussait près de la caverne du Clan. Je devrais en cueillir, songea-t-elle sans lever le petit doigt. Cette plante, avec ses fleurs jaunes et ses feuilles enroulées autour de sa tige, c'est un chou sauvage. Ce serait bon aussi, pour ce soir, songea-t-elle sans s'arrêter. Et ces fleurs mauves, avec leurs petites feuilles et leurs gousses innombrables, ce sont des gesses. Sont-elles déjà mûres ? Non, sans doute pas. Là-bas, cette large fleur blanche arrondie, piquée de rose au milieu, c'est une carotte sauvage. On dirait que Rapide en a piétiné les feuilles. Je devrais prendre mon bâton à fouir. Tiens, en voilà d'autres ! Oh, cela peut attendre, il fait si chaud, j'en trouverai toujours plus loin. On dirait qu'elles pullulent par ici. Elle tenta d'écraser des mouches qui volaient autour de ses cheveux trempés de sueur. Au fait, je n'ai pas vu Loup depuis longtemps, où peut-il être ?

Elle chercha le louveteau et l'aperçut derrière la jument, reniflant le sol. Il s'arrêta, leva la tête pour humer une nouvelle odeur, et disparut dans l'écran de verdure, sur la gauche d'Ayla. Une libellule bleue, aux ailes mouchetées, dérangée par l'intrusion de Loup, voltigeait au-dessus de l'endroit où l'animal avait disparu comme pour en marquer l'emplacement. Bientôt, un cri rauque et un bruissement d'ailes annonça l'envol d'une grande outarde qu'Ayla aperçut soudain. Elle saisit la fronde ceignant son front. C'était une solution pratique : les cheveux d'Ayla étaient maintenus et son arme était à portée de main.

Mais l'énorme outarde — avec ses dix kilos, c'était l'oiseau le plus lourd des steppes — volait vite pour son poids et était déjà hors d'atteinte avant qu'Ayla ait sorti une pierre de sa bourse. En regardant s'éloigner l'oiseau moucheté, ailes blanches, ailerons noirs, elle regretta de ne pas avoir deviné ce que Loup avait débusqué. L'outarde aurait composé un repas délicieux pour eux trois, et fourni des restes copieux.

— Dommage qu'on n'ait pas été assez rapide, regretta Jondalar.

Ayla remarqua qu'il rangeait une sagaie légère et son propulseur dans leur étui.

— Si seulement j'avais appris à me servir du Bâton Qui Revient de Brecie, soupira Ayla en ajustant sa fronde autour de sa tête, c'est tellement plus rapide ! Lorsque nous nous sommes arrêtés près du marécage où les oiseaux nichaient, en allant chasser le mammouth, elle tirait si vite que je n'en croyais pas mes yeux. Et elle pouvait toucher plus d'un oiseau à la fois.

— Oui, elle était habile. Mais elle s'était sans doute exercée aussi longtemps que toi avec ta fronde. On n'acquiert pas une telle adresse en une saison.

— Si encore l'herbe n'était pas aussi haute, j'aurais

vu ce que Loup débusquait et ma fronde aurait été prête à temps. Je croyais qu'il courait après un campagnol.

— Tâchons d'ouvrir l'œil, recommanda Jondalar, Loup va sûrement effrayer d'autres proies.

— J'ai regardé, pourtant ! s'exclama Ayla, mais je n'ai rien vu. (Elle leva les yeux pour s'assurer de la position du soleil, et se dressa sur Whinney, tentant de découvrir ce que les herbes cachaient.) Tu as raison, de la viande fraîche ne nous ferait pas de mal. J'ai vu toutes sortes de plantes bonnes à manger. J'allais m'arrêter pour en récolter, mais il y en avait tant que j'ai décidé d'en cueillir plus tard. Au moins elles seront fraîches, au lieu de se faner sous ce soleil brûlant. Il nous reste bien les grillades de bison du Camp des Fougères, mais elles ne nous feront qu'un seul repas. Et puis, inutile d'entamer les réserves de viande séchée en cette saison où la viande fraîche abonde. Quand nous arrêtons-nous ?

— Nous ne devons pas être loin de la rivière, l'air se rafraîchit, et l'herbe haute pousse près de l'eau, d'habitude. Quand nous serons arrivés près des berges, nous pourrons commencer à chercher un endroit pour camper, en descendant le courant, répondit Jondalar qui se remit en route.

Le mur d'herbes hautes s'étendait jusqu'au bord de la rivière, et des arbres avaient commencé d'apparaître en approchant des rives humides. Ils s'arrêtèrent pour laisser boire les chevaux, et descendirent de leur monture afin d'étancher leur propre soif, en utilisant un petit panier étroitement tressé qui leur servait à la fois de louche et de godet. Bientôt, Loup surgit de l'herbe à son tour, se mit à laper bruyamment, puis se laissa tomber avec un grand plouf et regarda Ayla, haletant, la langue pendante.

— Loup a chaud, lui aussi, remarqua-t-elle en souriant. Il a dû explorer les environs. Je me demande ce qu'il a découvert. Dans ces herbes hautes, il voit davantage de choses que nous.

— Oui, et je préférerais qu'on en sorte avant d'installer notre campement. Je me sens comme enfermé là-dedans. J'aime bien voir ce qui se passe autour de moi, déclara Jondalar en rejoignant son cheval.

Il saisit Rapide par les poils durs de sa crinière, d'un bond puissant il passa une jambe par-dessus le cheval, et, s'aidant des bras, il se mit avec aisance à califourchon sur le dos du vigoureux étalon. Puis il le guida sur le sol ferme, à l'écart de la rive boueuse, vers l'aval.

Les grandes steppes étaient loin de se réduire à une gigantesque étendue monotone d'épis ondulant gracieusement au rythme du vent. L'herbe géante poussait dans les endroits très humides, riches aussi de plantes les plus diverses. Dominée par des herbes de plus d'un mètre, pouvant atteindre jusqu'à trois mètres cinquante — bluestems bulbeux, stipes, touffes de fétuques — la prairie colorée comprenait aussi une variété de plantes florifères aux larges feuilles : asters, pas-d'âne ; aunée jaune à corolle multiple, grands entonnoirs blancs du datura ; carottes sauvages ; raifort, moutarde, oignons nains ; iris, lis et boutons d'or ; groseilliers, fraisiers et framboisiers.

Dans les régions semi-arides où les pluies sont rares, les plantes basses, de moins de cinquante centimètres, fructifiaient. La partie souterraine était plus importante, et elle développait de vigoureux rejetons en période de sécheresse. Elles partageaient le sol avec d'autres plantes telles que l'armoise ou la sauge.

Entre ces deux extrêmes, on trouvait les pâturages moyens, dans des régions trop froides pour les plantes basses, ou trop sèches pour les herbes hautes. Ces prairies tempérées étaient également très colorées, les plantes florifères s'y mêlaient à l'avoine sauvage, l'orge, et, sur les pentes des collines, aux bluestems. L'herbe aux tiges charnues poussait sur les sols humides, alors que l'herbe aux tiges plus frêles se localisait dans les régions plus froides, aux sols arides et pierreux. Les carex aussi foisonnaient — plante vivace aux nombreux rejets et aux épillets doubles — ainsi que les linaigrettes à feuilles larges, principalement dans la toundra et dans les sols humides. Les marais abondaient, peuplés de hauts roseaux, de prêles et de joncs.

Près de l'eau, la température fraîchissait, et plus l'après-midi avançait, plus Ayla était en proie à deux envies contradictoires. Elle avait hâte d'en terminer avec le mur d'herbes géantes, mais en pensant au repas du soir, elle mourait d'envie de s'arrêter pour cueillir les légumes qu'elle voyait en chemin. Elle chevauchait maintenant au rythme lancinant de : je m'arrête, non, je continue. Je m'arrête, non, je continue...

Bientôt, le rythme prit le dessus sur le sens des mots, comme une pulsation silencieuse et bruyante à la fois. Ayla fut prise d'appréhension. Cette impression de coups sourds, à peine audibles, la troublait. Et les herbes géantes qui l'entouraient et l'empêchaient de voir au-delà de quelques pas ajoutaient à son malaise. Elle était habituée aux paysages dégagés, aux vastes horizons, où la vue dépassait en tout cas l'écran de verdure immédiat. Plus ils avançaient, plus la sensation s'amplifiait, comme si le battement se rapprochait, ou comme s'ils touchaient à la source du bruit silencieux.

Ayla remarqua que le sol était fraîchement foulé en divers endroits, et elle plissa le nez pour humer une forte odeur musquée qu'elle essaya de définir. Loup fit alors entendre un long grognement sourd.

— Jondalar ! s'écria Ayla.

Il s'était arrêté, et, le bras levé, lui faisait signe de l'imiter. Il y avait bien quelque chose devant eux. Soudain, un cri strident déchira l'atmosphère.

3

— Ici, Loup ! ordonna Ayla à l'animal que la curiosité poussait à continuer.

Elle se laissa glisser du dos de Whinney et marcha vers Jondalar qui avait mis pied à terre, lui aussi, et progressait prudemment à travers l'herbe épaisse en direction des cris perçants et des martèlements formidables. Elle le rejoignit au moment où il s'arrêtait, et ils écartèrent les dernières tiges hautes pour mieux voir. Ayla s'agenouilla pour retenir Loup, et resta fascinée par le spectacle.

Un troupeau de mammouths laineux, agités, piétinaient la clairière qu'ils avaient déblayée en se nourrissant. Un mammouth adulte absorbait plus de deux cent cinquante kilos de nourriture par jour, et un troupeau entier pouvait raser une surface considérable de végétation en peu de temps. Il y avait là des bêtes de tous âges et de toutes tailles, dont certaines n'avaient pas plus de quelques semaines. C'était un troupeau de femelles, principalement de même lignée : mères, filles, sœurs, tantes, et leur progéniture. Une large famille, conduite par une vieille femelle prudente et sage, de loin la plus imposante du troupeau.

A première vue, elles semblaient toutes être d'un même brun roux, mais en y regardant de plus près, on remarquait des variantes. La toison des unes tirait sur le roux, celle des autres sur le brun, ou sur le jaune, ou le doré, et de loin, certaines femelles paraissaient presque noires. La double épaisseur de laine qui les couvrait, depuis leur grosse trompe et leurs oreilles singulièrement petites, jusqu'à leur queue courtaude terminée par une touffe de poils sombres, et leurs pattes trapues aux ongles larges, accentuait les différences de ton.

La laine drue et chaude, étonnamment soyeuse, du pelage d'été avait commencé à tomber et le poil d'hiver poussait par-dessous, d'une couleur plus claire et d'une texture duveteuse mais rude, imperméable aux vents, et qui donnait à la fourrure profondeur et reflets. Les poils du dessus, plus sombres et de longueurs diverses, pouvant atteindre un mètre, tombaient sur les flancs comme une robe, et pendaient drus de l'abdomen et du fanon — repli de la peau sous le cou et le poitrail — isolant les mammouths du sol glacé lorsqu'ils s'y couchaient.

Ayla fut amusée par de jeunes jumeaux dont la superbe fourrure d'un roux flamboyant était rehaussée de drôles de touffes noires, et qui, réfugiés derrière les pattes immenses de leur mère, semblaient l'épier. Le pelage ocre foncé de la vieille femelle était parsemé de poils gris. Ayla remarqua aussi les oiseaux blancs, éternels compagnons des mammouths, que ceux-ci toléraient ou ignoraient, selon qu'ils se posaient sur leurs crânes hirsutes, ou qu'ils évitaient adroitement d'être écrasés par leurs larges pattes, tandis qu'ils se gobergeaient des insectes dérangés par le passage des géants.

Loup gémissait, pressé d'aller voir de plus près ces animaux intéressants. Ayla le retint pendant que Jondalar cherchait dans un des paniers de Whinney la corde avec laquelle on l'attachait. La femelle grisonnante se retourna et regarda longuement dans leur direction — une de ses défenses était brisée — puis elle reporta son attention sur autre chose.

Seuls les très jeunes mâles accompagnaient les femelles. D'habitude, ils quittaient le troupeau où ils étaient nés peu après leur puberté, vers douze ans. Mais en l'occurrence, plusieurs jeunes, et même quelques aînés, suivaient ce troupeau, attirés par une femelle à la toison d'une jolie couleur noisette. Elle était en chaleur, et cela expliquait le vacarme qui avait alerté Ayla et Jondalar. Une femelle en chaleur attire tous les mâles, parfois au-delà de ses vœux.

La femelle noisette venait juste de rejoindre son troupeau familial après avoir semé trois jeunes mâles d'une vingtaine d'années qui la poursuivaient. Les mâles avaient abandonné la partie momentanément. Ils se tenaient à distance des femelles excitées qui s'étaient regroupées et parmi lesquelles leur proie avait trouvé refuge. Elle accueillit d'une caresse de la trompe un petit de deux ans qui se précipitait vers elle. Le petit se glissa entre ses pattes antérieures et entreprit de téter pendant que sa mère arrachait des touffes d'herbe. Harcelée depuis le début du jour, elle n'avait pas eu le temps de nourrir son petit, ni même de manger ou de se désaltérer.

Un mammouth de taille moyenne s'approcha du troupeau, et du bout de sa trompe, examina les femelles l'une après l'autre, fourrageant sous leur queue, entre leurs pattes postérieures, reniflant et goûtant, s'assurant de leur disposition. Les mammouths continuaient de grandir toute leur vie, et la taille de celui-ci indiquait qu'il était plus âgé que les trois mâles qui avaient traqué la femelle noisette. Il devait avoir une trentaine d'années. Dès qu'il s'approcha de la femelle en rut, elle s'éloigna prestement. Aussitôt il la suivit. Ayla étouffa un cri en voyant son énorme organe sortir de son fourreau et se gonfler en un long S.

Jondalar entendit la réaction d'Ayla et jeta un coup d'œil vers elle. Leurs regards se croisèrent, reflétant le même étonnement émerveillé. Tous deux avaient déjà chassé le mammouth, mais ils n'en avaient pas souvent observé de si près, et jamais assisté à leur accouplement. Jondalar sentit monter en lui une onde de chaleur en regardant Ayla. Le visage empourpré, la bouche entrouverte, l'œil brillant, elle respirait, le souffle court. Fascinés par le spectacle impressionnant des deux colosses prêts à honorer la Grande Terre Mère, ainsi qu'Elle l'exige de tous Ses enfants, ils continuèrent d'observer.

Mais la femelle courut hors de portée du gros mammouth en décrivant un ample arc de cercle, et se réfugia de nouveau au milieu du troupeau, sans succès. Elle fut aussitôt relancée par un autre mâle qui tenta de la couvrir contre son gré et dont elle réussit à se dégager. Son petit essaya à plusieurs reprises de la suivre dans sa fuite, puis il renonça et resta auprès des autres femelles. Jondalar ne s'expliquait pas pourquoi la femelle noisette s'obstinait à éviter les mâles en rut. La Mère n'attendait-Elle pas que les mammouths femelles L'honorassent, elles aussi ?

Comme si d'un commun accord tous avaient décidé une trêve pour paître, la paix revint et les mammouths avancèrent lentement vers le sud en arrachant sur leur passage touffe d'herbe après touffe d'herbe, à un rythme régulier. Profitant de ce répit, la femelle noisette, la tête basse, l'air harassé, s'efforça de se restaurer.

Les mammouths passaient l'essentiel des journées et des nuits à se nourrir. Ils avaient besoin chaque jour d'énormes quantités de fibres végétales, même de piètre qualité. En hiver par exemple, ils arrachaient l'écorce des arbres avec leur trompe. A ces centaines de kilos de nourriture quotidienne digérée en douze heures, s'ajoutait une portion, minime mais indispensable, de plantes à larges feuilles, succulentes et nourrissantes, ou parfois quelques feuilles de saule, de bouleau ou d'aulne, plus riches que les herbes grossières ou les carex, mais dont l'abus était toxique pour les mammouths.

Lorsque les grands mammifères laineux se furent éloignés à une distance respectable, Ayla attacha la laisse au cou du jeune loup, au moins aussi intéressé qu'eux. Il mourait d'envie de s'approcher du troupeau, mais Ayla ne voulait pas qu'il sème la pagaille. Elle avait le sentiment que la vieille femelle qui dirigeait le troupeau acceptait leur présence, à condition qu'ils restent à distance. Les chevaux montraient eux aussi quelques signes de nervosité. A l'abri des hautes herbes, Ayla et Jondalar leur firent contourner la clairière pour suivre les mammouths afin de continuer à les observer, car il y avait dans l'air comme une attente fébrile. Un événement allait se produire. Peut-être n'était-ce que l'achèvement de l'accouplement auquel ils étaient, en quelque sorte, invités à assister ? Non, il s'agissait, semblait-il, de plus que cela.

Tout en suivant le troupeau, chacun à sa manière étudiait les énormes bêtes. Ayla chassait depuis son plus jeune âge et elle avait souvent observé les animaux, mais jamais ses proies n'avaient atteint une telle taille. On ne chassait pas seul le mammouth. Il fallait constituer des groupes importants et bien organisés. En vérité, elle avait déjà approché ces animaux géants lorsqu'elle avait chassé avec les Mamutoï. Mais dans le feu de l'action, il n'y avait pas de temps pour l'observation, et comment être sûr qu'une si belle occasion se présenterait encore ?

La tête d'un mammouth était massive et bombée — avec des sinus offrant de larges cavités qui aidaient au réchauffement de l'air glacial inhalé en hiver. La forme bombée du crâne était encore accentuée par une bosse de graisse et un remarquable toupet de poils drus et foncés. La nuque, courte et creusée, tombait sur un cou trapu que prolongeait une deuxième bosse de graisse à hauteur du garrot, au-dessus de l'épaule. De là, le dos descendait doucement jusqu'au bassin étroit aux hanches presque délicates. Pour avoir déjà dépecé et mangé de la viande de mammouth, Ayla savait que la graisse de la deuxième bosse était d'une autre qualité que celle de la couche de huit centimètres stockée sous la peau du crâne, peau dure et elle-même épaisse de deux centimètres. Elle était plus fine et plus savoureuse.

Les mammouths avaient des pattes relativement courtes pour leur taille, ce qui leur facilitait l'accès à la nourriture puisqu'ils mangeaient surtout de l'herbe, et non, comme leurs cousins des climats chauds, les feuilles des arbres. Rares étaient les arbres dans la steppe. Mais comme leurs cousins, la tête des mammouths était très haut au-dessus du sol, trop grosse et trop lourde pour qu'un long cou leur permette d'atteindre leur nourriture ou de s'abreuver comme les chevaux ou les cerfs. Alors leur trompe s'était développée, apportant l'herbe et l'eau jusqu'à la gueule.

Le long mufle sinueux et pelucheux du mammouth était suffisamment fort pour arracher un arbre ou bien soulever un énorme bloc de glace et le lâcher ensuite de façon qu'il se brise en petits morceaux afin de se désaltérer l'hiver, et assez adroit pour cueillir une feuille précisément choisie. La trompe était surtout merveilleusement adaptée à l'arrachage de l'herbe. A son extrémité, deux saillies : au-dessus, un appendice tactile que le mammouth commandait à sa guise, et en dessous un autre appendice aplati, plus large et très flexible, un peu comme une main, mais sans os ni doigt.

Jondalar regardait, fasciné par son habileté et par sa force, un mammouth enrouler l'appendice inférieur de sa trompe autour d'une touffe d'herbe haute et la maintenir pendant que de l'appendice supérieur il tâtait et rassemblait d'autres tiges en une gerbe suffisante. Utilisant le second appendice comme un pouce, la trompe se referma autour de la gerbe et extirpa d'un coup sec tiges et racines. Après qu'il l'eut secouée pour la nettoyer de sa terre, le mammouth l'enfourna, et tout en mastiquant, en prépara une autre avec sa trompe.

Pendant leur migration à travers les steppes, les mammouths laissaient derrière eux d'immenses espaces dévastés, du moins en apparence. Mais l'herbe déracinée, l'écorce arrachée étaient bénéfiques pour la steppe, et pour les autres animaux. Débarrassée des tiges ligneuses des hautes herbes et des arbustes, la terre donnait naissance à de riches plantes herbacées, nourriture essentielle pour la plupart des habitants des steppes.

Soudain, Ayla frissonna sous l'effet d'une étrange sensation. Elle s'aperçut que les mammouths avaient interrompu leur repas. Plusieurs d'entre eux s'étaient redressés et, dodelinant de la tête, oreilles tendues, ils regardaient vers le sud. Jondalar nota le changement qui s'opéra chez la femelle noisette, celle que les mâles n'avaient cessé de harceler. La tension de l'attente semblait avoir remplacé la fatigue extrême. Soudain, elle poussa un barrissement long et grave. En réponse, un grondement sourd, comme un roulement de tonnerre venant du sud-ouest, résonna dans la tête d'Ayla et lui donna la chair de poule.

— Jondalar ! s'écria-t-elle. Là-bas !

Il regarda dans la direction qu'elle indiquait. Soulevant un nuage de poussière telle une tornade, sa tête bombée dépassant à peine de l'herbe géante, un mammouth gigantesque chargeait. Il était roux pâle et deux défenses énormes surgissaient de la mâchoire supérieure, plongeant d'abord vers le bas, puis elles remontaient en se recourbant vers l'intérieur, et se terminaient en pointes émoussées. Si le mammouth ne les brisait pas, elles finiraient par former deux grands arcs de cercle dont les extrémités se croiseraient.

Les mammouths à l'épaisse toison laineuse de l'Ere Glaciaire étaient trapus. Ils dépassaient rarement trois mètres au garrot. Mais leurs défenses atteignaient des tailles spectaculaires, les plus prodigieuses qui existèrent jamais. Aux environs de soixante-dix ans, les défenses en ivoire d'un mammouth mâle en bonne santé pouvaient approcher les quatre mètres et peser plus de cent kilos chacune.

Un fort effluve, âcre et musqué, précéda l'arrivée du mammouth, déclenchant une excitation intense parmi les femelles. Lorsqu'il atteignit la clairière, elles se précipitèrent à sa rencontre, inondant le sol de leur urine pour lui offrir leur odeur, et le saluant par un concert de barrissements discordants. Attirées et perturbées à la fois, elles l'entouraient, lui présentaient leur arrière-train, essayaient de le caresser de leur trompe. Les autres mâles, eux, battirent en retraite à l'écart du troupeau.

La tête haute, le grand mâle exhibait fièrement ses spirales d'ivoire, qui excédaient de loin en taille les défenses des femelles, plus petites et plus droites. Même celles des plus gros mâles paraissaient frêles en comparaison. Ses petites oreilles laineuses déployées, son toupet dru et sombre dressé, sa toison roux clair dont les longs poils volaient au vent ajoutaient à la majesté de sa stature. Dominant les mâles adultes de près d'un mètre, deux fois plus gros que les femelles, c'était l'animal le plus formidable qu'aient jamais vu Ayla et Jondalar. Il avait survécu à quarante-cinq années, ou davantage, d'épreuves et de plaisirs, il était en pleine maturité, un seigneur des mammouths, il était magnifique.

Mais ce n'était pas seulement la majesté de sa taille qui avait fait reculer les autres mâles. Ayla remarqua que ses tempes étaient gonflées et à mi-chemin entre ses yeux et ses oreilles, un liquide visqueux ruisselait en traînées noires sur l'épaisse fourrure rousse de ses joues. Il bavait abondamment et projetait de temps en temps des jets d'urine d'une odeur âcre, qui recouvraient la fourrure de ses pattes postérieures et du fourreau de son membre d'une écume verdâtre. Ayla se demanda s'il était malade.

Non, aucun de ces symptômes n'était dû à une quelconque maladie. Chez les mammouths laineux, les femelles n'étaient pas seules à avoir un cycle œstral. Chaque année, les mâles adultes avaient une période de rut et donc d'intense activité sexuelle. Bien qu'un mammouth mâle atteignît la puberté vers l'âge de douze ans, il n'entrait pas en rut avant une trentaine d'années, et encore celui-ci ne durait-il alors qu'une semaine ou deux. Vers quarante ans, dans son âge mûr, un mâle en bonne santé pouvait être en rut jusqu'à trois ou quatre mois par an. Bien qu'il suffît qu'un mâle fût pubère pour s'accoupler à une femelle en chaleur, la copulation avait plus de chance d'aboutir si le mâle était en rut.

Le grand mâle roux n'était pas seulement un mâle dominant, il était en plein rut, et il était venu s'accoupler en réponse à l'appel de la femelle en chaleur.

De près, les mâles, comme la plupart des quadrupèdes, savaient que les femelles étaient en état de concevoir à l'odeur qu'elles dégageaient. Mais les mammouths se déplaçaient sur de telles distances qu'ils avaient développé un autre moyen de faire savoir qu'ils étaient prêts pour l'accouplement. Lorsque le cycle œstral de la femelle commençait, ou que le mâle était en rut, le ton de leur voix baissait. Les tons graves voyagent plus loin que les aigus, et les barrissements signalant la période féconde traversaient ainsi les plaines sur des kilomètres.

Jondalar et Ayla entendaient clairement l'appel de la femelle en chaleur, mais la réponse du mâle en rut était si grave qu'elle leur était à peine audible. Même en temps ordinaire, les mammouths communiquaient à travers la steppe par des barrissements inaudibles à l'oreille humaine. Là, le mammouth en rut barrissait avec une puissance extrême, et la femelle davantage encore, mais si quelques humains étaient capables de détecter les vibrations de sons graves, la plupart des composantes sonores émises par les mammouths échappaient à l'ouïe humaine.

La femelle noisette tenait à distance le groupe de jeunes mâles intéressés, eux aussi, par ses odeurs et par ses barrissements. Mais, pour engendrer, elle préférait un mâle dominant dont l'âge mûr prouvait la bonne santé et l'instinct de survie, un mâle assez puissant pour faire un bon géniteur. Un mâle en rut ! Elle ne le savait pas, mais son corps, lui, savait.

Maintenant, elle était prête pour le mâle. Ses longs poils battant ses flancs à chaque pas, la femelle noisette courut vers le mâle majestueux. Elle barrissait avec force et agitait ses petites oreilles touffues. Elle urina à grand bruit, puis, allongeant sa trompe vers l'imposant organe en forme de S du futur géniteur, elle renifla et goûta son urine. Dans un grondement de tonnerre, tête haute, elle pivota pour lui présenter son arrière-train.

Le grand mâle caressa le dos de la femelle avec sa trompe pour la calmer, et son immense organe touchait presque le sol. Il se dressa ensuite sur ses pattes postérieures et allongea ses pattes antérieures loin sur le dos de sa compagne pour la couvrir. Il était deux fois plus grand qu'elle, et si lourd qu'on aurait pu croire qu'il allait l'écraser, mais tout son poids reposait sur ses pattes arrière. Du bout de son organe merveilleusement mobile, il trouva la vulve qu'il pénétra profondément en poussant un grondement interminable.

Bien qu'il fût assourdi comme s'il était lointain,

Jondalar l'entendit et en frémit d'émotion. Ayla ne le perçut guère plus fort, mais elle trembla de frissons violents. La femelle noisette et le mâle roux gardèrent longtemps la position. Les longues mèches de la toison du mammouth battaient ses flancs avec énergie bien que le mouvement fût léger. Il descendit enfin du dos de la femelle, lâchant un jet d'urine en se retirant. Elle fit quelques pas en avant et poussa un barrissement long et grave qui résonna dans la moelle épinière d'Ayla et lui donna la chair de poule.

Avec force barrissements, toutes les femelles accoururent vers la femelle noisette, chacune lui caressant de sa trompe la gueule et la vulve humide, déféquant et urinant, en proie à une excitation intense. Le mammouth roux se reposait, tête baissée, sans prêter attention à ce joyeux tohu-bohu. Finalement, tout le monde se calma et se dispersa pour se nourrir. Seul le petit resta près de sa mère qui barrit une dernière fois avant de frotter sa tête contre l'épaule du mâle majestueux.

Aucun des autres mâles n'approcha le troupeau tant que le mammouth roux resta, même si la femelle noisette n'avait rien perdu de son attrait. Le rut, qui conférait un charme irrésistible aux mammouths mâles, donnait à la femelle un pouvoir dominateur sur eux, et la rendait agressive même envers plus fort qu'elle. A moins que ce fût un mâle, en rut lui aussi. Ils n'osaient approcher, sachant que le mâle roux serait prompt à se fâcher. Seul un mammouth en rut et de taille identique l'affronterait. Et si dans le même périmètre, une même femelle les attirait, ils se battraient jusqu'à ce que l'un des deux fût sévèrement blessé, ou mort.

Comme s'ils en connaissaient les conséquences, les mâles s'évitaient soigneusement et les combats étaient rares. Les appels aux notes graves et l'urine âcre du mâle en rut n'annonçaient pas seulement sa présence aux femelles, mais également aux autres mâles. Seuls trois ou quatre d'entre eux étaient en rut en même temps, pendant la période de six à sept mois du cycle œstral des femelles, mais ils ne se risqueraient pas à contester au mâle roux la possession de la femelle noisette. En rut ou pas, c'était le mammouth dominant, et tous le savaient.

Ayla, qui contemplait toujours la scène, remarqua que les deux partenaires se nourrissaient côte à côte. Puis la femelle s'éloigna pour arracher une touffe d'herbe particulièrement succulente. Un jeune mâle, à peine pubère, tenta de l'approcher. Elle se réfugia auprès de son compagnon qui envoya un jet d'urine vers le jeune intrépide, et poussa un barrissement menaçant. L'odeur âcre et le profond rugissement eurent raison de l'audace du jeunot. Il s'enfuit aussitôt, inclina la tête en signe de soumission, et garda ses distances. Tant qu'elle resta près du mâle en rut, la femelle noisette put se reposer et se nourrir sans crainte d'être importunée.

Ils savaient que l'accouplement était terminé, mais l'homme et la femme ne se résolvaient pas à quitter les lieux. Pourtant Jondalar ressentait à nouveau l'urgence du départ. Ils étaient émus et honorés d'avoir pu assister à l'accouplement des mammouths. Mais plus qu'une faveur accordée, c'était comme s'ils avaient fait partie d'une cérémonie de grande importance. Ayla aurait voulu courir toucher les deux partenaires pour leur témoigner sa reconnaissance et partager leur joie.

Avant de partir, Ayla remarqua qu'une quantité de plantes comestibles qu'elle avait vues en chemin poussaient dans les parages, et elle décida d'en collecter à l'aide de son bâton à fouir pour les racines, et d'un couteau spécial assez épais mais solide, pour couper les tiges et les feuilles. Jondalar s'agenouilla pour l'aider mais dut lui demander de spécifier ce qu'il devait ramasser.

Cela étonnait toujours Ayla. Pendant leur séjour au Camp du Lion, elle avait appris les coutumes des Mamutoï, différentes de celles du Clan. Déjà, alors qu'elle travaillait souvent avec Deegie ou Nezzie, la volonté de Jondalar de l'aider dans une tâche que les hommes du Clan réservaient aux femmes l'avait surprise. Pourtant, depuis les premiers jours où Jondalar avait vécu avec elle dans sa vallée, il n'avait jamais rechigné à faire les mêmes travaux qu'elle, et il ne comprenait pas qu'elle s'étonnât de le voir partager les tâches indispensables. A présent, seule avec lui, elle redécouvrait ce côté de sa personnalité.

Ils partirent enfin, et chevauchèrent en silence. Ayla pensait toujours aux mammouths, ainsi qu'aux Mamutoï qui l'avaient adoptée alors qu'elle était la femme de Nulle Part. Ce peuple s'était donné le nom de Chasseurs de Mammouths, alors qu'il chassait aussi beaucoup d'autres espèces, et il accordait à l'énorme animal une place d'honneur exclusive. Il ne leur procurait pas seulement tout ce qui était nécessaire à leur existence — la viande, la graisse, le cuir, la laine pour les cordages, l'ivoire pour les outils et les sculptures, les os pour les charpentes d'habitation et même pour le combustible —, il était sacré. La chasse au mammouth revêtait pour eux un sens spirituel profond.

Bien qu'elle l'eût quitté, elle avait le sentiment d'appartenir encore plus qu'avant au peuple des Mamutoï. La rencontre avec le troupeau de mammouths ne pouvait être un simple hasard. Elle était persuadée qu'il s'agissait d'un signe, et elle se demandait si Mut, la Grande Terre Mère, ou encore son totem, n'essayaient pas de lui délivrer un message. Ces derniers temps, elle pensait souvent à l'esprit du Grand Lion des Cavernes, le totem que Creb avait choisi pour elle, et elle s'interrogeait : la protégeait-il toujours, même si elle n'appartenait plus au Clan ? L'esprit d'un totem du Clan trouverait-il sa place dans sa nouvelle vie avec Jondalar ?

Le mur d'herbes hautes s'éclaircit enfin, et ils se rapprochèrent de la rivière, à la recherche d'un lieu propice pour camper. Le soleil déclinait à l'ouest, et Jondalar décida qu'il était trop tard pour chasser. Il ne regrettait pas leur halte auprès des mammouths, mais il avait espéré trouver de la viande pour leur repas du soir, et les jours suivants. L'idée d'entamer leur réserve de viande séchée lui déplaisait, il préférait l'épargner pour les cas d'extrême nécessité. Il leur faudrait chasser le lendemain, avant de lever le camp.

Les riches terres alluviales qui bordaient la rivière avaient changé l'aspect de la vallée et de sa végétation. A mesure que les berges s'élevaient, la nature de l'herbe se modifiait, arrivant à peine au ventre des chevaux, au grand soulagement de Jondalar. Il préférait voir où ils allaient. Comme ils approchaient du sommet d'une côte, le paysage leur sembla familier. Ils n'étaient jamais venus dans cette région, mais elle ressemblait à celle qui abritait le Camp du Lion, avec ses hautes berges escarpées creusées de ravines qui menaient à la rivière.

Ils gravirent une pente douce et Jondalar s'aperçut que la rivière obliquait vers la gauche, en direction de l'est. Il était grand temps de quitter cette artère de vie, qui après quelques méandres vers le sud, traversait l'ouest du pays. Il s'arrêta pour consulter la carte que Talut avait gravée sur un morceau d'ivoire. En levant la tête, il vit Ayla, descendue de cheval et postée sur la berge, qui regardait au-delà de la rivière. A son maintien, il devina qu'elle était soucieuse ou malheureuse.

Il se laissa glisser de sa monture, la rejoignit et découvrit ce qui la captivait. Sur l'autre rive, saillant d'un terre-plein à flanc de côte, on distinguait un large monticule planté d'herbe. Il aurait pu s'agir d'une éminence naturelle si une ouverture en arc, fermée par une lourde peau de mammouth, n'avait dévoilé sa vraie nature. C'était en fait un abri, semblable à celui du Camp du Lion où ils avaient séjourné l'hiver dernier.

L'habitation semi-souterraine creusée dans le lœss et aux dimensions spacieuses était bâtie pour durer plusieurs années. Les murs enduits d'argile et le toit circulaire semé d'herbe étaient soutenus par une armature d'os de mammouth pesant plus d'une tonne. Entre le toit et le plafond composé de bois de cerf entremêlés et enduit d'argile, s'intercalait une couche épaisse de chaume et de roseaux. Adossés au murs, des bancs de terre faisaient office de lit, et des fosses creusées dans le permafrost servaient de réfrigérateurs naturels. Deux défenses de mammouth, posées en vis-à-vis sur le sol, pointes en l'air, formaient la voûte d'entrée. Loin d'être une construction provisoire, c'était plutôt un foyer permanent, assez spacieux pour abriter plusieurs familles. Ayla en conclut que ses occupants reviendraient y passer l'hiver, comme le faisaient ceux du Camp du Lion.

— Je me demande qui habite ce Camp, remarqua Ayla.

— C'est peut-être le foyer du Camp des Fougères, avança Jondalar.

— Oui, peut-être, admit Ayla dont le regard se perdit au-delà du cours d'eau. Il a l'air vide. Tu sais, je ne pensais pas que je ne reverrais jamais le Camp du Lion. Quand je suis partie pour la Réunion d'Eté, j'ai laissé au camp beaucoup de choses qui m'appartenaient. Je ne savais pas que je ne reviendrais jamais, sinon, je les aurais emportées.

— Regrettes-tu d'être partie, Ayla ? demanda Jondalar dont l'inquiétude se lisait toujours à son front creusé de rides. Je serais resté, et je serais devenu un Mamutoï moi aussi, si tu l'avais voulu. Je te l'avais promis. Je sais que tu étais heureuse parmi eux. Il n'est pas trop tard, nous pouvons encore faire demi-tour.

— Non, je suis triste, mais je ne regrette rien. C'est avec toi que je veux vivre. Et toi, tu veux retourner chez les tiens, Jondalar, je l'ai su tout de suite. Oh, bien sûr, tu te serais habitué à vivre chez les Mamutoï, mais tu n'y aurais jamais été heureux. Ton peuple, ta famille te manqueraient. Pour moi, cela n'a pas la même importance. Jamais je ne connaîtrai ceux qui m'ont donné le jour. Mon peuple, c'était le Clan.

Ayla resta songeuse et Jondalar surprit un sourire de douceur sur ses lèvres.

— Iza aurait été tellement contente si elle avait su que je partais avec toi. Elle t'aurait aimé, Jondalar. Tu sais, il y a très longtemps, elle m'avait dit que je n'étais pas du Clan, et pourtant je n'avais pas d'autres souvenirs que parmi eux. Pour moi, Iza était ma mère, mais elle voulait que je quitte le Clan. Elle avait peur. Avant de mourir, elle m'a dit : « Va retrouver ton peuple, cherche-toi un compagnon. » Elle pensait à un Autre, un homme de mon peuple, quelqu'un qui ne serait pas du Clan. Un homme que je pourrais aimer et qui prendrait soin de moi. Je suis restée seule longtemps dans la vallée, et je désespérais de trouver quelqu'un. C'est alors que tu es venu. Iza avait raison, il fallait que je retrouve mon peuple. Vois-tu, si Durc n'existait pas, je remercierais presque Broud de m'avoir forcée à partir. Jamais aucun homme ne m'aurait aimée si je n'avais pas quitté le Clan et jamais je n'aurais rencontré un homme qui me soit si cher.

— Nous ne sommes pas si différents, Ayla. Moi non plus, je ne pensais pas m'éprendre d'une femme un jour. J'en ai pourtant connu beaucoup chez les Zelandonii, et pendant mon voyage. Thonolan se liait facilement avec tout le monde et il me facilitait la tâche.

Il avait tressailli en prononçant le nom de son frère et ferma les yeux pendant de longues minutes, le visage assombri. Ayla avait remarqué que chaque fois qu'il parlait de son frère, la douleur se réveillait, toujours aussi vive.

Elle contempla l'homme d'une taille exceptionnelle, aux longs cheveux blonds noués sur la nuque par une lanière, et s'émerveilla encore de sa magnifique stature. Après l'avoir vu à l'œuvre à la Réunion d'Eté, elle doutait qu'il eût besoin de son frère pour se faire des amis, surtout parmi les femmes. Plus que sa carrure ou la finesse de ses traits, c'étaient ses yeux, étonnamment vifs et expressifs, des yeux qui semblaient révéler l'âme profonde de cet homme secret, qui lui donnaient cette présence imposante, ce magnétisme, ce charme presque irrésistible.

Il la regardait, l'œil brûlant de désir. Ayla sentit son corps répondre à la douce caresse de ses yeux. Elle songea à la femelle noisette qui se refusait aux autres mâles dans l'attente du géant roux jusqu'à presque en défaillir. Prolonger l'anticipation du plaisir, c'était aussi du plaisir.

Elle adorait le regarder, s'emplir de son image. Tout de suite, elle l'avait trouvé beau, bien qu'elle n'ait eu personne à qui le comparer. Depuis, elle avait découvert que les autres femmes aussi aimaient le regarder, qu'elles étaient sensibles à son charme troublant. Elle avait aussi découvert son embarras devant un tel succès. Sa beauté remarquable lui avait causé au moins autant de peine que de plaisir. Etre apprécié pour des qualités dont il n'était pas responsable ne lui procurait aucune fierté. C'étaient des dons accordés par la Mère, et non le fruit de ses efforts.

Mais la Grande Terre Mère ne s'en était pas tenue à l'apparence, elle l'avait aussi doté d'une vive intelligence du monde physique, et d'une grande dextérité. Conseillé par l'homme avec qui sa mère s'était unie, et que l'on considérait comme le meilleur tailleur d'outils en pierre, Jondalar était devenu expert dans ce domaine. Il avait encore perfectionné son art en étudiant les techniques des tailleurs de silex rencontrés pendant le Voyage.

Ce n'était pas parce que Jondalar répondait idéalement aux canons de son propre peuple qu'Ayla le trouvait beau. C'était surtout la première fois qu'elle rencontrait un être qui lui ressemblait. Il n'était pas du Clan, c'était un Autre. Lorsqu'il était arrivé dans sa vallée, elle avait étudié ses traits minutieusement — effrontément, même — y compris pendant qu'il dormait. Quel étonnement de voir un visage ressemblant au sien après tant d'années passées à être seule de son espèce ! Jondalar n'avait pas d'arcades sourcilières saillantes, ni une nuque plate, ni un grand nez busqué haut perché au-dessus d'une lourde mâchoire dépourvue de menton.

Tout comme le sien, le front de Jondalar s'élevait, droit et lisse. Son nez, et même ses dents, étaient petits, et comme elle, il possédait une protubérance osseuse sous sa bouche, un menton. Elle avait alors compris pourquoi le Clan lui trouvait la tête plate et le front proéminent. Elle avait vu son propre reflet dans l'eau, et elle s'était fiée à leur jugement. Certes, Jondalar la dépassait en taille, tout comme elle dépassait ceux du Clan, et plus d'un homme lui avait parlé de sa beauté, mais dans son for intérieur, elle continuait de se trouver laide et trop grande.

Jondalar, parce qu'il était un homme, qu'il avait une ossature plus forte et des traits plus marqués, aux yeux d'Ayla, ressemblait davantage à ceux du Clan. Elle avait grandi dans le Clan, appris à mesurer la beauté suivant leurs canons, et contrairement à ceux de sa race, elle persistait à juger ceux du Clan plutôt séduisants. Et Jondalar, dont le visage était à la fois semblable au sien et plus proche de ceux du Clan, représentait pour Ayla le summum de la beauté.

— Je suis heureux d'apprendre qu'Iza m'aurait accepté, affirma Jondalar, la mine réjouie. Ah, comme j'aurais aimé la connaître ! Elle, et tous ceux de ton Clan. C'est une chance pourtant que je t'aie rencontrée d'abord, sinon je n'aurais jamais soupçonné qu'ils étaient humains. Mais, à t'entendre parler d'eux, on devine que c'étaient des êtres sensibles et bons. J'aimerais un jour rencontrer l'un d'entre eux.

— Il existe des êtres bons partout. Le Clan m'a recueillie après le tremblement de terre, quand j'étais petite. Et puis, Broud m'a chassée, je n'avais plus de peuple, et je devins Ayla de Nulle Part. Alors le Camp du Lion m'a accueillie à son tour, il m'a offert une place, et je suis devenue Ayla des Mamutoï.

— Les Mamutoï et les Zelandonii se ressemblent beaucoup, tu verras. Je crois qu'ils te plairont, et ils t'aimeront aussi.

— Tu n'en as pas toujours été sûr, rétorqua Ayla. Rappelle-toi, tu avais peur qu'ils ne me rejettent parce que j'avais vécu parmi le Clan. Et puis, à cause de Durc.

Gêné, Jondalar rougit.

— Tu craignais qu'ils traitent mon fils de monstre, d'esprit mêlé, de demi-animal — d'ailleurs, tu l'as toi-même appelé de cette façon, une fois — et tu pensais qu'ils me jugeraient mal pour avoir enfanté un être pareil.

— Ayla, avant de quitter la Réunion d'Eté, tu m'as fait promettre de ne plus jamais te cacher la vérité. Alors écoute : c'est vrai, au début, j'étais inquiet. Je voulais que tu m'accompagnes chez les miens, mais à condition que tu ne racontes rien de ton histoire. Bien que je déteste les mensonges, je voulais que tu mentes sur tes origines... mais tu n'as jamais su mentir. Oui, j'avais peur que mon peuple ne te rejette et je connais la souffrance que l'on éprouve alors, et je désirais te l'éviter. Mais c'était aussi pour moi que j'avais peur. Peur qu'on me bannisse à cause de toi, et je refusais d'endurer cette épreuve une deuxième fois. Et pourtant, je ne pouvais pas supporter l'idée de vivre sans toi. J'étais désemparé, tu comprends.

Ayla ne se rappelait que trop bien l'état de confusion et de désespoir dans lequel l'avait jetée la dramatique indécision de Jondalar. Elle n'avait jamais été malheureuse à ce point.

— A présent, je sais ce que je veux, reprit Jondalar. Il m'a fallu presque te perdre pour comprendre. Pour moi, Ayla, tu comptes plus que tout. Sois toi-même, dis ce que tu penses, fais comme bon te semble, c'est comme cela que je t'aime. Et maintenant, je suis sûr que mon peuple t'acceptera, j'en ai eu la preuve. Les Mamutoï et le Camp du Lion m'ont appris une chose importante : tout le monde ne pense pas de la même façon, et on peut changer d'opinion. Certains te défendent, et parfois ceux-là mêmes dont tu attends le moins, d'autres ont assez de compassion et d'amour pour élever un enfant considéré par la plupart comme un monstre.

— Je n'ai pas aimé la façon dont on a traité Rydag à la Réunion d'Eté. Il y en avait même qui lui refusaient une sépulture décente ! s'exclama-t-elle, au bord des larmes, la voix tremblante de colère.

— Je n'ai pas aimé cela, moi non plus. Il y a des gens qui ne changeront jamais, leurs yeux ne verront jamais l'évidence. Moi-même, cela m'a pris du temps. Je ne peux te promettre que les Zelandonii t'accepteront, Ayla. Mais s'il le faut, nous irons ailleurs. Je veux revoir mon peuple, ma famille, mes amis, c'est vrai. Je veux raconter à ma mère ce qui est arrivé à Thonolan, et demander à Zelandoni de retrouver son esprit, s'il n'a pas réussi à rejoindre l'autre monde. J'espère que nous aurons notre place parmi les miens. Mais, sinon, peu m'importe maintenant. C'est là, la deuxième chose que j'ai apprise. Voilà pourquoi je t'avais proposé de rester avec toi chez les Mamutoï si tu le désirais. J'étais sincère, crois-moi.

Il posa fermement ses mains sur les épaules d'Ayla et plongea dans ses yeux un regard résolu. Elle y lut sa détermination et son amour, mais c'était elle à présent qui se demandait s'ils avaient bien fait d'entreprendre ce Voyage.

— Et si ton peuple ne nous accepte pas, où ironsnous ?

— Ailleurs, répondit-il en souriant. Mais je ne pense pas que ce sera nécessaire. Je te l'ai dit, les Zelandonii ne sont pas très différents des Mamutoï. Ils t'aimeront, tout comme je t'aime. Je ne suis plus inquiet pour cela, et je me demande même comment j'ai pu l'être.

Ayla lui rendit son sourire, heureuse que Jondalar eût tant confiance en son peuple. Si seulement elle pouvait la partager ! Il avait sans doute oublié, à moins qu'il ne s'en fût jamais rendu compte, la profonde et durable impression qu'avait laissée sur elle la réaction qu'il avait eue en apprenant son passé et l'existence de son fils. Elle reverrait toujours son brusque mouvement de recul et sa moue de dégoût, comme s'il avait devant lui une hyène répugnante.

Lorsqu'ils se remirent en route, Ayla pensait encore à ce qui l'attendait au bout de ce Voyage. C'était vrai, les gens changeaient, Jondalar le premier. Il n'éprouvait plus d'aversion pour elle, mais qu'en serait-il du peuple qui la lui avait enseignée ? Sa réaction avait été si vive, si spontanée, qu'on avait dû la lui inculquer dans son éducation. Alors pourquoi les siens réagiraient-ils autrement que lui ? Elle voulait être auprès de Jondalar, elle était heureuse de l'accompagner chez son peuple, mais sa rencontre avec les Zelandonii l'emplissait d'appréhension.

4

Ils poursuivirent leur route en longeant la rivière. Jondalar était presque sûr qu'elle s'orientait vers l'est, mais redoutait que ce ne fût que le début d'un nouveau méandre. Si le cours d'eau changeait de direction, cela signifiait qu'ils avaient atteint le point où ils devraient s'enfoncer à l'intérieur des terres, abandonnant ainsi la sécurité d'une voie toute tracée. C'est pourquoi il préférait être sûr de ne pas se tromper.

Ils avaient déjà dépassé plusieurs emplacements où ils auraient pu camper, mais Jondalar cherchait d'après la carte le campement signalé par Talut, repère indispensable pour se situer exactement. Ce campement servait régulièrement et il espérait le découvrir bientôt, mais la carte donnait une orientation générale, quelques indices, et était pour le moins imprécise. Rapidement gravée sur une tablette d'ivoire, elle servait d'illustration à des explications données de vive voix et ne visait en aucun cas à une représentation exacte de la route.

La berge montait et descendait. Ils chevauchaient de préférence sur la hauteur pour avoir une vue dégagée, même si cela devait les éloigner de la rivière. A l'écart du cours d'eau, un bras mort était devenu un marécage. Une boucle de la rivière se déplaçant au gré des crues avait fini par se refermer en formant un petit lac d'eau stagnante qui commençait à s'assécher. C'était maintenant une plaine abritée et humide où fleurissaient roseaux, prêles, et toute une végétation de marécage.

Avec le temps, elle se transformerait en prairie alluviale verdoyante et riche.

Jondalar faillit saisir une sagaie en voyant un élan surgir du couvert boisé et s'avancer dans l'eau. Mais le grand cerf était hors d'atteinte, même en utilisant le propulseur. Sans compter qu'il leur eût été impossible de le sortir du marais. Ayla regarda l'animal disgracieux, au long nez et aux grands andouillers palmés encore veloutés. Il levait haut ses longues pattes, plongeant jusqu'au fond vaseux ses larges sabots qui l'empêchaient de s'enliser. L'eau lui montait à hauteur des flancs. Il enfonça sa tête sous l'eau et ressortit la gueule pleine de lentilles d'eau et de renouées. Tout près, un oiseau qui nichait dans les roseaux ne se dérangea même pas.

Au-delà du marécage, les pentes sèches et ravinées offraient leurs fissures protectrices aux ansérines, aux orties, et à des touffes de mourons aux petites fleurs blanches. Ayla détacha sa fronde et sortit quelques pierres rondes de sa bourse. Tout au bout de sa vallée, elle avait rencontré un endroit similaire où elle avait souvent chassé des écureuils des steppes d'une taille exceptionnelle. Un ou deux suffiraient pour un excellent repas.

Les terrains accidentés ouvrant sur des herbages étaient leur habitat préféré. Les graines entassées dans des cachettes pendant l'hibernation nourrissaient les écureuils au printemps afin qu'ils mettent bas à la pousse des plantes nouvelles. Les herbacées riches en protéines constituaient une nourriture indispensable pour que les petits atteignent leur maturité avant l'hiver. Mais pas un écureuil ne se montra, et Loup fut incapable d'en débusquer un seul.

Au sud, la plaine granitique qui s'étendait vers l'est à perte de vue se fragmentait en collines douces. Les hautes montagnes qui se trouvaient auparavant sur cette terre qu'ils traversaient étaient depuis longtemps érodées. Leurs couches rocheuses avaient résisté aux immenses pressions qui avaient gauchi le sol, soulevant de nouvelles montagnes, et aux violentes secousses internes qui faisaient trembler la terre. De nouvelles roches s'étaient formées sur l'ancien massif, mais les affleurements des montagnes originelles perçaient encore la croûte sédimentaire.

A l'époque où les mammouths paissaient dans les steppes, les herbages et les animaux abondaient avec une diversité et des mélanges étonnants. Contrairement aux prairies futures, la végétation de ces steppes n'était pas déterminée par les conditions climatiques. Elle se composait d'innombrables variétés d'herbacées prolifiques et d'arbustes.

Chaque vallée bien arrosée, chaque prairie montagneuse, chaque colline, chaque déclivité possédait sa propre famille de plantes. Le versant sud d'une colline pouvait abriter des plantes de climat chaud, sans parenté avec la végétation des régions boréales qui poussait sur le versant nord.

Le terrain accidenté, que traversaient Ayla et Jondalar, était pauvre, couvert d'herbes fines et courtes. Le vent avait creusé de profondes ravines, et plus haut, le lit d'un ancien torrent asséché s'était transformé en dunes de sable, faute de végétation.

Ici, près des plaines alluviales, des campagnols et des pikas, qu'on ne retrouverait plus tard qu'en haute montagne, coupaient activement l'herbe, pour la faire sécher et la stocker. Plutôt que d'hiberner, ils creusaient des tunnels et des nids sous les congères qui s'entassaient au creux des vallons, ou au pied des rochers à l'abri du vent, et se nourrissaient de leurs réserves de foin. Loup, qui avait repéré les petits rongeurs, s'élança à leur poursuite, mais Ayla ne prit pas la peine de sortir sa fronde. Ils étaient trop petits pour constituer un repas, à moins d'en tuer des quantités.

Les plantes arctiques qui foisonnaient dans les plaines marécageuses du nord bénéficiaient au printemps de la fonte des congères, et poussaient, bizarrement, parmi de vigoureux arbustes alpins, sur des saillies rocheuses et des collines balayées par les vents. La potentille arctique, aux cinq pétales jaunes, nichait dans ces mêmes anfractuosités recherchées pas les pikas, alors que, sur les surfaces exposées aux vents froids et secs, des coussins de lychnis aux pétales pourpres ou roses se protégeaient eux-mêmes en tertres aux tiges serrées. A côté, des dryades s'accrochaient aux parois rocheuses. Au fil des ans, leurs longues branches aux minuscules feuilles persistantes constituaient un épais tapis.

Ayla sentit le parfum des silènes, proches de la floraison. C'était signe qu'il se faisait tard. Elle jeta un coup d'œil vers le soleil déclinant pour vérifier ce que lui avait appris son odorat. Les fleurs visqueuses s'ouvraient la nuit, offrant un refuge aux insectes, phalènes et mouches, qui en échange répandaient leur pollen. Elles n'avaient que peu de vertus médicinales ou nutritives, mais leur fragrance plaisait à Ayla qui hésita à en cueillir. Cependant, le jour tombait et elle préféra ne pas s'arrêter. Ils devraient bientôt planter leur tente, surtout s'il fallait préparer le repas qu'elle avait imaginé un peu plus tôt.

Elle vit des fleurs de pâques violacées, magnifiquement dressées sur leur tige aux feuilles pétiolées et délicatement villeuses. Aussitôt, elle pensa à leur utilisation médicale — la plante séchée soulage les maux de tête et les contractions de la femme — mais elle aimait autant la fleur pour sa beauté que pour ses vertus. Son regard fut attiré par les corolles bleuâtres au cœur jaune d'asters de montagne, avec leurs feuilles soyeuses, et elle fut tentée d'en collecter quelques-uns en même temps que d'autres espèces, sans autre raison que d'en composer un joli bouquet. Mais qu'en ferait-elle ? Elles faneraient, voilà tout, songea-t-elle.

Jondalar se demandait s'ils n'étaient pas plus loin qu'il le pensait, réticent à en conclure qu'ils devraient bientôt camper et rechercher le fameux repère le lendemain matin. Cela, ajouté à la nécessité de chasser, et ils gaspilleraient encore un jour, ce qu'il voulait éviter à tout prix. Perdu dans ses pensées, se reprochant d'avoir pris la décision d'aller vers le sud, et inquiet des fâcheuses conséquences de son choix, il ne se soucia pas du remue-ménage en haut d'une colline à leur droite, l'attribuant à une bande de hyènes acharnées sur leur proie.

Les hyènes se nourrissaient de charognes, et affamées, elles se satisfaisaient des carcasses complètement pourries. Cependant, les grandes hyènes aux puissantes mâchoires broyeuses d'os étaient aussi de redoutables prédateurs. Elles avaient attrapé un jeune bison d'un an, presque adulte. Son manque d'expérience avait causé sa perte. D'autres bisons assistaient à la scène, hors de danger maintenant, et l'un d'eux regardait les hyènes en beuglant, affolé par l'odeur de sang frais.

Contrairement aux mammouths et aux chevaux des steppes, de taille relativement modeste, les bisons étaient énormes. Le plus proche mesurait près de deux mètres au garrot, son poitrail et ses épaules étaient larges et puissants, bien que ses flancs fussent presque élégants. Doté de petits sabots, adaptés aux courses rapides sur terrains secs, il évitait les marais où il se serait embourbé. Tête massive, armée de cornes noires longues de près de deux mètres, s'élargissant avant de s'incurver vers le haut, robe marron foncé à poil dru, particulièrement fournie au poitrail et aux épaules, le bison, habitué à affronter les vents glacials, en était protégé par une épaisse crinière retombant sur ses yeux en une frange de plus de soixante centimètres. Même sa courte queue était couverte de poils.

Tous herbivores, les mammifères qui paissaient dans les steppes ne recherchaient pas tous la même nourriture. Leurs systèmes digestifs ou leurs habitudes différaient, entraînant de subtiles adaptations. Les chaumes fibreux, dont se nourrissaient les chevaux et les mammouths, ne suffisaient pas aux bisons et aux autres ruminants qui préféraient les tiges herbacées et les feuilles riches en protéines. Le bison paissait surtout dans les régions sèches, où l'herbe courte était plus nutritive. Il ne s'aventurait qu'au printemps dans les steppes d'herbes hautes, en quête de nouvelles pousses. C'était également au printemps que ses os et ses cornes grandissaient. Le printemps durable et pluvieux des pâturages périglaciaires procurait aux bisons, et à bien d'autres animaux, une longue période de croissance, ce qui expliquait leurs proportions imposantes.

Tout à ses sombres pensées, Jondalar mit du temps à réagir à l'occasion qui se présentait d'abattre un bison. Enfin, il s'empara de son propulseur et de sa sagaie, mais Ayla avait déjà évalué la situation d'une tout autre manière.

— Aouh ! Aouh ! Fichez le camp ! Allez ouste, saletés de bêtes ! hurla-t-elle.

Elle brandit sa fronde et poussa Whinney au galop. Les pierres fusèrent. Aux côtés de la jument, Loup, ravi, menaçait les hyènes qui battaient en retraite, à grand renfort de grognements mêlés de jappements de chiot.

Des hurlements aigus apprirent à Ayla qu'elle avait touché sa cible, bien qu'elle ait retenu son bras et n'ait pas visé de points vitaux. Ses pierres eussent été fatales si elle l'avait voulu. Ce n'aurait pas été la première fois qu'elle tuait une hyène.

— Qu'est-ce que tu fais, Ayla ? s'étonna Jondalar en la rejoignant près du bison tué.

— J'éloigne ces bêtes répugnantes, répondit-elle sans plus de détail.

— Oui, mais pourquoi ?

— Parce que je doute qu'elles partagent avec nous ce bison mort.

— Mais j'allais en abattre un autre !

— Nous n'avons pas besoin d'un bison entier, à moins de faire sécher sa viande. Celui-ci est jeune et tendre. Les autres étaient de vieux taureaux coriaces, expliqua-t-elle en descendant de Whinney pour tenir Loup à l'écart du cadavre.

Jondalar regarda mieux les taureaux gigantesques que le tapage d'Ayla avait fait reculer, puis le jeune bison gisant sur le sol.

— Tu as raison. C'est un troupeau de mâles. Celui-là n'a pas dû quitter sa mère depuis longtemps. Il avait encore beaucoup à apprendre.

— La carcasse est fraîche, conclut Ayla après l'avoir

examinée. Elles ont déchiqueté la gorge, les boyaux et une partie des flancs. Prenons ce qu'il nous faut et laissons-leur le reste. Pas besoin de perdre notre temps à en chasser un autre. D'autant plus qu'ils courent vite et pourraient nous échapper. Tu sais, je crois bien avoir repéré, près de la rivière, un endroit qui ressemble à un camp. Si c'est celui que nous cherchons, j'aurai encore le temps de cuisiner quelque chose de bon pour ce soir, avec cette viande et tout ce que nous avons ramassé.

Avant que Jondalar eût saisi le sens de ce qu'elle venait de dire, elle taillait déjà dans la peau, de l'estomac au flanc. Tout s'était passé très vite. Soudain, sa hantise d'un jour perdu à chasser et à chercher le campement avait disparu.

— Ayla, tu es merveilleuse ! s'exclama-t-il en descendant du jeune étalon.

D'un fourreau de cuir brut attaché à sa ceinture, il sortit un silex aiguisé, engagé dans un manche en ivoire, et aida la jeune femme à dépecer le bison.

— Voilà ce que j'aime chez toi, reprit-il. Tu me surprends sans cesse avec des idées excellentes. Tiens, prenons aussi la langue. Dommage que les hyènes aient déjà dévoré le foie, mais c'était leur proie, après tout.

— Oh, moi je m'en moque, du moment que la viande est fraîche ! Elles m'ont assez volée, à mon tour de me servir ! Je déteste les hyènes !

— Oui, on dirait. Je ne t'ai jamais entendue parler comme ça des autres animaux, même pas des gloutons. Pourtant, eux aussi mangent parfois des charognes, ils sont plus vicieux et ils puent encore plus.

De nouveau, les hyènes s'approchaient en grondant du festin convoité. Ayla les chassa à coups de pierres. L'une d'elles poussa un cri, d'autres ricanèrent avec une cruauté qui fit frissonner Ayla. Au moment où les bêtes immondes décidèrent d'affronter encore une fois la fronde, Ayla et Jondalar avaient fini de se servir.

Ayla ouvrant la piste sur Whinney, ils retournèrent vers la rivière en suivant une ravine. Les fauves se précipitèrent sur la carcasse abandonnée et se mirent à la déchirer voracement.

Ce qu'Ayla avait aperçu n'était pas le campement proprement dit, mais un cairn indiquant la direction à suivre. Sous la pile de pierres, on avait enfoui des rations de secours, quelques outils, une drille à feu, une pièce de bois plate et de l'amadou ainsi qu'une couverture de fourrure plutôt rigide, et qui perdait ses poils par pleines plaques. Elle protégerait encore du froid mais il serait bon de la remplacer. Presque au sommet du cairn, la pointe brisée d'une défense de mammouth, solidement maintenue par de lourdes pierres, indiquait un gros rocher à moitié submergé au milieu de la rivière. On y avait peint en rouge un double chevron horizontal, pointé vers l'aval.

Après avoir tout remis en place, ils descendirent la rivière jusqu'à un second cairn pourvu d'une petite défense dirigée vers une agréable clairière bordée de bouleaux, d'aulnes, et de quelques pins. On y apercevait un troisième cairn, construit, comme ils allaient le découvrir, à côté d'une petite source d'eau pétillante, fraîche et pure. D'autres rations de secours et différents outils équipaient aussi ce monticule, qui comprenait encore une bâche de cuir, aussi rigide que la couverture de fourrure, mais assez grande pour servir de tente ou d'appentis. Derrière le cairn, près d'un cercle de pierres disposé autour d'un trou noirci, on avait entreposé une pile de branches mortes et de bois flotté.

— Voilà un endroit utile à connaître, déclara Jondalar. Je suis content que nous n'ayons pas besoin des rations de secours, mais si j'habitais ce pays, je serais soulagé de savoir qu'elles sont là.

— Oui, c'est une bonne idée, approuva Ayla, émerveillée par la sagesse de ceux qui avaient pensé à aménager un tel relais.

Ils déchargèrent promptement les chevaux, enroulèrent les lanières et les lourds cordages qui retenaient les paniers, et laissèrent les animaux paître et se reposer. Ils regardèrent en souriant Rapide se rouler dans l'herbe, et s'y gratter le dos comme si une irrépressible démangeaison exigeait soudain un apaisement urgent.

— Moi aussi, la transpiration me démange, déclara

Ayla en dénouant les lanières de ses chaussures dont elle se débarrassa d'une ruade.

Elle défit sa ceinture, où elle suspendait l'étui de son couteau et ses petits sacs, ôta son collier de perles d'ivoire auquel pendait une bourse décorée, enleva sa tunique, ses jambières, et courut vers l'eau, suivie par Loup qui bondissait à ses côtés.

— Tu viens ? cria-t-elle à Jondalar.

— Plus tard ! Je ramasse d'abord le bois. Comme ça, je ne mettrai pas d'écorces ni de saletés dans la tente.

Ayla revint bientôt, enfila la tunique et les jambières qu'elle portait le soir, et remit sa ceinture et son collier. Jondalar avait déballé les paniers, et elle l'aida à installer le campement. Habitués à travailler ensemble, ils avaient développé des automatismes exigeant peu d'initiatives. Ils dressèrent la tente en étalant d'abord un tapis de sol ovale, puis ils plantèrent les montants de bois qui soutenaient la bâche de cuir, faite de plusieurs peaux cousues ensemble. La tente conique possédait au sommet une ouverture qui servait de cheminée lorsqu'ils faisaient du feu, bien que ce fût rarement le cas. Un rabat cousu à l'intérieur permettait de fermer si le temps menaçait.

Des cordes fixaient le bas de la tente à des piquets fichés en terre. En cas de tempête, le tapis de sol pouvait s'attacher à la bâche, et l'entrée se fermait également de haut en bas. Ils transportaient une deuxième bâche pour doubler la première, mais n'avaient pas encore eu l'occasion de l'utiliser.

Ils ouvrirent leurs fourrures de couchage et les étalèrent au milieu du tapis, ce qui laissa juste assez d'espace sur les côtés pour leurs paniers et le reste de leurs affaires, et une place à leurs pieds pour Loup, si le temps l'exigeait. Au début du Voyage, chacun avait ses fourrures, mais ils les avaient ensuite assemblées pour dormir ensemble. Lorsque la tente fut montée, Jondalar alla ramasser du bois, afin de remplacer celui qu'Ayla utiliserait pour préparer le repas.

Ayla savait démarrer un feu avec l'équipement qu'ils avaient trouvé dans le cairn : on tournait très vite entre ses paumes le long bâtonnet sur le socle en bois, puis on soufflait sur la cendre incandescente ainsi obtenue et bientôt une flamme s'élevait. Mais son propre équipement était unique. Pendant ses mois de vie solitaire dans sa vallée, elle avait fait une découverte importante. Au lieu de la pierre dure qu'elle utilisait comme marteau pour fabriquer des outils de silex, elle avait ramassé par mégarde un morceau de pyrite de fer sur un tas de cailloux, près du torrent. Habituée à faire du feu, elle avait rapidement compris le parti à tirer de cette pierre quand, après avoir frappé le silex avec le pyrite de fer, une étincelle avait jailli, lui brûlant la jambe.

Au bout de plusieurs échecs, elle avait fini par découvrir la manière d'utiliser la pierre à feu. Maintenant, elle savait faire du feu plus vite que quiconque muni d'une drille à feu, d'amadou, et ne rechignant pas à l'effort, n'oserait imaginer. La première fois que Jondalar l'avait vue faire, il n'en avait pas cru ses yeux, et cette pure merveille avait contribué à ce que le Camp du Lion l'adoptât quand Talut l'avait voulu. Ils avaient cru en un tour de magie.

Ayla, elle, croyait que la pierre était magique. Ignorant si elle en trouverait ailleurs, Jondalar et elle avaient ramassé autant de pierres métalliques qu'ils avaient pu en emporter avant de quitter la vallée. Ils en avaient distribué à ceux du Camp du Lion et à d'autres Mamutoï, mais il leur en restait encore beaucoup. Jondalar voulait les partager avec les siens. Faire rapidement du feu était un grand avantage en maintes circonstances.

A l'intérieur du cercle de pierres, la jeune femme entassa des copeaux d'écorces très sèches, avec du duvet d'épilobe comme amadou, et prépara à côté un tas de brindilles et un autre de petit bois pour l'allumage. S'agenouillant près de l'amadou, Ayla maintint le morceau de pyrite magique à un angle qu'elle savait être le plus efficace, puis avec un silex frappa au milieu de la pierre jaunâtre, sur un sillon que l'usage avait creusé. Une grande étincelle jaillit et tomba sur le duvet d'épilobe, qui se mit aussitôt à fumer. Ayla le protégea de ses mains et souffla doucement dessus. Elle obtint une braise incandescente d'où fusa une gerbe d'étincelles. Bientôt, une flamme apparut. Elle ajouta des brindilles, du petit bois, et une fois le feu lancé, elle posa dessus une bûche de bois mort.

Lorsque Jondalar revint, Ayla avait mis à chauffer dans le feu plusieurs pierres rondes ramassées au bord de la rivière, et un beau morceau de bison cuisait à la broche dans un agréable grésillement de graisse. Elle avait lavé des racines de prêle qu'elle était en train de couper, ainsi qu'un tubercule à la peau marron foncé, et elle s'apprêtait à les jeter dans un panier imperméable rempli d'eau où attendait déjà la langue de bison, riche en graisse. Des carottes sauvages complétaient le repas. Jondalar déposa sa charge de bois.

— Hmm ! Comme ça sent bon. Que prépares-tu ?

— Un rôti de bison, mais nous le garderons pour le voyage. La viande froide est plus facile à manger en route. Pour ce soir et demain matin, je fais de la soupe de légumes avec la langue et ce qui nous reste du Camp des Fougères.

A l'aide d'un bâton, elle sortit une pierre brûlante du feu, et l'épousseta avec une branchette feuillue. Avec deux bâtons qu'elle utilisa comme une pince, elle souleva la pierre et la plongea dans le panier où trempait la langue. La pierre chanta au contact de l'eau. Ayla ajouta rapidement d'autres pierres chaudes, quelques herbes hachées menu, et ferma le panier avec un couvercle.

— Qu'est-ce que tu mets dans la soupe ?

Ayla sourit. Jondalar aimait connaître ses recettes, même celles des infusions. Encore un trait de son caractère qui l'avait surprise, aucun homme du Clan n'aurait osé montrer un tel intérêt, aussi curieux eût-il été, pour ce qui constituait la mémoire des femmes.

— En plus de ces racines, j'ajouterai la verdure de ces prêles, les bulbes, les feuilles et les fleurs de ces oignons verts, des tiges de chardons, pelées et émincées, les pois des gousses d'astragale, et je mettrai de la sauge et des feuilles de thym, pour donner du goût. Peut-être aussi des pas-d'âne pour saler. Si nous passons près de la mer de Beran, nous pourrions ramasser du sel. Nous n'en manquions jamais quand je vivais avec le Clan, précisa-t-elle. Pour accompagner le rôti, j'ai bien envie de faire une purée avec le raifort que nous avons trouvé ce matin. C'est un truc que j'ai appris à la Réunion d'Eté. Il n'en faut pas beaucoup, mais ça donne à la viande un goût épicé assez agréable. Je crois que tu aimeras.

— A quoi servent ces feuilles ? demanda-t-il, en désignant un bouquet qu'elle avait pris sans le mentionner.

— C'est de l'ansérine pour envelopper le rôti, répondit-elle. C'est bon avec de la viande froide. (Elle hésita, pensive.) Je vais peut-être saupoudrer la viande de cendres, cela donne un petit goût salé. Quand le rôti sera bien doré, j'en ajouterai un morceau dans la soupe pour la colorer et la parfumer. Cela devrait faire un bon bouillon bien riche. Pour demain matin, nous pourrions cuire les céréales que nous avons apportées. Il restera de la langue que j'envelopperai dans des herbes séchées et que je conserverai dans mon garde-manger. J'ai encore de la place, même avec le reste de la viande crue et la part de Loup. Tant qu'il fera froid la nuit, cela se gardera assez longtemps.

— A t'entendre, j'en salive, fit Jondalar ravi à la pensée d'un bon repas. (Et l'œil égrillard, remarqua Ayla.) A propos, as-tu un panier à me prêter ?

— Bien sûr, mais pour quoi faire ?

— Je te le dirai à mon retour, répondit-il, mystérieux.

Ayla tourna le rôti et remplaça les pierres qui avaient refroidi. Pendant que la soupe cuisait, elle tria les plantes qu'elle avait cueillies pour fabriquer un « anti-Loup », et d'autres pour son usage personnel. Elle mélangea de la purée de raifort avec un peu de bouillon, entreprit d'écraser le reste de la racine mélangé à des herbes au goût âcre et poivré, tâchant de composer la mixture la plus irrespirable possible. A son avis, le raifort serait très efficace, mais la forte odeur de camphre de l'armoise serait utile également.

Mais elle pensait surtout à la plante qu'elle avait mise

de côté pour son infusion matinale. Heureusement que je l'ai trouvée, se dit-elle. J'en aurais manqué avant la fin du Voyage. Il faudra que je m'en procure encore si je ne veux pas avoir un bébé, surtout avec Jondalar à mes côtés. Cette pensée la fit sourire.

Je suis sûre que c'est de cette façon que les bébés sont conçus, quoi qu'on raconte sur les esprits. Voilà pourquoi l'homme a envie de mettre son membre là où les bébés sortent, et pourquoi les femmes les y encouragent. Et c'est pour cette raison que la Mère a créé Son Don des Plaisirs. Le Don de la Vie provient d'elle, aussi, et Elle veut que Ses enfants se réjouissent de donner la vie. Les femmes refuseraient peut-être si la Mère n'avait créé Son Don des Plaisirs. Un bébé, c'est merveilleux, mais comment le savoir tant qu'on n'en a pas eu ? Ayla avait développé cette théorie fort personnelle l'hiver où Mamut, le vieux sage du Camp du Lion, l'initiait à Mut, la Grande Terre Mère. Mais il y avait longtemps que cette idée germait dans son esprit.

Pourtant, se souvint-elle, Broud était loin d'être source de plaisir. J'avais horreur qu'il me force, mais je suis persuadée que Durc est né de cette union. Tout le monde croyait que je n'aurais jamais de bébé, que mon totem du Lion des Cavernes était trop puissant pour que l'esprit du totem d'un homme pût le vaincre. Je les ai tous surpris. Mais ce n'est arrivé qu'après que Broud m'eut forcée, et le bébé lui ressemblait. C'est à cause de lui que Durc a commencé à croître en moi. Mon totem savait combien je désirais un enfant, la Mère aussi, sans doute. Que les Plaisirs fussent si puissants prouvaient bien qu'ils étaient un Don de la Mère, disait Mamut. C'est très difficile de leur résister. Il prétendait que c'était plus difficile pour les hommes que pour les femmes.

Il en était allé de même pour la femelle mammouth couleur noisette. Tous les mâles la voulaient, mais elle s'était refusée. Elle attendait son mâle dominant. Etait-ce pour cela que Broud ne me laissait jamais tranquille ? Il me détestait, pourtant. Le Don des Plaisirs de la Mère était-il plus puissant que sa haine ?

C'est possible, mais je doute qu'il ait fait cela juste pour obtenir les Plaisirs que sa compagne ou n'importe quelle autre femme pouvaient lui donner. Non, il savait à quel point cela me répugnait et son Plaisir n'en était que plus vif. C'est Broud qui a fait germer un enfant en moi — à moins que mon Lion des Cavernes ne se soit laissé vaincre, sachant combien je désirais un bébé — mais Broud n'avait que son membre à me donner. Il ne pouvait pas me procurer le Don des Plaisirs de la Mère. C'est Jondalar qui me l'a fait découvrir.

Son Don ne se borne sûrement pas aux Plaisirs. Si Elle n'avait voulu accorder à Ses enfants que le Don des Plaisirs, pourquoi l'aurait-Elle situé à cet endroit précis d'où sortent les bébés ? Les Plaisirs peuvent se localiser n'importe où. Les miens ne se trouvent pas exactement où sont ceux de Jondalar. Son Plaisir survient quand il est en moi, mais le mien est juste à côté du puits d'amour. Lorsqu'il me donne les Plaisirs là, ils se propagent dans mon intimité et partout dans mon corps. Alors, j'ai envie de le sentir en moi. Je n'aimerais pas que le lieu des Plaisirs soit dans mon intimité. Lorsque je suis très sensible, Jondalar doit se montrer particulièrement doux, sinon il me fait mal. D'autre part, accoucher n'est pas chose plaisante. Si le lieu des Plaisirs d'une femme se situait dans son puits d'amour, l'accouchement serait bien plus pénible, et il l'est déjà assez comme ça.

Comment Jondalar fait-il pour toujours savoir s'y prendre ? Il a su me donner les Plaisirs avant même que je ne connaisse leur existence. Et ce gros mammouth roux, lui aussi, savait donner les Plaisirs à la femelle noisette. C'est au moment des Plaisirs qu'elle a poussé ce profond barrissement, et c'est pourquoi sa famille se réjouissait tant. Ayla se sentit envahie de picotements, et une onde de chaleur la submergea. Elle jeta un regard vers les bois où Jondalar avait disparu, en se demandant quand il reviendrait.

Mais un bébé ne germe pas chaque fois que l'on partage les Plaisirs. C'est là que les esprits interviennent. Que ce soit l'esprit du totem des hommes du Clan, ou l'essence de l'esprit d'un homme que la Mère prélève pour le donner à la femme, tout commence quand l'homme introduit son membre dans l'intimité de celle-ci et y dépose son essence. Voilà comment Elle offre un enfant à la femme, avec Son Don des Plaisirs, et non pas grâce aux esprits. Mais c'est Elle qui choisit l'essence de l'homme, et le moment où la vie commence.

Mais si la Mère décide, pourquoi la médecine d'Iza empêche-t-elle une femme de tomber enceinte ? Peut-être la tisane interdit-elle à l'essence de l'homme (ou à son esprit) de se mêler à celle (ou celui) de la femme ? Iza ne savait pas pourquoi, mais sa recette était efficace, la plupart du temps.

J'aimerais tant laisser un bébé germer quand Jondalar partage les Plaisirs avec moi. J'aimerais tant avoir un bébé qui soit une parcelle de lui, de son essence ou de son esprit. Mais il a raison, nous devons attendre. J'ai souffert en donnant naissance à Durc. Qu'aurais-je fait si Iza n'avait pas été là ? Je serais plus rassurée si j'étais entourée de femmes pour m'aider.

Je continuerai à boire en secret l'infusion d'Iza tous les matins. Il ne faut pas que cela se sache, elle avait raison. Et je ne raconterai plus que les bébés proviennent du membre de l'homme. J'ai inquiété Jondalar en lui parlant de cela, il croyait qu'on devrait cesser de partager les Plaisirs. Si je ne peux pas avoir un bébé dès maintenant, qu'au moins je partage les Plaisirs avec lui !

Comme les mammouths. Etait-ce bien ce que faisait ce gros rouquin ? Faisait-il germer un bébé mammouth dans le ventre de la femelle noisette ? C'était si beau, quand ils ont partagé leurs Plaisirs avec le troupeau ! Je suis heureuse que nous soyons restés. Je ne comprenais pas pourquoi elle se refusait aux autres. En fait, ils ne l'intéressaient pas. Elle voulait choisir son compagnon. Elle attendait le grand mâle roux, et dès qu'il s'est montré, elle a su immédiatement que c'était lui. Elle avait tant attendu, elle s'est précipitée à sa rencontre. Comme je la comprends !

Loup surgit, tenant fièrement dans sa gueule un vieil os pourri. Il le déposa aux pieds d'Ayla, espérant des félicitations.

— Pffft ! Ça sent mauvais ! Où as-tu trouvé cette horreur, Loup ? Tu as déterré ça, j'en suis sûre. Tu aimes tout ce qui est pourri. Eh bien, voyons maintenant si tu aimes les choses fortes et épicées.

Elle ramassa l'os, y étala un peu du mélange qu'elle avait préparé exprès pour Loup, puis le lança au milieu de la clairière.

Le louveteau se précipita, mais renifla prudemment avant de s'emparer de son os. Il reconnaissait la délicieuse odeur de pourri qu'il aimait tant, mais l'autre parfum l'inquiétait. Finalement, il le prit dans sa gueule. Il le lâcha aussitôt et se mit à éternuer et à grogner en secouant la tête. Ses mimiques étaient trop drôles, et Ayla ne put s'empêcher d'éclater de rire. Loup renifla encore l'os, puis se recula en grognant, l'air malheureux. Il bondit ensuite vers la source.

— Ah, on dirait que tu n'aimes guère ! Tant mieux ! C'est fait pour ça, dit Ayla entre deux éclats de rire.

L'eau que Loup lapa ne le soulagea pas. Il frotta sa gueule avec une de ses pattes pour se débarrasser du goût. Il courut ensuite vers le bois tout en s'ébrouant, grognant et ronchonnant.

Jondalar le croisa, et en arrivant près du feu, il trouva Ayla qui pleurait encore de rire.

— Qu'est-ce qu'il y a de si drôle ? demanda-t-il.

— Ah, si tu l'avais vu ! hoqueta-t-elle. Pauvre Loup, il était si fier de m'apporter son os pourri. Il ne comprenait pas et essayait par tous les moyens de se débarrasser de ce goût désagréable. Si tu supportes l'odeur de raifort et de camphre, nous avons trouvé une astuce pour que Loup ne touche plus à nos affaires. Voilà ! fit-elle en exhibant le bol en bois dans lequel elle avait préparé la mixture. De la pommade anti-Loup !

— Eh bien, je suis content de ce succès, assura Jondalar en souriant, l'œil pétillant.

Mais Loup n'était pour rien dans ce regard malicieux. Ayla remarqua qu'il cachait quelque chose derrière son dos.

— Qu'as-tu rapporté ? demanda-t-elle, curieuse.

— Figure-toi qu'en cherchant du bois, j'ai trouvé autre chose. Si tu me promets d'être sage, je t'en donnerai un peu.

— Un peu de quoi ?

Il lui tendit le panier.

— Un peu de bonnes grosses framboises bien mûres !

— Oh, Jondalar ! J'adore les framboises !

— Comme si je ne le savais pas ! Qu'est-ce que tu me donnes en échange ? demanda-t-il d'un air gourmand.

Ayla se redressa et s'avança vers Jondalar, souriante, les yeux brillants d'amour. Elle était heureuse qu'il ait pensé à lui faire une surprise.

— Ah, je sais, reprit-il. (Il retenait son souffle.) Oh, Mère, comme tu es belle quand tu souris ! Tu es toujours belle, mais encore plus quand tu souris.

Sa beauté lui apparut soudain dans toute sa splendeur. Ses longs cheveux blonds que le soleil rehaussait d'éclats dorés étaient maintenus par une lanière, mais les boucles naturelles dont quelques mèches s'étaient libérées encadraient son visage bronzé, l'une d'elles retombant sur ses yeux. Il réprima l'envie de remettre la mèche à sa place, sous le bandeau.

Sa haute taille était bien assortie à celle de Jondalar, et ses muscles souples et nerveux, témoins d'une force physique réelle, se dessinaient finement sur ses bras et ses jambes. C'était l'une des femmes les plus fortes qu'il ait rencontrées, aussi puissante que bien des hommes. Ceux qui l'avaient élevée étaient réputés pour leurs qualités physiques, plus développées que chez ceux parmi lesquels elle avait vu le jour. Et bien que le Clan ne la trouvât pas particulièrement robuste, Ayla, à force d'exercices, avait réussi à compenser sa relative infériorité. En outre, les années passées à épier, traquer, et pister le gibier qu'elle chassait, lui avaient appris à se mouvoir avec une grâce peu commune.

Sa tunique en cuir sans manches, nouée par une ceinture sur des jambières en cuir également, était confortable mais ne cachait pas sa poitrine ferme, qui aurait pu paraître lourde, ni ses hanches pleines, ni sa taille fine qui mettait en valeur ses fesses dures et bien galbées. Les lacets, qui attachaient ses jambières aux chevilles, étaient dénoués, et elle était pieds nus. Elle portait, autour du cou, une bourse de cuir joliment brodée, gonflée par de mystérieux objets.

Un couteau, dans son étui de cuir brut, pendait à sa ceinture. Le cuir provenait d'une peau nettoyée mais non traitée de sorte qu'en séchant, il prenait la forme de l'objet et qu'il pouvait s'assouplir de nouveau si on le mouillait. Elle avait accroché sa fronde à sa taille, à côté d'une bourse remplie de pierres. De l'autre côté, sur sa hanche gauche, pendait un sac étrange, vieux et usé, fait d'une peau de loutre entière, avec les pattes, la queue et la tête. On avait entaillé la gorge, et vidé les boyaux par le cou. L'ouverture fermait en tirant un lacet et la tête aplatie servait de rabat. C'était son sac à médecines, celui qu'elle avait conservé lorsque le Clan l'avait bannie, celui qu'Iza lui avait donné.

En regardant Ayla, Jondalar se dit qu'elle ne ressemblait pas à une Zelandonii, mais sa beauté était éclatante. Ses grands yeux gris-bleu — la couleur d'un bon silex, songea-t-il — étaient bien écartés, soulignés par des cils légèrement plus foncés que ses cheveux et des sourcils plus clairs. Son visage était parfait, en forme de cœur, pommettes hautes, mâchoires bien dessinées et menton étroit. Son nez était droit et fin, ses lèvres pleines s'ouvraient sur des dents blanches et régulières en un sourire qui éclairait ses yeux et témoignait du plaisir qu'elle éprouvait à simplement sourire.

Autrefois, chez ceux du Clan, ses éclats de rire renforçaient sa différence et elle avait pris l'habitude de les réfréner. Mais Jondalar aimait la voir rire, et la joie qu'elle manifestait à ses plaisanteries décuplait sa beauté, pourtant remarquable. Une vague de tendresse et d'amour le submergea soudain, et il remercia en silence la Mère de la lui avoir rendue.

— Que veux-tu en échange des framboises ? demanda Ayla. Dis-le-moi, et c'est à toi.

— C'est toi que je veux, Ayla, dit-il d'une voix rauque.

Il posa son panier, et tremblant d'émotion, la prit dans ses bras et la couvrit de baisers.

— Je t'aime. Je ne veux plus jamais te perdre, murmura-t-il.

Une onde brûlante parcourut Ayla qui lui rendit ses baisers avec fougue.

— Moi aussi, je t'aime. J'ai envie de toi, mais puis-je d'abord éloigner la viande du feu ? Ce serait dommage qu'elle brûle pendant que… que nous… que nous sommes occupés.

Jondalar la regarda sans comprendre. Puis il se détendit, et après une ultime étreinte, fit un pas en arrière, en souriant avec regret.

— Je ne voulais pas te brusquer, s'excusa-t-il. Mais je t'aime tant, et j'ai parfois du mal à me retenir. Tu as raison, nous patienterons.

La chaleur inondait toujours son ventre, et l'ardeur de Jondalar la faisait frissonner de désir. Elle ne se sentait plus aussi sûre d'être capable d'attendre, et commençait à regretter ses paroles.

— Inutile d'éloigner la viande, finalement, assura-t-elle.

— Ayla, tu es une femme incroyable ! s'exclama Jondalar en riant. Sais-tu combien tu es exceptionnelle ? Tu es toujours prête à me recevoir chaque fois que je le veux. Tu ne cèdes pas contre ton gré, non. Tu abandonnerais tout si je te le demandais.

— Mais c'est que j'ai envie de toi, chaque fois que tu veux de moi.

— Tu ne sais pas à quel point c'est rare. Les autres femmes veulent qu'on les cajole, et la plupart refusent qu'on les interrompe quand elles sont occupées.

— Les femmes auprès de qui j'ai grandi étaient toujours prêtes lorsqu'un homme leur adressait le signal. Tu m'as donné ton signal, tu m'as embrassée, et j'ai compris que tu voulais de moi.

— Je regretterai peut-être un jour de te l'avoir dit, mais tu es libre de refuser, tu sais. (Son front se plissa.)

J'espère que tu ne te crois pas obligée d'être prête chaque fois que je le suis. Tu ne vis plus avec le Clan.

— Tu ne comprends pas, protesta Ayla. Ce n'est pas un devoir pour moi. Dès que tu m'adresses ton signal, je suis prête. Peut-être est-ce à cause de mon éducation, ou parce que tu as été le premier à m'initier aux Plaisirs ? Peut-être est-ce parce que je t'aime tant, mais quand tu m'adresses ton signal, c'est plus fort que moi. Ton signal m'apprend que tu veux de moi, et me donne envie de toi.

Jondalar sourit, soulagé.

— Toi aussi, tu fais naître mon envie, affirma-t-il. Je n'ai qu'à te regarder.

Leurs lèvres se cherchèrent et Ayla se blottit contre lui pendant qu'il l'étreignait avec passion.

Il réfréna son impétuosité tout en s'étonnant de cette faim d'elle sans cesse renouvelée. Il lui arrivait de se lasser d'une femme dès la première expérience, mais avec Ayla c'était toujours nouveau. Il sentait son corps souple et ferme contre le sien, ses bras autour de son cou. Il glissa ses mains sur le galbe de ses seins et se pencha pour embrasser le creux de son cou.

Ayla relâcha son étreinte et entreprit de dénouer sa ceinture qui tomba à terre. Jondalar passa les mains sous sa tunique, la releva et caressa les globes au mamelon durci. Il souleva davantage la tunique, dévoilant l'aréole rose foncé autour de la pointe dressée si sensible. La douce chaleur du sein lui réchauffait la main pendant qu'il effleurait le mamelon de sa langue. Il le prit alors dans sa bouche et le suça.

Des pointes de feu embrasèrent la poitrine d'Ayla et lui arrachèrent un râle de plaisir. Elle était surprise par l'intensité de sa propre attirance. Tout comme la femelle noisette, elle avait le sentiment d'avoir attendu tout le jour, et n'en pouvait plus. L'image du grand mâle roux et de son long membre sinueux traversa son esprit. Elle agrippa le col de sa tunique qu'elle ôta d'un geste gracieux.

A la vue de son corps nu, Jondalar retint son souffle. Il caressa sa peau douce et étreignit ses seins épanouis.

Il massa et pétrit l'un des durs mamelons, tout en tétant et mordillant l'autre. Des ondes de plaisir submergèrent Ayla. Elle ferma les yeux et s'abandonna. Lorsque les délicieuses caresses cessèrent, elle garda les yeux fermés et sentit qu'il l'embrassait. Elle ouvrit les lèvres pour que la langue de Jondalar assouvisse son intrépide exploration. Lorsqu'elle l'entoura de ses bras, elle sentit contre ses mamelons exacerbés le frottement des plis de sa tunique de cuir.

Il caressa la peau satinée de son dos, ses muscles fermes roulant sous ses doigts. La réaction passionnée d'Ayla décupla son ardeur, et son membre durci se tendit contre sa tunique.

— Oh, femme ! Je te veux, souffla-t-il.

— Viens, je suis prête.

— Laisse-moi ôter ces vêtements, dit-il en dénouant sa ceinture.

D'un geste vif, il enleva sa tunique, dévoilant le renflement qu'Ayla se mit à caresser. L'un et l'autre délacèrent leurs jambières qui glissèrent au sol. Ils s'en dégagèrent et s'étreignirent dans un long baiser sensuel. Jondalar jeta un coup d'œil autour de lui, à la recherche d'un endroit confortable, mais Ayla se laissa tomber à quatre pattes et lui adressa un sourire mutin.

— Même si ton poil n'est pas roux, c'est toi que j'ai choisi.

— Et ta toison n'est pas noisette, elle a la couleur des blés mûrs, mais elle cache une fleur rouge aux pétales délicieux, plaisanta-t-il en s'agenouillant derrière elle. Je n'ai pas non plus de trompe velue pour l'atteindre, il va falloir que je m'y prenne autrement.

Il la poussa légèrement, ouvrit ses cuisses pour exposer ses lèvres humides, et se pencha pour en goûter la chaude saveur salée. Il fouilla de sa langue à la recherche du bouton de rose, enfoui dans ses plis. Elle étouffa un cri et s'offrit davantage. Il chatouilla le bouton durci à petits coups de langue, puis plongea dans la fente accueillante. Il adorait le goût de sa féminité.

Des ondes de plaisir submergèrent Ayla, lui ôtant toute conscience à l'exception d'une lancinante pointe de feu qui lui brûlait le ventre. Elle était encore plus réceptive que d'habitude, et chaque baiser, chaque caresse déclenchait des vagues de volupté qui se propageaient dans tout son corps. Sans qu'elle en eût conscience, sa respiration devint haletante, et les râles de plaisir qui lui échappaient excitèrent Jondalar.

Derrière Ayla, il se redressa, et de son membre érigé, il la pénétra doucement. Ayla réagit en tendant sa croupe vers lui pour le sentir entièrement. L'incroyable chaleur de son accueil arracha un cri à Jondalar. Saisissant ses hanches, il commença un lent balancement. Puis, sa main chercha son bouton de plaisir qu'il caressa et roula entre ses doigts pendant qu'Ayla tendait sa croupe avide pour qu'il la pénétrât au plus profond. La sentant prête à exploser, il accéléra, et elle hurla sa jouissance enfin libérée. Jondalar râla de plaisir à l'unisson.

Ayla reposait le visage enfoui dans l'herbe. Allongé sur elle, le souffle de Jondalar caressait sa nuque. Sans bouger, elle ouvrit les yeux et observa une fourmi qui grimpait sur un brin d'herbe. L'homme remua et roula sur le côté, gardant une main sur sa taille.

— Jondalar, tu es un homme exceptionnel, le sais-tu ?

— Tiens, n'ai-je pas déjà entendu ce mot quelque part ? Je crois bien l'avoir employé en parlant de toi.

— Oui, mais il est vrai pour toi aussi. Comment fais-tu pour me connaître aussi bien ? Tu m'as fait jouir si fort que j'en ai perdu conscience.

— C'est parce que tu étais prête.

— Oui, je sais. Chaque fois c'est merveilleux, mais cette fois-ci, je ne sais pas pourquoi... était-ce à cause des mammouths ? J'ai pensé à cette femelle noisette, au grand mâle roux... et à toi, toute la journée.

— Eh bien, il faudra qu'on rejoue au mammouth plus souvent ! plaisanta Jondalar en roulant sur le dos.

— Je veux bien, fit Ayla en s'asseyant. Mais je vais d'abord jouer dans la rivière avant qu'il ne fasse nuit. (Elle se pencha pour l'embrasser et sentit son goût sur ses lèvres.) Et surveiller la viande.

Elle courut vers le feu, retourna le rôti, remplaça les pierres, ajouta du bois dans les braises, et descendit à la rivière. L'eau était froide mais elle s'en moquait. Elle avait l'habitude de se laver dans l'eau glacée. Jondalar ne tarda pas à la rejoindre. Il avait apporté une peau de daim souple qu'il déposa sur la rive avant d'entrer dans l'eau. Il prit une profonde inspiration et plongea.

— Elle est froide ! cria-t-il en refaisant surface.

Il rejeta en arrière les cheveux qui lui tombaient dans les yeux. Un sourire malicieux aux lèvres, Ayla s'approcha de lui et l'aspergea. Il riposta et une bataille bruyante s'engagea. Ayla sortit de l'eau la première et se sécha avec la peau de daim. Puis, elle la tendit à Jondalar qui l'avait rejointe et rentra vite au campement s'habiller. Elle versait la soupe dans leur bol à l'aide d'une louche quand Jondalar arriva.

5

Le soleil, avant de sombrer à l'ouest derrière les hauts plateaux, dardait ses derniers rayons à travers les arbres. Souriant à Jondalar, Ayla attrapa la dernière framboise dans son bol et la mangea avec délice. Elle se leva ensuite pour nettoyer les ustensiles et les ranger afin de faciliter le départ de bonne heure le lendemain.

Elle donna les restes de leur repas à Loup, puis jeta dans la soupe les graines grillées — blé sauvage, orge, graines de pattes-d'oie, cadeau de Nezzie —, et posa le panier sur le rebord de l'âtre. Elle enveloppa le rôti de bison et la langue dans une peau brute en parflèches où elle conservait la nourriture. Elle noua le tout avec des cordes solides et le suspendit à un trépied fait de longues perches, hors d'atteinte des rôdeurs nocturnes.

Les perches effilées avaient été taillées dans des troncs d'arbres entiers, longs, fins et droits, ébranchés et écorcés. Ayla les transportait dans des fourreaux spéciaux qui dépassaient des deux paniers sur la croupe de Whinney. De la même façon, Jondalar transportait les mâts de tente, plus courts. Les longues perches leur servaient parfois à fabriquer des travois tirés par les chevaux pour les charges trop lourdes ou trop encombrantes. Ils avaient pris soin de les emporter parce que les arbres susceptibles d'en fournir étaient rares dans les steppes. Même au bord des rivières, on ne trouvait guère mieux que des taillis.

Jondalar ajouta du bois dans le feu, puis il alla

chercher la tablette d'ivoire et examina à la lueur des flammes la carte que Talut avait gravée. Lorsque Ayla eut terminé son rangement et qu'elle vint s'asseoir près de lui, elle remarqua qu'il avait retrouvé son air inquiet des derniers jours. Elle l'observa longuement, puis mit des pierres à chauffer pour faire bouillir l'eau de l'infusion qu'elle préparait tous les soirs. Mais au lieu des inoffensives herbes odorantes qu'elle utilisait habituellement, elle piocha quelques sachets dans sa peau de loutre. Une herbe calmante serait la bienvenue, se dit-elle, de la matricaire ou des racines d'ancolie, mélangée à une infusion d'aspérule odorante. Elle aurait bien voulu connaître la cause du trouble de Jondalar, mais n'osait pas le questionner. Finalement, elle se décida.

— Jondalar, te souviens-tu de l'hiver dernier, quand tu n'étais pas sûr de mes sentiments, ni moi des tiens ? demanda-t-elle.

Plongé dans ses pensées, il ne saisit pas tout de suite le sens de sa question.

— Si je m'en souviens ? s'exclama-t-il enfin. Evidemment ! Tu ne doutes pas de mon amour, j'espère ? Moi, je ne doute pas de tes sentiments pour moi.

— Non, moi non plus. Mais il peut y avoir d'autres motifs de malentendu, et je ne veux pas que recommence ce qui s'est passé l'hiver dernier. Je ne supporterais pas de vivre dans l'angoisse, pour la seule raison que nous ne parlons pas de nos ennuis. Avant de quitter la Réunion d'Eté, tu m'as promis de tout me dire. Jondalar, je crois que tu as des ennuis. Parle-moi, je t'en supplie.

— Oh, ce n'est rien. Rien dont tu aies à t'inquiéter.

— Mais toi tu es inquiet. Si quelque chose t'inquiète, tu ne crois pas que j'ai le droit de savoir ce que c'est ?

Dans un panier d'osier où elle rangeait divers bols et ustensiles, elle puisa deux petits filtres à infusion en roseau tressé finement comme un filet. Après réflexion, elle choisit pour Jondalar un mélange de feuilles séchées de matricaire, d'ancolie, et de camomille, et en remplit un des filtres. Elle remplit l'autre pour elle-même avec de la camomille seulement.

— Tout ce qui te préoccupe me concerne aussi, reprit-elle. Nous voyageons ensemble, non ?

— Oui, mais c'est à moi de prendre les décisions, et je ne veux pas t'inquiéter inutilement, expliqua Jondalar.

Il se leva pour aller chercher l'outre d'eau, suspendue à un piquet à l'entrée de la tente, loin du feu. Il versa de l'eau dans un petit récipient et ajouta des pierres chaudes.

— Utile ou pas, tu as réussi à m'inquiéter. Alors, pourquoi ne pas me dire ce qui ne va pas ?

Elle plaça chaque filtre dans un bol en bois, versa l'eau frissonnante, et laissa infuser.

Jondalar saisit la tablette gravée dans une défense de mammouth et l'examina attentivement, espérant qu'elle lui révélerait ce qui les attendait et l'aiderait à prendre la bonne décision. Lorsqu'il voyageait avec son frère, les erreurs avaient moins d'importance. Le Voyage était une aventure, et les impondérables faisaient partie du jeu. A l'époque, il ne savait pas s'ils reviendraient un jour ; il ne savait même pas s'il le souhaitait. La femme qu'il n'avait pas le droit d'aimer avait choisi une voie qui menait encore plus loin et celle avec qui il était censé s'unir… n'était pas celle qu'il désirait. Mais ce Voyage-ci n'avait pas les mêmes enjeux. Cette fois, il voulait ramener saine et sauve chez les siens la femme qu'il aimait plus que tout au monde. Et plus il pensait aux dangers qui les guettaient, plus il imaginait le pire. Mais ses vagues pressentiments n'étaient pas faciles à expliquer.

— J'ignore combien de temps ce Voyage va durer, et cela m'inquiète. Nous devons absolument atteindre le glacier avant la fin de l'hiver.

— Oui, tu me l'as déjà dit. Mais pourquoi ? Que se passera-t-il si nous n'arrivons pas à temps ?

— Au printemps, la glace commence à fondre et la traversée devient trop dangereuse.

— Bon, eh bien, si c'est trop dangereux, nous ne traverserons pas. Mais dans ce cas, que faire ? demanda-t-elle en le forçant à envisager les alternatives qu'il avait refusé d'examiner. Y a-t-il un autre passage ?

— Je ne sais pas. Le glacier que nous devons franchir n'est qu'un petit plateau au nord des grandes montagnes. Il y a d'autres terres plus au nord, mais personne ne s'y aventure jamais et cela nous écarterait de notre route. On dit qu'elles sont bordées par le Grand Glacier du Septentrion. Les terres qui s'étendent entre les hautes montagnes du sud et le Grand Glacier sont les plus froides de toutes. Elles ne se réchauffent jamais, même en été.

— Et il ne fait pas froid sur le glacier que tu veux traverser ?

— Si, bien sûr. Mais le trajet est court. Et de l'autre côté, nous ne serons plus qu'à quelques jours de la Caverne de Dalanar.

Jondalar reposa la carte, prit le bol qu'Ayla lui tendait, et se perdit dans la contemplation du liquide brûlant.

— J'imagine que nous pourrions contourner le glacier par le nord s'il le fallait. Mais je préfère l'éviter. De plus, c'est un territoire de Têtes Plates.

— Ceux du Clan vivent donc au nord du glacier que nous allons franchir ?

Ayla retira le filtre de son bol. Elle était partagée entre l'enthousiasme et la crainte.

— Oh, pardonne-moi, Ayla. Je devrais sans doute les nommer le Peuple du Clan, mais ce ne sont pas ceux que tu connais. Ils vivent loin d'ici, tellement loin ! Ce ne sont pas les mêmes du tout.

— Mais bien sûr que si ! protesta Ayla. (Elle but une gorgée du breuvage parfumé.) Ils ont peut-être un langage et des habitudes un peu différents, mais tous ceux du Clan ont en commun les mêmes souvenirs, au moins pour les plus anciens. Au Rassemblement du Clan, tout le monde connaissait le langage archaïque des signes qu'on utilise pour s'adresser au monde des esprits, et communiquait de cette façon.

— Jamais ils ne nous laisseront pénétrer sur leur territoire. Ils nous l'ont fait comprendre quand Thonolan et moi nous sommes retrouvés du mauvais côté de la rivière.

— Cela ne m'étonne pas. Le Peuple du Clan n'aime pas se trouver en présence des Autres. Alors, si nous ne pouvons pas traverser le glacier, et s'il est impossible de le contourner, que ferons-nous ? demanda Ayla, en revenant au cœur du problème. Ne pouvons-nous attendre qu'il soit de nouveau praticable ?

— Si, bien sûr. Mais l'hiver ne reviendra pas avant un an.

— Si nous attendons un an, pourrons-nous sûrement traverser ? Et y a-t-il un endroit où nous installer jusqu'à ce moment-là ?

— Oui. Nous pourrions rester avec les Losadunaï, ils ont toujours été amicaux. Mais j'ai hâte d'être chez moi, Ayla ! s'écria Jondalar d'une voix si tendue qu'Ayla comprit à quel point c'était important pour lui. Hâte que nous soyons établis dans mon pays !

— Moi aussi, Jondalar. Nous devons tout faire pour atteindre le glacier à temps. Mais si nous y arrivons trop tard, cela ne remettra pas en cause nos projets. Nous serons retardés, mais nous serons toujours ensemble.

— Tu as raison, convint Jondalar, réticent. Un retard ne serait pas si néfaste, mais je ne veux pas attendre une année entière. Si nous avions pris l'autre chemin, nous serions peut-être arrivés plus vite. Il n'est pas trop tard, d'ailleurs.

— Il y a un autre chemin ?

— Oui. Talut m'a dit que nous pourrions contourner la prochaine chaîne de montagnes par le nord. Et Rutan, du Camp des Fougères, m'a assuré que nous rencontrerions la route au nord-ouest de l'endroit où nous sommes. J'avais pensé suivre leurs conseils, mais je voulais revoir les Sharamudoï une dernière fois. L'occasion ne se représentera plus, j'en ai peur. Ils vivent vers la pointe sud des montagnes, au bord de la Grande Rivière Mère.

Pensive, Ayla hocha la tête. Elle comprenait, maintenant.

— Les Sharamudoï sont ceux avec qui tu as vécu, n'est-ce pas ? s'enquit-elle. Ton frère a été uni avec une de leurs femmes, c'est bien ça ?

— Oui. Ils sont comme une famille pour moi.
— Dans ce cas, allons par le sud pour que tu puisses leur rendre une dernière visite. Tu les aimes. Et si nous arrivons trop tard au glacier, tant pis. Nous patienterons jusqu'à l'année prochaine. C'est ta deuxième famille, Jondalar, ce n'est pas du temps perdu. Tu veux rentrer chez toi pour raconter à ta mère l'histoire de ton frère, alors ne penses-tu pas que les Sharamudoï voudraient savoir ce qui lui est arrivé ? Il faisait aussi partie de leur famille !
Jondalar parut perplexe, puis son visage s'éclaira.
— Tu as raison, décida-t-il. Ils ont le droit de savoir. Je me demandais si j'avais pris la bonne décision, en fait, je n'avais pas exploré toutes les possibilités.
Soulagé, il sourit. Il contempla les flammes danser au-dessus des bûches noircies. Elles s'élançaient, sautillantes et éphémères, à l'assaut de l'obscurité environnante. Il but quelques gorgées d'infusion en songeant au long Voyage qui les attendait, mais son anxiété avait disparu.
— C'était une bonne idée d'en parler, dit-il à Ayla en la regardant dans les yeux. Je n'ai pas encore l'habitude de... de me confier, tu sais. De plus, je crois que nous arriverons tout de même à temps, sinon je n'aurais jamais envisagé cette solution. Le Voyage sera plus long, mais au moins la route m'est-elle familière, alors que celle du nord m'est inconnue.
— Je crois que ta décision est la bonne, Jondalar. Moi-même si je n'avais pas été bannie, je rendrais visite au Clan de Broud. Ah, si seulement je pouvais ! ajouta-t-elle dans un murmure à peine audible. J'irais voir Durc une dernière fois.
La tristesse de sa voix fit comprendre à Jondalar avec quelle acuité elle ressentait la perte de son fils.
— Ayla, veux-tu essayer de le retrouver ?
— Bien sûr que je le veux ! s'exclama-t-elle. Mais c'est impossible, cela jetterait le désarroi parmi ceux que j'aime. Ils m'ont maudite et s'ils me revoient ils me prendront pour un esprit maléfique. Pour eux, je suis morte. Rien de ce que je pourrais faire ou dire ne les

convaincrait du contraire. (Son regard se fit vague à l'évocation de souvenirs anciens.) En outre, Durc n'est plus le bébé que j'ai laissé derrière moi. Il approche de l'âge d'homme. Moi-même, je n'étais pas précoce pour une femme du Clan, et mon fils est peut-être à son tour à la traîne des autres garçons. Mais bientôt, Ura viendra vivre avec le clan de Brun... Ah, c'est vrai, c'est celui de Broud, à présent, rectifia Ayla d'un air malheureux. Cet été sera celui du Rassemblement du Clan, c'est donc à l'automne qu'Ura quittera son clan pour rejoindre Brun et Ebra. Elle sera unie à Durc dès qu'ils seront assez âgés. Je voudrais tant être là pour l'accueillir, soupira-t-elle. Mais je lui ferais peur, et elle penserait que Durc est marqué par la malchance puisque l'esprit de son étrange mère ne peut pas rester dans l'autre monde.

— Es-tu sûre de ne pas le regretter, Ayla ? Tu sais, nous prendrons le temps de le rechercher, si c'est ce que tu souhaites.

— Même si je le voulais, je ne saurais pas où chercher. Je ne connais pas l'emplacement de leur nouvelle caverne, et j'ignore où se tient le Rassemblement du Clan. Mon destin m'interdit de revoir Durc. Il n'est plus mon fils, je l'ai donné à Uba. C'est le sien, maintenant. (Au bord des larmes, Ayla jeta un regard désespéré à Jondalar.) Quand Rydag est mort, j'ai compris que je ne reverrais jamais Durc. Je l'ai enterré dans la couverture de Durc, que j'avais emportée en quittant le Clan, et dans mon cœur, c'était comme si j'enterrais mon fils en même temps. Je ne le verrai plus jamais. Pour lui, je suis morte, et il vaut mieux que je le considère mort pour moi.

« J'ai vraiment de la chance, tu sais, reprit Ayla, indifférente aux larmes qui inondaient ses joues. Pense à Nezzie. Elle n'avait pas donné naissance à Rydag, mais elle l'aimait et le soignait comme son fils. Et pourtant, elle savait qu'il mourrait vite. Elle savait aussi qu'il ne mènerait jamais une existence normale. Les mères qui perdent leurs fils les imaginent dans l'autre monde, au milieu des esprits, mais moi, je peux penser à

Durc vivant et heureux. Je peux me dire qu'il est avec Úra, qu'il a des enfants dans son foyer... quand bien même je ne les verrais jamais, ajouta-t-elle dans un sanglot.

Elle s'abandonna enfin à sa douleur, et Jondalar la prit dans ses bras. Le souvenir de Rydag l'attristait. Personne n'aurait rien pu faire pour lui, et la Mère savait qu'Ayla avait tout essayé. C'était un enfant fragile, Nezzie prétendait qu'il l'avait toujours été. Mais Ayla lui avait apporté un bien précieux. Après qu'elle lui eut enseigné, ainsi qu'à tous ceux du Camp du Lion, le langage des signes, il avait enfin été heureux. Pour la première fois de sa jeune existence il avait pu communiquer avec ceux qu'il aimait. Il avait pu exprimer ses besoins et ses désirs, ses sentiments — et surtout sa reconnaissance envers Nezzie, qui s'était occupée de lui depuis la mort de sa mère, à sa naissance. Il avait enfin pu lui dire qu'il l'aimait.

Les membres du Camp du Lion en avaient été stupéfaits. Et après qu'ils eurent compris que Rydag n'était pas un animal savant privé de la parole, mais au contraire quelqu'un de différent, pratiquant un langage différent, ils avaient fini par reconnaître son intelligence, et l'accepter en tant qu'humain. Jondalar n'avait pas été le dernier surpris. Il avait appris le langage des signes avec les autres, et en était venu à apprécier l'humour tendre et la profondeur de jugement qu'il découvrait chez le jeune descendant de cette race ancienne.

Jondalar serrait dans ses bras la femme qu'il aimait, secouée par de longs sanglots. Il savait qu'Ayla avait refoulé son chagrin à la mort de l'enfant du Clan que Nezzie avait adopté, et qui lui rappelait tant son propre fils. Il comprit qu'aujourd'hui c'était aussi Durc qu'elle pleurait.

Mais au-delà de Rydag ou Durc, Ayla pleurait sur tous ceux qu'elle avait perdus : ceux qui lui avaient donné le jour, ceux du Clan qu'elle avait aimés, et le Clan tout entier qu'elle ne reverrait plus. Le clan de Brun lui avait servi de famille, Iza et Creb l'avaient élevée avec affection, et malgré sa différence, il lui arrivait de se considérer comme une femme du Clan. Bien qu'elle eût décidé de suivre Jondalar et de vivre avec lui, leur dernière conversation lui avait fait comprendre à quel point son pays était éloigné, à une année de voyage d'ici, peut-être deux, même. L'évidence l'avait anéantie : elle n'y retournerait plus jamais.

Ayla n'abandonnait pas seulement sa nouvelle famille adoptive, les Mamutoï, mais aussi le faible espoir de revoir le Clan et le fils qu'elle leur avait confié. Elle vivait avec son chagrin depuis si longtemps que sa peine s'était atténuée, mais la mort de Rydag avait réveillé ses anciennes blessures, et lorsqu'elle comprit que la distance enterrerait à jamais son passé, une tristesse immense l'envahit.

Elle n'avait plus de souvenir de sa petite enfance. Elle ne connaissait pas sa mère, ni son peuple. Hormis de vagues réminiscences — des sensations plus qu'autre chose —, elle avait oublié tout ce qui avait précédé le tremblement de terre. Pour elle, sa vraie famille, c'était le Clan. Mais le Clan l'avait bannie. Broud l'avait condamnée à mort, et pour tous ceux du Clan, elle était retournée dans le monde des esprits. C'était seulement maintenant qu'elle comprenait qu'avec la Malédiction Suprême des pans entiers de son existence avaient disparu à jamais. Elle ne connaîtrait jamais ses origines, ne rencontrerait jamais un ami d'enfance, et personne, pas même Jondalar, ne comprendrait quel passé l'avait façonnée.

Les êtres chers vivraient toujours dans son cœur, et elle se résignait à cette perte, mais elle en souffrait et se demandait ce que lui réservait ce Voyage. Quoi que le sort lui réserve, quel que soit le peuple de Jondalar, rien ne lui appartiendrait... que ses souvenirs... et l'avenir.

La petite clairière était plongée dans une obscurité totale. Pas une silhouette, ni une ombre. Seuls le pâle rougeoiement des braises qui finissaient de se consumer, et le scintillement des étoiles, trouaient le noir absolu. Il faisait doux, Ayla et Jondalar avaient transporté leurs couvertures de fourrure devant la tente. Ayla, que le sommeil fuyait, contemplait la voûte étoilée, la géométrie des constellations, l'oreille à l'affût des moindres bruits nocturnes : le bruissement du vent dans les arbres, le doux murmure de la rivière, le coassement d'une grenouille géante, le grésillement des grillons. Elle entendit le floc sonore d'un plongeon, le hululement d'une chouette, et dans le lointain, le rugissement d'un lion et le barrissement retentissant d'un mammouth.

Plus tôt, Loup avait frémi aux hurlements d'un loup, et s'était élancé dans les sous-bois. Par la suite, Ayla avait entendu l'appel du loup et la réponse, plus proche. Elle attendit le retour du louveteau. Il arriva, haletant d'avoir couru, et se pelotonna à ses pieds, satisfait.

Elle venait à peine de s'assoupir qu'elle se réveilla en sursaut. L'oreille aux aguets, elle essaya de discerner le bruit qui l'avait tirée du sommeil. A ses pieds, la masse chaude poussa un long grognement sourd. Puis, elle perçut un cri nasillard étouffé. On s'était introduit dans le campement.

— Jondalar ! appela-t-elle doucement.

— Je crois que la viande a attiré un animal, chuchota Jondalar. Ça pourrait être un ours, mais je penche plutôt pour un glouton ou une hyène.

— Que faut-il faire ? Je ne veux pas qu'on me vole ma viande.

— Rien, pour l'instant. Le rôdeur ne pourra peut-être pas l'attraper. Attendons.

Mais Loup avait repéré l'intrus et n'avait nullement l'intention d'attendre. Partout où ils plantaient leur campement, Loup s'en appropriait le territoire et le défendait. Ayla sentit qu'il quittait sa couche, et peu après, elle l'entendit gronder, menaçant. Le grognement qui lui répondit sembla provenir de bien plus haut. Ayla se redressa et s'empara de sa fronde, mais Jondalar était déjà debout, la hampe de sa sagaie engagée dans son propulseur.

— C'est un ours ! s'exclama-t-il. Il doit être dressé sur ses pattes arrière, mais je ne distingue rien.

A mi-chemin entre l'âtre et les perches où la viande était suspendue, des bruits de piétinements leur parvinrent, puis les grondements des animaux prêts à s'affronter. Soudain, à l'opposé, Whinney puis Rapide hennirent nerveusement. Tout à coup, Ayla reconnut le cri particulier de Loup passant à l'attaque.

— Loup ! appela-t-elle, anxieuse d'éviter une bataille dangereuse.

Un hurlement de douleur retentit soudain et une gerbe d'étincelles jaillit autour d'une énorme silhouette qui trébuchait dans l'âtre. Près d'Ayla, un objet siffla en déchirant l'air. Elle en reconnut le son qui fut suivi d'un cri, et aussitôt, des craquements de branches qu'un animal cassait dans sa fuite. Ayla siffla Loup. Elle ne voulait pas qu'il se lance à sa poursuite.

Obéissant, le louveteau accourut et elle s'accroupit pour le caresser, soulagée. Jondalar arrangeait le feu, et à la lueur des flammes, il découvrit les traces de sang laissées par le fuyard.

— Je suis sûr que ma sagaie l'a touché, affirma-t-il. Mais je n'ai pas pu voir où je visais. J'attendrai qu'il fasse jour pour suivre sa piste. Un ours blessé est souvent dangereux, et je ne sais pas qui va utiliser ce campement après nous.

— On dirait qu'il a perdu beaucoup de sang, déclara Ayla, venue observer les traces. Il n'ira sans doute pas loin. J'avais peur pour Loup. C'était un animal énorme, et il aurait pu le blesser gravement.

— Loup n'aurait jamais dû l'attaquer, l'ours risquait de se retourner contre nous. Mais sa bravoure pour nous protéger m'a fait plaisir. Je me demande comment il réagirait si on te menaçait vraiment.

— Je ne sais pas. Whinney et Rapide ont eu très peur de l'ours, je vais voir comment ils vont.

Jondalar, inquiet lui aussi, la suivit. Les chevaux s'étaient rapprochés du feu. Whinney avait appris depuis longtemps que le feu des hommes signifiait la sécurité, et à son contact, Rapide l'apprenait à son tour. Après quelques paroles apaisantes et autant de caresses, les chevaux se calmèrent, mais Ayla n'était pas rassurée et elle savait qu'elle aurait du mal à s'endormir. Elle décida de se préparer une infusion calmante et alla quérir à l'intérieur de la tente son sac en peau de loutre.

Pendant que les pierres chauffaient, elle caressait la fourrure du vieux sac qui lui rappelait tant de souvenirs : le jour où Iza le lui avait donné, sa vie avec le Clan, la Malédiction Suprême. Pourquoi Creb était-il retourné dans la caverne ? Il était peut-être toujours en vie, même s'il était vieux et fatigué. Pourtant, il n'était pas fatigué lorsqu'il avait intronisé Goov la nuit précédente. Il incarnait la puissance, cette nuit-là, c'était lui le mog-ur, comme autrefois. Goov ne sera jamais aussi fort que Creb.

Jondalar remarqua son air absent. Il crut qu'elle pensait encore à la mort de l'enfant et au fils qu'elle ne reverrait plus, et il ne savait pas quoi lui dire. Désireux de l'aider, il craignait toutefois de la déranger. Assis côte à côte près du feu, ils buvaient leur breuvage en silence quand Ayla leva les yeux par hasard. Ce qu'elle vit lui coupa le souffle.

— Regarde, Jondalar ! s'écria-t-elle. Regarde le ciel ! Il est tout rouge, on dirait un feu, mais un feu dans le ciel et loin, loin. Qu'est-ce que c'est ?

— C'est le Feu de Glace ! C'est ainsi que nous l'appelons quand il est aussi rouge. On dit aussi : les Feux du Nord.

Ils observèrent le spectacle des lumières nordiques décrivant un arc sinueux dans le ciel comme un voile arachnéen gonflé par un vent cosmique.

— On voit des bandes blanches ! s'extasia Ayla. Et ça bouge, comme des volutes de fumée, ou des vagues d'eau blanchies par le calcaire. Il y a aussi d'autres couleurs.

— Lorsqu'elle est blanche, on l'appelle Fumée d'Etoiles, ou Nuages d'Etoiles. On lui donne encore plusieurs noms, mais tout le monde comprend quand tu utilises l'un de ceux-là.

— Pourquoi n'ai-je jamais vu une telle lumière auparavant ? demanda Ayla avec un émerveillement mêlé de frayeur.

— Tu vivais trop au sud. C'est pourquoi on la nomme, entre autres, Feux du Nord. Je ne l'ai pas souvent vue et jamais si ample, ni aussi éclatante, mais ceux qui ont voyagé dans ces régions prétendent que plus on remonte vers le nord, plus ce phénomène est fréquent.

— Mais le mur de glace empêche d'aller plus au nord.

— Non, tu peux contourner le glacier par l'eau. A l'ouest de là où je suis né, à quelques jours de marche suivant la saison, la terre s'arrête au bord des Grandes Eaux. Elles sont très salées et elles ne gèlent jamais, bien qu'on y ait parfois vu des blocs de glace. On raconte que des hommes ont été au-delà du mur de glace en bateau pour chasser les animaux qui vivent dans l'eau.

— Des bateaux ? Comme ceux qu'utilisent les Mamutoï pour traverser les rivières ?

— Oui, je crois, mais plus grands et plus solides. Je n'en ai jamais vu, et je ne croyais pas à ces histoires avant de rencontrer les Sharamudoï. Près de leur Camp, au bord de la Rivière Mère, il y a beaucoup de grands arbres. C'est avec ces arbres qu'ils construisent leurs bateaux. Attends de les voir, tu n'en croiras pas tes yeux, Ayla. Ils ne traversent pas seulement les rivières, ils voyagent dessus. Ils peuvent remonter le courant et aussi le descendre.

L'enthousiasme de Jondalar frappa Ayla. Maintenant qu'il avait résolu son dilemme, il avait manifestement hâte de retrouver les Sharamudoï. Mais Ayla ne pensait pas à cette future rencontre, l'étrange clarté qui rougissait le ciel l'inquiétait sans qu'elle sût pourquoi. Ce mystère la déconcertait mais ne l'effrayait pas comme les tremblements de terre, qui eux, la terrorisaient. Ce n'était pas seulement l'ébranlement d'un sol supposé stable qui la paniquait, mais ce phénomène avait toujours annoncé de dramatiques changements dans sa vie.

Un tremblement de terre l'avait arrachée à son peuple et lui avait donné une enfance insolite dans un entourage étranger à tout ce qu'elle avait connu. C'était un autre tremblement de terre qui avait conduit le Clan à l'exclure, ou qui, en tout cas, avait fourni un prétexte à Broud. L'éruption volcanique qui avait déversé sur eux une pluie de cendres semblait avoir présagé son départ de chez les Mamutoï, quoique la décision lui eût appartenu à elle seule. Elle ignorait le sens de ce signe dans le ciel, si jamais c'en était un.

— Si Creb avait été là, je suis sûre qu'il aurait vu là un présage, dit Ayla. C'était le mog-ur le plus puissant de tous les clans, et il aurait réfléchi et médité jusqu'à ce qu'il en découvre le sens. Mamut aussi y aurait vu un signe. Qu'en penses-tu, Jondalar ? Est-ce un signe de... de malheur ?

— Euh... je n'en sais rien.

Il hésitait à lui faire part des croyances de son peuple pour qui ces lumières du nord, lorsqu'elles étaient rougeâtres, étaient presque toujours un avertissement. Parfois, elles présageaient seulement un événement important.

— Qui suis-je pour parler des présages ? poursuivit Jondalar. Je ne suis pas Celui Qui Sert la Mère, mais je pense que c'est un signe encourageant.

— Le Feu de Glace est un signe puissant, non ?

— En principe, oui. En tout cas, nombreux sont ceux qui le croient.

Ayla, que l'étrange luminescence du ciel et l'incursion de l'ours dans le campement avaient rendue fébrile, ajouta dans son infusion de camomille un peu de racine d'ancolie et de l'armoise, sédatif assez puissant. Elle eut tout de même du mal à trouver le sommeil. Elle se tournait et se retournait dans sa fourrure, sûre de déranger Jondalar. Lorsque enfin elle sombra, son repos fut peuplé de rêves troublants.

Les grognements d'un ours en colère déchirèrent le silence, les spectateurs effrayés reculèrent. Le gigantesque ours des cavernes défonça la porte de sa cage, et s'échappa fou de rage ! Broud était debout sur son cou, deux autres hommes s'accrochaient à sa fourrure. Soudain, l'un d'eux tomba dans les griffes du monstre, mais son cri de douleur mourut subitement, arrêté net par un coup de patte qui lui brisa la colonne vertébrale. Les mog-ur ramassèrent le corps et, dignes et solennels, le transportèrent dans une grotte. Creb, dans son manteau en peau d'ours, menait le cortège en trébuchant.

Ayla contemplait un liquide blanchâtre qui ruisselait dans un bol en bois fêlé. Le liquide devenait rouge sang et s'épaississait au contact de bandes laiteuses et lumineuses qui le traversaient en ondoyant. Une horrible culpabilité l'étreignait. Elle avait fait quelque chose de mal. Il ne devait pas rester de liquide dans le bol. Elle le porta à ses lèvres et le vida.

Son champ visuel se modifia. La lumière blanchâtre émanait d'elle à présent, elle se sentit enfler et regarder de très haut des étoiles tracer un chemin. Les étoiles se changèrent en petites lumières clignotantes balisant la route le long d'une grotte sans fin. A l'extrémité, une lumière rouge grandit, grandit, aveuglante. Avec un soudain malaise, elle vit les mog-ur assis en cercle, à moitié cachés par des stalagmites.

Pétrifiée de peur, elle tomba dans un abysse obscur. Soudain, elle sentit la présence de Creb, qui l'aidait, la soutenait, la calmait. Il la guida dans un étrange voyage vers leurs origines communes, à travers l'eau salée et de suffocantes goulées d'air, au-dessus de terres noires plantées d'arbres géants. Ils atterrirent et marchèrent à l'ouest d'immenses distances, vers une grande mer salée. Au bout d'une plaine où coulait une rivière, ils arrivèrent devant un mur abrupt où un immense surplomb recelait une faille profonde. C'était la caverne d'un ancêtre de Creb, mais à mesure qu'ils approchaient de l'entrée, Creb commença à disparaître.

Tout devint brumeux, Creb s'évanouissait de plus en plus vite, et lorsqu'il eut presque disparu, la panique s'empara d'Ayla. « Creb ! Non, ne pars pas, je t'en supplie ! » cria-t-elle. Elle fouilla le paysage, cherchant désespérément sa trace. Alors, elle le vit au sommet d'une colline, au-dessus de la caverne de son ancêtre, près d'un gros rocher. C'était un bloc de pierre légèrement aplati, sur le point de basculer dans le vide, comme gelé sur place au moment de tomber. Elle l'appela encore, mais Creb disparut dans le rocher. Ayla était désespérée. Creb parti, elle se retrouvait seule, accablée de douleur, sans aucun objet qu'elle pût toucher pour se souvenir de Mog-ur, rien d'autre qu'une infinie tristesse. Soudain, elle courut, courut le plus vite possible. Elle devait s'enfuir, s'enfuir...

— Ayla ! Ayla ! Réveille-toi ! criait Jondalar en la secouant.

— Jondalar ! (En larmes, elle s'assit et se cramponna à lui.) Il est parti, Jondalar... Oh, Jondalar !

— Allons, allons, murmura-t-il en la serrant dans ses bras. Tu as fait un mauvais rêve. Tu hurlais, tu gémissais. Raconte-moi, cela te fera peut-être du bien.

— C'était Creb. J'ai rêvé de Creb, et de la grotte du Rassemblement du Clan, où des choses étranges se sont produites. Il m'en a voulu longtemps après, et juste au moment où nous allions nous réconcilier, il est mort. Nous avons eu à peine le temps de parler. Il m'a assuré que Durc était le fils du Clan, et je n'ai jamais su ce qu'il entendait par là. J'avais tant de choses à lui demander, et j'ai tant de questions à lui poser, maintenant. On prétendait qu'il était le plus puissant de tous les mog-ur, et qu'il ait été borgne et manchot effrayait tout le monde. Mais personne ne le connaissait vraiment. Creb était bon et sage, il comprenait le monde des esprits, et aussi le monde des humains. Dans mon rêve, je voulais lui parler, et je crois qu'il essayait de communiquer avec moi.

— Oui, c'est possible. Je n'ai jamais rien compris aux rêves, avoua Jondalar. Te sens-tu mieux ?

— Oui, ça va, maintenant. Oh, comme je voudrais savoir interpréter les rêves !

— Tu ne devrais pas partir seul traquer cet ours, conseilla Ayla après le repas du matin. Tu disais toi-même qu'un ours blessé était dangereux.

— Je serai prudent.

— Si je t'accompagne, nous serons vigilants à deux.

De toute façon, je ne serai pas plus en sécurité au camp si l'ours revient en ton absence.

— Oui, c'est vrai. Eh bien, c'est entendu, viens.

Ils se dirigèrent vers les bois, en suivant les traces de l'ours. Décidé à participer à la chasse, Loup s'élança et disparut dans les fourrés. Ils avaient à peine couvert une demi-lieue qu'ils entendirent un tumulte de grognements et de rugissements devant eux. Ils avancèrent rapidement et tombèrent sur Loup, le poil hérissé, la tête basse, la queue entre les pattes, qui grondait sourdement à quelque distance d'une bande de loups campés devant la carcasse sombre de l'ours.

— Eh bien, constata Ayla qui avait déjà engagé une sagaie dans son propulseur, voilà un ours qui ne nous fera plus de mal.

— Ce n'est qu'une bande de loups ! fit Jondalar qui avait aussi préparé son arme. As-tu besoin de viande ?

— Non, nous en avons assez, et je n'ai pas de place pour en emporter davantage. Laissons-leur l'ours.

— Auparavant, j'aimerais bien prendre les griffes et les crocs, déclara Jondalar.

— Eh bien, prends-les. Ils te reviennent de droit, c'est toi qui as tué l'ours. Arrache-les pendant que je retiendrai les loups avec ma fronde.

Jondalar ne s'y serait pas aventuré tout seul. Disputer aux loups une carcasse qu'ils revendiquaient n'était pas de tout repos, mais il se rappelait la façon dont Ayla avait chassé les hyènes, la veille.

— Tu es prête ? demanda-t-il en sortant son couteau.

Lorsque Ayla commença à jeter des pierres, Loup exulta et courut monter la garde devant la carcasse pendant que Jondalar découpait vivement les griffes. Les dents lui donnèrent plus de mal, mais il eut tôt fait de revenir avec son trophée. Ayla observait Loup en souriant. Dès que sa « bande » avait chassé la bande rivale, son comportement s'était transformé. Tête dressée, la queue droite, dans la position du mâle dominant, son grondement était devenu plus agressif. Le chef des loups le surveillait, prêt à le défier.

Après qu'ils eurent abandonné la carcasse de l'ours

aux loups, le chef de la meute renversa la tête en arrière et poussa un hurlement guttural et puissant. Loup tendit son cou et hurla en écho, mais son timbre fluet trahissait le louveteau immature.

— Laisse, Loup, ordonna Ayla. Il est trop fort pour toi, plus vieux aussi et plus expérimenté. Il ne ferait qu'une bouchée de toi.

Mais Loup réitéra, non par défi mais par instinct de solidarité avec son espèce.

Le reste de la bande se mit de la partie si bien que Jondalar eut l'impression d'être encerclé par les jappements et les hurlements. Alors, Ayla, pour satisfaire une envie, leva la tête et se mit à hurler à l'unisson. Jondalar en eut la chair de poule, tant la voix d'Ayla imitait celles des loups à la perfection. Jusqu'à Loup qui dressa les oreilles, la regarda, étonné, puis hurla longuement avec plus d'assurance. Les autres loups répondirent et bientôt les bois retentirent d'un chœur magnifique et émouvant.

En arrivant au camp, Jondalar nettoya les griffes et les crocs de l'ours, pendant qu'Ayla chargeait Whinney. Il n'avait pas terminé ses bagages qu'elle était déjà prête. Appuyée contre la jument qu'elle flattait distraitement, elle remarqua que Loup avait déniché un autre os pourri. Cette fois, il resta à l'autre bout de la clairière. Il jouait avec son trophée en grognant de plaisir tout en surveillant Ayla d'un œil et en évitant bien de lui apporter son trésor.

— Loup ! Ici, Loup ! appela-t-elle. (Il abandonna son os et accourut.) Le moment est venu de t'apprendre quelque chose de nouveau, annonça-t-elle.

Elle voulait le dresser à rester sans bouger, même s'il la voyait partir. Ce serait un dressage long et pénible, mais elle en prévoyait l'importance. A en juger par l'accueil qu'ils avaient reçu au Camp des Fougères, elle s'inquiétait des futures rencontres avec d'autres « bandes » d'humains, et des réactions de Loup.

Un jour, au Camp du Lion, elle avait promis à Talut qu'elle tuerait le loup de ses propres mains si jamais il mordait quelqu'un. Elle estimait de son devoir de veiller à ce que l'animal carnivore qu'elle avait amené parmi les humains ne blessât personne. Elle cherchait de surcroît à le protéger. Son attitude menaçante avait déjà provoqué des réactions défensives, et elle craignait qu'un chasseur effrayé ne tentât de tuer ce loup étrange avant qu'elle ne pût l'en empêcher.

Elle commença par l'attacher à un arbre. Elle lui ordonna ensuite de rester pendant qu'elle s'éloignait, mais la corde à son cou était trop lâche et il réussit à se libérer. Elle recommença en serrant davantage le collier, craignant un peu qu'il ne s'étranglât. Comme elle l'avait prévu, il se mit à gémir tout en bondissant sur place pour tenter de la rejoindre. A plusieurs foulées de là, elle lui criait de ne pas bouger, accompagnant son ordre d'un geste de la main.

Lorsque enfin il se calma, elle revint le féliciter. Après quelques autres tentatives, elle vit que Jondalar était prêt et détacha Loup. Cela suffisait pour aujourd'hui. Mais après qu'elle eut bataillé pour défaire les nœuds que Loup avait resserrés en essayant de se libérer, elle songea qu'il serait préférable d'envisager d'autres méthodes. Elle avait d'abord tenté d'ajuster le collier pour qu'il ne fût ni trop lâche ni trop serré, et voilà qu'elle n'arrivait plus à le dénouer.

— Crois-tu vraiment que tu puisses lui apprendre à ne plus menacer les étrangers ? demanda Jondalar qui avait assisté aux derniers essais infructueux. Tu disais pourtant qu'il était normal qu'un loup se méfie des autres. Comment espères-tu aller contre sa nature ?

Il monta Rapide pendant qu'elle rangeait la corde.

— Est-ce dans la nature de ce cheval de te porter ? rétorqua-t-elle en grimpant sur le dos de Whinney.

— Je ne crois pas que ce soit la même chose, Ayla, protesta-t-il alors qu'ils quittaient le camp côte à côte. Les chevaux mangent de l'herbe, pas de la viande, et leur nature les pousse davantage à éviter les ennuis. En présence d'étrangers, ou d'une menace, ils prennent plutôt la fuite. Un étalon peut en combattre un autre, ou se défendre en cas d'attaque, mais Rapide et Whinney fuient les situations dangereuses. Alors que Loup est toujours sur ses gardes et prêt à se battre.

— Non, il n'est prêt à se battre que pour nous défendre. Si nous prenions la fuite il nous suivrait. C'est un mangeur de viande et il pourrait tuer un homme, c'est vrai, mais il ne le fait pas. Je pense qu'il ne tuerait que pour protéger l'un de nous. Tu sais, les animaux apprennent tout comme les humains. Ce n'est sûrement pas dans la nature d'un loup de faire bande avec deux humains et deux chevaux. Même Whinney a appris des choses qu'elle n'aurait jamais sues si elle était restée parmi les chevaux. Crois-tu qu'il soit dans la nature d'un cheval d'être ami avec un loup ? Et avec un lion des cavernes ? Ce n'était pas dans sa nature, tout de même !

— Sans doute pas, concéda Jondalar. Tu ne peux pas imaginer comme j'étais inquiet quand Bébé s'est montré à la Réunion d'Eté et que je t'ai vue galoper vers lui sur Whinney. Comment savais-tu qu'il vous reconnaîtrait, toi et Whinney ? Ou que Whinney se souviendrait de lui ?

— Mais Jondalar, ils ont grandi ensemble ! Bébé... Bébé...

Le mot qu'elle utilisait signifiait « bébé », mais elle le prononçait avec un ton guttural étrange qui ne ressemblait à aucun langage que Jondalar connaissait. Il ne pouvait pas reproduire ces sons qui semblaient émaner des profondeurs de la gorge. C'était l'un des rares mots oraux du Clan. Ayla l'avait assez répété pour que Jondalar le reconnût, mais elle traduisait toujours les mots du Clan qu'elle utilisait. Quand Jondalar parlait du lion qu'elle avait élevé, il employait le nom zelandonii, trouvant toutefois incongru d'appeler « bébé » un énorme lion des cavernes.

— ... Bébé était... il était tout petit quand je l'ai recueilli. Il n'était même pas sevré. Un daim l'avait assommé d'un coup de sabot en fuyant, et il était presque mort. C'est pour ça que sa mère l'avait abandonné. Whinney aussi le considérait comme un bébé.

Elle m'a aidée à prendre soin de lui... c'était si drôle quand ils ont commencé à jouer ensemble, surtout quand Bébé voulait attraper la queue de Whinney. Parfois, elle l'agitait devant son museau exprès. D'autres fois, ils attrapaient chacun l'extrémité d'une peau et ils tiraient chacun de leur côté. Ils m'en ont massacré des peaux cette année-là, mais ça me faisait tellement rire !

« Je n'avais jamais appris à rire auparavant, poursuivit-elle, soudain songeuse. Le Peuple du Clan ignorait le rire. Ils n'aimaient pas les bruits inutiles, et les sons étaient réservés pour prévenir d'un danger. La grimace que tu aimes tant et que tu appelles un sourire, ils l'utilisaient pour montrer leur nervosité, ou dans une attitude défensive. S'ils l'accompagnaient d'un certain geste, c'était une menace. Ils n'aimaient pas me voir rire, ni même sourire. Alors, j'ai appris à me contrôler.

Ils chevauchaient le long de la berge, sur une large bande de graviers.

— Beaucoup de gens sourient par nervosité, ou bien en présence d'étrangers, remarqua Jondalar. Mais ce n'est pas un réflexe de défense, ni une menace. A mon avis, on sourit pour montrer qu'on n'a pas peur.

Ils avançaient l'un derrière l'autre. Ayla se pencha sur le côté pour que sa jument contourne des broussailles bordant un ruisseau qui serpentait vers la rivière. A la suite de Jondalar, Ayla harnachait sa jument avec le licol qu'il avait inventé pour guider Rapide. Le licol lui permettait aussi d'attacher Whinney lorsqu'elle ne voulait pas qu'elle s'éloigne, mais elle ne s'en servait jamais pour la guider. Ayla n'avait jamais eu l'intention de dresser Whinney. Elles s'étaient progressivement habituées l'une à l'autre au point de se comprendre intuitivement. Lorsqu'elle s'était rendu compte que la jument pouvait obéir à des ordres, fussent-ils inconscients, Ayla avait commencé à lui enseigner quelques petites choses, mais toujours en respectant la profonde compréhension qui s'était installée entre elles.

— Mais si un sourire a pour but de montrer que tu n'as pas peur, cela ne signifie-t-il pas que tu n'as rien à craindre ? Donc, que tu te sens assez fort ? reprit Ayla quand ils purent de nouveau chevaucher de concert.

— Je n'ai jamais réfléchi à cela. Thonolan semblait toujours confiant et souriant quand il rencontrait des gens nouveaux, mais c'était surtout une attitude de prestance. Il voulait faire croire qu'il n'avait pas peur. Evidemment, on peut l'interpréter comme une attitude défensive, une façon de dire : « Je suis si fort que je n'ai rien à craindre de vous. »

— Oui, mais montrer sa force, n'est-ce pas une façon de menacer l'autre ? Quand Loup montre ses crocs à des étrangers, n'essaie-t-il pas de les impressionner ? insista Ayla.

— Oui, peut-être. Mais il y a une différence entre un sourire de bienvenue et le rictus de Loup qui montre ses crocs en grondant.

— Oui, c'est juste, concéda Ayla. Un sourire rend heureux.

— Ou soulage au moins. Si l'étranger que tu croises te sourit, cela signifie qu'il t'accepte. Tu sais donc à quoi t'en tenir. Mais tous les sourires ne sont pas destinés à rendre heureux.

— Sauf si le soulagement est le début du bonheur. Je crois qu'il y a une similitude entre quelqu'un qui sourit à des inconnus parce qu'il est nerveux, et le rictus de ceux du Clan qui montrent ainsi leur nervosité ou leur menace, poursuivit Ayla après un long silence. Pour Loup, c'est pareil. Il montre ses crocs pour menacer l'intrus, ou pour nous en protéger.

— Cela voudrait dire que lorsqu'il nous montre ses crocs, à nous membres de sa bande, il sourit ? En tout cas, je l'ai déjà surpris à te taquiner. Je suis sûr qu'il t'aime, mais l'ennui c'est qu'il est normal pour lui de montrer ses crocs à des étrangers, de les menacer. S'il te protège, comment vas-tu lui faire comprendre de rester où tu le lui demandes, même lorsque tu t'éloignes ? Comment le forceras-tu à renoncer à attaquer les étrangers ? (L'inquiétude de Jondalar était réelle. Il se demandait s'il était sage de voyager avec le loup.) Souviens-toi que les loups attaquent quand ils ont faim, c'est ainsi qu'en a décidé la Mère. Loup est un chasseur. Tu peux lui apprendre beaucoup de choses, mais comment faire comprendre à un chasseur qu'il ne doit pas chasser ? Et ne pas attaquer les étrangers ?

— Mais, Jondalar, tu étais un étranger quand tu es arrivé dans ma vallée. Te rappelles-tu quand Bébé est revenu me rendre visite et qu'il t'a trouvé là ? demanda Ayla avant qu'ils ne se séparent encore pour gravir une ravine menant au plateau.

Jondalar rougit. Ce n'était pas par embarras. Il revivait seulement les émotions intenses de cette rencontre. Il n'avait jamais eu aussi peur de sa vie. Jamais il n'avait vu la mort de si près.

Gravir l'étroite ravine leur prit du temps. Ils devaient contourner des rocs que les crues de printemps éboulaient, des buissons d'armoise aux tiges noires qui fleurissaient avec les pluies, pour se dessécher ensuite. Jondalar repensa au jour où Bébé était revenu sur les lieux de son enfance pour trouver un étranger sur la plate-forme qui menait à la grotte.

Bébé était le lion des cavernes le plus impressionnant qu'il eût jamais vu, presque aussi grand que Whinney, mais plus massif. Jondalar se rétablissait juste des lacérations que ce même lion ou un de ses semblables lui avait infligées lorsque Thonolan et lui avaient malencontreusement empiété sur son territoire. Ce fut la dernière aventure de Thonolan, et Jondalar avait cru sa dernière heure arrivée lorsque le lion avait rugi, bandé ses muscles et bondi. Soudain, Ayla était apparue, le bras levé pour arrêter le lion... et il s'était arrêté ! Si Jondalar n'avait pas été pétrifié, il aurait trouvé la scène comique : ce monstre énorme stoppé dans son saut, se contorsionnant pour éviter la jeune femme. Il l'avait ensuite vue avec stupéfaction flatter les flancs du gigantesque chat et jouer avec lui.

— Oui, je m'en souviens, avoua-t-il en rejoignant Ayla sur le plateau. Et je n'ai toujours pas compris comment tu l'avais arrêté en plein milieu de son saut.

— Quand Bébé était tout petit, expliqua Ayla, il s'amusait à m'attaquer, mais quand il est devenu trop grand pour qu'on joue à ce petit jeu, je lui ai appris à s'arrêter. Il était devenu trop brutal. Maintenant, il faut que j'apprenne la même chose à Loup. Non seulement pour qu'il ne blesse personne, mais aussi pour qu'on ne lui fasse pas de mal.

— Si quelqu'un peut le dresser, c'est bien toi, Ayla.

Elle l'avait convaincu, et si elle réussissait, il deviendrait plus facile de voyager avec Loup. Mais Jondalar s'attendait toujours à ce que le louveteau leur causât des ennuis. Il avait ralenti leur traversée de la rivière, et avait détruit quelques-unes de leurs affaires en les mâchouillant. Ayla était venue à bout de ce défaut, c'est vrai. Il eût été injuste de prétendre qu'il n'aimait pas l'animal. Car il l'aimait. Observer Loup de près était fascinant, et Jondalar fut plus d'une fois surpris de le voir si amical et si affectueux. Mais il demandait une surveillance continue, du temps, et les obligeait à stocker davantage de nourriture. Les chevaux aussi exigeaient que l'on prît soin d'eux, mais Rapide lui obéissait et ils les aidaient en retour. Le Voyage s'annonçait difficile, ils n'avaient que faire d'un fardeau supplémentaire, d'un animal source de soucis autant qu'un enfant.

Et encore, pas n'importe quel enfant, se dit Jondalar. Un enfant difficile. Pourvu que la Grande Terre Mère ne donne pas un enfant à Ayla avant la fin du Voyage ! Une fois arrivés et installés, ce sera différent, nous pourrons y penser. Mais qu'y faire ? Seule la Mère décidera... Tout de même, cela doit faire drôle d'avoir un enfant.

Et si Ayla avait raison ? Si les Plaisirs étaient à l'origine des naissances ? Pourtant, nous sommes ensemble depuis pas mal de temps, et aucun signe d'enfant à naître. Non, c'est forcément Doni qui met les enfants dans le ventre des mères. Mais alors, si jamais la Mère décidait de ne pas donner d'enfant à Ayla ? Elle en a déjà eu un, un esprit mêlé, c'est vrai. D'habitude, quand Doni en accorde un, elle en accorde souvent d'autres. Et si c'était à cause de moi ? Ayla peut-elle engendrer un enfant venu de mon esprit ? Ayla ou n'importe quelle autre femme ?

J'ai partagé les Plaisirs et honoré Doni avec de nombreuses femmes. L'une d'elles a-t-elle jamais eu un enfant grâce à moi ? Comment un homme peut-il le savoir ? Ranec le savait, lui. Sa couleur et son physique étaient si particuliers, et on retrouvait son essence chez certains enfants, à la Réunion d'Eté. Je n'ai pas une couleur exceptionnelle, ni de signe reconnaissable... peut-être que si, d'ailleurs.

Que dire de la rencontre avec les chasseurs Hadumaï, dans cette région, précisément ? La vieille Haduma voulait que Noria ait un bébé avec des yeux bleus comme les miens, et après les Premiers Rites, Noria m'a affirmé qu'elle aurait un enfant de mon esprit. Et avec mes yeux bleus. Haduma le lui avait promis. A-t-elle mis ce bébé au monde ?

Lorsque j'ai quitté Serenio, elle pensait être enceinte. Je serais curieux de savoir si son enfant a les yeux bleus. Serenio avait déjà un enfant, mais elle n'en a pas eu d'autre depuis, et Darvo était presque un jeune homme, déjà. Je me demande ce qu'elle pensera d'Ayla. Et ce qu'Ayla pensera d'elle.

Et si elle n'avait pas été enceinte ? La Mère ne m'a peut-être pas encore pardonné, et Elle me signifie que je ne mérite pas d'avoir un enfant dans mon foyer. Pourtant, Elle m'a rendu Ayla. Zelandoni me disait toujours que Doni ne me refuserait jamais rien, et elle m'incitait à être prudent avec mes demandes, parce qu'elle croyait que Doni les satisferait toutes. C'était pour cela que, lorsqu'elle s'appelait encore Zolena, elle m'avait fait promettre de ne pas la réclamer à la Mère.

Pourquoi demander quelque chose qu'on ne désire pas ? Je n'ai jamais compris ceux qui parlent avec les esprits. On dirait qu'ils ont une ombre sur la langue. Ils prétendaient que Thonolan était un favori de Doni, à cause de son aisance avec les gens. Mais ils ajoutaient : Garde-toi des faveurs de la Mère. Lorsqu'Elle favorise trop quelqu'un, Elle veut qu'il La rejoigne au plus vite. Est-ce pour cela que Thonolan est mort ? La Grande Terre Mère l'a-t-elle repris ? Que sont vraiment les faveurs de Doni ?

J'ignore si Elle m'accorde Ses faveurs, mais je sais que Zolena a bien fait de rejoindre les zelandoni. Cela m'a rendu service, à moi aussi. J'avais mal agi, mais si elle n'était pas devenue zelandoni, je n'aurais jamais entrepris ce Voyage avec Thonolan, et je n'aurais jamais rencontré Ayla. Alors, peut-être me favorise-t-Elle un peu. Mais je ne veux pas profiter des bontés de Doni. J'ai déjà demandé qu'Elle nous autorise à rentrer sains et saufs, je ne peux pas Lui demander aussi de donner à Ayla un enfant de mon esprit, surtout en ce moment. Mais en aura-t-elle jamais ?

6

Ayla et Jondalar s'éloignèrent de la rivière et s'enfoncèrent à l'intérieur des terres en obliquant vers l'ouest. Ils rencontrèrent une autre vallée où coulait vers l'est un large cours d'eau qui rejoignait en aval celui qu'ils venaient de quitter. La vallée, vaste et verdoyante, se creusait en pente douce jusqu'à la rivière qui courait rapidement au milieu de terres alluviales jonchées de pierres de toutes tailles, allant du gros rocher au gravier fin comme du sable. Hormis quelques touffes d'herbe et de rares plantes, le lit rocailleux était nu, lavé de toute végétation par les crues printanières.

Quelques arbres morts s'étaient accrochés aux rochers, et des buissons d'aulnes et d'arbrisseaux aux feuilles grisâtres restaient suspendus le long des rives. Une harde de cerfs géants aux andouillers palmés si démesurés qu'ils auraient fait paraître petits ceux des élans, viandaient près des bosquets de saules cotonneux qui poussaient sur les terres humides, au bord de l'eau.

D'humeur joyeuse, Loup gambadait près des chevaux, jouant à éviter leurs sabots, ceux de Rapide en particulier. Whinney n'y prêtait guère attention, mais le jeune étalon montrait plus de nervosité. Ayla savait que le cheval aurait répondu aux taquineries de Loup si Jondalar ne l'avait retenu. Celui-ci devait se concentrer pour contrôler sa monture. Il commençait à être agacé et il pensait sérieusement demander à Ayla de contenir son louveteau.

Au grand soulagement de Jondalar, Loup détala soudain comme une flèche. Il avait senti l'odeur des cerfs, et partait en éclaireur. Les longues pattes des cerfs géants étaient une vision irrésistible et il crut avoir trouvé de nouveaux compagnons de jeu. Mais lorsque celui qu'il approchait baissa la tête pour repousser sa charge, Loup s'arrêta net. C'était un mâle magnifique dont chacun des andouillers mesurait plus de trois mètres ! Conscient de la présence du carnassier, le bel animal continua cependant à brouter l'herbe grasse comme s'il n'avait rien à redouter d'un loup isolé. Ayla contemplait la scène en souriant.

— Regarde-le, Jondalar. Loup s'imaginait avoir trouvé un autre cheval à narguer.

— Oui, il a vraiment l'air étonné, s'amusa Jondalar. Il ne s'attendait pas à tomber sur des bois pareils.

D'un accord tacite, ils se dirigèrent lentement vers l'eau en s'efforçant de ne pas effrayer l'énorme cerf. Ils furent impressionnés par la taille de ces créatures géantes plus hautes qu'eux-mêmes à cheval. Avec une grâce majestueuse, les cerfs s'éloignèrent à l'approche des cavaliers, par prudence plus que par crainte, broutant quelques feuilles de saule dans leur retraite.

— Ils sont encore plus grands que je ne le croyais, remarqua Ayla. Je n'en avais jamais vu de si près.

Bien qu'à peine plus massifs que les élans, les cerfs géants avec leur magnifique ramure semblaient énormes. Chaque année, leurs bois tombaient, remplacés par d'autres plus grands et plus ramifiés, jusqu'à atteindre trois mètres et davantage en une seule saison chez certains vieux mâles. Mais même dépourvus de leurs andouillers, les plus grands étaient immenses comparés aux autres représentants de leur espèce. Leur poil rude, leurs épaules massives et les muscles de leur cou, qui s'étaient développés pour supporter les lourdes ramures, contribuaient à leur donner un aspect impressionnant. Animaux des plaines, encombrés par leurs andouillers démesurés, ils évitaient les sous-bois. On racontait que certains étaient morts de faim, piégés par leurs glorieux cors emmêlés dans des branches.

Ayla et Jondalar s'arrêtèrent pour chercher un gué. L'eau était profonde, le courant violent, et des rapides s'étaient formés autour de gros rocs anguleux. Les conditions étaient partout identiques, en aval comme en amont. Finalement, ils décidèrent de traverser là où il y avait le moins de rochers.

Ils descendirent de leur monture, attachèrent les paniers sur la ligne de croupe des chevaux, et y rangèrent les vêtements chauds qu'ils avaient enfilés pour se protéger de la fraîcheur matinale. Jondalar ôta sa tunique sans manches, et Ayla faillit se dévêtir entièrement, mais après avoir testé la température de l'eau elle changea d'avis. Elle était certes habituée à l'eau froide, mais avec ce fort courant, celle-ci était aussi glacée que l'eau qu'elle avait laissée dehors la nuit précédente, et qu'elle avait retrouvée au petit matin recouverte d'une pellicule de glace. Même mouillées, sa tunique et ses jambières en peau de daim la réchaufferaient.

Les chevaux piaffaient, caracolaient, et secouaient la tête en hennissant. Ayla ajusta le licol de Whinney pour l'aider à traverser. Sentant alors la tension grandissante de la jument, elle flatta son encolure aux poils rudes et lui murmura des paroles apaisantes dans la langue qu'elle avait inventée lorsqu'elles vivaient ensemble dans la vallée.

Elle l'avait inventée inconsciemment, améliorant sans cesse la complexité des signes. Bâtie sur les rares mots du langage du Clan, elle y avait ajouté au fur et à mesure des onomatopées qu'elle utilisait avec son fils et auxquelles elle avait assigné un sens, mais aussi des sons inspirés de ceux des chevaux, d'occasionnels grognements de lion et même des gazouillis d'oiseaux.

Habitué au dialogue entre la jeune femme et sa jument, Jondalar n'avait pourtant pas la moindre idée de son contenu. Ayla possédait ce don étrange d'imiter les bruits d'animaux — don qu'elle avait exercé quand elle vivait seule, avant qu'il ne lui eût appris à parler oralement — et Jondalar trouvait ces sons insolites, comme venus d'un autre monde.

Rapide frappa du devant et branla la tête, hennissant de nervosité. Jondalar lui parla avec douceur tout en le caressant et en lui grattant le flanc. Ayla observa l'effet quasi immédiat des cajoleries de son compagnon sur le cheval ombrageux. La confiance qui s'était instaurée entre Jondalar et le jeune étalon la ravit. La douceur de ses mains lui rappela soudain les caresses qui la troublaient tant et elle rougit. Ce n'était certes pas l'apaisement que lui apportait Jondalar lorsqu'il la touchait.

Les chevaux n'étaient pas les seuls à s'inquiéter. Loup savait ce qui se préparait et n'appréciait guère la perspective d'un bain glacé. Il allait et venait le long de la rivière en couinant. Il finit par s'asseoir, rejeta la tête en arrière et poussa un long hurlement plaintif.

— Allons, Loup ! fit Ayla qui s'accroupit à côté du jeune animal pour l'apaiser. Tu as peur, toi aussi ?

— Est-ce qu'il va encore nous embêter pour traverser ? demanda Jondalar, toujours fâché du traitement que Loup avait infligé à Rapide.

— Je ne m'en fais pas pour ça. Il est seulement un peu nerveux, comme les chevaux.

Ayla était surprise que la peur compréhensible de Loup pût exaspérer Jondalar, pourtant si patient avec Rapide.

Certes la rivière était froide, mais les chevaux étaient des nageurs puissants. Une fois dans l'eau, ils n'eurent aucune difficulté à atteindre la rive opposée en guidant les deux humains autant que ceux-ci les guidaient. Même Loup traversa facilement. D'abord il fit quelques bonds sur la rive et couina en entrant dans l'eau. Il recula, avança plusieurs fois et s'élança finalement avec bravoure. Le museau hors de l'eau, il se mit à nager vers les humains et les chevaux chargés de paquets et de paniers.

Sur l'autre rive, Ayla et Jondalar se changèrent et essuyèrent les animaux avant de reprendre leur route. Ayla se souvenait des précédentes traversées qu'elle avait dû faire seule après avoir quitté le Clan, et elle remercia les robustes chevaux. Franchir un cours d'eau n'était jamais chose facile, et à pied on ne pouvait éviter de se mouiller. Avec leur monture, ils traversaient de petites rivières au prix de quelques éclaboussures seulement, et les rivières plus larges devenaient faciles à franchir.

Au fur et à mesure qu'ils avançaient vers le sud-ouest, le terrain changeait. A l'approche des montagnes de l'ouest, les collines se transformaient en hauts contreforts traversés de vallées profondes et étroites où couraient des rivières qu'ils durent franchir. Certains jours, ils ne faisaient que monter et descendre si bien que Jondalar avait l'impression qu'ils n'avançaient pas. Mais au moins les vallées offraient-elles des campements à l'abri du vent et les rivières les pourvoyaient-elles en eau, dans un pays par ailleurs très sec.

Ils s'arrêtèrent au sommet d'une colline dominant les hauts plateaux qui couraient parallèlement aux rivières. Un vaste panorama s'offrit à eux. Hormis les pâles contours grisâtres des montagnes qui s'élevaient au loin, à l'ouest, les plaines s'étendaient à perte de vue.

Bien que la terre aride et venteuse eût difficilement été plus dissemblable, les steppes monotones aux vagues vertes et ondoyantes que les deux cavaliers contemplaient évoquaient la mer dans son uniformité. Mais l'analogie allait plus loin. En dépit de son uniformité monotone, l'antique prairie qui ondulait sous le vent était incroyablement riche et variée et, comme la mer, recelait une vie foisonnante. Des créatures bizarres, aux attributs extraordinaires — tels que cornes ou andouillers exubérants, collerettes, houppes, bosses — partageaient la steppe immense avec d'autres animaux gigantesques.

Mammouths et rhinocéros, magnifiques dans leur double toison de longs poils flottants sur une chaude couche duveteuse, protégés par une épaisse réserve de graisse, affublés de défenses gigantesques ou de cornes nasales extravagantes. Cerfs géants, parés de majestueux andouillers palmés, paissant parmi les aurochs, splendides précurseurs sauvages des placides bovins domestiques, presque aussi massifs que les bisons aux cornes énormes. Même les petits animaux atteignaient des tailles conséquentes, grâce à la richesse des steppes. C'était le cas des grandes gerboises, des hamsters géants et des marmottes.

Les vastes prairies nourrissaient quantité d'autres animaux. Chevaux, ânes, onagres se partageaient les pâturages des terres alluviales ; aux moutons sauvages, chamois, bouquetins, étaient réservés les alpages. Les saïgas parcouraient les plaines ; les parties boisées au long des rivières, ou concentrées près des mares et des lacs, ainsi que les rares forêts des steppes et de la toundra hébergeaient diverses variétés de cervidés, du daim tacheté et du doux chevreuil à l'élan, au renne et au cerf — qu'on appelait orignal lorsqu'il migrait vers d'autres terres, tout comme l'élan devenait caribou. Lièvres et lapins, souris et campagnols, marmottes, sousliks et lemmings pullulaient ; crapauds, grenouilles, serpents et lézards avaient aussi leur place. Des oiseaux de toutes sortes et de toutes tailles, de la grue au minuscule pipit, enrichissaient les steppes de leurs chants et de leurs couleurs. Tous jouaient un rôle, tous jusqu'aux insectes.

C'était aux carnivores qu'incombait la régulation des immenses troupeaux d'herbivores et des rongeurs. Les carnivores, mieux adaptés à leur environnement et qui survivaient tant que les proies abondaient, parvenaient eux aussi à des proportions impressionnantes en vertu de la profusion et de la qualité des réserves de viande. De gigantesques lions de caverne — jusqu'à deux fois la taille de leurs descendants des pays chauds — chassaient les jeunes ou les vieux spécimens des herbivores, même les plus grands. Toutefois, un mammouth adulte avait peu à craindre. Les grands félins dirigeaient leur choix sur le bison, l'aurochs, le cerf, pendant que des bandes de hyènes, de loups et de dholes s'attaquaient aux animaux moins imposants. Ils se partageaient le gibier abondant avec les lynx, les léopards, et les chats sauvages.

De monstrueux ours des cavernes, essentiellement végétariens et chasseurs occasionnels, atteignaient deux fois la taille des ours omnivores bruns ou noirs, alors que les ours blancs vivant sur les banquises se nourrissaient de poissons. Les carcajous et les putois s'attaquaient aux petits rongeurs, tout comme les martres, les belettes, les loutres, les furets, les zibelines, les visons, et les hermines qui devenaient blanches en hiver. Certains renards blanchissaient aussi l'hiver, où leurs poils prenaient un riche ton de gris, appelé bleu argenté, pour se fondre dans le paysage et chasser sans être vus. L'aigle royal, le faucon, le gerfaut, la corneille et le hibou attrapaient de petites proies inattentives ou malchanceuses, alors que les vautours et les milans noirs nettoyaient les carcasses abandonnées.

La grande variété et la taille exceptionnelle des animaux vivant dans ces steppes, la profusion et la démesure de leurs ornements, ne pouvaient être le fruit que d'un environnement d'une remarquable qualité. Pourtant, c'était une terre exigeante, glaciale et desséchée, entourée d'une barrière de hautes montagnes de glace et de rudes océans d'eau gelée. Il semblait contradictoire que des conditions si difficiles puissent procurer la richesse nécessaire au développement démesuré de la faune, mais elles étaient en fait extrêmement appropriées. Le climat sec et froid stimulait la croissance de l'herbe et empêchait les arbres de pousser.

Les arbres, tels que chênes ou conifères, poussaient facilement, mais ils exigeaient du temps et beaucoup d'humidité. Certes, les forêts nourrissaient et protégaient quantité de plantes et d'animaux, mais les arbres nécessitaient des ressources importantes pour croître et ils ne favorisaient pas le développement des grands mammifères. Quelques animaux mangeaient des noix ou des fruits, d'autres broutaient les feuilles ou même les brindilles, mais l'écorce et le bois étaient peu comestibles et mettaient du temps à repousser. La même énergie et la même substance nutritive au service de l'herbe nourrissait davantage d'espèces, et l'herbe se renouvelait constamment. Peut-être la forêt représentait-elle la quintessence de la vie végétale, mais c'était l'herbe qui avait permis ce développement extraordinaire de la faune et c'étaient les prairies qui avaient assuré sa subsistance.

Sans savoir pourquoi, Ayla était mal à l'aise. Rien de précis, une crispation désagréable. Avant de descendre la colline, ils avaient observé les nuages menaçants s'amonceler au-dessus des montagnes occidentales, ils avaient vu les éclairs zébrer le ciel et entendu au loin les roulements de tonnerre. Pourtant, au-dessus d'eux, le ciel était dégagé et le soleil encore haut, bien qu'il eût dépassé le zénith. Il ne pleuvrait pas mais Ayla n'aimait pas le tonnerre dont le grondement lui rappelait les tremblements de terre.

C'est peut-être parce que ma période lunaire va bientôt commencer, pensa-t-elle pour se rassurer. Je ferais bien de préparer ma bande de peau, et la laine de mouflon que m'a donnée Nezzie. Elle disait que c'était la protection idéale en voyage, et c'est vrai. Il suffit de la laver à l'eau froide pour faire disparaître toute trace de sang.

Ayla n'avait encore jamais vu d'onagres, et toute à ses pensées, elle ne prêta pas attention à ceux qui descendaient la colline. De loin, elle crut que c'étaient des chevaux. Mais lorsqu'ils approchèrent, elle remarqua certaines différences. Ils étaient plus petits, avec des oreilles plus longues, et leur queue assez courte n'était pas faite de longs crins flottant au vent, mais du même poil que la robe et se terminait par une touffe plus foncée. Comme celle du cheval, la crinière de l'onagre était raide mais plus touffue et inégale. La robe était d'un marron tirant sur le roux sur le dos et les flancs, et d'une couleur plus pâle, presque blanche, sur le ventre et même sur le chanfrein et les pattes. Une bande de couleur plus foncée suivait leur colonne vertébrale, une autre les épaules, et des bandes plus sombres zébraient leurs pattes.

Ayla ne put s'empêcher de les comparer aux chevaux qui, comme Whinney, avaient une robe jaune, couleur de foin. Celle de Rapide, marron foncé, était rare. Le gris foncé de l'épaisse crinière de la jument se prolongeait jusqu'à sa queue. Ses fanons étaient presque noirs, et le haut des jambes présentait de légères zébrures rappelant vaguement celles de l'onagre. L'étalon bai était d'une couleur trop sombre pour qu'on pût distinguer la rayure qui courait le long de sa colonne vertébrale, mais sa crinière, sa queue, ses jambes, toutes noires, obéissaient au même principe.

Pour qui connaissait les chevaux, il était évident que ces animaux n'en étaient pas. Ayla s'aperçut que Whinney s'intéressait d'une façon inaccoutumée au troupeau qui s'était arrêté pour brouter et venait de remarquer leur présence. Loup était captivé, lui aussi. En position d'arrêt, il était prêt à se lancer à la poursuite des étranges chevaux, mais Ayla, voulant les observer davantage, lui fit signe de ne pas bouger. Un des onagres se mit à braire, et Ayla fut très surprise de ne pas reconnaître le hennissement familier.

Rapide secoua la tête, hennit en réponse, et tendit le cou pour renifler un tas de crottin frais. Ayla lui trouvait l'aspect et une odeur semblables à ceux du cheval. Whinney hennit doucement et s'approcha pour humer à son tour. Comme elle s'attardait, l'effluve du crottin parvint aux narines d'Ayla qui crut y déceler le signe d'une nourriture différente de celle des chevaux.

— Est-ce que ce sont des chevaux ? demanda-t-elle.

— Non, pas tout à fait. Ils leur ressemblent, comme les élans ressemblent aux rennes, ou les orignaux aux grands cerfs. Ce sont des onagres.

— Je n'en ai jamais vu, c'est étonnant.

— Oui, c'est sans doute parce qu'ils préfèrent ce genre de pâturage, dit-il en désignant de la tête les collines rocailleuses et la végétation clairsemée des hautes plaines arides qu'ils traversaient.

Malgré les apparences, les onagres ne provenaient pas d'un croisement entre le cheval et l'âne. C'était une espèce à part, possédant des caractéristiques des deux, et extrêmement robuste. Ils se satisfaisaient d'une nourriture encore plus rudimentaire que celle du cheval, incluant les écorces, les feuilles et les racines.

Lorsqu'ils furent tout près du troupeau, Ayla repéra

un couple d'ânons qui la firent sourire. Ils lui rappelaient Whinney lorsqu'elle n'était qu'un poulain. C'est alors que Loup aboya pour attirer son attention.

— Oui, je sais, mon Loup. Allez, si tu veux courir après ces... euh... ces onagres, articula-t-elle lentement pour s'habituer au son, vas-y !

A la grande satisfaction d'Ayla, le dressage de Loup progressait mais il n'aimait pas rester sans bouger trop longtemps. Son enthousiasme et sa curiosité juvéniles prenaient vite le dessus. Loup gambada en jappant vers le troupeau qui s'égailla avec une rapidité étonnante. Les onagres s'enfuirent avec un train soutenu qui laissa le chasseur en herbe loin derrière. Il rejoignit Ayla et Jondalar comme ils approchaient d'une large vallée.

Les rivières charriant le limon des montagnes qui s'érodaient lentement coupaient sans cesse leur route. Le relief s'abaissait graduellement vers le bassin formé par le delta de la Grande Rivière Mère et la mer de Beran. Ils voyageaient en direction du sud, la chaleur de l'été devenait plus sensible. Des vents chauds dus aux passages de dépressions atmosphériques venant de la mer faisaient grimper les températures et rendaient le temps instable.

Même au réveil, les deux cavaliers ne portaient plus qu'une seule épaisseur de vêtements. C'était l'air vif du petit jour qu'Ayla préférait, décidément.

L'après-midi est plus chaud que d'habitude, se dit-elle, impatiente de se tremper dans l'eau fraîche d'un torrent. Elle observa l'homme qui chevauchait quelques pas devant. Il était jambes et torse nus. Seul un pagne lui ceignait les reins. Dans ses longs cheveux blonds tirés en arrière, retenus par une lanière de cuir, des mèches dorées par le soleil se mêlaient à d'autres plus foncées, trempées de sueur.

De temps à autre, elle entrevoyait son profil aux joues rasées. Elle appréciait le dessin ferme de sa mâchoire, même si elle pensait qu'un adulte devrait garder sa barbe. Il lui avait expliqué un jour qu'il la laissait pousser en hiver pour avoir chaud, mais qu'il la coupait toujours en été, quand la chaleur devenait insupportable. A cet effet, il s'était taillé dans un silex une lame au tranchant très aiguisé, qu'il remplaçait quand elle était émoussée.

Ayla non plus n'était pas très vêtue. Tous deux portaient une peau souple passée entre les jambes et retenue à la taille par une simple cordelette. Le pagne de Jondalar, dont le pan arrière était rentré, flottait librement devant. Les deux pans du pagne d'Ayla pendaient comme des tabliers, devant et derrière. On aurait dit une jupe courte, ouverte sur les côtés. Les fesses protégées par la douce peau perméable et par la peau de daim couvrant le dos de la monture, les longues courses sur un cheval en sueur étaient plus confortables.

Jondalar avait vérifié leur position lorsqu'ils s'étaient arrêtés en haut de la colline. Il était satisfait de leur progression, et envisageait la suite du voyage avec plus d'optimisme. Sa sérénité nouvelle n'échappa pas à Ayla. Elle l'attribua à l'amélioration de ses qualités équestres. Jondalar avait souvent monté Rapide, mais ce long voyage lui donnait l'occasion de se familiariser avec sa personnalité, ses manies, ses préférences, et permettait au cheval de mieux connaître son cavalier. Les muscles de l'homme avaient appris à épouser les mouvements de la monture, son assiette était plus assurée, et donc sa position plus confortable pour lui, mais aussi pour le cheval.

D'après Ayla, l'aisance accrue de Jondalar n'expliquait pas tout. A ses gestes moins brusques, elle déduisait en outre que son inquiétude s'était apaisée. Bien qu'elle ne vît pas son visage, elle devinait que les plis soucieux de son front s'étaient effacés et qu'il était d'humeur souriante. C'était si bon de le voir sourire ! Elle observait ses muscles rouler sous sa peau bronzée au rythme de Rapide dont l'allure était souple et uniforme, et fut envahie par une bouffée de chaleur qui ne devait rien à la température ambiante... Comme elle aimait le regarder !

Loin vers l'ouest, ils apercevaient les montagnes pourpres, dont les sommets d'un blanc brillant perçaient les nuages noirs accrochés à leurs flancs. Ils avaient rarement l'occasion de voir des pics enneigés, et Jondalar s'émerveillait de ce plaisir unique. D'habitude, les sommets immaculés étaient noyés dans les nuages, fourrure blanche qui les cachait comme des objets précieux, ne s'entrouvrant que le temps de révéler leur éclat mystérieux, les rendant d'autant plus désirables.

Jondalar avait chaud, lui aussi, et il aurait bien voulu être plus près de ces montagnes enneigées, chez les Sharamudoï par exemple. Lorsqu'il aperçut le miroitement de l'eau au fond de la vallée, il observa la position du soleil, et bien qu'il fût encore tôt, il décida de s'arrêter. Ils chevauchaient à un bon rythme, plus rapidement qu'il ne l'aurait cru, et il ignorait quand ils trouveraient le prochain point d'eau.

De riches herbacées, principalement des tiges ligneuses, des fétuques et des espèces annuelles à germination rapide, poussaient sur le versant de la colline. L'épaisse couche sédimentaire offrait un terreau noir fertile, riche en humus, suffisant pour que poussent des arbres, pourtant rares dans les steppes de ces régions, exception faite de quelques pins rabougris aux racines vivaces qui allaient chercher l'eau profond dans le sol. Des bois où se mêlaient bouleaux, mélèzes et conifères qui perdaient leurs aiguilles en hiver étaient remplacés par des bosquets d'aulnes et de saules à mesure qu'on descendait. Dans la vallée, au bord de la rivière dont le murmure lui parvenait aux oreilles, Ayla eut la surprise de découvrir des chênes nains, des hêtres et des tilleuls. Depuis qu'elle avait quitté la caverne de Brun, située au sud de la péninsule bien irriguée qui avançait dans la mer de Beran, elle n'avait guère vu d'arbres à feuilles larges.

Le petit cours d'eau avait creusé son lit en zigzaguant à travers les buissons. Une de ses boucles, toutefois, était bordée de saules frêles et élancés qui délimitaient la zone forestière du versant opposé. Jondalar et Ayla préféraient traverser les rivières avant d'installer leur campement pour ne pas avoir à se mouiller en partant le lendemain. Ils décidèrent donc de planter leur tente près des saules. Ils longèrent le courant à la recherche d'un gué, et trouvèrent un large passage pierreux où ils traversèrent.

Tout en installant la tente, Jondalar se surprit à observer Ayla. Charmé par son corps chaud et bronzé, il s'estimait heureux. Elle n'était pas seulement belle — tout en elle lui plaisait, sa force, sa grâce, sa souplesse, son assurance —, elle était de surcroît une merveilleuse compagne de voyage, et elle apportait sa part équitable à leur bien-être. Bien qu'il se sentît responsable d'elle et qu'il brûlât de la protéger, il trouvait agréable de pouvoir compter sur elle. Voyager avec Ayla était à bien des égards comme voyager avec son frère qu'il avait toujours essayé de protéger, lui aussi. Prendre soin de ceux qu'il aimait, c'était dans sa nature.

Il y avait pourtant des différences. Lorsque la jeune femme leva les bras pour secouer le tapis de sol, il remarqua sa peau plus blanche à la naissance des seins, et eut un désir subit de comparer toutes les nuances de son corps. Il fallut qu'Ayla cesse de travailler pour qu'il réalisât qu'il était resté bouche bée. Leurs regards se croisèrent et Ayla lui sourit.

Le désir de Jondalar prit une forme plus insistante et il pensa avec satisfaction que si l'envie le prenait de partager les Plaisirs avec elle, là, tout de suite, elle y consentirait. Dans ce domaine, aussi, il pouvait compter sur sa disponibilité. Il lui rendit son sourire.

Le campement installé, Ayla voulut explorer la vallée. Les régions boisées étaient rares en pleine steppe, et sa curiosité s'en trouvait aiguisée. Il y avait des années qu'elle n'avait vu semblable végétation.

Jondalar était curieux, lui aussi. Après l'expérience de l'ours près du petit bois, il voulait s'assurer qu'il n'y avait pas de traces d'animaux dans les parages. Ayla prit sa fronde et un panier pour la cueillette, Jondalar son propulseur et quelques sagaies, et ils pénétrèrent dans la saulaie. Ils laissèrent les chevaux brouter, mais Loup ne résista pas au plaisir de les accompagner, excité au plus haut point par cette profusion d'odeurs nouvelles.

Après les saules, ils dépassèrent des aulnes, puis des bouleaux et des mélèzes, et peu à peu, les pins furent plus fréquents. Ayla ramassa vivement quelques pommes de pin dont elle appréciait les pignons, mais les rares arbres aux larges feuilles ne lui étaient pas familiers. Arrivés là où la pente commençait à s'élever, ils découvrirent un espace planté uniquement de hêtres.

Ayla les étudia attentivement, les comparant avec ceux qui poussaient près de la caverne de son enfance. L'écorce était lisse et cendrée, les feuilles ovales et dentelées, d'un blanc soyeux à l'intérieur. Les petites noix brunes enchâssées dans leur coquilles rugueuses n'étaient pas encore mûres, mais le sol jonché de faînes et de cupules de l'année précédente témoignait de l'abondance de la récolte. Elle se rappela que les faînes des hêtres se cassaient difficilement. Les arbres, de taille respectable pourtant, n'étaient pas aussi grands que ceux de son souvenir. Elle remarqua alors d'étranges plantes qui poussaient au pied des hêtres et s'accroupit pour les examiner.

— Tu ne vas pas ramasser ça, s'étonna Jondalar. Ces plantes n'ont plus de feuilles, on dirait qu'elles sont mortes.

— Non, elles ne sont pas mortes, corrigea Ayla. Elles poussent ainsi, c'est tout. Tiens, touche comme elles sont fraîches !

Elle brisa le sommet de la tige d'une trentaine de centimètres dépourvue de feuilles, mais où de fins rameaux poussaient sur toute la hauteur. La plante entière, boutons compris, était d'un rouge terne, sans la moindre trace de vert.

— Elle pousse sur les racines d'autres plantes, expliqua Ayla. Lorsque je pleurais, Iza m'appliquait sur les yeux une plante similaire. Certains en avaient peur parce qu'elle rappelait la peau des morts. D'ailleurs, on la nommait parfois la... euh... quelque chose comme la plante du mort, ou la plante du cadavre. (Le regard dans le vague, elle se plongea dans ses souvenirs.) Iza croyait mes yeux fragiles parce que de l'eau en coulait quand j'étais triste. Cela l'inquiétait. Alors, elle ramassait cette plante, et en pressait le jus dans mes yeux. S'ils me brûlaient d'avoir trop pleuré, cela me soulageait. Mais je ne sais pas si celle-ci serait bonne pour les yeux, reprit-elle après réflexion. Iza l'utilisait aussi pour les petites coupures et les bleus, et pour certaines tumeurs.

— Et quel est son nom habituel ?

— Je crois que dans ta langue, on dirait… comment appelles-tu ces arbres, Jondalar ?

— Je ne sais pas, il n'y en avait pas dans ma région. Mais je crois que les Sharamudoï les appellent des hêtres.

— Dans ce cas, le nom de la plante serait « larme de hêtre », conclut-elle en se levant et en époussetant ses mains.

Soudain, Loup se figea, museau pointé vers le sous-bois. Jondalar reconnut la position d'arrêt que le loup avait prise en sentant l'ours. Il saisit une sagaie et la plaça sur la rainure de son propulseur, une pièce de bois de la taille d'une demi-sagaie qu'il tint à l'horizontale dans sa main droite. Il engagea l'extrémité creuse de la hampe sur un crochet fiché dans une cavité à l'arrière de l'engin, introduisit ses doigts dans la double boucle située à la tête du propulseur, à mi-longueur. L'opération était rapide et se faisait sans à-coup. Jondalar, les genoux légèrement fléchis, se mit aux aguets. De son côté, Ayla avait chargé sa fronde et regrettait de ne pas avoir emporté son propre propulseur.

Loup se déplaçait furtivement dans les broussailles clairsemées, et bondit soudain vers un arbre. Un froissement agita les faînes, et une petite boule de fourrure escalada à toute vitesse le tronc lisse d'un hêtre. Debout sur ses pattes postérieures, Loup aboya après la créature.

Soudain, un bruit de feuilles attira leur regard vers le sommet de l'arbre. Ils entrevirent la fourrure dorée et la longue forme sinueuse d'une martre qui poursuivait l'écureuil couinant de peur, et qui croyait avoir échappé au danger en se réfugiant dans l'arbre. Ainsi, Loup n'était pas seul à trouver l'écureuil digne d'intérêt, mais l'espèce de grosse belette d'une cinquantaine de centimètres, et dont la queue touffue doublait encore la taille, avait plus de chances de réussir. La martre grimpait aux plus hautes branches avec autant de vivacité et de souplesse que sa proie.

— On dirait que cet écureuil est tombé dans les braises en voulant échapper à la cuisson, remarqua Jondalar en spectateur intéressé.

— Il peut s'en tirer, pronostiqua Ayla.

— Oh, ça m'étonnerait. Je ne parierais pas un silex sur lui.

L'écureuil faisait entendre des petits cris de plus en plus aigus. Le jacassement rauque d'un geai excité augmenta le vacarme, et une mésange s'annonça en zinzinulant. Loup n'y tint plus. La tête levée vers le ciel, il hurla longuement. Le petit écureuil fila à l'extrémité d'une branche, et sous les regards ébahis des humains, il sauta dans le vide. Membres écartées, les replis de sa peau tendus comme une toile joignant les quatre pattes, il fendit les airs.

Ayla retint son souffle, médusée par l'habileté de l'écureuil à éviter les obstacles. Sa queue touffue lui servait de gouvernail. En changeant la position de ses pattes et de sa queue, il modifia la tension de la membrane pour diriger sa descente en vol plané. Il décrivit ainsi une large courbe jusqu'à un arbre préalablement visé, et en l'approchant, redressa son corps et sa queue pour se poser vers le bas du tronc, qu'il s'empressa d'escalader. Arrivé aux branches hautes, le petit animal de fourrure contourna le tronc et redescendit, tête la première, ses griffes arrière bien plantées dans l'écorce pour lui donner un point d'ancrage. Il scruta les environs, et disparut dans un trou. Son envol spectaculaire lui avait permis d'échapper à son prédateur, mais cette prouesse stupéfiante ne réussissait pas toujours.

Debout sur ses pattes arrière, Loup examinait le feuillage à la recherche de l'écureuil qui l'avait si facilement semé. Il retomba sur ses pattes et se mit à renifler les broussailles. Attiré par une autre odeur, il se rua vers sa nouvelle proie.

— Ça alors ! s'exclama Ayla avec un sourire émerveillé. Je ne savais pas que les écureuils volaient.

— Eh bien, j'aurais dû parier finalement. J'en avais déjà entendu parler, mais je n'y croyais pas vraiment. Des gens m'avaient raconté qu'ils avaient vu des écureuils voler la nuit, mais je pensais qu'ils les avaient confondus avec des chauves-souris. En tout cas, c'était bien un écureuil, cette fois-ci. Voilà, ajouta Jondalar avec une mimique désabusée, maintenant je serai celui qu'on ne croit pas quand il raconte ses histoires d'écureuils volants.

— Heureusement, ce n'était qu'un écureuil ! souffla Ayla, soulagée.

Elle fut prise d'un frisson. Elle leva la tête et constata qu'un nuage cachait le soleil. Mais le froid n'était pas l'unique cause de son frisson.

— Je me demandais bien ce que Loup avait encore débusqué, reprit-elle.

Légèrement honteux de sa réaction intempestive à un danger imaginaire, Jondalar relâcha sa prise sur son propulseur, mais garda l'engin en main.

— J'ai cru qu'il pouvait s'agir d'un ours, se justifia-t-il. Surtout dans un bois aussi dense.

— Il y a toujours des arbres aux abords des rivières, mais je n'en ai pas vu de cette espèce depuis que j'ai quitté le Clan. C'est bizarre d'en trouver dans un endroit comme ici, non ?

— Oui, c'est inattendu. Cet endroit me fait penser à la terre des Sharamudoï, qui est plus au sud pourtant, bien plus loin que les montagnes qu'on aperçoit au couchant. Elle est près de la Grande Rivière Mère.

Soudain, Ayla s'arrêta, donna un coup de coude à Jondalar et de la tête, lui désigna une direction. Tout d'abord, Jondalar ne vit rien. Puis il aperçut un éclat de fourrure brun-roux et les andouillers à trois cors d'un chevreuil. Au bruit du loup et à son odeur, le petit animal s'était prudemment figé dans les broussailles, attendant de voir ce qu'il devait craindre du jeune prédateur. Après le départ de Loup, il avait commencé à s'éloigner sans bruit. Jondalar leva lentement son propulseur, visa et catapulta la sagaie dans la gorge de l'animal. Ainsi, le danger était là où il ne l'attendait pas.

La sagaie avait atteint sa cible. Le chevreuil essaya de s'enfuir, fit quelques bonds, et s'écroula.

L'épisode de l'écureuil et de la martre fut vite oublié. En quelques pas, Jondalar fut près du cadavre de l'animal. Ayla le rejoignit. Il s'agenouillait pour achever d'un coup de lame le chevreuil qui remuait encore. Ayla détourna la tête. Le sang gicla et l'homme se releva.

— Chevreuil, quand ton esprit retournera auprès de la Grande Terre Mère, remercie-La de nous avoir accordé un gibier comme toi pour nous nourrir, récita Jondalar d'un ton calme.

Debout à côté de lui, Ayla approuva. Elle l'aida ensuite à dépouiller le chevreuil et à le dépecer pour le dîner.

7

— Je n'aime pas abandonner la peau, déclara Ayla en rangeant le dernier morceau de viande dans son parflèche. Le cuir de chevreuil est si doux. Et tu as vu comme la fourrure de la martre était belle ?

— Oui, mais nous n'avons pas le temps de préparer le cuir et nous sommes déjà trop chargés.

Jondalar installait les perches pour le trépied où le parflèche rempli de viande serait suspendu.

— Je sais, mais ça ne me plaît pas.

Ils accrochèrent le parflèche. Ayla s'abîma ensuite dans la contemplation du feu, pensant à ce qu'elle venait de mettre à cuire. Elle avait assaisonné le gibier d'herbes avant de le mettre au four. C'était un trou creusé dans le sol et tapissé de pierres chaudes. Elle y avait déposé la viande, accompagnée de champignons, de crosses de jeunes fougères, et de racines de prêle qu'elle avait ramassés, le tout enveloppé dans des feuilles de pas-d'âne et recouvert avec d'autres pierres chaudes sur une couche de cendre. La cuisson serait longue, mais Ayla était contente qu'ils se fussent arrêtés assez tôt — et d'avoir eu la chance de trouver de la viande fraîche — pour pouvoir cuire le chevreuil de cette façon. C'était sa méthode favorite. Elle rendait la viande plus tendre et plus goûteuse.

— Il fait lourd, dit-elle. J'ai trop chaud. Je vais aller me rafraîchir et j'en profiterai pour me laver la tête. J'ai vu de la saponaire, plus bas, vers la rivière. Tu viens nager avec moi, Jondalar ?

— Oui, ça me tente. Et si tu trouves assez de saponaires je me laverai la tête, moi aussi, dit-il en louchant d'un air penaud vers une mèche de cheveux gras qui tombait sur son front.

Ils parcoururent côte à côte la large rive sablonneuse, et Loup gambadait et courait à droite à gauche, émoustillé par des odeurs prometteuses. Soudain, il détala et disparut au détour d'un bosquet.

Jondalar remarqua les empreintes de sabots mêlées à celles de Loup, qu'ils avaient laissées plus tôt.

— Je serais curieux de savoir ce qu'en penserait celui qui les verrait, déclara-t-il avec un sourire amusé.

— Et toi, qu'en penserais-tu ?

— Si les empreintes de Loup étaient nettes, j'en conclurais qu'un loup chassait deux chevaux. Mais comme à certains endroits les traces des sabots effacent celles du loup, cela signifie qu'il ne suivait pas les chevaux, mais qu'il marchait avec eux. Voilà de quoi troubler les meilleurs traqueurs.

— Et même si les empreintes de Loup étaient nettes, je me demanderais pourquoi un loup pourchasserait deux chevaux. Les traces prouvent qu'ils sont tous les deux en bonne santé, mais si tu examines bien leur profondeur, et leur emplacement, tu devines que les deux bêtes sont chargées.

— De plus en plus troublant pour le malheureux traqueur ! s'exclama Jondalar.

— Ah, les voilà ! s'écria Ayla en apercevant les hautes plantes aux fleurs rose pâle et aux feuilles pointues qu'elle avait déjà repérées plus tôt.

A l'aide de son bâton à fouir, elle extirpa vivement quelques racines.

Sur le chemin du retour, Ayla se mit à la recherche d'une pierre ou d'un morceau de bois plat, et d'une pierre ronde pour broyer les racines et en extraire la saponine qui donnerait une mousse purifiante. En amont, dans une courbe de la rivière près de leur campement, le courant avait creusé une cuvette d'un mètre de profondeur où l'eau était fraîche. Après s'être lavés, ils explorèrent la rivière au fond rocheux, tantôt à la nage, tantôt en marchant à contre-courant, jusqu'à une chute d'eau où le lit se rétrécissait et les berges s'encaissaient.

L'endroit, avec l'eau bouillonnante, rappela à Ayla la petite rivière de sa vallée, bien que le reste du paysage lui fît plutôt penser aux pentes escarpées qui entouraient la caverne où elle avait grandi. Elle se souvenait aussi d'une chute d'eau, moins abrupte, plus moussue, qui l'avait conduite à la petite grotte qu'elle s'était ensuite appropriée, et qui lui avait plus d'une fois servi de refuge.

Ils revinrent en se laissant porter par le courant, s'éclaboussant en riant. Ayla adorait le rire de Jondalar. Il n'était pas avare de sourires, cependant, plutôt enclin à la réserve et au sérieux, il riait rarement. Quand c'était le cas, son rire exubérant et chaleureux éclatait de manière inattendue.

Lorsqu'ils sortirent et se séchèrent, il faisait encore doux. Les gros nuages sombres au-dessus d'eux avaient disparu et le soleil couchant n'était plus qu'une triste boule sombre, soulignée par des flots de lumière déchiquetés qui se dispersaient dans toutes les directions. Une fois que la boule de feu basculerait à l'horizon derrière les nuages noirs qui s'accumulaient à l'ouest, le froid gagnerait rapidement. Ayla vit paître les chevaux dans une prairie à flanc de colline, à portée de sifflet du campement. Loup n'était pas en vue. Elle se dit qu'il chassait toujours quelque part en aval.

Elle prit le peigne à longues dents d'ivoire et une brosse en poils de mammouth que Deegie lui avait offerts, tira sa fourrure de couchage hors de la tente pour s'asseoir dessus et commença à se peigner les cheveux. Assis à côté d'elle, Jondalar démêlait ses cheveux en broussaille avec un peigne à trois dents.

— Laisse-moi t'aider, Jondalar, dit-elle, à genoux derrière lui.

Elle démêla les nœuds de ses longs cheveux blonds et raides, tout en admirant leur couleur plus claire que les siens. Petite, ses cheveux étaient presque blancs. Ils avaient foncé avec l'âge et étaient devenus d'un jaune cendré proche de la teinte de la robe de Whinney.

Pendant qu'Ayla le coiffait, Jondalar ferma les yeux, profitant de la chaude présence de la jeune femme dont la peau effleurait la sienne, et avant qu'elle eût terminé une chaleur ne devant rien au soleil irradiait son corps.

— A moi maintenant, déclara-t-il en se levant.

Elle n'en avait pas besoin et faillit refuser. Il ne lui devait rien, ce n'était pas parce qu'elle l'avait peigné qu'il devait se sentir obligé... mais comme il soulevait sa chevelure, lui dégageant la nuque, caressant ses cheveux, elle se laissa convaincre.

Les cheveux d'Ayla avaient tendance à boucler et à s'emmêler, mais il s'attela à la tâche avec patience et douceur, libérant chaque nœud à petits coups. Ensuite, il la brossa jusqu'à ce que ses cheveux fussent soyeux et secs. Elle ferma les yeux, envahie d'une étrange sensation, frémissante de plaisir. Iza la peignait souvent quand elle était petite, démêlant ses boucles avec une infinie douceur, mais aucun homme encore ne l'avait coiffée. Le sentiment d'être aimée et choyée était délicieux.

De son côté, Jondalar prenait plaisir à cet exercice. La couleur dorée lui rappelait l'herbe mûre, et quelques mèches décolorées par le soleil étaient presque blanches. La chevelure étaient si brillante, si douce et si belle, que la toucher échauffait ses sens et excitait son désir. Lorsqu'il eut terminé, il reposa la brosse, dégagea le cou d'Ayla en soulevant les mèches encore humides, et déposa des baisers sur ses épaules et sa nuque.

Les yeux clos, Ayla s'abandonnait aux lèvres chaudes et douces de Jondalar qui la chatouillaient. Il lui mordilla le cou, caressa ses bras, puis l'enlaça et s'empara des deux seins, soupesant leur poids et leur fermeté, frottant de ses paumes les mamelons durcis.

Lorsqu'il se pencha pour lui baiser le cou, Ayla leva la tête en pivotant légèrement, et elle sentit son membre dur et brûlant contre son dos. Elle se retourna pour le prendre dans ses mains, et caressa, ravie, la douceur de la peau qui recouvrait la hampe tendue. Les deux mains l'une au-dessus de l'autre, elle recouvrit le sexe turgescent et exerça un mouvement de va-et-vient qui fit vibrer Jondalar, sensation bientôt décuplée quand il sentit la chaude bouche humide s'emparer de sa virilité.

Inondé de vagues de plaisir, Jondalar ferma les yeux en laissant échapper un râle. Il entrouvrit les paupières et ne put s'empêcher de caresser la douce chevelure. Ayla le prit encore plus profondément et il crut qu'il n'allait pas pouvoir se retenir plus longtemps. Mais il voulait attendre pour profiter du moment exquis où il lui donnerait le Plaisir. Savoir qu'il pouvait lui donner le Plaisir, c'est ce qu'il aimait le plus. Quitte à oublier le sien.

Sans savoir comment, Ayla se retrouva couchée sur le dos sur sa fourrure de couchage, Jondalar étendu à ses côtés. Il l'embrassa. Elle entrouvrit les lèvres pour laisser sa langue la fouiller, et l'étreignit. Elle aimait sentir ses lèvres presser les siennes, sa langue explorer sa bouche. Il la repoussa gentiment pour la contempler.

— Oh, femme, comment te dire combien je t'aime ?

Elle n'avait pas besoin qu'il le lui dise. Ses yeux brillants, si vivants, si incroyablement bleus, qui la couvaient avec amour, ses yeux parlaient pour lui, et la faisaient fondre. Ils exprimaient toutes les émotions qu'il cherchait tant à cacher.

— Moi, je sais combien je t'aime, assura Ayla.

— Je n'arrive toujours pas à croire que tu sois là, avec moi. Que tu ne sois pas restée à la Réunion d'Eté pour t'unir à Ranec.

Au souvenir douloureux du temps où il avait failli la perdre au profit du séduisant sculpteur d'ivoire à la peau sombre, il l'étreignit avec force, comme s'il craignait de la laisser échapper.

Elle répondit à son étreinte, heureuse que le malentendu qui les avait écartés l'un de l'autre pendant tout un hiver se fût dissipé. Elle avait sincèrement aimé Ranec — il était bon et aurait fait un compagnon loyal — mais c'était Jondalar qu'elle voulait, et l'amour qu'elle portait à l'homme qui la serrait dans ses bras était plus que tout ce qu'elle pouvait imaginer. Il était inexprimable.

La terrible crainte de perdre Ayla s'atténua, et fut remplacée par un désir violent pour ce corps doux et chaud que Jondalar sentait contre le sien. Avec fougue, il la couvrit de baisers, picorant son cou, ses épaules, ses seins, comme pour s'en rassasier.

Il s'arrêta enfin et reprit son souffle. Il voulait faire durer le Plaisir, utiliser tout son art pour la mener au point culminant... et grande était sa maîtrise. Il avait été initié par une femme très expérimentée, et avec davantage d'amour qu'il n'était permis. Il aimait donner et sa soif d'apprendre avait été immense. Il avait si bien réussi qu'une plaisanterie circulait sur son compte : on disait qu'il était expert en deux arts, dont l'un était la taille des silex.

Accoudé près d'Ayla, Jondalar la couvait des yeux, s'imprégnant d'elle, de ses formes arrondies, de sa poitrine pleine qui se soulevait au rythme de sa respiration, de sa simple présence. Avec son corps, il faisait écran aux rayons du soleil, enveloppant la jeune femme d'une ombre fraîche. Ayla ouvrit les yeux. L'astre éblouissant lançait des éclats lumineux qui chatoyaient dans la chevelure de Jondalar et l'auréolait d'or. Elle avait envie de lui, et lorsqu'il se pencha en souriant pour baiser son nombril, elle ferma les yeux et lui offrit son corps. Elle savait ce qu'il voulait, et les Plaisirs qu'il lui prodiguerait.

Il étreignit ses seins, puis fit courir sa main le long de son corps, sur la courbe de sa taille, le galbe plein de sa hanche, la douceur de sa cuisse. Sa main remonta à l'intérieur de sa cuisse, si soyeuse et si tendre, et glissa sur les boucles soyeuses et dorées de son mont. Il caressa son ventre, puis se pencha pour déposer un baiser sur son nombril avant de remonter vers ses seins, d'embrasser chaque mamelon. Ses mains, douces langues de feu, voletaient chaudes et délicieuses, et avivèrent son désir brûlant. Il la caressa encore, et son corps se souvenait de chaque grain de peau effleuré.

Il baisa sa bouche, ses yeux, ses joues, son menton, et lui mordilla l'oreille. Sa langue parcourut son cou, s'attarda au creux de sa gorge, descendit entre ses seins.

Il prit chaque globe dans une main, les étreignit, se délectant de leur forme abondante, de leur goût légèrement salé, et de la douceur de leur peau. Et son propre désir augmentait. Sa langue titilla un mamelon, l'autre, et fouilla bientôt sa bouche, puis redescendit lécher le bout d'un mamelon durci, le presser, le tirer, le frotter, pendant que sa main s'emparait de la forme généreuse de l'autre sein.

Ayla se souleva pour se coller à lui, s'abandonnant aux ondes de plaisir qui parcouraient son corps, et qui émanaient toutes du même centre profond. De sa langue brûlante, Jondalar taquina son nombril, puis décrivit des cercles le long de son ventre, légère brise effleurant sa peau, s'arrêta sur sa toison dorée, s'enfonça un court instant dans son intimité et glissa sur le bouton érigé, lieu de son Plaisir. Elle tendit ses hanches vers lui en laissant échapper un cri.

Il se nicha entre ses cuisses, ouvrit sa fleur pour en admirer les pétales roses et s'y plongea avec gourmandise pour se délecter de son goût — qu'il connaissait et adorait — et n'y tenant plus, il la fouilla de sa langue exigeante qui explora chaque pli avant de pénétrer dans son puits profond.

Sous la volupté de ses coups de langue, Ayla criait et gémissait, de plus en plus haletante. Le monde extérieur n'existait plus, ni le vent ni le soleil, elle était livrée tout entière aux déchaînements de ses sens. Une houle sans cesse grandissante menaçait de l'emporter, et tendue vers le déferlement tant désiré, ses râles devenaient de plus en plus incontrôlés.

Soudain, l'explosion l'emporta, lui arrachant un cri d'indicible jouissance. Ayla, secouée de spasmes, eut l'irrésistible envie de sentir en elle sa virilité. Elle l'étreignit, se hissant vers lui comme pour le supplier de la satisfaire.

Au contact de sa soyeuse fourrure inondée et comprenant le désir intense d'Ayla, Jondalar se redressa et s'emparant de son membre turgescent, le guida dans son puits d'amour qui aspirait à le recevoir. Elle sentit la hampe dure entrer en elle, et elle se souleva pour lui ouvrir l'accès davantage. Les chaudes lèvres humides encerclèrent le membre durci qu'il enfonça au plus profond du puits avide sans craindre que sa taille ne fût pour elle une épreuve au-dessus de ses moyens. Jondalar ne cessait de s'émerveiller qu'ils fussent si bien assortis.

Il se retira, embrasé par la volupté du frottement, et sans retenue, plongea de nouveau dans le chaud réceptacle tandis qu'elle se collait à lui pour ne rien perdre de son ardeur. Il atteignit presque l'apogée de son Plaisir, mais l'intensité se calma, et il continua son mouvement de va-et-vient, encore et encore. A chacun de ses coups, la jouissance montait en lui telle une sève voluptueuse, et Ayla le sentait tout en elle, entrant et se retirant comme le flux et le reflux d'une vague de feu.

Elle perçut le souffle de Jondalar s'accélérer, le sien aussi, pendant que leurs râles se mêlaient. Soudain, il cria son nom, elle se pressa contre lui, et une immense explosion les submergea, tel le soleil qui inonde la vallée de ses derniers rayons dorés avant de plonger derrière les nuages noirs qui rehaussent l'or incandescent de sa lumière céleste.

Après quelques coups ultimes, il se reposa sur le coussin moelleux de son corps aux courbes généreuses. C'était l'un des moments préférés d'Ayla, sentir son poids sur elle. Il n'était pas lourd, c'était comme une pression agréable et chaude.

Soudain, une langue lui râpa la joue, et un museau froid se promena sur sa peau.

— Arrête, Loup ! s'écria-t-elle en repoussant le jeune animal. Va-t'en, allez, va-t'en !

— Fiche le camp, Loup ! gronda Jondalar à son tour, en écartant le museau humide.

Mais le charme était rompu. Jondalar se souleva et roula sur le côté, agacé mais incapable de se fâcher pour de bon. Il se sentait tellement bien !

Il s'accouda pour observer le louveteau qui s'était reculé de quelques pas et les surveillait, assis, haletant, la langue pendante. Jondalar aurait juré que le loup leur souriait.

— Tu lui as déjà appris à rester en place. Pourrais-tu aussi l'habituer à partir sur commande ? ironisa Jondalar.

— J'essaierai.

— Quel souci d'avoir un loup dans les pattes !

— Oui, ça demande de l'énergie, surtout qu'il est jeune. C'est pareil pour les chevaux, mais ça vaut la peine. J'aime bien leur présence. Ils sont mes meilleurs amis.

Les chevaux donnent quelque chose en échange, eux, ne put s'empêcher de penser Jondalar. Whinney et Rapide les portaient, ainsi que leurs bagages. Grâce à eux, le Voyage serait moins long. Alors que Loup, à part débusquer une proie de temps à autre, n'apportait pas une grande contribution à la communauté. Pourtant, Jondalar décida de taire ses pensées.

Une fois le soleil caché, le rose et le pourpre pâlirent comme assommés sous les coups de boutoir des nuages noirs agressifs, et la vallée se refroidit rapidement. Ayla se releva et plongea une dernière fois dans l'eau, bientôt imitée par Jondalar. Lorsqu'elle était plus jeune, Iza, la guérisseuse du Clan, lui avait enseigné les rites de purification de la femme, bien qu'elle doutât que sa fille adoptive si étrange, et — elle-même l'admettait — si laide, pût en avoir besoin un jour. Néanmoins, elle estimait de son devoir de lui apprendre les ablutions indispensables après chaque rapport sexuel. D'après elle, la purification par l'eau était particulièrement importante pour le totem de la femme, et quelle que fût la température de l'eau, c'était un rituel qu'Ayla ne manquait jamais d'accomplir.

Séchés et habillés, ils rentrèrent sous la tente les couvertures de fourrure et ranimèrent le feu. Ayla débarrassa le dessus du four des pierres et des cendres, et sortit leur repas avec ses pinces en bois. Ensuite, pendant que Jondalar rangeait ses affaires, elle s'occupa des préparatifs pour le lendemain matin : repas composé des restes de la veille, qu'ils mangeraient froids, accompagnés d'une infusion chaude. Elle mit ensuite des pierres à chauffer pour faire bouillir de l'eau pour les infusions.

Les derniers rayons du soleil couchant coloraient encore le ciel quand les chevaux revinrent. D'habitude, ils paissaient une partie de la nuit, car voyageant tout le jour, ils avaient besoin d'emmagasiner une grande quantité d'herbe pour assurer leur subsistance. Mais l'herbe de la vallée était si verte et si riche que leur appétit avait été vite satisfait, et ils préféraient rester près du feu à la nuit tombée.

En attendant que les pierres finissent de chauffer, Ayla contemplait la vallée dans les dernières lueurs du crépuscule, en récapitulant les connaissances acquises depuis le matin. La vallée était riche et lui rappelait son enfance parmi le Clan, mais elle n'aimait pas l'endroit. Quelque chose d'indéfinissable la mettait mal à l'aise et l'arrivée de la nuit accentuait cette impression déplaisante. En outre, elle éprouvait une sorte de lourdeur et un mal de tête qu'elle attribuait aux légers inconforts qui précédaient souvent l'arrivée de ses périodes lunaires. Elle aurait bien fait une courte promenade — marcher la soulageait souvent — mais la nuit était déjà trop noire.

Elle écoutait les plaintes du vent qui sifflait dans les branches souples des saules dont la silhouette se découpait sur fond de nuages argentés. La pleine lune baignée d'un halo jouait à cache-cache dans le ciel strié de blanc laiteux. Ayla se dit qu'une infusion d'écorce de saule apaiserait sans doute son malaise et se leva vivement pour en arracher. Elle décida aussi de couper quelques brindilles flexibles.

La nuit était devenue humide et froide avant que l'infusion ne fût prête. Jondalar la rejoignit et ils s'assirent près du feu, contents de savourer une boisson bien chaude. Loup avait tourné autour d'Ayla toute la soirée et il semblait heureux de se pelotonner à ses pieds près du feu, comme s'il avait assez exploré les environs pour la journée. Ayla prit les longues et fines brindilles de saule, et commença à les tresser.

— Qu'est-ce que tu fais ? demanda Jondalar.

— Une couverture pour protéger la tête du soleil, expliqua Ayla. Il fait trop chaud dans la journée... Tu en auras peut-être besoin, toi aussi.

— Tu en fais une pour moi ? s'étonna-t-il en souriant. Comment as-tu deviné que j'y ai pensé toute la journée ?

— Une femme du Clan doit apprendre à prévoir les besoins de son compagnon, répondit-elle, amusée. Tu es bien mon compagnon, n'est-ce pas ?

— Absolument ! Tu es ma femme du Clan ! s'exclama-t-il en riant. Et nous l'annoncerons à tous les Zelandonii à la Cérémonie de l'Union dès la première Réunion. Mais dis-moi, comment peux-tu prévoir mes besoins ? Et pourquoi les femmes du Clan doivent-elles apprendre cela ?

— Oh, ce n'est pas compliqué. Il suffit de se mettre à la place de l'autre. Il faisait chaud aujourd'hui, alors j'ai pensé à me fabriquer une couverture pour la tête... un chapeau de soleil... et je savais qu'il faisait chaud pour toi aussi, expliqua-t-elle en ramassant un autre brin de saule qu'elle ajouta à la chose vaguement conique en train de prendre forme. Les hommes du Clan n'aiment pas demander, surtout s'il s'agit de leur confort. Ils considèrent que ce n'est pas viril. La femme est donc obligée de deviner. L'homme protège la femme du danger, en échange, elle le protège à sa façon. Elle s'assure qu'il a de bons vêtements, qu'il mange bien. Elle ne veut pas qu'il lui arrive malheur, sinon, qui les protégerait, elle et ses enfants ?

— Et c'est ce que tu fais ? Tu me protèges pour que je puisse te protéger ? Et tes enfants aussi ? demanda-t-il, l'œil pétillant de malice.

— Euh... non, pas tout à fait, concéda-t-elle en baissant les yeux. Mais je crois que c'est comme ça qu'une femme du Clan montre à son compagnon qu'elle l'aime, qu'elle ait ou non des enfants.

Elle s'absorba dans l'ouvrage qu'elle confectionnait de ses mains agiles, mais Jondalar savait qu'elle n'avait pas besoin d'yeux pour tresser. Elle aurait aussi bien travaillé dans le noir. Elle prit une longue brindille et le regarda en face.

— J'ai vraiment envie d'avoir un autre enfant, avant que je ne sois trop vieille, déclara-t-elle.

— Tu as tout le temps, assura-t-il en ajoutant une bûche dans le feu. Tu es encore jeune.

— Non, je vieillis. J'ai déjà... (Elle ferma les yeux pour compter, les doigts pressés contre sa jambe, épelant les nombres qu'il lui avait appris.)... J'ai dix-huit ans.

— Tant que ça ! Moi, j'ai déjà vu passer vingt-deux hivers. C'est moi qui suis vieux.

— S'il nous faut un an de voyage, j'aurai dix-neuf ans quand nous arriverons chez toi. Dans le Clan, ce serait déjà presque trop tard pour avoir un enfant.

— Nombreuses sont les femmes zelandonii qui enfantent à cet âge, affirma-t-il. Peut-être pas leur premier enfant, mais le deuxième ou le troisième. Tu es en bonne santé, tu es forte, non, tu n'es pas trop vieille pour avoir des enfants. Pourtant, tu as parfois un regard d'ancêtre, comme si tu avais vécu plusieurs vies en dix-huit ans.

Elle posa son ouvrage et le dévisagea, frappée par cette réflexion surprenante venant de lui. Elle lui faisait presque peur. Elle était si belle à la lueur des flammes, et il l'aimait tant, qu'il deviendrait fou s'il lui arrivait malheur. Bouleversé, il détourna les yeux et s'efforça de plaisanter.

— Et moi, que devrais-je dire ? Je suis prêt à parier que je serai le plus vieux à la Cérémonie de l'Union ! s'exclama-t-il en riant. Un homme qui s'unit pour la première fois à vingt-trois ans, c'est rare. La plupart des hommes de mon âge ont plusieurs enfants dans leur foyer.

Ayla déchiffra dans son regard un mélange d'amour éperdu et de peur.

— Ayla, je veux que tu aies un enfant, mais pas pendant le Voyage. Pas avant que nous soyons rentrés sains et saufs. Plus tard.

— Oui. Plus tard.

Elle travailla en silence, songeant au fils qu'elle avait laissé auprès d'Uba, et à Rydag, qu'elle avait considéré comme son fils à bien des égards. Elle les avait perdus tous deux. Même Bébé qui avait été un fils pour elle, aussi étrange que cela pût paraître, même Bébé l'avait quittée. Elle ne le reverrait plus jamais non plus. Soudain inquiète de le perdre, elle regarda Loup. Pourquoi mon totem m'enlève-t-il tous mes fils ? se demanda-t-elle. La malchance doit peser sur moi.

— Jondalar, y a-t-il des préférences chez ton peuple ? Les femmes du Clan veulent toujours des garçons.

— Non, je ne crois pas. Je pense que les hommes veulent qu'une femme apporte des fils dans leur foyer, mais il me semble que les femmes préfèrent avoir d'abord des filles.

— Et toi, que voudras-tu ?

Il la considéra avec attention. Quelque chose paraissait la contrarier.

— Ayla, ça m'est égal. Ce que tu voudras, ou plutôt, ce que la Mère décidera de te donner.

A son tour, Ayla étudiait Jondalar. Elle voulait être certaine de sa sincérité.

— Dans ce cas, je crois que je préférerais une fille. Je ne veux plus perdre d'enfant.

Jondalar n'était pas sûr de la comprendre et ne savait pas quoi répondre.

— Mais je ne veux pas que tu perdes d'enfant, Ayla ! s'exclama-t-il.

Ayla reprit son ouvrage, et tous deux gardèrent le silence.

— Et si tu avais raison ? demanda soudain Jondalar. Si les enfants n'étaient pas délivrés par Doni ? S'ils étaient le fruit des Plaisirs partagés ? Mais... alors, tu pourrais avoir un bébé dans ton ventre, là, tout de suite, et tu n'en saurais rien !

— Non, Jondalar. Je ne crois pas. Je sens que ma période lunaire approche et tu sais bien que ça signifie qu'aucun bébé n'est en route.

Elle n'aimait pas aborder des sujets aussi intimes avec un homme, mais Jondalar n'avait pas le dégoût d'elle à ces moments-là, à l'inverse de ceux du Clan. Une femme du Clan devait absolument éviter de regarder les hommes quand elle était impure. Mais la promiscuité du Voyage empêchait Ayla de vivre à part, et d'éviter Jondalar, quand bien même elle l'aurait voulu. Ayla comprit qu'il avait besoin d'être rassuré et elle hésita à lui parler de la médecine d'Iza qu'elle prenait pour combattre les grossesses. Pas plus qu'Iza, Ayla ne savait mentir. Mais à moins d'être questionnée directement, elle pouvait se taire. Et si elle n'en parlait pas la première, les chances qu'on lui demande si elle connaissait un moyen de ne pas être enceinte étaient minimes. Personne n'imaginait qu'une magie aussi puissante existât.

— Tu en es sûre ? demanda Jondalar.

— Oui. Je ne suis pas enceinte, aucun bébé ne pousse dans mon ventre, assura-t-elle, au grand soulagement de Jondalar.

Ayla terminait le tressage des chapeaux quand elle sentit quelques gouttes de pluie. Elle se hâta de finir son ouvrage, et ils rentrèrent toutes leurs affaires à l'intérieur de la tente, sauf le parflèche suspendu au trépied. Loup les suivit, heureux de se blottir aux pieds d'Ayla. Elle n'attacha pas le rabat inférieur de la tente pour qu'il puisse sortir, mais ils fermèrent celui du trou d'aération quand la pluie s'intensifia. Ils se couchèrent, tendrement enlacés, mais se retournèrent ensuite chacun de leur côté sans trouver le sommeil.

Le corps douloureux, Ayla se sentait nerveuse, mais elle s'efforçait de bouger le moins possible pour ne pas déranger Jondalar. Elle se concentra sur le crépitement de la pluie, mais le rythme régulier des gouttelettes sur la paroi de la tente ne la berça pas comme d'habitude. Elle finit par souhaiter qu'il fît jour pour pouvoir sortir.

Rassuré que Doni n'eût pas béni Ayla, Jondalar recommençait cependant à se poser des questions. Incapable de dormir, il se demandait si son esprit ou la substance que Doni prélevait étaient assez puissants, si la Mère lui avait pardonné ses incartades de jeunesse et permettrait qu'une femme enfante grâce à lui.

Mais peut-être était-ce à cause d'Ayla. Elle prétendait vouloir un enfant. Mais ils étaient tout le temps ensemble et elle n'était pas enceinte. Alors peut-être ne pouvait-elle plus avoir d'enfant, tout simplement ? Serenio, non plus, n'en avait jamais eu d'autres... à moins qu'elle n'en attendît un après qu'il l'eut quittée... Etendu sur sa couche, les yeux grands ouverts, il écoutait tomber la pluie en se demandant combien des femmes qu'il avait connues avaient mis un enfant au monde, et combien d'enfants aux yeux bleus...

Ayla grimpait, grimpait un mur de pierres, abrupt comme le sentier qui menait à la caverne de sa vallée, mais l'escalade était plus longue, et elle était pressée. Elle se retourna pour regarder la petite rivière qui décrivait une courbe, mais ce n'était pas une rivière. C'était une chute d'eau qui cascadait au-dessus de rochers en saillie, recouverts d'un tapis de mousse.

Elle leva les yeux. Creb était là ! Il lui faisait signe de se dépêcher. Il se retourna et, lourdement appuyé sur son bâton, escalada la dure rampe qui longeait la cascade et mena Ayla vers une petite grotte cachée par un buisson de noisetiers. Au-dessus de la grotte, en haut de la falaise, un gros rocher aplati en équilibre sur le rebord du précipice semblait sur le point de basculer.

Sans savoir comment, elle se retrouva dans la grotte, dans un passage étroit. Elle vit une lumière ! Une torche à la flamme vacillante, puis une autre, et enfin elle entendit l'épouvantable grondement d'un tremblement de terre. Un loup hurla. Elle se sentit emportée par un tourbillon, prise de vertige, et c'est alors que Creb se glissa dans son esprit. « Enfuis-toi ! ordonna-t-il. Dépêche-toi, sors d'ici ! »

Elle se releva en sursaut, rejeta la fourrure qui la couvrait et se précipita vers l'ouverture de la tente.

— Ayla ! s'écria Jondalar en la retenant. Que se passe-t-il ?

A travers la paroi, un éclair illumina la tente, dessinant un halo autour des coutures du trou d'aération, embrasant le passage qu'ils avait laissé ouvert pour Loup. Presque aussitôt, un violent claquement retentit. Ayla poussa un cri d'angoisse et, dehors, Loup hurla.

— Ce n'est rien, Ayla, murmura Jondalar en la serrant dans ses bras. C'est l'orage.

— Partons ! Il nous a dit de nous dépêcher. Partons vite ! supplia-t-elle, essayant maladroitement d'enfiler ses vêtements.

— Qui ça ? Mais, Ayla, nous ne pouvons pas partir, il fait nuit et il pleut.

— C'était Creb. Je l'ai vu, j'ai encore rêvé de lui. Il me disait de faire vite. Allez, viens, Jondalar !

— Ayla, calme-toi. Ce n'était qu'un rêve. Ecoute l'orage, on dirait une cascade. Tu ne vas tout de même pas sortir sous ce déluge ! Attendons qu'il fasse jour.

— Non, Jondalar, il faut que je parte. Creb me l'a conseillé, et je ne supporte plus de rester ici. Je t'en supplie, Jondalar, dépêche-toi ! insista-t-elle, indifférente aux larmes qui ruisselaient sur ses joues, entassant fébrilement le matériel dans les paniers.

Il décida d'obtempérer. Il devenait évident qu'elle n'attendrait pas le matin, et il n'était plus question qu'il se rendorme. Il ramassa ses affaires pendant qu'Ayla ouvrait le pan de la tente. Dehors, la pluie redoublait. On aurait dit que quelqu'un versait de pleines outres d'eau. Ayla sortit et siffla longuement. Loup la suivit en hurlant. Elle attendit et siffla encore une fois, puis entreprit d'arracher les piquets de tente.

Enfin, elle entendit une cavalcade et poussa un soupir de soulagement. Les larmes s'effaçaient sous l'eau qui inondait son visage. Elle se précipita à la rencontre de Whinney, son amie venue à la rescousse, et enlaça l'encolure de la jument trempée et frissonnante de peur. Elle piaffait nerveusement, fouettant l'air de sa queue, tout en agitant ses oreilles dressées, à la recherche de l'origine du danger. La peur de la jument chassa celle d'Ayla. Whinney avait besoin d'elle. Elle la rassura avec des paroles douces et des caresses apaisantes, et Rapide encore plus effrayé que sa mère vint se frotter à elles.

Ayla tenta de le calmer, mais il recula en caracolant.

Elle laissa les deux chevaux et courut sous la tente pour prendre les harnais et les paniers de charge. Jondalar avait déjà roulé les fourrures et les avait entassées sur ses sacs en entendant le bruit des sabots, et il avait préparé les harnais et le licol de Rapide.

— Les chevaux sont paniqués, déclara Ayla en surgissant dans la tente. Rapide risque de s'enfuir. Whinney essaye de l'apaiser, mais elle a aussi peur et il la rend encore plus nerveuse.

Jondalar ramassa le licol et sortit. Les paquets d'eau que le vent rabattit sur lui faillirent le renverser. La pluie tombait si fort qu'il se croyait sous une cascade. C'était encore pire que ce qu'il avait imaginé. La tente n'aurait pas résisté longtemps, et le tapis de sol aurait été vite inondé, et leurs fourrures avec. Il se félicitait qu'Ayla eût insisté pour qu'ils plient bagages. Un nouvel éclair zébra le ciel, et il vit Ayla se débattre avec les paniers qu'elle tentait d'attacher sur le dos de Whinney. L'étalon bai était toujours là.

— Rapide ! Allons, viens, Rapide ! appela Jondalar.

Un fort roulement de tonnerre déchira l'air, si violent que le ciel sembla se fracasser en mille morceaux. L'étalon hennit et se cabra, puis se mit à caracoler sans but en tournant en rond. L'œil affolé, les naseaux dilatés, les oreilles dressées, cherchant d'où venait le danger. Mais précisément, le danger était partout, inexplicable, et c'était là ce qui le terrifiait le plus.

L'homme empoigna le cheval, et essaya de lui faire baisser la tête en passant son bras autour de son encolure tout en lui parlant pour le calmer. Une grande confiance les liait et la voix de Jondalar, ses mains familières apaisèrent finalement l'animal. Jondalar réussit à lui passer le licol et s'attaqua au harnais en souhaitant que le prochain coup de tonnerre n'éclate pas tout de suite.

Ayla vint chercher leurs derniers paquets dans la tente. Le loup, qu'elle n'avait pas remarqué, ne la quittait pas d'une semelle. Quand il la vit sortir à reculons de l'abri, Loup hurla, courut vers la saulaie, revint à fond de train et hurla encore.

— Oui, Loup, nous partons ! Voilà, c'est vide, dit-elle à Jondalar. Pressons-nous !

Elle se hâta de ranger ses paquets dans les paniers fixés sur le dos de Whinney. L'inquiétude d'Ayla était communicative, et Jondalar craignait que Rapide ne s'emballe. Le démontage de la tente fut vite réglé. Jondalar tira les perches d'un coup sec en arrachant le rabat central, les jeta dans un panier, et entassa par-dessus les lourdes peaux trempées. Lorsqu'il empoigna Rapide pour le monter, le poulain ombrageux fit un brusque écart en roulant des yeux. D'un saut mal assuré, Jondalar se retrouva tant bien que mal sur le dos de Rapide quand une ruade manqua le désarçonner. Il agrippa l'encolure du poulain et récupéra son assiette.

En montant Whinney, Ayla entendit le long hurlement de Loup, accompagné d'un grondement étrange. Elle se retourna pour apercevoir Jondalar cramponné au jeune étalon qui piaffait et ruait. Dès que Rapide se fut calmé, elle se pencha pour inciter sa jument à partir au plus vite. Sans attendre, Whinney se mit à galoper comme si une bête féroce la poursuivait, pensa Ayla. Loup les précédait en bondissant à travers les buissons, et Rapide suivait avec Jondalar. Le grondement menaçant s'amplifiait.

Whinney galopait à travers bois, évitant les arbres, sautant les obstacles. Couchée sur l'encolure de la jument, agrippée à sa crinière, Ayla la laissait choisir son chemin. La pluie et l'obscurité l'empêchaient de voir, mais elle devinait qu'ils se dirigeaient vers les steppes sur les hauteurs. Soudain, une suite d'éclairs illumina la vallée. Ils étaient dans les bois de hêtres et atteindraient bientôt la montée. Elle regarda en arrière vers Jondalar et étouffa un cri.

Derrière lui, les arbres bougeaient ! Elle eut le temps de voir vaciller plusieurs grands pins. Puis ce fut de nouveau le noir. Elle n'avait pas remarqué que le roulement menaçant s'était accentué, mais quand elle entendit les arbres s'effondrer, elle comprit que le fracas de leur chute était noyé dans un vacarme encore plus grand. Même le coup de tonnerre sembla se dissoudre dans la violence du grondement.

Ça y était, ils gravissaient la colline. Ayla s'en aperçut au changement d'allure de Whinney. Toujours aveugle, elle faisait confiance à l'instinct de la jument. L'animal glissa, puis retrouva son équilibre. Ils émergèrent alors des bois, et Ayla vit à travers la pluie les nuages déferler dans le ciel. Elle pensa qu'ils avaient atteint le pâturage où les chevaux étaient venus paître dans la soirée. Rapide et Jondalar les rejoignirent. Bien qu'Ayla pût à peine discerner la silhouette de l'homme, ombre noire sur fond noir, elle devina qu'il était lui aussi cramponné à la crinière de son poulain.

Whinney ralentissait l'allure et Ayla entendit son souffle haletant. De l'autre côté de la prairie, le bois était moins épais, et la jument n'avait plus à éviter les arbres au dernier moment. Ayla se redressa sans lâcher la crinière de Whinney. Rapide piqua un galop frénétique, mais se mit vite au pas et Whinney le rejoignit. La pluie se calmait. Les arbres laissèrent place aux broussailles, puis à des champs, et bientôt les steppes s'étalèrent devant eux, dans une obscurité atténuée par la lumière de la lune qui filtrait à travers la pluie et les nuages.

Ils s'arrêtèrent et Ayla mit pied à terre pour reposer Whinney et Jondalar l'imita. Ils cherchèrent à deviner à travers la nuit noire ce qui se passait dans la vallée qu'ils venaient de fuir. Un éclair zébra le ciel au loin, et le tonnerre gronda. Comme pétrifiés, ils scrutaient par-delà le gouffre noir essayant de découvrir quelle calamité détruisait la vallée. Ils se rendaient compte qu'ils avaient échappé à un terrible désastre dont ils n'appréciaient pas encore l'ampleur.

Ayla sentit d'étranges picotements dans sa tête, et elle entendit un craquement sourd. Ses narines frémirent en décelant un âcre parfum d'ozone, comme une odeur de brûlé qui ne serait pas due au feu, mais à un phénomène céleste. Elle comprit soudain que l'odeur devait provenir des éclairs. Les yeux dilatés de peur, tremblante d'effroi, elle s'agrippa à Jondalar. Au-dessous d'eux, un grand pin abrité des vents acérés par une excroissance rocheuse s'embrasa d'une inquiétante lueur bleue.

Jondalar, qui aurait bien voulu la protéger, entoura Ayla de son bras, mais il était aussi effrayé qu'elle. Impuissant à dompter le feu céleste, il ne pouvait que la serrer dans ses bras. Alors, une boule de feu décrivit un arc de cercle à travers les nuages embrasés, explosa en une gerbe de flèches rougeoyantes, et dans un éclair aveuglant, foudroya le grand pin. Ayla sursauta au craquement, si violent que ses oreilles tintèrent, et elle se tassa en entendant les échos du tonnerre se répercuter à travers toute la voûte du ciel. L'intensité du rayonnement lumineux leur avait fait découvrir la gravité de la destruction à laquelle ils venaient d'échapper.

La vallée était ravagée. Le sol tout entier n'était plus qu'un immense maelström. Sur le versant opposé, un glissement de terrain avait recouvert le lit de la rivière d'amas de rochers et d'arbres arrachés, laissant derrière lui, dans le sol éventré, une profonde cicatrice de terre rougeâtre.

Cette averse torrentielle était due à un concours de circonstances assez courant. Tout avait commencé à l'ouest, dans les montagnes, à cause de dépressions atmosphériques au-dessus de la mer intérieure. Des tourbillons d'air chaud saturé d'humidité avaient été aspirés vers le haut et s'étaient condensés en formant d'énormes nuages houleux, accrochés au sommet des collines rocheuses. L'air chaud s'était heurté à un front froid, créant une turbulence qui s'était résolue en un orage d'une intensité peu commune.

La pluie s'était déversée des cieux surchargés, engorgeant la terre qui bientôt avait débordé de ruisseaux bouillonnants. Charriant des rochers, ils s'étaient enflés en torrents dévastateurs. Puis, en prenant de la vitesse, les eaux tumultueuses nourries par le déluge continuel avaient dévalé les collines abruptes, renversant les obstacles, grossissant d'autres torrents, devenant une force dévastatrice qui saccageait tout sur son passage.

Lorsque l'inondation avait atteint le vert vallon, l'eau avait jailli au-dessus de la cascade et, dans un grondement vorace, s'était engouffrée dans la vallée. Mais la plaine riche et verdoyante réservait une surprise aux eaux bouillonnantes. Dans l'ère en cours, d'amples mouvements du relief avaient soulevé la terre, élevant le niveau de la petite mer intérieure, et lui ouvrant des passages au sud sur une mer encore plus vaste. Pendant les dernières décennies, le soulèvement avait fini par clore la vallée, la transformant en un bassin étroit qu'irriguait la rivière. Elle était alors devenue un petit lac protégé par un barrage naturel. Mais une brèche s'était creusée quelques années auparavant, asséchant le petit réservoir d'eau, laissant toutefois assez d'humidité pour nourrir une vallée forestière au milieu de steppes arides.

En aval, un second glissement de terrain avait maintenant rebouché la brèche, arrêtant le déferlement des eaux tumultueuses qui butèrent sur le mur des collines en un gigantesque ressac. Devant ce spectacle, Jondalar pensa qu'il faisait un cauchemar. Il n'en croyait pas ses yeux. La vallée tout entière n'était qu'un immense magma clapotant de boue et de rochers, écumant de broussailles et d'arbres déracinés, broyés par le ressac.

Nul être vivant n'aurait survécu, et Jondalar frémit en pensant à ce qui serait arrivé si Ayla ne s'était pas réveillée, insistant pour fuir au plus vite. Sans les chevaux, ils n'en auraient même pas eu le temps. Il scruta les environs. Whinney et Rapide, tête basse, pattes écartées, semblaient exténués. Loup se tenait à côté d'Ayla, et quand il s'aperçut que Jondalar l'observait, il tendit le cou vers le ciel et poussa un long hurlement. Jondalar se souvint vaguement d'un hurlement de loup qui avait dérangé son sommeil, juste avant qu'Ayla ne se réveillât.

Un autre éclair fusa, et quand le tonnerre gronda, Jondalar sentit Ayla trembler violemment dans ses bras. Ils n'étaient pas encore à l'abri du danger. Ils étaient trempés, ils avaient froid et toutes leurs affaires ruisselaient. Ils étaient sous l'orage, à découvert, et Jondalar ne savait pas où chercher refuge.

8

Le pin foudroyé brûlait toujours. Le feu, alimenté par la résine ardente, devait lutter contre les rafales de pluie. Les flammes crépitantes répandaient une faible lumière, suffisante pour que se devinent les contours du paysage le plus proche. Pas un abri en vue, à part quelques buissons le long d'un fossé, la plupart du temps à sec, maintenant submergé.

Ayla, le regard fixe, comme envoûtée par le spectacle auquel ils venaient d'assister, contemplait toujours la vallée plongée dans l'obscurité. La pluie redoubla de violence, inondant leurs vêtements déjà trempés, et vint à bout des flammes.

— Allons, il faut trouver un abri, déclara Jondalar. Tu as froid, moi aussi, et nous sommes trempés.

Elle le dévisagea sans comprendre.

— Nous... nous étions en bas, bredouilla-t-elle. Jondalar, nous serions morts si l'ouragan nous avait emportés.

— Oui, nous l'avons échappé belle. Il faut absolument chercher un abri tout de suite. Si nous ne trouvons pas d'endroit pour nous réchauffer, il n'aura servi à rien d'avoir échappé à la catastrophe.

Saisissant la longe de Rapide, il marcha vers les buissons. Ayla appela Whinney et le suivit, Loup sur ses talons. Arrivés près du fossé, ils s'aperçurent que là commençait un hallier assez haut qui avançait dans la steppe. Ils s'y engagèrent.

Ils se faufilèrent jusqu'au centre de l'épais bosquet de saules. Le sol était imbibé d'eau mais les minces feuilles vert argenté atténuaient le ruissellement de la pluie. Après avoir déblayé un espace en arrachant quelques pousses de saule, ils déchargèrent les paniers. Jondalar sortit le lourd paquet qui contenait la tente et le déballa. Ayla s'empara de quelques piquets, les planta et aida Jondalar à y étendre les peaux encore attachées au tapis de sol. C'était une construction de fortune, mais au moins étaient-ils abrités de la pluie.

Ils arrachèrent des feuilles pour recouvrir le sol humide, et y étendirent leurs fourrures. Ils enlevèrent leurs vêtements du dessus, se mettant à deux pour essorer les peaux mouillées qu'ils accrochèrent ensuite aux branches. Enfin, tremblant de froid, l'un contre l'autre ils s'emmitouflèrent dans leurs fourrures. Loup entra, s'ébroua avec une telle énergie qu'il éclaboussa le refuge, déjà tellement gorgé d'eau que les dégâts furent dérisoires. Les chevaux, protégés par leur épaisse robe laineuse, préféraient de loin le froid sec aux violentes averses estivales, mais ils avaient l'habitude de dormir dehors. Serrés ensemble à l'entrée du hallier, ils paraissaient insensibles à la pluie battante.

Loup se coucha sur Ayla et Jondalar, enroulés dans leurs épaisses fourrures, et la chaleur de leurs trois corps finit par les réchauffer. L'homme et la femme s'assoupirent, mais dormirent peu. A l'approche de l'aube, la pluie se calma et leur sommeil s'alourdit.

Ayla sourit avant même d'ouvrir les yeux. Dans le concert de chants d'oiseaux qui l'avait réveillée, elle distinguait les notes précises et compliquées d'un pipit. Elle entendit ensuite des trilles joyeux d'une intensité croissante, mais elle dut scruter les alentours avec soin avant de voir se poser la discrète petite alouette au plumage gris-marron. Ayla roula sur le côté pour l'observer.

L'alouette qui se déplaçait avec vivacité, bien d'aplomb sur ses larges pattes, baissa la tête d'un mouvement vif, et la releva une chenille au bec. Puis elle sautilla prestement vers un buisson de jeunes saules. D'un nid bien camouflé dans une dépression du sol, des oisillons juste éclos tendirent leur cou, le bec grand ouvert, mendiant chacun sa part du festin délectable. Bientôt, apparut une deuxième alouette, dont le plumage légèrement plus gris se confondait avec la couleur de la terre. C'était la femelle. Elle tenait dans son bec un insecte volant. Pendant qu'elle en gavait un bec avide, le mâle s'envola en décrivant des cercles ascensionnels puis disparut. On n'entendit plus que son chant magnifique.

Ayla l'imita en sifflotant, avec une telle perfection que la femelle cessa de picorer le sol pour l'observer. Ayla siffla de nouveau, regrettant de ne pas avoir de graines à offrir. Dans sa vallée, elle ne manquait jamais de nourrir les oiseaux qui voletaient autour de la caverne, et c'était là qu'elle avait commencé à imiter leurs chants. Petit à petit, avec ou sans graines à partager, elle avait réussi à les attirer et ils étaient devenus les charmants compagnons de ses longues années de solitude. La mère alouette s'approcha, cherchant l'intrus qui avait envahi son territoire, mais ne voyant pas d'autre alouette, elle retourna nourrir ses petits.

D'autres sifflements plus doux et répétitifs qui s'évanouissaient dans une sorte de gloussement retinrent l'attention d'Ayla. Si les gélinottes étaient assez charnues pour faire un bon repas, ces tourterelles roucoulantes aussi, pensa Ayla, en cherchant des yeux ces oiseaux qui ressemblaient aux gélinottes brunes. Dans les basses branches, elle aperçut un simple nid de brindilles contenant trois œufs blancs, avant de voir le pigeon dodu à la petite tête, au bec menu et aux courtes pattes. Son plumage doux et dense était d'un brun pâle presque rose, et sur son dos et ses ailes, dont le dessin net rappelait un peu une carapace de tortue, scintillaient des taches moirées.

Jondalar remua, et Ayla se tourna pour contempler l'homme dont la respiration régulière témoignait d'un sommeil profond. Attentive à ne pas réveiller Jondalar, elle se glissa hors des chaudes fourrures, encore légèrement humides, avec précaution. Jondalar grogna, mais il n'ouvrit les yeux qu'après s'être rendu compte que la couche de sa compagne était vide.

— Ayla ? Ah, tu es là, murmura-t-il.

— Dors, Jondalar. Tu n'as pas besoin de te lever tout de suite, assura-t-elle en rampant hors de leur nid.

L'air était frais et pur, le ciel d'un bleu étincelant sans l'ombre d'un nuage. Loup était parti, sans doute en chasse, ou en exploration, se dit Ayla. Les chevaux aussi avaient disparu, et elle les aperçut paissant vers la vallée. Bien que le soleil fût encore bas dans le ciel, une brume s'élevait du sol détrempé, et Ayla en mesura l'humidité en s'accroupissant pour uriner. Elle remarqua alors les traînées rouges le long de ses cuisses, et comprit que ses périodes lunaires avaient commencé. Elle les attendait. Elle devrait se laver et nettoyer ses dessous, mais avant toute chose, il lui fallait la laine de mouflon.

Le fossé était à demi plein d'une eau courante propre et claire. Elle se baissa et se lava les mains, but quelques gorgées d'eau fraîche, et retourna à l'abri en se hâtant. Jondalar était debout et il l'accueillit d'un sourire. Ayla ouvrit un de ses paniers et le fouilla. Jondalar sortit deux de ses propres paniers et revint chercher le reste de leurs affaires pour vérifier l'ampleur des dégâts causés par l'inondation. C'est alors que Loup rentra au bercail en gambadant. Il alla droit vers Ayla.

— Tu m'as l'air bien content de toi, remarqua Ayla en lui frictionnant l'encolure couverte de poils si drus qu'ils formaient presque une crinière.

Lorsqu'elle cessa de le caresser, il sauta sur elle, labourant sa poitrine et ses épaules de ses pattes boueuses. Son exubérance l'avait surprise et il faillit la renverser. Elle se rétablit de justesse.

— Loup ! Regarde-moi toute cette boue, gronda-t-elle alors qu'il se précipitait pour lui lécher le visage à grands coups de langue.

Avec un grognement taquin, il ouvrit la gueule et lui attrapa la joue dans sa mâchoire puissante. Il la mordillait avec une infinie douceur, comme il l'eût fait avec un nouveau-né. Les crocs n'avaient pas pénétré la peau, ils laissèrent à peine une trace. De nouveau Ayla plongea ses mains dans son cou et lui repoussa la tête pour le regarder dans les yeux avec autant d'affection qu'il en montrait lui-même. Elle lui mordilla ensuite la mâchoire en grognant comme il l'avait fait.

— Maintenant, suffit, Loup. Tu vois dans quel état tu m'as mise ! Il va falloir que je lave tout ça, murmura-t-elle en brossant la tunique de peau qu'elle portait sur la courte culotte qui lui servait de dessous.

— Si je ne le connaissais pas si bien, j'aurais peur en voyant comme il te traite, Ayla, intervint Jondalar. Il est devenu si grand, et c'est un carnassier. Il pourrait tuer quelqu'un.

— Ne t'inquiète pas. C'est comme ça que les loups se disent bonjour et montrent leur affection. Je crois qu'il est content que l'on se soit réveillés à temps pour échapper au désastre.

— Tu as vu dans quel état est la vallée ?

— Non, pas encore... Loup, va-t'en, gronda-t-elle en repoussant l'animal qui reniflait son entre-jambes. J'ai mes périodes lunaires, expliqua-t-elle, en baissant les yeux, rougissante. Je suis venue prendre ma laine, et je n'ai pas encore eu le temps de la chercher.

Pendant qu'Ayla vaquait à ses soins intimes, qu'elle lavait ses affaires dans le ruisseau avant d'ajuster la laine spongieuse avec des lanières, Jondalar marcha jusqu'au bord de la colline pour uriner. Il en profita pour jeter un regard à ses pieds. Toute trace du campement avait disparu. La vallée était inondée. Arbres arrachés, troncs morts ainsi que divers débris plongeaient et émergeaient tour à tour de l'eau en effervescence dont le niveau montait encore. La petite rivière qui arrosait la vallée était toujours bloquée en aval, et le ressac, pourtant moindre que la veille, agitait encore l'eau boueuse.

Jondalar contemplait en méditant le spectacle de désolation. Sentant la présence d'Ayla qui venait de le rejoindre, il se retourna.

— La vallée doit se rétrécir en aval, remarqua-t-il, et

quelque chose bloque la rivière. Sans doute des rochers, ou un glissement de terrain. L'eau est prisonnière. Ce qui expliquerait pourquoi la vallée était si verte. Ce ne doit pas être la première fois qu'elle est inondée.

— Si nous étions restés, la lame déferlante nous aurait emportés. Ma vallée était inondée chaque printemps, et c'était déjà assez dangereux, mais ça...

Incapable de trouver les mots, elle termina inconsciemment sa phrase en utilisant les signes du Clan, qui véhiculaient avec plus de force et de précision ses sentiments de désarroi et dc soulagement.

Jondalar la comprenait. Lui-même ne savait comment exprimer ce qu'il ressentait. Ils s'assirent et contemplèrent en silence la vallée détruite qui s'étendait sous leurs yeux. Ayla remarqua le front soucieux de son compagnon.

— Si le bouchon de boue, ou ce qui empêche l'eau de s'écouler, cède d'un coup, l'eau en déferlant risque d'être dangereuse, constata Jondalar. J'espère que personne n'habite par là-bas.

— Ce ne pourra pas être pire que la nuit dernière. Tu ne crois pas ?

— Hier, il pleuvait, il y avait de l'orage. Les gens étaient prêts à affronter le danger, mais si le barrage cède sans avertissement ils seront pris par surprise. Ce serait catastrophique.

— Mais si des humains habitent dans la vallée, ils se rendront compte que la rivière ne s'écoule plus, et ils en chercheront la cause, remarqua Ayla.

— Et nous ? Nous voyageons, et nous n'aurions eu aucun moyen de savoir que la rivière était bouchée. Si un jour nous nous trouvons dans cette situation, rien ne nous préviendra du danger.

Ayla considéra la vallée inondée.

— Tu as raison, Jondalar, dit-elle enfin. Une autre inondation pourrait nous emporter. Tout comme la foudre aurait pu tomber sur nous au lieu de carboniser le pin. Un tremblement de terre pourrait aussi nous engloutir tous, sauf une pauvre petite fille qui resterait seule au monde. On peut aussi tomber malade, ou naître avec une infirmité. Mamut disait toujours que personne ne savait quand la Mère décidait de rappeler Ses enfants à Elle. Cela ne sert à rien de s'inquiéter de ces choses. On n'y peut rien. C'est Elle qui gouverne.

Jondalar écoutait, soucieux. Puis il se détendit.

— Je m'inquiète trop, dit-il en entourant Ayla d'un bras protecteur. Thonolan me le reprochait souvent. J'ai soudain eu tellement peur de te perdre, et... Ayla, je ne sais pas ce que je deviendrais si jamais cela arrivait, ajouta-t-il en l'étreignant avec ferveur. Je ne crois pas que je pourrais continuer à vivre.

Ayla s'émut d'une réaction aussi absolue.

— J'espère bien que si ! protesta-t-elle. J'espère aussi que tu trouverais quelqu'un d'autre à aimer. Si un malheur devait te frapper, une parcelle de moi, ou de mon esprit, disparaîtrait avec toi parce que je t'aime. Mais je continuerais à vivre. Et une parcelle de ton esprit m'accompagnerait partout.

— Je ne sais pas s'il me serait possible d'aimer quelqu'un d'autre après toi. C'est déjà extraordinaire que de t'avoir rencontrée. Je ne suis pas sûr que je chercherais à te remplacer.

Sans mot dire, ils revinrent ensemble au hallier. Ayla semblait perplexe.

— Je me demande si c'est ce qui se passe quand on aime ? Est-ce qu'on s'échange des parcelles d'esprit ? C'est peut-être pour cela qu'on souffre tant de perdre ceux qu'on aime... C'est comme les hommes du Clan, poursuivit-elle après réflexion. Ce sont des frères de chasse, et ils s'échangent des parcelles d'esprit, surtout si l'un d'eux sauve la vie d'un autre. On vit difficilement avec un morceau d'esprit en moins, et chaque chasseur sait qu'une parcelle de son esprit partira dans l'autre monde si son frère meurt. Alors il le surveille et le protège, et fait tout son possible pour le sauver. (Elle considéra Jondalar avec curiosité.) Crois-tu que nous ayons échangé des parcelles de nos esprits, Jondalar ? Nous sommes partenaires de chasse, n'est-ce pas ?

— Oui, et tu m'as sauvé la vie. Mais tu es bien davantage qu'un simple frère de chasse pour moi, continua-t-il, souriant de ce qu'il venait de dire. Je t'aime. Je comprends seulement maintenant pourquoi Thonolan ne voulait plus vivre quand Jetamio est morte. Parfois, je me dis qu'il cherchait à atteindre l'autre monde, pour retrouver Jetamio et le bébé qu'elle portait.

— Mais s'il m'arrivait malheur, martela Ayla avec conviction, je ne voudrais pas que tu me suives dans le monde des esprits. Je préférerais que tu restes ici, et que tu trouves une autre compagne.

Parler d'autres mondes lui déplaisait. Elle ignorait de quoi ces autres mondes étaient faits, et même si, au fond de son cœur, elle croyait à leur existence. Ce dont elle était sûre, c'était que pour connaître d'autres mondes, il fallait déjà quitter celui-ci, et elle ne voulait pas que Jondalar mourût, ni avant ni après elle.

Ses réflexions sur les mondes des esprits amenèrent d'autres pensées.

— C'est peut-être ce qui arrive quand on vieillit, supposa-t-elle. Si on échange des parcelles de son esprit avec les êtres qu'on aime, quand on en a perdu beaucoup, tant de morceaux d'esprit sont partis avec eux qu'il n'en reste plus assez pour continuer à vivre. C'est comme un trou qui se creuse de plus en plus. On veut rejoindre l'autre monde où demeurent la plus grande partie de notre esprit et les êtres chers.

— D'où tiens-tu un si grand savoir ? s'amusa Jondalar.

Malgré son ignorance du monde des esprits, Ayla faisait des hypothèses ingénieuses et spontanées témoignant d'une vive intelligence, et Jondalar, bien qu'il n'eût aucun moyen d'en vérifier le fondement, trouvait ses observations des plus cohérentes. Il regretta que Zelandoni ne fût pas là, il aurait pu lui demander son avis. Soudain, il prit conscience qu'ils rentraient chez lui, et qu'il pourrait bientôt la questionner.

— J'ai déjà perdu des parcelles de mon esprit quand j'étais petite, continua Ayla. Et ceux qui m'ont vue naître ont été engloutis par le tremblement de terre. Ensuite, Iza en a emporté un bout en mourant, puis

Creb, et Rydag. Et bien qu'il ne soit pas mort, Durc a gardé un morceau de mon esprit que je ne récupérerai jamais. Ton frère a aussi emporté un morceau de toi, Jondalar, n'est-ce pas ?

— Oui, c'est vrai, admit-il. Il me manquera, et j'en souffrirai toujours. Il m'arrive de penser que c'était de ma faute, que j'aurais dû le sauver.

— Et qu'aurais-tu donc pu faire ? La Mère le voulait, et c'est Elle qui décide. Personne ne doit chercher le chemin qui mène à l'autre monde.

Arrivés au hallier de saules où ils avaient passé la nuit, ils commencèrent à inspecter leurs affaires. Presque toutes étaient humides et certaines complètement imprégnées. Ils défirent les nœuds du tapis de sol, toujours fixé à la tente, et essorèrent le tout. Mais de trop fortes torsions risquaient d'endommager les coutures, et ils décidèrent de monter la tente pour la laisser sécher au soleil. C'est alors qu'ils s'aperçurent que de nombreux piquets avaient disparu.

Ils étendirent le tapis de sol sur un buisson, et vérifièrent leurs vêtements, eux aussi passablement mouillés. Les affaires qui étaient restées dans les paniers avaient moins souffert. Beaucoup étaient trempées mais sécheraient assez vite, à condition de trouver un endroit sec où les exposer aux rayons du soleil. Les steppes étaient idéales dans la journée, mais c'était justement le jour qu'ils voyageaient, et le soir, le sol était souvent froid et humide. Ils n'avaient pas l'intention de dormir sous une tente imbibée d'eau.

— Si nous buvions une infusion bien chaude ? proposa Ayla, découragée.

Il était déjà tard. Elle alluma du feu, y fit chauffer des pierres en prévision du repas. Elle s'aperçut alors que les restes de la veille avaient disparu.

— Oh, Jondalar ! gémit-elle. Nous n'avons rien à manger. Tout est resté dans la vallée. J'ai laissé les céréales dans le panier de cuisson, près des braises. J'en ai d'autres, mais celui-là était bien. Heureusement que j'ai toujours ma poche à médecines, soupira-t-elle avec soulagement en la retrouvant. La peau de loutre est usée, mais elle a tout de même résisté à l'eau, les herbes sont complètement sèches. Je vais chercher de l'eau. Où est le panier dans lequel je prépare les tisanes ? demanda-t-elle en contrôlant leurs affaires entassées. L'aurais-je aussi perdu ? J'ai pourtant l'impression de l'avoir mis à l'abri quand il a commencé à pleuvoir. Il a dû tomber en route.

— Il y a encore autre chose que nous avons laissé là-bas, et ça ne va pas te réjouir, annonça Jondalar.

— Qu'est-ce que c'est ? s'inquiéta Ayla.

— Ton parflèche, et les longues perches.

Ayla leva les yeux au ciel, consternée.

— Oh, non ! s'écria-t-elle. C'était si pratique pour conserver la viande ! Et il était rempli de morceaux de chevreuil. Et les perches ! Elles étaient juste de la bonne taille, nous aurons du mal à les remplacer. Je ferais bien de m'assurer que nous n'avons rien perdu d'autre, et que nous avons toujours la nourriture de secours.

Elle fouilla dans le panier où elle rangeait quelques affaires personnelles et les vêtements de rechange. Les paniers étaient tous trempés et déformés, mais les cordes et les lanières entassées dans le fond avaient assez bien protégé le contenu de l'humidité. La nourriture pour la route était sur le dessus, recouvrant les rations de secours soigneusement emballées et encore sèches. Ayla décida d'en profiter pour vérifier si les aliments étaient en bon état, et combien de temps ils dureraient.

Elle étala les aliments séchés sur la fourrure de couchage. Il y avait des baies — mûres, myrtilles, baies de sureau, framboises, airelles, fraises — réduites en pâte et séchées. D'autres sucreries cuites, séchées jusqu'à former une croûte dure comme du cuir, mélangées avec des morceaux de pommes au goût aigrelet, riches en pectine. Des baies et des pommes sauvages, mélangées à des poires et des prunes, coupées en morceaux ou entières, séchées au soleil. Cela pouvait se manger tel quel, ou cuit dans de l'eau, et Ayla en utilisait souvent pour aromatiser les plats. Il y avait aussi des céréales et des graines, certaines à peine cuites et ensuite grillées, des noisettes décortiquées et grillées ; ainsi que les pommes de pin aux pignons nutritifs qu'elle avait ramassées la veille.

Les légumineuses aussi étaient sèches — tiges et fanes, bulbes, racines et rhizomes riches en amidon, tels queues-de-rat, chardons, réglisses, ou bulbes de lis. Certaines étaient préalablement cuites à la vapeur avant d'être séchées, d'autres pelées et suspendues à des fils confectionnés avec des écorces filandreuses ou des tendons d'animaux. Il y avait encore des guirlandes de champignons séchés et fumés pour leur donner plus de goût. Quelques lichens comestibles ébouillantés, séchés et pressés pour constituer des pains de riche valeur nutritive. Une grande variété de viande et de poissons fumés complétait leurs provisions, avec, en cas d'urgence, de petites galettes à base de viande hachée séchée, de graisse et de fruits secs.

Les aliments séchés étaient compacts et se conservaient bien. Certains dataient de l'année dernière et provenaient des réserves de l'hiver précédent, mais la plupart étaient en quantité limitée. Nezzie les avait reçus d'amies et de parentes qui les avaient apportés à la Réunion d'Eté. Ayla, qui préférait se nourrir des produits frais de la terre pendant la bonne saison, s'en était peu servie. S'ils n'étaient pas capables de survivre en profitant de la générosité de la Grande Terre Mère, comment espéraient-ils surmonter la traversée d'un pays inconnu pendant les rigueurs de l'hiver ?

Satisfaite, Ayla remballa le tout. Il n'était pas dans ses intentions de prélever des provisions de secours pour le repas du matin. Un couple de ramiers tomba sous les coups de sa fronde et finit à la broche. Quelques œufs qui n'auraient jamais éclos furent étêtés et mis à cuire dans le feu dans leur coquille et l'heureuse découverte d'une cachette de marmotte agrémenta le repas. Le trou de l'animal se trouvait sous leurs fourrures de couchage, empli d'arroches que la marmotte avait récoltées quand les bulbes étaient à leur maximum. Ayla les cuisit avec les pignons, qu'elle débarrassa de leur gangue en les cassant avec une pierre, après les avoir chauffés. Des mûres fraîchement cueillies complétèrent le repas.

Jondalar et Ayla laissèrent derrière eux la vallée inondée et prirent le chemin de l'ouest, en se rapprochant imperceptiblement de la chaîne de montagnes. Les plus hautes cimes, bien que de moyenne altitude, étaient couvertes de neiges éternelles, souvent enveloppées de brume et de nuages.

Ils étaient arrivés dans le sud du continent froid et le caractère des prairies s'était légèrement modifié. La profusion des herbacées n'expliquait pas seule la variété des animaux qui prospéraient dans les plaines froides. Dans chaque espèce, les animaux eux-mêmes avaient introduit des variations dans leur régime alimentaire, leur schéma migrateur, et le partage des territoires. Comme ce serait le cas par la suite dans les grandes plaines équatoriales du sud, seul équivalent à la prodigieuse richesse des steppes de l'Ere Glaciaire, la faune se partageait l'espace dans une interrelation complexe.

Certains animaux se nourrissaient exclusivement d'une seule sorte de plante, d'autres d'une partie précise de ces plantes. D'autres ne mangeaient ces mêmes plantes qu'à un stade ultérieur de leur développement. Certains paissaient dans des lieux où d'autres n'allaient jamais, ou alors à une autre saison. La diversité des espèces était respectée parce que les habitudes alimentaires et les migrations des uns et des autres se complétaient.

Les mammouths à l'épaisse toison avaient besoin de grandes quantités d'herbacées fibreuses, tiges, herbes ou carex, et de peur de s'embourber dans la neige profonde, les marais ou la sphaigne des prairies, ils se cantonnaient dans les plaines fermes et venteuses, proches des glaciers. Ils entreprenaient de longues migrations le long du mur de glace, ne descendant vers le sud qu'au printemps et en été.

Les chevaux des steppes se nourrissaient eux aussi de fibres végétales. Comme les mammouths, ils digéraient les tiges grossières, mais leur goût plus sélectif leur faisait préférer les variétés d'herbe de taille moyenne. Ils savaient fouiller la neige pour trouver leur nourriture, mais l'énergie dépensée dans cette quête dépassait l'énergie absorbée. D'autre part, les déplacements dans la neige les épuisaient. Ils ne résistaient pas longtemps à ces climats, et préféraient les surfaces dures et ventées.

Contrairement aux mammouths et aux chevaux, le bison se nourrissait de feuilles et des enveloppes de l'herbe plus riches en protéine, et préférait par conséquent l'herbe courte, ne s'aventurant dans les hautes herbes qu'au printemps, à la saison des jeunes pousses. Pourtant en été, une coopération, involontaire mais essentielle, s'établissait. Grâce à leur denture servant de cisailles, les chevaux tondaient les tiges épaisses de l'herbe des prairies, stimulant la croissance des jeunes pousses derrière leur passage. Les bisons, qui raffolaient précisément des jeunes pousses, suivaient les chevaux à quelques jours d'intervalle.

L'hiver, les bisons descendaient dans le sud, où le climat humide et les abondantes chutes de neige conservaient à l'herbe courte sa fraîcheur, or les bisons excellaient à déblayer la neige pour trouver leur nourriture. Toutefois, vivre dans les steppes enneigées du sud comportait des risques.

Bien que protégés du froid sec par leur lourde toison à poils rudes, les bisons, ainsi que d'autres animaux migrant l'hiver vers le sud enneigé, rencontraient de grandes difficultés lorsque le temps hésitait entre le gel et le redoux. Leur robe trempée par le dégel pouvait leur être fatale en cas de refroidissement subit, surtout si le gel les surprenait couchés car leurs longs poils gelés les empêchaient alors de se relever. De même, une neige trop profonde, ou recouverte d'une couche glacée, leur était souvent fatale, tout comme les blizzards, ou la fonte des glaces à la surface des lacs et les inondations.

Les mouflons et les saïgas prospéraient en se nourrissant exclusivement de plantes adaptées au climat très sec : petites herbacées et herbe feuillue à tige courte.

Mais contrairement aux bisons, les saïgas n'étaient pas à l'aise dans la neige où ils ne pouvaient bondir. Admirables coureurs sur longue distance, ils ne semaient leurs prédateurs que sur le sol ferme des steppes venteuses. Le mouflon lui, sorte de mouton sauvage et grand grimpeur, échappait à ses poursuivants sur les pentes abruptes. En revanche, il ne savait pas se nourrir en creusant la neige et vivait de préférence dans les hautes montagnes rocheuses exposées aux vents.

Les espèces parentes du mouflon, du chamois, et du bouquetin se répartissaient les territoires en fonction de l'altitude, ou de la nature du terrain. Le bouquetin résidait sur les sommets escarpés. Au-dessous régnait le chamois, agile et plus petit, et encore plus bas vivait le mouflon. Tous se partageaient les terrains accidentés des hauts plateaux, tant qu'il y faisait froid et sec.

Le bœuf musqué ressemblait aux caprins, en plus trapu, et sa toison d'une double épaisseur, tout comme celle du mammouth et du rhinocéros, lui donnait un aspect lourd et plus bovin. Il se nourrissait de feuilles d'arbustes et de carex, se plaisait dans les climats très froids, et recherchait par conséquent les plaines gelées et ventées, proches du glacier. Bien qu'il perdît son double pelage en été, le bœuf musqué détestait la chaleur.

Les cerfs géants et les rennes parcouraient les plaines où ils paissaient en troupeaux, mais les autres cervidés se nourrissaient surtout des feuilles des arbres. L'élan solitaire était rare. Il raffolait des feuillages et des succulentes plantes aquatiques, herbes des marais et des lacs. Ses larges sabots et ses longues pattes lui évitaient de s'embourber dans la vase des marécages ou sur le sol boueux des plaines alluviales. L'hiver, il survivait grâce à des herbacées plus indigestes, ou aux feuilles des hautes branches d'arbres poussant près des rivières, ses sabots et ses pattes le portant sans peine sur la neige que les rafales de vent entassaient dans les vallées.

L'hiver était la saison préférée des rennes, qui se nourrissaient des lichens poussant sur les sols arides et les rochers. Ils étaient capables d'en déceler de loin le parfum appétissant, même si la plante était enfouie sous d'épaisses couches de neige qu'ils creusaient alors avec leurs sabots. L'été, ils mangeaient aussi bien de l'herbe que des feuilles d'arbustes.

Hiver comme été, l'élan et le renne avaient une prédilection pour les alpages, à une altitude moindre cependant que les caprins, et l'élan préférait l'herbe aux arbustes. Les ânes et les onagres choisissaient les hautes montagnes arides, alors que le bison paissait plus bas — au-dessus des chevaux toutefois, dont l'aire d'alimentation était plus vaste que celle des mammouths ou des rhinocéros.

Les plaines primitives, avec leurs pâturages complexes et variés, nourrissaient une multitude d'animaux des plus divers. Le climat froid et sec des hautes montagnes n'était pas comparable. Les moutons, les chèvres et les antilopes étendirent leur territoire jusqu'aux bas plateaux, mais les immenses troupeaux des plaines ne purent subsister sur les pentes abruptes et rocailleuses des hautes montagnes quand le climat se réchauffa.

Il en allait autrement des fragiles marais du nord. Trop humides pour que pousse l'herbe, les terres pauvres et acides ne produisaient qu'une végétation chargée de toxines, indigeste pour les grands troupeaux qui eussent ravagé cette flore délicate. Les variétés de plantes y étaient limitées, et trop pauvres en valeur nutritive pour suffire aux troupeaux. Seuls les animaux dotés de larges sabots évasés, comme le renne, pouvaient y survivre. Les bêtes énormes aux pattes courtaudes, ou les rapides coursiers aux sabots étroits, s'embourbaient dans la terre humide et boueuse. Il leur fallait un sol ferme et sec.

Plus tard, les pâturages des régions chaudes ou tempérées développèrent une végétation plus limitée, différente selon le climat et la température. On y trouvait peu de variétés en été, et trop de neige abondante en hiver. Les animaux équipés pour la terre ferme s'enlisaient dans la neige, et ne savaient pas la déblayer pour trouver leur nourriture. Si les cerfs subsistèrent dans les bois enneigés, c'était uniquement parce qu'ils mangeaient les feuilles des arbres. Les rennes, eux, savaient fouir la neige à la recherche du lichen. Les bisons et les aurochs survécurent, mais leur taille n'atteignit plus des proportions impressionnantes. Le nombre des autres animaux, comme les chevaux, diminuait à mesure que leur environnement naturel s'amenuisait.

La combinaison unique d'éléments rassemblés dans les steppes de l'Ere Glaciaire avait stimulé le développement de la vie d'une façon extraordinaire, et chacun de ces facteurs, le froid glacial, les vents cinglants et la glace, était indispensable. Lorsque les vastes glaciers se retirèrent vers les régions polaires, les immenses troupeaux fondirent aussi, et les gigantesques animaux virent leur taille rétrécir, à moins qu'ils ne disparussent complètement d'une terre devenue incapable de les nourrir.

Ayla s'inquiétait de la perte de son parflèche et des indispensables perches. Elle pensait à les remplacer, mais encore faudrait-il s'arrêter plus d'une nuit, et elle savait Jondalar anxieux d'avancer au plus vite.

De son côté, Jondalar pestait contre la tente trempée, mécontent de dépendre de son abri. En outre, les peaux souffriraient d'avoir été pliées et comprimées encore humides, et elles risquaient de pourrir. Il eût fallu les étendre tout en assouplissant le cuir pendant le séchage, bien que les peaux eussent été fumées au cours de leur fabrication. Cela prendrait plus d'une journée, Jondalar en avait peur.

Dans l'après-midi, ils approchèrent des gorges d'une grande rivière qui séparait les montagnes de la plaine. Grâce à leur position élevée, ils avaient la vue de l'autre côté du fleuve. Le contrefort des montagnes était troué de ravines et de couloirs creusés par les inondations, où couraient de nombreux affluents. C'était un fleuve important, grossi par les cours d'eau descendant de la face est des montagnes, et qui allait se jeter dans la mer intérieure.

En amorçant la descente vers le fleuve, Ayla trouvait

des similitudes avec le paysage qui entourait le Camp du Lion, bien que le versant d'en face fût plus accidenté. Mais de ce côté-ci, les ravines creusées dans le lœss par la pluie et la neige étaient identiques, et les herbes hautes séchaient sur pied, comme là-bas. Dans la vallée alluviale, des mélèzes et des pins isolés étaient entourés de fourrés d'arbustes feuillus, et des massifs de massettes, de roseaux, et de joncs bordaient la rivière.

Arrivés au bord de l'eau, ils marquèrent une pause. Le fleuve était large et profond, grossi par les pluies récentes. Il allait falloir improviser un plan pour le traverser.

— Dommage que nous n'ayons pas de pirogue, regretta Ayla en repensant aux bateaux en peaux utilisés au Camp du Lion.

— Oui, tu as raison. Cela nous serait bien utile pour traverser sans mouiller nos affaires. C'est curieux, je ne me souviens pas d'avoir eu ce genre de problème avec Thonolan. Nous posions nos sacs sur des troncs d'arbre et nous traversions à la nage. Evidemment, nous n'avions rien d'autre. Avec les chevaux, c'est différent. On transporte davantage de matériel, mais c'est aussi plus de tracas.

Comme ils chevauchaient vers l'aval, tout en étudiant la situation, Ayla aperçut devant elle un groupe de frêles bouleaux. L'endroit lui parut si familier qu'elle s'attendit presque à voir la longue habitation semi-souterraine du Camp du Lion, creusée dans un terre-plein de la berge, avec son dôme recouvert d'herbe, et l'arche d'entrée d'une symétrie parfaite qui l'avait tant impressionnée la première fois. Tout à coup, elle vit réellement l'arche. Elle tressaillit sous le choc.

— Jondalar, regarde !

Il regarda la berge qu'elle pointait du doigt et vit non pas une, mais plusieurs arches symétriques, chacune signalant l'entrée d'une structure en forme de dôme. Ils mirent pied à terre et, avisant un sentier, grimpèrent au Camp.

La fébrilité qui s'empara d'Ayla à l'idée de rencontrer les habitants du Camp la surprit. Elle se rendit compte qu'ils n'avaient parlé à personne depuis longtemps. L'endroit était désert, et entre les deux défenses de mammouth qui formaient l'arche d'entrée, ils virent la petite statuette d'ivoire représentant une femme aux larges hanches et à la poitrine volumineuse.

— Ils sont partis, constata Jondalar. Ils ont laissé une donii pour garder le foyer.

— Ils sont à la chasse, ou à la Réunion d'Eté, supposa Ayla, terriblement déçue. Ou alors en visite dans une autre tribu. Quel dommage ! J'avais tellement envie de rencontrer quelqu'un.

— Attends, Ayla. Où vas-tu ?

— Je retourne à la rivière, répondit-elle, surprise.

— Mais pourquoi ? L'endroit est idéal. Nous pouvons faire halte ici.

— Ils... ils ont laissé un mutoï... euh, une donii, pour garder le foyer. L'esprit de la Mère les protège. Ne troublons pas Son Esprit, cela nous porterait malheur, prévint Ayla, sachant pertinemment qu'il le savait aussi bien qu'elle.

— Non, nous pouvons rester si nous le voulons, insista Jondalar. Ce qui est interdit, c'est de prendre ce dont on n'a pas besoin. Ayla, il nous faut un abri. Notre tente est trempée, il faut attendre qu'elle sèche. Pendant ce temps, nous pourrons chasser et si la chance nous est favorable, nous trouverons une peau pour fabriquer un canoë.

Le visage soucieux d'Ayla s'éclaira lorsqu'elle comprit où il voulait en venir. Quelques jours leur seraient nécessaires pour se remettre du cataclysme et remplacer ce qui avait été perdu.

— Et nous trouverons peut-être assez de peaux pour faire un parflèche ! s'exclama-t-elle. Après trempage et épilage, le cuir brut se travaille vite, ça ne prend pas plus de temps que de sécher de la viande. On l'étire et on le laisse durcir, c'est tout. Et regarde les bouleaux là-bas, ajouta-t-elle en montrant la rivière. Il y a de quoi faire de belles perches. Tu as raison, Jondalar, restons ici quelques jours. La Mère comprendra. Nous laisserons de la viande séchée pour les habitants de ce Camp... si notre chasse est bonne. Quel foyer choisir ?

— Pourquoi pas le Foyer du Mammouth ? C'est celui où on reçoit les invités.

— Tu crois qu'il y a un Foyer du Mammouth ? C'est... c'est un Camp de Mamutoï ?

— Je n'en sais rien. Il n'est pas conçu comme le Camp du Lion, remarqua Jondalar.

En effet, les sept constructions arrondies recouvertes de terre battue et de glaise remplaçaient l'unique et vaste caverne où ils avaient vécu un hiver entier. Ce Camp devait abriter une communauté d'hommes et de femmes plus ou moins apparentés.

— C'est vrai, approuva Ayla en s'arrêtant devant une des entrées. Il ressemble plutôt au Camp du Loup, où se tenait la Réunion d'Eté.

Elle hésitait encore à pousser la lourde peau et pénétrer chez des étrangers qui ne l'avaient pas invitée, en dépit des coutumes qui voulaient que tout refuge fût utilisé lorsqu'il était question de survie.

— A la Réunion d'Eté, certains jeunes trouvaient que les grandes cavernes étaient dépassées, affirma Jondalar. Ils préféraient l'intimité des petites abritant une ou deux familles seulement.

— Tu veux dire qu'ils aiment mieux rester entre eux ? Une ou deux familles par foyer ? Pour un Camp d'hiver ?

— Non, personne ne veut s'isoler en hiver. Ils se regroupent, mais chacun vit dans son habitation. Il y en a toujours cinq ou six, parfois plus. Ceux à qui j'ai parlé trouvent plus facile d'en construire une petite pour une ou deux familles, qu'une seule grande pour tout le monde. Mais les familles restent groupées dans le même Camp, partagent les mêmes activités, la nourriture, et travaillent toutes ensemble à la collecte et à l'accumulation des vivres pour l'hiver.

Il écarta la peau accrochée aux défenses de mammouth et pénétra dans l'habitation en se baissant. Derrière lui, Ayla retint la lourde tenture pour laisser entrer la lumière.

— Qu'en dis-tu, Ayla ? Crois-tu que des Mamutoï habitent ici ?

— Oui, peut-être. Comment en être sûre ? Tu te souviens du Camp sungaea où nous nous sommes arrêtés sur le chemin de la Réunion d'Eté ? On aurait dit un Camp de Mamutoï. Ses habitants avaient sans doute des coutumes un peu différentes, mais tout prouvait que c'étaient des Chasseurs de Mammouths. Mamut prétendait que même leurs rites funéraires étaient très proches. Il pensait qu'ils étaient de lointains parents des Mamutoï. J'avais pourtant remarqué que leurs dessins étaient différents, dit-elle en essayant de se souvenir. Et aussi leurs habits... je pense en particulier au beau châle en laine de mammouth qui recouvrait le corps de la jeune fille morte. Mais c'est vrai, chez les Mamutoï, on trouve aussi plusieurs motifs. A la décoration de sa tunique, Nezzie savait à quel Camp tel Mamutoï appartenait. Alors que moi, je voyais à peine une différence.

Le jour pénétrait suffisamment pour laisser voir que la construction ne possédait pas de structure en bois, à l'exception de quelques perches en bouleau disposées à certains endroits stratégiques. La charpente était faite d'os de mammouth. Les os de ces énormes bêtes fournissaient le matériau le plus robuste et le plus abondant des steppes dépourvues d'arbre.

Beaucoup de ces ossements provenaient d'animaux ayant succombé à une mort naturelle. On les ramassait quand on découvrait une carcasse dans la steppe, mais le plus souvent ils étaient charriés par les rivières en crue et s'entassaient comme les arbres morts au creux d'un méandre ou contre un barrage naturel. Parfois, on construisait des abris au bord des rivières, près de ces amoncellements d'os et de défenses, précisément.

Il fallait se mettre à plusieurs pour soulever un seul os et on préférait éviter de transporter de telles charges. La charpente en os de mammouth d'une petite caverne pesait plus d'une tonne. Un tel travail n'était pas l'œuvre d'une seule famille, mais l'effort d'une communauté tout entière dirigée par un homme expérimenté, et organisée par un chef capable de se faire obéir.

Ce qu'on appelait un Camp était en fait un village, et ses habitants n'étaient pas des nomades de passage. C'étaient des sédentaires vivant de chasse et de cueillette. On abandonnait parfois le Camp en été, pour aller chasser ou collecter des provisions qu'on entassait ensuite dans des fosses. Il arrivait que les habitants d'un Camp aillent en visite dans d'autres villages, afin d'échanger des nouvelles ou des marchandises.

— Non, ce n'est pas le Foyer du Mammouth, fit Jondalar en laissant retomber le rideau qui souleva un nuage de poussière.

Ayla redressa la petite figurine dont les pieds avaient été à peine esquissés pour qu'on pût la planter dans le sol afin qu'elle garde l'entrée, et accompagna Jondalar au foyer suivant.

— Celui-ci est sûrement le foyer du chef ou du mamut, ou des deux à la fois, déclara Jondalar.

Ayla nota que la construction était plus vaste et la statuette gardant l'entrée plus élaborée.

— Si ce sont des Mamutoï, c'est bien là qu'habite le mamut, confirma-t-elle. Le foyer de Ceux Qui Ordonnent du Camp du Lion était plus petit que celui de Mamut, qui recevait les visiteurs et servait de lieu de réunion.

Debout à l'entrée, ils maintinrent le rideau ouvert le temps de s'habituer à l'obscurité. C'est alors qu'ils virent briller deux points minuscules. Loup gronda et Ayla renifla une présence qui la rendit nerveuse.

— Jondalar, n'avance pas ! Loup, ici !

— Qu'y a-t-il ? s'inquiéta Jondalar.

— Tu ne sens rien ? Un animal se cache ici, un blaireau, je crois. Si on l'effraye, il va répandre une puanteur qui ne s'en ira pas facilement, et on ne pourra pas utiliser ce foyer. Ceux qui vivent ici auront eux aussi du mal à se débarrasser de l'odeur. Laisse le rideau ouvert, Jondalar, il partira peut-être de lui-même. Ces bestioles vivent dans des terriers et n'aiment pas la lumière, même s'il leur arrive de chasser pendant la journée.

Loup s'était mis à gronder, impatient de se ruer sur la

fascinante créature. Mais, comme la plupart des plantigrades de son espèce, le blaireau, grâce à ses glandes anales, aspergeait ses agresseurs d'un puissant jet puant et Ayla n'avait nulle envie que le louveteau empestât l'atmosphère des effluves pestilentiels de sa proie. Mais comment retenir Loup plus longtemps ? Si le blaireau tardait à sortir de sa cachette, elle devrait utiliser des moyens plus radicaux pour le déloger.

Les petits yeux du blaireau voyaient mal, néanmoins ils fixaient l'entrée avec la plus grande attention. Quand elle comprit que l'animal ne bougerait pas, Ayla détacha la fronde dont elle ceignait son front, et sortit quelques pierres de la bourse pendue à sa taille. Elle en introduisit une dans la poche de la fronde, visa les deux points lumineux, et d'un geste vif et précis, décocha son tir. Un bruit mat claqua, et les deux petites lumières s'éteignirent.

— Je crois que tu l'as eu ! s'écria Jondalar.

Ils patientèrent un peu pour s'assurer que l'animal ne bougeait plus, puis s'avancèrent et constatèrent avec effarement que le blaireau d'au moins trois mètres du museau à la queue, écroulé sur le sol avec une blessure sanglante à la tête, avait saccagé tout ce qu'il avait pu trouver dans l'abri. Tout était sens dessus dessous ! Le sol de terre battue avait été labouré, avec des trous çà et là dont certains contenaient les excréments de l'animal. Les peaux et les fourrures qui recouvraient les litières surélevées étaient rongées et déchiquetées ; les plumes, la laine ou le foin des paillasses jonchaient le sol avec des lambeaux de tapis et des boîtes en osier. Le blaireau avait creusé ses propres entrées dans le mur épais.

— Regarde-moi ça ! s'écria Ayla. Je n'aimerais pas trouver des dégâts pareils en rentrant chez moi.

— Quand on laisse un abri inoccupé, c'est toujours ce qu'on risque. La Mère ne protège pas le foyer de Ses autres créatures. Ses enfants doivent s'adresser directement à l'esprit de l'animal et se défendre seuls contre les animaux de ce monde. Nous pourrons au moins nettoyer l'endroit un peu, si nous ne parvenons pas à tout réparer.

— Je vais dépouiller le blaireau et leur laisser la peau, décida Ayla. Ils sauront qui est responsable des dégâts, et la peau leur sera toujours utile, conclut-elle en traînant l'animal dehors.

A la lumière du jour, elle remarqua le dos gris avec ses poils piquants, ceux du dessous plus sombres, et la tête aux rayures blanches et noires, typique du blaireau. Elle lui fendit la gorge avec une lame de silex aiguisée et le laissa saigner. Ensuite, elle alla s'asseoir quelques instants dans l'abri avant d'explorer les autres habitations. Elle essaya d'imaginer le foyer avec ses habitants, et regretta, un pincement au cœur, qu'ils fussent partis. La solitude est une chose pesante, se dit-elle en remerciant Jondalar de sa présence. Elle se sentit tout d'un coup éperdue d'amour pour lui.

Elle porta la main à l'amulette pendue à son cou, en palpa le contenu et pensa à son totem. Elle ne pensait plus autant à l'esprit protecteur du Lion des Cavernes. C'était un esprit du Clan, bien que Mamut eût affirmé qu'il la suivrait toujours. Lorsqu'il parlait du monde des esprits, Jondalar se référait à la Grande Terre Mère et elle-même songeait davantage à la Mère depuis l'initiation qu'elle avait reçue de Mamut, même si elle croyait que c'était son Lion des Cavernes qui avait mené Jondalar jusqu'à elle et qu'elle eût souvent envie de communiquer avec l'esprit de son totem.

Ayla ferma les yeux et dirigea ses pensées vers son totem en se servant de l'ancien langage sacré à base de signes que le Clan utilisait pour s'adresser au monde des esprits, et pour communiquer avec d'autres clans dont le langage courant différait du leur.

— Grand Esprit du Lion des Cavernes, fit-elle avec ses mains, cette femme est reconnaissante de l'intérêt qu'on daigne lui accorder, reconnaissante d'avoir été choisie par le Puissant Lion des Cavernes. Mog-ur avait coutume de dire à cette femme que même s'il était difficile de vivre avec un esprit puissant, cela en valait la peine. Mog-ur avait raison. Malgré les nombreuses épreuves, les bienfaits ont été à la hauteur des sacrifices. Cette femme est reconnaissante pour les dons de savoir et de compréhension qui lui ont été accordés. Cette femme est aussi reconnaissante pour l'homme que l'Esprit de son puissant totem a guidé vers elle, et qui ramène cette femme chez lui. L'homme ne connaît pas les Esprits du Clan, et il ne comprend pas qu'il a été aussi choisi par l'Esprit du Puissant Lion des Cavernes, mais cette femme est reconnaissante qu'il ait été jugé digne de considération.

Elle allait rouvrir les yeux quand elle se ravisa.

— Puissant Esprit du Lion des Cavernes, reprit-elle dans le même langage du Clan, Mog-ur a dit à cette femme que les esprits des totems ont besoin d'une demeure accueillante où ils puissent demeurer. Ce Voyage aura une fin, mais le peuple de l'homme ne connaît pas les esprits des totems du Clan. Le nouveau foyer de cette femme sera différent, mais l'homme honore l'esprit de tous les animaux et le peuple de l'homme connaît certainement et honore l'Esprit du Lion des Cavernes. Cette femme promet au Puissant Esprit du Lion des Cavernes qu'il sera toujours le bienvenu partout où cette femme sera accueillie.

Quand Ayla ouvrit les yeux, elle vit que Jondalar l'observait.

— Tu semblais... très absorbée, je n'ai pas voulu te déranger, hasarda-t-il.

— Je... je pensais au Lion des Cavernes, mon totem, expliqua-t-elle. Et aussi à ton peuple. J'aimerais qu'il soit bien accueilli... là-bas.

— Les esprits des animaux sont les bienvenus auprès de Doni. C'est la Grande Terre Mère qui les a créés. Toutes les légendes en parlent.

— Les légendes ? Les histoires des anciens temps ?

— Oui, on peut les appeler comme ça, mais on les raconte dans un style particulier.

— Le Clan aussi avait ses légendes. J'adorais que Dorv les raconte. Mog-ur a appelé mon fils d'après le héros d'une de mes histoires préférées : la légende de Durc, annonça-t-elle avec fierté.

Jondalar parut surpris. Il n'arrivait pas à croire que ceux du Clan, les Têtes Plates, eussent leurs légendes. Il éprouvait certaines difficultés à se débarrasser des idées préconçues avec lesquelles il avait grandi, bien qu'il eût été obligé de se rendre à l'évidence que ce peuple était plus évolué qu'il ne paraissait. En fait, pourquoi n'auraient-ils pas leurs légendes ?

— Connais-tu des légendes de la Terre Mère ? demanda Ayla.

— Oui, je me souviens de bribes. On les récite d'une façon spéciale pour se les rappeler plus facilement, mais seuls certains zelandoni les connaissent toutes.

Il se concentra quelques instants avant d'entonner un chant mélodieux :

De son ventre, des eaux jaillirent, emplissant mers et ruisseaux,
Inondant les terres où surgirent des arbrisseaux.
De chaque goutte une herbe, une feuille, naquit,
Et bientôt, de verdure la terre se recouvrit.

— Oh, comme c'est beau ! s'écria Ayla, ravie. J'aime la mélodie. On dirait les rythmes des chansons mamutoï. On doit s'en souvenir facilement.

— On chante souvent celle-là. Chaque peuple la chante à sa manière, mais les paroles restent les mêmes. Il y a des personnes capables de chanter l'histoire entière, et toutes les légendes qui s'y rapportent.

— En connais-tu d'autres ?

— Quelques-unes. Je les ai toutes entendues, et je connais le fil de l'histoire, mais les vers sont longs, il y en a trop à retenir. Le début raconte la solitude de Doni et comment Elle donne naissance au soleil, Bali, « la grande joie de la Mère », un fils magnifique et très brillant. Ensuite, Elle le perd et Elle se retrouve encore seule. La lune, Lumi, est son amant, et c'est aussi Elle qui l'a créé. Cette partie est une légende qui s'adresse aux femmes, elle parle des périodes lunaires et raconte comment on devient femme. D'autres légendes expliquent comment Elle a donné naissance à l'esprit des animaux, à l'esprit de l'homme et de la femme, et à tous les Enfants de la Terre.

Loup jappa, un jappement de jeune chiot qui a envie qu'on s'occupe de lui et qu'il avait déjà utilisé avec succès, ce qui l'incitait à s'en servir encore bien qu'il en eût passé l'âge. Jondalar et Ayla se retournèrent et comprirent la cause de son agitation. Plus bas, dans la verte vallée alluviale, un petit troupeau d'aurochs venait de se montrer. Les bœufs sauvages étaient énormes, leurs cornes ramassées et leur toison épaisse, d'un roux si foncé qu'il en était presque noir. On comptait dans ce troupeau deux ou trois bœufs tachetés de blanc à la tête et à l'avant-train, aberrations génétiques fréquentes chez les aurochs.

Ayla et Jondalar se regardèrent, et d'un commun accord ils appelèrent les chevaux. Après avoir déchargé Whinney et Rapide des paniers qu'ils rangèrent à l'intérieur de l'abri, ils s'armèrent de leur propulseur et de quelques sagaies et enfourchèrent leur monture. Comme il approchait du troupeau, Jondalar s'arrêta pour étudier la situation et décider d'une tactique. Ayla fit halte à sa hauteur. Elle connaissait bien les carnassiers, surtout les petits — même si elle avait également chassé des lynx et une hyène des cavernes énorme et puissante, et vécu avec un lion, et à présent un loup — mais les ruminants ne lui étaient pas familiers. Elle en avait chassé, à sa manière, quand elle vivait seule. Jondalar, lui, les chassait depuis son enfance et pouvait se prévaloir d'une plus grande expérience.

Peut-être parce qu'elle était entrée en relation avec son totem, et avec le monde des esprits, en tout cas Ayla considérait le troupeau avec un sentiment d'incrédulité. Comment ? Ils venaient juste de se convaincre que la Mère ne se fâcherait pas s'ils restaient quelques jours dans la grotte le temps de remplacer leurs pertes et de trouver de quoi remplir leur garde-manger, et un troupeau d'aurochs apparaissait comme par enchantement. Ayla ne croyait pas en une heureuse coïncidence. Elle se demandait si ce n'était pas plutôt un signe de la Mère, ou encore de son totem.

Il n'y avait pourtant là rien d'extraordinaire. Toute l'année, surtout à la saison chaude, divers animaux, en troupeau ou solitaires, traversaient les forêts et les riches pâturages des vallées alluviales. Où que ce soit le long d'un fleuve important, on voyait couramment toutes sortes d'animaux se reposer quelques jours, et pendant certaines saisons de véritables défilés ininterrompus traversaient les rivières. Cette fois il s'agissait d'un troupeau de bovins sauvages, exactement ce dont ils avaient besoin.

— Ayla, tu vois la femelle, là-bas ? demanda Jondalar. Celle qui a la tache blanche ?

— Oui.

— C'est elle qu'il nous faut. Elle est adulte, mais pas trop vieille d'après la taille de ses cornes. Et elle est seule.

Ayla eut une bouffée de reconnaissance. Maintenant, elle était sûre qu'il s'agissait d'un signe. Jondalar avait choisi celle qui était différente ! La vache tachetée ! A chaque tournant de sa vie, après moultes tentatives pour expliquer ou rationaliser son choix, son totem l'avait confirmé en lui envoyant un signe, un objet ou un indice marquant une différence. Petite fille, Creb lui avait expliqué le sens de ces signes et l'avait incitée à les écouter. La plupart des objets qu'elle portait autour du cou dans une bourse décorée étaient des signes de son totem. La soudaine apparition du troupeau d'aurochs, suivant immédiatement leur décision de rester dans l'abri, et la vache choisie par Jondalar, tout cela ressemblait étrangement aux signes d'un totem.

Bien que la décision de rester dans ce Camp ne fût pas l'aboutissement d'une hésitation tourmentée de sa part, c'était malgré tout une décision importante requérant une profonde réflexion. Ce Camp était le foyer d'hiver d'un groupe de personnes qui avaient invoqué la Mère pour qu'elle le gardât pendant leur absence. Bien que la nécessaire survie autorisât un étranger de passage à s'y réfugier en cas de besoin, on ne pouvait pas utiliser cet abri sans raison valable. Nul ne pouvait encourir à la légère les foudres de la Mère.

La terre était abondamment peuplée de créatures vivantes. Dans leur voyage, ils avaient rencontré d'innombrables variétés d'animaux, mais aucun être humain. Dans un monde où l'homme était si rare, il était réconfortant de penser qu'un royaume d'esprits invisibles connaissait leur existence, surveillait leurs actions et guidait parfois leurs pas. Même un esprit sévère ou inamical, assez concerné pour exiger des actes de pénitence, était préférable à la froide indifférence d'un monde dur et sans pitié, où leur vie ne dépendait que d'eux-mêmes et où ils n'avaient personne vers qui se tourner, pas même en pensée.

Ayla en était arrivée à la conclusion que si leur chasse était couronnée de succès, ils auraient le droit d'utiliser le Camp, mais s'ils échouaient, il leur faudrait partir. On leur avait envoyé un signe, la vache tachetée, et pour mériter la récompense, ils devaient en venir à bout. Sinon, s'ils rataient leur chasse, cela signifierait qu'ils étaient dans leur tort, que la Mère ne leur permettait pas de rester. Dans ce cas, ils devraient partir sur-le-champ. La jeune femme s'interrogeait sur leurs chances de succès.

9

Jondalar étudia la disposition du troupeau. Les aurochs, éparpillés entre le pied de la colline et la rive, paissaient dans des pâturages verdoyants parsemés de buissons et d'arbres. Jondalar choisit la femelle isolée dans un pré par un rideau d'aulnes et de bouleaux qui partait du pied de la colline avant de s'éclaircir et de laisser place à une bande de terre marécageuse envahie de grands roseaux et de massettes.

— Traverse les roseaux et poste-toi près du marécage, décida Jondalar. Moi, je passerai par cette trouée dans les aulnes pour la rabattre vers toi.

Ayla approuva le plan d'attaque et descendit de cheval pour attacher le long étui de cuir brut aux lanières qui retenaient la couverture de daim sur le dos de Whinney et qui contenait plusieurs sagaies aux fines pointes en os, polies, aiguisées et fendues à la base pour se fixer sur la hampe. Chaque sagaie, empennée de deux plumes droites, avait une entaille à sa base.

De son côté, Jondalar prit une sagaie dans son propre étui qu'il portait en bandoulière. Il avait conservé cette habitude de l'époque où il ne chassait qu'à pied. Toutefois, pendant les longues marches, il portait un sac au dos sur les côtés duquel étaient fixées ses sagaies. Il plaça la sagaie dans son propulseur, prêt à tirer.

Jondalar avait inventé le propulseur pendant l'été passé avec Ayla, dans sa vallée. C'était une innovation totale, une création de pur génie due à son sens technique inné et à une intuition de principes physiques qui ne seraient pas définis ni codifiés avant des centaines de siècles. Ingénieux dans son principe, le propulseur était pourtant d'une extrême simplicité.

On plaçait la sagaie sur l'engin, l'encoche reposant sur le crochet d'arrêt. L'index et le majeur engagés dans les anneaux de cuir, à l'avant du propulseur, à un point d'équilibre en retrait du milieu de la sagaie, plus longue que son support, et on tenait l'engin à l'horizontale. Mais tout l'intérêt résidait dans le lancement de la sagaie. En maintenant fermement l'avant de l'engin quand on projetait l'arme, l'arrière du propulseur s'élevait, et démultipliait l'extension du bras, accroissant l'effet de levier et la vitesse, avec pour résultat un gain de puissance, donc un jet plus long.

Avec un propulseur ou à main nue, le geste du lancer restait le même, mais les résultats étaient incomparables. La sagaie allait deux fois plus loin, avec une force d'impact bien supérieure.

L'invention de Jondalar utilisait un artifice mécanique pour transmettre et amplifier la force, mais ce n'était pas la première application de ce principe. Son peuple, inventif par tradition, utilisait des moyens analogues dans d'autres domaines. Ainsi, un silex bien aiguisé constituait déjà un outil tranchant, mais au bout d'un manche il donnait à l'utilisateur un surcroît de force et de précision. L'idée, simple en elle-même, d'ajouter un manche à une lame — couteau, hache, herminette, ou autres outils pour couper, creuser, percer ; un manche plus long pour les pelles et les râteaux, et même un manche détachable pour lancer une sagaie — décuplait leur efficacité. Ce n'était pas une trouvaille quelconque, c'était une invention capitale qui rendait le travail plus facile et la survie moins aléatoire.

Ceux qui les avaient précédés avaient inventé ou amélioré divers instruments, mais des gens comme Jondalar et Ayla étaient les premiers à apporter de telles innovations décisives. Ils étaient déjà capables d'abstraction. Ils savaient concevoir l'application directe d'une idée. A partir d'instruments fonctionnant avec des principes avancés, intuitivement compris, ils tiraient les conclusions logiques et les appliquaient dans d'autres circonstances. Ils n'inventaient pas seulement des outils utiles, ils découvraient la science. Avec ces mêmes pouvoirs de créativité et d'abstraction, ils étaient les premiers à voir le monde extérieur sous des formes symboliques, les premiers à en extraire l'essence et à la reproduire. Ils étaient à l'origine de l'art.

Son étui en place, Ayla enfourcha sa monture. Voyant que Jondalar avait préparé son propulseur, elle l'imita et se dirigea vers le lieu qu'il lui avait indiqué. Le troupeau de bœufs sauvages se déplaçait lentement tout en broutant. La vache qu'ils avaient choisie avait changé de pâturage, une autre et un taurillon l'avaient rejointe. Ayla longea la rivière, guidant Whinney d'une pression des genoux ou des jambes, accompagnée le plus souvent d'un mouvement du corps. En approchant de leur proie, elle aperçut Jondalar qui traversait le pré à sa rencontre. Les trois aurochs étaient pris en tenaille.

Jondalar leva le bras qui tenait le propulseur, espérant qu'Ayla comprendrait qu'il lui demandait d'attendre. Il se reprochait de n'avoir pas élaboré une stratégie plus précise, mais d'un autre côté, il était préférable de ne jamais définir de plan trop strict. Tout dépendait de la situation et de la réaction de la proie. Les deux aurochs qui paissaient aux côtés de la vache tachetée compliquaient la tâche, mais rien ne pressait. Leur présence ne semblait pas les alarmer et il voulait n'attaquer qu'à coup sûr.

Soudain, les aurochs levèrent la tête et leur indifférence placide se mua en inquiétude. D'abord surpris, Jondalar sentit la colère monter en lui lorsqu'il découvrit la cause de leur réaction. La langue pendante, Loup avançait vers les aurochs l'air à la fois menaçant et joueur. Ayla ne s'en était pas encore rendu compte et Jondalar dut se retenir de lui crier de rappeler son louveteau. Un cri aurait effrayé les bêtes et les aurait probablement fait fuir. Il attira l'attention de sa compagne en agitant la main, et lui désigna Loup de sa sagaie.

Ayla aperçut Loup, mais elle n'était pas sûre des intentions de Jondalar et elle lui demanda de lui expliquer ce qu'il attendait d'elle en utilisant les signes du Clan. Bien qu'il en connût les rudiments, Jondalar ne comprit pas qu'Ayla lui parlait en langage du Clan. Il se demandait surtout comment retourner une situation largement compromise. Les vaches s'étaient mises à meugler, et le taurillon, sensible à leur peur, s'était joint au concert. On les sentait prêts à fuir. Ce qui s'était annoncé comme une chasse sans problème se transformait en débâcle.

Avant que les choses n'empirent, Jondalar lança Rapide. Apercevant le cheval au galop, la vache à la robe unie s'enfuit vers les fourrés. Le taurillon la suivit en beuglant. Ayla attendit d'être sûre que Jondalar poursuivait bien la vache tachetée, et à son tour elle lança Whinney sur la proie. Celle-ci, plantée au milieu du pré, les regardait arriver en meuglant avec inquiétude, lorsque soudain, elle détala vers le marécage. Ils se précipitèrent à sa poursuite, mais comme ils la rejoignaient, la bête affolée fit volte-face et fonça entre les deux cavaliers, droit vers les arbres de l'autre côté du pré.

D'un rapide mouvement du corps, Ayla poussa Whinney dans la même direction. La jument était habituée à de tels changements. Ayla avait déjà une grande pratique de la chasse à cheval, même si elle choisissait d'habitude des proies plus petites qu'elle abattait de sa fronde. Jondalar était plus à la peine. Les rênes ne transmettaient pas ses ordres assez vite et, moins expérimenté, il synchronisait mal les mouvements de son corps. Après quelques hésitations, le cheval et son cavalier fondirent à leur tour sur la vache tachetée.

La vache fonçait à toute allure vers le fourré broussailleux. Qu'elle s'y réfugiât et il serait difficile de la suivre. Elle risquait donc de leur échapper. Ayla et Whinney, avec derrière eux Jondalar sur Rapide, gagnaient du terrain, mais les ruminants ne devaient compter que sur la rapidité pour assurer leur survie, et les bovins sauvages couraient presque aussi vite que les chevaux.

Jondalar poussa Rapide qui accéléra aussitôt. Tout en

préparant son propulseur, Jondalar rejoignit Ayla, et la dépassa. Mais à un signe imperceptible de la jeune femme, Whinney allongea son galop. Ayla aussi avait son arme prête, et même au triple galop son aisance et sa grâce étaient remarquables, fruits d'une longue expérience et d'années de dressage spontané. Les signaux qu'elle adressait à sa monture étaient comme des extensions de son propre corps et non comme des ordres. Il lui suffisait de penser à la direction à prendre pour que la jument comprît. Si grande était leur complicité qu'Ayla ne se rendait pas compte que ses pensées s'accompagnaient de mouvements subtils, immédiatement enregistrés par l'intelligente Whinney.

Au moment même où Ayla armait son lancer, Loup avait rattrapé la vache. Celle-ci, un instant distraite par ce prédateur familier, dévia légèrement sa trajectoire et ralentit. Le loup bondit sur l'énorme aurochs qui lui fit face pour le menacer de ses cornes massives. Le loup recula, puis s'élança de nouveau, et, cherchant un point vulnérable, planta ses crocs acérés de toute la force de ses puissantes mâchoires dans le museau fragile de la vache. L'énorme bête redressa la tête en soulevant Loup, et le secoua pour lui faire lâcher prise. Ballotté comme un vulgaire sac de fourrure, l'intrépide canin tint bon.

Dès que Jondalar eut remarqué le ralentissement de la vache, il s'apprêta à en tirer parti. Lancé au triple galop, il propulsa de toutes ses forces la sagaie à bout portant. La pointe effilée perça le flanc de l'aurochs, pénétra profondément entre les côtes et atteignit des organes vitaux. Ayla arrivait juste derrière, et sa sagaie s'enfonça sous la cage thoracique, dans le flanc opposé. Loup resta accroché au museau jusqu'à ce que la vache s'écroule. Tirée par le poids du loup, elle s'abattit sur le côté, brisant la sagaie de Jondalar.

— Mais enfin, Jondalar, il nous a aidés ! s'écria Ayla. Il a empêché la vache d'atteindre les fourrés.

Dans la mare de sang qui s'écoulait de la gorge de l'aurochs par l'entaille qu'avait pratiquée Jondalar, ils bataillaient pour retourner l'aurochs et exposer son ventre.

— Oui, mais s'il ne s'était pas précipité sur elle comme il l'a fait, on l'aurait peut-être tuée avant qu'elle ait eu le temps de s'enfuir, répliqua Jondalar.

Il ramassa sa hampe brisée et la jeta au sol, râlant contre le sort, se disant qu'il aurait pu la récupérer si le loup ne s'était pas pendu au museau de la vache. Une bonne sagaie exigeait beaucoup de travail.

— Ça, tu n'en sais rien, protesta Ayla. Elle nous a bien esquivés, et elle était rapide.

— Les aurochs ne nous avaient pas sentis avant que Loup ne se montre. J'ai essayé de te prévenir pour que tu l'arrêtes, mais je n'osais pas crier pour ne pas les effrayer.

— Je ne comprenais pas ce que tu voulais. Pourquoi n'as-tu pas utilisé le langage du Clan ? Je t'ai fait signe mais tu ne regardais pas de mon côté.

Les signes du Clan ? pensa Jondalar. Cela ne lui était pas venu à l'esprit. Et pourtant, quel bon moyen de communiquer pendant les chasses !

— De toute façon, ça n'aurait rien changé, maugréa-t-il. Il ne t'aurait pas écoutée.

— Je n'en sais rien. Mais je t'assure qu'il peut nous être utile. Il m'a déjà aidée à lever des petites proies. Bébé avait appris à chasser avec moi. C'était un excellent partenaire. Ce qu'un lion des cavernes peut faire, un loup en est capable aussi, affirma Ayla, volant au secours de son louveteau.

Après tout, ils avaient tué l'aurochs et Loup les y avait aidés.

Jondalar pensait qu'Ayla était trop indulgente mais il jugeait inutile de discuter. Elle traitait l'animal comme un enfant, et s'entêterait à le défendre.

— Allons, nous ferions bien d'étriper cette vache avant qu'elle n'enfle, dit Jondalar. Il faudra aussi la dépouiller et la découper sur place pour pouvoir la rapporter au Camp. Ah, j'oubliais ! Il y a Loup.

— Loup ? Quel est le problème ?

— Si nous découpons l'aurochs, il va manger les

morceaux qui restent ici pendant que nous transporterons les autres au Camp ! s'écria Jondalar avec colère. Et quand nous reviendrons chercher d'autres morceaux, il ira manger ceux que nous aurons laissés au Camp. Il faut que l'un de nous reste ici, et l'autre là-bas. Mais alors qui transportera la viande ? Nous allons être obligés de planter la tente ici pendant que la viande séchera, nous ne pourrons pas dormir au Camp. Et tout ça, à cause de Loup !

Exaspéré par Loup, il n'était plus à même de penser correctement et Ayla s'en offusqua. Loup mangerait peut-être la viande si elle n'était pas là, mais tant qu'elle resterait avec lui, il n'y toucherait pas. Donc elle s'assurerait qu'il ne la quittait pas. Pourquoi Jondalar s'acharnait-il sur lui ? Loup ne causait pas tant de problèmes. Elle allait répondre, mais se ravisa et siffla Whinney qui accourut. D'un bond agile, Ayla monta sur son dos.

— Ne t'en fais pas, je me charge de rapporter cette vache au Camp, affirma-t-elle.

Elle appela Loup et partit au galop. Arrivée au Camp, elle descendit prestement de cheval, pénétra dans l'abri et en ressortit avec une hache en pierre munie d'un petit manche que Jondalar lui avait fabriquée. Elle enfourcha sa jument et la dirigea vers le bois de bouleaux.

Jondalar la vit entrer dans le bois et se demanda ce qu'elle mijotait. Troublé par des pensées contradictoires, il avait fendu le ventre de l'aurochs et commençait à vider les intestins. Les reproches qu'il avait formulés contre Loup lui paraissaient justifiés, mais il regrettait d'en avoir parlé à Ayla. Il connaissait son affection pour le louveteau, et n'espérait pas la faire changer d'avis. En outre, il devait admettre que le dressage du loup donnait de bien meilleurs résultats qu'il ne l'avait imaginé.

Quand il l'entendit couper du bois, il comprit soudain son intention et se dépêcha de la rejoindre. Il la trouva au milieu du bois, en train de passer sa colère sur un grand bouleau, martelant le tronc de violents coups de hache.

Ayla se disait que Loup n'était pas aussi insupportable que Jondalar le prétendait. Il avait effrayé l'aurochs, certes, mais il s'était rattrapé par la suite et les avait aidés. Elle reposa sa hache, et réfléchit, soucieuse. Et s'ils avaient raté leur chasse ? Auraient-ils dû en conclure que leur présence était indésirable ? Si Loup avait vraiment gâché leur chasse, elle ne perdrait pas son temps à essayer de rapporter l'aurochs au Camp, ils reprendraient leur route. Mais si les esprits autorisaient leur séjour, c'était donc que Loup n'avait pas ruiné leur chasse. Elle prit sa hache et se remit à l'ouvrage. Tout s'embrouillait. Ils avaient tué la vache, même avec l'intervention de Loup — ou grâce à elle — donc ils pouvaient coucher dans l'abri. Après tout, les esprits les avaient peut-être guidés vers cet endroit, finit-elle par conclure.

Soudain Jondalar s'interposa et tenta de lui prendre la hache.

— Trouve un autre arbre, et laisse-moi terminer celui-là, proposa-t-il.

Ayla refusa son aide, bien que sa colère fût tombée.

— Je t'ai dit que je rapporterais la vache au Camp. Je n'ai pas besoin de toi.

— Je sais, je sais ! Tu vas t'y prendre comme le jour où tu m'as ramené à ta grotte. Mais en s'y mettant à deux, tu auras plus vite tes nouvelles perches... Et puis, je voulais te dire... Tu avais raison au sujet de Loup. Il nous a vraiment aidés.

La hache levée, elle s'arrêta et le dévisagea, interloquée. Il avait l'air sincère. Ses yeux reflétaient pourtant des sentiments contradictoires. Elle ne comprenait pas ses griefs à l'égard de Loup, mais l'amour qu'elle lisait dans son regard était authentique. L'intensité de ses yeux bleus, son magnétisme exerçaient sur elle un attrait irrésistible, une fascination dont il ignorait la force. Elle se détendit.

— Non, c'est toi qui as raison. Il les a effrayés et il aurait pu faire échouer la chasse.

— Alors nous avons raison tous les deux ! s'exclama Jondalar en souriant.

Elle lui rendit son sourire et ils s'enlacèrent tendrement pour échanger un baiser, heureux que leur dispute fût oubliée. On aurait dit que leurs corps cherchaient à supprimer la distance qui avait failli les séparer.

— Je crois sincèrement que Loup peut nous aider à chasser, assura Ayla un peu plus tard. Il a seulement besoin qu'on lui apprenne.

— Oui, peut-être. Enfin, puisqu'il voyage avec nous, autant lui apprendre le plus de choses possible. Si tu arrivais seulement à l'empêcher d'intervenir dans nos chasses, ce serait déjà bien.

— Toi aussi, il faut que tu lui apprennes. Comme ça, il verra que nous nous intéressons tous les deux à lui.

— Ça m'étonnerait qu'il fasse attention à moi ! C'est bon, j'essaierai, ajouta-t-il promptement pour prévenir ses protestations. (Il lui prit la hache des mains et changea de sujet.) Au fait, ton idée d'utiliser les signes du Clan pendant la chasse, c'est une bonne idée.

Ayla partit à la recherche d'un arbre de la bonne taille. Elle souriait.

Jondalar examina le bouleau qu'Ayla avait entamé, mesurant le travail qu'il lui restait. Abattre un arbre avec une hache en pierre n'était pas chose facile. Le tranchant de la pierre était épais pour éviter qu'il ne se cassât trop vite, et chaque coup n'entaillait pas profondément le tronc, mais découpait plutôt de petites encoches. L'arbre semblait plus rongé que vraiment coupé.

Cependant Ayla faisait son choix parmi les bouleaux. Les coups rythmés de Jondalar lui parvenaient aux oreilles. Elle trouva un arbre qui lui convenait, le marqua d'une entaille et poursuivit ses recherches.

Les arbres abattus, ils les tirèrent dans la clairière et élaguèrent les branches avec des couteaux et la hache. Ayla évalua leur longueur et les coupa à la même taille. Pendant que Jondalar vidait l'aurochs, elle alla chercher des cordes ainsi qu'un dispositif fait de lanières tressées et nouées qu'elle avait fabriqué elle-même. Elle rapporta aussi une des paillasses déchirées et appela Whinney pour l'harnacher.

Elle prit deux longues perches — la troisième ne servait que pour le trépied où elle suspendait la viande hors d'atteinte des rôdeurs — et attacha les deux extrémités les plus fines au harnais, en les croisant au-dessus du garrot. La partie large des perches traînait au sol, de chaque côté de la jument. Elle fixa la paillasse en travers du travois et ajouta des cordes pour sangler l'aurochs.

Devant l'énorme cadavre, Ayla se demanda si la charge ne serait pas trop lourde, même pour une jument aussi puissante que Whinney. Jondalar l'aida à tirer l'aurochs sur le travois. La paillasse était trop courte, mais en liant l'aurochs directement aux perches ils réussirent à l'empêcher de traîner au sol. Vu les efforts qu'ils avaient déployés pour hisser la bête sur le travois, Ayla s'inquiéta pour Whinney et faillit renoncer à lui demander de tirer la charge. Jondalar avait déjà vidé l'aurochs de ses entrailles et Ayla pensa l'écorcher et le découper en morceaux plus transportables. Mais le travois était chargé, elle décida de laisser Whinney tenter sa chance.

Si Ayla fut surprise de voir la jument tirer la lourde charge sur le sol inégal, Jondalar le fut encore davantage. L'aurochs était plus gros et plus lourd que Whinney, mais tout le poids était réparti sur la section des perches reposant sur le sol et bien que nécessitant un effort considérable, l'entreprise était réalisable. Ce fut plus pénible dans la côte, mais la puissante jument en vint aussi à bout. Le travois constituait un excellent moyen de transport, quel que fût le terrain.

L'invention était d'Ayla, fruit d'une nécessité, d'une opportunité et d'une intuition perspicace. Vivant seule, sans aide de personne, elle s'était souvent trouvée confrontée à des charges trop lourdes pour elle — un animal adulte à rapporter à sa caverne, par exemple — et devait découper ses proies en morceaux pour les transporter. Elle avait ainsi dû imaginer une protection pour les morceaux qu'elle laissait derrière elle, sinon les charognards l'eussent dépouillée de ses proies. Sa chance avait été la jument qu'elle avait élevée et dont elle avait pu utiliser la force. Mais son principal atout résidait dans une intelligence pratique, prompte à saisir toutes les opportunités et à imaginer des astuces pour compenser ses limites physiques.

Arrivés au Camp, Jondalar et Ayla détachèrent l'aurochs, et après force caresses et remerciements, repartirent avec la méritante jument chercher les entrailles. Lorsqu'ils atteignirent la clairière, Jondalar ramassa sa sagaie. La partie supérieure de la hampe brisée net était restée fichée dans la carcasse, mais la partie inférieure était intacte. Il la garda, pensant qu'elle pourrait encore lui servir.

De retour au Camp, ils débarrassèrent Whinney de son harnais. Loup, qui raffolait des intestins, rôdait autour des entrailles. Ayla hésita. Les boyaux avaient de multiples utilités, poches à graisse, membranes imperméables, mais ils en possédaient déjà plus qu'il ne fallait.

Pourquoi fallait-il que leurs besoins augmentent parce que les chevaux leur permettaient de transporter davantage de charge ? se demandait Ayla. Elle se souvint qu'en quittant le Clan, tout ce dont elle avait besoin tenait dans un panier qu'elle portait sur le dos. Bien sûr, leur tente était plus confortable que l'abri en peau qu'elle utilisait à l'époque, et ils avaient des vêtements de rechange, de la nourriture, des ustensiles, et... elle découvrit avec stupeur qu'elle serait incapable de porter ne serait-ce que le quart de leur matériel dans un simple panier.

Elle jeta à Loup les intestins dont elle n'avait pas l'usage, et aida Jondalar à dépecer l'aurochs. Après avoir pratiqué des entailles à quelques endroits précis, ils commencèrent à tirer la peau, procédé plus efficace qu'un dépeçage au couteau. Ils n'utilisèrent un outil tranchant que pour sectionner les quelques points d'attache. La membrane qui protégeait les muscles se sépara proprement sans trop d'efforts et ils obtinrent une peau parfaite, seulement trouée par l'impact des deux sagaies. Ils la roulèrent pour qu'elle ne sèche pas trop vite et la rangèrent à l'écart. La langue et la cervelle feraient un plat riche et tendre qu'ils projetaient de manger le soir même. Ils décidèrent d'offrir le crâne et ses larges cornes au Camp. Quelqu'un s'en servirait certainement comme emblème, et sinon, on pouvait le garder pour de multiples usages.

Ayla alla laver l'estomac et la vessie au ruisseau qui alimentait le Camp en eau potable, et Jondalar descendit à la rivière chercher du bois souple pour fabriquer l'armature du futur bateau. Ensuite, ils ramenèrent du bois mort. Il leur faudrait allumer plusieurs feux pour éloigner les insectes et les animaux de la viande, et chauffer l'abri.

Ils travaillèrent jusqu'à la tombée de la nuit, découpant la viande en longues lamelles qu'ils étendaient sur des égouttoirs de fortune faits de branchages, mais ils n'avaient pas encore terminé. Ils rentrèrent les égouttoirs pour la nuit. Leur tente était encore humide, mais ils la plièrent et la rentrèrent aussi. Ils la remettraient à sécher le lendemain, en même temps que la viande.

Le lendemain matin, après avoir fini de découper la viande, Jondalar s'attela à la construction du bateau. En trempant le bois dans l'eau bouillante et en l'exposant à la vapeur, il l'assouplissait jusqu'à lui donner la courbure voulue. Ayla l'observait avec grand intérêt et lui demanda où il avait appris sa technique.

— C'est mon frère, Thonolan, qui me l'a enseignée. Il fabriquait des sagaies, expliqua Jondalar en recourbant un petit arbre pendant qu'Ayla l'attachait avec des tendons récupérés sur l'arrière-train de l'aurochs.

— Quel rapport avec la construction d'un bateau ?

— Thonolan pouvait obtenir un manche de sagaie parfaitement droit. Et pour redresser le bois, il faut commencer par apprendre à le tordre, ce qu'il réussissait à merveille. Il était bien meilleur que moi. Il avait un fameux coup de main. Il faisait mieux que fabriquer des sagaies, il façonnait le bois. Il fabriquait les meilleures raquettes pour marcher dans la neige, et pour ça, il faut courber une branche jusqu'à obtenir un cercle complet. C'est sans doute pour ça qu'il se sentait si bien chez les Sharamudoï, qui travaillaient habilement le bois. Avec de l'eau chaude et de la vapeur, ils donnent à leurs pirogues la forme qu'ils veulent.

— Une pirogue ? Qu'est-ce que c'est ?

— C'est un bateau creusé dans un arbre entier. Le devant et l'arrière sont effilés et ça glisse sur l'eau en douceur. Comme si on fendait l'eau avec un couteau tranchant. Celui que nous construisons ne soutient pas la comparaison, mais les arbres ne sont pas assez grands par ici. Tu verras leurs pirogues quand on sera chez les Sharamudoï, elles sont splendides.

— On y sera dans combien de temps ?

— Il reste encore du chemin. C'est au-delà des montagnes que tu vois, dit-il en désignant les hauts pics perdus dans la brume estivale.

— Oh ! fit-elle, déçue. J'espérais que ce ne serait pas si loin. J'aimerais tant voir des humains. Si seulement les habitants de ce Camp n'étaient pas partis ! Peut-être reviendront-ils avant notre départ, soupira-t-elle d'un ton dans lequel Jondalar décela une pointe de nostalgie.

— La solitude te pèse ? demanda-t-il. Tu es pourtant restée longtemps seule dans ta vallée. J'aurais cru que tu y étais habituée.

— Justement, j'ai été seule trop longtemps. J'aime la solitude, à condition qu'elle ne dure pas, et il y a si longtemps qu'on n'a vu personne… j'ai envie de parler à quelqu'un. Heureusement que tu es là, Jondalar, ajouta-t-elle vivement. Ce serait tellement triste, sinon.

— Moi aussi, je suis content que tu sois là, Ayla. Tu ne peux pas savoir à quel point je suis heureux que tu sois venue avec moi. Mais moi aussi, j'ai envie de voir du monde. Quand on atteindra la Grande Rivière Mère, on devrait en rencontrer. Nous avons surtout voyagé à travers la plaine, or les gens vivent aux alentours des rivières ou des lacs.

Ayla approuva d'un signe de tête, puis empoigna un jeune arbre au tronc souple qu'ils avaient mis à chauffer au-dessus des pierres brûlantes. Jondalar le ploya avec précaution jusqu'à obtenir un cercle qu'Ayla noua avec les autres. A voir la forme qui prenait corps, Ayla comprit qu'il leur faudrait toute la peau de l'aurochs pour recouvrir la charpente. Il ne resterait plus guère que quelques chutes, insuffisantes pour fabriquer un sac pour garder la nourriture en remplacement de celui qu'elle avait perdu dans l'inondation. Mais le bateau était prioritaire. Elle pensa alors utiliser un panier au tissage très serré, légèrement oblong, plat, et muni d'un couvercle. Il y avait des massettes, des roseaux, des saules, les matériaux ne manquaient pas, mais est-ce qu'un panier ferait l'affaire ?

Transporter de la viande fraîche comportait une difficulté majeure : le sang continuait à couler et même un panier soigneusement tressé finissait par fuir. C'est pourquoi on préférait les cuirs bruts et rigides. Ils absorbaient lentement le sang, ne fuyaient jamais, et après un certain temps, on pouvait les laver et les refaire sécher. C'était un matériau dans ce genre-là qu'il lui fallait. Elle y réfléchirait.

Le remplacement du parflèche la préoccupait, et lorsqu'ils eurent terminé l'armature qu'ils laissèrent reposer pour que les tendons finissent de sécher et durcissent, Ayla descendit à la rivière pour ramasser les meilleurs matériaux disponibles. Jondalar l'escorta jusqu'au bois de bouleaux. Pendant qu'il s'occupait du façonnage du bois, il décida de fabriquer de nouvelles sagaies, en remplacement de celles perdues ou brisées.

Avant de partir, Wymez lui avait offert de bons silex dégrossis et préformés en pointes. A la Réunion d'Eté, Jondalar avait montré comment son peuple taillait l'os pour construire des flèches, mais il avait appris comment les Mamutoï fabriquaient les leurs en silex, et étant lui-même tailleur de silex, il y passait moins de temps qu'à modeler, polir et affûter les os.

Dans l'après-midi, Ayla s'attaqua à la confection de son nouveau sac à viande fraîche. Lorsqu'elle vivait dans sa vallée, pendant les longues soirées d'hiver, elle trompait sa solitude en tressant des tapis ou des paniers, et elle y avait acquis une certaine dextérité. Elle pouvait presque travailler dans le noir, et son nouveau panier à viande fut terminé avant la nuit. Il était très réussi, d'une forme et d'une taille parfaites, mais elle n'en était pas satisfaite.

Elle sortit dans la pénombre du crépuscule pour changer sa protection de laine absorbante qu'elle lava dans le ruisseau. Elle l'étendit à sécher près du feu, hors de la vue de Jondalar, et alla s'allonger dans son sac de fourrure sans oser le regarder. On apprenait aux femmes du Clan à éviter les hommes pendant leurs saignements, et à ne jamais les regarder en face. Les hommes du Clan n'aimaient pas approcher les femmes dans ces moments-là, ils devenaient nerveux. L'attitude sereine de Jondalar avait toujours surpris Ayla, mais elle n'arrivait pas à se départir de sa gêne et continuait à procéder à sa toilette intime dans la plus stricte discrétion.

Jondalar avait appris à respecter son embarras pendant ses périodes lunaires, mais lorsqu'elle se fut mise au lit, il se pencha pour l'embrasser. Les yeux clos, elle lui rendit son baiser. Il s'allongea ensuite sur le dos, et côte à côte, contemplant les ombres que le feu projetait sur les murs et le plafond, ils bavardèrent. Ayla évitait toujours soigneusement de le regarder.

— Il faudrait que j'enduise la peau quand on l'aura montée sur l'armature, expliqua Jondalar. Si je fais bouillir les sabots et les chutes de peau avec des os, ça fera un bouillon épais et collant qui durcira en séchant. Dans quoi pourrais-je cuire mon mélange ?

— Oh, on trouvera bien. Ça doit bouillir longtemps ?

— Oui. Il faut le faire réduire pour qu'il s'épaississe.

— Dans ce cas, il faudra qu'il chauffe directement sur le feu, comme une soupe… un récipient en cuir ferait l'affaire. Il faudra le surveiller, et l'humecter de temps en temps… attends, j'ai une idée. Pourquoi pas l'estomac de l'aurochs ? Il m'a servi d'outre pour l'eau, il ne risque pas de sécher. Je pensais l'utiliser pour la cuisine, mais ça fera un bon récipient.

— Ce n'est pas sûr, objecta Jondalar. Il ne faut pas ajouter d'eau. Au contraire, il faut que le liquide s'épaississe.

— Alors, utilise donc un panier étanche et des pierres chaudes. J'en fabriquerai un demain matin.

Elle ne réussit pas à trouver le sommeil. Elle ne cessait de penser au meilleur moyen de cuire la mixture dont Jondalar avait besoin, et elle ne trouvait pas de solution. Elle allait s'endormir quand une idée lui vint.

— Ça y est, Jondalar ! Je m'en souviens.

Jondalar qui sommeillait se réveilla en sursaut.

— Hein ? qu'y a-t-il ?

— Tout va bien. Je viens de me rappeler comment Nezzie faisait fondre la graisse, et je crois que ce serait le meilleur moyen pour cuire ton mélange. Tu creuses un trou dans le sol, de la forme d'un bol, et tu le calfeutres de peau — il reste assez de peau d'aurochs. Tu broies des os en petits morceaux et tu en garnis le fond, tu verses l'eau, les sabots et tout ce que tu veux. Tu laisses bouillir le temps que tu veux, tu n'as qu'à rajouter des pierres chaudes, et les morceaux d'os empêchent les pierres de toucher la peau et de la brûler.

— Excellent. C'est ce qu'on fera, approuva Jondalar, à demi endormi.

Il se retourna et ne tarda pas à ronfler.

Mais Ayla était toujours soucieuse. Elle avait projeté de laisser l'estomac d'aurochs aux habitants du Camp, afin qu'il leur serve d'outre. Mais pour cela, il fallait l'arroser constamment, lui conserver son humidité. Une fois sec, il durcissait et perdait ses qualités de souplesse et d'étanchéité. Il finirait par devenir poreux et l'eau s'évaporerait. D'autant qu'elle ignorait quand les occupants reviendraient.

Soudain, elle trouva. Elle faillit crier, mais se retint à temps. Elle ne voulait pas réveiller Jondalar. Elle ferait sécher l'estomac pour doubler son nouveau sac à viande fraîche, en le moulant pendant qu'il était encore humide. Elle s'endormit apaisée. Elle avait enfin découvert le moyen de remplacer le précieux parflèche.

Les jours suivants, pendant que la viande séchait, ils furent tous deux très occupés. Ils terminèrent la coquille de noix qui devait leur servir d'embarcation, l'enduisirent de la colle que Jondalar avait fabriquée en cuisant les sabots, les os et les chutes de peau. En attendant qu'elle sèche, Ayla confectionna des paniers, pour la viande qu'ils comptaient offrir aux habitants du Camp, et pour remplacer ceux qu'elle avait perdus. Elle ramassait chaque jour des légumineuses et des herbes médicinales, et en mettait de côté une partie pour le Voyage.

Un jour, Jondalar l'accompagna. Il cherchait de quoi fabriquer des pagaies. Ils venaient de se mettre en route quand il eut la chance de trouver le crâne d'un cerf géant, mort avant de perdre ses andouillers palmés. Bien qu'il fût encore tôt, il passa le reste de la matinée avec Ayla afin d'apprendre à reconnaître certaines plantes. Il découvrait peu à peu toute l'étendue du savoir de sa compagne. Sa connaissance des plantes et de leurs vertus était tout simplement prodigieuse. De retour au Camp, Jondalar tailla les larges andouillers, les attacha à de courts manches en bois assez solides pour faire de bonnes pagaies.

Le lendemain, il décida d'utiliser l'équipement qui lui avait servi à assouplir le bois de l'armature du bateau, pour fabriquer des hampes de sagaie bien rectilignes. Même avec ses outils spéciaux, soigneusement rangés dans un étui de cuir, il lui fallut deux jours pour les façonner et les polir. Chaque fois qu'il passait à l'endroit où il avait jeté la pointe de sagaie brisée, il s'assombrissait. Quel dommage, se disait-il, qu'on ne pût pas la réparer, à moins d'en raccourcir le manche, ce qui donnerait une sagaie mal équilibrée. Les sagaies étaient longues à fabriquer, et si fragiles.

Après avoir vérifié le parfait équilibre de ses sagaies, avec un autre outil, une étroite lame de silex biseautée emmanchée à un andouiller, il creusa une profonde entaille à l'extrémité des hampes. Il choisit ensuite quelques-uns des nodules de silex qui lui restaient, et les tailla à coups secs, obtenant les lames qu'il colla aux hampes avec la glu qui avait servi à enduire le bateau, et qu'il attacha avec des tendons frais. Les tendons rétrécissaient en séchant, resserrant étroitement les nœuds.

Pour terminer, il fixa à chaque sagaie deux longues plumes, qu'il avait trouvées près de la rivière. Plumes d'aigles, faucons ou milans noirs qui vivaient dans ces régions, profitant de l'abondance des tamias ou autres rongeurs.

Ils avaient fabriqué une cible avec une épaisse paillasse que le blaireau avait éventrée et rendue inutilisable. Recouverte de peau d'aurochs, elle absorbait la violence des jets sans endommager les sagaies. Ils s'entraînèrent tour à tour, Ayla pour se perfectionner, Jondalar pour tester différentes longueurs de manches, ou différentes tailles de pointes.

Lorsque les nouvelles sagaies furent prêtes, ils les essayèrent avec le propulseur, et choisirent chacun celles qui leur convenaient le mieux. Tous deux étaient d'habiles lanceurs, mais certaines sagaies rataient tout de même la cible et se plantaient dans le sol sans dommage. Or Jondalar lança une nouvelle sagaie avec tant de force que non seulement elle manqua la cible, mais elle frappa un énorme os de mammouth qui servait de siège. Il jura en entendant le craquement sec, annonciateur de casse. La hampe s'était fendue à une trentaine de centimètres de la pointe.

Il vint l'examiner. Le fragile silex s'était lui aussi brisé, et un large éclat manquait, rendant la pointe inutilisable. Furieux d'avoir gâché une sagaie qui lui avait demandé tant de travail, il brisa la hampe sur son genou et la jeta.

Il s'aperçut qu'Ayla l'observait et rougit de s'être laissé emporter. Il ramassa les morceaux en espérant s'en débarrasser discrètement. Ayla s'apprêta à lancer une autre sagaie comme si elle n'avait rien remarqué. Jondalar retourna à l'abri et laissa tomber la sagaie brisée près de la hampe cassée lors de la chasse à l'aurochs. Toujours sous le choc, il porta son regard sur les armes inutilisables. Il se sentit ridicule de s'emporter pour si peu.

Oui, mais c'est si long à fabriquer, se dit-il, en considérant la longue hampe sectionnée, et à côté le fragment de sagaie avec son silex brisé. Dommage qu'on ne puisse assembler ces deux bouts !

Tout en contemplant les sagaies d'un œil vide, il échafaudait des solutions. Décidé à tenter sa chance, il ramassa les morceaux de hampes et examina les deux extrémités avec soin. Il les mit bout à bout, et les deux hampes restèrent soudées un instant avant de se détacher à nouveau. En étudiant la longue hampe, il s'arrêta à la profonde entaille qu'il y avait creusée pour l'adapter au crochet du propulseur.

Si je creuse davantage le bout de cette hampe, se dit-il, et que je taille l'autre en fuseau, peut-être pourrais-je les emboîter ? Plein d'espoir, Jondalar rentra dans l'abri, s'empara fébrilement de sa trousse à outils et se précipita dehors mettre son projet à exécution. Il s'assit par terre, déroula la pièce de cuir qui enveloppait ses outils de silex, et choisit un ciseau. Il empoigna la hampe brisée, détacha le couteau qu'il portait à la ceinture et commença à tailler la cassure déchiquetée.

Ayla avait cessé son entraînement et rangé son propulseur et ses sagaies dans l'étui qu'elle portait maintenant en bandoulière, comme Jondalar. Elle rentrait au Camp chargée des plantes cueillies en route quand elle aperçut Jondalar venant au-devant d'elle, le visage éclairé d'un large sourire.

— Regarde, Ayla ! s'écria-t-il en brandissant une sagaie. J'ai recollé les morceaux. Je vais voir si ça marche.

Elle le suivit et le regarda disposer son arme sur le propulseur, viser et projeter la sagaie d'un geste puissant. L'arme frappa la cible et rebondit. Jondalar alla vérifier et découvrit que la pointe brisée, soudée au manche fuselé, s'était enfoncée profondément dans la cible. Sous l'impact, la hampe s'était détachée et était retombée au sol. Il l'inspecta, mais ne trouva aucun dommage : l'astuce avait fonctionné !

— Ayla ! jubila-t-il en criant presque. Te rends-tu compte de ce que ça signifie ?

— Non, je ne comprends pas, avoua-t-elle.

— Regarde. En se plantant dans la cible, la pointe

s'est détachée de la hampe sans se casser. Résultat, je n'ai plus qu'à fabriquer une nouvelle pointe et à l'attacher sur un petit manche, comme ça. Plus la peine de façonner une hampe entière. Je peux fabriquer une ou deux pointes, plusieurs même, emmanchées à de courtes hampes, et seulement quelques hampes longues. Ça veut dire aussi que nous pourrons transporter plus de petites hampes, que nous aurons davantage de munitions, et qu'elles seront plus faciles à remplacer. Tiens, essaie ! fit-il en arrachant la pointe de la cible.

— Je ne sais pas fabriquer d'aussi belles sagaies que toi, dit Ayla en examinant l'arme qu'il lui tendait. Et mes pointes de silex sont moins réussies que les tiennes. Mais des manches comme ça, je pourrais en fabriquer, conclut-elle, aussi enthousiaste que lui.

La veille de leur départ, ils vérifièrent les réparations, disposèrent la peau du blaireau bien en vue pour qu'on sache qu'il était le responsable des dégâts, et étalèrent leurs cadeaux. Le panier rempli de viande séchée fut pendu à un chevron en os de mammouth, hors de portée des rôdeurs et des charognards. Ayla disposa plusieurs paniers, et suspendit des bouquets d'herbes médicinales ou nutritives, surtout celles qu'utilisaient les Mamutoï. Jondalar laissa en cadeau à son hôte une sagaie particulièrement réussie.

Devant l'abri, ils empalèrent sur une perche, hors d'atteinte des charognards, le crâne à moitié sec de l'aurochs, avec ses énormes cornes. Les cornes ainsi que certaines parties du crâne pouvaient servir à de multiples usages, et c'était aussi un moyen d'indiquer quelle viande se trouvait dans les paniers.

Le louveteau et les chevaux avaient senti un changement imminent. Loup, tout excité, courait et sautait dans tous les sens, les chevaux étaient nerveux, et Rapide, fidèle à son nom, s'ébattait dans de brèves mais vives pointes de vitesse. Whinney restait près du Camp, surveillant Ayla et hennissant dès qu'elle l'apercevait.

Avant d'aller se coucher, ils rangèrent tout leur matériel, exception faite de leurs fourrures de couchage et du déjeuner du matin. La tente, bien que raidie et plus encombrante qu'auparavant, fut pliée et tassée dans un panier. Les peaux avaient été fumées avant d'être cousues, de sorte que, même après l'inondation qu'elle avait subie, la tente gardait une certaine souplesse. En revanche, l'auvent s'était rigidifié, et ne s'assouplirait qu'à l'usage.

Profitant de sa dernière nuit confortable, Ayla contemplait les flammes du feu mourant dont les ombres dansaient sur les murs, et son esprit reflétait le même jeu d'ombres et de lumières. Elle avait hâte de reprendre la route, mais regrettait déjà le Camp où elle avait fini par se sentir chez elle. Les derniers jours, elle s'était surprise à observer les crêtes, guettant l'arrivée des habitants du Camp.

Bien qu'elle souhaitât toujours leur venue inopinée, elle avait abandonné tout espoir, et était impatiente d'atteindre la Grande Rivière Mère. Peut-être auraient-ils la chance de rencontrer quelqu'un en cours de route. Elle adorait Jondalar, mais les autres lui manquaient, les femmes, les enfants, les rires, les bavardages, et tout ce que les êtres humains aimaient échanger et partager. Elle évitait de trop penser au-delà du prochain jour, ou du prochain camp. Elle refusait de prévoir l'accueil que lui réserverait le peuple de Jondalar, ou la durée du Voyage, et elle ne voulait pas non plus penser à la façon dont ils franchiraient le large fleuve au courant rapide dans leur frêle embarcation.

Jondalar ne dormait pas non plus. Le Voyage le rendait soucieux, et le départ fébrile. Il avait lui aussi hâte de partir, même s'il avait trouvé leurs quelques jours de repos bien utiles. Leur tente était sèche, leurs provisions abondantes, l'équipement perdu ou endommagé remplacé, et il se réjouissait de l'amélioration qu'il avait apportée à la confection des sagaies. Il était content d'avoir son bateau, mais la traversée du fleuve l'inquiétait. Il était large et le courant rapide. Sans doute approchaient-ils de la mer, et il ne fallait pas espérer trouver un gué plus étroit. Aucun danger ne pouvait être écarté et il serait soulagé quand ils atteindraient l'autre rive.

10

Ayla se réveilla souvent cette nuit-là, et ses yeux étaient grands ouverts quand les faibles lueurs matinales filtrèrent par l'orifice d'évacuation de la fumée. Les pâles rayons lumineux chassaient les ténèbres des moindres recoins, dévoilant formes et volumes. Ayla avait ouvert les yeux avant la première clarté. Il lui fut impossible de se rendormir.

Elle se glissa dehors sans bruit. La froidure de la nuit enveloppa sa peau nue, et le fond de l'air rafraîchi par les épaisses couches de glace du nord lui donna la chair de poule. Au-delà de la vallée brumeuse, elle distinguait de vagues reliefs encore dans l'ombre, et qui se découpaient sur le ciel embrasé. Elle souhaita y être déjà.

Elle sentit contre sa jambe la caresse d'une fourrure chaude et drue, et flatta d'une main distraite le cou de Loup qui venait de la rejoindre. Il renifla l'air, et reconnaissant sans doute une odeur attirante, se précipita vers le bas de la ravine. Ayla chercha les chevaux et discerna la robe louvette de la jument qui paissait dans un pré jouxtant la rivière. L'étalon était hors de sa vue, mais elle le devinait près de sa mère.

Enjambant l'herbe humide de rosée, elle marcha en frissonnant vers la petite crique et sentit le soleil réchauffer l'air glacial. Elle contempla le ciel passer du grisâtre au bleu pastel, et où quelques rares nuages roses témoignaient de la splendeur de l'astre encore caché derrière la crête.

Ayla eut envie de monter sur la colline assister au lever du soleil, mais des éclats aveuglants attirèrent son attention dans l'autre direction. Bien que les ravines menant à la rivière fussent toujours nimbées d'une brume grisâtre, à l'ouest, les montagnes baignant dans la lumière chaude du matin se détachaient avec tant de netteté à l'horizon qu'Ayla crut pouvoir les toucher. Une tiare scintillant de mille feux couronnait les pics enneigés de la chaîne méridionale. Tant de beauté lui coupa le souffle.

Lorsqu'elle atteignit le petit cours d'eau qui dévalait la pente, la fraîcheur matinale s'était déjà dissipée. Elle posa l'outre qu'elle avait apportée de l'abri, vérifia sa protection de laine et s'aperçut avec joie que ses périodes lunaires étaient terminées. Elle défit les lanières qui retenaient la garniture, ôta son amulette et entra dans un étroit bassin qu'avait formé le cours d'eau. Une fois lavée, elle remplit l'outre à la petite cascade dont l'eau remplissait le bassin et s'essuya à main nue. Elle remit son amulette, ramassa sa protection nettoyée et ses lanières et se dépêcha de rentrer.

Lorsqu'elle pénétra dans l'habitation semi-souterraine, elle trouva Jondalar en train de ficeler les fourrures de couchage qu'il avait roulées. Il s'aperçut qu'elle ne portait plus ses lanières et lui décocha un sourire suggestif.

— Ah, si j'avais su, je n'aurais pas roulé les fourrures, soupira-t-il.

Elle rougit, puis elle le regarda droit dans les yeux. Elle y vit une lueur taquine, mêlée d'amour et de désir ardent.

— Tu n'auras qu'à recommencer, répliqua-t-elle en souriant à son tour.

— Et voilà comment s'envole l'espoir d'un départ rapide ! s'exclama-t-il en défaisant le nœud qui retenait les fourrures de couchage.

Il les déroula, se redressa et lui ouvrit les bras.

Après leur repas, ils finirent d'empaqueter leurs affaires et, suivis de leurs compagnons à quatre pattes, descendirent à la rivière en portant l'embarcation. Mais décider du meilleur endroit pour traverser s'avéra autrement plus ardu. L'eau défilait sous leurs yeux effarés. Le fleuve était si large qu'ils distinguaient à peine la rive opposée. Le fort courant agité de vagues dessinait de multiples tourbillons et le sourd grondement qui leur parvenait aux oreilles confirmait sa puissance impressionnante.

Lorsqu'il avait conçu son embarcation circulaire, Jondalar n'avait cessé de s'interroger sur la nature du fleuve et sur le moyen de le franchir. C'était la première fois qu'il fabriquait un bateau, et il avait peu navigué. Lorsqu'il vivait parmi les Sharamudoï, il était devenu assez adroit à manœuvrer leurs bateaux effilés aux lignes pures, mais quand il avait essayé de diriger les barques rondes des Mamutoï, il les avait trouvées très peu maniables. Elles flottaient bien, ne se retournaient pas facilement, mais elles étaient difficiles à contrôler.

Les deux peuples n'avaient pas seulement différents types de matériau à leur disposition, ils utilisaient aussi leurs canots dans des buts différents. Pour les Mamutoï, chasseurs des steppes, la pêche ne représentait qu'une activité annexe. Leurs bateaux n'étaient conçus que pour les transporter d'une rive à l'autre de petits affluents, ou de rivières plus larges qui descendaient des montagnes, au nord, et traversaient presque un continent avant de se jeter dans la mer intérieure méridionale.

Les Ramudoï, Peuple de la Rivière, et moitié jumelle des Sharamudoï, pêchaient sur la Grande Rivière Mère — à vrai dire, quand ils partaient capturer les énormes esturgeons de neuf mètres, ils appelaient cela chasser. Alors que l'autre moitié, les Shamudoï, chassaient le chamois et les animaux sur les pentes escarpées des falaises et des montagnes dominant la rivière qui coulait au fond d'une gorge profonde près de leur Camp. Pendant la saison chaude, les Ramudoï vivaient sur l'eau, profitant de toutes les ressources de la rivière. Ils abattaient les grands chênes blancs qui bordaient ses rives pour fabriquer leurs superbes pirogues si maniables.

— Eh bien, embarquons d'abord le matériel, décida Jondalar en soulevant un de ses sacs. (Il le reposa et en choisit un autre.) Il vaut mieux mettre les plus lourds dans le fond, je pense. Celui-ci contient mes silex et tous mes outils.

Ayla approuva d'un air grave. Elle aussi avait longuement réfléchi aux difficultés de leur future traversée en rassemblant ses souvenirs des sorties en bateau avec ceux du Camp du Lion.

— On devrait s'installer face à face, suggéra-t-elle. Ça maintiendra l'équilibre. Je garderai une place à côté de moi pour Loup.

Jondalar s'interrogeait sur le comportement du louveteau dans la frêle embarcation, mais s'abstint de tout commentaire. Ayla, qui avait remarqué son inquiétude, garda son calme.

— Tiens, fit Jondalar, prends cette pagaie. Il vaut mieux que nous en ayons une chacun.

— Avec tout ce chargement, j'espère qu'il va nous rester de la place, remarqua-t-elle en casant la tente sur laquelle elle prévoyait de s'asseoir.

Ils réussirent à tout faire entrer dans le bateau excepté les perches.

— Tant pis, soupira Jondalar. Abandonnons-les !

Alors qu'ils venaient de remplacer celles qu'ils avaient perdues dans l'ouragan.

— Oh, non, certainement pas ! s'écria Ayla en brandissant une corde qu'elle avait réservée. Elles flotteront. Je vais les attacher au bateau pour les empêcher de dériver.

L'idée déplaisait à Jondalar et il allait formuler une objection quand une question d'Ayla bouscula ses pensées.

— Et les chevaux ? fit-elle. Qu'allons-nous en faire ?

— Les chevaux ? Mais ils savent nager, non ?

— Oui, mais tu sais bien comme ils sont nerveux, surtout quand il s'agit d'une nouvelle expérience. Que ferons-nous si quelque chose les effraye et qu'ils décident de faire demi-tour ? Jamais ils ne retraverseront seuls. Ils ne s'apercevront même pas que nous sommes sur l'autre rive, et il faudra retourner les chercher. Autant les guider.

Elle a raison, se dit Jondalar. La peur peut pousser les chevaux à rebrousser chemin.

— Et comment les guider puisqu'on sera dans le bateau ? demanda-t-il.

La situation se compliquait. C'était déjà assez difficile de conduire un bateau sans avoir à s'occuper de chevaux paniqués. Son inquiétude grandissait.

— On va leur mettre les harnais avec des longes qu'on attachera au bateau, suggéra Ayla.

— Tu crois ?... Ce n'est peut-être pas la meilleure solution. Réfléchissons encore.

— Mais c'est tout réfléchi, répliqua Ayla en enroulant une corde autour des trois perches avant de l'attacher au bateau avec un peu de mou. Ecoute, c'est toi qui étais pressé, ajouta-t-elle en harnachant Whinney. (Elle passa une corde dans le harnais et la fixa au bateau, à l'opposé des perches.) Voilà, je suis prête ! annonça-t-elle, debout près du bateau, l'amarre à la main.

— Bon, d'accord, finit-il par déclarer après une longue hésitation.

Il appela Rapide. Le jeune étalon dressa la tête et hennit quand l'homme tenta de glisser le harnais par-dessus l'encolure. Mais Jondalar lui parla avec douceur tout en le flattant et en le caressant. Rapide se calma et se laissa faire. Jondalar put alors amarrer la corde au bateau.

— Allons-y ! décida-t-il.

Ayla fit signe à Loup de venir près d'elle. Alors, tenant les longes pour entraîner les chevaux, ils poussèrent le bateau dans le fleuve et se hissèrent à bord.

Les ennuis ne tardèrent pas. Le courant emporta la frêle embarcation mais les chevaux n'étaient pas encore prêts à entrer dans l'eau. Ils ruèrent et se cabrèrent, secouant violemment la barque et manquant la renverser. Loup dut lutter pour garder l'équilibre, et considéra la situation d'un air affolé. Sous le poids de la charge, le bateau se remit d'aplomb, bien qu'il s'enfonçât dangereusement. Les perches, emportées par le courant, flottaient devant eux.

Les encouragements angoissés d'Ayla et de Jondalar, et le courant qui entraînait le bateau, lequel entraînait à son tour les chevaux, décidèrent enfin les deux bêtes réticentes. La première, Whinney mit un sabot dans l'eau, bientôt imitée par Rapide, et ils s'élancèrent. Ils perdirent vite pied et se mirent à nager. Jondalar et Ayla n'avaient d'autre choix que de se laisser guider par le courant jusqu'à ce que l'ensemble hétéroclite formé par les trois perches enchevêtrées, suivies par une coquille de noix lourdement chargée dans laquelle se tenaient un homme, une femme et un loup affolé, et tirant derrière elle deux chevaux, se fût enfin stabilisé. Jondalar et Ayla abandonnèrent alors les longes et empoignèrent les pagaies pour tenter de remonter le courant.

Peu habituée, Ayla pagayait gauchement face à la rive opposée. Tout en essayant d'éloigner l'embarcation du rivage, Jondalar lui criait des conseils. Après quelques essais infructueux, elle finit par prendre le coup de main et put enfin aider Jondalar à diriger le bateau. Mais même à deux, ils n'avançaient pas vite, gênés par les longues perches qui les précédaient et par les chevaux qui les tiraient involontairement en sens contraire en roulant des yeux effrayés.

Emportés par le courant, ils approchaient tout de même de l'autre rive, mais le fleuve, épousant le relief qui descendait vers la mer, décrivait une courbe à angle aigu en prenant de la vitesse. Un fort reflux formait un tourbillon dans lequel les perches virevoltèrent et furent projetées à l'avant du bateau avec une telle violence que Jondalar crut qu'elles avaient troué la coque. Le choc secoua les occupants, fit tournoyer la coquille de noix et se répercuta sur les longes qui retenaient les chevaux. Paniqués, ils se mirent à hennir, avalant de pleines gorgées d'eau, et tentèrent de s'éloigner, mais le courant entraînait inexorablement dans la direction opposée l'embarcation à laquelle ils étaient attachés.

Leurs efforts désespérés eurent pourtant un effet

certain. Le frêle canot se mit à tourner dans l'autre sens, tirant les perches d'un coup sec, lesquelles cognèrent de nouveau la coque avec force. La violence du courant ajoutée aux secousses contraires agita en tous sens le bateau surchargé. Il embarqua de l'eau, s'alourdit, menaça de couler.

La queue entre les pattes, le loup terrorisé s'était recroquevillé sur la tente à côté d'Ayla. Celle-ci s'efforçait désespérément de maintenir le bateau à l'aide d'une pagaie qu'elle ne savait pas utiliser, tentant d'appliquer les instructions de Jondalar sans les comprendre. En entendant les hennissements affolés des chevaux, elle saisit soudain qu'elle devait les détacher. Abandonnant sa pagaie, elle empoigna le couteau qu'elle portait à la ceinture et trancha la longe de Rapide qu'elle savait le plus nerveux des deux.

La libération de l'étalon fit ballotter et tournoyer la barque de plus belle, et Loup n'y tint plus. Il sauta par-dessus bord. Ayla le regarda s'éloigner en nageant frénétiquement, coupa la longe de Whinney, et plongea à son tour pour rattraper Loup.

— Ayla ! cria Jondalar.

Le bateau soudain allégé, tournant comme une toupie, fut précipité sur les perches et lorsqu'il put lever les yeux, il vit Ayla encourager Loup qui nageait vers elle. Rapide, suivi de Whinney, fonçait vers la rive opposée, et le courant entraînait Jondalar à toute vitesse loin d'Ayla, en aval.

Ayla jeta un coup d'œil vers Jondalar, et l'aperçut avec horreur disparaître derrière le méandre. Le cœur serré, elle crut qu'elle ne le reverrait plus jamais. L'espace d'un instant, elle se reprocha d'avoir abandonné l'embarcation, mais les événements se précipitaient et elle n'eut pas le loisir de se morigéner plus longtemps. Luttant farouchement contre le courant, Loup nageait à sa rencontre. En quelques brasses, elle fut près de lui, mais emporté par sa fougue, il essaya de poser ses pattes sur les épaules de sa maîtresse, lui lécha le visage, et l'enfonça sous l'eau. Elle refit surface en toussant, l'empoigna d'une main et chercha les chevaux.

La jument approchait du rivage. Ayla reprit son souffle et siffla Whinney de toutes ses forces. Cette dernière dressa les oreilles, cherchant d'où venait le son. Ayla siffla de nouveau, et la jument changea de direction, nagea vers elle, pendant qu'Ayla allait à sa rencontre à longues brasses puissantes. C'était une excellente nageuse. Coupant en diagonale dans le sens du courant, il lui fallut néanmoins de gros efforts pour atteindre la jument. Lorsqu'Ayla put enfin agripper la crinière de Whinney, elle poussa un cri de soulagement. Le loup les rejoignit peu après, mais ne s'arrêta pas.

Ayla se reposa sur l'encolure de Whinney, et remarqua seulement à quel point l'eau était froide. Elle vit la longe attachée au harnais, et comprit le danger qui guettait le cheval si la corde se prenait dans quelque débris flottant. Elle essaya de la dénouer, mais ses doigts raidis par le froid échouèrent à défaire le nœud. Elle décida donc de repartir à la nage pour ne pas ajouter au fardeau de Whinney et espérant que l'exercice la réchaufferait.

Quand elle atteignit enfin la rive, Ayla sortit de l'eau en titubant, épuisée, et se laissa tomber sur la grève, frissonnante de froid. Les chevaux et Loup n'étaient guère plus reluisants. Ils s'ébrouèrent, aspergeant Ayla, et Loup s'écroula, haletant. La robe épaisse de Whinney était lourde, elle l'eût été encore plus en hiver, augmentée du poids de son double pelage. Jambes écartées, tête baissée, oreilles couchées, elle reprenait son souffle, le corps parcouru de frissons.

Mais le soleil à son zénith avait réchauffé l'atmosphère et une fois reposée, Ayla cessa de frissonner. Elle se releva, cherchant l'étalon des yeux, persuadée que Rapide avait pu vaincre les flots tourbillonnants. Elle siffla Whinney, sachant que l'étalon répondait toujours lorsqu'elle appelait sa mère, puis elle imita le sifflement de Jondalar. En pensant à lui, elle éprouva une vive inquiétude. Avait-il réussi à traverser le fleuve sur son frêle esquif ? Et si oui, où était-il ? Elle siffla de nouveau en espérant que Jondalar l'entendrait aussi.

Mais ce fut l'étalon seul qui parut enfin, traînant toujours sa longe derrière lui.

— Rapide ! cria-t-elle. Tu as réussi, je le savais !

Whinney l'accueillit par un doux hennissement et Loup poussa des jappements enthousiastes. Rapide répondit en s'ébrouant avec tant de vigueur qu'Ayla en conclut qu'il n'était pas fâché de retrouver ses amis. Rapide frotta ses naseaux contre le museau de Loup, et vint ensuite poser sa tête sur l'encolure de sa mère, cherchant auprès d'elle un réconfort après la terreur de la traversée.

Ayla s'approcha à son tour, l'étreignit, puis lui flatta l'encolure avant de le débarrasser de son harnais. Il était habitué à le porter au point qu'il ne le gênait même pas pour paître, mais Ayla préféra le lui ôter à cause de la longe qui traînait. Elle-même n'aurait pas supporté d'être encombrée de la sorte. Elle ôta ensuite celui de Whinney et glissa les deux harnais sous sa ceinture. Elle pensa changer ses vêtements trempés, mais rien ne pressait. D'ailleurs ils séchaient déjà sur elle.

— Maintenant qu'on a retrouvé Rapide, cherchons Jondalar ! déclara-t-elle à voix haute.

Loup la regarda, dans l'expectative.

— Viens, Loup, cherchons Jondalar !

Elle enfourcha Whinney et la guida vers l'aval.

Après avoir été ballotté en tous sens, le petit canot tendu de peau avait retrouvé son équilibre, grâce à Jondalar, et descendait tranquillement le courant, traînant les trois perches dans son sillage. Alors, Jondalar se mit à pagayer vigoureusement en direction de la berge. Il s'aperçut avec soulagement que les trois perches stabilisaient la barque en l'empêchant de tournoyer et rendaient son contrôle plus aisé.

Il se reprochait de ne pas avoir plongé en même temps qu'Ayla. Mais tout s'était passé si vite ! Avant qu'il ait pu réagir, elle avait déjà sauté et le courant l'emportait au loin. Il était trop tard pour la suivre, il n'aurait pas pu la rattraper avec le courant contraire. En outre, ils auraient perdu le bateau et tout leur matériel.

Il essayait de se rassurer en se disant qu'Ayla était une bonne nageuse, mais l'inquiétude décuplait son énergie. Enfin, après un laps de temps qui lui parut interminable, il sentit le fond rocailleux racler la barque. Il soupira, épuisé. Il descendit de l'embarcation surchargée, la tira sur la berge et s'effondra. Puis, sans s'attarder, il décida de remonter la rivière à pied à la recherche d'Ayla.

Il ne voulait pas s'éloigner du rivage, et lorsqu'il rencontra un petit affluent qui venait grossir le fleuve, il le traversa à pied. Mais il trouva bientôt sur sa route une rivière plus large qui le fit hésiter. Trop profonde pour être franchie à pied, trop rapide pour qu'il s'y aventurât à la nage sans risquer d'être entraîné vers le fleuve tout proche, il décida de la remonter pour trouver un gué praticable.

Chevauchant Whinney, Ayla atteignit le même cours d'eau peu de temps après, et remonta le courant elle aussi. Avec l'avantage du cheval, elle n'eut pas à chercher aussi loin pour traverser. Suivie par Rapide et par Loup, elle atteignit bientôt l'autre rive qu'elle entreprit de suivre jusqu'au fleuve. C'est alors qu'en se retournant elle vit Loup partir dans l'autre direction.

— Loup, viens par ici ! cria-t-elle.

Agacée, elle le siffla et incita Whinney à poursuivre sa route. Le louveteau hésita, fit quelques pas vers elle, retourna en arrière et décida finalement de la suivre. Arrivée au bord du fleuve, Ayla poussa sa jument au galop.

Son cœur se mit à battre quand elle aperçut le petit bateau échoué sur une plage rocailleuse.

— Jondalar ! Jondalar ! cria-t-elle en demandant à Whinney de forcer l'allure.

Sans attendre que sa jument s'arrête, elle sauta à terre et se rua vers le bateau. Elle fouilla la barque, puis les environs, rien. Tout était en ordre, les perches étaient toujours là, mais pas de Jondalar.

— Voilà le bateau, mais où est Jondalar ? dit-elle à voix haute. (Loup jappa comme pour lui répondre.)

Oh, pourquoi ? Où est-il ? Le bateau s'est-il échoué tout seul ? Jondalar a-t-il réussi à traverser ?

Soudain, elle comprit. Il est parti à ma recherche. Mais s'il remontait pendant que je descendais, pourquoi nous sommes-nous manqués ?...

— Le cours d'eau ! s'écria-t-elle.

Loup jappa en remuant la queue. Elle se souvint alors de son refus de la suivre.

— Oh, mon Loup ! appela-t-elle.

L'animal accourut et sauta sur Ayla, labourant ses épaules de ses grosses pattes. Elle empoigna la fourrure drue de son cou, plongea son regard dans ses yeux pétillants d'intelligence, et revit le jeune garçon maladif qui lui avait tant rappelé son propre fils. Un jour, Rydag avait envoyé Loup à sa recherche, et il avait couvert une longue distance pour la retrouver. Maintenant, elle savait qu'il retrouverait Jondalar. Si seulement elle pouvait lui faire comprendre !

— Loup, trouve Jondalar ! dit-elle.

Aussitôt, il ôta ses pattes de ses épaules, commença à renifler le sol autour du bateau, et fila soudain dans la direction qu'ils venaient d'emprunter.

Engagé dans l'eau jusqu'à la taille, Jondalar avançait en tâtonnant quand il crut entendre un sifflement familier... et impatient. Il s'arrêta, perplexe, ferma les yeux pour mieux le situer, puis croyant avoir rêvé, poursuivit sa traversée. Arrivé sur l'autre rive, il longea la rivière vers l'embouchure du fleuve. Préoccupé par le sort d'Ayla, il n'en continuait pas moins à être tracassé par le curieux sifflement.

Il marchait depuis longtemps avec ses vêtements trempés, sachant qu'Ayla devait subir le même désagrément. Il songea qu'il aurait sans doute dû emporter la tente, ou un quelconque abri. Le jour déclinait. Il était peut-être arrivé quelque chose à Ayla, peut-être était-elle blessée ? Il se mit à surveiller la berge et la végétation avec plus de soin.

C'est alors qu'il entendit de nouveau siffler, cette fois plus fort et plus près, suivi d'un yip, yip, yip et d'un hurlement de loup, accompagnés de bruits de sabots. Il se retourna et son visage s'éclaira en apercevant Loup courant à sa rencontre, Rapide à ses trousses. Mais sa joie fut à son comble quand il vit arriver Ayla sur le dos de Whinney.

Loup bondit sur lui et, les pattes sur sa poitrine, se mit à lui lécher la figure. Jondalar empoigna sa fourrure, comme il avait vu faire Ayla, et étreignit le louveteau. Il le repoussa en voyant Ayla sauter de cheval et accourir vers lui.

— Jondalar ! Oh, Jondalar ! soupira-t-elle comme il la serrait dans ses bras.

— Ayla ! Ayla, mon amour ! murmura-t-il en la pressant contre sa poitrine.

Le loup bondit sur le couple, et les gratifia de coups de langue exubérants. Cette fois-ci, personne ne le repoussa.

Le fleuve qu'ils venaient de traverser se jetait dans l'étendue d'eau saumâtre que les Sharamudoï appelaient mer de Beran, légèrement au nord de l'immense delta de la Grande Rivière Mère. Et plus les voyageurs approchaient de l'embouchure du fleuve qui avait traversé un continent sur plus de trois mille kilomètres, plus la déclivité du relief s'adoucissait.

La plaine sous leurs yeux les émerveillait par sa végétation riche et inhabituelle pour une saison aussi avancée. L'orage accompagné de fortes pluies, aussi soudain que violent, avait favorisé cette prospérité tardive. Les herbacées connaissaient un deuxième printemps, mais aussi les fleurs : iris nains pourpres et jaunes, pivoines rouge sombre, lis roses tachetés, vesces de diverses couleurs allant du jaune au pourpre en passant par l'orange et le rouge.

Des cris et des sifflements sonores attirèrent l'attention d'Ayla. Des oiseaux noir et rose volaient en criaillant, piquaient, se rassemblaient en vaste volée et s'éparpillaient tour à tour dans une activité incessante et brouillonne. La bruyante concentration de martins roses troubla Ayla. Ces passereaux nichaient en colonie, chassaient en volée et perchaient ensemble le soir, mais elle n'en avait jamais vu autant à la fois.

Des crécerelles ainsi que d'autres espèces d'oiseaux se rassemblaient également. Le bruit s'amplifiait, accompagné d'un bourdonnement strident. Alertée, Ayla remarqua alors un grand nuage sombre sur un ciel étrangement dégagé. Poussé par le vent, il semblait se rapprocher. Soudain, la volée de martins s'agita avec frénésie.

— Jondalar ! cria Ayla à l'homme qui chevauchait quelques pas devant. Tu as vu ce drôle de nuage ?

L'homme regarda, et arrêta sa monture. Ayla le rejoignit et, côte à côte, ils observèrent le nuage qui grossissait, ou bien se rapprochait, à vue d'œil.

— Ça ne ressemble pas à un nuage de pluie, nota Jondalar.

— Non, en effet. Mais qu'est-ce que ça peut être ? demanda Ayla, anxieuse tout à coup. Tu crois qu'on devrait planter la tente et attendre qu'il soit passé ?

— Non, continuons à avancer. Si on se dépêche, on peut le distancer.

Ils poussèrent leurs montures à vive allure à travers la verte prairie, mais les oiseaux, tout comme l'étrange nuage, les dépassèrent. Le bruit devint encore plus strident, couvrant même le cri rauque des passereaux. Subitement, Ayla sentit quelque chose lui piquer le bras.

— Qu'est-ce que c'est ? s'inquiéta-t-elle.

Mais avant d'avoir fini sa phrase, elle fut de nouveau piquée, et encore, et encore. Un objet atterrit sur Whinney, rebondit, d'autres s'abattirent. Ayla jeta un coup d'œil à Jondalar, et elle vit une quantité des mêmes objets volants et sauteurs. Elle en attrapa un avant qu'il ne pût s'échapper et l'examina attentivement. C'était un insecte, grand comme son majeur, au corps charnu et aux longues pattes arrière. On aurait dit une grande sauterelle, mais pas de ce vert terne des sauterelles des prairies arides, qui se fondait facilement dans l'herbe. Celle-ci était striée de couleurs éclatantes, noires, jaunes et orange.

La pluie était responsable de cette curieuse mutation. Sous ce climat plutôt sec d'habitude, les sauterelles, créatures solitaires et farouches, ne supportaient leurs semblables que le temps nécessaire à la reproduction. Mais après un violent orage, et l'éclosion de jeunes pousses fraîches, les femelles profitaient de l'abondance de nourriture pour pondre davantage d'œufs. Une multitude de larves survivaient et à mesure que leur population s'accroissait, les sauterelles se transformaient radicalement : les jeunes développaient des couleurs étonnantes, et recherchaient la compagnie des autres. Ils étaient devenus des criquets.

Bientôt, des bandes de criquets s'assemblaient, et après avoir dévasté les ressources de la région, s'envolaient en masse, en quête de nouvelles récoltes. Un essaim de cinq milliards, ce qui n'était pas rare, couvrait sans peine cent kilomètres carrés et ingurgitait quatre-vingt mille tonnes de nourriture en une seule nuit.

Ayla et Jondalar furent submergés par les premières vagues d'insectes qui tombaient comme de la grêle. Ils n'eurent aucun mal à pousser leur monture au galop ; les retenir eut été impossible. Ayla, noyée sous le déluge de criquets, tenta de repérer Loup, mais elle était aveuglée par les nuées d'insectes volant, sautant, ricochant en tous sens. Elle siffla le plus fort qu'elle put, espérant que Loup l'entendrait par-dessus le vacarme des stridulations.

Un martin rose, qui plongeait en piqué pour happer un criquet, faillit la heurter de plein fouet. Elle comprit alors la raison de leur rassemblement. Les passereaux avaient été attirés par l'immense festin, dont les couleurs éclatantes facilitaient le repérage. Les couleurs contrastées qui attiraient les oiseaux permettaient aussi aux criquets de localiser leurs semblables quand il leur fallait s'envoler vers de nouvelles récoltes, et les innombrables volées de passereaux entamaient à peine l'essaim des criquets. C'était seulement après les pluies diluviennes, lorsque les prairies retournaient à leur condition aride et ne pouvaient plus nourrir que de petites quantités de criquets que ces derniers se transformaient de nouveau en sauterelles inoffensives, assurant leur survie grâce à leur mimétisme retrouvé.

Peu après qu'ils eurent semé l'essaim de criquets, Loup les rejoignit. Les insectes ravageurs s'étaient abattus sur la prairie pour la nuit, et Ayla et Jondalar avaient établi leur campement à distance respectable. Le lendemain matin, ils se dirigèrent au nord-est vers une colline d'où ils pourraient observer la vaste plaine et juger du trajet qui les séparait encore de la Grande Rivière Mère. Ils découvrirent une végétation dévastée par le nuage de criquets, que les vents violents poussaient maintenant vers la mer. L'ampleur du désastre les consterna.

Il ne restait plus rien du merveilleux paysage verdoyant émaillé de fleurs éclatantes. Tout avait été rasé. Ce n'était que désolation à perte de vue. Pas une feuille, pas un brin d'herbe, pas une trace de verdure. Seuls quelques martins roses à la recherche de criquets retardataires témoignaient que la vie avait existé dans ce paysage d'apocalypse. La terre dévastée exposait son indécente nudité. Mais l'indignité que ses propres créatures lui avaient infligée serait bientôt lavée, et des racines, cachées dans ses entrailles, ou des graines, apportées par les vents, recouvriraient bientôt son corps dénudé d'un manteau de verdure.

A l'opposé de ce sinistre spectacle, Ayla et Jondalar découvrirent un panorama qui les transporta. A l'est s'étendait une vaste surface d'eau scintillant au soleil : la mer de Beran.

Stupéfaite, Ayla reconnut la mer de son enfance. La caverne où elle avait vécu avec le clan de Brun devait se trouver à la pointe sud de la péninsule qui s'avançait dans la grande étendue d'eau. Elle n'avait pas eu une enfance facile, mais elle gardait de bons souvenirs de cette période. Toutefois, à la pensée du fils qu'elle avait dû abandonner, un voile de tristesse obscurcit son plaisir. Jamais elle n'approcherait de si près cet enfant qu'elle ne reverrait plus, et elle le savait.

D'ailleurs, il était mieux avec le Clan. Uba, sa mère

adoptive, et le vieux Brun qui lui apprendrait à chasser avec un épieu, un lacet ou une fronde, sauraient l'entourer d'affection et Durc serait mieux accepté que Rydag, qui avait été la proie d'insultes et de moqueries. Mais elle ne pouvait s'empêcher de penser à lui. Son clan vivait-il toujours dans la péninsule, ou s'était-il rapproché des autres clans, à l'intérieur des terres ou sur les hautes montagnes de l'est ?

— Ayla ! s'écria Jondalar avec fièvre. Regarde, là-bas ! Ça, c'est le delta, et là, tu peux apercevoir la Grande Rivière Mère. Et tu vois cette eau boueuse, de l'autre côté de la grande île ? Ce doit être le bras principal. Voilà, c'est là l'embouchure de la Grande Rivière Mère !

Des souvenirs mêlés de tristesse lui revenaient. La dernière fois qu'il avait vu cette rivière, son frère Thonolan l'accompagnait, son frère qui était maintenant retourné dans le monde des esprits. Soudain, il se souvint de la pierre opaline qu'il avait récupérée à l'endroit où Ayla avait enseveli son frère. Elle lui avait dit qu'elle contenait l'essence de l'esprit de Thonolan, et il l'avait conservée pour la donner à sa mère et à Zelandoni. Il la gardait dans son panier personnel. Il pensa que dorénavant, il la porterait sur lui.

— Oh, Jondalar ! Là, près de la rivière, on dirait de la fumée. Crois-tu que ce soit habité ? s'enquit Ayla, pleine d'espoir.

— Oui, c'est possible.

— Alors, dépêchons-nous, fit-elle en commençant à descendre la colline, suivie de Jondalar. Qui cela peut-il être ? Des gens que tu connais ?

— Peut-être. Les Sharamudoï viennent parfois jusque-là en bateau pour faire du troc. C'est comme ça que Markeno a rencontré Tholie. Elle accompagnait un Camp de Mamutoï venu chercher du sel et des coquillages.

Il s'arrêta pour examiner le delta et l'île qui s'élevait au milieu d'un étroit bras d'eau. Ensuite il étudia avec soin la bande de terre qui longeait la rivière.

— Je crois que nous ne sommes pas très loin de

l'endroit où Brecie avait établi le Camp du Saule... l'été dernier. Etait-ce seulement l'été dernier ? Elle nous y avait emmenés, Thonolan et moi, après que son Camp nous eut tirés des sables mouvants...

Jondalar ferma les yeux, mais ne put dissimuler sa douleur.

— Ce sont les derniers à avoir vu mon frère en vie... à part moi. Nous avions repris notre Voyage et j'espérais toujours qu'il l'oublierait. Hélas, il refusait de vivre sans Jetamio. Il voulait que la Mère l'emporte.... Et puis, nous avons rencontré Bébé.

Jondalar regarda Ayla et elle le vit changer d'expression. La douleur embuait ses yeux. Cependant, elle y reconnut la lueur si particulière qu'allumait parfois l'amour qu'il lui portait. Elle-même se sentit défaillir, mais elle lut encore autre chose dans ses yeux... et ce quelque chose l'inquiéta.

— Je ne comprenais pas pourquoi Thonolan voulait mourir... à l'époque. (Il détourna les yeux et poussa Rapide à accélérer l'allure.) Dépêche-toi, Ayla. Je croyais que tu avais hâte d'arriver.

Ayla pressa Whinney et suivit Rapide qui descendait vers la rivière au grand galop. La chevauchée les stimula et leur fit oublier leur tristesse. Galvanisé par la galopade rapide, le loup suivait de près, et quand ils atteignirent enfin le bord de l'eau et s'y arrêtèrent, il tendit le cou et fit entendre un long et mélodieux hurlement. Ayla et Jondalar se regardèrent en souriant. L'hommage du louveteau leur semblait tout à fait approprié aux circonstances : ils avaient atteint la rivière qui les accompagnerait une grande partie du reste de leur Voyage.

— Alors c'est elle ? C'est la Grande Rivière Mère ? demanda Ayla, l'œil pétillant.

— Oui, nous y sommes.

Il scruta l'ouest, vers le haut de la rivière. Il ne voulait pas refroidir l'enthousiasme d'Ayla, mais il savait combien leur chemin serait long.

Ils devraient traverser le continent dans toute sa largeur, jusqu'au plateau de glace qui recouvrait les montagnes, près de la source du fleuve. Et même au-delà, presque jusqu'à la Grande Eau, à l'ouest, là où la terre s'arrêtait. Sur trois mille kilomètres de méandres, la rivière de Doni, la Grande Rivière Mère des Zelandonii, se gonflait des eaux de plus de trois cents affluents descendant de deux chaînes de montagnes couvertes de glaciers, et charriait des monceaux de sédiments.

Les multiples bras du fleuve immense transportaient à travers les plaines une prodigieuse accumulation de limon. Mais avant d'atteindre le but de son long voyage, il se ramifiait en une sorte d'éventail, le sable se déposait, formant des îles marécageuses, des berges entourées de lacs et de cours d'eau zigzaguant, comme si la Grande Mère des rivières, épuisée par son long voyage, avait déposé son lourd fardeau de sédiments avant d'atteindre son but, et rejoignait la mer en titubant.

Le vaste delta où ils se trouvaient, deux fois plus long que large, commençait à des kilomètres de la mer. La rivière, trop grosse pour être maintenue dans son lit en arrivant dans la vaste plaine qui s'étendait, de l'est, entre l'ancien massif jusqu'à l'ouest, où les collines descendaient des montagnes en pente douce, se partageait en quatre bras dans quatre directions différentes. Des cours d'eau coupaient les quatre bras, créant un labyrinthe de rivières sinueuses qui s'écoulaient en formant de multiples lacs et lagunes. Les parcelles de terre, simples îlots de sable ou grandes îles couvertes de forêts et de steppes, peuplées d'aurochs, de cerfs et de leurs prédateurs, étaient entourées d'une ceinture de roseaux.

— D'où pouvait bien provenir cette fumée ? demanda Ayla. Il doit y avoir un Camp près d'ici.

— A mon avis, elle venait de la grande île que nous avons aperçue, de l'autre côté de cette rivière, déclara Jondalar, d'un geste large.

Ayla regarda dans la direction qu'il indiquait mais ne vit qu'un mur de phragmites dont les épillets violacés recouverts de poils brillants se balançaient au vent, à près de quatre mètres au-dessus du sol gorgé d'eau. En regardant de plus près, elle remarqua les feuilles argentées d'osier qui s'agitaient derrière le mur de roseaux. Mais elle fit bientôt une autre découverte troublante. D'habitude, l'osier était un arbuste poussant au bord de l'eau, et ses racines étaient souvent inondées à la saison des pluies. Il ressemblait à certains saules, mais sans jamais atteindre la taille d'un arbre. S'était-elle trompée ? Ces arbres étaient-ils des saules ? Il était rare qu'elle fît ce genre d'erreur.

Ils longèrent le bord de la rivière, et arrivés en face de l'île, ils entamèrent la traversée du chenal. Ayla se retourna pour s'assurer que les perches du travois sur lequel le bateau reposait n'étaient pas coincées par quelque obstacle. Ensuite elle vérifia que les extrémités, au-dessus du garrot de Whinney, puissent jouer librement pour permettre aux perches de flotter. Quand ils avaient récupéré leur matériel, avant de quitter la rivière, ils avaient d'abord pensé abandonner le bateau. Il avait rempli sa fonction, certes, mais après tout le travail qu'il avait nécessité, et bien que la traversée eût été plus difficile que prévu, Ayla et Jondalar rechignaient à s'en débarrasser.

C'était Ayla qui avait pensé l'attacher au travois, même si cela impliquait que Whinney gardât constamment son harnais, mais Jondalar avait décidé que le bateau leur faciliterait la traversée des cours d'eau. Leurs affaires chargées dans le bateau ne risqueraient donc plus de se mouiller. Mais plutôt que d'attacher les chevaux à l'embarcation avec une longe et leur demander de suivre, Whinney tirerait le bateau en nageant à son rythme. Lorsqu'il avait mis leur plan à exécution pour traverser le cours d'eau suivant, ils avaient découvert qu'il était préférable de lui enlever son harnais.

Toutefois, Whinney et Rapide s'étaient effrayés quand le courant les avait entraînés avec le bateau et les perches, sans qu'ils puissent contrôler leur dérive, et cela préoccupait Ayla. Elle envisagea de fabriquer un autre harnais qui se déferait d'un coup au cas où il gênerait la jument, mais Whinney encaissa sans broncher les secousses du courant. Ayla avait pris soin de la familiariser avec sa nouvelle fonction.

Par ailleurs, la coquille de noix s'avéra utile pour le transport du bois, du crottin de cheval, et autre combustible qu'ils ramassaient en cours de route pour allumer le feu du soir. Parfois, ils laissaient leurs paquets dans le canot après avoir traversé un cours d'eau. Ils avaient déjà franchi de multiples rivières qui rejoignaient la mer intérieure, et Jondalar savait que cela se reproduirait souvent en remontant la Grande Rivière Mère.

Comme ils s'enfonçaient dans l'eau limpide du chenal, l'étalon broncha et hennit avec nervosité. Depuis son aventure, Rapide craignait les rivières, mais Jondalar l'avait guidé avec tant de patience dans les précédents petits cours d'eau que le cheval avait surmonté sa peur, ce qui rassurait Jondalar quant à la suite du Voyage.

Le courant était faible et l'eau était si transparente qu'ils distinguaient les poissons au milieu des plantes aquatiques. Ils se glissèrent à travers les hauts roseaux et gagnèrent l'étroite langue de terre. Loup fut le premier à mettre pied sur l'île. Il s'ébroua et s'élança sur la rive argileuse qui menait à un petit bois de saules argentés.

— Je le savais, s'écria Ayla.

— Qu'est-ce que tu savais ? s'étonna Jondalar, que l'air satisfait d'Ayla amusait.

— Ces arbres ressemblent aux buissons où nous avons dormi le soir du déluge. Je croyais que c'était des osiers, mais je n'avais jamais vu d'osier aussi haut qu'un arbre. L'osier n'est qu'un arbuste, et ces arbres-là sont certainement des saules.

Ils descendirent de leur monture et menèrent les chevaux à travers la saulaie. Ils marchaient en silence, appréciant l'ombre rafraîchissante des feuillages qui se balançaient au gré du vent et tachetaient l'herbe inondée de soleil. Ils aperçurent au loin dans la prairie des aurochs qui paissaient tranquillement. Ils avançaient vent arrière, et lorsque le troupeau renifla leur odeur, il s'éloigna rapidement. Ces animaux ont déjà été chassés par des humains, se dit Jondalar.

Tout en marchant, les chevaux broutaient de pleines brassées d'herbe. Ayla s'empressa d'ôter le harnais de Whinney.

— Pourquoi t'arrêtes-tu ? demanda Jondalar.

— Les chevaux veulent brouter. Je pensais que nous pouvions les attendre.

— Nous ferions mieux de continuer, protesta Jondalar, l'air soucieux. Je suis sûr que cette île est habitée, et j'aimerais d'abord savoir par qui.

— Oh, c'est vrai ! Tu disais que la fumée venait d'ici ! Cet endroit est tellement beau que j'avais presque oublié, dit Ayla en souriant.

Le terrain s'élevait, et des aulnes, des peupliers et des saules blancs se mêlaient maintenant, modifiant la couleur des feuillages argentés de la saulaie. Bientôt des sapins, et une ancienne race de pins, aussi vieille que les montagnes elles-mêmes, enrichirent le camaïeu de vert sombre, éclairci par quelques mélèzes, et qu'illuminaient des touffes d'herbe dorée ondulant dans la brise. Des lierres grimpaient aux arbres, des lianes tombaient en cascade des branches, et dans la vallée encaissée, de jeunes chênes pubescents et des fourrés de noisetiers participaient à ce merveilleux tableau vivant.

L'île s'élevait d'à peine huit mètres au-dessus du niveau de l'eau. Suivait un long plateau, sorte de steppe miniature, parsemé de fétuques et de stipes plumeux jaunis par le soleil. Ils parvinrent de l'autre côté de l'île. Des dunes de sable, où s'accrochaient des roseaux des sables, des panicauts et des choux marins, descendaient abruptement dans une crique étroite, presque une lagune, aux rives plantées de hauts roseaux aux épillets violacés, de massettes et de joncs, ainsi que de quantité de plantes aquatiques. Dans la crique, les nénuphars étaient si nombreux qu'on distinguait à peine l'eau, et sur les grandes feuilles rondes, perchaient un nombre incalculable de hérons.

Derrière l'île, on apercevait le vaste lit boueux du bras le plus au nord de la grande rivière. Près de l'extrémité de l'île, ils virent un cours d'eau claire se jeter dans le bras principal, et Ayla contempla avec ravissement les deux courants, l'un transparent, l'autre chargé de limon marron, s'interpénétrer sans se mélanger d'abord, jusqu'à ce que l'eau boueuse finît par étouffer la clarté de la petite rivière.

— Tu as vu ça, Jondalar ? s'écria Ayla en désignant les deux courants parallèles.

— C'est à ça qu'on reconnaît la Grande Rivière Mère, expliqua Jondalar. Ce bras te conduira droit à la mer. Oh, regarde !

Derrière un bosquet d'arbres, de l'autre côté de la crique, un filet de fumée montait vers le ciel. Ils avancèrent dans cette direction. Ayla se réjouissait déjà, mais Jondalar se méfiait. Si la fumée provenait d'un feu, pourquoi n'avaient-ils aperçu personne ? Les habitants auraient dû les voir, pourtant. Pourquoi ne venait-on pas les accueillir ? Il raccourcit la longe de Rapide et lui flatta l'encolure pour le rassurer.

En découvrant les contours d'une tente conique, Ayla sut qu'ils approchaient d'un Camp, et elle avait hâte de connaître ceux qui y vivaient. Peut-être même étaient-ce des Mamutoï, se dit-elle en faisant signe à Whinney de rester près d'elle. Loup avait adopté son attitude défensive, et elle siffla le signal qu'elle lui avait appris. Il s'élança près d'elle et ils pénétrèrent ensemble dans le petit campement.

11

Ayla pénétra dans le Camp, suivie de près par Whinney, et marcha jusqu'au foyer d'où s'échappaient encore des volutes de fumée. Cinq abris étaient disposés en demi-cercle, et devant celui du milieu on avait creusé un trou pour y faire le feu qui brûlait encore. A l'évidence, le Camp avait été utilisé peu auparavant, mais personne ne se montra pour les accueillir. Ayla inspecta les lieux, jeta un coup d'œil à l'intérieur des habitations. Personne. Surprise, elle examina les abris et le Camp afin de recueillir des informations sur ses habitants, et découvrir la cause de leur départ.

Les tentes coniques ressemblaient à celles qu'utilisaient les Mamutoï pour leur Camp d'été. Mais alors que les Chasseurs de Mammouths se donnaient plus d'espace en leur adjoignant des tentes semi-circulaires en peau de bête, souvent soutenues par une perche, ce Camp-ci fabriquait des auvents de roseaux et de joncs tressés. Certains étaient de simples toits inclinés soutenus par des perches flexibles, d'autres en revanche étaient clos, constructions de chaume et de nattes reliées à l'abri principal.

Devant l'entrée de la tente la plus proche, Ayla aperçut des racines de massettes entassées sur une natte de roseaux, et à côté, deux paniers. L'un était finement tressé et contenait une eau légèrement boueuse, l'autre était à moitié plein de racines pelées d'un blanc éclatant. Elle marcha jusqu'au panier et palpa une des racines.

Elle était encore humide ; on l'avait épluchée depuis peu.

En la reposant, elle remarqua un objet étrange sur le sol. Tissé avec des feuilles de massettes, il ressemblait à un personnage, avec deux bras et deux jambes, et un morceau de cuir souple enroulé comme une tunique. Sur son visage on avait dessiné au charbon de bois deux petits traits pour marquer les yeux, et un troisième arrondi en sourire. Des touffes de stipes plumeux attachées sur la tête représentaient les cheveux.

Ceux avec qui Ayla avait grandi ne fabriquaient pas de figurines. Ils se servaient parfois de symboles, comme les cicatrices sur sa jambe, pour désigner les totems. Petite fille, elle avait été griffée par un lion des cavernes qui avait laissé quatre entailles profondes sur sa cuisse gauche. Le Clan utilisait une marque identique pour représenter le totem du lion des cavernes. C'était ce qui avait persuadé Creb que le Lion des Cavernes était bien son totem, quoiqu'il fût considéré comme un totem masculin. L'Esprit du Lion des Cavernes l'avait choisie et marquée, et était désormais son protecteur.

D'autres totems étaient symbolisés de la même manière, par de simples signes dérivés des attributs de l'animal, ou de la gestuelle du langage. La première véritable image qu'elle vit fut le rapide croquis d'un animal que Jondalar avait dessiné sur un morceau de cuir qu'il utilisait comme cible. La petite figurine sur le sol la stupéfia. Soudain elle comprit. Elle n'avait jamais eu de poupée dans son enfance, mais elle se souvint que les enfants des Mamutoï jouaient avec des objets similaires ; la figurine était donc un jouet d'enfant !

Juste avant leur arrivée, une femme était assise là, avec son enfant, Ayla en était convaincue. Elle avait dû fuir précipitamment pour abandonner ainsi sa nourriture, sans même emporter le jouet de son enfant. Pourquoi une telle hâte ?

En se retournant, elle vit Jondalar, tenant toujours Rapide par le licol, agenouillé au milieu d'éclats de silex qu'il examinait attentivement.

— Cette excellente pointe a été ébréchée par un

geste maladroit, déclara-t-il en se relevant. Il suffisait d'un rien pour la terminer, mais la main a été trop lourde et elle a manqué son but... on dirait que le tailleur de silex a été subitement dérangé. Ah, voilà le percuteur ! Il l'a abandonné.

L'usure profonde de la dure pierre ovale témoignait de son ancienneté, et Jondalar, en bon tailleur de silex, avait du mal à imaginer qu'on pût oublier un outil aussi précieux.

Ayla promena son regard dans le campement et aperçut des filets de pêche étendus sur un séchoir, et des poissons qui jonchaient le sol. L'un d'eux avait été éventré, et de toute évidence, celui ou celle qui le préparait avait brutalement interrompu son travail.

— Il y avait encore du monde il n'y a pas si longtemps, et ils ont fui à la hâte, remarqua Ayla. Le feu brûle encore. Où sont-ils donc passés ?

— Je n'en sais rien, mais tu as raison. Ils ont décampé à toute allure. Ils ont tout abandonné et... et ils se sont enfuis. On dirait... on dirait qu'ils avaient peur.

— Oui, mais peur de quoi ? s'étonna Ayla en regardant autour d'elle. Je ne vois rien.

Jondalar avait l'air perplexe. Il aperçut alors Loup renifler le Camp abandonné, furetant dans l'entrée des tentes et fourrant son nez sur chaque objet qui traînait. Son attention se reporta ensuite sur la jument louvette qui broutait à proximité, tirant toujours le travois surmonté du canot, étrangement indifférente aux humains et au loup. Le jeune étalon suivait docilement Jondalar. Des paniers de chaque côté de sa croupe, une couverture sur le dos, tenu par sa longe, il attendait.

— C'est précisément ce qui m'inquiète, Ayla. Nous ne savons pas d'où vient le danger.

Loup interrompit ses recherches, scruta fixement les bois, et s'élança.

— Loup ! appela Jondalar.

L'animal s'arrêta et le regarda en remuant la queue.

— Ayla, dis-lui de revenir. S'il trouve les habitants de ce Camp, il va les effrayer encore plus.

Au sifflement d'Ayla, Loup accourut. Elle lui flatta le cou en considérant Jondalar d'un air dépité.

— Tu crois qu'on leur a fait peur ? Tu crois qu'ils se sont enfuis à cause de nous ?

— Souviens-toi du Camp des Fougères, et de la manière dont ils nous ont reçus. Mets-toi à la place de ces gens qui nous voient pour la première fois. Nous voyageons avec deux chevaux et un loup, Ayla ! A la Réunion d'Eté, les Mamutoï, eux-mêmes, ont mis du temps avant de s'habituer, et pourtant, nous étions avec le Camp du Lion. Quand on y pense, Talut a été bien courageux de nous inviter dans son Camp avec nos chevaux.

— Alors, que proposes-tu ?

— Je crois que nous devrions partir. Les habitants de ce Camp se terrent probablement dans les bois en pensant que nous venons du monde des esprits. C'est ce que je croirais si je voyais débarquer des étrangers comme nous.

— Oh, Jondalar ! gémit Ayla qui ne pouvait cacher sa déception, accablée par un violent sentiment de solitude. Je me réjouissais tellement de rencontrer des humains. (Elle contempla le Camp une dernière fois, et hocha la tête d'un air grave.) Tu as raison. S'ils ont peur et qu'ils ne veulent pas nous recevoir, nous devons partir. Je regrette de ne pas avoir rencontré la femme et l'enfant qui ont laissé cette chose-jouet, j'aurais aimé leur parler. (Elle se dirigea vers Whinney qui paissait à la sortie du Camp.) Je ne veux pas qu'on ait peur de moi ! s'écria-t-elle, désolée. Aurons-nous jamais l'occasion de parler à des étrangers ?

— Pour les étrangers, je n'en suis pas sûr. Mais nous pourrons rendre visite aux Sharamudoï. Ils seront peut-être un peu soupçonneux au début, mais ils me connaissent. Tu sais comment sont les gens, une fois la peur passée, les animaux les intriguent beaucoup plus qu'ils ne les effraient.

— Comme je regrette que nous ayons effrayé ceux-là. Si on leur laissait un cadeau, même sans avoir partagé leur hospitalité ? proposa Ayla en fouillant dans son panier. De la nourriture leur plairait, tu crois ? Oui, de la viande. Ce serait bien.

— Bonne idée. Et j'ai des pointes de rechange. Je vais remplacer celle que le tailleur de silex a gâchée. Il n'y a rien de plus décevant que de gâcher un outil qu'on était sur le point de terminer.

En sortant son étui à outils, Jondalar se remémora les étrangers qu'ils avaient rencontrés avec son frère au cours de leur Voyage. On les avait toujours bien reçus et souvent aidés. Plusieurs fois, on leur avait sauvé la vie. Mais s'ils faisaient peur aux inconnus, qu'adviendrait-il d'eux s'ils avaient besoin d'aide ?

Ils quittèrent le Camp, escaladèrent les dunes et, arrivés sur le plateau de l'étroite petite île, ils firent une halte. Ils contemplèrent la fine colonne de fumée, et la rivière boueuse qui courait vers l'étendue bleue de la mer de Beran. Sans mot dire, ils remontèrent à cheval et obliquèrent vers l'est pour avoir une meilleure et dernière vue de la vaste mer intérieure.

Arrivés à l'extrémité de l'île, ils se trouvèrent si près de la mer clapoteuse qu'ils distinguèrent les vagues qui se brisaient sur les barres sablonneuses avec des gerbes d'écume. Ayla, le regard perdu dans le lointain, crut reconnaître le paysage qu'elle apercevait à l'horizon. Elle se souvenait de l'endroit où elle avait grandi, la caverne du clan de Brun, à l'extrémité méridionale de la péninsule. C'était là qu'elle avait donné le jour au fils qu'elle avait abandonné quand elle avait été damnée.

A-t-il beaucoup grandi ? se demanda-t-elle. Je suis sûre qu'il est plus grand que les garçons de son âge. Est-ce qu'il est fort ? En bonne santé ? Est-il heureux ? Se souvient-il seulement de moi ? Ah, j'aimerais tant savoir ! Comme j'aimerais le revoir ! C'est ma dernière chance. Après, Jondalar a l'intention de continuer par l'ouest. Plus jamais elle ne se trouverait aussi près de son clan et de Durc. Pourquoi ne pas faire un détour par l'est ? S'ils contournaient la côte, ils atteindraient la péninsule en quelques jours. Jondalar lui avait promis qu'il l'accompagnerait si elle voulait retrouver Durc.

— Oh, Ayla, regarde ! J'ignorais qu'il y avait des phoques dans la mer de Beran ! Je n'ai plus revu ces animaux depuis mon enfance, quand j'avais accompagné Willomar dans une randonnée, raconta Jondalar, la voix pleine d'excitation et de nostalgie. Il nous avait emmenés, Thonolan et moi, voir les Grandes Eaux, et le peuple qui vit au bord de la mer nous avait conduits en bateau plus au nord. As-tu déjà vu des phoques ?

A l'endroit que Jondalar lui indiquait, Ayla vit plusieurs créatures à la ligne fuselée, au poil noir brillant, au ventre gris clair, gauchement affalées sur un banc de sable, derrière des rochers à demi submergés. La plupart des phoques plongèrent bientôt à la poursuite d'un banc de poissons. Ils les virent remonter brusquement à la surface, alors que les derniers, les plus petits et les plus jeunes, plongeaient à leur tour dans la mer. Ils disparurent aussi vite qu'ils étaient venus.

— J'en avais déjà vu de loin, dit Ayla, pendant la saison froide. Ils aimaient se reposer sur les bancs de glace. Le clan de Brun ne les chassait pas. On ne pouvait pas les approcher, bien que Brun m'ait dit un jour qu'il en avait aperçu sur des rochers, près d'une grotte marine. Certains croyaient que c'étaient des esprits aquatiques. Pourtant, j'ai vu un jour des bébés phoques, et je doute que les esprits aquatiques aient des bébés. J'ignorais où ils allaient l'été, sans doute venaient-ils ici.

— Quand nous serons chez moi, je t'emmènerai aux Grandes Eaux. Tu n'en croiras pas tes yeux, Ayla. Ici, la mer a l'air grande, bien plus qu'aucun lac, et on m'a dit qu'elle était salée, mais ce n'est rien en comparaison des Grandes Eaux. On dirait le ciel, personne n'en a jamais vu la fin.

La voix de Jondalar trahissait son impatience, et Ayla constata à quel point il avait hâte d'être de retour dans son pays. Elle savait qu'il n'hésiterait pas à l'accompagner à la recherche du clan de Brun si elle le lui demandait. Oui, il viendrait par amour pour elle. Mais elle l'aimait aussi, et elle savait qu'il serait mécontent d'être retardé. Elle contempla la vaste étendue d'eau, puis ferma les yeux pour retenir ses larmes.

De toute façon, elle ignorait où diriger ses recherches. En outre, ce n'était plus le clan de Brun, c'était celui de Broud, et on ne l'accueillerait pas à bras ouverts. Broud l'avait maudite. Pour le Clan, elle était morte désormais, elle n'était plus qu'un esprit. Si Jondalar et elle avaient terrorisé le Camp sur l'île à cause des animaux et du pouvoir apparemment surnaturel qu'ils exerçaient sur eux, qu'en serait-il pour le Clan ? Ils provoqueraient une jolie frousse, même pour Uba et Durc. A leurs yeux, elle serait une revenante du monde des esprits, et les animaux n'en seraient qu'une preuve supplémentaire. Ils croyaient que les esprits revenaient de la terre des morts pour les tourmenter.

Une fois en route pour l'ouest, ce serait la fin. Durc ne serait plus qu'un souvenir qui la hanterait jusqu'à son dernier jour, elle n'aurait plus aucune chance de le revoir. Elle devait se décider. Elle croyait avoir déjà fait ce choix, il y avait bien longtemps, et la vive douleur qu'elle ressentait ne l'en surprenait que plus. Elle détourna la tête pour que Jondalar ne vît pas ses larmes, et adressa un dernier salut muet à son fils bien-aimé. Un immense chagrin l'envahit, un chagrin qui resterait pour toujours dans son cœur comme une plaie amère, elle le savait.

Ils tournèrent le dos à la mer et avancèrent dans la steppe dont l'herbe leur arrivait à la taille, laissant aux chevaux le temps de se reposer et de brouter. Le soleil était haut dans le ciel, il faisait chaud et la grande île baignait dans la lumière. La chaleur montait du sol en vagues miroitantes, embaumant l'air de l'arôme suave de la terre et des plantes. Abrités sous leur chapeaux de paille, ils avançaient sur l'étroite bande de terre dénuée d'arbres. L'eau qui s'évaporait des bras de rivière environnants alourdissait l'air d'humidité, et la sueur perlait sur leur corps recouvert de poussière. La rare brise marine était la bienvenue, brise intermittente exhalant les riches senteurs des eaux profondes.

Ayla s'arrêta pour dénouer la fronde qui ceignait son front, et elle la glissa sous sa ceinture pour la protéger de l'humidité. Suivant l'exemple de Jondalar, elle la remplaça par une bande de cuir souple nouée sur la nuque afin d'absorber la sueur qui ruisselait sur son front.

Elle reprit sa marche et vit une sauterelle d'un vert terne sauter comme un ressort, et s'aplatir dans l'herbe, camouflée par sa couleur. Elle en aperçut une autre, et encore une. Elles jaillissaient de partout, lui rappelant le gigantesque essaim de criquets. Mais les sauterelles n'étaient qu'une des multiples variétés d'insectes pullulant dans la steppe. Des papillons dansaient parmi les épis de fétuques, fiers de leurs couleurs éclatantes, et un inoffensif faux bourdon, semblable à l'abeille, virevoltait autour d'un bouton d'or.

Bien que l'herbe y fût plus courte, la prairie ressemblait aux steppes arides, mais lorsqu'ils arrivèrent à l'extrémité de l'île, le paysage marécageux de l'immense delta les frappa par son étrangeté. Au nord, au-delà de la ligne broussailleuse dessinée par la rivière, ils apercevaient l'arrière-pays, une prairie d'un vert pâle et doré. Mais au sud et à l'ouest, les marécages du grand fleuve s'étendaient à perte de vue, et semblaient aussi consistants que la terre ferme. Ce n'était que buissons de roseaux verts, ondulant au gré du vent comme une mer houleuse, d'où surgissaient parfois quelques arbres jetant une ombre fugitive sur la marée verte, et où des cours d'eau se frayaient un chemin en zigzaguant.

En descendant la colline à travers bois, Ayla identifia une grande variété d'oiseaux, dont certains qu'elle n'avait jamais vus. Corneilles, coucous, passereaux, tourterelles, chacun faisait entendre son cri distinctif. Une hirondelle, pourchassée par un faucon, plongea soudain dans les roseaux. Haut dans le ciel, des milans noirs et plus bas des busards guettaient les poissons crevés ou mourants. Fauvettes et gobe-mouches voletaient d'arbre en fourré, alors que de minuscules bécasseaux, des rouges-queues et des pies-grièches sautaient de branche en branche. Des mouettes planaient, portées par les vents, bougeant à peine une plume, et de lourds pélicans au vol majestueux déployaient leurs grandes ailes puissantes.

Ayla et Jondalar débouchèrent sur la rivière, près d'un massif de saules marseaux où une colonie mixte d'oiseaux des marais avaient élu domicile : hérons bihoreaux, aigrettes, hérons pourprés, cormorans, et ibis falcinelles, tous nichaient ensemble. D'une branche à l'autre du même arbre, on trouvait les nids d'espèces différentes, certains abritant plusieurs œufs ou oisillons. Les oiseaux semblaient aussi indifférents aux humains qu'à leurs voisins, mais l'endroit qui bourdonnait d'une activité incessante était bien trop irrésistible pour que le jeune louveteau l'ignore.

Il s'approcha furtivement, mais la pléthore de possibilités troubla ses intentions. Il se décida enfin, et se rua vers un petit arbuste. Des cris stridents et des battements d'ailes l'accueillirent et les plus proches oiseaux s'égaillèrent, immédiatement suivis par ceux qui comprirent le signal du danger. La réaction se fit en chaîne et bientôt le ciel fut rempli d'oiseaux des marais, de loin les plus nombreux dans le delta. Des milliers d'oiseaux effarouchés zébraient l'azur de leur vol désordonné.

Loup s'enfuit comme un bolide, la queue entre les pattes, hurlant et grondant, effrayé par le remue-ménage qu'il avait déclenché. Pour compléter le tableau, les chevaux, nerveux et inquiets, ruèrent et hennirent à qui mieux mieux, pour finalement décamper vers la rivière.

Le travois entrava Whinney dans sa fuite. Elle était de toute façon la moins impressionnable des deux, et elle se calma rapidement. Jondalar eut plus de difficultés à rassurer l'étalon. Il courut dans l'eau après son cheval, nageant quand il n'avait plus pied, et disparut bientôt dans les roseaux. Ayla alla chercher Whinney au milieu du cours d'eau et la ramena sur la terre ferme. Après l'avoir calmée et réconfortée, elle détacha les perches et ôta le harnais de la jument pour la laisser libre de courir à sa guise. Ensuite elle siffla

Loup à plusieurs reprises avant de le voir reparaître, venant du bas de la rivière, loin du fourré où nichaient les oiseaux.

Ayla troqua ses habits trempés contre des vêtements secs, puis ramassa du bois pour allumer un feu en attendant Jondalar. Il aurait, lui aussi, besoin de se changer. Heureusement ses paniers se trouvaient au sec dans le canot. Il ne revint, à cheval sur Rapide, qu'après un long moment. L'étalon avait remonté la rivière assez haut avant que Jondalar ne le rattrape.

L'homme aux cheveux blonds était en colère contre Loup, ce qui n'échappa ni à Ayla ni au quadrupède penaud. Il attendit que Jondalar fût assis, une tasse d'infusion à la main, et l'approcha en rampant à ses pieds, remuant la queue comme un bébé loup qui cherche à jouer, couinant comme s'il cherchait à se faire pardonner. Lorsqu'il fut assez près, il essaya de lui lécher le visage. Jondalar commença par le repousser. Mais quand il permit à l'animal de s'approcher, celui-ci sembla si heureux que Jondalar se laissa attendrir.

— On dirait qu'il essaie de s'excuser, dit-il. Ça paraît à peine croyable. Non, c'est impossible, ce n'est qu'un animal ! Ayla, crois-tu que Loup soit conscient de sa mauvaise conduite et cherche à se faire pardonner ?

Cela ne surprenait pas Ayla. Elle avait été témoin de cas semblables quand, en cachette, elle avait appris à chasser, et qu'elle avait observé les carnassiers qu'elle avait choisis comme proies. L'attitude de Loup correspondait à la soumission des jeunes louveteaux à l'égard du mâle dominant de la bande.

— Je ne sais pas ce qu'il comprend, ni ce qu'il pense, répondit-elle. Je ne peux juger que d'après ses actes. Comme pour les humains ! On ne sait jamais ce que l'autre pense ou comprend, on ne peut que le déduire de ses réactions. Tu ne crois pas ?

Jondalar parut perplexe. Ayla ne doutait pas que Loup fût repentant, mais elle ne croyait pas que cela changerait grand-chose. Il s'était comporté avec elle de la même manière quand elle avait essayé de lui apprendre à ne pas toucher aux chaussures de cuir des habitants du Camp du Lion. Il lui avait fallu beaucoup de temps et de patience pour le lui faire admettre et elle ne pensait pas qu'il fût mûr pour renoncer à chasser les oiseaux.

Le soleil frôlait les pics escarpés à l'extrémité méridionale de la chaîne de montagnes, et déclinait vers l'ouest, faisant jaillir des étincelles de leur couronne de glace. La chaîne perdait de l'altitude en s'enfonçant vers le nord, et les montagnes anguleuses s'adoucissaient, formant des crêtes arrondies recouvertes de neige miroitante. Au nord-ouest, les montagnes disparaissaient derrière un rideau de nuages.

Ayla arrêta Whinney dans une clairière accueillante, au bord de la rivière. Jondalar les suivait à quelques pas. Le pré vert au milieu d'un sous-bois menait directement à une lagune d'eau dormante.

Les quatre bras du fleuve charriaient un limon boueux, mais dans le réseau de chenaux et de rivières secondaires qui serpentaient à travers les roseaux, coulait une eau pure et potable. Les chenaux débouchaient parfois sur des lacs ou des lagunes entourés de roseaux, de joncs ou autres plantes aquatiques, et souvent recouverts de nénuphars, dont les larges feuilles accueillaient une multitude de grenouilles et offraient une aire de repos à quelques hérons.

— Voilà un endroit agréable, constata Jondalar, en se laissant glisser du dos de Rapide.

Il débarrassa son cheval de ses paniers de charge, de sa couverture, et de son harnais, et Rapide se précipita vers la lagune, bientôt rejoint par Whinney.

La jument fut la première dans l'eau, et commença par s'abreuver. Puis elle se mit à frapper du devant avec vigueur, s'éclaboussant elle-même ainsi que le jeune étalon qui buvait à côté. Tête baissée, oreilles pointées, Whinney renifla l'eau, s'agenouilla sur ses antérieurs, plia les jarrets, roula sur le côté et finalement sur le dos. Maintenant la tête hors de l'eau, les jambes battant l'air, elle se frotta le dos sur le fond de la lagune en se tortillant de plaisir, puis roula sur le côté. Rapide, qui avait observé sa mère, n'attendit pas davantage. Il se rua dans l'eau peu profonde et l'imita.

— Moi qui pensais qu'ils avaient eu leur content d'eau pour la journée ! s'exclama Ayla en s'approchant de Jondalar.

— Oui, mais ils adorent se rouler dans l'eau... s'ils avaient de la boue ou de la poussière, ils seraient encore plus contents. Avant de connaître Whinney et Rapide, j'ignorais que les chevaux aimaient se rouler par terre à ce point.

— Pourtant, tu sais combien ils apprécient qu'on les gratte. Eh bien, je crois que c'est leur manière à eux de se gratter. Parfois les chevaux se grattent mutuellement, et ils expliquent à l'autre où ils désirent qu'on les gratte.

— Enfin, Ayla ! Comment voudrais-tu qu'ils l'expliquent ? Par moments il me semble que tu les prends pour des humains.

— Non, les chevaux ne sont pas des humains, je ne les confonds pas. Mais observe-les bien, quand ils se tiennent tête-bêche, par exemple. L'un d'eux va gratter l'autre avec ses dents, et attendra d'être gratté au même endroit en retour. Tiens, je crois que je vais peigner Whinney avec la cardère sèche. Les sangles doivent lui tenir chaud et la démanger. Je me demande parfois si nous ne devrions pas abandonner le canot...

— Je suis en sueur, et ça me démange, avoua Jondalar. Je crois que je vais me plonger dans l'eau, moi aussi. Mais pas tout habillé, cette fois-ci.

— J'irai tout à l'heure, après avoir déballé mes affaires. Et je vais faire sécher mes vêtements humides sur ces buissons, fit-elle en sortant des vêtements entassés dans un de ses paniers pour les étendre sur les branches d'un aulne. Je ne regrette pas de les avoir mouillés, reprit-elle en étalant un pagne. J'ai trouvé des saponaires et je les ai lavés en t'attendant.

Jondalar l'aida à étendre les vêtements et découvrit parmi eux sa propre tunique.

— Je croyais que tu avais lavé tes vêtements en m'attendant. Et ça, qu'est-ce que c'est ?

— Je l'ai aussi lavée après que tu t'es changé. La transpiration brûle le cuir, ta tunique était toute tachée.

Whinney sortit de l'eau. Elle s'arrêta sur la berge, jambes écartées, et s'ébroua. La violente secousse se répercuta sur tout son corps jusqu'à sa queue, et éclaboussa Jondalar qui tenta de se protéger. Ayla éclata de rire. Elle courut dans la lagune et fouettant la surface de l'eau en moulinant les bras, elle arrosa son compagnon qui la rejoignait. Dès qu'il eut de l'eau jusqu'aux genoux, il l'aspergea à son tour. A côté de lui, Rapide reçut aussi sa part de la douche, et s'esquiva prestement. Il aimait l'eau, à condition d'être maître de la situation.

Après avoir longtemps joué et s'être bien baignée, Ayla commença à penser au dîner. Des fleurs à trois pétales blancs et au cœur violet émergeaient de l'eau sur un coussin de feuilles lancéolées, et Ayla savait les tiges riches en amidon, succulentes et nourrissantes. Elle plongea ses orteils dans la vase pour en arracher, mais les tiges fragiles se cassèrent. En regagnant la rive, elle ramassa aussi du plantain d'eau qu'elle se proposait de cuire, et du cresson au goût caractéristique, à manger cru. Elle repéra des petites feuilles ouvertes qui flottaient en dessinant une figure harmonieuse autour d'un point central.

— Jondalar ! Fais attention de ne pas marcher sur les châtaignes d'eau, cria-t-elle en lui montrant les graines épineuses qui jonchaient le sable du rivage.

Il en ramassa une et l'examina. Les quatre épines de la graine étaient disposées de telle manière qu'un piquant s'enfonçait dans le sol pendant que les trois autres pointaient en l'air. Perplexe, il jeta la graine qu'Ayla ramassa avec quelques autres.

— Il faut prendre garde de ne pas poser le pied dessus, expliqua-t-elle en réponse à son air interrogateur, mais elles sont comestibles.

Une fois sur la terre ferme, Ayla aperçut, à l'ombre près du rivage, une grande plante familière aux feuilles bleu-vert, et elle se mit à la recherche de feuilles larges pour se protéger les mains. Il fallait prendre des précautions pour cueillir les orties brûlantes, mais une fois cuites, elles étaient délicieuses. Au ras du rivage, poussait de l'oseille aquatique dont Ayla décida qu'elle ferait cuire les feuilles, qui atteignaient près d'un mètre. A proximité, il y avait également des pas-d'âne, et plusieurs sortes de fougères aux racines succulentes. Vraiment, la nourriture abondait dans le delta.

Au large, Ayla remarqua une île couverte de grands roseaux et entourée de massettes. Décidément, il était dit que les massettes constitueraient leur nourriture de base ! Elles proliféraient, et presque tout y était comestible. Avec les vieilles racines, pilées pour séparer les fibres de l'amidon, on obtenait de la pâte, ou on épaississait les soupes ; les racines jeunes se mangeaient cuites ou crues, mélangées aux pédoncules des fleurs, sans oublier le pollen avec lequel on pouvait aussi confectionner une sorte de pain. Et tout cela était délicieux. A la floraison, les fleurs groupées en touffe à l'extrémité des hautes tiges, leur donnant l'aspect d'une queue de renard, avaient aussi beaucoup de goût.

Le reste de la plante était aussi très utile. Les feuilles servaient à tisser des paniers ou des tapis, et le duvet des fleurs, après libération des graines, fournissait une matière absorbante et un excellent amadou. Grâce à ses pierres à feu, Ayla n'utilisait plus l'amadou, mais elle savait que roulées dans les paumes, les tiges cotonneuses de l'année précédente permettaient d'allumer du feu, ou servaient de combustible.

— Jondalar, prenons le bateau et allons faire un tour sur l'île cueillir des massettes, proposa Ayla. Il y a aussi des tas d'autres bonnes choses à manger dans la lagune. Tiens, les cosses et les racines des nénuphars, par exemple ! Et les racines des roseaux ! Bien sûr, il faut plonger pour les arracher, mais puisque nous sommes déjà mouillés, profitons-en ! Nous chargerons tout dans le bateau.

— Tu n'es jamais venue par ici, comment peux-tu savoir que ces plantes sont comestibles ? s'étonna Jondalar en détachant le travois.

— Il y avait beaucoup d'endroits semblables, près de

notre caverne, sur la péninsule. Ils n'étaient pas aussi étendus mais il y faisait chaud en été, comme ici. Iza connaissait les plantes et savait où les trouver. Les autres, c'est Nezzie qui m'en a parlé.

— J'ai l'impression que tu connais toutes les plantes !

— Oh, j'en connais beaucoup, mais pas toutes. Surtout dans cette région. J'aimerais tant que quelqu'un me conseille. Tiens, la femme sur l'île, celle qui s'est enfuie alors qu'elle épluchait les racines. Elle aurait pu m'apprendre beaucoup de choses. Quel dommage que nous n'ayons pu rester !

Sa déception n'était pas feinte, et Jondalar se rendait compte qu'elle se languissait de ses semblables. La société des humains lui manquait aussi, et il aurait bien voulu rester sur l'île.

Ils mirent le bateau à l'eau et embarquèrent. Le courant semblait faible, mais ils n'en durent pas moins pagayer vigoureusement pour ne pas se laisser entraîner en aval. Loin du rivage et de la vase que leurs ébats avaient soulevée, l'eau était si limpide qu'ils pouvaient voir les poissons agglutinés autour des plantes immergées, certains pointant fugitivement leur tête hors de l'eau. En voyant leur taille, Ayla se promit d'en pêcher plus tard.

Une concentration de nénuphars les arrêta, si dense qu'on ne distinguait plus la surface de la lagune. Quand Ayla se glissa dans l'eau, Jondalar éprouva d'énormes difficultés à maintenir le bateau en place, qui avait tendance à tourner sur lui-même s'il essayait de pagayer. Mais Ayla reprit bientôt pied et elle stabilisa l'embarcation. En se guidant des tiges, elle tenta d'atteindre les racines avec ses orteils pour les décoller du fond vaseux. Les nénuphars se détachèrent dans un nuage de limon.

Ayla fit de nouveau tournoyer le canot en se hissant à bord, mais à deux, ils réussirent à l'équilibrer et ils se dirigèrent vers le massif de roseaux. En approchant, Ayla s'aperçut que les plantes qui poussaient dru sur les bords de l'île étaient des massettes auxquelles se mêlaient de grands saules marseaux.

Ils se frayèrent un chemin au milieu de la végétation, à la recherche d'une berge où accoster. Mais ils avaient beau écarter les roseaux, ils ne trouvaient pas trace de la moindre parcelle de terre, ni du plus vulgaire banc de sable, et à mesure qu'ils avançaient, le rideau de roseaux se refermait derrière eux. Ayla ressentit une certaine appréhension, et Jondalar, encerclé, eut l'étrange sensation d'être le captif d'un être invisible. Des pélicans volaient au-dessus de leur tête. Ayla et Jondalar avaient la désagréable impression que c'était en cercles de plus en plus rapprochés. Lorsqu'ils se retournèrent pour examiner le chemin qu'ils venaient de s'ouvrir, ils eurent la surprise de voir la terre ferme disparaître lentement.

— Ayla, nous bougeons ! s'écria Jondalar, comprenant soudain que le rivage ne bougeait pas, mais que l'île, poussée par les courants, tournait sur elle-même, entraînant leur bateau avec elle.

— Allons-nous-en vite ! hurla Ayla en empoignant sa pagaie.

Les îles du delta étaient éphémères, à la merci constante des caprices de la Grande Mère des rivières. Même celles qui abritaient une abondance de roseaux risquaient d'être balayées par les flots. Parfois la végétation poussait tant qu'elle s'étendait jusque dans l'eau elle-même.

Quelle qu'en fût la cause initiale, les racines de roseaux s'entremêlaient et créaient une plate-forme flottante où s'accumulaient les matières en décomposition venant d'organismes aquatiques ou végétaux, qui fertilisaient à leur tour d'autres roseaux. Avec le temps, ces plates-formes devenaient des îles flottantes qui abritaient toutes sortes de végétation. Variétés de petites massettes à feuilles étroites, joncs, fougères, buissons de saules marseaux qui atteindraient un jour la taille d'un arbre, toutes ces plantes poussaient sur les bords de l'île. Mais c'étaient les immenses roseaux, dépassant parfois trois mètres, qui avaient constitué la végétation originelle. Certains de ces bourbiers devenaient de véritables paysages flottants, à l'aspect éternel totalement illusoire.

Avec leurs petites pagaies et beaucoup de sueur, ils se forcèrent un passage hors de l'île trompeuse. Mais arrivés à la périphérie de l'instable bourbier, ils s'aperçurent que le rivage opposé avait disparu. Face à eux, s'étendait un lac dont le spectacle leur coupa le souffle. Une incroyable concentration de pélicans tranchait sur un décor vert foncé. Ils étaient des milliers et des milliers d'oiseaux rassemblés sur les nids herbeux d'îles flottantes. Et dans le ciel, une myriade d'autres pélicans aux ailes d'une envergure impressionnante volaient à différentes hauteurs, comme s'ils attendaient leur tour pour se poser sur les îles surpeuplées.

Blancs teintés d'un lavis rose, des ailes aux rémiges gris foncé, un long bec crochu, la mandibule inférieure affublée d'une poche dilatable, les grands oiseaux élevaient leurs oisillons. Les bruyants bébés pélicans, encore recouverts de duvet, sifflaient et piaillaient, et leurs parents leur répondaient par des cris rauques. Si grand était leur nombre que le vacarme en devenait assourdissant.

A demi cachés par les roseaux, Ayla et Jondalar observèrent, fascinés, la gigantesque colonie. Un appel rauque leur fit lever la tête, et ils virent un pélican d'une envergure d'au moins trois mètres volant en rase-mottes, toutes ailes déployées. Il fonça vers le milieu du lac, puis replia soudain ses ailes et tomba comme une pierre, provoquant un énorme plouf dans son amerrissage disgracieux. Près de là, un autre battait des ailes et rasait l'eau pour prendre son envol. Ayla commençait à comprendre pourquoi ils avaient élu domicile sur un lac : ils avaient besoin d'un grand espace pour décoller, bien qu'une fois en l'air leur vol fût d'une grâce surprenante.

Jondalar, d'un coup de coude, lui désigna une bande de pélicans qui nageaient en avançant lentement de front. Ayla regarda leur étrange ballet et lui sourit. Obéissant à un mystérieux signal, les pélicans soigneusement alignés plongeaient la tête et la ressortaient en chœur, l'eau dégoulinant de leur long bec. Certains, mais pas tous, avaient réussi à attraper un poisson. Ils n'en continuaient pas moins à plonger avec une synchronisation parfaite.

D'autres jeunes pélicans d'une espèce un peu différente, et déjà presque adultes, nichaient à l'écart de la colonie, mêlés à toutes sortes d'oiseaux aquatiques qui couvaient ou élevaient leurs poussins : cormorans, grèbes, nettes rousses, fuligules nyrocas, et autres canards. Le marécage grouillait d'oiseaux, nourris par des myriades de poissons.

Une abondance exubérante et débridée régnait dans le delta tout entier. La richesse de la vie s'étalait sans honte, naturelle, intacte, gouvernée par sa seule loi et soumise à son unique volonté. Et du néant d'où Elle avait surgi, la Grande Terre Mère se plaisait à créer et à maintenir la vie dans toute sa diversité prolifique. Mais, pillée par un dominateur avide, ses ressources violées, détruite par une pollution incontrôlée, souillée par l'abus et la corruption, Son pouvoir créateur et Sa capacité nourricière risqueraient d'être anéantis.

Ayla s'arracha à la contemplation des pélicans et se mit à ramasser des massettes, objets premiers de leur visite sur l'île. Leur récolte terminée, ils firent le tour des roseaux flottants en canot. Lorsqu'ils aperçurent enfin la terre ferme, ils se rendirent compte que leur camp s'était rapproché. Dès qu'il les vit, Loup leur adressa de longs hurlements de détresse. De retour de son expédition, il avait suivi leurs traces et avait facilement retrouvé le campement, mais en ne les voyant pas, il avait pris peur.

La jeune femme siffla pour le rassurer. Il courut jusqu'à la berge, tendit le cou et hurla encore une fois. Ensuite, il renifla le sol en quête de leurs odeurs, se mit à courir de long en large et finit par plonger et nager vers le canot. Il allait les rejoindre quand il fit un écart pour se diriger vers la masse de roseaux qu'il prit pour une île.

Comme Jondalar et Ayla avant lui, il essaya d'aborder le rivage inexistant, mais ne put que patauger au milieu des roseaux à la recherche de la terre ferme. Dépité, il revint au canot. Jondalar et Ayla eurent toutes les peines du monde à hisser à bord l'animal ruisselant, qui, une fois dans le canot, transporté de joie, sauta sur Ayla et lui lécha la figure pour lui témoigner son soulagement. Il fit ensuite de même avec Jondalar. Une fois calmé, il se campa au milieu de l'embarcation et poussa un long hurlement de reconnaissance.

A leur grande surprise, un loup, puis deux, lui répondirent. Et ils furent bientôt submergés par des hurlements, très proches cette fois-ci. Nus dans leur canot, Ayla et Jondalar se regardèrent, tremblants en constatant avec effarement que l'écho des loups ne provenait pas de la terre, mais de la trompeuse île flottante !

— Non, c'est impossible que des loups habitent l'île ! s'exclama Jondalar. Ce n'est même pas une île, d'ailleurs. Il n'y a pas de terre, ni même le moindre banc de sable.

Et si ce n'était pas des loups ? songea-t-il. Si c'était... si c'était... Qu'est-ce que ça peut bien être ?...

Ayla étudia attentivement les roseaux, à l'endroit d'où avait surgi le dernier hurlement, et elle surprit un éclair de fourrure et deux yeux jaunes qui la fixaient. Un léger mouvement lui fit lever la tête, et elle aperçut, perché dans un arbre et à moitié caché par la végétation, un loup qui les surveillait la langue pendante.

Pourtant, les loups ne grimpent pas aux arbres ! Du moins n'en avait-elle jamais vu, et elle connaissait bien leurs habitudes. Elle attira l'attention de Jondalar qui regarda le loup, interloqué. On aurait dit un vrai loup, mais comment était-il arrivé là ?

— Jondalar, allons-nous-en ! implora-t-elle. Je n'aime pas cette île qui n'en est pas une, ni ces loups qui grimpent aux arbres et vivent sur une terre qui n'existe pas.

Jondalar était aussi peu rassuré qu'elle et ils se mirent à pagayer avec la dernière énergie. Lorsqu'ils accostèrent près de leur camp, Loup sauta à terre. Ils gravirent la berge le plus vite possible, tirant le canot au sec, et coururent chercher leurs armes. Les chevaux, face à l'île, oreilles dressées, semblaient tendus. D'habitude, les loups étaient farouches et ne les approchaient pas, d'autant que le mélange d'odeurs émanant des humains, des chevaux et d'un autre loup les déroutait. Mais était-ce des loups ? Ou des... quelque chose de... des êtres surnaturels ?

Si leur mystérieux pouvoir sur les animaux n'avait effrayé les habitants de la grande île, ces derniers, familiarisés avec la vie des marais, auraient pu leur apprendre que les étranges loups n'étaient pas plus surnaturels qu'eux-mêmes. Les environs du delta abritaient de nombreuses espèces, y compris des loups. Ils avaient d'abord vécu sur la terre ferme, mais s'étaient si bien habitués à l'environnement marécageux au cours des derniers milliers d'années, qu'ils pouvaient parfaitement vivre sur les lits de roseaux. Ils avaient même, dans ce pays soumis aux inondations fréquentes, appris à grimper aux arbres.

Que des loups pussent prospérer dans un milieu aquatique en disait long sur leurs capacités d'adaptation. Cette même capacité allait leur permettre d'apprendre à vivre parmi les humains, avec une telle réussite qu'au fil des ans, bien que toujours aptes à se reproduire avec leurs congénères sauvages, ils se domestiqueraient au point de sembler issus d'une race différente. Certains finiraient même par ne plus ressembler aux loups.

Sur l'île au milieu de la lagune, on distinguait maintenant plusieurs loups, dont certains perchés dans les arbres. Loup regardait Jondalar et Ayla, quêtant un ordre des chefs de sa bande. Un des loups des roseaux hurla, imité par tous les autres. Ayla en eut la chair de poule. Ces hurlements lui paraissaient différents de ceux qu'elle avait l'habitude d'entendre, sans qu'elle pût définir en quoi. Peut-être était-ce l'écho sur la surface de l'eau qui en modifiait le ton, toujours est-il que cette étrange impression accentua son malaise.

Les hurlements cessèrent soudain, et les loups disparurent, aussi furtivement qu'ils étaient venus. L'instant d'avant, le propulseur à la main, les deux voyageurs se préparaient à affronter une bande de loups qui les menaçaient depuis leur île. Les loups volatilisés, ils se retrouvèrent l'air un peu stupide, décontenancés, prêts à lancer leurs sagaies sur d'inoffensives massettes.

Une brise froide enveloppa leur corps nu, le soleil venait de disparaître derrière les montagnes du couchant, annonçant l'approche de la nuit. Ils posèrent leurs armes, coururent s'habiller, allumèrent un feu et terminèrent l'installation du campement, mais leur bonne humeur s'était envolée. Ayla se surprit plusieurs fois à chercher les chevaux des yeux, et ne fut rassurée que lorsqu'elle les vit paître dans la clairière où était plantée leur tente.

L'obscurité s'abattit sur le campement. Assis près du feu, les deux voyageurs, étonnamment silencieux, tendaient l'oreille aux bruits nocturnes incessants. Au crépuscule, commencèrent les gloussements des hérons bihoreaux, suivis des grésillements des grillons. Une chouette ulula d'une voix lugubre. Ayla perçut un cri nasillard dans les bois et crut reconnaître un sanglier. Elle sursauta au rire sarcastique d'une hyène des cavernes. Plus près, un grand chat qui venait de manquer sa proie poussa un cri de dépit. Elle se demanda s'il s'agissait d'un lynx, ou d'un léopard des neiges, et s'attendait toujours à entendre les loups hurler.

Les ombres elles-mêmes se fondirent dans la nuit et de nouveaux bruits comblèrent les rares instants de silence. De chaque chenal, chaque berge, chaque lac et chaque lit de nénuphars s'éleva une sérénade de coassements adressée à un auditoire invisible. Les basses des crapauds des marais et des grenouilles vertes en constituaient le chœur, alors que les crapauds sonneurs entonnaient une mélodie de clochettes. En contrepoint, les trilles de crapauds bigarrés, mêlés aux doux fredonnements des pélobates, complétaient la symphonie, rythmée par le sonore *coa-coa-coa* des rainettes.

Quand Ayla et Jondalar s'enroulèrent dans leur fourrure, l'incessante mélodie des grenouilles leur était devenue familière. Soudain, au moment où Ayla s'y attendait le moins, les hurlements des loups éclatèrent. Elle frissonna. Loup se dressa sur son séant et répondit à leur appel.

— Je me demande si les bandes de loups lui manquent, interrogea Jondalar, en enlaçant Ayla.

Elle se blottit contre lui, rassurée par sa chaude présence.

— Je n'en sais rien, mais ça m'inquiète parfois, répondit-elle. Bébé m'a abandonnée pour s'accoupler, mais les lions mâles quittent toujours leur territoire pour se choisir une compagne dans une autre bande.

— Crois-tu que Rapide voudra nous quitter ?

— Whinney est partie vivre avec un troupeau pendant un temps. Je ne sais pas comment les autres juments l'ont accueillie, mais elle est revenue à la mort de son étalon. Les chevaux mâles ne vivent pas toujours avec un troupeau de juments. Chaque troupeau s'en choisit un, qui doit ensuite se battre avec les autres étalons. Les jeunes mâles et les plus vieux se réunissent dans une même bande, mais quand arrive la saison des Plaisirs, chacun se recherche une compagne. Rapide les imitera un jour ou l'autre, et il devra combattre l'étalon de la bande, expliqua-t-elle.

— Et si je l'attachais pendant la saison des Plaisirs ?

— Tu as le temps d'y penser, les chevaux ne partagent les Plaisirs qu'au printemps, quand les poulains les ont quittés. Les humains que nous allons rencontrer dans notre Voyage m'inquiètent davantage, je te l'avoue. Les gens n'imaginent pas que Whinney et Rapide soient différents des autres chevaux, et ils peuvent être tentés de les tuer. D'ailleurs, ils ne nous acceptent pas non plus.

Pelotonnée dans les bras de Jondalar, Ayla se demandait ce que le peuple de son compagnon penserait d'elle. Jondalar la sentit pensive. Il l'embrassa mais elle ne réagit pas avec autant d'empressement que d'habitude. Il conclut qu'elle était sans doute lasse, la journée avait été chargée. Il était lui-même fatigué. Il s'endormit, bercé par le chœur des grenouilles. Les cris d'Ayla, accompagnés de coups, le réveillèrent.

— Ayla ! Ayla ! Réveille-toi ! Tout va bien.

— Oh, Jondalar ! Jondalar ! gémit Ayla en se cramponnant à lui. Je rêvais... je rêvais du Clan. Creb essayait de me dire quelque chose, mais nous étions au fond d'une grotte et je ne voyais pas les signes qu'il me faisait.

— Tu as certainement pensé à eux aujourd'hui. Tu en parlais quand nous regardions la mer depuis la grande île. Tu avais l'air triste. Tu pensais que tu ne les reverrais plus, c'est ça ?

Elle approuva d'un signe de tête, incapable d'articuler les mots sans fondre en larmes. Elle hésita à lui avouer qu'elle s'interrogeait sur l'accueil que lui réservaient les Zelandonii. L'accepteraient-ils ? Et Loup, et les chevaux ? Elle avait perdu le Clan, et son fils, elle ne voulait pas être aussi séparée de sa famille d'animaux s'ils arrivaient jusqu'à son peuple sains et saufs. Ah, si seulement elle avait compris le message que Creb essayait de lui faire parvenir !

Jondalar la berça avec amour, comprenant son chagrin, mais ne sachant que dire. Sa seule présence rassurait Ayla.

12

Le bras nord de la Grande Rivière Mère, avec son réseau de chenaux sinueux, dessinait la limite supérieure de l'immense delta. Arbres et buissons bordaient ses rives sur une bande étroite, mais loin de l'humidité du lit alluvial il n'y avait plus que la steppe aride. Ayla et Jondalar chevauchaient en longeant la frange boisée et coupaient à travers la prairie lorsque la rivière formait des méandres. Ils remontaient le fleuve, cap à l'ouest.

Ils se hasardaient fréquemment dans les terres marécageuses, plantant leur tente près de l'eau pour la nuit. La diversité des sites ne cessait de les surprendre. Depuis l'île, la vaste embouchure du fleuve leur avait semblé uniforme, mais en la parcourant ils y découvraient une grande variété de végétation et de paysages, allant du sable nu à la forêt profonde.

Un jour, ils traversaient champ de massettes après champ de massettes, surmontées d'épis couverts de pollen jaune. Le lendemain, ce n'étaient que massifs de phragmites, deux fois plus hauts que Jondalar. S'y mêlaient des roseaux, plus petits et plus délicats, souvent près de l'eau où ils poussaient plus dru.

Des îles formées par le dépôt de sédiments — étroites langues de terre, mélange de sable et d'argile — subissaient les assauts conflictuels du flux tumultueux du fleuve et du violent reflux des marées. Il en résultait une mosaïque bigarrée de massifs de roseaux, de plaines alluviales, de steppes, et de forêts à différents stades de développement, sujette à des changements brusques et inattendus. Les voyageurs tombèrent sans s'y attendre sur un bras mort, coupé du reste du delta par ce qui n'avait été au début que des îles sédimentaires.

La plupart des îles s'ancraient grâce à des roseaux des sables ou des élymes géantes de plus d'un mètre et dont les chevaux raffolaient. Leur forte teneur en sel attirait d'ailleurs de nombreux herbivores. Le paysage changeait si vite qu'on trouvait parfois des îles où, sur quelques dunes intérieures, des plantes des sables survivaient à côté de forêts d'arbres adultes, dont les branches s'ornaient de lianes pendantes.

Comme ils longeaient le fleuve, Ayla et Jondalar traversaient souvent de petits affluents que les chevaux franchissaient dans des gerbes d'éclaboussures, ou d'étroites rivières qui ne leur posaient pas plus de problème. Il en allait autrement des lits asséchés que Jondalar prenait soin de contourner. Il avait une vive conscience du danger que représentaient les boues marécageuses et les sols mous qui en recouvraient le fond depuis la malheureuse expérience qu'ils avaient vécue, son frère et lui, dans cette contrée. Mais il ne se doutait pas que c'était parfois la riche végétation qui recelait le danger.

La journée était interminable, la chaleur éprouvante. En quête d'un emplacement pour planter leur tente, Jondalar et Ayla avaient obliqué vers la rivière et semblaient avoir trouvé ce qu'ils cherchaient. Ils descendirent une pente douce qui menait vers une vallée encaissée où l'ombre de grands saules rafraîchissait un pré particulièrement verdoyant. Soudain, à l'autre bout du pré, un grand lièvre bondit. Ayla fit accélérer Whinney tout en préparant sa fronde, mais la jument hésita à s'engager dans l'herbe où ses sabots s'enfonçaient.

La jeune femme se rendit compte presque immédiatement du changement d'allure de sa monture, et malgré son envie d'un bon dîner, elle se plia à la décision de sa jument. Elle s'arrêta à l'instant même où Rapide surgit à son tour. Le sol spongieux inquiéta l'étalon, mais son élan le propulsa en avant.

Ses antérieurs s'enfoncèrent dans l'épais limon boueux, et il faillit désarçonner son cavalier. Jondalar mit prestement pied à terre. L'étalon hennit et, les postérieurs solidement plantés sur la terre ferme, il parvint à grand-peine à extirper un de ses sabots antérieurs des sables mouvants qui l'aspiraient. Il recula pour assurer son équilibre et après de violents efforts, il libéra son deuxième sabot dans un bruit de succion.

Le jeune étalon frémissait de peur et Jondalar prit le temps de l'apaiser. Ensuite, il cassa une branche d'arbuste et tâta le fond du marécage. Les sables mouvants avalèrent le bout de bois, et Jondalar utilisa la troisième perche, qui ne servait pas pour le travois, afin de vérifier la profondeur du marais. Sous le camouflage des roseaux et des laîches, la clairière était en fait un vaste champ de vase mélangée de limon et d'argile. Le réflexe des chevaux leur avait évité une catastrophe, et ils surent en tirer les leçons : ils n'abordèrent plus la Grande Rivière Mère qu'avec une infinie prudence afin de déjouer les pièges tendus par sa nature capricieuse.

Le delta était le royaume des oiseaux, hérons, aigrettes, canards, et aussi pélicans, cygnes, oies, grues, quelques cigognes noires et ibis falcinelles aux couleurs splendides. L'époque de la nidification variait selon les espèces, mais toutes se reproduisaient pendant la saison chaude. Les voyageurs ramassaient des œufs, et se composaient ainsi des repas rapides — même Loup découvrit comment casser les coquilles. Ils finirent par développer une prédilection pour les variétés d'œufs avec un arrière-goût de poisson.

Les surprises se firent plus rares à mesure qu'ils s'habituaient aux oiseaux du delta, mais un soir qu'ils chevauchaient le long d'un bois de saules argentés, ils tombèrent sur une scène étrange qui leur coupa le souffle. Les arbres débouchaient sur un vaste étang, presque aussi grand qu'un lac, qu'ils avaient d'abord pris pour une vallée car de grandes feuilles de nénuphar en couvraient la surface entière. On aurait dit que chacune de ces robustes feuilles disposées autour d'une magnifique et odorante fleur blanche portait un héron crabier au long cou en S, prêt à pêcher un poisson avec un long bec.

Captivés, ils s'attardèrent devant ce spectacle insolite, mais décidèrent tout de même de partir avant que Loup ne se rue sur les paisibles oiseaux et les chasse de leur perchoir. Ils n'étaient pas très loin de là, et installaient déjà leur campement, quand ils virent des hérons au long cou s'élever par centaines dans les cieux, leurs grandes ailes battant l'air, silhouettes noires se détachant du fond de nuages rosis par le soleil couchant. Le loup déboula dans le campement, et Ayla supposa que c'était lui qui les avait effrayés. Il ne tentait pas de les attraper pourtant. Il s'amusait tellement à chasser les volées d'oiseaux des marais qu'Ayla se demanda s'il ne les levait pas pour le simple plaisir de les voir s'envoler.

Le lendemain matin, Ayla se réveilla le corps moite. Il faisait déjà très chaud et elle n'avait pas envie de se lever. Elle aurait aimé passer une journée à se détendre. Non pas qu'elle fût fatiguée, mais elle était lasse du Voyage. Les chevaux aussi avaient besoin de repos, songea-t-elle. Elle comprenait la hâte de Jondalar, mais s'ils étaient à un jour près pour traverser le glacier dont il parlait sans cesse, alors, ils étaient déjà en retard. Pourtant, quand Jondalar se leva et commença à rassembler ses affaires, elle l'imita.

Dans la matinée, la chaleur et l'humidité devinrent oppressantes, même en pleine prairie, et lorsque Jondalar proposa un arrêt pour se baigner, Ayla s'empressa d'approuver. Ils se rapprochèrent de la rivière et découvrirent avec plaisir une petite clairière ombragée au bord de l'eau. Le lit d'un cours d'eau saisonnier, encore détrempé et jonché de feuilles pourrissantes, avait laissé un petit coin d'herbe dégagé, une poche accueillante entourée de pins et de saules, qui menait à un fossé d'eau boueuse. Un peu plus loin, à un coude du fleuve, une plage de galets avançait dans un bassin d'eau calme tacheté d'ombre et de lumière par le soleil qui filtrait à travers les branches d'un saule pleureur.

— Ah, c'est parfait ! s'exclama Ayla avec un large sourire.

— Est-ce vraiment nécessaire ? demanda Jondalar en la voyant décrocher le travois. Nous ne resterons pas longtemps.

— Les chevaux ont besoin de repos. Et peut-être ont-ils envie de se rouler dans l'eau, expliqua-t-elle en déchargeant les paniers après avoir ôté la couverture. J'aimerais aussi attendre que Loup nous rattrape, je ne l'ai pas vu de toute la matinée. Il a dû suivre une odeur alléchante.

— Bon, très bien, concéda Jondalar.

Et il commença à dénouer les sangles qui maintenaient les paniers sur le dos de Rapide, puis déposa ces derniers dans le canot et donna une tape sur la croupe de l'étalon pour lui signifier qu'il était libre.

La jeune femme se déshabilla rapidement et entra dans l'eau pendant que Jondalar urinait. Il regarda vers elle et ne put détacher ses yeux du corps souple et bronzé. Ayla était debout dans le bassin miroitant, de l'eau jusqu'aux genoux, inondée de lumière par un rai qui perçait le feuillage d'un saule et ornait ses cheveux d'un halo doré.

Jondalar, émerveillé par sa beauté, se sentit submergé par un amour débordant. Ayla se baissa pour s'éclabousser d'eau fraîche, accentuant la rondeur de son fessier et dévoilant l'intérieur velouté de ses cuisses. Cette vision troubla Jondalar et fit naître en lui un désir violent. Il baissa la tête et, apercevant le membre qu'il tenait toujours en main, il sourit et la baignade passa soudain au second plan.

Elle le regarda entrer dans l'eau, vit son sourire, remarqua la lueur irrésistible dans ses yeux, et nota le changement qui s'opérait dans sa virilité. Elle sentit une vague de désir la soulever, et l'inonder d'un calme qui lui fit prendre conscience de la tension qui l'habitait l'instant d'avant. Elle comprit qu'ils ne reprendraient pas la route aujourd'hui, pas si elle pouvait l'empêcher. Ils avaient tous deux besoin de se détendre, et une agréable diversion se présentait.

Jondalar avait bien remarqué où le regard d'Ayla s'était posé, et son changement d'attitude ne lui avait pas échappé, pas plus que sa pose engageante, bien qu'elle eût à peine bougé. L'eût-il voulu qu'il n'aurait pu cacher son désir, tant la manifestation en était évidente.

— L'eau est merveilleuse, déclara Ayla. Tu as eu une bonne idée, il commençait à faire trop chaud.

— Oui, j'ai un brusque accès de chaleur, fit-il avec un sourire ironique en s'avançant à sa rencontre. Je ne sais pas comment tu t'y prends, mais tu me fais perdre tout contrôle.

— Alors, pourquoi te contrôler ? Moi, je n'essaie même pas. Tu n'as qu'à me regarder comme tu le fais, et je suis prête.

Le sourire qu'il aimait tant éclaira le visage d'Ayla.

— Oh, femme ! soupira-t-il en la prenant dans ses bras.

Elle leva la tête pour lui offrir ses lèvres. Il les baisa doucement, les effleurant à peine, et glissa ses mains le long de ses reins chauffés par le soleil. Elle aimait ses caresses et y répondit avec une surprenante perspicacité.

Il se pencha pour embrasser les globes doux et fermes et l'attira vers lui. Elle sentit son membre dur et chaud se presser contre son ventre, mais le geste de Jondalar l'avait déséquilibrée. Elle essaya de se retenir, mais une pierre se déroba sous ses pieds et en s'agrippant à lui, elle l'entraîna dans sa chute. Ils tombèrent à l'eau dans une gerbe d'éclaboussures, et s'assirent en éclatant de rire.

— Tu ne t'es pas fait mal ? s'inquiéta Jondalar.

— Non, rassure-toi, mais l'eau est froide et j'essayais d'y entrer petit à petit. Maintenant que je suis mouillée, je vais nager un peu. C'est pour ça qu'on s'est arrêtés, non ?

— Oui, mais on peut aussi faire autre chose.

L'eau avait atteint les aisselles d'Ayla, ses seins

épanouis flottaient à la surface, et les mamelons dressés rappelaient à Jondalar les proues de deux bateaux jumeaux. Il se pencha pour en chatouiller un à petits coups de langue.

Un frisson la parcourut et son corps tout entier se cambra. Jondalar soupesa le sein lourd, puis, d'une main, l'attira plus fort contre lui. Ayla était si palpitante de désir qu'un simple frottement sur son mamelon érigé propageait dans tout son corps des vagues de jouissance. Jondalar suça son sein, ses lèvres effleurèrent la peau satinée, remontèrent le long du cou, s'attardèrent sur son oreille où il souffla doucement, et trouvèrent enfin les lèvres d'Ayla. Elle les entrouvrit pour que la langue indiscrète de son amant s'y glissât.

— Viens, dit-il en s'écartant, la main tendue. Allons nager.

Il l'entraîna dans le bassin, et lorsqu'elle eut de l'eau jusqu'à la taille, il l'enlaça à nouveau et l'embrassa. Ayla sentit la main de Jondalar se glisser entre ses cuisses et ouvrir ses lèvres. L'eau froide rafraîchit son intimité, mais une brûlure voluptueuse irradia son ventre quand il lui caressa le petit bouton durci, siège de ses Plaisirs.

Elle se laissa envahir par cette lame de jouissance, mais décida soudain que tout allait trop vite. Elle était sur le point de succomber. Elle s'arracha à son étreinte, recula d'un pas et l'éclaboussa en riant.

— Nageons un peu, si tu veux, proposa-t-elle, et elle fit aussitôt quelques brasses.

Fermé par un épais massif de roseaux, le bassin n'était pas bien large. Une fois qu'elle l'eût traversé, elle se retourna et sourit à Jondalar. Attirée par son magnétisme, le désir qu'elle devinait en lui, son amour ardent, elle repartit vers la plage. Il nagea à sa rencontre, puis la suivit jusqu'au rivage.

— Voilà, le bain est terminé, annonça-t-il en se relevant dès qu'il eut pied.

Il prit la main d'Ayla et la mena jusqu'à la plage de galets. Là, il l'embrassa avec une telle fougue qu'elle se sentit fondre dans ses bras, et se serra encore plus contre lui.

— Passons aux choses sérieuses, dit-il.

— Les choses sérieuses ? s'étonna-t-elle d'une voix tremblante, l'œil dilaté, la gorge serrée, esquissant avec peine un sourire mutin.

Jondalar se laissa glisser sur la couverture et lui tendit la main.

— Viens, je vais te montrer, proposa-t-il.

Elle s'assit à côté de lui. Il l'allongea sur le sol en l'embrassant, et sans plus de cérémonie, il lui écarta les jambes et fit courir sa langue sur les lèvres de son intimité, encore toutes fraîches de la baignade. Surprise, elle frissonna, emportée par des ondes de chaleur voluptueuses parcourant son ventre. Jondalar entreprit alors de sucer le siège de ses Plaisirs.

Il avait envie de la goûter, de la boire, et il la savait prête. Son excitation grandissait avec celle d'Ayla, et une douleur lancinante monta de ses reins pendant que son membre se tendait, prêt à éclater. Sa langue la fouillait, l'agaçait, la pénétrait, la goûtait et la savourait. Il ne pouvait plus s'arrêter tant il aimait lui donner les Plaisirs.

La vague voluptueuse grandissait en elle, son ventre la brûlait, et elle gémit, puis cria, comme au bord d'un gouffre, quand la jouissance atteignit presque son paroxysme.

S'il ne s'était pas retenu, il aurait pu jouir même sans la pénétrer, mais il aimait tant être dans son ventre !

Elle l'attira en se cambrant pour lui ouvrir le passage et le violent orage qui couvait en elle éclata soudain dans un éclair éblouissant. Jondalar sentit la chaude humidité, et enfonça d'un grand coup sa virilité dans la fente accueillante. Son membre était si tendu, qu'il ne savait pas s'il pouvait encore attendre.

Elle cria son nom, cambra les reins pour qu'il entre au plus profond d'elle. Grognant et râlant, il se retira, savourant l'exquis frottement le long de son membre, puis le replongea, envoyant dans ses reins des ondes de plaisir foudroyantes. Soudain, il ne put plus différer davantage, et pénétra au plus profond d'elle. Ils crièrent à l'unisson, emportés ensemble dans les Plaisirs.

Après quelques derniers coups de reins, il se laissa tomber, et tous deux, haletants, récupérèrent de cette violence des sens qui venait de les emporter. Après quelques instants, il releva la tête, et Ayla se hissa pour baiser sa bouche, encore pleine de sa propre odeur, et qui lui rappelait les ineffables sensations qu'il savait provoquer en elle.

— Je voulais tellement faire durer les Plaisirs, mais tu m'avais trop excitée.

— Mais ça ne veut pas dire que c'est terminé, tu sais, promit-il.

Un sourire éclaira le visage d'Ayla. Jondalar s'allongea sur le flanc, puis se redressa bien vite.

— Dis donc, c'est drôlement inconfortable ! s'exclama-t-il. Pourquoi ne pas me l'avoir dit ?

— Mais, je n'avais pas remarqué, tout simplement. Maintenant que tu en parles, c'est vrai qu'il y a un caillou qui me fait mal à la hanche... et un autre me rentre dans l'épaule. On devrait chercher un meilleur endroit... pour que tu puisses t'allonger, ironisa-t-elle avec un sourire moqueur, l'œil pétillant de malice. Mais d'abord, j'ai envie de nager pour de bon. On peut peut-être trouver un chenal plus profond.

Ils entrèrent dans l'eau, et nagèrent loin du bassin, puis ils remontèrent le courant et traversèrent le massif de roseaux. De l'autre côté, l'eau leur parut soudain plus froide. Ils n'avaient plus pied et se retrouvèrent dans un chenal qui serpentait à travers les roseaux.

Ayla rattrapa, puis dépassa Jondalar, mais il força l'allure et la rejoignit. C'était tous deux d'excellents nageurs, et ils se lancèrent bientôt dans une course amicale en remontant les méandres du chenal bordé de grands roseaux. Ils se suivaient de si près que le moindre obstacle rencontré par l'un propulsait l'autre en tête. Ayla se trouvait devant Jondalar quand ils atteignirent une fourche dont chaque branche faisait un angle si aigu que lorsque Jondalar leva la tête, Ayla avait déjà disparu.

— Ayla ! Ayla ! Où es-tu ? cria-t-il.

Pas de réponse. Il l'appela encore sans résultat, et opta pour l'un des deux chenaux. Celui-ci faisait une boucle sur lui-même, et Jondalar ne voyait que des roseaux partout où il se tournait.

— Ayla ! s'écria-t-il, inquiet. Au nom de la Mère, où as-tu disparu ?

Il entendit soudain un sifflement. C'était celui qu'Ayla utilisait pour appeler Loup. Il éprouva un vif soulagement, mais l'appel semblait provenir de bien plus loin qu'il n'aurait dû. Il siffla à son tour, entendit la réponse de la jeune femme, et se mit à nager fiévreusement d'où il venait. Il arriva à la fourche, et prit l'autre branche du chenal.

Celle-ci faisait aussi une boucle et débouchait sur un autre chenal. Un fort courant l'emporta en aval. Il vit alors Ayla qui luttait pour remonter le courant, et il nagea à sa rencontre. Lorsqu'il fut à sa hauteur, il fit demi-tour et accompagna Ayla dans son effort. Ils atteignirent enfin la fourche où ils se reposèrent en barbotant.

— Ayla ! A quel jeu joues-tu ? Pourquoi ne pas avoir attendu que je puisse te suivre ? reprocha-t-il.

Elle lui sourit, comprenant que sa colère était le fruit d'une réelle inquiétude.

— Je voulais te battre ! Comment aurais-je su que le courant était si fort ? J'ai été entraînée avant de pouvoir réagir. Pourquoi le courant est-il si fort ?

Soulagé de la voir saine et sauve, Jondalar oublia sa colère.

— Oui, c'est bizarre, admit-il. Peut-être sommes-nous près du fleuve, ou bien l'eau est-elle particulièrement profonde.

— Rentrons. L'eau est froide, j'ai envie de me chauffer au soleil.

Portés par le courant, ils retournèrent facilement vers la plage de galets. Ayla fit la planche, regardant défiler les roseaux, admirant la voûte de l'azur. Le soleil était presque au zénith.

— Tu te souviens où nous avons traversé les roseaux ? demanda Jondalar. Tout se ressemble par ici.

— Oui, il y avait trois grands pins au bord de l'eau, juste derrière des saules pleureurs, et celui du milieu était plus haut que les deux autres.

— Regarde, il y a beaucoup de pins par ici. Rejoignons la rive, on les a peut-être déjà dépassés.

— Non, je ne crois pas, déclara Ayla. L'un des deux plus petits penchait bizarrement, et je ne l'ai pas encore vu. Attends... Oui, le voilà !... Tu le vois ? demanda-t-elle en nageant vers la barrière de roseaux.

— Oui, tu as raison. C'est là que nous avons traversé. On voit encore la trace dans les roseaux.

Ils rampèrent dans l'eau affleurante, franchirent les roseaux et se retrouvèrent dans le petit bassin qui leur parut plutôt tiède. Ils atteignirent la plage de galets avec le sentiment agréable d'arriver chez eux.

— Je vais allumer du feu et préparer une infusion, annonça Ayla en s'essuyant avec les mains.

Elle essora ses cheveux et alla au campement en ramassant du petit bois en route.

— Veux-tu tes affaires ? lui cria Jondalar.

— Non, je préfère me sécher d'abord.

Les chevaux paissaient dans la steppe avoisinante, mais elle ne vit nulle trace de Loup, ce qui l'inquiéta, bien qu'il se fût déjà absenté aussi longtemps.

— Etale la couverture sur un coin d'herbe et repose-toi pendant que je prépare l'infusion, proposa Ayla.

Ayla choisit soigneusement des herbes séchées dans sa réserve. Elle se décida pour de la luzerne à cause de ses vertus stimulantes et rafraîchissantes, et aussi des fleurs et des feuilles de bourrache aux propriétés toniques, et elle ajouta des giroflées pour leur goût suave, légèrement épicé. Elle se proposait de renforcer l'infusion de Jondalar avec des chatons d'aulne, à la belle couleur rouge vif, qu'elle avait cueillis au début du printemps. Lorsqu'elle les avait ramassés, elle était déchirée par des sentiments contradictoires : elle avait fait la Promesse à Ranec de s'unir à lui, mais c'était Jondalar qu'elle aimait. Le souvenir de ce moment pénible et de son heureux dénouement la mit en joie et elle jeta les chatons dans la coupe de son compagnon en souriant de ses anciens tourments.

L'infusion prête, elle apporta les coupes à l'endroit où Jondalar s'était installé. La couverture était à moitié à l'ombre, mais elle s'abstint de toute réflexion. Il faisait assez chaud, et elle était déjà sèche. Elle lui tendit sa coupe et s'assit à côté de lui. Ils dégustèrent leur tisane en silence, tout en observant les chevaux qui se tenaient tête-bêche et balayaient les mouches de leur queue, chacun débarrassant l'autre des insectes énervants.

Lorsqu'il eut fini de boire, Jondalar s'étendit sur le dos, mains croisées derrière la nuque. Ayla était heureuse de le voir plus détendu, et surtout moins pressé de lever le camp. Elle reposa sa coupe et s'allongea contre lui, la tête dans le creux de son épaule, un bras entourant la poitrine de l'homme. Elle ferma les yeux, s'imprégna de l'odeur de Jondalar et sentit la main de ce dernier caresser ses hanches dans un geste machinal.

Elle baisa sa peau bronzée et souffla gentiment dans son cou. Il frissonna de plaisir. Elle l'embrassa encore, puis s'accouda pour déposer dans le creux de son épaule et le long de son cou une guirlande de baisers papillonnants. Chatouillé au-delà du supportable, il se força pourtant à réprimer les frémissements qui l'agitaient.

Elle couvrit de baisers sa gorge, son visage, sa barbe de plusieurs jours, qui lui picota les lèvres. Elle mordilla sa bouche. Penchée au-dessus de lui, elle l'observa. Les yeux clos, il attendait. Lorsqu'il ouvrit enfin les yeux, Ayla le dévisageait avec ravissement, ses cheveux encore mouillés tombant en cascade de son épaule. Il eut envie de la serrer contre lui, mais se contenta de lui sourire.

Elle glissa sa langue entre ses lèvres, si doucement qu'il la sentit à peine, mais la fraîcheur de son souffle aiguillonna ses sens. Au bord de l'exaspération, il ne se contenait plus, quand elle l'embrassa soudain à pleine bouche. Avec une infinie douceur, sa langue explora ses gencives, son palais, chatouillante, énervante, et elle bécota ensuite ses lèvres, les effleurant à peine. N'en pouvant plus, il tendit le cou, l'empoigna, l'attira à lui et l'embrassa avec une ardeur libératrice.

Sa tête retomba sur le sol et il vit qu'elle l'observait, provocante, avec un sourire moqueur. Elle l'avait poussé dans ses derniers retranchements, tous deux le savaient. Elle avait l'air si contente d'elle, qu'il fut heureux, lui aussi. Elle était d'humeur joueuse, et il se demandait ce qu'elle allait encore inventer pour lui plaire. Voilà qui devenait intéressant, se dit-il. Il attendit, souriant, ses bouleversants yeux bleus plongés dans le regard d'Ayla.

Elle baisa sa bouche, son cou, le creux de son épaule, sa poitrine, ses pectoraux, le bout de ses seins, et soudain, elle s'agenouilla et plongea la tête pour engloutir son organe dilaté. Son membre disparut dans sa douce bouche chaude et humide, lui arrachant un cri de plaisir. Lorsqu'elle commença à le sucer, il crut que du plus profond de ses entrailles, la source de toute volupté était ainsi aspirée. Il ferma les yeux et s'abandonna au plaisir dévastateur de cette bouche qui montait et descendait le long de sa verge.

Du bout de la langue, elle explora le gland turgescent, traçant des cercles rapides en le picorant, et Jondalar sentit croître son désir. Elle glissa une main et caressa doucement ses bourses — il lui avait recommandé d'être toujours douce avec cette partie-là — et fit rouler les mystérieuses boules en s'interrogeant sur leur importance, certaine qu'elles avaient une utilité. Pendant que la main d'Ayla palpait ses tendres bourses, Jondalar sentit naître une sensation nouvelle. La caresse était agréable, mais mêlée d'une légère angoisse.

Ayla se redressa pour juger du résultat de son entreprise. Le visage de Jondalar grimaçait de plaisir et ses beaux yeux bleus lui souriaient. Ah, comme elle aimait lui procurer les Plaisirs ! Cela l'excitait et elle comprit pourquoi il aimait, lui aussi, les faire naître en elle. Elle l'embrassa longuement, puis se retourna, se mit à califourchon sur sa poitrine, et saisit son membre dur entre ses deux mains, l'une sur l'autre. La peau était lisse et soyeuse, et quand elle prit l'énorme lance dans sa bouche, sa douce chaleur la surprit. Elle picora de baisers le membre érigé, et se pencha pour gober tendrement les bourses et faire rouler ses deux boules bien fermes dans sa bouche.

Des aiguillons de Plaisir insoupçonné le chavirèrent. C'était presque trop bon, non seulement ses caresses buccales, mais aussi la vue de sa croupe tendue, dévoilant les tendres pétales roses, et jusqu'à sa jolie fente ouverte. Elle abandonna ses bourses pour se concentrer sur son imposante virilité qu'elle suça avidement, quand elle sentit qu'il lui prenait la taille et l'attirait à lui. Soudain, la langue de Jondalar pénétra son intimité, s'attardant sur son bouton de rose à la sensibilité exacerbée.

Il la fouillait avec ardeur, caressant, pétrissant l'onctueuse forêt, de ses mains, de sa langue, de sa bouche, tout excité du Plaisir qu'il déclenchait, et aussi par la voluptueuse succion d'Ayla, dont tout le corps participait à son exercice.

L'ouragan allait l'emporter, elle ne pouvait plus se retenir. Lui non plus, qui tentait désespérément de se contrôler pour faire encore durer l'insoutenable jouissance. Submergée par la vague des Plaisirs, elle se cambra, offrant sa croupe tendue pendant qu'il savourait le liquide qui coulait de la source touffue. Jondalar serra les dents dans un ultime effort pour retenir la jouissance sur le point de l'emporter. S'ils n'avaient pas déjà partagé les Plaisirs dans l'après-midi, il n'aurait pas pu se contrôler davantage, mais il tint bon, atteignit le dernier palier avant l'explosion et s'y maintint.

— Tourne-toi ! ordonna-t-il. Je te veux tout entière.

Elle voulait aussi le sentir au plus profond d'elle-même et se plia de bonne grâce à son désir. Elle se retourna et enfourcha son membre tendu qu'elle glissa dans son ventre brûlant. Il cria son nom en gémissant de plaisir, pendant qu'elle le chevauchait et sentait son membre dur la masser, la perforer, déclenchant des pointes d'intense volupté dans le tréfonds de son être.

Au stade qu'il avait atteint, la jouissance perdait de son urgence, et il pouvait faire durer son Plaisir. Elle se pencha sur lui pour qu'il pût saisir ses seins. Il les pétrit et les téta goulûment, conscient du trouble d'Ayla qui ressentait chaque succion comme autant de pointes de feu.

Ayla sentit une deuxième vague grandir au rythme de son ardente chevauchée. Jondalar avait dépassé son palier, et lorsque Ayla interrompit son mouvement, il la prit par les hanches, impulsant un nouveau rythme plus rapide. Et soudain, du plus profond de ses reins, la vague déferla et l'agita de soubresauts, lui arrachant un cri. Ayla, emportée par un long spasme voluptueux, l'accompagna dans les Plaisirs en gémissant.

Jondalar la guida dans une ultime et lente chevauchée, puis l'étreignit et couvrit ses seins de baisers. Elle frissonna une dernière fois, et s'écroula sur lui, épuisée de bonheur. Haletants, ils restèrent allongés sans bouger.

Ayla reprenait à peine son souffle quand quelque chose de mouillé lui effleura la joue. Elle crut d'abord que c'était Jondalar, mais la chose était froide et humide, et l'odeur la fit sursauter. En ouvrant les yeux, elle découvrit avec stupeur le museau de Loup. Il renifla tour à tour Ayla et Jondalar.

— Loup ! Fiche le camp ! s'écria-t-elle en le repoussant.

Elle roula sur son flanc, empoigna le cou de Loup et lui caressa le poil.

— Je suis tout de même contente de te revoir. Où as-tu été traîner ? Je me suis inquiétée.

Elle s'assit, prit la gueule du louveteau entre ses mains et appuya sa tête contre son front.

— Je me demande depuis combien de temps il est là, fit-elle à l'adresse de Jondalar.

— Heureusement que tu lui as appris à ne pas nous déranger. Je ne sais pas ce que je lui aurais fait s'il nous avait interrompus.

Il bondit sur ses pieds, l'aida à se relever et la prit dans ses bras.

— Ayla, c'était… comment dire ? Je ne trouve pas les mots.

Devant tant d'amour et d'adoration, elle dut contenir ses larmes.

— Moi aussi, Jondalar, j'aimerais avoir les mots, mais je crois que même les signes du Clan ne m'aideraient pas à exprimer ce que je ressens. Je ne sais pas s'il existe des mots pour ces choses-là.

— Ce que tu m'as fait vaut mieux qu'un long discours, assura Jondalar. Et tous les jours tu me prouves ton amour de mille manières, ajouta-t-il en la pressant contre lui, la gorge serrée. Oh, Ayla, mon Ayla ! Si jamais je te perdais...

Un frisson d'inquiétude parcourut Ayla, qui le serra encore plus fort dans ses bras.

— Jondalar, comment fais-tu pour toujours deviner ce que j'aime ? demanda Ayla.

Assis devant le feu, à la lueur des flammes, ils buvaient une infusion en admirant les étincelles qui jaillissaient des pommes de pin et éclairaient la nuit de gerbes incandescentes.

Il y avait longtemps que Jondalar ne s'était senti aussi serein et détendu. Ils avaient pêché dans l'après-midi, et Ayla lui avait montré comment chatouiller le ventre des poissons et les attraper à la main. Elle avait ensuite trouvé des saponaires avec lesquelles ils s'étaient lavé la tête. Jondalar venait de terminer un délicieux plat de poisson, accompagné d'œufs, de légumes, d'un gâteau de massettes cuit sur des pierres et de quelques baies bien sucrées.

— Je t'écoute attentivement, c'est tout, répondit-il en souriant.

— Mais, pourtant, la première fois, je croyais que je voulais faire durer le Plaisir, mais tu savais mieux que moi ce que je désirais. Et la deuxième fois, tu as compris que je voulais te donner le Plaisir, et tu m'as laissée faire, jusqu'à ce que je sois encore prête à te recevoir. Tu as deviné avant même que je te le dise.

— Mais si, tu me l'as dit. Mais pas avec des mots, c'est tout. Tu m'as enseigné le langage du Clan, les signes, les gestes, les mimiques, et moi j'essaie de découvrir d'autres signes.

— Mais je ne te les ai pas appris, ceux-là. Je ne les connais pas moi-même. Et tu savais déjà me donner les Plaisirs avant de comprendre les signes du Clan, s'étonna-t-elle.

L'anxiété qu'il lisait sur son visage lui arracha un sourire.

— Oui, c'est vrai. Mais il y a aussi un langage inarticulé chez ceux qui se servent de la parole, même s'ils n'en sont pas conscients.

— Oh, j'ai remarqué, affirma Ayla en pensant à tout ce qu'elle devinait à partir des mimiques et attitudes de ses interlocuteurs à leur insu.

— Parfois, on apprend comment... comment faire certaines choses parce qu'on le désire très fort. Alors on est très attentif, précisa-t-il.

Elle l'avait observé pendant qu'il parlait, ravie de son regard amoureux, du plaisir qu'il prenait à répondre à ses questions d'un air absent. Il semblait fixer le lointain et elle comprit qu'il pensait à quelqu'un.

— Surtout si tu tires ton savoir d'une personne qui aime te le transmettre, hasarda-t-elle. Zolena était-elle un bon maître ?

Stupéfait, il rougit et détourna les yeux, gêné.

— Tu m'as appris beaucoup, toi aussi, reprit-elle, comprenant que sa remarque l'avait troublé.

Il semblait vouloir fuir son regard.

— Ayla, comment as-tu deviné à quoi je pensais ? demanda-t-il enfin, le front soucieux. Je sais bien que tu as des Dons, c'est pour cela que Mamut t'a adoptée, mais j'ai parfois l'impression que tu lis dans mes pensées. C'est bien ce que tu as fait, n'est-ce pas ? Tu as lu dans mes pensées ?

Ayla vit dans son regard une sorte d'inquiétude mêlée d'effroi. Elle avait déjà rencontré cette crainte à la Réunion d'Eté chez certains Mamutoï qui se méfiaient de ses étranges pouvoirs, mais c'était surtout dû à un malentendu. Ils pensaient, par exemple, qu'elle possédait un pouvoir sur les animaux, alors qu'elle n'avait fait que les recueillir tout bébés et les élever comme ses propres enfants.

Mais un changement s'était opéré en elle depuis le Rassemblement du Clan. Elle n'avait pas bu exprès le breuvage de racines qu'elle avait préparé pour les mog-ur, seul le hasard l'y avait poussée. Elle n'avait pas non plus voulu s'introduire dans la grotte pour observer les mog-ur, c'était arrivé, voilà tout. Lorsqu'elle les avait vus assis en cercle, au fond de la grotte... et qu'elle avait été attirée dans un gouffre intérieur, elle avait cru être perdue à jamais. Et pourtant, Creb l'avait rejointe et lui avait parlé, là, dans l'abîme de sa mémoire. Depuis, il lui arrivait de comprendre des choses qu'elle ne pouvait expliquer. Comme la fois où Mamut l'avait entraînée dans sa Recherche à travers le temps. Mais quand elle surprit le regard craintif de Jondalar, une peur panique la submergea. La peur de le perdre.

Elle ne put affronter son regard et baissa les yeux. Il n'y avait pas de place pour le non-dit... ni pour le mensonge, entre eux. De toute façon, elle ne savait pas mentir délibérément, mais ce que le Clan autorisait de non-dit pour sauvegarder la vie privée de chacun n'était même plus possible entre eux deux. Même si elle risquait de le perdre en lui disant la vérité, elle se devait de le faire. Ensuite, elle s'efforcerait de comprendre ce qui le tourmentait. Elle le regarda droit dans les yeux et chercha ses mots.

— Non, Jondalar, je ne connais pas tes pensées, mais je peux parfois les deviner. Nous parlions justement des signes involontaires de ceux qui parlent avec des mots. Toi aussi tu te dévoiles avec de telles expressions, tu sais... je les observe, et bien souvent, je découvre leur sens. C'est sans doute parce que je t'aime tant et que je veux te comprendre. Je fais attention à toutes tes paroles et à tous tes gestes. C'est ce qu'on enseigne aux femmes du Clan, ajouta-t-elle.

Elle lut un certain soulagement dans l'expression de Jondalar.

— Tu n'es pas en cause, reprit-elle. Je n'ai pas été élevée... avec mon peuple, et j'ai appris à interpréter les expressions des autres. Ça m'a aidée à comprendre ceux que j'ai rencontrés par la suite. Au début, j'étais déroutée parce que les gens qui s'expriment par des mots disent souvent une chose, alors que leur expression dit le contraire. Lorsque j'ai saisi cela, j'ai commencé à comprendre au-delà des mots. C'est pour ça que Crozie ne voulait plus parier avec moi quand nous jouions aux devinettes avec les osselets. Je découvrais toujours où était l'osselet, rien qu'à sa manière de fermer la main.

— Ah, c'était donc ça ! Je me demandais aussi... Pourtant, on disait que c'était une fameuse joueuse.

— Mais elle l'était.

— Oui, mais je ne comprends toujours pas comment... comment tu as su que je pensais à Zolena. Tu sais qu'elle est zelandoni ? Lorsque je pense à elle, je me la figure en Zelandoni, pas avec le nom qu'elle portait quand elle était jeune.

— Je t'observais et tes yeux m'assuraient que tu m'aimais, que tu étais heureux avec moi et j'en étais contente. Mais quand tu m'as parlé du désir d'apprendre certaines choses, tu t'es mis à regarder au loin, tu ne me voyais plus. Tu m'avais déjà parlé de Zolena, cette femme qui t'a enseigné tes... tes dons... comment contenter une femme. Et nous parlions justement de ça, alors j'ai tout de suite fait le rapprochement.

— C'est extraordinaire ! Rappelle-moi de ne jamais rien te cacher. Tu ne lis peut-être pas dans les pensées, mais tu n'en es pas loin.

— Il y a autre chose que tu dois savoir.

— Quoi donc ? s'inquiéta-t-il.

— Il m'arrive de penser que j'ai... euh... un Don. J'ai connu une étrange expérience au Rassemblement du Clan, quand j'étais avec le clan de Brun et que Durc était encore bébé. J'ai fait quelque chose que je n'aurais pas dû. Ce n'était pas intentionnel, mais j'ai bu le breuvage réservé aux mog-ur et je les ai rejoints dans leur grotte, je ne sais comment. Ils étaient... (Un frisson l'empêcha de continuer.) Je... je me suis perdue dans le noir. Non, pas dans la grotte, dans le noir intérieur. J'ai cru que j'allais mourir, mais Creb m'a sauvée. Ses pensées se sont glissées dans ma tête...

— Ses pensées se sont quoi ?

— Je ne sais pas comment l'expliquer. Ses pensées se sont introduites dans ma tête, et depuis... depuis je... c'est comme si quelque chose avait changé en moi. Parfois, je me dis que c'est comme un... un Don. Des événements se produisent sans que je les comprenne. Je crois que Mamut savait, lui.

— Alors, il a bien fait de t'adopter au Foyer du Mammouth, et pas seulement pour tes talents de Femme Qui Soigne.

— Oui, peut-être.

— Tu savais ce que je pensais, là, juste à l'instant ?

— Non. Le Don ne fonctionne pas comme ça. C'est plutôt comme accompagner Mamut dans sa Recherche. Ou encore, se plonger dans un monde souterrain, un monde lointain.

— Tu veux dire le monde des esprits ?

— Je ne sais pas.

Jondalar parut perplexe. Il considéra ce qu'impliquaient les aveux d'Ayla, et lui sourit d'un air triste.

— J'ai l'impression que la Mère se joue de moi, ricana-t-il. La première femme que j'ai aimée a été appelée à Son Service, et j'ai bien cru que je n'aimerais plus jamais. Et lorsque je rencontre une autre femme dont je m'éprends, c'est pour découvrir qu'elle aussi est destinée à Servir la Mère. Vais-je te perdre, Ayla ?

— Et pourquoi devrais-tu me perdre? s'offusqua Ayla. Je ne sais pas si je suis vouée à La Servir. Je n'ai certes pas envie de servir quiconque. Tout ce que je désire, c'est rester avec toi, partager ton foyer, et donner naissance à tes enfants.

— Mes enfants ? s'écria Jondalar, surpris par l'usage du possessif. Comment aurais-je des enfants ? Les hommes n'ont pas d'enfants. La Grande Mère accorde des enfants aux femmes. Elle se sert peut-être de l'esprit de l'homme pour les créer, mais ils ne lui appartiennent pas. Il les nourrit, mais ce sont les enfants de son foyer, ceux que sa compagne y a apportés.

Ayla lui avait déjà fait part de sa théorie qui voulait que l'homme introduisît la vie dans le ventre de la femme. Mais il n'avait pas compris à l'époque qu'elle était vraiment une fille légitime du Foyer du Mammouth. Qu'elle pouvait visiter le monde des esprits. Et qu'elle était sans doute destinée à Servir Doni. Et si elle disait vrai ?

— Appelle mes bébés les enfants de ton foyer, si tu le souhaites, Jondalar. Je veux qu'ils soient les enfants de ton foyer, du moment que je reste avec toi pour toujours.

— C'est mon vœu le plus cher, promit Jondalar. Je le désirais déjà avant de te rencontrer. Tout ce que je souhaite, c'est que la Mère ne te donne pas d'enfants avant que nous soyons chez moi.

— Ne t'inquiète pas, je préfère attendre, moi aussi.

Ayla prit leurs coupes, les rinça, et termina les préparatifs pour qu'ils puissent partir de bonne heure le lendemain matin, pendant que Jondalar emballait tout leur matériel à l'exception des fourrures de couchage. Ensuite, ils se blottirent l'un contre l'autre dans leur fourrure, agréablement fatigués. L'homme des Zelandonii contempla la femme qui dormait dans ses bras, la respiration régulière. Le sommeil le fuyait.

Mes enfants ! songeait-il. Ayla prétend que ses bébés seront mes enfants. Avaient-ils fait naître une nouvelle vie en partageant les Plaisirs aujourd'hui ? Si une vie commençait à partir de ces Plaisirs, elle ne serait pas banale parce que ceux-ci avaient été... les meilleurs depuis longtemps...

Pourquoi ? Tout ce que j'ai fait aujourd'hui, je l'avais déjà fait souvent auparavant... mais avec Ayla tout est si différent... Je ne me lasse jamais... j'ai toujours plus envie d'elle... chaque fois que je pense à elle, je la veux... et elle croit que je sais comment lui procurer les Plaisirs !...

Si par malheur elle était enceinte ?... A moins qu'elle ne puisse pas avoir d'enfant... Il y a des femmes qui ne peuvent pas. Pourtant, elle a déjà un fils.

J'ai vécu longtemps avec Serenio. Elle n'a pas été enceinte tout le temps où je vivais avec elle, et pourtant elle avait déjà eu un enfant avant de me rencontrer.

D'ailleurs, si elle en avait attendu un, je serais peut-être resté avec les Sharamudoï. Elle m'avait dit, juste avant mon départ, qu'elle croyait être enceinte. Pourquoi ne suis-je pas resté ? Elle refusait qu'on s'unisse sous prétexte que je ne l'aimais pas autant qu'elle m'aimait. Elle trouvait que j'aimais davantage mon frère que n'importe quelle femme. Elle me plaisait. Moins qu'Ayla, bien sûr, mais si j'avais insisté, je suis persuadé qu'elle aurait accepté de s'unir à moi. Alors pourquoi suis-je parti ? Parce que j'étais inquiet pour Thonolan et que j'ai préféré le suivre ? Est-ce la seule raison ?

Si Serenio était vraiment enceinte à mon départ, et si elle a eu un autre enfant, est-il le fruit de mes entrailles ? Est-il… mon… mon fils ? C'est ce que prétend Ayla. Non, c'est impossible. Les hommes n'ont pas d'enfants, à moins que la Grande Mère n'en fabrique un avec l'esprit d'un homme. Serait-il l'enfant de mon esprit ?

Lorsque nous arriverons chez les Sharamudoï, je pourrai au moins m'assurer qu'elle a bien eu cet enfant. Comment réagira Ayla, si l'enfant de Serenio est, en quelque sorte, une parcelle de moi ? Qu'est-ce que Serenio pensera d'Ayla ? Et Ayla, que pensera-t-elle de Serenio ?

13

Le lendemain, la chaleur était moins étouffante, mais Ayla avait hâte de partir. Elle fit jaillir des étincelles de son silex en espérant que le feu prendrait vite. La nourriture qu'elle avait préparée la veille et de l'eau auraient suffi pour leur déjeuner, et tout en pensant aux Plaisirs qu'elle avait partagés avec Jondalar, le remède miracle d'Iza commença à lui peser. Si elle ne buvait pas son infusion, peut-être s'apercevrait-elle qu'un bébé grandissait dans son ventre. Mais Jondalar redoutait tant qu'elle fût enceinte pendant le Voyage qu'il était préférable de prendre sa tisane.

La jeune femme ignorait comment le remède agissait. Ce qu'elle savait, c'est qu'en buvant chaque matin quelques gorgées amères de la puissante décoction de fils d'or entre ses périodes lunaires, ainsi qu'un petit bol de sauge pendant celles-ci, elle ne serait jamais enceinte.

S'occuper d'un bébé pendant le Voyage ne serait pas si difficile, mais elle avait peur d'accoucher seule. Que serait-il advenu si Iza ne l'avait pas aidée quand elle avait donné le jour à Durc ?

Ayla écrasa un moustique, et en attendant que l'eau bouillît, elle vérifia la quantité d'herbe restante. Elle constata avec soulagement qu'il y en avait suffisamment pour attendre la sortie des marais. Ces plantes ne poussaient que sur des terrains secs, et de préférence montagneux. En palpant les différentes bourses et petits paquets de plantes médicinales, elle s'aperçut qu'il lui en restait assez en cas d'urgence, bien qu'elle eût préféré remplacer celles de la dernière récolte par de plus fraîches. Heureusement, elle n'avait pas eu à piocher dans sa réserve.

Ils venaient à peine de reprendre leur route en direction du couchant qu'ils furent arrêtés par un assez large cours d'eau. Jondalar détacha les paniers de charge accrochés aux flancs de Rapide, les entreposa dans le canot, et se mit à étudier la rivière. Elle coulait dans le même sens que la Grande Mère et s'y jetait en formant un angle aigu.

— Ayla, tu as vu comment cet affluent se jette dans la Mère ? Il fonce droit au milieu et s'y mélange sans provoquer de remous. Je suis sûr que c'est de là que vient le courant qui nous a emportés hier.

— Oui, je crois que tu as raison. Tu aimes comprendre le pourquoi des choses, n'est-ce pas ? demanda-t-elle en souriant.

— Enfin, l'eau ne se met pas à couler rapidement sans raison ! Il fallait bien trouver une explication.

— Et tu l'as trouvée.

Après qu'ils eurent traversé l'affluent, Ayla s'aperçut avec grand plaisir que Jondalar était de bonne humeur. Et elle était soulagée que Loup les suivît plutôt que de partir dans d'interminables explorations. Même les chevaux semblaient contents. Le repos leur avait fait du bien. Ayla était tonifiée et reposée, elle aussi, et, peut-être parce qu'elle venait de vérifier ses réserves de plantes médicinales, elle était très attentive à la flore qu'ils rencontraient, ainsi qu'à la faune. Les changements, aussi subtils fussent-ils, ne lui échappaient pas.

Les oiseaux constituaient toujours la forme de vie sauvage dominante, la famille du héron étant la mieux représentée. Mais les autres espèces abondaient. D'immenses volées de pélicans et de cygnes muets tournoyaient au-dessus de leur tête, ainsi que différentes sortes de rapaces, tels les milans noirs, les pygargues, les bondrées et les faucons hobereaux. Ayla vit bon nombre de petits oiseaux, sautillant, voletant, pépiant, fiers de leurs habits de lumière : rossignols et fauvettes, fauvettes à tête noire, gobe-mouches nains ou bruns, merles à tête d'or, etc.

Il y avait beaucoup de butors nains dans le delta, mais forts de leur excellent camouflage, ils chantaient à tue-tête, incognito. Leur sorte de grognements caverneux résonnaient du matin au soir, et s'intensifiaient à la tombée du jour. Mais qu'on tentât de les approcher, ils tendaient le cou à la verticale et se fondaient si bien dans les roseaux où ils nichaient qu'il eût été impossible de les distinguer des longues tiges vertes. Pourtant, Ayla en vit quelques-uns raser l'eau en quête de poissons. En vol, les butors nains étaient aisément reconnaissables. Les petites plumes du devant de l'aile et à la base de la queue étaient assez pâles, et contrastaient avec les rémiges et les pennes foncées de la queue.

Les marécages abritaient aussi un nombre surprenant d'animaux adaptés aux divers paysages. Par exemple chevreuils et sangliers dans les sous-bois, lièvres, hamsters et cerfs géants à la lisière des fourrés. Tout en chevauchant, ils rencontraient des animaux qu'ils n'avaient pas vus depuis longtemps, et se les montraient. Là, c'était un saïga qui dépassait en trombe un troupeau d'aurochs. Ailleurs un chat sauvage moucheté traquant un oiseau sous l'œil intéressé d'un léopard tapi dans un arbre. Un couple de renards avec ses petits, une paire de blaireaux grassouillets, et là-bas, des putois à la fourrure marbrée blanc, jaune et marron. Ils virent aussi des loutres dans un cours d'eau, et des visons en compagnie de leurs proies favorites, les rats musqués.

Et il y avait les insectes. De grandes libellules jaunes sillonnant l'air, et de délicates demoiselles ornant les fleurs ternes des plantains de leurs étincelantes couleurs bleues et vertes. Des essaims d'insectes à la piqûre brûlante apparurent soudain. On aurait dit qu'ils avaient tous éclos le même jour. L'humidité et la chaleur qui régnaient dans les ruisseaux d'eau stagnante et les bassins fétides étaient fort propices à la couvaison des myriades d'œufs minuscules. Les premiers nuages de petits moucherons étaient apparus dans la matinée, au-dessus de l'eau uniquement. Ayla et Jondalar les avaient oubliés.

A la tombée de la nuit, il était devenu impossible de les oublier. Les moucherons s'insinuaient dans la lourde fourrure des chevaux trempés de sueur, bourdonnaient devant leurs yeux, s'enfonçaient dans leur bouche et leurs naseaux, et le pauvre loup n'était pas mieux loti. Les animaux bataillaient contre des millions de mites. Les insupportables insectes se prenaient aussi dans les cheveux des humains. Ayla, tout comme Jondalar, en recrachait par dizaines, et s'essuyait sans cesse les yeux pour ne pas être aveuglée. Les nuées de moucherons s'épaississaient à mesure qu'on se rapprochait de l'eau et Jondalar se demanda où établir le campement.

Il aperçut une colline verdoyante sur sa droite et entreprit de l'escalader pour avoir une vue d'ensemble. Arrivés au sommet, ils virent en bas l'eau scintillante d'un bras mort. La végétation y était moins luxuriante que sur le delta — mais, loin des eaux stagnantes des marais, les insectes y seraient aussi moins abondants. Sur la rive, des buissons et quelques arbres bordaient une grande plage accueillante.

Loup dévala la colline en courant, et les chevaux le suivirent au petit trot nonchalant. Ayla et Jondalar n'eurent que le temps de leur ôter les paniers de charge et de détacher le travois avant de se ruer ensemble dans l'eau claire. Même Loup, d'habitude si nerveux à l'idée de traverser une rivière à la nage, fit le tour du lac en pataugeant.

— Tu crois qu'il commence à aimer l'eau ? demanda Ayla.

— Je l'espère. Il nous reste tellement de rivières à franchir.

Les chevaux plongèrent leur tête dans le lac, crachant et soufflant l'eau par leurs naseaux, puis allèrent sur la rive se rouler dans la boue en se tortillant pour se gratter. Ayla ne put s'empêcher d'éclater de rire en les voyant grimacer de plaisir. Ils se relevèrent couverts de boue. En séchant, elle les débarrasserait de leur sueur, des peaux mortes et autres œufs d'insectes, causes de leurs démangeaisons infernales.

Ils campèrent au bord du lac et partirent le lendemain matin de bonne heure, espérant trouver pour le soir un endroit aussi agréable. Une vague de moustiques suivit l'éclosion des moucherons, et leurs multiples piqûres forcèrent Ayla et Jondalar à s'emmitoufler sous de lourdes peaux qui leur tenaient affreusement chaud. Ils ne virent pas arriver les mouches. Elles étaient d'une autre espèce que celles qui accompagnaient toujours les chevaux : elles étaient petites et elles piquaient. Bien que la soirée fût chaude, ils durent vite s'enfouir sous leurs fourrures pour échapper aux hordes volantes.

Ils ne levèrent le camp que tard le lendemain matin. Ayla voulut d'abord cueillir des plantes pour calmer la brûlure des piqûres et confectionner un insectifuge. Dans un coin ombragé, elle trouva du romarin des marais aux curieuses feuilles lancéolées recouvertes de poils roux, connu pour ses propriétés cicatrisantes et calmantes, et elle en cueillit pour fabriquer une lotion. Elle découvrit du plantain et s'empressa d'en récolter les larges feuilles pour ajouter à la solution. Ces plantes possédaient des vertus calmantes pour toutes piqûres ou furoncles, et soignaient même de graves ulcères ou autres blessures. Plus tard, dans les steppes où l'humidité était moindre, elle cueillerait des fleurs d'absinthe, excellent antidote contre les poisons ou autres réactions toxiques.

Elle fut enchantée de trouver des soucis d'un jaune étincelant, dont elle appréciait les vertus antiseptiques et le pouvoir cicatrisant immédiat, et qui, en solution concentrée, éloignaient les insectes. A la lisière d'un bois exposé au soleil, elle découvrit de l'origan vulgaire, qui était non seulement un excellent insectifuge en solution externe, mais qui, bu en infusion, donnait à la sueur une odeur épicée qui repoussait les mouches, moucherons et puces. Elle essaya même d'en faire boire aux chevaux et à Loup.

Jondalar surveillait ses préparations, la bombardant de questions, et écoutant les explications avec un grand intérêt. Ses démangeaisons soulagées, il se félicita de voyager en compagnie d'une femme aussi experte. Seul, il aurait dû supporter les cuisantes brûlures sans broncher.

Ils se mirent en route vers le milieu de la matinée, et les subtils changements qu'Ayla avait remarqués la veille s'amplifièrent soudain. On voyait moins de marais, moins d'îles et davantage d'eau. Le bras nord du delta perdit son réseau de chenaux, et sans crier gare, il s'unit à un des bras centraux et doubla de largeur. Un peu en amont, le bras méridional, qui s'était déjà joint à l'autre bras central, établit la jonction et les quatre bras ne formèrent plus qu'un seul et même fleuve immense.

La Grande Rivière Mère, après avoir traversé un continent entier, gonflée de centaines d'affluents et des eaux de fonte de deux chaînes de glaciers, se trouvait bloquée vers le sud dans son accès à la mer par le socle granitique d'anciennes montagnes érodées. Sous la pression gigantesque de ses eaux déferlantes, le fleuve avait fini par percer la roche. Etranglée dans ces gorges étroites, la Grande Mère avait repris de la puissance pour creuser un méandre aigu avant de former un vaste delta jusqu'à la mer.

C'était la première fois qu'Ayla voyait l'énorme fleuve dans toute sa splendeur, et même Jondalar, qui était pourtant passé par là, n'avait pas eu la chance de le contempler sous une telle perspective. Abasourdis, ils se laissèrent captiver par le spectacle. L'énorme étendue d'eau rappelait plus la mer qu'un simple fleuve, et la surface tumultueuse et miroitante ne trahissait qu'une infime partie du pouvoir dévastateur qu'abritaient ses profondeurs.

Ayla remarqua une branche d'arbre qui flottait vers eux, simple brindille portée par les flots, mais un curieux détail attira son attention : elle avançait trop lentement. Ayla retint son souffle. Ce qu'elle voyait passer, ce n'était pas une branche, mais un arbre tout entier ! L'arbre le plus grand qu'elle eût jamais vu.

— Voilà la Grande Rivière Mère, dit simplement Jondalar.

Il l'avait déjà suivie sur toute sa longueur, et savait quelle distance elle avait parcouru, les régions qu'elle avait traversées, et tout le chemin qu'il leur restait avant d'achever leur Voyage. Bien qu'Ayla n'en saisît pas toutes les implications, elle comprenait que la Rivière Mère, parvenue au terme de son Voyage, atteignait son apogée et ne serait plus jamais aussi Grande.

Ils remontaient le fleuve gonflé d'eau, laissant derrière eux l'embouchure et sa touffeur, et avec elle une bonne partie des insectes qui les empoisonnaient. Ils s'aperçurent bientôt qu'ils abandonnaient aussi les vastes steppes. Prairies et marécages cédaient la place à des collines boisées, entrecoupées de prés verdoyants.

A l'ombre des arbres, la température était plus fraîche. Ce changement leur procura un tel plaisir, qu'arrivant à un grand lac cerné de bois, et bordé par un joli pré, ils furent tentés de planter leur campement malgré l'heure prématurée. Ils chevauchèrent le long d'un ruisseau qui menait à une plage de sable, mais en l'approchant, Loup se mit à gronder, poils hérissés, à l'arrêt. Ayla et Jondalar étudièrent les environs, à la recherche du danger qui troublait le jeune animal.

— Je ne vois rien de particulier, s'étonna Ayla. Mais Loup a senti quelque chose d'inquiétant.

— De toute façon, il est trop tôt pour camper. Allons-nous-en ! décida Jondalar après un dernier coup d'œil au lac accueillant.

Il fit faire volte-face à Rapide et se dirigea vers le fleuve. Loup s'attarda avant de les rejoindre.

Ils traversèrent des petits bois agréables et Jondalar ne regretta pas sa décision. Au cours de l'après-midi, ils rencontrèrent des lacs de toutes tailles. La région en était pleine. Il ne comprenait pas pourquoi il ne reconnaissait pas ce passage, lorsqu'il se souvint qu'avec Thonolan, ils avaient descendu le fleuve dans un bateau des Ramudoï, ne s'arrêtant qu'occasionnellement sur les rives.

Pourtant, il pensait que la région se prêtait à la vie humaine. Il ne se rappelait pas si les Ramudoï lui avaient parlé d'autres Peuples du Fleuve vivant dans les parages. Il se garda bien de faire part de ses pensées à Ayla. Si l'endroit était habité, personne ne daigna se montrer. Pourtant Jondalar se demandait ce qui avait pu inquiéter Loup. Avait-il reniflé l'odeur d'humains apeurés ? Ou bien hostiles ?

Le soleil se cachait déjà derrière les montagnes qui se profilaient à l'horizon quand ils s'arrêtèrent au bord d'un lac, bassin collecteur des ruisseaux avoisinants. Un chenal conduisait au fleuve par lequel de grosses truites et des saumons avaient remonté le courant jusqu'au lac.

Depuis qu'ils suivaient le fleuve et que le poisson constituait leur aliment de base, Ayla continuait à tresser le filet qu'elle avait commencé, chaque fois qu'elle en avait l'occasion. Elle s'inspirait de ceux que le clan de Brun utilisait pour capturer les gros poissons dans la mer. Elle essaya plusieurs sortes de plantes pour fabriquer les cordages, et en particulier les plus riches en fibres. Le lin et le chanvre convenaient le mieux, bien que le chanvre fût plus rugueux.

Elle avait maintenant une surface de filet suffisante et elle entra dans l'eau avec Jondalar, chacun tenant l'une des extrémités. Parvenus à distance convenable de la rive, ils revinrent sur leurs pas en le tirant. Voyant qu'ils avaient capturé quelques jolies truites, Jondalar manifesta un intérêt accru pour le filet et essaya d'imaginer un moyen d'y attacher une sorte de manche pour qu'une seule personne puisse pêcher, et sans entrer dans l'eau. Il laissa germer son idée.

Le lendemain, ils continuèrent leur route vers les montagnes à travers des bois d'essences rares. De nombreuses variétés d'arbres à feuilles caduques et de conifères se mêlaient dans ces forêts multicolores, semées de prairies et de lacs, et de tourbières et de marécages près de la vallée alluviale. Certaines espèces poussaient en groupe, d'autres non, en fonction des microclimats, de l'altitude, de l'humidité ou de la nature du sol, lequel était soit riche en terreau, soit sablonneux, soit un mélange de sable et d'argile, ou encore une combinaison des trois.

Les arbres à feuilles persistantes se rencontraient surtout sur l'ubac et les sols sablonneux, et, selon le degré d'humidité, atteignaient des hauteurs impressionnantes. Une épaisse forêt d'épicéas géants, hauts de cinquante mètres, recouvrait le bas d'une colline. Ensuite venaient des pins qu'on aurait crus de même taille, alors qu'atteignant pourtant les quarante mètres, ils poussaient juste au-dessus. Des sapins immenses, d'un vert foncé, précédaient des massifs de grands bouleaux blancs. Les saules, eux-mêmes, dépassaient les vingt mètres.

Sur l'adret, lorsque le sol était humide et fertile, des forêts de bois dur aux larges feuilles atteignaient des hauteurs impressionnantes, elles aussi. Des bouquets de chênes géants, au tronc impeccablement droit et dépourvu de branches avant la couronne verte au sommet, montaient jusqu'à quarante mètres. Des tilleuls et des frênes gigantesques atteignaient presque la même taille, tout comme des érables magnifiques.

Au loin, les voyageurs apercevaient les feuilles argentées de peupliers blancs mêlés à des bouquets de chênes, et lorsqu'ils arrivèrent dans la forêt, ils constatèrent qu'elle fourmillait de pinsons nichés dans la moindre faille. Ayla trouva même des nids remplis d'œufs et d'oisillons, bâtis dans des nids de pies et de buses, eux-mêmes occupés par des œufs et des oisillons. Des rouges-gorges vivaient également dans ce bois, mais leurs petits avaient déjà toutes leurs plumes.

A flanc de colline, là où le dôme de verdure laissait pénétrer les rayons du soleil, les sous-bois étaient d'une richesse luxuriante, et des clématites en fleur ou des lianes pendaient souvent des plus hautes branches. Les cavaliers approchèrent d'un bouquet d'ormes et de saules blancs au tronc recouvert de vigne grimpante, et ruisselants de lianes. Ils découvrirent des nids d'aigles criards et de cigognes noires, passèrent près d'un torrent bordé de trembles et d'épaisses touffes de saules marseaux, et de haies de mûres. Une alternance de bosquets d'ormes majestueux, de bouleaux élégants, et de tilleuls odorants, ombrageaient une colline où ils s'arrêtèrent pour cueillir dans les fourrés tout ce qui pouvait se manger : framboises, orties, noisettes pas encore mûres, juste comme Ayla les aimait, et quelques pommes de pin pleines de pignons.

Plus loin, ils trouvèrent des futaies de charmes si serrés qu'ils empêchaient les hêtres de prospérer. Mais plus haut, les hêtres atteignaient des tailles gigantesques. L'un d'eux, abattu, était recouvert d'une couche d'agarics miellés jaune-orange. Ayla se précipita pour les ramasser. Jondalar l'aida à collecter les champignons, et ce fut lui qui découvrit l'arbre qui abritait un nid d'abeilles. Armé d'une hache et d'une torche enfumée, il grimpa à une échelle de fortune, tronc de sapin mort encore garni de branches, et brava quelques dards pour récolter des rayons de miel. Après avoir sucé goulûment les délicieuses alvéoles, ils mangèrent la cire d'abeille, avalant par la même occasion des ouvrières égarées. Ils riaient comme des enfants devant leurs visages barbouillés.

Ces régions méridionales tempérées étaient depuis longtemps le refuge d'arbres, de plantes et d'animaux chassés du reste du continent par les conditions climatiques arides et glaciales. Certaines variétés de pins étaient là depuis tant d'années qu'elles avaient vu grandir les montagnes.

Le petit groupe formé par l'homme et la femme, le loup et les chevaux, poursuivait sa route vers l'occident en longeant le fleuve. Les montagnes commençaient à révéler les détails de leur contour, mais les sommets enneigés faisaient tellement partie de leur horizon quotidien, et leur progression était si lente, qu'Ayla et Jondalar remarquaient à peine qu'ils s'en approchaient. Ils poussaient de brèves incursions au nord, vers les collines boisées, parfois rocailleuses et pentues, mais la plupart du temps ils ne s'éloignaient pas de la plaine alluviale. Les terrains différaient, mais les arbres et la flore étaient peu ou prou les mêmes.

En arrivant devant un large affluent dévalant de la montagne et qui se jetait dans le fleuve, les voyageurs comprirent qu'il se produisait un changement essentiel dans la nature du fleuve. Ils traversèrent dans le canot, et ils tombèrent tout de suite sur un rapide en descendant vers le sud. En effet, la Grande Rivière Mère, incapable de franchir la montagne par le nord, avait formé un coude abrupt pour rejoindre la mer en contournant la chaîne de montagnes par le sud.

Le rapide était trop fort et ils durent le longer en amont pour traverser à un endroit moins turbulent. Là encore le canot prouva toute son utilité. D'autres petits cours d'eau se rejoignaient dans la Mère juste avant le coude. Ensuite, ils suivirent la rive gauche, d'abord vers l'ouest, ensuite vers l'est, et lorsqu'ils débouchèrent sur de vastes steppes, les montagnes n'étaient plus en face d'eux, mais sur leur droite. Leur silhouette mauve s'étendait sur l'horizon.

Ayla ne quittait pas le fleuve des yeux. Elle savait bien que l'eau des affluents, qui l'avaient grossi, descendait le courant, et que la Grande Mère était moins pleine maintenant. Cela ne se voyait pas mais Ayla le sentait. Un sentiment plus fort que le savoir, et Ayla essayait de vérifier si le débit du fleuve diminuait de façon notable.

Bientôt pourtant, l'apparence du fleuve changea. Enfoui profondément sous le lœss, ce sol fertile provenant de la poussière de roche moulue par les immenses glaciers et transportée par les vents, et sous l'argile, les sables et les graviers charriés et déposés par les eaux au cours des millénaires, se trouvait l'ancien massif. Les racines de la chaîne archaïque avaient formé un bouclier si dur que la croûte granitique poussée contre lui par les inexorables modifications de la terre s'était plissée, créant ainsi la chaîne de montagnes dont les pics glacés scintillaient sous le soleil.

Le vieux massif s'étendait sous le fleuve, mais la crête, usée par les siècles et pourtant assez haute pour boucher l'accès à la mer, avait forcé la Grande Mère à remonter au nord pour chercher une issue. Finalement, la vieille roche avait concédé un étroit passage, mais avant d'aboutir enfin à la mer, l'énorme fleuve avait creusé dans la plaine un lit parallèle à la mer, ouvrant ensuite deux bras languissants, reliés entre eux par un enchevêtrement de chenaux.

Laissant la forêt derrière eux, Ayla et Jondalar se dirigèrent au sud, vers une région de terrains plats et de coteaux envahis par des graminées, et bordant un bras marécageux de l'immense rivière. Le paysage ressemblait aux steppes du delta, mais il y faisait plus chaud, la terre était plus sèche avec des dunes de sable, ancrées par des plantes thermophiles extrêmement résistantes, et par de rares arbres. Des buissons d'absinthe, de sauge des bois et d'estragon aromatique, réussissaient à percer tant bien que mal sur ce sol aride, chassant les pins rabougris et les saules qui se cramponnaient aux rives des cours d'eau.

Les marécages, terres souvent inondées comprises entre les bras de la rivière, étaient presque aussi étendus que ceux du delta, et aussi riches en roseaux, en plantes aquatiques et en population animale. Des îles aux verts pâturages, et plantées d'arbres, étaient cernées par les eaux jaunâtres de la rivière principale, ou par des canaux secondaires aux eaux limpides regorgeant de poissons, souvent de taille exceptionnelle.

Ils chevauchaient près de l'eau quand Jondalar tira sur les rênes de Rapide. Ayla fit arrêter Whinney près de lui. Devant son expression étonnée, il lui sourit et mit un doigt sur ses lèvres. Il lui désigna un bassin d'eau claire, où des plantes subaquatiques s'agitaient dans un courant invisible. Ayla ne vit d'abord rien d'anormal, puis elle aperçut une énorme carpe dorée magnifique, glissant sans effort sur le fond verdâtre. Ils avaient déjà vu dans une lagune des esturgeons de plus de neuf mètres. Le poisson géant rappela à Jondalar un incident qu'il faillit raconter à Ayla. Mais il se ravisa.

Roselières, lacs et bassins qui parsemaient les méandres de la rivière constituaient une invite aux oiseaux, et des volées de pélicans glissaient sur les courants d'air chaud, agitant à peine leurs ailes immenses. Crapauds et grenouilles vertes entonnaient leur chant nocturne, et finissaient parfois à la broche. Les deux voyageurs ignoraient les petits lézards qui fusaient sur les rives boueuses, et évitaient les serpents.

Les sangsues, qui semblaient pulluler dans ces eaux, rendaient les voyageurs prudents et les obligeaient à choisir leurs baignades avec un soin particulier. Ces créatures étranges qui se cramponnaient à eux sans qu'ils s'en rendissent compte, et leur suçaient le sang, intriguaient fortement Ayla. Mais les bestioles les plus agaçantes étaient incontestablement les plus minuscules. Avec la proximité des marais, des milliers d'insectes, plus qu'ils n'en avaient jamais vu, ne leur laissaient aucun répit et les forçaient parfois à se réfugier dans l'eau.

A l'approche de l'extrémité méridionale de la chaîne de montagnes, de vastes plaines s'ouvraient entre la Grande Mère et les pentes escarpées. Le massif enneigé se terminait en s'incurvant brusquement vers une autre chaîne de montagnes orientée sur un plan est-ouest. A la pointe sud du massif, deux sommets surplombaient tous les autres.

En poursuivant vers le sud, ils s'éloignèrent des montagnes, ce qui leur en donna une vue d'ensemble : derrière eux, s'étendait un vaste panorama de pics majestueux. La glace scintillait sur les plus hauts sommets recouverts d'un manteau blanc. La neige tapissait les pics de moindre altitude, rappelant que la courte saison chaude des plaines méridionales n'était qu'un bref intermède dans un pays dominé par les glaces.

Plus ils s'éloignaient des montagnes, plus la vue se dégageait à l'ouest. Ce n'étaient qu'étendues infinies de steppes arides. Sans la variété des collines boisées pour briser le rythme monotone, et les hautes montagnes pour scander l'horizon, les jours ressemblaient aux jours le long de ce cours d'eau marécageux. A un moment où les deux bras du fleuve se rejoignaient, ils aperçurent sur l'autre rive des steppes davantage d'arbres, et sur la Grande Mère, toujours une multitude d'îles et de roselières.

Avant la fin de la journée, la Grande Mère se divisa à nouveau. Les cavaliers continuèrent à suivre la rive gauche qui obliquait légèrement vers l'ouest. A leur droite, la chaîne de montagnes mauves dont ils approchaient gagna en altitude et dévoila ses particularités. Contrairement aux pics déchiquetés de l'ubac qu'ils venaient de longer, le versant exposé au sud, aux sommets recouverts d'un manteau de neiges ou de glaces éternelles, présentait des courbes plus douces qui rappelaient les hauts plateaux.

L'influence des montagnes méridionales se faisait sentir sur le cours du fleuve. Quand les voyageurs approchaient des contreforts, ils remarquaient les changements subis par la Grande Mère, identiques à ceux qu'ils avaient observés précédemment. Des chenaux serpentaient, se rejoignaient, prenaient un cours plus rectiligne pour fournir un seul chenal large et profond qui se jetait dans le fleuve. Les roselières et les îles disparurent, et le fleuve puissant s'incurva dans un large coude.

Ayla et Jondalar suivirent la courbe intérieure qui les mena directement face au couchant où le soleil embrasait le ciel brumeux d'un rouge vif. Jondalar n'apercevait aucun nuage et il se demandait ce qui pouvait bien causer la violente couleur uniforme qui se réfléchissait sur les pics escarpés au nord, enveloppait les hauts plateaux rocailleux de la rive droite, et teintait l'eau frémissante d'une couleur de sang.

Ils continuèrent à remonter la rive gauche du fleuve, à la recherche d'un bon campement. Ayla ne laissait pas d'être intriguée par le fleuve majestueux. Plusieurs affluents, de diverse importance, s'étaient jetés dans le cours principal, venant grossir son prodigieux débit. Elle comprenait que la Grande Mère fût amoindrie, puisque tant d'affluents l'avaient grossie en aval, mais elle restait encore si large qu'on avait peine à concevoir une quelconque réduction de son débit. Pourtant, la jeune femme en était intimement convaincue.

Ayla se réveilla le lendemain avant l'aube. Elle adorait le matin et sa vivifiante fraîcheur. Elle fit chauffer sa décoction contraceptive au goût amer, et prépara une coupe d'infusion de sauge et d'estragon pour Jondalar, et aussi une autre pour elle-même qu'elle but en regardant le soleil se lever sur les montagnes septentrionales. Un soupçon de rose, préfigurant l'aube, découpa les deux pics de glace, et s'étendit lentement, nimbant l'est d'une lueur rosâtre. Avant que la glorieuse boule de feu ne dardât ses rayons au-dessus de l'horizon, le sommet des montagnes s'embrasa soudain.

Les deux voyageurs repartirent en s'attendant à voir la Mère se disperser de nouveau, et ils furent surpris de constater qu'elle restait confinée dans son lit. Quelques îlots de broussailles se formèrent au milieu du courant, mais le fleuve conservait son unité. Ils étaient si habitués à la voir serpenter et se diviser au gré de son vagabondage qu'il leur semblait étrange de suivre le cours unique du gigantesque fleuve. Mais dans son périple autour, ou au milieu, des montagnes qui traversaient le continent, la Grande Mère suivait invariablement la route la moins élevée, et celle-ci longeait le pied des montagnes érodées qui bordaient sa rive droite.

Sur la rive gauche, entre le fleuve et les crêtes de granit et d'ardoise, s'étendait une bande argileuse recouverte d'un manteau de lœss, terrain accidenté et rocailleux, soumis aux variations les plus extrêmes. Soufflant du sud, des vents brûlants desséchaient la terre en été ; les hautes pressions au-dessus des glaciers du nord la cinglaient de rafales glacées en hiver ; venant de la mer, des ouragans la ravageaient. Les averses occasionnelles, suivies de violents vents secs et les brusques changements de température provoquaient des cassures dans la couche calcaire, créant des lignes de faille sur les plateaux.

Des herbes résistantes survivaient encore, mais les arbres avaient presque entièrement disparu. La seule végétation sylvestre était constituée d'arbrisseaux pouvant supporter à la fois la sécheresse brûlante et le froid glacial. Quelques rares tamaris aux branches frêles, avec leurs petites feuilles en écailles et leurs petites fleurs roses en épi, ou des nerpruns garnis de baies noires et d'épines acérées, poussaient çà et là, et même quelques cassis. On trouvait surtout différentes sortes d'armoises, y compris une grande absinthe inconnue d'Ayla.

Ses tiges noires semblaient mortes, mais quand elle en cueillit pour faire du feu, elle s'aperçut qu'elles étaient non pas sèches et cassantes, mais bien vivantes. Après quelques bourrasques de pluie, les feuilles dentelées, argentées sur l'envers, se déroulaient, les tiges se ramifiaient et de petites fleurs jaunes, semblables aux cœurs des marguerites, s'épanouissaient sur les rameaux épineux. N'eussent été ses tiges foncées, la plante ressemblait aux espèces familières plus claires qui poussaient souvent près des fétuques et des crêtes-de-coq. Puis, quand le vent et le soleil desséchaient les plaines, les tiges semblaient de nouveau mortes.

Les plaines méridionales, avec leurs multiples variétés d'herbacées et d'arbustes, nourrissaient quantité d'animaux, les mêmes que ceux qui vivaient dans les steppes du nord, mais en proportions réparties différemment. Les espèces qui recherchaient le froid, comme le bœuf musqué, ne s'aventuraient jamais si loin dans le sud. En revanche, Ayla n'avait jamais tant vu de saïgas. C'était un animal qu'on trouvait un peu partout dans les plaines, mais rarement en si grand nombre.

Ayla s'arrêta pour observer un troupeau de ces étranges animaux particulièrement disgracieux. Jondalar était allé explorer un bras de rivière où des troncs d'arbres, plantés dans la rive, détonnaient. Il n'y avait pas d'arbres de ce côté du fleuve et l'assemblage semblait significatif. Lorsqu'il rejoignit Ayla, il la trouva songeuse.

— Je ne veux pas m'avancer, déclara-t-il, mais j'ai l'impression que ces troncs ont été installés par le Peuple du Fleuve. Sans doute pour y attacher un bateau. A moins que le bois n'ait été charrié par les eaux.

Ayla approuva d'un signe de tête.

— Tu as vu tous ces saïgas ? fit-elle en désignant les steppes arides.

Les sortes d'antilopes étaient de la même couleur que la poussière et Jondalar mit du temps avant de les apercevoir. Il distingua enfin le contour de leurs cornes spiralées pointant légèrement en avant.

— Ils me font penser à Iza. Son totem était l'Esprit du Saïga, expliqua la jeune femme en souriant.

Les saïgas, avec leur long nez bombé et leur drôle de démarche, qui ne présumait pas leur étonnante rapidité, avaient toujours fait sourire Ayla. Loup adorait les chasser, mais ils couraient si vite qu'il avait rarement l'occasion de les approcher, en tout cas, jamais longtemps.

Ces saïgas-là semblaient raffoler des tiges d'absinthe. En général, ils allaient par troupeau de dix ou quinze, souvent des femelles accompagnées d'un ou deux jeunes. Certaines mères n'avaient pas plus d'un an. Par ici, les troupeaux dépassaient cinquante têtes. Ayla se demanda où étaient les mâles. La seule fois qu'elle en avait vu en troupeau, c'était pendant la saison du rut, quand chacun cherchait à donner le Plaisir à un maximum de femelles, un maximum de fois. Passé le rut, on trouvait toujours des carcasses de mâles, comme s'ils s'étaient épuisés dans les Plaisirs et abandonnaient le reste de l'année la rare nourriture aux femelles et à leurs petits.

Quelques ibex et mouflons sillonnaient les plaines, préférant toutefois les abords escarpés des failles, que les chèvres sauvages et les moutons escaladaient avec facilité. Le pays était parsemé d'énormes troupeaux d'aurochs à la robe brun-rouge, parmi lesquels un nombre non négligeable de spécimens arboraient des taches blanches, parfois assez larges. Ayla et Jondalar virent également des daims finement mouchetés, des cerfs communs, des bisons et de nombreux onagres. Whinney et Rapide s'intéressaient aux mammifères herbivores, surtout aux onagres. Ils observaient les troupeaux d'ânes-chevaux et reniflaient longuement leur crottin.

Bien entendu, les pâturages abritaient les petits rongeurs habituels : sousliks, marmottes, gerboises, hamsters, lièvres et une espèce de porc-épic qu'Ayla voyait pour la première fois. Et les prédateurs aussi étaient là pour réguler la population des espèces : chats sauvages, grands lynx, lions des cavernes. Quelques hyènes perçaient le silence de leurs ricanements.

Dans les jours qui suivirent, le fleuve changea souvent de direction. Sur la rive gauche, le paysage restait le même — douces collines verdoyantes et plaines bordées de falaises et de montagnes aux cimes déchiquetées. Mais sur l'autre rive, le relief se diversifiait. Des affluents creusaient des vallées encaissées, les montagnes érodées se couvraient d'arbres, parfois jusqu'au fleuve qui serpentait en multiples méandres dans ce terrain accidenté, obligé parfois de revenir en arrière bien que son but restât le même : atteindre enfin la mer, à l'est.

Dans son cours tortueux, le fleuve qui coulait au devant des voyageurs se divisa en plusieurs bras, sans toutefois créer une zone de marécages comme sur le delta. C'était simplement un énorme fleuve scindé en plusieurs bras parallèles et qui fécondait sur ses berges une végétation plus abondante et une herbe plus verte.

Ayla regrettait le chœur des grenouilles, pourtant assommant, même si les trilles flûtés de crapauds bigarrés résonnaient ici comme un refrain dans le pot-pourri des nuits musicales. Les lézards et les vipères avaient remplacé les batraciens, tout comme la demoiselle qui se régalait de reptiles, d'insectes et d'escargots. Ayla aimait observer l'oiseau aux longues pattes, avec son plumage gris-bleu, sa tête noire et ses deux aigrettes blanches au-dessus des yeux.

En revanche, Ayla ne regrettait pas les moustiques. Avec leur terrain de prédilection, les marécages, les insectes aux piqûres brûlantes avaient eux aussi disparu. On ne pouvait pas en dire autant des moucherons, dont les nuages poursuivaient les voyageurs, notamment ceux qui portaient fourrure.

— Regarde, Ayla ! s'écria Jondalar en montrant un assemblage de poutres et de planches au bord du fleuve.

C'est un embarcadère. C'est le Peuple du Fleuve qui l'a construit.

Ayla ne savait pas ce qu'était un embarcadère, mais elle voyait bien qu'il ne s'agissait pas d'un assemblage dû au hasard. La construction trahissait une volonté humaine.

— Il y a des gens qui vivent par ici ? demanda-t-elle avec fièvre.

— Pas en ce moment, puisqu'il n'y a pas de bateau, mais ceux qui ont construit cet embarcadère ne doivent pas être loin. Pourquoi se donner tant de mal si ce n'est pas pour s'en servir ?

Jondalar examina l'ouvrage, puis regarda en amont du fleuve, et étudia enfin la rive opposée.

— J'ai l'impression que ceux qui ont construit cela vivent de l'autre côté du fleuve, et ils l'utilisent pour débarquer ici. Sans doute viennent-ils chasser, ou cueillir des racines, que sais-je ?

Ils remontèrent le fleuve sans quitter des yeux la rive d'en face. Ayla ne put s'empêcher de penser qu'ils avaient peut-être déjà croisé des humains sans le savoir. Ils n'étaient pas loin de l'embarcadère quand Jondalar surprit un mouvement en amont. Il s'arrêta pour mieux voir.

— Ayla, regarde là-bas ! C'est peut-être un bateau ramudoï.

Elle distingua vaguement quelque chose. Ils firent accélérer les chevaux, et en approchant Ayla découvrit un bateau qui ne ressemblait en rien à ce qu'elle avait déjà vu. Elle ne connaissait que les embarcations des Mamutoï, simple armature de bois arrondie recouverte de peaux de bête, comme celle qu'ils transportaient sur le travois. Le bateau qu'elle apercevait maintenant était tout en bois, avec un avant pointu. Des gens l'occupaient sur plusieurs rangs, et quand ils arrivèrent à leur hauteur, Ayla en aperçut d'autres sur la rive opposée.

— Holà ! cria Jondalar avec un salut d'amitié.

Il cria quelques mots dans un langage familier qui, aux oreilles d'Ayla, ressemblait un peu au mamutoï.

Ceux du bateau ne répondirent pas et Jondalar se

demandait s'ils l'avaient entendu. En revanche, il était quasi certain qu'ils l'avaient vu. Il appela de nouveau, et cette fois, il fut sûr d'avoir été entendu, même si on ne lui répondit pas. Au contraire, les navigateurs se mirent à pagayer de toute leur force en direction de la rive opposée.

Là, un homme les avait aperçus et les désigna à ses compagnons qui s'enfuirent immédiatement. Deux ou trois attendirent que le bateau accostât et partirent avec les nouveaux arrivants.

— C'est encore à cause des chevaux, hein ? interrogea Ayla.

Jondalar crut voir une larme couler sur le visage de la jeune femme.

— De toute façon, ce n'était pas une bonne idée de traverser ici, assura-t-il. La Caverne des Sharamudoï que je connais se trouve de ce côté-ci.

— Oui, peut-être. Mais eux auraient pu accoster, ou répondre au moins à ton salut.

— Ayla, pense un peu à quoi nous avons l'air, assis sur nos montures. On doit nous prendre pour des esprits bicéphales à quatre pattes. Tu ne peux pas reprocher à ces gens d'avoir peur de quelque chose d'aussi étrange.

De l'autre côté du fleuve, une vaste vallée descendait des montagnes. Il y coulait une grande rivière qui venait grossir la Grande Mère avec une telle violence qu'elle créait dans son sillage tourbillons et rapides.

Là, près du confluent, au pied d'une colline, ils découvrirent plusieurs habitations en bois et des gens rassemblés qui les contemplaient bouche bée.

— Jondalar, descendons de cheval, proposa Ayla.

— Pourquoi ?

— Pour qu'ils comprennent que nous sommes des humains et les chevaux de simples chevaux. Qu'ils cessent de nous considérer comme des monstres bicéphales à quatre pattes.

Elle se laissa glisser au sol et marcha devant la jument. A son tour, Jondalar sauta de sa monture. La jeune femme avait à peine fait quelques pas que Loup se précipita sur elle et la gratifia de ses habituelles effusions. Il posa les pattes sur ses épaules, la lécha, et mordilla gentiment sa joue. Lorsqu'il se fut calmé, un mouvement ou une odeur venant de la rive opposée lui fit prendre conscience de la présence d'étrangers. Il s'aventura jusqu'au bord du fleuve, et, tendant le cou vers le ciel, fit entendre une série d'aboiements qui se terminèrent par un long hurlement.

— Qu'est-ce qui lui prend ? demanda Jondalar.

— Je ne sais pas. Il y a longtemps qu'il n'a vu personne, et peut-être veut-il manifester sa joie ? Moi aussi j'aimerais bien les saluer, soupira Ayla. Mais traverser la Grande Mère n'est pas si simple, et je doute qu'ils viennent jusqu'à nous.

Depuis qu'ils avaient dépassé le coude du fleuve et que la Grande Mère s'orientait de nouveau vers le couchant, les voyageurs avaient emprunté une route qui tendait à dériver vers le sud. Mais au-delà de la vallée, la chaîne de montagnes s'incurvait au nord, et ils avancèrent alors résolument vers l'ouest. Ils avaient atteint l'extrême pointe sud de leur Voyage, à la saison la plus chaude de l'année.

Au cœur de l'été, un soleil torride ravageait les plaines dépourvues d'ombre. Malgré des glaciers hauts comme des montagnes sur le quart de la planète, une chaleur oppressante régnait dans les pays méridionaux. Le vent chaud et continu qui balayait la plaine jouait sur les nerfs et rendait la chaleur encore plus insupportable. L'homme et la femme, tantôt à cheval, tantôt à pied pour reposer leur monture, avaient adopté un rythme qui rendait le voyage possible, à défaut d'être agréable.

Ils se réveillaient avec les premières lueurs de l'aube qui embrasaient les cimes septentrionales, et après un rapide repas froid et une infusion, ils se mettaient en route avant qu'il fît grand jour. Le soleil, en s'élevant, frappait les steppes avec tant d'intensité que des brumes de chaleur montaient du sol. La sueur luisait sur la peau tannée des voyageurs, et inondait la fourrure des animaux. Loup tirait la langue en haletant. Il n'avait plus la force de courir en exploration ou à la chasse, et restait avec Whinney et Rapide qui avançaient d'un pas lent, la tête basse. Les cavaliers, accablés de chaleur, affaissés sur leur monture, laissaient les chevaux régler l'allure, et parlaient peu pendant les heures suffocantes de la mi-journée.

Lorsqu'ils n'y tenaient plus, ils cherchaient une petite plage, de préférence près d'un marigot, ou d'un cours d'eau limpide dépourvu de courant. Même Loup ne résistait pas à l'attrait de l'eau, bien qu'il se méfiât encore des rapides. Dès que les humains descendaient de cheval et déchargeaient les paniers, il se ruait dans l'eau en bondissant. Lorsqu'ils franchissaient un affluent, ils plongeaient dans l'eau pour se rafraîchir avant de décharger les paniers et le travois.

S'ils n'avaient rien trouvé en chemin et que leurs restes étaient épuisés, Jondalar et Ayla, revigorés par la baignade, cherchaient ensuite de quoi manger. Même dans les steppes brûlantes et poussiéreuses, la nourriture abondait. Les cours d'eau, en particulier, regorgeaient de poissons.

Grâce à la technique de Jondalar, ou à celle d'Ayla, ou encore à une combinaison des deux, ils en attrapaient toujours. Si la situation l'exigeait, ils utilisaient le long filet d'Ayla en le traînant dans la rivière, chacun à un bout. Jondalar avait équipé un filet d'un manche, obtenant une sorte d'épuisette dont il n'était pas entièrement satisfait. Il pêchait aussi avec une ligne et une gorge — pièce d'os aux deux bouts aiguisés, attachée au milieu par un cordon solide. On enfilait ensuite des appâts : morceaux de viande, de poisson, ou de vers. L'appât avalé, il suffisait de tirer d'un coup sec, et la gorge se plantait dans le gosier du poisson en ressortant de part en part.

Après avoir laissé échapper un gros poisson, Jondalar fabriqua une gaffe pour recueillir le fruit de sa pêche. Il choisit une branche fourchue qu'il coupa à la jointure, utilisa la partie la plus longue comme manche, et la partie fourchue aiguisée en forme de crochet lui servit à sortir le poisson de l'eau. On ne trouvait qu'arbrisseaux et fourrés près du fleuve, et les premières gaffes fonctionnèrent, mais les fourches n'étaient pas assez solides, et le poids du poisson qui se débattait en cassa plus d'une. Il cherchait constamment un bois plus robuste.

A la vue d'un andouiller, il se contenta d'enregistrer le fait sans y prêter une grande attention. Il se dit simplement qu'il avait été perdu par un cerf de trois ans. Mais l'image de la forme courbe continuait à le poursuivre, et soudain, il fit demi-tour. L'andouiller était extrêmement robuste, difficile à casser, et celui-ci avait la taille et la forme idéale. En l'aiguisant, il obtiendrait une excellente gaffe.

Ayla pêchait encore à la main, comme Iza le lui avait enseigné, et Jondalar était toujours sidéré de la voir opérer. Le procédé semblait d'une simplicité enfantine, mais il n'avait jamais pu le maîtriser. Il suffisait de beaucoup d'entraînement, d'un peu d'adresse, et d'une patience… infinie. Ayla étudiait d'abord les racines, bois flottants et rochers de la rive, où certains poissons aimaient se réfugier. Ils nageaient toujours sur place, à contre-courant, remuant à peine leurs nageoires.

Lorsqu'elle apercevait une truite ou un petit saumon, elle entrait dans l'eau en aval, laissait courir sa main dans l'eau et remontait sans bruit le courant. En approchant du poisson, elle redoublait de précaution, prenant garde de ne pas troubler l'eau, ni remuer la vase. Sinon, la proie filerait sous ses doigts. Délicatement, arrivant par-derrière, elle glissait sa main sous le ventre du poisson, l'effleurant à peine, ou le chatouillant, ce qu'il ne semblait même pas remarquer. Parvenue à hauteur des branchies, elle assurait brusquement sa prise, et d'un geste vif, sortait le poisson de l'eau et le lançait sur la berge. D'habitude, Jondalar courait l'attraper avant qu'il ne retournât dans son élément.

Ayla trouva aussi des anodontes, qui ressemblaient aux moules de la mer de Beran qu'elle pêchait dans sa jeunesse. Elle chercha certaines plantes comme les pattes-d'oie, les tussilages, les pas-d'âne, riches en sel naturel, pour reconstituer leurs réserves, et aussi d'autres racines, feuilles et graines dont la saison commençait. Des volées de perdrix sillonnaient les plaines, et se perchaient dans les fourrés le long du fleuve. Ces oiseaux bien gras et faciles à chasser composaient d'excellents repas.

Après midi, à l'heure la plus chaude de la journée, ils se reposaient en attendant que leur repas cuisît. Les arbres rabougris n'offraient pas assez d'ombre, et ils installaient leur tente en auvent pour se protéger des rayons brûlants du soleil. Ils reprenaient leur route tard dans l'après-midi, quand la température fraîchissait. Chevauchant avec le soleil de face, ils portaient leur chapeau conique pour se protéger les yeux. Lorsque l'astre incandescent commençait à descendre à l'horizon, ils cherchaient un endroit pour passer la nuit et n'installaient leur tente qu'au crépuscule. Pendant la pleine lune, il leur arrivait de poursuivre leur chemin jusque tard dans la nuit.

Le repas du soir était léger, et se composait souvent des restes du midi, avec parfois quelques légumes frais, des céréales ou de la viande s'ils avaient chassé en route. Ayla préparait le déjeuner pour le lendemain, elle n'aurait plus qu'à le réchauffer. Ils nourrissaient aussi Loup. Bien qu'il chassât de son côté la nuit, il s'était mis à apprécier la viande cuite, et mangeait même volontiers des légumes et des céréales. Ils plantaient rarement la tente, mais leur fourrure de couchage n'était pas superflue. La nuit était froide et les brumes matinales fréquentes.

Parfois, de violents orages, ou des pluies diluviennes apportaient une fraîcheur aussi appréciable qu'inattendue, mais l'atmosphère était ensuite encore plus suffocante. Et Ayla détestait le tonnerre, il lui rappelait trop le fracas des tremblements de terre. Les éclairs qui déchiraient la voûte céleste et illuminaient la nuit étoilée la terrorisaient. Jondalar, lui, ne s'inquiétait que lorsque la foudre tombait à proximité. En fait, il n'aimait pas être dehors quand l'orage s'annonçait, et l'envie le démangeait de ramper sous ses fourrures, mais il refusait de l'admettre.

Avec le temps, ce qui les ennuyait le plus, à part la

chaleur, c'étaient les insectes. Les papillons, les abeilles, les guêpes, et même les mouches et certains moustiques ne les dérangeaient nullement. Non, les plus agaçants étaient de loin les plus minuscules, les moucherons. Les deux voyageurs en étaient certes agacés, mais que dire des animaux ! Les créatures assommantes se fourraient partout, dans les yeux, les naseaux, la bouche, dans leur pelage touffu, et se collaient sur leur peau en sueur.

D'habitude, les chevaux des steppes émigraient au nord pendant l'été. Leur épaisse fourrure et leur corps massif étaient adaptés au froid. Quant aux loups qu'on trouvait aussi dans les plaines méridionales — c'était le prédateur le plus répandu —, beaucoup ne quittaient pas les steppes du nord, comme la bande dont était issu Loup. Les loups qui vivaient dans le sud avaient fini par s'adapter aux conditions climatiques, été chaud et sec, hiver aussi rigoureux que dans les steppes septentrionales mais plus neigeux. Par exemple, ils perdaient plus volontiers leur fourrure en été, et leur langue pendante les rafraîchissait plus efficacement.

Ayla apportait tous ses soins aux pauvres bêtes, mais ni les baignades quotidiennes, ni ses divers remèdes ne les débarrassaient entièrement des minuscules moucherons. La moindre blessure infectée par leurs œufs s'agrandissait en dépit des onguents qu'elle concoctait. Loup et les chevaux perdaient leur poil par poignées, et leur fourrure épaisse ternissait.

— J'en ai assez de cette chaleur et de ces moucherons ! s'exclama Ayla en nettoyant une oreille blessée de Whinney avec une lotion calmante. Quand aurons-nous un peu de fraîcheur ?

— Je te parie que tu regretteras la chaleur avant la fin du Voyage, Ayla, rétorqua Jondalar.

Peu à peu, ils se rapprochaient des contreforts rocailleux et des immenses pics qui longeaient le fleuve au nord, alors qu'au sud les vieilles montagnes érodées gagnaient en altitude. Les tours et les détours des voyageurs les avaient fait dériver légèrement vers le nord. Ils durent obliquer alors vers le sud avant de remonter brutalement vers le nord-ouest, puis décrire une large courbe vers le nord, et ensuite vers l'est, avant de reprendre enfin la direction nord-est.

Jondalar n'aurait pas su dire pourquoi — il ne relevait d'ailleurs aucun repère — mais ce paysage lui était familier. En suivant le fleuve, ils se garantissaient d'aller vers le nord-ouest, mais il était sûr que la Grande Mère ferait d'autres détours. Pour la première fois depuis qu'ils avaient quitté le delta, il décida d'abandonner la sécurité qu'offrait le fleuve et de suivre un affluent qui montait au nord vers les contreforts des montagnes aux cimes acérées, à présent toutes proches de la Grande Rivière Mère. Ils remontèrent donc le cours d'eau qui tournait lentement vers le nord-est.

A l'horizon, les montagnes opéraient une jonction. Une chaîne partant du grand arc des sommets glacés se rapprochait des montagnes méridionales plus hautes qu'avant, plus aiguës et plus enneigées, et dont elle n'était séparée que par une gorge étroite. La muraille septentrionale avait autrefois retenu une mer intérieure. Au cours des millénaires, l'eau accumulée avait, en s'écoulant, usé le calcaire, le grès et le schiste des montagnes. Le bassin s'était peu à peu abaissé jusqu'au niveau du couloir creusé dans la roche, et la mer avait fini par s'assécher, laissant derrière elle ce qui deviendrait une mer d'herbe.

La Grande Rivière Mère coulait à travers des précipices de granit cristallin. La roche volcanique, qui autrefois affleurait la pierre plus tendre des montagnes, s'élançait en flèche de chaque côté. C'était bien le long passage à travers les montagnes menant aux plaines méridionales et à la mer de Beran. Jondalar savait qu'il était impossible de remonter ces gorges. Il n'y avait pas d'autre solution que de les contourner.

14

Hormis l'absence du vaste fleuve, le paysage ressemblait à celui qu'ils venaient de quitter : prairies arides, arbrisseaux chétifs le long des rives — mais Ayla ressentit comme une perte. La Grande Rivière Mère avait été leur compagne pendant si longtemps qu'elle était déconcertée de ne plus avoir à leur côté sa présence réconfortante qui leur traçait la route. A mesure qu'ils montaient vers les contreforts, les broussailles se densifiaient, devenant plus hautes et plus feuillues, et elles gagnèrent sur la plaine.

Jondalar regrettait le fleuve, lui aussi. Lorsqu'ils longeaient ses eaux fertiles, les jours avaient succédé aux jours dans une monotonie rassurante. Sa générosité et son abondance jamais démenties l'avaient bercé dans une sorte d'euphorie, avaient émoussé sa vigilance et endormi l'anxiété due à l'exigence de mener Ayla à bon port. Après qu'ils eurent tourné le dos à la Mère des rivières si féconde, son inquiétude le reprit, et le paysage changeant l'obligea à anticiper sur celui qui se profilait. Il se mit à surveiller leurs provisions, craignant de manquer de nourriture. Il ne faisait pas confiance au petit cours d'eau pour les fournir en poisson, et encore moins aux forêts pour leur procurer du gibier.

Jondalar connaissait mal les forêts. Les animaux des plaines se regroupaient en troupeaux visibles de loin, mais la faune des forêts était plus solitaire, et se dissimulait facilement derrière les arbres ou les buissons. Lors de son passage chez les Sharamudoï, il chassait toujours en compagnie d'un guide.

Ceux du groupe shamudoï escaladaient les buttes rocheuses pour chasser le chamois, et ils connaissaient les coutumes des ours, des sangliers, des bisons des forêts, et autres proies insaisissables. Jondalar se souvint que Thonolan avait développé un goût particulier pour la chasse en montagne. En revanche, le groupe ramudoï préférait le fleuve et ses créatures, surtout l'esturgeon géant. Contrairement à son frère, Jondalar s'était intéressé à la construction des bateaux, et à l'art de la navigation. A l'occasion, il avait suivi les chasseurs de chamois, mais il n'aimait pas l'altitude outre-mesure.

Repérant un petit troupeau de cerfs, Jondalar y vit l'opportunité de constituer des réserves de viande en attendant de rejoindre les Sharamudoï, et peut-être même d'en partager les surplus avec eux. L'idée enthousiasma Ayla. Elle adorait chasser et, à part les perdrix et autres petits gibiers qu'elle avait abattus avec sa fronde, les occasions n'avaient pas été si fréquentes ces derniers temps. La Grande Rivière Mère avait pourvu généreusement à leurs besoins.

Ils plantèrent leur campement au bord de la rivière, déchargèrent leurs paniers et le travois et, armés de leur propulseur, partirent à cheval sur la piste des cerfs. Loup ne tenait pas en place. A la vue des propulseurs, il avait compris ce qui se préparait. Whinney et Rapide étaient fringants, ne serait-ce qu'à cause de l'allégement de leur charge.

C'était un groupe de mâles, et leur ramure était recouverte d'un velours épais. A l'automne, à la saison du rut, quand les andouillers auraient atteint leur apogée, les vaisseaux sanguins se dessécheraient et la douce pellicule pubescente pèlerait, aidée en cela par les cerfs qui fraieraient leurs bois aux arbres et aux rochers.

Ayla et Jondalar s'arrêtèrent pour étudier la situation. Loup s'agitait, couinant et faisant mine d'attaquer. De peur qu'il ne s'élançât et dispersât le troupeau, Ayla lui ordonna de rester tranquille. Une pointe d'admiration brilla dans les yeux de Jondalar en voyant le loup obéir. Il était soulagé qu'Ayla ait réussi à le dresser. Il se concentra sur sa chasse, conscient que, juché sur le dos de Rapide, il possédait une vision d'ensemble qu'il n'aurait jamais eue à pied. Plusieurs cerfs broutaient, avertis de la présence des nouveaux arrivants, mais rassurés par les chevaux. D'habitude, ils toléraient, ou ignoraient ces cousins herbivores, si ceux-ci ne manifestaient pas de crainte. Même les deux humains et le loup ne les inquiétaient pas assez pour les inciter à fuir.

Jondalar fut tenté par un vieux cerf magnifique à la tête couronnée, qui semblait le toiser avec défi. S'il avait chassé en groupe pour nourrir une Caverne entière, et qu'il avait voulu faire une prouesse, il se serait peut-être décidé pour le cerf majestueux. Mais Jondalar savait que lorsque l'automne apporterait la saison des Plaisirs, nombreuses seraient les femelles impatientes de rejoindre un troupeau conduit par un tel mâle. Jondalar ne pouvait se résoudre à tuer un animal si fier et si magnifique alors qu'ils n'avaient pas besoin de tant de viande. Il choisit donc un autre cerf.

— Ayla, tu vois celui qui est près du grand buisson ? Là-bas, un peu à l'écart des autres ? (La jeune femme acquiesça d'un signe de tête.) Je crois que nous pouvons l'isoler facilement. Essayons.

Ils se concertèrent avant d'adopter une stratégie, puis se séparèrent. Loup ne quittait pas Ayla des yeux et, à son signal, il bondit vers le cerf qu'elle lui indiquait, suivi de Whinney et sa cavalière. Jondalar arrivait d'en face, une sagaie engagée dans le propulseur.

Les cerfs avaient senti le danger et ils bondirent dans toutes les directions. Celui que les chasseurs avaient repéré s'enfuit devant la femme et le loup qui le chargeaient et fonça droit sur Jondalar. Il arriva si près que Rapide pila net.

Jondalar était prêt à utiliser son propulseur, mais le jeune étalon le déséquilibra. Le cerf bifurqua pour fuir l'homme et le cheval qui lui barraient le chemin, et tomba sur l'énorme loup. Terrorisé, il fit volte-face et s'élança pour passer entre Ayla et Jondalar.

Ayla exerça une légère pression sur les flancs de

Whinney tout en visant l'animal en fuite. La jument obtempéra et poursuivit le cerf pendant que Jondalar, revenu de ses émotions, déclenchait son arme au même moment qu'Ayla.

Les deux sagaies le transpercèrent presque simultanément, et le cerf s'arrêta par saccades. Il tenta de fuir une dernière fois, mais c'était trop tard. Les sagaies avaient atteint leur cible et la bête chancela, puis s'écroula.

La plaine s'était vidée. Le troupeau s'était dispersé, mais les deux chasseurs sautèrent de cheval sans y prêter attention. Jondalar sortit son couteau à manche d'os, empoigna les andouillers veloutés, tira la tête du cerf en arrière, et lui trancha la gorge. Ils contemplèrent en silence la mare de sang qui se formait autour de la tête de l'animal. La terre assoiffée but le liquide gluant.

— Quand tu retourneras près de la Grande Terre Mère, remercie-La de notre part, demanda Jondalar au cerf mort à ses pieds.

Ayla approuva d'un signe de tête. Elle était habituée à ce rituel. Jondalar prononçait ces paroles chaque fois qu'ils tuaient un animal, même un petit, et ce n'était jamais machinal. Il parlait avec chaleur et respect, et ses remerciements étaient sincères.

Les pentes des collines s'accentuèrent et des bouleaux se mêlèrent aux arbustes, puis des charmes, des hêtres, et quelques chênes. A basse altitude, la région ressemblait aux collines boisées du delta. Mais à mesure qu'ils montaient, ils commencèrent à voir des sapins, des épicéas, des pins et quelques mélèzes parmi les immenses arbres à feuilles caduques.

Ils parvinrent dans une clairière, sorte de mamelon surplombant les bois. Jondalar s'arrêta pour s'orienter et Ayla en profita pour admirer la vue. Ils étaient plus hauts qu'elle ne l'avait cru. Par-dessus les forêts, elle apercevait à l'ouest la Grande Rivière Mère. Tous ses chenaux s'étaient rejoints et le fleuve serpentait entre des murailles rocheuses. A présent, elle comprenait pourquoi Jondalar avait tenu à contourner les gorges.

— J'ai déjà franchi ce passage en bateau, expliqua-t-il. On l'appelle la Porte.

— La Porte ? s'étonna Ayla. Comme la porte d'un enclos ? Ce qui ferme l'ouverture et empêche les animaux de sortir ?

— Je ne sais pas pourquoi on l'appelle comme ça. Peut-être le nom vient-il de là. Pourtant, cela ressemble davantage aux barrières qui bordent le chemin menant à la porte. Le passage est assez long, j'aimerais t'y emmener un jour en bateau. Tiens, c'est une idée, ajouta-t-il en souriant.

Ils descendirent le mamelon et reprirent leur ascension de la montagne. Un mur d'arbres gigantesques se dressa devant eux, première ligne d'une forêt mixte de bois durs et d'arbres à feuilles persistantes. A peine avaient-ils pénétré sous la sombre voûte feuillue qu'ils se retrouvèrent dans un univers nouveau. Ils mirent du temps avant de s'accoutumer à la pénombre de la forêt primitive. La fraîcheur de l'humidité et sa riche odeur de moisissure les enveloppèrent aussitôt.

Une mousse verte recouvrait le sol d'un épais tapis qui s'étendait aux rochers, habillait indifféremment les arbres tombés depuis longtemps et les troncs d'arbres morts ou vivants. Le loup, qui courait devant, sauta sur une souche moussue que le pourrissement désintégrait lentement. Elle se brisa, dévoilant des milliers de vers blancs grouillants, surpris par la soudaine lumière du jour. Les deux cavaliers ne tardèrent pas à descendre de leur monture pour trouver plus facilement leur chemin à travers le sous-bois jonché de restes en putréfaction et d'où jaillissait à nouveau la vie.

Des rejets surgissaient des souches pourries et perçaient la couche de mousse. Là où un arbre foudroyé s'était abattu, encroué à ceux qu'il avait entraînés dans sa chute, de jeunes pousses se disputaient déjà une place au soleil. Des mouches bourdonnaient autour des pointes fleuries de rose d'une gaulthéria éclairée par un rayon de soleil qui avait réussi à trouer la voûte feuillue.

Il régnait un silence inquiétant où le moindre son était amplifié. Ayla et Jondalar murmuraient sans raison.

Les champignons foisonnaient de tous côtés sur des racines putréfiées. Partout croissaient des herbacées dépourvues de feuilles, comme l'orobanche, la lavande, la dentaire, ainsi que diverses petites orchidées aux couleurs éclatantes, elles aussi souvent dépourvues de feuilles. Dès qu'Ayla aperçut des petites tiges pâles et cireuses, à la tête frémissante, elle se précipita pour en cueillir.

— Cela soulagera les yeux de Loup et des chevaux, expliqua-t-elle avec un sourire triste qui n'échappa pas à Jondalar. C'est la plante qu'Iza utilisait pour mes yeux, quand je pleurais.

Elle ramassa aussi quelques champignons qu'elle savait comestibles. Prudente, Ayla ne prenait aucun risque dans sa cueillette. De nombreuses variétés étaient succulentes, d'autres avaient peu de goût mais ne présentaient aucun danger, certaines donnaient de bons remèdes, d'autres pouvaient rendre assez malade, un petit nombre était utilisé pour voyager dans le monde des esprits, et quelques-unes étaient mortelles. Mais surtout, certaines espèces vénéneuses se confondaient facilement avec des espèces comestibles.

A cause de ses longues perches écartées, le travois les gênait dans leur progression. Il s'accrochait aux troncs d'arbres serrés les uns contre les autres. Lorsque Ayla avait inventé cette méthode, simple mais efficace, pour profiter pleinement de la force de Whinney, elle avait placé les perches en parallèles rapprochées pour que la jument pût monter le sentier exigu qui menait à leur grotte. Mais pour y installer le bateau, ils avaient dû écarter les perches, et Whinney avait peine à tirer le travois en contournant les obstacles. Le traîneau était très efficace en terrain accidenté, il ne se bloquait pas dans les trous ou les fossés, mais il lui fallait de l'espace.

Ils bataillèrent pendant tout l'après-midi, et finalement Jondalar détacha le bateau et le tira lui-même. Ils envisageaient sérieusement de s'en séparer. Le bateau leur avait été on ne peut plus utile pour traverser nombre de rivières et d'affluents qui se jetaient dans la Grande Mère, mais ils se demandaient s'il valait la peine de s'encombrer d'un tel fardeau dans une forêt aussi dense. A supposer qu'il restât d'autres rivières à franchir, avaient-ils vraiment besoin d'un bateau qui retardait leur progression ?

La nuit les surprit dans la forêt. Ayla et Jondalar s'y sentaient mal à l'aise et plus exposés au danger que dans les vastes steppes où, à ciel ouvert, ils voyaient même dans l'obscurité : étoiles ou nuages, silhouettes mouvantes. Ici, les énormes troncs des arbres gigantesques pouvaient cacher n'importe quoi, y compris des créatures de grande taille. C'était le noir absolu. Le profond silence qui les avait tant inquiétés quand ils avaient pénétré dans l'univers sylvestre devenait, avec la nuit, vraiment terrifiant, même s'ils s'efforçaient de ne rien montrer de leur angoisse.

Les chevaux, nerveux eux aussi, se rapprochèrent du feu. Même Loup resta au camp, ce qui ravit Ayla qui lui donna leurs restes à manger. Pour une fois, Jondalar était content de sa présence. Un grand loup amical à ses côtés le rassurait. Le jeune animal pouvait renifler ou percevoir un danger qui échappait aux humains.

La nuit était froide dans les bois, où régnait une humidité si dense qu'elle s'abattait sur eux comme de la pluie. De bonne heure, ils se glissèrent dans leur fourrure, et bien que fatigués, ils discutèrent longtemps, trop inquiets pour s'endormir.

— Abandonnons le bateau, proposa Jondalar. Les chevaux peuvent traverser les petits cours d'eau sans mouiller le matériel. Et dans les rivières plus profondes, nous remonterons les paniers sur leur dos, au lieu de les laisser pendre sur leurs flancs.

— Un jour, je venais d'être chassée du Clan et j'étais à la recherche des miens quand j'ai dû franchir une grande rivière qui me barrait le chemin. Alors j'ai attaché mes affaires sur une souche et j'ai nagé en la poussant devant moi.

— Ça ne devait pas être facile, remarqua Jondalar. Nager sans les mains, c'est sûrement dangereux.

— C'est vrai, mais je n'avais pas le choix.

Elle s'absorba dans une profonde méditation, et Jondalar crut qu'elle s'était endormie. Elle lui livra enfin le fond de ses pensées.

— Jondalar, j'ai l'impression que nous avons parcouru plus de chemin que lorsque j'ai quitté le Clan. Qu'en dis-tu ?

— Oui, nous avons bien avancé, répondit-il avec prudence en s'accoudant pour mieux la voir. Mais il nous reste une longue route avant d'arriver chez moi. Es-tu fatiguée de voyager ?

— Oui, un peu. J'aimerais me reposer un moment avant de continuer. Tant que je suis avec toi, peu m'importe de voyager loin, mais je n'imaginais pas que le monde était si vaste. Ne finit-il jamais ?

— A l'ouest de mon pays, la terre s'arrête aux Grandes Eaux. Personne ne sait ce qu'il y a au-delà. Je connais un homme qui a voyagé très loin et qui prétend avoir vu de grandes eaux dans l'est, mais rares sont ceux qui le croient. Beaucoup voyagent mais jamais très loin, et ils ont peine à croire aux récits des longs Voyages. Ils ont besoin de voir pour être convaincus. Mais certains ont traversé de nombreux pays... et je n'aurais jamais imaginé devenir l'un d'eux, ajouta-t-il avec un petit rire ironique. Wymez avait exploré les alentours de la mer du Sud et il affirmait qu'il y avait encore des terres plus au sud.

— Il a trouvé la mère de Ranec et il l'a ramenée. On est bien obligé de le croire. As-tu jamais vu une peau aussi noire que celle de Ranec ? Wymez a dû aller loin pour trouver une femme comme ça.

Jondalar contempla le visage d'Ayla éclairé par le feu de bois, et se sentit fondre d'amour pour elle. Et dévoré de soucis. Parler du Voyage lui rappelait le long chemin qu'il leur restait à parcourir.

— Au nord, la terre se termine dans le glacier, reprit Ayla. Personne ne peut aller au-delà.

— Si, par bateau. Mais on dit que ce ne sont que glaces et neiges à perte de vue, et que les esprits des ours y habitent. On dit aussi qu'on y trouve des poissons plus gros que les mammouths. Des gens de l'ouest prétendent que des chamans sont assez puissants pour les attirer, et qu'une fois sur le rivage, ils ne peuvent plus repartir, mais...

Un fracas retentit soudain dans les arbres. Les deux voyageurs sursautèrent, puis restèrent ensuite cloués sur leur couche sans dire un mot, osant à peine respirer. Loup émit un grognement sourd, et Ayla le retint de crainte qu'il ne se rue dehors. Les échos d'un combat furieux leur parvinrent, puis ce fut de nouveau le silence, et bientôt Loup cessa de gronder. Jondalar se demandait s'il allait pouvoir s'endormir. Il finit par se lever et rajouta une bûche dans le feu, en se félicitant d'avoir trouvé de grosses branches qu'il avait fendues avec sa hache de silex à manche d'ivoire.

— Le glacier que nous devons traverser n'est pas au nord, n'est-ce pas ? demanda Ayla quand il revint se coucher.

— Par rapport à l'endroit où nous sommes, si. Mais il est au sud du mur de glace. A l'ouest, il y a une autre chaîne de montagnes, c'est celle que tu as aperçue aujourd'hui. Le glacier que nous traverserons se trouve sur des hauts plateaux, au nord de ces montagnes.

— Est-ce vraiment difficile de traverser un glacier ?

— Eh bien, il y fait très froid, et le blizzard y souffle souvent. Au printemps et en été, la glace fond, des crevasses énormes s'ouvrent, et si tu tombes dedans tu ne peux plus en ressortir. L'hiver, les crevasses se remplissent de neige et de glace, mais ça reste dangereux.

Ayla frissonna.

— Oui, mais tu disais qu'on pouvait contourner le glacier. Pourquoi devrait-on le traverser alors ?

— Parce que c'est le seul moyen d'éviter le territoire des Têtes... euh... du Clan.

— Tu allais dire le territoire des Têtes Plates.

— Eh oui, c'est comme cela qu'on les a toujours appelés, s'excusa Jondalar. Il va falloir t'habituer, Ayla, tout le monde les appelle ainsi.

— Mais pourquoi les éviter ?

— Il y a eu des accrochages, expliqua Jondalar d'un air soucieux. Je ne sais même pas si les Têtes Plates du nord sont les mêmes que ceux de ton Clan... En tout cas, ce ne sont pas eux qui ont commencé. A l'aller, j'ai entendu dire qu'une bande de jeunes hommes les... les harcelait. C'étaient des Losadunaï, ils appartenaient au peuple qui vit près du glacier.

— Et pour quelles raisons les Losadunaï cherchent-ils des ennuis au Clan ? s'étonna Ayla.

— Ce ne sont pas tous les Losadunaï, Ayla. Les Losadunaï ne veulent d'ennuis avec personne. C'est seulement cette bande d'excités. Ils doivent trouver ça drôle, je ne sais pas... Au début, en tout cas, ce n'était qu'un jeu.

Ayla n'avait certainement pas du jeu la même conception qu'eux, mais elle s'inquiétait surtout de la durée de leur Voyage et du chemin qu'il leur restait à parcourir. A entendre Jondalar, ils n'étaient pas près de toucher au but. Elle décida de ne plus penser au-delà du lendemain, et de chasser le reste de son esprit.

Allongée sur sa couche, elle regrettait de ne pas voir le ciel à travers la voûte de feuillage.

— Oh, regarde, Jondalar ! On dirait qu'on aperçoit des étoiles. Tu les vois ?

— Non, où ça ?

— Là-bas. Presque au-dessus de nous, un peu en arrière. Tu les vois ?

— Ah, oui... oui, je crois. Bien sûr, ce n'est pas le sillon de lait de la Mère, mais je vois quelques étoiles, tu as raison.

— Le sillon de lait de la Mère, qu'est-ce que c'est ?

— C'est encore une des légendes sur la Mère et Son Enfant.

— Oh, raconte-moi !

— Attends que je m'en souvienne... Ah, oui, ça commence comme ça...

Il se mit à fredonner la mélodie, puis commença au milieu d'un vers :

Son sang se figea et sécha en terre d'une ocre rougeur,
Mais l'enfant lumineux fit fructifier son labeur.

Pour la Mère un immense bonheur.
Un enfant brillant d'une telle lueur.

Des montagnes s'élevèrent en crachant leur fournaise,
Elle donna à Son fils Ses mamelons montagneux.
Il téta si fort, et si loin jaillirent les braises,
Que le lait chaud de la Mère traça un sillon dans les cieux.

— Et voilà ! Zelandoni serait contente que je m'en souvienne.

— Oh, Jondalar, comme c'est beau ! J'aime la mélodie, et les paroles sont émouvantes.

Elle ferma les yeux et récita les vers plusieurs fois. En l'écoutant, Jondalar fut de nouveau impressionné par sa mémoire prodigieuse. Elle ne les avait entendus qu'une fois, et pourtant elle s'en souvenait déjà. Il enviait sa mémoire, et son don pour les langues.

— Ce n'est qu'une légende, n'est-ce pas ? Ce n'est pas la réalité ?

— Qu'est-ce qui n'est pas la réalité ? demanda Jondalar.

— Les étoiles ne sont pas le lait de la Mère ?

— Les étoiles ne sont peut-être pas du lait, mais il y a du vrai dans cette légende.

— Que signifie-t-elle ?

— Elle raconte le commencement des choses, et d'où nous venons. La légende explique que la Grande Terre Mère nous a créés, que nous sommes issus de Son corps, qu'Elle habite avec le soleil et la lune, dont Elle est la Grande Mère comme Elle est la nôtre. Elle dit aussi que les étoiles font partie de Son univers.

— Oui, il y a peut-être du vrai dans tout ça, admit Ayla.

Elle aimait les légendes et elle fut impatiente de rencontrer cette Zelandoni pour qu'elle lui raconte toutes celles de son peuple.

— Creb m'a dit que les étoiles étaient les foyers de ceux qui vivent dans le monde des esprits, de tous ceux qui s'en sont allés, et de tous ceux à venir, reprit Ayla. Elles abritent aussi les esprits des totems.

— Oui, il y a peut-être du vrai là-dedans aussi, concéda Jondalar en songeant que les Têtes Plates avaient décidément beaucoup en commun avec les humains. Comment pouvait-on les prendre pour des bêtes ?

— Un jour, poursuivit Ayla, Creb m'a montré où était le foyer de mon totem, le Grand Lion des Cavernes.

Elle étouffa un bâillement et se tourna sur le côté.

Ayla s'efforçait de voir où elle se dirigeait, mais les énormes troncs d'arbres moussus lui bouchaient la vue. Elle continua son ascension sans savoir où elle allait, et ne souhaitant qu'une chose : s'arrêter et se reposer. Ah, si seulement elle pouvait s'asseoir ! A ses pieds, une bûche accueillante semblait n'attendre qu'elle. Ah, si elle pouvait l'atteindre, mais la bûche semblait reculer à mesure qu'Ayla avançait. L'instant d'après, elle était assise dessus, mais la bûche se désintégra en poussière grouillante de vers. Ayla tomba dans un gouffre, s'accrochant désespérément à la terre pour remonter à la surface.

Elle n'était plus dans la forêt épaisse. Elle grimpait un sentier escarpé et familier à travers un petit bois. En haut, à flanc de montagne, une famille de cerfs paissaient dans une prairie bordée de buissons de noisetiers. Ayla avait peur. Les buissons dissimulaient un abri, mais elle n'en trouvait pas l'entrée. Les noisetiers poussaient, poussaient, atteignant la taille d'arbres immenses, recouverts de mousse. Elle essaya de se repérer, mais elle ne voyait que des arbres, et encore des arbres, et l'obscurité tombait. Elle tremblait de peur, mais elle aperçut alors quelqu'un bouger au loin.

C'était Creb, devant l'entrée d'une petite grotte, et il l'empêchait de passer en lui faisant signe de partir. Ce n'était pas sa grotte, et elle devait se trouver un endroit à elle. Il lui indiqua son chemin, mais il faisait trop sombre pour qu'elle comprît ses gestes. Elle savait seulement qu'elle devait partir. Alors, de sa main valide, Creb lui désigna la voie.

Lorsqu'elle releva la tête, les arbres avaient disparu. Elle reprit son ascension vers la grotte. Elle ne l'avait jamais vue, et pourtant c'était une grotte étrangement familière, et au-dessus, elle apercevait la forme d'un rocher en équilibre. Lorsqu'elle se retourna, Creb s'en allait. Elle l'appela, le supplia :

— Creb ! Creb ! Oh, Creb, reste !

— Ayla ! Réveille-toi ! Ayla, tu rêves ! disait Jondalar en la secouant gentiment.

Ayla ouvrit les yeux, mais le feu s'était éteint, et elle ne vit que l'obscurité. Elle s'accrocha à Jondalar.

— Oh, Jondalar, c'était Creb. Il m'empêchait de passer, il ne voulait pas que je rentre, il ne voulait pas que je reste. Il me disait quelque chose, mais il faisait trop noir pour que je voie ses signes. Il me montrait une grotte qui m'était familière, mais il ne voulait pas rester.

Jondalar la prit dans ses bras et la rassura. Elle tremblait.

— La grotte ! s'écria-t-elle soudain en se redressant. Celle dont il bouchait l'entrée, c'était ma grotte. C'est là que je suis allée après la naissance de Durc, quand j'ai eu peur qu'ils m'empêchent de le garder.

— Les rêves sont souvent confus, tu sais. Une zelandoni arrive à les interpréter, de temps en temps. C'est peut-être parce que tu regrettes d'avoir abandonné ton fils.

— Oui, peut-être.

Elle ne regrettait rien, mais si c'était vraiment le sens de son rêve, pourquoi le faire maintenant ? Pourquoi pas après qu'ils eurent contemplé la mer de Beran, quand elle avait adressé un dernier adieu à Durc ? Quelque chose lui suggérait que son rêve signifiait davantage que cela. Lorsqu'elle se réveilla pour la deuxième fois, il faisait jour. L'épais feuillage de la forêt tamisait la lumière du soleil.

Au matin, Ayla et Jondalar repartirent à pied vers le nord. Ils nouèrent les perches ensemble, attachèrent le canot au milieu, et portant chacun une extrémité des perches, ils purent contourner les obstacles plus facilement que la jument. Les chevaux, chargés seulement des paniers, purent ainsi se reposer. Mais Rapide, livré à lui-même, avait tendance à s'arrêter pour picoter les feuilles des jeunes rejets, à défaut de pâturage. Reniflant l'herbe tendre d'une petite clairière qu'une tornade avait créée en couchant les arbres, permettant ainsi au soleil de percer, il fit même un large détour.

Jondalar, fatigué de lui courir après, essaya de tenir la longe de l'étalon en même temps que les perches, mais il avait du mal à tout surveiller en même temps : les changements de direction d'Ayla, l'endroit où il mettait les pieds, et faire attention à ne pas entraîner Rapide dans un trou, ou pire encore. Il aurait tant voulu que l'étalon, à l'instar de Whinney, le suive sans longe ni harnais. Finalement, quand par mégarde il heurta assez violemment Ayla avec les perches, elle lui fit une suggestion.

— Pourquoi ne pas attacher Rapide à Whinney ? proposa-t-elle. Elle a l'habitude de me suivre, elle fait attention où elle passe et elle guidera Rapide. Il la suit partout. Comme ça, tu n'auras pas à t'occuper de lui et tu pourras te concentrer sur les perches.

Jondalar parut perplexe. Puis son visage s'éclaira.

— Pourquoi n'y ai-je pas pensé plus tôt ! s'exclama-t-il, ravi.

Ils grimpaient depuis longtemps. La pente devint soudain plus raide et la forêt changea brutalement. Les bois s'éclaircirent et on ne vit plus de grands caducifoliés. Les sapins et les épicéas formaient la base de la nouvelle sylve. S'y mêlaient quelques rares bois durs, plus petits que leurs cousins d'en bas.

Ils atteignirent le haut d'une crête d'où ils dominèrent un vaste plateau qui descendait en pente douce avant de se stabiliser. En haut du plateau, s'étendait une forêt de conifères, sapins, épicéas et pins, dont le vert foncé était rehaussé par la présence de quelques mélèzes aux aiguilles virant sur le jaune doré. Le paysage était illuminé par l'or des prairies éclaboussées du bleu du ciel et du blanc des nuages qui se reflétaient dans de petits lacs. Un rapide cours d'eau partageait l'espace, alimenté par des torrents qui tombaient en cascades de la montagne au loin. Et au-delà, montait jusqu'au ciel un pic couronné de blanc que les nuages masquaient en partie. C'était un spectacle à couper le souffle.

Il paraissait si proche qu'Ayla avait l'impression de pouvoir le toucher. Derrière elle, le soleil illuminait les couleurs et les reliefs de la pierre ; des roches ocre saillaient de murs gris pâle ; des parois presque blanches contrastaient avec le gris foncé d'étranges colonnes droites et anguleuses surgies du cœur en fusion de la terre. Et au-dessus, scintillaient les glaces bleu-vert d'un glacier auquel les neiges éternelles donnaient un écrin nacré. Soudain, comme par magie, le soleil et les nuages de pluie s'associèrent pour créer un arc-en-ciel qui enjamba la montagne.

Emerveillés par tant de beauté, les deux voyageurs buvaient littéralement des yeux ce spectacle d'une sérénité grandiose. Ayla n'était pas loin de penser que l'arc-en-ciel était un signe de bienvenue, et elle nota que l'air était délicieusement frais et pur. Elle poussa un soupir de soulagement à l'idée d'être débarrassée de la chaleur mortelle de la plaine, et des moucherons infernaux. Elle aurait volontiers mis un terme à son Voyage, tant ce haut plateau était l'endroit rêvé pour s'installer.

Elle se tourna vers Jondalar, le visage radieux. Il fut d'abord frappé par l'intensité de son bonheur, de son ravissement, et de son envie de vivre dans ce lieu merveilleux. L'émotion et la joie qui illuminaient Ayla la rendaient si belle et si désirable que Jondalar voulut la prendre sur-le-champ, et ce désir urgent transparut dans ses yeux d'un bleu profond. Ayla sentit la force de cet amour qui répondait au sien.

Chacun sur leur monture, ils se dévoraient du regard, fascinés par des sentiments aussi impérieux qu'inexplicables : leur désir commun de partager des émotions intimes ; le rayonnement de chacun offert à l'autre ; et la force de leur amour. Inconsciemment, ils tentèrent de se rapprocher l'un de l'autre. Les chevaux interprétèrent mal leur mouvement. Whinney, suivie de Rapide, commença à descendre la colline, sortant les cavaliers de leur envoûtement. Attendris, et amusés par leur méprise, Ayla et Jondalar échangèrent un regard plein de promesses, et se laissèrent guider par les chevaux jusqu'au pied de la colline. Là, ils tournèrent vers le nord-ouest pour longer le plateau.

Par une fraîche matinée où les premières gelées annonçaient le prochain changement de saison, ce qu'Ayla accueillit avec soulagement, Jondalar reconnut les alentours du territoire des Sharamudoï. Les collines boisées rappelaient à Ayla les forêts de son enfance, et elle s'attendait toujours à tomber sur un paysage connu. Tout semblait familier : les arbres, les plantes, les prés, la disposition des sols. Plus elle avançait, plus elle se sentait chez elle.

A la vue de noisettes dans leur cupule verte, à peine mûres, comme elle les préférait, elle ne put s'empêcher de descendre de cheval pour en cueillir. Elle brisa quelques coquilles avec ses dents, et soudain, elle comprit pourquoi elle se sentait chez elle. La ressemblance avec la région montagneuse de la péninsule était frappante, on se serait cru près de la caverne du clan de Brun. Elle avait grandi dans un lieu quasi identique.

Jondalar, pour d'autres raisons, trouvait aussi l'endroit familier, et les traces qui menaient à un sentier longeant une falaise lui confirmèrent qu'ils approchaient du campement. Il avait peine à retenir son impatience, et quand Ayla s'arrêta près d'un monceau de ronces aux longs stolons bardés d'aiguillons, aux branches croulant de mûres tendres et juteuses, il la soupçonna de les retarder volontairement.

— Jondalar ! s'écria-t-elle en se laissant glisser du dos de Whinney. Attends, des mûres ! Regarde !

— Nous sommes presque arrivés, Ayla. Viens.

— Non, attends. Emportons-en avec nous, suggéra-t-elle, la bouche pleine. Je n'en ai pas vu d'aussi belles depuis que j'ai quitté le Clan. Goûte-les, Jondalar! Elles sont délicieuses, non?

A force d'en cueillir à pleines poignées et de les engloutir voracement, ses mains et sa bouche étaient devenues violettes.

— Ayla, si tu te voyais! s'exclama-t-il en éclatant de rire. On dirait une petite fille.

La scène lui paraissait si drôle qu'il avait oublié sa rancœur. Ayla, de son côté, ne pouvait rien lui répondre. Sa bouche était trop pleine.

A son tour, il descendit cueillir des mûres, les trouva excellentes, et poursuivit sa collecte.

— Je croyais que tu voulais en rapporter, s'interrompit-il après en avoir mangé de bonnes poignées. Mais nous n'avons rien pour les mettre.

— Oh, que si! fit-elle avec un sourire barbouillé, en ôtant son chapeau de paille conique qu'elle tapissa de feuilles. Tiens, sers-toi de ton chapeau.

Ils avaient rempli les trois quarts de leur chapeau quand Loup se mit à gronder. Ils levèrent la tête et virent arriver du sentier un grand garçon qui les contemplait bouche bée, les yeux dilatés de peur à la vue du gros loup.

— Darvo? Darvo, c'est toi? s'écria Jondalar en s'avançant vers le garçon. C'est moi, Jondalar! Jondalar des Zelandonii!

Jondalar avait parlé dans une langue qu'Ayla ne connaissait pas, bien que certains mots ou sons fussent proches du mamutoï. Elle vit avec amusement le visage du jeune homme passer de la terreur à l'incrédulité, puis à la joie.

— Jondalar! s'exclama-t-il. Que fais-tu ici? Je croyais que je ne te reverrais jamais.

Ils tombèrent dans les bras l'un de l'autre. Jondalar se recula ensuite, saisit le nouveau venu par les épaules et l'étudia soigneusement.

— Laisse-moi t'admirer. Grande Mère, comme tu as grandi!

Ayla, frustrée de vie sociale depuis si longtemps, dévorait le garçon des yeux. Jondalar étreignit encore l'étranger, et Ayla devina leur sympathie mutuelle. Mais passées les premières embrassades, Darvo parut gêné. Il n'était plus un enfant, et autant il acceptait des retrouvailles chaleureuses, autant les démonstrations exubérantes de Jondalar lui paraissaient excessives, même venant de celui qui avait été l'homme de son foyer. Darvo regarda ensuite Ayla, puis le loup, et ses yeux s'agrandirent de peur. Il remarqua alors les chevaux quelques pas plus loin, les paniers suspendus à leurs flancs et les perches jaillissant du dos de Whinney. Il écarquilla les yeux de plus belle.

— Euh... il vaut mieux que je te présente mes... mes amis, dit vivement Jondalar. Darvo des Sharamudoï, je te présente Ayla des Mamutoï.

Ayla reconnut le ton des présentations rituelles, et comprit quelques mots. Elle fit signe à Loup de se tenir tranquille pendant qu'elle s'avançait vers le garçon, les deux mains tendues, paumes en l'air.

— Je suis Darvo des Sharamudoï, dit le jeune homme en lui prenant les mains. (Et il ajouta dans la langue des Mamutoï :) Je te souhaite la bienvenue, Ayla des Mamutoï.

— Ça alors ! s'extasia Jondalar. Tholie t'a rudement bien appris. Tu parles le mamutoï comme si c'était ta langue maternelle. Dois-je t'appeler Darvo, ou Darvalo, maintenant ?

— Mon nom est Darvalo, Darvo était un nom d'enfant, avoua le jeune homme en rougissant. Mais tu peux continuer à m'appeler Darvo, si tu préfères. Après tout, c'est sous ce nom que tu m'as toujours connu.

— Darvalo est un beau nom, assura Jondalar. Et je suis très content que tu aies continué les leçons de mamutoï avec Tholie.

— Dolando trouvait l'idée très bonne. Il disait que j'aurais besoin de parler la langue pour faire du troc avec les Mamutoï au printemps prochain.

— Veux-tu que je te présente Loup ? demanda Ayla.

Le jeune homme sourcilla. Il n'avait jamais pensé qu'il se trouverait un jour nez à nez avec un loup, et l'avait encore moins souhaité. Mais Jondalar n'avait pas peur du redoutable carnassier, pas plus que la femme, d'ailleurs... L'accent d'Ayla le troublait, il différait de celui de Tholie. Les sons surtout étaient étranges.

— Tends ta main, qu'il puisse la sentir. Loup a besoin de s'habituer à ton odeur, expliqua Ayla.

Darvalo n'était pas sûr d'avoir envie d'approcher sa main de la gueule du loup, mais il était trop tard pour reculer. Il avança donc sa main à contrecœur. Loup la renifla, et à la grande surprise du garçon, la lécha. La langue était chaude et humide. La bête ne lui faisait aucun mal. C'était même plutôt agréable. Darvalo regarda tour à tour la femme et l'animal. Ayla avait passé un bras autour du loup et lui flattait la tête de son autre main. Caresser la tête d'un loup ! Darvalo n'en croyait pas ses yeux.

— Aimerais-tu toucher sa fourrure ? demanda Ayla.

Darvalo allait de surprise en surprise. Il approcha la main, mais Loup se recula.

— Attends, fit Ayla, qui prit la main du garçon et la posa d'un geste décidé sur la tête de Loup. Il aime bien qu'on le gratte. Regarde, comme ça, lui montra-t-elle.

Une puce dérangea le quadrupède, à moins que le grattement ne lui ait provoqué une démangeaison. Toujours est-il qu'il s'assit sur son arrière-train, et se gratta énergiquement l'oreille avec sa patte arrière, ce qui arracha un sourire à Darvalo. Il n'avait jamais vu un loup pris d'une telle frénésie.

— Tu vois, je t'avais dit qu'il aimait bien qu'on le gratte. C'est comme les chevaux, déclara Ayla en appelant Whinney.

Darvalo coula un regard furtif vers Jondalar. Il le vit sourire comme s'il trouvait normal qu'une femme caressât ou grattât des loups et des chevaux.

— Darvalo des Sharamudoï, je te présente Whinney.

— Tu parles aux chevaux ? s'étonna Darvalo, de plus en plus dérouté.

— Tout le monde peut parler à un cheval, mais il n'écoute pas n'importe qui, expliqua Ayla. Il faut d'abord l'apprivoiser. C'est parce que Jondalar l'a connu tout petit que Rapide l'écoute.

Darvalo se retourna et eut un brusque mouvement de recul en voyant Jondalar perché sur le dos de Rapide.

— Mais... mais tu es assis sur cette bête ! s'exclama-t-il.

— Bien sûr que je suis assis sur Rapide ! répliqua Jondalar, amusé. Il me laisse faire parce qu'il me connaît, Darvo... euh, Darvalo. Je peux même rester sur lui quand il galope, et il va vite, je te jure.

Le jeune homme était sur le point de décamper... à toute vitesse, lui aussi.

— A propos de ces animaux, reprit Jondalar se laissant glisser du dos de Rapide, il faut que tu nous aides. (Le garçon le regarda pétrifié, prêt à prendre ses jambes à son cou.) Nous voyageons depuis longtemps et j'ai hâte de revoir Dolando, Roshario, et tous les autres, mais je ne veux pas qu'ils s'effraient en voyant les bêtes. Ils n'ont pas l'habitude, tu comprends. Accepterais-tu de nous accompagner, Darvalo ? S'ils s'aperçoivent que tu n'as pas peur, ils seront moins inquiets. Qu'en dis-tu ?

Darvalo se détendit quelque peu. Ce qu'on lui demandait ne présentait pas de difficultés. Après tout, que risquait-il ? Il se réjouissait d'avance en imaginant la tête que feraient ceux du camp en le voyant accompagner Jondalar, Ayla, les deux chevaux et le loup. Dolando et Roshario en seraient ébahis...

— Ah, j'avais presque oublié, déclara Darvalo. J'avais promis à Roshario de lui rapporter des mûres. Elle ne peut plus en cueillir, alors...

— Nous en avons ramassé, dit Ayla.

— Pourquoi ne peut-elle plus en cueillir ? demanda Jondalar, presque en même temps.

Le regard du garçon allait de l'un à l'autre.

— Elle est tombée de la falaise sur l'embarcadère, et elle s'est cassé le bras, expliqua-t-il. Elle ne pourra plus jamais s'en servir, il n'a pas été remis en place.

— Pourquoi ? s'étonnèrent ensemble Ayla et Jondalar.

— Parce qu'il n'y avait personne pour le faire.

— Ah ! Mais où est Shamud ? Et ta mère, où est-elle ? demanda Jondalar.

— Shamud est mort, l'hiver dernier.

— Oh, je suis désolé ! s'exclama Jondalar.

— Quant à ma mère, elle est partie. Un Mamutoï est venu voir Tholie peu après ton départ. C'était un cousin à elle. Ma mère lui a plu et il l'a demandée pour compagne. Elle en a étonné plus d'un en partant avec lui vivre chez les Mamutoï. Il m'avait demandé si je voulais venir avec eux, mais Dolando et Roshario voulaient que je reste. Alors j'ai préféré rester. Je suis un Sharamudoï, pas un Mamutoï. Euh... je... bredouilla-t-il en rougissant. Je n'ai rien contre les Mamutoï, s'empressa-t-il d'ajouter.

— Non, bien sûr que non, le rassura Jondalar. Je comprends ce que tu ressens, Darvalo. Je suis toujours Jondalar des Zelandonii, tu sais. Il y a longtemps que Roshario est tombée ?

— C'était à la lune d'été.

Ayla lança un regard interrogateur à Jondalar.

— Lorsque la dernière lune avait la même forme que maintenant, précisa Jondalar à l'adresse d'Ayla. Crois-tu qu'il soit trop tard ?

— Je ne peux rien dire avant de l'avoir examinée, répondit Ayla.

— Ayla est une Femme Qui Soigne, Darvalo. Une excellente Femme Qui Soigne. Elle pourra peut-être faire quelque chose.

— Je me demandais si elle n'était pas shamud, avoua Darvalo. Pour parler aux chevaux et caresser les loups... Elle doit certainement être experte dans l'art de soigner. Je vous accompagne pour que les autres n'aient pas peur, ajouta-t-il en bombant le torse.

Il faisait plus vieux que ses treize ans.

— Peux-tu porter ces mûres, s'il te plaît ? demanda Ayla. J'aimerais rester près de Whinney et de Loup. Ils ont peur des humains, parfois.

15

Darvalo en tête, ils descendirent à travers bois le sentier abrupt. En bas, ils prirent à droite un autre sentier moins pentu. C'était un chenal de ruissellement des eaux à la fonte des neiges et à la saison des pluies. A la fin de l'été, le revêtement rocailleux du lit asséché rendait la marche difficile.

Animaux de plaines, Whinney et Rapide n'en avaient pas moins le pied sûr. Très jeunes, ils avaient appris à négocier l'étroit sentier qui menait à sa grotte, mais Ayla avait toujours peur d'un accident et elle fut soulagée quand ils s'engagèrent dans un autre sentier plus praticable, où deux personnes pouvaient marcher de front.

Ils traversèrent un passage escarpé et ils arrivèrent bientôt devant une muraille rocheuse. Là, une pente d'éboulis donna à Ayla une impression de familiarité. Elle avait déjà vu de semblables amoncellements de rocs au pied des montagnes de son enfance. Elle reconnut même les grandes fleurs blanches malodorantes en entonnoir d'une plante aux feuilles dentelées. Ceux du Foyer du Mammouth l'appelaient le « pommier piquant » à cause de ses fruits verts protégés par de multiples aiguillons. De vieux souvenirs surgirent de la mémoire d'Ayla. C'était du datura. Creb et Iza s'en servaient, chacun dans un but différent.

Pour Jondalar aussi, l'endroit était familier. Autrefois, il avait ramassé des cailloux dans ces éboulis pour border des sentiers, ou des feux, et sachant le campement proche, il bouillait d'impatience. Il se rappelait que le sentier avait été taillé dans la muraille et tapissé d'éclats de roche. Plus loin, les arbres et les fourrés laissaient filtrer des coins de ciel bleu, et Jondalar savait qu'ils approchaient du bord de la falaise.

— Ayla, nous devrions décharger les perches et les paniers, suggéra-t-il. Le sentier qui contourne ce mur est assez étroit, nous reviendrons les chercher plus tard.

Ils entassèrent le matériel à terre et continuèrent le sentier qui débouchait à ciel ouvert. Ayla suivait Darvalo, et Jondalar fermait la marche. Il sourit lorsque Ayla atteignit le bord de la falaise, regarda en bas... et recula précipitamment jusqu'à la paroi. Prise d'un léger vertige, elle s'accrocha à la roche, puis revint près du bord, risqua un œil et resta bouche bée.

La falaise s'élevait à pic au-dessus de la Grande Rivière Mère qu'ils avaient suivie pendant si longtemps. Ayla ne l'avait jamais contemplée d'une telle hauteur. Elle avait déjà vu les multiples bras du gigantesque fleuve réunis en un seul flot, mais uniquement depuis une berge à peine plus élevée que le niveau de l'eau. Une force irrésistible attirait la jeune femme au bord de la falaise.

Le fleuve, qui avait serpenté et s'était étalé en de nombreux bras, ne formait plus qu'un seul courant comprimé entre deux parois verticales de rochers qui surgissaient de l'eau. La Grande Rivière Mère coulait, silencieuse, avec une puissance tranquille, et ondulait en vagues huileuses qui roulaient sur elles-mêmes et se brisaient à peine formées. D'autres affluents viendraient grossir le fleuve en aval et lui donneraient son ampleur définitive, mais elle avait déjà atteint un volume si impressionnant qu'on notait à peine la diminution de son débit, surtout de si haut.

Çà et là, un pic rocheux surgissait du fleuve et brisait le courant, créant des rouleaux d'écume, et Ayla vit une souche d'arbre ballottée par les flots heurter le rocher et le contourner ensuite en tournoyant. Une construction en bois, collée à la paroi, se remarquait à peine. Ayla s'arracha à la contemplation du spectacle fascinant et observa les montagnes en face. Bien qu'encore arrondies, elles étaient plus hautes et plus escarpées qu'en aval, et atteignaient presque la hauteur des cimes glacées septentrionales. Les deux chaînes de montagnes avaient autrefois été réunies jusqu'au jour où l'érosion conjuguée des eaux et du temps avait creusé ce passage.

Darvalo attendait avec patience qu'Ayla eût fini d'admirer ce site spectaculaire qui marquait l'entrée sur le territoire de son peuple. Il avait toujours vécu ici et ne prêtait plus attention à la majesté des lieux, mais il était habitué à la réaction des étrangers. Chaque fois qu'il observait leur visage émerveillé, il en ressentait une grande fierté et se surprenait à admirer le panorama à travers leur regard neuf. Lorsque Ayla détacha enfin ses yeux du spectacle, il lui sourit et ouvrit le chemin le long de la paroi rocheuse. L'étroite vire primitive avait été élargie grâce à un dur labeur. Deux hommes pouvaient l'aborder de front, ce qui permettait d'y transporter du bois, des carcasses d'animaux ou d'autres provisions indispensables. Les chevaux y trottaient à l'aise.

Lorsque Jondalar atteignit le rebord de la falaise, il reçut un coup familier au sternum, vestige d'un vertige dont il n'avait jamais réussi à se débarrasser pendant tout le temps où il avait vécu parmi les Sharamudoï. La sensation n'était pas assez violente pour l'empêcher d'apprécier la vue, ni le travail énorme qu'il avait fallu pour creuser ne serait-ce qu'une infime partie de la roche à l'aide de masses et de lourdes haches de pierre. Mais il préférait tout de même ce chemin à celui qu'on utilisait habituellement.

Whinney sur ses talons, Ayla suivait le jeune garçon tout en surveillant Loup du coin de l'œil. Ils débouchèrent sur un vaste palier en forme de fer à cheval. Longtemps auparavant, quand l'immense mer intérieure s'était vidée en se frayant une voie à travers la chaîne de montagnes, le niveau de l'eau était plus haut et une baie abritée s'était formée. La baie avait survécu, largement au-dessus du fleuve.

Une herbe verte la recouvrait jusqu'au bord du

précipice. A mi-chemin entre le vide et la muraille commençaient des buissons, peu à peu remplacés par de petits arbres qui gagnaient sur la pente de la montagne. Jondalar savait qu'on pouvait escalader cette pente, bien que rares fussent ceux qui s'y risquaient. C'était une issue malcommode, utilisée seulement en cas d'urgence. Au tournant de la muraille, le sentier ouvrait sur une enclave que surplombait une large saillie de grès qui abritait des habitations en bois.

A l'autre bout du terrain, fierté et richesse du Camp, une source d'eau pure tombait des rochers en cascadant jusqu'à un petit bassin naturel creusé dans le grès. De là, l'eau ruisselait le long du mur jusqu'à la falaise, d'où elle se jetait dans la Grande Mère.

A leur arrivée, plusieurs personnes abandonnèrent leurs occupations et fixèrent le loup et les chevaux d'un air effaré.

— Darvo ! cria une voix. Qui amènes-tu ?

Ce fut Jondalar qui répondit par un salut dans la même langue.

Il tendit la longe de Rapide à Ayla, passa un bras sur les épaules de Darvalo et s'avança avec lui vers le chef de la Caverne.

— Dolando ! C'est moi, Jondalar !

— Jondalar ? C'est vraiment toi ? s'inquiéta Dolando, hésitant à reconnaître le géant blond. D'où viens-tu ?

— Je viens de l'est. J'ai passé l'hiver chez les Mamutoï.

— Et qui sont ceux-là ? demanda Dolando.

Jondalar comprit que le chef devait être profondément troublé pour en oublier ainsi les convenances.

— C'est Ayla des Mamutoï. Les animaux voyagent avec nous et lui obéissent, tout comme à moi. Ils ne feront de mal à personne, assura Jondalar.

— Le loup non plus ? demanda Dolando.

— J'ai caressé le loup et j'ai touché sa fourrure, affirma Darvalo. Il n'a même pas essayé de me mordre.

— Tu l'as caressé ? s'étonna Dolando, incrédule.

— Oui. Ayla dit qu'il suffit d'apprendre à les connaître.

— Il a raison, Dolando. Je ne les aurais pas amenés s'ils étaient dangereux. Viens que je te présente Ayla... et les bêtes. Tu pourras juger toi-même.

Jondalar revint avec Celui Qui Ordonne au milieu du pré, et d'autres Sharamudoï les suivirent bientôt. Les chevaux, qui s'étaient mis à brouter, s'arrêtèrent à l'approche de la petite troupe. Whinney vint chercher protection auprès d'Ayla qui tenait toujours Rapide par sa longe, et qui avait posé sa main sur la tête de Loup. L'énorme loup observait avec circonspection l'arrivée des intrus, mais sans montrer les crocs.

— Comment fait-elle pour que les chevaux n'aient pas peur du loup ? interrogea Dolando.

— Oh, ils le connaissent et n'ont rien à redouter de lui. Ils l'ont vu grandir, expliqua Jondalar.

— Mais pourquoi ne s'enfuient-ils pas ? insista le chef.

— Ils ont toujours vécu parmi les humains. Moi-même, j'ai vu naître l'étalon. J'étais gravement blessé, et Ayla m'a sauvé la vie.

Dolando s'arrêta soudain, et porta sur le géant blond un regard scrutateur.

— Dis-moi, Jondalar, est-elle une shamud ?

— Elle est membre du Foyer du Mammouth.

— Si c'est une mamut, où est donc son tatouage ? intervint une petite jeune femme rondouillarde.

— Nous sommes partis avant la fin de son initiation, Tholie, expliqua Jondalar en lui souriant. (Il reconnaissait bien là la jeune Mamutoï, toujours aussi franche et directe.)

— Ah, c'est bien notre chance ! soupira Dolando en hochant la tête avec dépit. Roshario s'est blessée en tombant.

— Oui, je sais. Darvo nous l'a dit. Il paraît que Shamud est mort ?

— Oui, il est retourné dans l'autre monde l'hiver dernier. Dommage que la femme ne sache pas donner les soins, nous avons envoyé un messager chez un autre

Camp, mais leur shamud est en voyage. Un coureur a remonté le fleuve chercher de l'aide dans une autre Caverne, mais c'est très loin et j'ai peur qu'il soit déjà trop tard pour intervenir.

— Mais non, cette initiation-là était terminée, Ayla est une Femme Qui Soigne. Excellente, même ! Les secrets des plantes lui ont été révélés par... (Jondalar se souvint à temps des préjugés de Dolando.)... par la femme qui l'a recueillie. C'est une longue histoire, mais crois-moi, elle est très compétente.

Ils avaient rejoint les animaux et Ayla, qui écouta attentivement Jondalar pendant qu'il parlait avec Dolando. Elle distinguait des similitudes avec le mamutoï, mais ce fut surtout grâce à ses talents d'observatrice qu'elle devina que son compagnon essayait de convaincre l'autre. Jondalar se tourna vers elle.

— Ayla des Mamutoï, je te présente Dolando, Celui Qui Ordonne des Shamudoï, la moitié terrestre des Sharamudoï, annonça-t-il en mamutoï, avant de poursuivre dans la langue de son hôte : Dolando des Sharamudoï, je te présente Ayla, fille du Foyer du Mammouth des Mamutoï.

Hésitant, Dolando coula un regard vers le loup et les chevaux. Le loup, une bête superbe, se tenait aux côtés de la femme et observait le chef d'un air tranquille. Dolando était très intrigué. Il avait bien eu entre les mains quelques peaux de loup, mais il n'en avait jamais approché de vivant d'aussi près. Les Shamudoï ne chassaient pas souvent les loups, et Dolando n'en avait aperçu que fugitivement. La façon dont Loup le regardait lui fit penser que l'animal le jaugeait. Mais il ne se montrait pas menaçant et Dolando se dit qu'une femme avec un tel pouvoir sur les animaux devait être une shamud émérite, quand bien même son initiation n'aurait pas été menée à terme.

— Au nom de la Grande Mère, Mudo, sois la bienvenue, Ayla des Mamutoï.

— Au nom de Mut, la Grande Terre Mère, je te remercie de ton hospitalité, Dolando des Sharamudoï, assura Ayla en prenant les mains qu'il lui tendait.

L'étrange accent de la jeune femme étonna Dolando. Elle parle mamutoï, pensait-il, mais pas comme Tholie. Peut-être vient-elle d'une autre région ? Dolando connaissait assez le mamutoï pour le comprendre. Il avait souvent descendu le grand fleuve jusqu'à son embouchure pour faire du troc avec les Mamutoï, et il avait collaboré à la venue de Tholie, la femme mamutoï. Il devait bien à l'Homme Qui Ordonne des Ramudoï d'aider le fils de son foyer à s'unir avec la femme qu'il avait choisie. Tholie avait enseigné sa langue à tous selon les capacités de chacun, ce qui s'était révélé fort utile dans les expéditions commerciales.

Après que Dolando eut accueilli Ayla, tout le monde se sentit libre de fêter le retour de Jondalar et d'aller vers la femme qui l'accompagnait. En voyant Tholie s'avancer, Jondalar esquissa un sourire. A travers l'Union de Thonolan, des liens complexes l'apparentaient à Tholie, que par ailleurs il aimait beaucoup.

— Tholie ! s'exclama-t-il avec un grand sourire. Comme je suis heureux de te revoir.

Il lui étreignit les mains avec chaleur.

— Moi aussi, je suis heureuse de te voir, Jondalar. Je te félicite pour ton mamutoï, tu as fait d'étonnants progrès. J'avoue que j'ai parfois pensé que tu ne le parlerais jamais convenablement.

Elle retira ses mains des siennes pour le serrer dans ses bras. Emporté par sa joie, Jondalar souleva de terre la petite femme. Décontenancée, elle rougit, soudain consciente de la métamorphose du beau géant, autrefois si taciturne. Elle ne l'avait jamais vu manifester ses sentiments avec autant de spontanéité. Lorsqu'il la reposa à terre, elle examina avec intérêt la femme qu'il avait amenée, sans doute pas étrangère à l'évolution de Jondalar.

— Ayla du Camp du Lion des Mamutoï, je te présente Tholie des Sharamudoï, Mamutoï d'origine.

— Au nom de Mut, ou de Mudo comme on La nomme ici, sois la bienvenue, Ayla des Mamutoï.

— Au nom de la Mère de Toutes Choses, je te remercie, Tholie des Sharamudoï. Je suis contente de faire ta connaissance, j'ai tellement entendu parler de toi. Tu as des parents au Camp du Lion, n'est-ce pas ? demanda Ayla. Un jour, Jondalar parlait de toi, et Talut a dit que vous étiez apparentés.

Elle était consciente de l'examen minutieux que la petite femme perspicace lui faisait subir. Tholie découvrirait bientôt qu'Ayla n'était pas née Mamutoï, si elle ne le savait pas déjà.

— Oui, c'est vrai, nous sommes des parents éloignés. Je viens d'un Camp plus au sud, mais je connais ceux du Camp du Lion. Je connais Talut, comme tout le monde d'ailleurs. Qui ne connaît pas Talut ? Sa sœur, Tulie, est très respectée.

Elle a un drôle d'accent, se disait Tholie, et Ayla n'est pas un nom mamutoï. En fait, ce n'est pas un accent, c'est plutôt une façon étrange d'articuler certains mots. Sinon, elle parle bien. Talut a toujours eu la manie d'accueillir tout le monde, même cette vieille grincheuse dont la fille s'était unie en dessous de sa position. Je voudrais bien en savoir plus sur cette Ayla, et sur ses animaux.

— Thonolan est resté chez les Mamutoï ? demanda-t-elle à Jondalar.

La douleur qu'elle lut dans ses yeux était éloquente.

— Thonolan est mort, annonça Jondalar, confirmant ce que Tholie avait pressenti.

— Oh, c'est terrible ! Et Markeno va être navré, lui aussi. Pourtant, cela ne me surprend pas. Il voulait vivre dans la mort auprès de Jetamio. Il faisait partie de ceux qui ne se remettent jamais d'un malheur.

Le franc-parler de Tholie plut à Ayla. Elle reconnaissait bien là une caractéristique des Mamutoï.

Tous ceux de la Caverne souhaitèrent la bienvenue à Ayla. Leur réserve, mêlée de curiosité, n'échappa pas à la jeune femme. Ils avaient accueilli Jondalar avec plus de chaleur, comme un des leurs.

Darvalo portait toujours le chapeau rempli de mûres, et il attendait la fin du cérémonial de bienvenue.

— Tiens, dit-il alors à Dolando, voici des mûres pour Roshario.

Dolando fronça les sourcils. Les Sharamudoï ne tressaient pas leurs paniers de cette façon.

— C'est Ayla qui me les a données, poursuivit le garçon. Elle en ramassait avec Jondalar quand je les ai rencontrés.

Jondalar, qui observait Darvalo, pensa soudain à la mère du jeune garçon. Le départ inattendu de Serenio l'avait déçu. D'une certaine façon, il l'avait vraiment aimée, et il se rendait compte combien il avait espéré la revoir. Attendait-elle un enfant lorsqu'elle était partie ? Etait-ce un enfant de son esprit ? Il demanderait à Roshario. Elle saurait, elle.

— Portons les mûres à Roshario, décida Dolando en adressant un signe de remerciement à Ayla. Cela lui fera plaisir. Accompagne-nous, Jondalar. Je crois qu'elle est réveillée et elle sera contente de te voir. Viens avec Ayla, je suis sûre qu'elle aimera faire sa connaissance. C'est pénible pour elle de ne pas pouvoir bouger. Elle qui est si active et toujours la première à accueillir les visiteurs.

Jondalar traduisit à Ayla qui accepta de bonne grâce. Ils laissèrent les chevaux paître dans le pré, mais Ayla ordonna à Loup de la suivre. Les Sharamudoï n'avaient pas peur des chevaux, bien que leur présence les étonnât, mais elle voyait bien que le carnassier les mettait mal à l'aise. Le loup était un chasseur dangereux et redouté.

— Jondalar, il vaudrait mieux que Loup reste auprès de moi pour l'instant. Demande à Dolando s'il accepte qu'il m'accompagne. Dis-lui bien que Loup a l'habitude d'entrer dans les abris.

Jondalar traduisit la demande d'Ayla, bien que Dolando fût familiarisé avec le mamutoï. D'ailleurs, Ayla aurait juré à son infime réaction qu'il avait déjà compris sa question. Elle le nota pour l'avenir.

Ils se dirigèrent vers le surplomb de grès, dépassèrent un foyer central qui servait certainement de lieu de rencontre, et arrivèrent devant une construction en bois qui ressemblait à une tente. Intéressée, Ayla en étudia l'architecture. Une poutre de faîte plantée en terre sur l'arrière était soutenue par une perche à l'avant. Des planches de chêne pointues à la base et taillées dans la hauteur d'un immense chêne s'appuyaient sur la poutre. Elles étaient courtes à l'arrière, et de plus en plus longues en allant vers l'avant. De plus près, Ayla remarqua que les planches étaient liées entre elles par des brins de saule enfilés dans des trous percés à cet effet.

Dolando écarta un rideau de cuir souple, et le maintint pendant que chacun entrait. Il l'attacha ensuite pour laisser le jour éclairer l'intérieur de la hutte. Par endroits, la lumière filtrait, mais des peaux de bête tapissaient les murs pour protéger des courants d'air, bien que la niche creusée dans la montagne fût déjà abritée du vent. Près de l'entrée, on avait aménagé un petit foyer, et une planche plus courte que les autres formait un orifice dans le plafond pour l'évacuation de la fumée. Il n'y avait pas de rabat, mais c'était inutile puisque la saillie de grès protégeait l'habitation de la neige et de la pluie. Dans le fond de la hutte, une large plate-forme en bois était fixée au mur et soutenue par des pieds. Rembourrée de cuir et de fourrure, elle servait de lit. Dans la semi-obscurité, Ayla distinguait à peine la femme qui y reposait.

Darvalo s'assit près du lit.

— Tiens, Roshario, voilà les mûres que je t'avais promises, déclara-t-il en présentant le chapeau. Ce n'est pas moi qui les ai cueillies, c'est Ayla.

La femme ouvrit les yeux. Elle ne dormait pas, essayant seulement de trouver un moment de repos. On ne l'avait pas prévenue de l'arrivée des visiteurs et elle n'avait pas saisi le nom que Darvalo avait prononcé.

— Qui les a cueillies, dis-tu ? articula-t-elle d'une voix faible.

Dolando se pencha au-dessus de la couche et posa sa main sur le front de la femme.

— Roshario, regarde qui est là ! Jondalar est de retour, dit-il.

— Jondalar ! s'exclama la blessée en regardant l'homme qui s'était agenouillé à côté de Darvalo.

Jondalar pâlit en voyant la souffrance tordre le visage de Roshario.

— Jondalar, c'est vraiment toi ? Parfois, je crois voir mon fils, ou Jetamio, et je m'aperçois ensuite que ce n'est qu'un rêve. Est-ce bien toi, Jondalar, ou est-ce encore une autre vision ?

— Mais non, Rosh, je t'assure que c'est lui, intervint Dolando. Et il a amené quelqu'un avec lui. Une femme mamutoï. Elle s'appelle Ayla, ajouta-il en faisant signe à la jeune étrangère d'avancer.

Ayla fit asseoir Loup et s'approcha du lit de Roshario. Elle souffrait beaucoup, ç'était indéniable. Ses yeux vitreux étaient tellement cernés qu'ils étaient profondément enfoncés dans leurs orbites, et son visage luisait de fièvre. Même de loin, Ayla pouvait voir que l'os de son bras, caché sous une peau de bête, pointait de manière grotesque entre l'épaule et le coude.

— Ayla des Mamutoï, je te présente Roshario des Sharamudoï, déclara Jondalar, pendant que Darvalo s'effaçait pour lui laisser la place.

— Au nom de la Mère, sois la bienvenue, Ayla des Mamutoï, dit Roshario. (Elle essaya de se redresser, mais y renonça.) Pardonne-moi de ne pas t'accueillir comme il convient.

— Au nom de la Mère, je te remercie, répondit Ayla. Je t'en prie, ne te lève pas.

Comme toujours, Jondalar servit d'interprète, mais sa traduction était superflue car Tholie avait semé les bases d'un enseignement du mamutoï qui permettait à tous de comprendre la langue. Roshario avait saisi l'essentiel de ce que lui avait dit Ayla, et elle fit signe qu'elle avait compris.

— Jondalar, cette femme souffre trop. Je veux examiner son bras, je crois que c'est très grave, déclara Ayla en zelandonii pour éviter d'affoler Roshario. Mais sa voix trahissait son angoisse.

— Roshario, dit Jondalar, Ayla est une Femme Qui Soigne, elle est fille du Foyer du Mammouth. Elle voudrait examiner ton bras, poursuivit-il en quêtant l'approbation de Dolando.

Mais le chef était prêt à tout tenter pour aider Roshario, si elle-même le souhaitait.

— Une Femme Qui Soigne ? demanda la femme dans un souffle. Une shamud ?

— Oui, c'est une sorte de shamud, confirma-t-il. Veux-tu qu'elle t'examine ?

— Oh, elle ne pourra rien faire, c'est trop tard. Enfin, si elle y tient...

Ayla ôta la fourrure qui recouvrait le bras. A l'évidence, on avait essayé de ressouder la fracture, et on avait nettoyé la plaie qui cicatrisait lentement, mais le membre restait enflé et l'os faisait une bosse affreuse. Ayla tâta le bras avec délicatesse, et lorsqu'elle le souleva pour palper l'aisselle, Roshario grimaça mais ne se plaignit pas. Ayla était consciente de lui faire mal mais elle devait vérifier l'état de l'os. Elle examina le fond de l'œil de Roshario, huma son haleine et tâta son pouls.

— L'os ne se ressoude pas comme il faut, déclara-t-elle en se rasseyant sur les talons. Même si elle guérit, elle ne retrouvera pas l'usage de son bras, ni de sa main, et elle aura toujours mal, annonça-t-elle dans le langage que tout le monde comprenait plus ou moins.

— Peux-tu faire quelque chose ? demanda Jondalar après avoir traduit.

— Oui, je crois. C'est peut-être trop tard, mais j'aimerais casser l'os à la soudure et le remettre droit. L'ennui, c'est qu'une fois ressoudé, l'os devient plus robuste, et il risque de ne pas se casser au bon endroit. Alors, elle aura deux fractures et davantage de souffrance, tout cela pour rien.

La traduction de Jondalar déboucha sur un long silence.

— Même si l'os se brise mal, ce ne pourra pas être pire que maintenant, n'est-ce pas ? déclara enfin Roshario. (C'était davantage un constat qu'une interrogation.) De toute manière, précisa-t-elle, tel qu'il est, mon bras est perdu, alors une deuxième fracture n'aggravera pas grand-chose.

Jondalar traduisit, mais Ayla saisissait déjà les sons et

le rythme de la langue sharamudoï. En outre, le visage de Roshario en disait plus qu'un long discours.

— C'est vrai, mais tu risques de souffrir beaucoup, et sans amélioration de l'état de ton bras, insista Ayla, prévoyant la décision de Roshario.

— Si tu arrives à le redresser, retrouverai-je l'usage de mon bras ? demanda la femme sans attendre la traduction de Jondalar.

Ayla attendit que Jondalar lui confirme ce qu'elle avait en partie saisi.

— Tu ne pourras peut-être pas t'en servir aussi bien qu'avant, mais je crois que ton bras fonctionnera quand même. Evidemment, on ne peut rien garantir.

— Même s'il n'y a qu'une toute petite chance, je veux la tenter, déclara Roshario sans l'ombre d'une hésitation. La douleur ne me fait pas peur, je m'en moque. Une Sharamudoï a besoin de ses deux bras pour descendre le sentier qui mène au fleuve. A quoi servirai-je si je ne peux même pas aller à l'embarcadère des Ramudoï ?

— Jondalar, dis-lui que j'essaierai de l'aider, mais ajoute bien que deux bras valides ne justifient pas à eux seuls l'importance de quiconque. J'ai connu un homme, borgne et manchot, qui n'en était pas moins respecté et aimé par tout son peuple, et qui a mené une vie d'une grande utilité. Roshario réussira aussi bien que lui, ça je peux l'affirmer. Elle n'est pas une femme à se laisser abattre. Quoi qu'il advienne, elle continuera à mener une existence utile. Elle surmontera son épreuve et sera toujours respectée et aimée.

Roshario écouta la traduction de Jondalar sans quitter Ayla des yeux. Lorsqu'il eut terminé, elle approuva, les lèvres serrées. Elle poussa un profond soupir et ferma les yeux.

Ayla se releva, préparant déjà mentalement l'opération.

— Jondalar, apporte-moi mon panier, celui de droite. Et dis à Dolando que j'aurai besoin de bois mince pour fabriquer des attelles. Il faudra aussi un bon feu, ainsi qu'un bol de grande taille. Pas un bol auquel il tient, je vais y faire cuire une potion calmante et il ne faudra plus l'utiliser pour la nourriture, par la suite.

Dans sa tête, les idées se bousculaient. Comment l'endormir ? se demandait-elle. Iza utiliserait le datura. C'est fort, mais ça calme la douleur en même temps. J'en ai des feuilles séchées, mais les fraîches sont plus efficaces... où en ai-je vu récemment ? Ah, oui, je sais !

— Jondalar, pendant que tu t'occupes de mon panier, je vais faire un saut jusqu'au pommier piquant, déclara-t-elle. Viens, Loup !

Elle était déjà au milieu du pré quand Jondalar la rattrapa.

Planté à l'entrée de la case, Dolando les regardait partir. Il n'en avait pas soufflé mot, mais la présence du loup l'inquiétait. Il s'aperçut que l'animal marchait aux côtés d'Ayla, réglant son allure sur celle de la jeune femme. Lorsque Ayla s'était approchée du lit de Roshario, les signes discrets qu'elle avait adressés au loup ne lui avaient pas échappé, et il avait vu l'animal se coucher, la tête dressée, l'oreille aux aguets, surveillant les moindres mouvements de la jeune femme. Quand elle était sortie, il avait tout de suite obéi à son signe de la suivre.

Dolando attendit qu'Ayla et son loup disparaissent derrière la falaise. Le contrôle absolu qu'elle exerçait sur l'animal le fascinait, et pour la première fois depuis l'accident de Rosharío, il s'autorisa une lueur d'espoir.

Lorsque Ayla revint, chargée d'un sac et de datura qu'elle avait nettoyé dans le bassin, elle trouva préparée une boîte carrée en bois, dont elle reporta l'examen à plus tard, une autre boîte pleine d'eau, des pierres rondes et lisses chauffant dans le feu, ainsi que de petits morceaux de planches. Elle remercia Dolando d'un signe de tête, et fouilla le contenu de son sac. Elle choisit plusieurs bols et sortit sa vieille poche à remèdes en peau de loutre.

Elle mesura l'eau avec un petit bol, la versa dans la boîte de cuisson, ajouta plusieurs tiges de datura avec les feuilles, les fleurs et les racines, et vérifia la chaleur des pierres en les aspergeant d'eau. Pendant qu'elles continuaient de chauffer, elle vida le contenu de sa poche à remèdes et choisit soigneusement quelques sachets. Elle était en train de remettre les autres en place quand Jondalar entra.

— Les chevaux vont bien, annonça-t-il. Ils broutent à leur aise dans le pré. J'ai tout de même conseillé à tout le monde de rester à l'écart pour l'instant. Les étrangers les rendent nerveux et je préfère éviter tout incident, expliqua-t-il à Dolando. Nous les habituerons peu à peu.

L'Homme Qui Ordonne sembla d'accord. Qu'aurait-il pu ajouter pour l'instant ?

— Ayla, reprit Jondalar, j'ai l'impression que Loup n'est pas content d'être seul dehors, et les Sharamudoï ont l'air d'avoir peur de lui. Tu devrais le faire rentrer.

— Oui, je serais plus tranquille s'il était avec moi, mais je pensais que Roshario et Dolando préféraient qu'il m'attende à l'extérieur.

— Laisse-moi parler à Roshario, intervint Dolando dans un mélange de mamutoï et de sharamudoï qu'Ayla n'eut aucun mal à comprendre.

Jondalar dévisagea le chef d'un air étonné.

— Il faut que je prenne ses mesures pour les attelles, déclara Ayla en montrant les planches. Quand j'aurai terminé, j'aimerais que tu les polisses, Dolando, pour ôter toutes les échardes. Frotte-les avec ce morceau de grès, dit-elle en ramassant une pierre friable qu'elle avait repérée près du feu. Ah, oui, j'ai aussi besoin de peaux souples. Tu en as ?

— Tout le monde connaît la qualité de notre cuir, Ayla, répondit le chef avec un sourire un peu dur. Nous le fabriquons avec des peaux de chamois et personne ne prépare le cuir aussi bien que les Shamudoï.

Jondalar assistait, fasciné, au dialogue entre Ayla et Dolando. Chacun parlait dans un charabia approximatif, mais ils se comprenaient fort bien. Ayla savait que Dolando connaissait des rudiments de mamutoï, et elle avait déjà assimilé quelques bribes de sharamudoï. Sinon, d'où aurait-elle tenu ces mots « planche » et « grès » ?

— J'irai t'en chercher après avoir parlé avec Rosha-rio, promit Dolando.

Ils s'approchèrent du lit de la blessée. Jondalar et Dolando lui expliquèrent qu'Ayla voyageait avec un loup — ils évitèrent de mentionner les chevaux pour l'instant — et lui transmirent son désir de le garder auprès d'elle.

— Le loup lui obéit totalement, précisa Dolando. Il ne mordra personne.

Pour la deuxième fois, Jondalar lui jeta un regard étonné. La confiance qui s'était instaurée entre Ayla et Dolando dépassait ce qu'il avait imaginé.

Roshario accepta sans hésitation. Bien que d'un naturel curieux, elle ne sembla pas surprise que le pouvoir de la jeune femme s'étendît à la maîtrise d'un loup. Au contraire, cela la rassurait. A l'évidence, Jondalar avait amené une shamud d'une grande puissance et qui savait qu'elle avait besoin d'aide, tout comme leur vieux shamud avait su que le frère de Jondalar avait besoin d'aide lorsqu'un rhinocéros l'avait encorné. Elle ignorait comment Ceux Qui Servent la Mère devinaient ces choses-là, mais c'était un fait, et elle s'en contentait.

Ayla sortit appeler Loup.

— Il s'appelle Loup, dit-elle simplement à Roshario.

Etrangement, celle-ci crut lire de la compassion dans le regard de la superbe créature sauvage. Comme si le loup comprenait sa souffrance et sa vulnérabilité. Il posa d'abord une patte sur le rebord du lit. Puis, couchant les oreilles, il avança son museau, sans manifester la moindre menace, et lui lécha le visage en couinant comme si la souffrance de Roshario le peinait. Ayla se rappela aussitôt le curieux lien qui s'était établi entre Rydag, l'enfant malade, et le louveteau. Cette amitié lui avait-elle appris à comprendre les souffrances des humains ?

Le geste amical de Loup surprit tout le monde. Roshario, troublée, pensa qu'elle venait d'assister à un miracle, présageant forcément une issue heureuse.

— Oh, merci, Loup, murmura-t-elle en lui flattant la tête de son bras valide.

Ayla mesura les planches au bras de Roshario, et les tendit ensuite à Dolando en lui indiquant la taille dont elle avait besoin. Après son départ, elle fit asseoir Loup dans un coin de la cabane. Elle vérifia la chaleur des pierres et, satisfaite, en ôta une du feu à l'aide de bouts de bois. Jondalar lui apporta alors un outil conçu spécialement pour cet usage, une sorte de pince en bois assez souple pour saisir les pierres et il lui montra comment s'en servir. Tout en déposant les pierres brûlantes dans la boîte en bois pour faire bouillir le datura, Ayla examina le curieux récipient.

Elle n'avait jamais rien vu de pareil. La boîte était constituée d'une seule planche à laquelle on avait imprimé une forme carrée. On avait taillé une rainure qui courait sur trois faces, et le quatrième coin était fixé par des chevilles. Une fois la forme définitive obtenue, on avait creusé une fente sur un des côtés par laquelle on avait introduit le socle en le faisant glisser dans la rainure. L'extérieur était gravé, et un couvercle muni d'une poignée fermait la boîte.

Impressionnée par les nombreux objets en bois qu'elle découvrait pour la première fois, Ayla était impatiente d'assister à leur fabrication. Dolando reparut alors, chargé de peaux d'une couleur jaunâtre.

— Cela suffira-t-il ? demanda-t-il en les lui tendant.

— Oh, mais elles sont bien trop belles ! s'exclama Ayla. Il me faut des peaux souples et absorbantes, mais je ne veux pas vous gâcher vos meilleures productions.

La réaction d'Ayla arracha un sourire à Jondalar et à Dolando.

— Elles sont loin d'être nos meilleures peaux, assura Dolando. Nous n'oserions jamais les troquer, elles ont trop de défauts. Elles servent à l'usage quotidien.

Ayla connaissait un peu le tannage et le corroyage. Elle était à même d'apprécier la souplesse et l'exquise douceur des peaux qu'on lui présentait, et elle était très curieuse de découvrir les secrets d'une fabrication si parfaite, mais ce n'était pas le moment. Avec le couteau que Jondalar lui avait confectionné, une fine lame de silex parfaitement aiguisée et montée sur un manche en ivoire taillé dans une défense de mammouth, elle découpa de larges bandes dans les peaux de chamois.

Ensuite, elle ouvrit un de ses sachets et en versa le contenu dans un petit bol. C'étaient des racines de nard, séchées et pilées, plante dont les feuilles ressemblent à celle de la digitale, mais avec des fleurs jaunes comme celles du pissenlit. Elle versa un peu d'eau chaude sur la poudre pour obtenir un cataplasme qui aiderait l'os à se ressouder. Elle se dit qu'un peu de datura ne ferait pas de mal, d'autant que ses vertus analgésiques seraient les bienvenues. Elle ajouta aussi de l'achillée millefeuille pulvérisée, qui calme bien les douleurs externes et favorise la guérison. Elle pêcha les pierres qui avaient refroidi et les remplaça par d'autres, brûlantes, afin de maintenir le liquide à ébullition, et renifla la décoction pour vérifier sa force.

Lorsqu'elle décida que la décoction était à point, elle en puisa une bolée qu'elle laissa refroidir avant de l'apporter à Roshario à côté de qui Dolando s'était assis. Ayla demanda à Jondalar de traduire ses recommandations pour éviter tout malentendu.

— Roshario, ce breuvage soulagera la douleur et te fera dormir. Mais c'est un remède très puissant qui peut être dangereux et certains ne tolèrent pas une dose aussi forte. Il détendra tes muscles, et me permettra de palper ton bras pour sentir l'os, mais tu risques d'uriner ou de te souiller, parce que tous les muscles seront au repos. Parfois, certaines personnes arrêtent de respirer. Si cela t'arrive, tu mourras, Roshario.

Ayla attendit que Jondalar traduise ses propos, et s'assura qu'elle s'était bien fait comprendre. Dolando paraissait bouleversé.

— Faut-il vraiment que tu utilises ce remède ? s'inquiéta-t-il. Tu es sûre de ne pas pouvoir réparer la fracture autrement ?

— Non, c'est impossible. Ce serait trop douloureux, et les muscles sont trop raides. Je ne pourrais pas casser l'os au bon endroit. Non, je ne peux pas casser l'os et le remettre en place sans cette potion. Mais je ne veux pas vous cacher les risques. Tu sais, Dolando, Roshario pourra certainement survivre sans mon intervention.

— Oui, mais je serai une charge, et je souffrirai toute ma vie, protesta Roshario. Je n'appelle pas ça vivre !

— Oui, ton bras te fera toujours souffrir, mais cela ne veut pas dire que tu seras inutile. Il existe des remèdes qui apaisent la douleur, mais en contrepartie, ils risquent de rendre ton esprit confus, expliqua Ayla.

— Ah ! Je serai donc inutile ou stupide ! s'exclama Roshario. Dis-moi, si je meurs en buvant ton remède, souffrirai-je ?

— Tu t'endormiras et tu ne te réveilleras pas, mais personne ne sait ce qu'il advient pendant les rêves. Ils seront peut-être chargés de peurs ou de souffrances. La douleur peut aussi te suivre dans l'autre monde.

— Crois-tu que les douleurs nous accompagnent dans l'autre monde, Ayla ?

— Non, je ne le crois pas, mais comment le saurais-je ?

— Est-ce que tu penses que ton remède me tuera ?

— Si je pensais que tu devais en mourir, je ne te l'aurais pas proposé, assura Ayla. Cela dit, il est possible que tu fasses des rêves étranges. Préparé d'une autre façon, ce breuvage permet de voyager dans le monde des esprits.

La traduction de Jondalar ne faisait que clarifier le dialogue des deux femmes. Elles avaient l'impression de se parler directement tant elles se comprenaient.

— Tu ne devrais pas risquer ta vie, Roshario, supplia Dolando. Je ne veux pas te perdre, toi aussi.

— La Mère rappellera à Elle l'un de nous en premier, déclara doctement Roshario. Alors, soit je te perdrai, soit c'est toi qui me perdras. Nous n'y pouvons rien. Mais si Elle décide de me laisser vivre quelque temps encore auprès de toi, mon Dolando, je ne veux pas passer le reste de ma vie dans la souffrance comme une invalide. Ah, non alors ! Autant partir tout de suite. Tu as entendu ce qu'a dit Ayla ? Il y a peu de chance que je meure. Et même si je ne retrouve pas l'usage de mon bras, j'aurai au moins la consolation d'avoir essayé. Cela m'aidera à supporter ce qui m'attend.

Dolando, assis à côté d'elle sur le lit, avait saisi sa main valide et considérait avec tendresse la femme avec qui il avait partagé une grande partie de sa vie. Il finit par se ranger à sa décision.

— Je te remercie de ta franchise, déclara-t-il alors à Ayla. A mon tour, je serai franc avec toi. Je ne te tiendrai pas responsable si tu échoues, mais si Roshario meurt, tu devras partir le plus vite possible. Je ne suis pas sûr d'être capable de te pardonner, et j'ignore comment je réagirai. Penses-y bien avant de commencer.

Tout en traduisant, Jondalar songeait à toutes les pertes que Dolando avait endurées : le fils de Roshario, fils de son foyer, l'enfant cher à son cœur, tué avant la force de l'âge ; puis Jetamio, celle que Roshario considérait comme sa propre fille et qui avait conquis le cœur de Dolando. Après la mort de sa mère, elle avait comblé le vide laissé par le fils regretté. Le combat qu'elle avait mené pour marcher, et surmonter la paralysie qui avait fait périr tant de Sharamudoï, lui avait forgé un caractère qui en avait séduit plus d'un, à commencer par Thonolan. Quelle terrible injustice que la mort l'ait emportée dans les douleurs de l'accouchement. Jondalar comprendrait que Dolando blâmât Ayla si Roshario mourait, mais cela ne l'empêcherait pas de le tuer avant qu'il ne la touche. Il se demandait si Ayla ne prenait pas une responsabilité trop lourde.

— Ayla, tu devrais peut-être revoir ta décision, suggéra-t-il en zelandonii.

— Non, Roshario souffre, je dois l'aider si elle le désire. Si elle accepte les risques, je dois les accepter aussi. La Mère a voulu que je sois une Femme Qui Soigne, pas plus qu'Iza, je ne puis m'y dérober.

Elle posa son regard sur la femme allongée.

— Je suis prête, Roshario. Quand tu voudras.

16

Son bol à la main, Ayla se pencha sur la femme allongée, trempa son doigt dans le liquide pour en tester la température, et s'assit en tailleur avec grâce en attendant que la potion refroidît.

Des souvenirs de sa vie avec le Clan resurgirent, et en particulier l'initiation prodiguée par la talentueuse guérisseuse qui l'avait élevée. Iza soignait les maladies courantes et les blessures bénignes avec art et célérité, mais quand elle était confrontée à un problème plus grave — un accident de chasse sérieux ou une maladie mortelle — elle faisait appel à Creb et à ses pouvoirs de mog-ur afin qu'il fît intervenir les forces supérieures. Iza n'était qu'une guérisseuse, mais dans le Clan, seul Creb, le sorcier, le sage, avait accès au monde des esprits.

Chez les Mamutoï et, d'après Jondalar, chez son peuple également, les fonctions de guérisseur et de mog-ur n'étaient pas nécessairement distinctes. Ceux qui possédaient l'art de guérir intercédaient souvent auprès du monde des esprits. Cependant, tous Ceux Qui Servent la Mère n'étaient point capables de la même façon dans tous les domaines. Mamut du Camp du Lion, tout comme Creb, s'intéressait surtout aux choses de l'esprit et de l'âme. Bien que connaissant certains remèdes ou techniques de soins, ses capacités thérapeutiques étaient relativement embryonnaires, et il incombait souvent à la compagne de Talut, Nezzie, de soulager les blessures et les maladies banales. Toutefois, à la Réunion d'Eté, Ayla avait eu l'occasion de rencontrer des Hommes Qui Soignent chevronnés parmi les mamuti, et avait pu comparer ses connaissances avec les leurs.

Malgré tout, le savoir d'Ayla était surtout technique. Guérisseuse comme Iza, elle se considérait comme ignorante des voies du monde des esprits, et au moment d'opérer, elle regretta amèrement de n'avoir pas un Creb à ses côtés. L'intervention de pouvoirs supérieurs lui semblait indispensable à la réussite de sa tâche. Bien que Mamut eût commencé à lui enseigner les voies du domaine spirituel de la Grande Mère, elle n'était vraiment familiarisée qu'avec le monde des esprits qui l'avait vue grandir, et en particulier avec l'esprit du Grand Lion des Cavernes, son totem.

C'était un esprit du Clan, mais elle connaissait son immense pouvoir et Mamut lui avait assuré que les esprits de tous les animaux, comme tous les esprits d'ailleurs, participaient de la Grande Terre Mère. Il avait inclus dans sa cérémonie d'adoption son totem protecteur du Lion des Cavernes. Ayla savait comment faire appel à lui. Roshario n'était pas du Clan, certes, mais peut-être l'esprit de son Lion des Cavernes accepterait-il de l'aider.

Ayla ferma les yeux et commença une merveilleuse danse gestuelle, paroles silencieuses de l'ancienne langue sacrée du Clan, connue de tous les clans, et qu'on utilisait pour communiquer avec le monde des esprits.

— Grand Lion des Cavernes, cette femme est reconnaissante d'avoir été choisie par le puissant totem. Cette femme est reconnaissante pour les Dons reçus, les enseignements qu'on lui a dispensés et le savoir qu'elle a acquis.

« Grand et Puissant Protecteur, qui choisit d'habitude des mâles dignes de sa protection, mais qui a choisi cette femme et l'a marquée du signe de son totem quand elle n'était encore qu'une enfant, cette femme exprime sa gratitude.

« Cette femme ignore pourquoi l'Esprit du Grand Lion des Cavernes du Clan a choisi une fille-enfant, et du Peuple des Autres qui plus est, mais cette femme est reconnaissante qu'on l'ait choisie, cette femme est reconnaissante au puissant totem de sa protection.

« Grand Esprit du Totem, cette femme qui a déjà demandé des conseils a aujourd'hui besoin d'aide. Le Grand Lion des Cavernes a guidé cette femme dans l'enseignement des plantes et a fait d'elle une guérisseuse. Cette femme sait soigner. Cette femme connaît les remèdes pour les plaies et les maux, elle connaît les infusions, et les badigeons, et les cataplasmes, et les autres remèdes tirés des plantes, cette femme connaît les soins et les pratiques. Cette femme est reconnaissante des connaissances et du savoir guérisseur que l'Esprit du Totem daignera lui révéler. Mais cette femme ignore les voies du monde des esprits.

« Grand Esprit du Lion des Cavernes, qui demeure parmi les étoiles dans le monde des esprits, la femme étendue n'appartient pas au Clan. C'est une femme du Peuple des Autres, comme la femme que tu as choisie, mais elle a besoin d'aide. La femme éprouve de grandes souffrances, mais la souffrance qui est en elle est encore pire. La femme supporte la douleur, mais la femme craint d'être inutile si son bras reste invalide. Cette guérisseuse aimerait aider la femme, mais l'aide peut s'avérer dangereuse. Cette femme implore l'assistance de l'Esprit du Grand Lion des Cavernes, ou de tout autre esprit que le Grand Totem choisira, pour guider cette femme, et aider celle qui est allongée devant toi.

Roshario, Dolando et Jondalar assistaient en silence aux gestes rituels d'Ayla. Des trois, seul Jondalar savait ce qu'elle était en train de faire, et il observait les deux autres en même temps qu'il regardait Ayla. Bien que sa connaissance du langage du Clan fût limitée, il avait deviné qu'elle implorait l'aide des esprits.

Jondalar ne pouvait pas saisir toutes les nuances d'un système de communication qui s'était développé sur des bases entièrement différentes du langage articulé. D'ailleurs, aucune traduction n'aurait pu en restituer toute la complexité, mais Jondalar était sous le charme des gestes gracieux d'Ayla. Il fut un temps où l'attitude d'Ayla l'eût embarrassé et le souvenir de son ancienne sottise fit sourire Jondalar qui guettait avec curiosité la réaction de Roshario et Dolando.

Dolando observait avec perplexité les gestes d'Ayla dont l'étrangeté le déconcertait. Il était inquiet pour Roshario, et tout ce mystère lui faisait peur, aussi louables en fussent les intentions. Lorsque Ayla eut terminé, il interrogea Jondalar du regard, mais celui-ci se contenta de sourire.

Affaiblie par sa blessure, Roshario n'avait pas assez de fièvre pour délirer, mais son état la rendait plus réceptive. Elle avait observé la jeune femme avec beaucoup d'intérêt et le ballet mystérieux l'avait étrangement émue. Elle n'avait aucune idée de la signification des gestes d'Ayla, mais elle en avait apprécié la beauté. Les mains d'Ayla avaient semblé danser, accompagnées dans leur mouvement gracieux par tout le corps, les bras, les épaules, prolongement d'un rythme intérieur dont le sens échappait à Roshario. Mais elle ne doutait pas que le mystérieux manège d'Ayla fût nécessaire à l'accomplissement de son devoir de shamud et c'était tout ce qui lui importait. La jeune étrangère avait accès à des connaissances inconnues du commun des mortels et le mystère qui entourait sa danse renforçait encore sa crédibilité.

Ayla ramassa le bol et s'agenouilla près du lit. Elle vérifia encore une fois la température du liquide, et adressa un sourire à Roshario.

— Puisse notre Grande Mère à Tous veiller sur toi, Roshario, déclara Ayla avant de soulever la tête de la blessée pour lui permettre de boire plus confortablement.

Elle porta le bol aux lèvres de Roshario. La potion amère et fétide arracha une grimace à la malheureuse, mais Ayla l'encouragea jusqu'à ce qu'elle eût avalé la dernière goutte. Ayla reposa ensuite avec douceur la tête de Roshario et la rassura d'un sourire pendant qu'elle guettait les premiers signes de l'action anesthésique du breuvage.

— Préviens-moi quand le sommeil te gagnera, dit Ayla.

Cela ne ferait que confirmer les symptômes qu'elle notait déjà : dilatation des pupilles, respiration plus lourde.

La guérisseuse ne pouvait pas deviner qu'elle venait d'administrer une drogue qui inhibait le système nerveux para-sympathique et paralysait les terminaisons nerveuses, mais elle pouvait en déceler les effets, et elle avait assez d'expérience pour en connaître l'intensité. Lorsqu'elle remarqua que les paupières de Roshario s'alourdissaient, elle tâta sa poitrine et son estomac pour vérifier l'état de relaxation des muscles de l'appareil digestif, et surveiller la respiration de la blessée pour étudier la réaction de ses poumons et de ses bronches. Après s'être assurée que Roshario dormait confortablement, et que sa vie n'était pas en danger, Ayla se releva.

— Dolando, je préférerais que tu nous laisses, à présent. Jondalar m'assistera, déclara-t-elle d'une voix douce mais ferme, avec une assurance que lui conférait une autorité renforcée par la compétence de chacun de ses gestes.

L'Homme Qui Ordonne faillit objecter, mais il se souvint que Shamud n'autorisait jamais les proches à rester pendant ses interventions, et qu'il refusait de commencer avant que ceux-ci eussent quitté la pièce. Vaincu par une exigence commune à tous les sorciers, Dolando jeta un dernier regard à sa compagne endormie, et sortit.

Jondalar avait déjà surpris Ayla dans des circonstances analogues. Elle se concentrait uniquement sur sa tâche, vouée tout entière à la personne blessée ou malade, inaccessible à tout le reste. Il ne lui venait pas à l'idée de remettre en cause son devoir de Femme Qui Soigne lorsqu'un malade requérait son aide, et n'acceptait pas davantage qu'on remît en cause son autorité.

— On ne peut pas regarder quelqu'un casser le bras de sa compagne sans réagir, même si on sait qu'elle est endormie et qu'elle ne sent rien, expliqua Ayla au géant blond qui l'aimait tant.

Jondalar approuva, et se demanda si c'était pour cette raison que Shamud ne l'avait pas autorisé à rester quand Thonolan avait été encorné. La blessure de son frère, plaie béante et boursouflée, était affreuse et Jondalar avait failli vomir en la voyant. Certes, il avait exigé d'assister à l'opération de Shamud, mais il n'aurait sans doute pas eu le cran de regarder. D'ailleurs, assister Ayla ne l'enthousiasmait pas, mais il n'y avait personne d'autre pour le faire.

— Que veux-tu que je fasse ? demanda-t-il d'une voix mal assurée.

Ayla examinait le bras de Roshario et vérifiait comment elle réagissait à ses manipulations. Roshario marmonna des sons inintelligibles en remuant la tête, mais son agitation semblait surtout due à des rêves plutôt qu'à la douleur. Ayla palpa profondément la chair, pétrissant le muscle flasque à la recherche de la position de l'os. Satisfaite de son examen, elle demanda à Jondalar d'approcher et aperçut du coin de l'œil Loup qui la surveillait dans son coin.

— Je voudrais d'abord que tu maintiennes le bras au niveau de l'épaule pendant que j'essaierai de le casser là où la fracture s'est ressoudée, expliqua Ayla. Ensuite, il faudra que je tire sur l'os pour l'allonger et le remettre en place. Ses muscles sont tellement détendus que l'os peut sauter des jointures et je risque de lui déboîter l'épaule ou le coude. Il faudra la tenir fermement, et même tirer en sens contraire.

— J'ai compris, affirma Jondalar. (Du moins le croyait-il.)

— Mets-toi à l'aise et assure ta prise. Tends bien son bras, et soutiens son coude jusque-là environ, recommanda Ayla. Préviens-moi quand tu seras prêt.

Jondalar s'arc-bouta et empoigna le bras de Roshario.

— Voilà, je suis prêt, déclara-t-il.

Une main de chaque côté de la fracture, là où l'os dessinait un angle incongru, Ayla saisit le bras de Roshario, le palpa en différents endroits, tâta l'os brisé à travers la peau et les muscles. Elle vérifia qu'il était incomplètement ressoudé pour être sûre de pouvoir le fracturer à nouveau. Elle se positionna pour obtenir le meilleur levier possible, prit une profonde inspiration, et exerça une brusque pression des deux mains sur la courbure de l'os.

Ayla sentit l'os se briser. Jondalar entendit un craquement sinistre. Roshario, soudain agitée d'un soubresaut brutal, replongea bientôt dans un sommeil tranquille. Ayla pétrit la chair à la recherche de la nouvelle fracture. L'os n'avait pas eu le temps de se souder, sans doute à cause de sa position peu propice à la cicatrisation, et la nouvelle fracture était franche et propre. La première partie de l'opération avait réussi. D'un revers de main, Ayla essuya en soupirant son front ruisselant de sueur.

Jondalar la dévisageait bouche bée. Quelle force fallait-il pour casser un os pareil, même s'il n'était qu'à moitié ressoudé ! Il admira encore une fois l'étonnante puissance physique qu'il avait déjà eu l'occasion d'observer chez Ayla, quand ils habitaient dans sa vallée. Certes, survivre seule dans un monde hostile avait nécessité une force physique peu commune, et l'obligation de tout faire elle-même avait développé ses muscles, mais il n'avait jamais vraiment mesuré sa vigueur avant cet instant.

Toutefois, la force d'Ayla n'était pas uniquement due à la nécessité de survivre, elle provenait de son éducation dans le Clan, où l'on exigeait d'elle autant que des autres femmes. Et pour accomplir sa tâche aussi bien que n'importe quelle femme du Clan, elle avait dû acquérir une force exceptionnelle d'après les critères des Autres.

— C'était parfait, Jondalar. Maintenant, maintiens son bras au niveau de l'épaule. Comme ça, dit Ayla en lui montrant. Ne lâche surtout pas, et si tu sens que la prise t'échappe, préviens-moi tout de suite.

Ayla s'aperçut que, si l'os s'était mal ressoudé, les muscles et les tendons, eux, s'étaient cicatrisés.

— Je vais avoir du mal à remettre le bras en place, expliqua-t-elle. Certains muscles vont se déchirer comme au moment où l'os s'est fracturé, et je vais devoir étirer les tendons. Roshario souffrira au réveil, mais il n'y a pas d'autre solution. Fais-moi signe dès que tu seras prêt.

— Mais comment sais-tu tout cela ?

— Iza me l'a appris.

— Oui, je sais qu'Iza t'a initiée, mais comment sais-tu cela ? Où as-tu appris à casser un os déjà ressoudé ?

— Une fois, Brun avait emmené ses hommes chasser loin de la caverne. Ils sont partis très longtemps. Un des chasseurs s'est cassé le bras au début de la chasse et il a refusé de rentrer. Il a attaché son bras à son corps et il a chassé d'une main. A son retour, Iza lui a remis le bras en place.

— Mais comment a-t-il fait ? s'étonna Jondalar. Comment a-t-il pu continuer la chasse avec un bras cassé ? Il n'avait donc pas mal ?

— Bien sûr que si, mais il n'en a rien montré. Les hommes du Clan préfèrent mourir plutôt que d'avouer leur souffrance. On les élève comme ça. Bon, tu es prêt maintenant ?

Jondalar aurait voulu en savoir davantage, mais ce n'était pas le moment.

— Oui, je suis prêt, se contenta-t-il de dire.

Ayla empoigna fermement le bras de Roshario juste au-dessus du coude, pendant que Jondalar le maintenait en dessous de l'épaule. Avec fermeté, Ayla commença à tirer progressivement tout en évitant que les os ne frottent l'un contre l'autre, ce qui aurait pu les broyer, et en empêchant les ligaments de se déchirer. Il fallut étirer le bras au-delà de sa longueur initiale pour remettre l'os en place.

Jondalar faillit lâcher prise et se demanda où Ayla trouvait les ressources nécessaires pour tendre le bras de Roshario avec tant de force. Ayla, le visage crispé par l'effort et ruisselant de sueur, maintenait le bras étiré. Progressivement, elle s'appliqua à mettre vis-à-vis les aspérités des deux sections de l'os qui se remit soudain en place, presque tout seul. Ayla s'assura que les deux parties de l'os s'emboîtaient parfaitement, et reposa enfin délicatement le bras sur le lit.

Lorsque Jondalar releva la tête, il la vit trembler, les yeux clos, le souffle court. Le plus difficile avait été de garder sa lucidité malgré la tension physique qu'exigeait l'opération et elle cherchait maintenant à reprendre le contrôle de ses muscles.

— Je crois que tu as réussi, Ayla ! s'exclama Jondalar.

Ayla reprit sa respiration et sourit à Jondalar, l'œil brillant.

— Oui, je le crois aussi, déclara-t-elle d'un air victorieux. Il ne reste plus qu'à fixer les attelles.

Elle palpa l'os une dernière fois.

— S'il se ressoude bien, si je n'ai pas causé trop de dégâts sur les muscles, elle pourra se servir à nouveau de son bras. Mais la chair est meurtrie et le bras va d'abord enfler.

Dehors, Jondalar fut accueilli par des visages anxieux. Tous les habitants de la Caverne, Shamudoï et Ramudoï réunis, avaient rejoint Dolando pour monter la garde devant la case.

— Dolando, Ayla a besoin des attelles, déclara Jondalar.

— Alors ? demanda le chef des Shamudoï en lui tendant les planches polies.

Préférant attendre qu'Ayla annonçât la nouvelle elle-même, Jondalar se contenta de sourire. Dolando ferma les yeux et soupira de soulagement.

Ayla plaça les attelles et les enveloppa de bandes de peaux de chamois. Le bras enflerait et il faudrait renouveler le pansement. Les attelles maintiendraient le bras de façon qu'aucun mouvement de Roshario ne le déplace. Plus tard, quand les chairs enflées se seraient résorbées, Ayla appliquerait autour du bras l'écorce de bouleau préalablement trempée dans l'eau chaude. En séchant, l'écorce formerait un moule rigide qui permettrait à Roshario de bouger son bras sans risque.

Ayla écouta la respiration de la malade, tâta son pouls au cou et au poignet, mit l'oreille contre sa poitrine, souleva ses paupières, et, rassurée, sortit sur le pas de la porte.

— Dolando, tu peux venir, maintenant, annonça-t-elle.

— Comment va-t-elle ? s'enquit l'homme d'une voix inquiète.

— Entre, tu jugeras par toi-même.

L'homme s'avança timidement, s'agenouilla près du lit, et examina sa compagne avec anxiété. Il regarda sa poitrine se soulever à un rythme régulier, et soulagé de la voir respirer, porta enfin son regard sur le bras cassé. A travers le pansement, il put constater qu'il paraissait normal.

— Mais... mais, on dirait qu'il est parfaitement remis ! s'exclama-t-il. Crois-tu qu'elle pourra s'en servir ?

— J'ai fait ce que j'ai pu. Avec l'aide des esprits et de la Grande Terre Mère, oui, Roshario devrait retrouver l'usage de son bras. Peut-être pas comme avant, mais son bras sera valide. Maintenant, il faut la laisser dormir.

— Je reste avec elle, décida Dolando, essayant d'impressionner Ayla par son autorité, mais prêt à partir si elle l'ordonnait.

— J'étais sûre que tu voudrais rester. Mais maintenant que c'est terminé, j'ai une faveur à te demander.

— Tu n'as qu'à demander. Je te donnerai tout ce que tu voudras, assura Dolando sans hésiter.

— Je voudrais me laver. Peut-on nager et se laver dans le bassin ?

Dolando s'attendait à tout sauf à cela, et il mit du temps avant de revenir de sa surprise. Alors seulement il s'aperçut que le visage d'Ayla était barbouillé de mûres, ses bras couverts d'écorchures, ses habits sales et déchirés, ses cheveux en désordre.

— Roshario ne me pardonnerait jamais un tel manque d'hospitalité, s'excusa-t-il alors en souriant d'un air piteux. On ne t'a même pas offert d'eau à boire ! Tu dois être épuisée après un si long voyage. Je vais appeler Tholie. Demande-moi ce que tu veux. Tout ce que nous avons t'appartient.

Ayla frotta entre ses mains mouillées les fleurs riches

en saponine jusqu'à en obtenir une écume onctueuse. Ensuite, elle s'en frictionna la tête. L'écume de céanothe n'était pas aussi riche que la mousse de saponaire, mais pour un dernier lavage, les pétales bleu pâle suffisaient et répandaient en outre un parfum agréable. Le paysage et les plantes étaient si familiers qu'Ayla était sûre de trouver de quoi se laver mais elle fut agréablement surprise de découvrir des saponaires et des céanothes en retournant avec Jondalar chercher les paniers, le travois et le bateau. Ils s'étaient arrêtés près des chevaux et Ayla s'était promis de revenir peigner Whinney, à la fois pour vérifier l'état de sa robe et pour la rassurer.

— Reste-t-il des fleurs moussantes? demanda Jondalar.

— Oui, là-bas, sur le rocher, près de Loup. Mais ce sont les dernières. La prochaine fois nous en cueillerons davantage, et je les ferai sécher pour la route, déclara-t-elle avant de se plonger dans l'eau pour se rincer.

— Tiens, sèche-toi avec les peaux de chamois, proposa Tholie qui approchait du bassin les bras chargés de douces peaux jaunes.

Ayla ne l'avait pas entendue venir. La femme mamutoï avait décrit un large demi-cercle pour éviter Loup autant que possible. Une petite fille de trois ou quatre ans l'avait suivie, et s'accrochait maintenant à la jambe de sa mère. Elle observait les étrangers de ses grands yeux en suçant son pouce.

— Je t'ai préparé quelque chose à manger dans la hutte, annonça Tholie en déposant les serviettes en peaux.

Tholie et Markeno avaient offert un lit à Jondalar et à Ayla dans la hutte qu'ils occupaient pendant leur séjour à terre. C'était la même que Thonolan et Jetamio avaient partagée avec eux, et Jondalar éprouva quelques moments pénibles la première fois qu'il y entra, assailli par les souvenirs des événements qui avaient précipité le départ de son frère, et l'avaient conduit au-devant de la mort.

— Mais garde assez d'appétit pour ce soir, reprit

Tholie. Nous organisons une fête en l'honneur de Jondalar.

Elle se garda bien d'ajouter que c'était aussi pour remercier Ayla d'avoir aidé Roshario. La femme dormait encore, et personne ne voulait tenter le destin en se réjouissant trop vite.

— Ah, merci, Tholie. Merci pour tout, déclara Jondalar.

Il adressa un sourire à la petite fille qui baissa aussitôt la tête et se réfugia derrière sa mère, tout en continuant d'observer le grand Zelandonii.

— On dirait que la brûlure de Shamio s'est bien cicatrisée, reprit Jondalar. Je n'en vois plus de trace.

Tholie souleva la petite fille et la présenta à Jondalar pour lui montrer son visage.

— En regardant bien, on peut deviner où elle a été brûlée, mais c'est vrai, c'est à peine visible. La Mère a été bonne avec elle, je Lui rends grâce.

— C'est une belle enfant, remarqua Ayla en regardant la petite avec une envie mêlée de nostalgie. Tu as de la chance ! J'aimerais tant avoir un jour une petite fille comme elle. (Ayla sortit lentement de l'eau, rafraîchissante mais trop froide pour s'y attarder.) Elle s'appelle Shamio, n'est-ce pas ?

— Oui, et je remercie la Mère de me l'avoir donnée, répondit Tholie en reposant sa fille.

Le compliment d'Ayla était allé droit au cœur de Tholie qui adressa un sourire chaleureux à la grande et belle jeune femme blonde, bien qu'elle continuât de penser qu'Ayla lui cachait sa véritable identité. Tholie avait décidé de garder une certaine réserve en attendant d'en savoir davantage.

Ayla ramassa une peau et entreprit de se frictionner.

— Oh, comme c'est doux ! s'exclama-t-elle. C'est vraiment agréable.

Une fois sèche, elle enroula la peau autour de sa taille puis en saisit une autre pour se sécher les cheveux avant de la nouer sur sa tête. Elle s'était aperçue que Shamio, toujours cramponnée à sa mère, observait Loup avec une évidente curiosité. Loup, toujours assis à l'endroit qu'Ayla lui avait indiqué, s'intéressait aussi à la petite fille, et frétillait d'impatience. Ayla lui fit signe d'approcher, et s'agenouilla pour l'enlacer.

— Shamio veut-elle que je lui présente Loup? demanda Ayla à l'enfant, et devant sa réponse positive, guetta l'approbation de la mère.

Tholie considérait les crocs du jeune fauve avec appréhension.

— Ne t'inquiète pas, Tholie. Il ne lui fera pas de mal. Loup adore les enfants. Il a grandi au milieu d'eux, au Camp du Lion.

Fascinée par la bête qui la dévorait des yeux, Shamio avait déjà lâché sa mère et s'avançait vers l'animal d'un pas hésitant. L'enfant regardait Loup d'un air grave et solennel tandis que le quadrupède couinait de plaisir. Shamio fit un ultime pas et put enfin plonger les deux mains dans la fourrure de Loup. Le cri d'effroi de Tholie fut noyé dans les éclats de rire et les gargouillis de sa fille, que Loup léchait à grands coups de langue. Shamio repoussa son museau, agrippa sa fourrure à pleines mains, et perdant l'équilibre, s'étala sur l'animal. Le loup attendit patiemment que la petite se relevât, et lui lécha encore le visage, déclenchant une nouvelle cascade d'éclats de rire.

— Viens, 'ti Loup, dit la petite fille en tirant sur la fourrure de Loup.

Elle le considérait déjà comme son jouet vivant, et Loup glapit comme un bébé pour attirer l'attention d'Ayla et obtenir sa permission.

— Allez, Loup, va jouer avec Shamio, dit enfin Ayla, libérant l'animal.

Loup jeta à sa maîtresse un regard qu'on aurait pu croire plein de gratitude, et suivit la petite fille avec une joie évidente qui fit sourire jusqu'à Tholie.

Jondalar, qui sortait de l'eau en se séchant, avait suivi la scène avec beaucoup d'intérêt. Il ramassa leurs affaires et marcha avec les deux femmes vers l'abri de grès. Tholie surveillait Shamio du coin de l'œil, au cas où, mais ne pouvait s'empêcher d'être intriguée par le loup. Et elle n'était pas la seule. De nombreux Shamudoï observaient le loup et l'enfant. Un petit garçon de l'âge de Shamio s'approcha et fut à son tour accueilli par un chaleureux coup de langue. Au même moment, deux enfants sortirent d'une habitation en se disputant un objet en bois. Le plus jeune le jeta pour empêcher l'autre de s'en emparer, ce que Loup comprit comme le signal de son jeu favori. Il courut après le bout de bois sculpté, le rapporta et le déposa devant le garçon, en remuant la queue, la langue pendante, l'œil brillant de plaisir. Le garçon ramassa l'objet et le lança.

— Mais... tu as raison, il joue avec eux, s'étonna Tholie. Il doit aimer les enfants, mais comment peut-il jouer ? Ce n'est qu'un loup !

— Les loups et les humains ont beaucoup de points communs, assura Ayla. Les loups adorent jouer. Dès leur plus jeune âge, les louveteaux d'une même portée s'amusent beaucoup entre eux. Leurs aînés et leurs parents jouent aussi avec eux. Lorsque j'ai trouvé Loup, il était le dernier survivant de sa portée. Il n'avait pas encore les yeux ouverts. Il a grandi parmi les humains, en jouant avec les enfants.

— Oui, mais regarde-le. Il est d'une patience ! Je suis sûre que Shamio lui fait mal en lui tirant les poils. Pourquoi ne bronche-t-il pas ? s'enquit Tholie.

— Je n'ai eu aucun mal à le lui apprendre, les loups sont toujours tolérants envers les plus petits de leur bande. Loup fait preuve d'une patience infinie avec les bébés et les tout-petits. Lorsque les enfants deviennent trop brutaux, il s'éloigne, tout simplement, et il revient plus tard. Il n'en accepte pas tant des plus grands, et on dirait qu'il fait la différence entre ceux qui lui font mal accidentellement, et ceux qui le font exprès. Il n'a jamais mordu personne, mais il peut faire semblant, il attrape le fautif entre ses dents, sans serrer les mâchoires, pour rappeler qu'il y a des limites. Par exemple, on ne peut pas lui tirer la queue sans conséquence.

— On a du mal à imaginer quiconque, et surtout un enfant, en train de tirer la queue d'un loup... enfin, jusqu'à aujourd'hui, soupira Tholie. Si on m'avait dit un jour que Shamio jouerait avec un loup... Tu... tu nous obliges à réfléchir, Ayla... Ayla des Mamutoï.

Tholie avait d'autres questions à poser, mais elle voulait éviter d'accuser Ayla de mensonge, pas après ce qu'elle avait fait pour Roshario... ou du moins, ce qu'elle semblait avoir fait. On n'était encore sûr de rien.

Ayla avait deviné les réserves de Tholie, et cela la chagrinait. Elle aimait la petite Mamutoï potelée, et n'en regrettait que davantage sa suspicion inavouée. Elles marchèrent sans rien dire, observant Loup qui jouait avec Shamio et les autres enfants. Ayla espérait avoir une fille la prochaine fois... une fille aussi jolie que Shamio. Elle portait si bien son nom !

— Je trouve que Shamio est un très joli nom, Tholie. Très joli et peu courant. On dirait un nom à la fois sharamudoï et mamutoï, déclara Ayla.

— Oui, c'est vrai, admit Tholie en souriant malgré elle. Je l'ai choisi pour cela, mais peu de gens l'ont aussi bien compris que toi. Si elle avait été mamutoï, on l'aurait appelée Shamie, bien que ce nom n'existe dans aucun Camp puisqu'il vient du sharamudoï. Elle a donc un peu de chaque peuple en elle. Je suis une Sharamudoï aujourd'hui, mais je suis née dans le Foyer du Cerf, d'une haute lignée. Ma mère a insisté pour obtenir un bon Prix d'Union du peuple de Markeno, même s'il n'était pas mamutoï. Shamio peut être fière de ses origines mamutoï comme de son héritage sharamudoï. Je voulais que son nom reflète sa double appartenance. Ayla aussi est un nom inhabituel, ajouta-t-elle comme frappée d'une idée subite. Dans quel Foyer es-tu née ? demanda-t-elle, en se disant : « Je serais curieuse de connaître ton explication. »

— Je ne suis pas née chez les Mamutoï, Tholie. J'ai été adoptée par le Foyer du Mammouth, avoua Ayla, soulagée que la petite femme soulevât la question qui manifestement la travaillait.

— Le Foyer du Mammouth n'adopte personne, rétorqua Tholie, certaine d'avoir pris Ayla en flagrant délit de mensonge. C'est un Foyer de mamuti. Si on choisit la voie des esprits, on peut être accepté par le Foyer du Mammouth, mais il n'adopte personne.

— C'est vrai, intervint Jondalar. Mais Ayla a tout de même été adoptée. J'y étais. Talut voulait adopter Ayla dans son Foyer du Lion, mais, le jour de la cérémonie, Mamut a surpris tout le monde en l'adoptant dans le Foyer du Mammouth. Il lui trouvait un Don, c'est pourquoi il avait entrepris de l'initier. Il prétendait qu'elle appartenait au Foyer du Mammouth, même si elle n'était pas une Mamutoï.

— Adoptée par le Foyer du Mammouth ? Une étrangère ? s'exclama Tholie au comble de la surprise.

Elle connaissait bien Jondalar avec qui, en outre, elle était apparentée, et ne pouvait mettre ses paroles en doute. Ce qui ne faisait qu'exciter davantage sa curiosité. Débarrassée de sa retenue prudente obligée, elle pouvait enfin donner libre cours à son naturel indiscret.

— Où es-tu née, Ayla ? demanda-t-elle alors.

— Je ne sais pas. Mon peuple est mort dans un tremblement de terre quand je n'étais pas plus grande que Shamio. J'ai été élevée par le Clan, expliqua Ayla.

Tholie n'avait jamais entendu parler du Clan. Elle pensa que c'était une des tribus de l'est, ce qui expliquait bien des choses. A commencer par son accent, bien qu'elle parlât plutôt bien le mamutoï pour une étrangère. Mamut du Camp du Lion était âgé, sage et rusé. On l'avait toujours connu vieux, pensa Tholie. Même dans mon enfance, personne ne l'avait connu jeune et on n'aurait jamais douté de ses intuitions.

L'instinct maternel poussa Tholie à vérifier ce que faisait sa fille. Apercevant Loup, elle songea qu'il était étrange qu'un animal préférât la compagnie des humains. Plus loin, les chevaux broutaient paisiblement dans le pré qui touchait l'aire de réunion des Shamudoï. L'emprise d'Ayla sur les animaux était surprenante, d'autant que leur obéissance paraissait consentie. Loup lui vouait une véritable adoration.

Et que dire de Jondalar ? A l'évidence, il était sous le charme de cette femme blonde et, d'après Tholie, la seule beauté d'Ayla n'expliquait pas cette fascination.

Serenio aussi était belle, et d'innombrables femmes avaient tout tenté pour s'attacher la fidélité du géant blond. Mais il était trop proche de son frère, et Tholie se souvint s'être demandé si une femme arriverait jamais à toucher son cœur. Ayla avait donc réussi là où toutes les autres avaient échoué. En dehors de ses dons de Femme Qui Soigne, elle semblait posséder des qualités exceptionnelles. Le vieux Mamut ne s'était pas trompé, cette femme étrange était sûrement destinée au Foyer du Mammouth.

A l'intérieur de la hutte, Ayla se peigna, attacha ses cheveux avec une lanière de cuir souple, passa la tunique propre et les culottes courtes qu'elle gardait en prévision de ce genre de rencontre. Ensuite, elle alla prendre des nouvelles de Roshario. Elle adressa un sourire à Darvalo, nonchalamment assis devant la hutte, et salua Dolando en entrant. Elle s'approcha du lit, et examina la blessée.

— Est-il normal qu'elle dorme si longtemps ? s'inquiéta Dolando, le front soucieux.

— Elle va bien, le rassura Ayla. Elle va dormir encore un peu.

Elle aperçut sa poche à remèdes et décida que le moment était venu de collecter des plantes fraîches pour préparer une tisane revigorante qui aiderait Roshario à sortir du sommeil provoqué par le datura.

— En venant ici, j'ai aperçu un tilleul. Les fleurs font de bonnes infusions, et j'y ajouterai d'autres plantes si je les trouve. Si Roshario se réveille avant mon retour, donne-lui un peu d'eau. Elle sera certainement hébétée et la tête risque de lui tourner, mais c'est normal. Les attelles devraient maintenir son bras, mais il faut qu'elle évite le plus possible de bouger.

— Tu ne te perdras pas ? demanda Dolando. Tu ne veux pas que Darvo t'accompagne ?

Sûre de pouvoir retrouver son chemin, Ayla n'en

accepta pas moins l'offre de Dolando. Roshario avait accaparé l'attention de tous, et personne ne s'était soucié de l'inquiétude du jeune garçon.

— Oui, je vais lui demander. Je te remercie, Dolando.

Darvalo avait surpris la conversation et s'était déjà levé, content de se rendre utile.

— Je sais où est le tilleul ! déclara-t-il. A cette époque de l'année, il y a toujours plein d'abeilles qui tournent autour.

— Quand les fleurs sentent le miel, c'est le meilleur moment pour les cueillir ! Sais-tu où je pourrais trouver un panier pour les rapporter ?

— Roshario les range là, répondit Darvalo en conduisant Ayla à un appentis derrière la hutte, où ils choisirent deux paniers.

Ils s'éloignaient de l'abri creusé dans le grès lorsque Ayla aperçut Loup qui la suivait des yeux. Elle l'appela, préférant ne pas le laisser seul au milieu de gens qu'il ne connaissait pas encore. Les enfants protestèrent en le voyant partir. Plus tard, quand tous seraient habitués à sa présence, elle aviserait.

Dans le pré, ils rejoignirent Jondalar qui parlait avec deux hommes à proximité des chevaux. Ayla lui expliqua où ils allaient. Loup courut vers les chevaux, et ils assistèrent avec amusement à leur retrouvailles. Loup et Whinney se frottèrent le museau, pendant que Rapide accueillait son compagnon en hennissant. Loup se campa alors sur ses pattes de derrière et salua l'étalon de jappements de louveteau. Rapide releva la tête, hennit et piaffa pour jouer. La jument s'approcha d'Ayla et posa la tête contre l'épaule de la jeune femme, qui enlaça le cou de son amie. Elles restèrent ainsi, dans leur position préférée. Rapide s'avança et les poussa du museau, jaloux de leur intimité. Ayla flatta l'encolure de l'étalon, le caressa, consciente qu'ils avaient tous besoin de réconfort dans ce lieu rempli d'étrangers.

— Viens, Ayla, que je te présente, dit Jondalar.

Elle se retourna vers les deux hommes. L'un était presque aussi grand que Jondalar, mais plus mince, l'autre était plus petit et plus vieux, mais leur ressemblance frappa néanmoins Ayla. Le plus petit fit un pas en avant, les deux mains tendues.

— Ayla des Mamutoï, je te présente Carlono, Celui Qui Ordonne des Ramudoï des Sharamudoï, fit Jondalar.

— Au nom de Mudo, Mère de Tous sur terre comme dans l'eau, tu es la bienvenue, Ayla des Mamutoï, déclara Carlono, saisissant les mains de la jeune femme.

Il parlait mieux mamutoï que Dolando. C'était le fruit de nombreux voyages dans le delta de la Grande Rivière Mère, et de l'enseignement de Tholie.

— Au nom de Mut, je te remercie pour ton accueil, Carlono des Sharamudoï, répondit Ayla.

— Il faudra que tu viennes voir notre ponton, proposa Carlono, tout en s'étonnant de l'étrange accent de la jeune femme. (Je n'ai jamais entendu quelqu'un parler le mamutoï comme elle, se disait-il.) Jondalar m'a avoué qu'il t'avait promis un tour en bateau. Un vrai bateau, pas un de ces bols géants comme en fabriquent les Mamutoï.

— J'en serais enchantée, assura Ayla avec son plus charmant sourire.

La beauté de la jeune femme effaça l'impression que lui avait procurée son accent, et Carlono conclut qu'elle convenait bien à Jondalar.

— Jondalar m'a beaucoup parlé de vos bateaux et de vos chasses à l'esturgeon, continua Ayla.

Les deux hommes éclatèrent de rire et regardèrent Jondalar qui souriait en rougissant un peu.

— Il ne t'a jamais raconté comment il avait chassé un demi-esturgeon ? demanda le plus jeune.

— Ayla des Mamutoï, intervint Jondalar, je te présente Markeno des Ramudoï, fils du Foyer de Carlono, et le compagnon de Tholie.

— Bienvenue à toi, Ayla des Mamutoï, déclara Markeno sans cérémonie, sachant qu'elle avait déjà été saluée dans les règles rituelles plusieurs fois. As-tu déjà rencontré Tholie ? Elle sera contente de te voir, les Mamutoï lui manquent, parfois.

Markeno maîtrisait parfaitement la langue de sa compagne.

— Oui, je l'ai rencontrée, et Shamio aussi. C'est une très jolie petite fille.

— C'est ce que je trouve, moi aussi, bien qu'on ne parle pas ainsi de la fille de son propre foyer, avoua Markeno avec un sourire épanoui. Darvo, comment va Roshario ?

— Ayla lui a remis le bras en place, c'est une Femme Qui Soigne, expliqua le jeune garçon.

— Oui, Jondalar nous a raconté qu'elle avait réduit la fracture, déclara Carlono, prudent.

Il préférait attendre de voir comment le bras se ressouderait. Ayla nota les réticences du chef des Ramudoï, et vu les circonstances, elle les comprit. Ils avaient beau aimer Jondalar, elle n'était, après tout, qu'une étrangère.

— Jondalar, Darvalo m'accompagne cueillir des plantes que j'ai vues en venant, annonça Ayla. Roshario dort toujours et j'aimerais lui préparer une potion pour son réveil. Dolando est resté auprès d'elle. Je n'ai pas le temps maintenant, mais il faudra que je cherche les fleurs blanches pour Rapide. Je n'aime pas beaucoup la couleur de ses yeux. En attendant, essaye de les laver avec de l'eau pure, conseilla-t-elle.

Puis elle leur sourit, appela Loup, fit signe à Darvalo et tous trois se mirent en route.

Du sentier qui longeait la muraille rocheuse, la vue était toujours magnifique. Haletante, Ayla ne put résister à l'envie de se pencher au bord du précipice. Elle laissa Darvalo passer devant. Il lui montra un raccourci qu'elle emprunta avec soulagement. Intrigué par une abondance d'odeurs nouvelles, le loup s'écartait souvent du sentier, avant de les rejoindre en courant. Les premières fois que Loup déboula soudainement, Darvalo sursauta, mais il finit par s'habituer.

Un riche parfum au relent de miel et un bourdonnement d'abeilles leur signalèrent la présence du vieux tilleul avant qu'il soit à portée de vue. L'arbre, d'une taille imposante, se dressa devant eux au sortir d'un tournant. Pendant de bractées oblongues, des petites fleurs jaunes odoriférantes dansaient et les abeilles étaient si occupées à butiner qu'elles ignorèrent les importuns. Ayla dut secouer les rameaux qu'elle venait de couper pour en chasser des abeilles qui retournèrent simplement dans l'arbre reprendre leurs activités.

— En quoi est-ce particulièrement bon pour Rosha-rio ? demanda Darvalo. Tout le monde fait de l'infusion de tilleul.

— Oui, ça a bon goût, hein ? Mais je l'utilise pour ses vertus multiples. Si tu es troublé, nerveux ou même en colère, une infusion de tilleul t'apaisera. Si tu es fatigué, ça te réveillera et te donnera du tonus. Le tilleul soulage aussi les maux de tête et les douleurs d'estomac. Roshario connaîtra tous ces petits troubles à son réveil, à cause de la potion que je lui ai fait boire pour l'endormir.

— J'ignorais que le tilleul avait tant de pouvoirs, avoua le jeune garçon en contemplant l'arbre familier d'un regard neuf.

— Il y a autre chose que j'aimerais trouver, mais je n'en connais pas le nom mamutoï. C'est un arbuste, qui pousse parfois en buisson. Il est protégé par des épines et ses feuilles vont par cinq comme les doigts de la main. Des grappes de fleurs blanches fleurissent au début de l'été, et il doit avoir des baies rouges, maintenant.

— Ce ne serait pas l'églantier ?

— Non, mais ils se ressemblent. Celui que je cherche est plus grand qu'un églantier, mais ses fleurs sont plus petites et ses feuilles sont différentes.

Darvalo se concentra, le front plissé. Soudain, son visage s'éclaira.

— Je crois que j'ai deviné. Si c'est bien ce que je pense, il y en a pas loin d'ici. Au printemps, quand on se promène par là, on cueille les bourgeons pour les manger.

— Oui, c'est peut-être ça. Tu peux m'y conduire ?

Ne voyant pas Loup, Ayla le siffla. Il accourut presque immédiatement, regardant sa maîtresse en frétillant. Elle lui fit signe de les suivre, et ils marchèrent quelque temps jusqu'à un buisson d'aubépine.

— Bravo, c'est exactement ce que je cherchais ! s'exclama Ayla. Je n'étais pourtant pas sûre de mes explications.

— Quels pouvoirs ont ces fruits ? demanda Darvalo en aidant Ayla à cueillir les baies.

— Ils fortifient et stimulent le cœur. Mais ceux qui ont le cœur fragile ont besoin d'une drogue plus forte, dit Ayla en cherchant ses mots pour tenter de faire partager au jeune garçon ce qu'elle avait appris par l'expérience et l'observation.

L'enseignement d'Iza, dispensé dans une langue inarticulée et avec des méthodes si particulières, était difficile à traduire.

— Mélangés à d'autres médecines, ils décuplent leur effet.

La collecte avec Ayla commençait à plaire à Darvalo. Elle connaissait tant de choses que les autres ignoraient. En outre, elle lui faisait volontiers part de son savoir. Sur le chemin du retour, ils s'arrêtèrent sur un bas-côté ensoleillé et cueillirent les fleurs bleues et odorantes de l'hysope.

— A quoi ça sert ? demanda Darvalo.

— A dégager la poitrine pour faciliter la respiration. Et ça, désigna Ayla en cueillant les douces feuilles duveteuses d'une épervière aux tiges velues qui poussait à côté, c'est bon pour tout. C'est fort, et j'en ajouterai à peine, parce que le goût n'est pas agréable. J'aurais aimé préparer pour Roshario une boisson délicieuse, mais au moins ces feuilles lui éclairciront l'esprit et lui rendront des forces.

En rentrant, Ayla s'arrêta une fois encore pour cueillir un gros bouquet d'œillets roses. Avide d'approfondir ses connaissances médicinales, Darvalo interrogea Ayla sur les vertus de la jolie plante.

— Oh, je les cueille simplement parce qu'elles sentent bon, et qu'elles donnent un goût épicé, agréable et sucré. J'en jetterai quelques têtes dans l'infusion et j'en ferai tremper dans de l'eau au pied du lit de Roshario.

Cela lui fera plaisir. Les femmes aiment les choses qui sentent bon, Darvalo, surtout quand elles sont malades.

Darvalo décida qu'il aimait comme Ayla les choses qui sentaient bon. Il lui était aussi reconnaissant de l'appeler Darvalo, et non Darvo comme tout le monde. Non qu'il fût vexé que Dolando ou Jondalar utilisent son nom d'enfant, mais il appréciait qu'Ayla l'appelât de son nom d'adulte. Sa voix aussi lui plaisait, même si certains sons lui paraissaient étranges. On était obligé de tendre l'oreille, et finalement de se rendre compte qu'elle avait une bien jolie voix.

Il y avait eu une époque où il avait souhaité plus que tout que Jondalar s'unît à sa mère et demeurât parmi les Sharamudoï. Le compagnon de sa mère était mort quand il était petit, et aucun homme n'avait vécu auprès d'eux avant l'arrivée du géant blond. Jondalar l'avait traité comme le fils de son foyer — il avait même commencé à lui enseigner la taille du silex — et Darvalo avait souffert de son départ.

Il avait longtemps attendu son retour, sans jamais y croire vraiment. Lorsque sa mère était partie avec Gulec, le Mamutoï, il avait compris que Jondalar n'aurait plus de raison de rester s'il revenait un jour. Mais maintenant qu'il était de retour, et avec une autre compagne, peu importait que sa mère fût partie ou non. Tout le monde aimait Jondalar, et d'autre part, on avait besoin d'une Femme Qui Soigne. On en parlait beaucoup, surtout depuis l'accident de Roshario. Darvalo ne doutait pas des pouvoirs d'Ayla. Alors, se disait-il, pourquoi ne resteraient-ils pas avec nous ?

— Elle s'est réveillée une fois, s'empressa de dire Dolando, dès qu'Ayla fut entrée dans la hutte. Du moins, c'est ce que j'ai cru. Mais elle se débattait peut-être dans son sommeil. Elle s'est calmée et elle dort tranquillement, maintenant.

Il essayait de le cacher, mais on voyait bien que le retour d'Ayla le rassurait. Talut avait été d'entrée franc et amical. Il appuyait son pouvoir sur sa force de caractère, sa qualité d'écoute, sa tolérance, son art du compromis... et sur une grosse voix, capable d'attirer l'attention d'un groupe en proie à d'âpres discussions. Dolando, en revanche, lui rappelait Brun. Il était plus réservé, et bien que sachant lui aussi écouter et peser chaque situation, il préférait cacher ses sentiments. Mais Ayla avait l'habitude de lire dans le cœur de ce genre d'homme.

Loup entra avec Ayla et alla directement se coucher dans son coin, sans attendre son signal. Ayla déposa son panier et examina Roshario.

— Elle va bientôt se réveiller, assura-t-elle à l'homme, dévoré d'inquiétude. J'ai encore le temps de lui préparer une potion spéciale.

Dolando avait senti le parfum des fleurs à l'arrivée d'Ayla, et l'eau qu'elle fit chauffer avec les plantes odorantes lui chatouilla agréablement les narines. Ayla apporta deux bols et en tendit un à Dolando.

— Qu'est-ce que c'est ? demanda-t-il.

— C'est pour aider Roshario à se réveiller, mais cela te fera du bien aussi.

Il en but une gorgée, s'attendant à un simple liquide parfumé, et fut surpris par le goût sucré, légèrement corsé, enrichi de délicates saveurs.

— Hmm, c'est délicieux ! s'exclama-t-il. Qu'as-tu mis dedans ?

— Demande à Darvalo, répondit Ayla. Je parie qu'il sera heureux de te renseigner.

L'homme comprit immédiatement la discrète allusion.

— Je devrais m'occuper davantage de lui, bougonna-t-il. Je m'inquiétais tellement pour Roshario que je n'avais la tête à rien d'autre. Je suis pourtant sûr qu'il s'inquiétait autant que moi.

Ayla esquissa un sourire indulgent. Elle commençait à mieux comprendre les qualités qui avaient fait de Dolando le chef de ce groupe. Elle appréciait sa vivacité d'esprit et commençait à l'aimer. Un râle de Roshario accapara soudain son attention.

— Dolando ? gémissait la voix faible.

— Je suis là, répondit l'homme avec une tendresse qui serra la gorge d'Ayla. Comment te sens-tu ?

— Je suis tout étourdie, et j'ai fait un rêve bien étrange.

— Je t'ai préparé une infusion, dit Ayla. (Roshario fit la grimace en se rappelant la dernière qu'elle avait bue.) Mais celle-là te plaira davantage. Tiens, sens.

Elle approcha le bol pour que la blessée pût humer le parfum délicat. La grimace de Roshario s'effaça et Ayla lui souleva la tête pour lui permettre de boire.

— C'est très bon, admit Roshario après quelques gorgées.

Elle vida le bol et s'allongea de nouveau, les paupières closes.

— Mon bras ! s'exclama-t-elle bien vite en rouvrant les yeux. Comment est mon bras ?

— Est-ce qu'il te fait mal ? demanda Ayla.

— Oh, un peu, mais pas autant qu'avant, et pas de la même façon. Attends...

Elle tendit le cou pour examiner son bras, et tenta de s'asseoir.

— Laisse-moi t'aider, s'empressa Ayla.

— Oh, il est redressé ! Mon bras est redressé ! s'écria-t-elle, les larmes aux yeux. Tu as réussi ! Je ne serai plus une vieille femme inutile, soupira-t-elle en se recouchant.

— Tu ne pourras peut-être pas t'en servir comme avant, prévint Ayla, mais la fracture est propre et elle a des chances de se ressouder normalement.

— Dolando, tu te rends compte ? Tout ira bien maintenant, oh oui, tout ira bien, hoqueta Roshario.

Mais cette fois, elle pleurait des larmes de joie et de soulagement.

17

— Vas-y doucement, recommanda Ayla en aidant Roshario à s'installer entre Jondalar et Markeno, tous deux penchés à chaque extrémité du lit. La bande soutiendra ton bras et le maintiendra en place, mais serre-le bien contre ton corps.

— Tu crois vraiment qu'elle peut déjà se lever? s'inquiéta Dolando.

— Bien sûr que je peux! s'exclama Roshario. J'ai assez traîné au lit comme ça, et je ne veux pas manquer la cérémonie de bienvenue en l'honneur de Jondalar.

— Tant qu'elle ne se fatigue pas, cela ne peut que lui faire du bien de prendre l'air et de voir du monde, assura Ayla. Mais ne t'attarde pas trop, conseilla-t-elle à Roshario. Le repos est encore le meilleur remède.

— J'ai envie de voir les gens se réjouir pour une fois. Mes visiteurs n'exhibaient que des visages affligés. Je veux les rassurer, leur montrer que je vais mieux, dit la femme en se calant dans les bras des deux jeunes hommes.

Markeno et Jondalar se redressèrent en soulevant la blessée. Ils étaient presque de même taille et la portaient sans peine. Jondalar était certes plus musclé, mais Markeno dégageait une impression de puissance. Son corps mince et souple cachait une force considérable, entretenue par la pratique de la rame et le transport des énormes esturgeons.

— Comment te sens-tu? demanda Ayla.

— Oh, je me sens des ailes, répondit Roshario en adressant des sourires à ses porteurs. D'en haut, la vue est agréable.

— Tu es prête ?

— Attendez. Comment me trouves-tu, Ayla ?

— Très bien. Tholie t'a parfaitement coiffée, tu es superbe, affirma Ayla.

— Je me sens revivre depuis que vous m'avez fait ma toilette. Je ne prenais même plus la peine de me peigner, ni de me laver. Cela prouve bien que je vais mieux.

— C'est en partie dû à la potion calmante, mais l'effet va se dissiper. N'hésite pas à me prévenir dès que la douleur reviendra. Ne cherche pas à faire la brave. Si tu te sens fatiguée, dis-le-moi tout de suite, recommanda Ayla.

— Oui, oui. Allons-y, je suis prête, déclara Roshario, impatiente.

Des cris de surprise les accueillirent à la sortie de la hutte.

— Regardez qui arrive !

— Roshario !

— Comme elle va mieux !

— Déposez-la ici, dit Tholie. On lui a réservé une place.

Longtemps auparavant, un gros morceau de grès s'était détaché du surplomb et avait roulé près de l'aire de réunion. Tholie y avait adossé un banc qu'elle avait recouvert de fourrures. Les deux hommes y déposèrent Roshario avec précaution.

— Es-tu bien installée ? demanda Markeno.

— Oui, oui, on ne peut mieux, affirma Roshario, peu habituée à un tel luxe d'attentions.

Le loup les avait suivis et, dès que Roshario se fut installée, il s'allongea près d'elle. La convalescente ne cacha pas sa surprise, mais à la façon qu'il avait de la regarder, et de surveiller quiconque approchait, elle eut l'étrange mais ferme conviction que le carnassier voulait la protéger.

— Ayla, pourquoi ce loup tourne-t-il autour de

Roshario ? Tu devrais lui dire de la laisser tranquille, conseilla Dolando, inquiet de voir l'animal rôder autour de sa compagne, sachant que les bandes de loups s'attaquaient de préférence aux membres les plus vieux et les plus faibles d'un troupeau.

— Non, je ne veux pas qu'il s'en aille, s'écria Roshario en caressant la tête du loup de sa main valide. Il ne me veut pas de mal, Dolando. Je crois qu'il cherche à me protéger.

— Tu as raison, approuva Ayla. Au Camp du Lion, il y avait un jeune garçon maladif que Loup avait pris en affection et il le défendait. Oui, il a compris que tu es blessée et il veut te protéger.

— C'était Rydag, n'est-ce pas ? s'enquit Tholie. Celui que Nezzie avait adopté, celui qui était un... (Elle s'interrompit brusquement, se rappelant à temps les violents préjugés de Dolando.)... un étranger.

L'hésitation de Tholie n'échappa pas à Ayla.

— Vit-il toujours avec eux ? poursuivit Tholie, en essayant de cacher un trouble qu'on n'attendait pas chez cette femme franche et directe.

— Non, il est mort pendant la Réunion d'Eté, répondit Ayla d'une voix qui trahissait le chagrin qu'elle éprouvait encore.

La bienséance livrait en Tholie un dur combat contre la curiosité. Elle aurait aimé poser d'autres questions sur l'enfant, mais le moment était mal choisi.

— Qui a faim ? lança-t-elle à la cantonade. Je propose qu'on commence à manger.

Après que tous furent rassasiés, même Roshario qui mangea peu mais avec appétit, ils se rassemblèrent autour du feu, buvant une infusion ou du vin de pissenlit légèrement fermenté. C'était l'heure des histoires et des récits d'aventures. Autrement dit, c'était l'occasion d'en apprendre davantage sur les visiteurs et leurs étranges compagnons de voyage.

Hormis quelques hommes partis à la chasse, tous les membres des deux groupes sharamudoï étaient présents : les Shamudoï qui vivaient toute l'année sur le haut plateau, et les Ramudoï qui habitaient sur le fleuve. Pendant la saison chaude, le Peuple du Fleuve vivait sur un ponton flottant amarré au pied du précipice mais, l'hiver venu, il déménageait sur le plateau et partageait les huttes de ses cousins. Chaque couple ramudoï choisissait un couple shamudoï avec lequel il s'unissait au cours d'une cérémonie. Les deux couples formaient un même foyer et chacun traitait la progéniture de l'autre comme la sienne propre.

Jamais au cours de son long périple, Jondalar n'avait rencontré une telle organisation, fondée sur des liens familiaux particuliers et les bénéfices mutuels que chacun en tirait. Les liens rituels et les échanges étaient multiples, mais à l'origine les Shamudoï fournissaient les produits de la terre et un abri pour l'hiver, alors que les Ramudoï apportaient le fruit de leur pêche et leur art de la navigation.

Les Sharamudoï considéraient Jondalar comme l'un des leurs bien qu'il ne leur fût apparenté qu'à travers son frère. Quand Thonolan s'était épris d'une Shamudoï, il avait appris leurs coutumes et avait décidé d'accepter leur adoption. Jondalar avait vécu parmi eux aussi longtemps que son frère et il les considérait également comme sa propre famille. Il avait appris et accepté leur façon de vivre, mais n'avait pas été jusqu'à l'Union rituelle. Au plus profond de son cœur, il ne pouvait renier l'identité qui le rattachait à son peuple, ni se décider à s'établir pour toujours loin de chez lui. Son frère était devenu un vrai Sharamudoï, mais Jondalar était resté un Zelandonii.

Bien entendu, les premières questions concernèrent son frère.

— Que s'est-il passé après votre départ ? demanda Markeno.

Quelle que fût la douleur que la narration des événements tragiques réveillerait, Jondalar admettait que Markeno avait le droit de savoir. Markeno et Tholie avaient eu des liens privilégiés avec Thonolan et Jetamio, ce qui conférait à Markeno un degré de parenté avec Thonolan. Il raconta brièvement comment il avait descendu le fleuve sur le bateau que Carlono leur avait donné, parla des quelques visites qu'ils avaient faites, et décrivit leur rencontre avec Brecie, la Femme Qui Ordonne du Camp du Saule.

— Nous sommes parentes ! s'écria Tholie. C'est une cousine proche.

— Oui, je l'ai appris plus tard, quand nous avons vécu au Camp du Lion. Mais elle nous a très bien accueillis, même avant de savoir que nous étions parents. C'est ce qui a décidé Thonolan à poursuivre vers le nord et à rendre visite à d'autres Camps de Mamutoï. Il voulait chasser le mammouth avec eux. J'ai essayé de l'en empêcher et de le convaincre de rentrer chez nous avec moi. Nous avons été jusqu'à l'embouchure de la Grande Rivière Mère, puisqu'il avait toujours rêvé d'y aller.

Le géant blond ferma les yeux et hocha la tête, comme s'il essayait de refuser la réalité des faits. Tout le monde retint son souffle, partageant sa peine.

— Mais les Mamutoï n'étaient qu'un prétexte, reprit Jondalar. La vérité, c'est qu'il n'arrivait pas à oublier Jetamio, et il cherchait par tous les moyens à la rejoindre dans l'autre monde. Il m'a dit qu'il voyagerait jusqu'à ce que la Mère le prenne. Il affirmait qu'il était prêt, mais c'était plus que cela. Il voulait tant partir qu'il prenait tous les risques. Et il en est mort. Il ne prenait aucune précaution et j'ai été assez stupide pour le suivre quand il a pourchassé la lionne qui lui avait volé sa chasse. Sans Ayla, je serais mort, moi aussi.

Cet aveu piqua la curiosité des auditeurs, mais personne n'osa le questionner de crainte de raviver de douloureux souvenirs. Finalement, Tholie brisa le silence.

— Comment as-tu rencontré Ayla ? Tu étais près du Camp du Lion ?

Jondalar leva les yeux vers Tholie, puis regarda Ayla. Il s'était exprimé en sharamudoï et il n'était pas sûr qu'elle eût tout compris. Il regretta qu'elle ne pût faire le récit elle-même. Expliquer les circonstances de sa rencontre avec la jeune femme n'allait pas être facile, et encore moins plausible. Avec le recul, l'histoire lui paraissait invraisemblable, mais il l'acceptait plus facilement quand Ayla racontait sa version des événements.

— Non, nous ne connaissions pas le Camp du Lion, à l'époque, déclara Jondalar. Ayla vivait seule dans une vallée, à plusieurs jours de marche du Camp du Lion.

— Toute seule ? s'étonna Roshario.

— Euh... enfin, pas exactement. Elle partageait une petite grotte avec deux animaux.

— Ah, elle possédait un autre loup ? demanda la blessée en caressant l'animal.

— Non. Elle ne connaissait pas encore Loup. Elle l'a découvert quand nous habitions au Camp du Lion. Mais elle vivait avec Whinney.

— Whinney ? Qu'est-ce que c'est ?

— C'est une jument, Roshario.

— Une jument ? Alors, Ayla possède aussi une jument ?

— Oui. Regarde, c'est elle, là-bas, dit Jondalar en montrant les deux chevaux dont les silhouettes se détachaient sur le ciel rougeoyant.

Les yeux écarquillés, Roshario regarda les chevaux, ce qui arracha un sourire aux autres. Ils s'étaient déjà remis de leur choc initial, mais la vieille femme voyait les deux quadrupèdes pour la première fois.

— Ayla... Ayla vivait donc avec ces deux chevaux ? s'étonna-t-elle.

— Non, pas exactement. J'étais là quand l'étalon est né, précisa Jondalar. Auparavant, elle ne vivait qu'avec Whinney... et un lion des cavernes, conclut-il dans un souffle.

— Et un quoi ? Ayla, raconte-nous, toi ! demanda Roshario dans la langue mamutoï qu'elle maîtrisait mal. J'ai l'impression que Jondalar embrouille tout. Tholie traduira.

Ayla avait saisi des bribes de la conversation, mais elle interrogea Jondalar du regard pour plus de précisions. Il avait l'air visiblement soulagé.

— Je crains de ne pas avoir été clair, Ayla. Rosharío

voudrait entendre l'histoire de ta bouche. Explique-leur comment tu vivais dans ta grotte avec Whinney, et Bébé, et comment tu m'as rencontré, proposa-t-il.

— Oui, raconte-nous. Et dis-nous pourquoi tu vivais seule dans une vallée, ajouta Tholie.

— Oh, c'est une longue histoire, répondit Ayla en rassemblant ses esprits.

Les Sharamudoï s'installèrent confortablement. On allait leur raconter une longue histoire, pleine de mystère. Ils étaient ravis. Ayla but une gorgée d'infusion, en se demandant par où commencer.

— J'ai déjà dit à Tholie que je ne me souvenais pas d'où venaient mes parents. Je les ai perdus dans un tremblement de terre quand j'étais toute petite, et j'ai été recueillie et élevée par le Clan. Iza, la femme qui m'a trouvée, était guérisseuse, une Femme Qui Soigne, et elle a commencé à m'enseigner son savoir quand je n'étais encore qu'une petite fille.

Ah, voilà qui explique ses talents, se dit Dolando en écoutant la traduction de Tholie.

— Je vivais avec Iza dont le compagnon était mort dans le même tremblement de terre, reprit Ayla, et son frère Creb. Creb tenait la place de l'homme du foyer, et il l'a aidée à m'élever. Iza est morte il y a quelques années, mais avant de mourir, elle m'a bien recommandé de partir et de rechercher mon peuple. Je ne voulais pas partir... je ne pouvais pas... (Elle hésita, se demandant ce qu'elle devait révéler, ce qu'il valait mieux cacher.)... Plus tard... à la mort de Creb... j'ai dû m'en aller.

Ayla marqua une pause et avala une autre gorgée d'infusion pendant que Tholie résumait son récit, butant sur les noms à la sonorité étrange. La narration avait fait resurgir un passé oublié et douloureux, et Ayla avait besoin de reprendre ses esprits.

— J'ai suivi les conseils d'Iza, et j'ai essayé de retrouver mon peuple, poursuivit-elle, mais je ne savais pas dans quelle direction chercher. J'ai erré du printemps jusque tard dans l'été sans rencontrer personne. Je commençais à me demander si ma quête n'était pas inutile, et j'étais fatiguée de voyager. J'ai découvert au beau milieu des steppes une petite vallée verdoyante arrosée par un cours d'eau. J'ai même trouvé une agréable petite grotte. La nourriture était abondante, l'endroit était plaisant... mais désert. Je ne savais toujours pas où trouver des humains, l'hiver approchait et je devais m'y préparer si je voulais survivre. J'ai donc décidé de rester dans la vallée jusqu'au printemps suivant.

Les Sharamudoï, pris par son récit, commentaient à voix haute sa décision en gesticulant. Ils conclurent qu'elle avait eu raison de s'arrêter dans sa vallée, que c'était la seule chose à faire. Ayla expliqua comment elle avait piégé un cheval dans une trappe, comment elle avait découvert qu'il s'agissait d'une jument en état d'allaiter, et comment elle avait ensuite vu une bande de hyènes encercler son jeune poulain.

— Je n'ai pas hésité, dit Ayla. C'était un bébé sans défense, j'ai chassé les hyènes à coups de fronde et j'ai ramené le poulain dans ma grotte. Et je ne le regrette pas. Whinney a partagé ma solitude et l'a rendue supportable. Elle est devenue mon amie.

Les femmes, au moins, comprenaient qu'on pût se laisser attendrir par un bébé sans défense, fût-il un bébé cheval. Et Ayla relatait les événements avec tant de cœur qu'on finissait par trouver parfaitement normal d'adopter un animal, même si on n'avait jamais vu cela. Mais les femmes n'étaient pas les seules que le récit captivait. Jondalar surveillait l'auditoire et nota que tous étaient pendus aux lèvres d'Ayla, hommes et femmes confondus. Il admira les talents de conteuse de sa compagne, s'apercevant qu'il était lui aussi emporté par l'histoire, qu'il connaissait pourtant. Il l'observa plus attentivement, essayant de comprendre ce qui rendait sa narration si passionnante, et remarqua qu'elle ponctuait son récit de gestes imperceptibles.

Ayla n'agissait pas de la sorte consciemment, encore moins pour rechercher un effet quelconque. Elle avait grandi dans un univers où la communication était surtout gestuelle, et les mouvements de ses bras accompagnaient naturellement chaque mot. Mais quand elle imita les cris d'oiseaux et les hennissements des chevaux, son auditoire ne cacha pas sa surprise. Seule dans sa vallée, avec les animaux pour toute compagnie, elle avait appris à reproduire leurs cris avec une étonnante fidélité. Passé le premier choc, l'utilisation de cris d'animaux colora son récit et lui ajouta une dimension qui enthousiasma l'auditoire.

Le public était en haleine, notamment au moment de l'épisode du dressage de la jument, et Tholie, impatiente de connaître la suite, avait du mal à traduire jusqu'au bout. La jeune Mamutoï parlait couramment les deux langues, mais ne pouvait évidemment pas reproduire le hennissement d'un cheval ou l'appel d'un oiseau. C'était d'ailleurs inutile. L'auditoire saisissait le sens des paroles d'Ayla, d'abord parce que les deux langues étaient proches, et surtout grâce aux gestes expressifs qui rythmaient le récit de la jeune étrangère. Ils attendaient la traduction de Tholie pour confirmer ce qu'ils avaient deviné, ou comprendre ce qu'ils avaient manqué.

Comme eux, Ayla anticipait les phrases de Tholie, mais pour des raisons différentes. Jondalar avait déjà constaté avec stupeur la vitesse avec laquelle elle apprenait les langues, et il en était toujours à s'interroger sur son don étonnant. Il ne pouvait pas comprendre que cette faculté provenait d'un extraordinaire concours de circonstances. Pour trouver sa place parmi des gens qui tenaient leur savoir des mémoires de leurs ancêtres accumulées dès leur naissance dans des cerveaux énormes, telle une forme évoluée et consciente d'un instinct, la fille des Autres avait été obligée de développer ses propres capacités mnésiques. Elle s'était entraînée à mémoriser rapidement afin de ne pas passer pour une demeurée au yeux du Clan.

Avant d'être adoptée, Ayla avait connu une enfance normale, parlant comme toutes les petites filles, et bien qu'elle eût perdu la plupart de ses facultés d'expression orale en apprenant le langage inarticulé du Clan, les bases existaient encore. Son désir impérieux de communiquer avec Jondalar n'avait fait qu'accélérer la redécouverte d'une capacité oubliée. Une fois ce processus inconscient enclenché, elle n'eut qu'à le développer quand elle dut apprendre une nouvelle langue en arrivant dans le Camp du Lion. Il lui suffisait d'entendre un mot une fois pour le retenir. La syntaxe et la grammaire exigeaient un peu plus de temps. Mais la langue des Mamutoï et celle des Sharamudoï possédaient une structure proche et de nombreux mots se ressemblaient. Ayla écoutait attentivement la traduction de Tholie pour perfectionner son vocabulaire.

Le récit de l'adoption du bébé cheval avait fasciné tout le monde, mais, arrivée à l'épisode du lion des cavernes blessé, Tholie dut demander à Ayla de répéter son histoire. Qu'on pût, poussé par la solitude, vivre avec un herbivore, passe encore, mais avec un gigantesque carnassier ? Un lion des cavernes parvenu à l'âge adulte atteignait presque la taille des petits chevaux des steppes, mais il était autrement plus massif et plus puissant. Tholie voulait savoir comment Ayla avait pu ne serait-ce qu'envisager d'adopter un bébé lion.

— Il n'était pas bien gros quand je l'ai découvert, plus petit qu'un jeune loup, et ce n'était qu'un bébé... et... et il était blessé, expliqua Ayla.

Pour justifier son acte, Ayla avait comparé le lion à un louveteau, mais tous les regards se dirigèrent sur l'énorme bête allongée près de Roshario. Loup venait du nord, et il était de grande taille pour ceux de sa race, déjà imposante. En fait, c'était le plus grand loup qu'eussent jamais vu les Sharamudoï. La simple idée de vivre avec un lion de cette taille en effrayait plus d'un.

— Elle l'appelait d'un mot qui signifie « bébé », et ce nom lui est resté. C'est le plus gros Bébé que j'aie jamais rencontré, avoua Jondalar, déclenchant l'hilarité générale. Moi aussi, j'ai ri. Mais bien plus tard. Sur le moment je vous assure qu'il n'y avait rien de drôle. Bébé était le lion qui avait tué Thonolan, et qui m'avait à moitié tué, moi aussi.

Dolando jeta un regard inquiet au loup qui était toujours à côté de sa compagne.

— C'était notre faute, reprit Jondalar. On ne pénètre pas impunément sur le territoire d'un lion. Nous avions vu sa femelle quitter son antre et nous ignorions que Bébé s'y trouvait. Mais j'avoue que c'était stupide de notre part. J'ai eu de la chance.

— De la chance ? C'est-à-dire ? intervint Markeno.

— J'étais gravement blessé et je m'étais évanoui, mais Ayla a pu arrêter le lion avant qu'il m'achève.

Tous les regards se tournèrent vers la jeune femme.

— Et comment a-t-elle pu arrêter un lion des cavernes ? s'étonna Tholie.

— De la même façon qu'elle contrôle Whinney et Loup, répondit Jondalar. Elle lui a ordonné de s'arrêter, et il a obéi.

Un murmure d'incrédulité accueillit son explication.

— Comment sais-tu ce qu'elle a fait ? Tu disais que tu étais inconscient, cria une voix.

Jondalar dévisagea celui qui venait de parler. C'était un jeune homme du Fleuve qu'il avait vaguement connu.

— Justement, Rondo, elle a recommencé plus tard, précisa-t-il. Pendant ma convalescence, Bébé est venu la voir. Il savait que j'étais un étranger et il se souvenait peut-être que j'avais pénétré dans son antre avec Thonolan. Toujours est-il qu'il n'a pas apprécié de me retrouver près de la grotte d'Ayla, et qu'il a immédiatement bondi sur moi. C'est alors qu'Ayla s'est interposée et lui a ordonné d'arrêter. Et il a obéi ! Je n'avais pas le cœur à rire, mais il faut avouer qu'il était drôle. Si vous l'aviez vu se contorsionner en plein milieu d'un bond pour m'éviter !

— Et où est-il maintenant ? s'enquit Dolando.

Il surveillait Loup en se demandant si le lion n'avait pas aussi suivi Ayla. Il n'avait nulle envie qu'un lion des cavernes vînt lui rendre visite, qu'on pût le contrôler ou pas.

— Il a fait sa vie, déclara Ayla. Il est resté avec moi tant qu'il était jeune. Ensuite, comme beaucoup d'enfants, il est parti se chercher une compagne. Il en a probablement plusieurs à présent. Whinney aussi m'a quittée pendant quelque temps, mais elle est revenue quand elle était grosse.

— Et le loup ? demanda Tholie. Tu crois qu'il s'en ira un jour ?

Ayla avala sa salive. C'était une question qu'elle avait toujours refusé d'envisager. Elle y avait souvent pensé, mais s'était débrouillée pour la chasser de son esprit, et avait fini par l'oublier complètement. Maintenant, la question lui était posée en public, et exigeait une réponse.

— Loup était très jeune quand je l'ai trouvé, et il a grandi en croyant que le Camp du Lion était sa bande, déclara-t-elle. En général, les loups restent avec leur bande, mais certains la quittent et deviennent des solitaires jusqu'à ce qu'ils trouvent une femelle solitaire avec qui s'accoupler. Une nouvelle bande se forme alors. Loup est encore jeune, ce n'est qu'un louveteau malgré sa taille. Je ne sais vraiment pas ce qu'il fera, Tholie, et je ne me le demande jamais sans un pincement de cœur. Je ne veux pas le perdre.

— Oui, c'est toujours difficile, pour ceux qui partent, comme pour ceux qui restent, approuva Tholie, en repensant à sa décision déchirante de quitter les Mamutoï pour vivre avec Markeno. J'ai connu cela. Et toi, ne disais-tu pas que tu avais quitté ceux qui t'ont élevée ? Comment les appelles-tu déjà ? Ah, oui, le Clan. Je n'en ai jamais entendu parler. Où vivent-ils ?

Ayla jeta un coup d'œil à Jondalar. Elle le vit pâlir, immobile, le visage tendu. Il semblait gêné, et elle se demanda soudain s'il avait toujours honte de son passé et de ceux qui l'avait élevée. Pourtant, elle l'avait cru débarrassé de ce genre de préjugés. Elle n'avait pas honte du Clan. En dépit de Broud et des tourments qu'il lui avait infligés, on avait pris soin d'elle, on l'avait aimée malgré sa différence, et elle avait aimé en retour. Une bouffée de colère l'envahit, et autant par défi que par fierté, elle décida de ne pas renier ceux qui lui avaient prouvé leur amour.

— Ils vivent sur la péninsule de la mer de Beran, annonça-t-elle.

— La péninsule ? Je ne savais pas qu'elle était habitée. C'est le territoire des Têtes Plates...

Tholie s'interrompit. Etait-ce possible ?

Tholie n'avait pas été la seule à deviner. Roshario avait blêmi et observait Dolando à la dérobée, essayant, sans en avoir l'air, de découvrir s'il avait fait le rapprochement. Les noms étranges qu'Ayla avait mentionnés, si difficiles à prononcer, étaient-ce des noms qu'elle avait donnés à des animaux ? Pourtant, elle prétendait que la femme qui l'avait élevée lui avait enseigné l'art de guérir. Une autre femme vivait-elle parmi eux ? Mais une femme, experte dans les soins de surcroît, aurait-elle choisi librement de vivre parmi ces bêtes ? Un shamud vivrait-il au milieu des Têtes Plates ?

Ayla remarquait les étranges réactions de certains Sharamudoï, mais le regard que lui jeta Dolando la fit trembler. Ce n'était plus le chef qui maîtrisait si bien ses émotions, celui qui s'inquiétait pour sa compagne avec tant de tendresse. Rien dans son regard ne témoignait d'une quelconque reconnaissance pour les soins qu'elle avait prodigués avec tant d'éclat, ni même de l'accueil prudent qu'il lui avait réservé à son arrivée. Non, Ayla ne décela qu'une douleur enfouie. Une sourde colère ravageait son visage et recouvrait ses yeux d'un voile de haine.

— Les Têtes Plates ! explosa-t-il. Tu as vécu chez ces bêtes immondes ! Ah, si je pouvais tous les tuer de mes propres mains ! Comment as-tu pu vivre avec eux ? Quelle est la femme qui accepterait de vivre au milieu de monstres pareils ?

Les poings serrés, il marcha sur Ayla. Jondalar et Markeno bondirent sur lui pour le retenir. Protégeant Roshario, Loup grognait en montrant les crocs. Shamio se mit à pleurer, Tholie la prit dans ses bras et la serra contre son cœur. Dans d'autres circonstances, elle n'aurait pas eu peur de la savoir près de Dolando. Mais l'évocation des Têtes Plates le rendait fou furieux, et dans ces moments-là, il était capable de tout.

— Jondalar ! Comment as-tu osé amener cette

femme ici ? hurla Dolando en essayant de se libérer de l'étreinte du géant.

— Dolando ! Est-ce que tu te rends compte de ce que tu dis ? intervint Roshario en voulant se lever. Elle m'a aidée ! Qu'est-ce que ça peut te faire où elle a grandi ? Elle m'a aidée, tu m'entends !

Tous ceux qui s'étaient réunis pour fêter le retour de Jondalar assistaient à la scène bouche bée, abasourdis. Ils ne savaient que faire. Carlono se leva pour aider Jondalar et Markeno à maîtriser Dolando.

Ayla n'en revenait pas. La violence du chef la laissait interdite. Elle vit Roshario tenter de se lever et repousser le loup qui lui barrait la route, menaçant quiconque oserait approcher la blessée. Lui non plus ne comprenait pas la cause de cette agitation soudaine, mais il était déterminé à protéger la femme dont il estimait avoir la responsabilité. Ayla se dit qu'il n'était pas prudent que Roshario se levât, et elle se précipita vers elle.

— Ecarte-toi de ma femme ! s'écria Dolando. Ne la touche pas avec tes sales mains.

Il luttait pour se libérer, mais les autres le retenaient solidement. Ayla se figea, partagée entre le désir d'aider Roshario et la crainte de décupler la rage de Dolando. Qu'est-ce qui lui prend ? s'étonnait-elle. Elle remarqua alors que Loup allait passer à l'attaque et elle lui fit signe de venir. Il ne manquerait plus qu'il blessât quelqu'un ! Loup était en proie à un dilemme déchirant. Il voulait à la fois défendre sa protégée et foncer dans la bagarre. Mais la situation était bien trop confuse. Ayla lui fit de nouveau signe en même temps qu'elle le sifflait. Et c'est le sifflet qui le décida. Il courut vers Ayla, et se posta devant elle en montrant les crocs.

Comme Dolando s'était exprimé en sharamudoï, Ayla avait compris qu'il avait parlé des Têtes Plates et l'avait injuriée, mais le sens lui avait partiellement échappé. Assise près de Loup, elle comprit soudain ce qui avait provoqué la haine de Dolando, et cette découverte la mit dans une colère outragée. Non, les membres du Clan n'étaient pas des monstres. Pourquoi la simple évocation de leur nom le mettait-elle dans un tel état ?

Roshario avait réussi à se lever, et elle s'approchait des hommes en lutte. Tholie confia Shamio à une voisine et accourut l'aider.

— Dolando ! Dolando ! Arrête ! implora Roshario.

La voix de sa compagne sembla le calmer et il cessa de se débattre, mais les trois hommes se gardèrent de relâcher leur prise. Dolando dévisagea Jondalar d'un œil mauvais.

— Pourquoi l'as-tu amenée ici ? répéta-t-il.

— Dolando, qu'est-ce qui te prend ? Regarde-moi ! exigea Roshario. Pourquoi ne l'aurait-il pas amenée ? Ce n'est pas elle qui a tué Doraldo.

Dolando la regarda et sembla remarquer pour la première fois la présence de la femme au bras en écharpe. Elle avait les traits tirés et paraissait bien faible. Il tressaillit, et comme une outre qui se vide, sa fureur le quitta.

— Roshario, tu n'aurais pas dû te lever, reprocha-t-il doucement en essayant de l'enlacer, empêché par l'étreinte des trois hommes. Ça va, tu peux me lâcher, Jondalar, dit-il d'un ton froid.

Le Zelandonii desserra sa prise, mais Markeno et Carlono attendirent d'être sûrs que Dolando fût définitivement calmé pour imiter Jondalar. Et ils restèrent à proximité.

— Dolando, tu n'as aucune raison d'en vouloir à Jondalar, insista Roshario. Il a amenée Ayla parce que j'avais besoin d'elle. Tout le monde est bouleversé, Dolando. Allez, viens t'asseoir et montre-leur que tu t'es calmé.

Le regard têtu, Dolando vint s'asseoir sur le banc, à côté de Roshario. Une femme leur apporta à boire un peu d'infusion et se dirigea ensuite vers l'endroit où se tenaient Jondalar, Markeno, Carlono, et Ayla, que Loup ne quittait pas.

— Voulez-vous de l'infusion, ou un peu de vin ? demanda-t-elle.

— Aurais-tu par hasard de ce délicieux vin de myrtille, Carolio ? s'enquit Jondalar.

Ayla nota la ressemblance de la femme avec Carlono et Markeno.

— Le nouveau vin n'est pas encore prêt mais il en reste peut-être de l'année dernière. Tu en voudras aussi, Ayla ?

— Oui, si Jondalar le permet, j'aimerais bien y goûter. Je ne crois pas t'avoir déjà rencontrée, ajouta-t-elle.

— Non, en effet, confirma la femme, pendant que Jondalar s'apprêtait à faire les présentations. Mais inutile de recourir à ces formalités, nous savons tous qui tu es, Ayla. Moi, je suis Carolio, la sœur de celui-ci, précisa-t-elle en montrant Carlono du doigt.

— Oui, vous vous... ressemblez, déclara Ayla en cherchant ses mots.

Jondalar s'aperçut avec surprise qu'elle parlait en sharamudoï. Comment avait-elle pu apprendre si vite ?

— J'espère que tu pardonneras à Dolando, dit Carolio. Le fils de son foyer, le garçon de Roshario, a été tué par les Têtes Plates, et depuis, il les hait. Doraldo était un jeune homme débordant de vie, à peine plus âgé que Darvo. Dolando ne s'en est jamais tout à fait remis.

Ayla comprenait, mais quelque chose la troublait. Ceux du Clan n'avaient pas l'habitude de tuer les Autres. Qu'avait donc pu faire ce garçon ? Elle s'aperçut que Roshario lui faisait signe, et malgré l'air revêche de Dolando, elle se hâta de la rejoindre.

— Tu n'es pas fatiguée ? demanda-t-elle. Il est peut-être temps d'aller te coucher. Tu n'as pas mal ?

— Si, un peu, mais ça va. Tu as raison, je ne vais pas tarder à me coucher. Je tiens à te dire combien je suis désolée de ce qui vient de se passer. Je... j'avais un fils...

— Oui, Carolio me l'a dit. Il a été tué.

— Les Têtes Plates... marmonna Dolando.

— Nous avons peut-être tiré des conclusions trop rapidement. Tu disais avoir vécu avec... avec des gens de la péninsule ? questionna Roshario au milieu d'un silence pesant.

— Oui, admit Ayla. — Elle jeta un coup d'œil à

Dolando et se lança. — J'ai vécu avec le Clan. Ceux que vous nommez les Têtes Plates s'appellent en réalité le Clan.

— Comment est-ce possible ? Ils ne parlent pas, intervint une jeune femme.

Jondalar reconnut la femme assise à côté de Chalono, mais ne put mettre un nom sur son visage. Ayla avait deviné ce qu'elle n'avait osé dire, et rétorqua :

— Non, ce ne sont pas des bêtes. Ce sont des humains, et ils parlent. Ils utilisent peu de mots articulés, car leur langage est fait de signes.

— Ah, c'est donc ça que je t'ai vue faire avant de m'endormir ? s'écria Roshario. Je croyais que c'était une sorte de danse.

— Je m'adressais au monde des esprits, expliqua Ayla en souriant. J'implorais l'aide de l'esprit de mon totem.

— Pff, le monde des esprits ! Parler avec ses mains ! C'est absurde, oui ! cracha Dolando.

— Dolando ! gronda Roshario, en lui prenant la main.

— Ayla dit la vérité, Dolando, intervint Jondalar. Tous ceux du Camp du Lion ont appris ce langage, et moi aussi. Ayla nous l'a enseigné pour que nous puissions communiquer avec Rydag. Et j'avoue que tout le monde a été surpris de constater que l'enfant pouvait parler, même s'il prononçait mal les mots. Ils ont alors compris qu'ils n'avaient pas affaire à un animal.

— Tu parles de l'enfant que Nezzie avait adopté ?

— L'espèce de monstre d'esprit mêlé que cette folle de Mamutoï avait recueilli ? Un enfant, ça ? hurla Dolando en s'étouffant de rage.

Ayla sentit sa colère monter. Elle redressa fièrement la tête pour riposter :

— Rydag était un enfant. Il provenait peut-être d'esprits mêlés, mais comment oses-tu blâmer un enfant pour ses origines ? Il n'a pas choisi de naître comme ça. Ne dit-on pas que c'est la Mère qui choisit les esprits ? Rydag était un enfant de la Mère comme n'importe qui d'entre nous. De quel droit oses-tu le traiter de monstre ?

Ayla défiait Dolando du regard. Tous les observaient, ébahis par la colère d'Ayla, et attendaient avec curiosité la réaction de Dolando, qui n'était pas le moins surpris.

— Quant à Nezzie, elle n'est pas folle, reprit Ayla. C'est une femme sensible et généreuse qui a adopté un orphelin en se moquant pas mal de ce qu'on dirait. C'est une femme courageuse. Iza, celle qui m'a recueillie malgré ma différence, quand j'étais seule au monde, était comme elle. Elle m'a acceptée bien que je sois une Autre.

— Les Têtes Plates ont tué l'enfant de mon foyer ! hurla Dolando.

— Peut-être, mais ce n'est pas dans leurs habitudes. Le Clan préfère éviter les Autres — c'est comme ça qu'ils nous appellent... Je sais, Dolando, c'est dur de perdre un enfant, poursuivit Ayla en regardant avec compassion l'homme dont la rancœur ne s'était jamais éteinte. Mais laisse-moi te parler de quelqu'un que j'ai connu. C'est une femme que j'ai rencontrée au Rassemblement du Clan, l'équivalent de la Réunion d'Eté, sauf que c'est moins fréquent. Elle collectait des fruits avec d'autres femmes quand des Autres sont arrivés. L'un d'eux l'a attrapée, et l'a forcée à partager les Plaisirs.

La stupeur se lut sur de nombreux visages. Ayla abordait un sujet qu'on préférait généralement éviter, mais que tous, sauf les plus jeunes, connaissaient au moins par ouï-dire. Certaines mères hésitèrent à éloigner leurs enfants, mais tout le monde voulait rester pour connaître la suite.

— Les femmes du Clan ont l'habitude de se plier aux exigences des hommes, il n'est donc pas nécessaire de les forcer, mais l'homme était impatient. Il n'attendit pas qu'elle ait posé son bébé. Il l'empoigna avec une telle violence que le bébé tomba. L'homme ne s'en aperçut même pas. Lorsqu'il autorisa enfin la femme à se relever, elle découvrit que son bébé avait heurté une pierre en tombant. Il était mort.

Certains ne purent retenir leurs larmes.

— Oui, cela arrive parfois, renchérit Jondalar. J'ai entendu parler de jeunes qui vivent loin vers l'ouest et qui pratiquent ces jeux avec les Têtes Plates. Ils se mettent à plusieurs pour forcer une femme du Clan.

— Cela arrive par ici aussi, admit Chalono.

Les femmes le dévisagèrent avec étonnement, alors que la plupart des hommes évitaient de regarder dans sa direction. Pourtant, Rondo le considérait avec mépris, comme s'il n'était qu'une ignoble vermine.

— Mais tous les jeunes en parlent ! se justifia Chalono. C'est vrai que ça ne se pratique plus beaucoup, surtout depuis ce qui est arrivé à Doral...

Il s'interrompit brusquement, jeta des regards furtifs à la ronde, et baissa les yeux, honteux d'en avoir trop dit.

Le silence de mort qui suivit fut brisé par Tholie.

— Roshario, tu as l'air bien fatiguée. Tu ne crois pas que tu devrais aller te coucher ?

— Oui, c'est ce que je vais faire, admit Roshario.

Jondalar et Markeno se précipitèrent à son aide, et chacun en profita pour s'esquiver. La soirée était terminée, personne n'avait plus le cœur à la fête. Les deux hommes transportèrent Roshario dans sa hutte, suivis par un Dolando qui traînait les pieds, accablé.

— Je te remercie, Tholie, mais il vaut mieux que je dorme près de Roshario, dit Ayla. J'espère que Dolando ne s'y opposera pas. J'ai peur qu'elle passe une nuit agitée. D'ailleurs, il faut s'attendre à ce que les prochains jours soient pénibles. Son bras enfle déjà et la douleur va se réveiller. Elle n'aurait pas dû se lever ce soir, mais elle insistait tellement que je n'ai pas eu le cœur de l'en empêcher. Elle soutenait qu'elle allait bien, mais c'était dû à la potion que je lui avais fait boire pour dormir et atténuer la douleur. Je lui ai donné quelque chose d'autre mais l'effet va s'estomper pendant la nuit, et je préfère être là quand elle se réveillera.

Ayla profita des dernières lueurs du soleil couchant pour étriller et peigner Whinney, et se dirigea ensuite vers la hutte de Roshario. Chaque fois qu'elle était soucieuse ou tendue, la présence de la jument la réconfortait. Jondalar l'avait accompagnée avant de comprendre qu'elle préférait rester seule. Après avoir flatté et cajolé Rapide, il s'était rapidement retiré.

— Prends Darvo avec toi, suggéra-t-il à Markeno. Il n'aime pas voir souffrir Roshario. Il dormira mieux dans ta hutte.

— Oh, mais bien sûr ! Je vais le lui proposer. Si seulement je pouvais convaincre Dolando de venir aussi un jour ou deux ! Mais cela m'étonnerait qu'il accepte, surtout après ce qui s'est passé ce soir. C'est la première fois qu'il entendait l'histoire complète de la mort de Doraldo.

— Ce n'est peut-être pas plus mal, estima Tholie. Cela lui permettra enfin de s'en débarrasser. Dolando nourrissait une haine viscérale pour les Têtes Plates depuis ce jour-là. On n'y prêtait pas attention, personne ne se souciait d'eux… je suis désolée, Ayla, mais c'est la vérité.

— Je sais, soupira Ayla, je sais.

— De plus, nous avons peu de contact avec eux. Dolando est un bon chef, à tous les points de vue, poursuivit Tholie, sauf quand il s'agit des Têtes Plates. Et c'est facile d'exciter les gens contre eux. Mais une telle haine ne pouvait que lui nuire. Je pense que la haine se retourne souvent contre celui qui l'éprouve.

— Bon, il est temps d'aller se reposer, proposa Markeno. Tu dois être éreintée, Ayla.

Jondalar, Markeno et Ayla franchirent ensemble les quelques pas qui les séparaient de la hutte voisine, Loup sur leurs talons. Markeno gratta au rabat de peau qui fermait l'entrée, et attendit. Plutôt que de leur crier d'entrer, Dolando préféra sortir sur le pas de la porte, en maintenant ouvert le rabat d'une main.

— Dolando, dit Ayla, j'ai peur que Roshario ne passe une nuit agitée. J'aimerais rester auprès d'elle.

L'homme baissa la tête, puis jeta un coup d'œil vers sa compagne qui reposait à l'intérieur.

— Entre, bougonna-t-il.

— Je veux rester avec Ayla, déclara Jondalar, refusant de la laisser seule avec celui qui l'avait injuriée et menacée, même s'il semblait s'être calmé.

Dolando approuva d'un signe de tête et s'écarta pour qu'il entre à son tour.

— Je suis venu proposer à Darvo de dormir chez nous, expliqua Markeno.

— Oui, tu as eu une bonne idée, admit Dolando. Darvo, prends tes affaires et va chez Markeno pour cette nuit.

Le garçon se leva, ramassa ses couvertures, et se dirigea vers la sortie. Ayla lui trouva l'air soulagé, mais triste.

Loup alla directement se coucher à sa place habituelle, pendant qu'Ayla s'approchait de la pénombre où reposait Roshario.

— Aurais-tu une torche, Dolando ? demanda Ayla. J'ai besoin d'un peu de lumière.

— Et d'autres paillasses, ajouta Jondalar. Ou bien dois-je en emprunter à Tholie ?

Dolando aurait préféré rester seul dans le noir, mais si les douleurs devaient réveiller Roshario, il savait que la jeune femme la soulagerait mieux que lui. Sur une étagère, il prit un petit bol de grès qu'on avait creusé et façonné à coups de pierre.

— Les affaires de couchage sont là-bas, dit-il à Jondalar. Il y a de la graisse pour la lampe dans la boîte près de la porte, mais il faut que je rallume le feu, il s'est éteint.

— Je m'en occupe, proposa Ayla. Dis-moi où se trouvent l'amadou et le petit bois.

Il lui remit les instruments qu'elle lui demandait, auxquels il ajouta une baguette de bois dont une extrémité était noircie et un morceau de bois plat que des brûlures avaient troué. Mais Ayla ne les utilisa pas et tira à la place deux pierres de la bourse attachée à sa ceinture. Dolando l'observa avec curiosité entasser des copeaux bien secs, et frotter les deux pierres l'une contre l'autre. A sa grande surprise, une large étincelle jaillit et atterrit sur l'amadou qui s'enfuma immédiatement. Ayla se pencha et souffla sur les copeaux qui s'enflammèrent.

— Comment as-tu fait ? s'étonna Dolando, légèrement inquiet.

Tout ce qui était nouveau engendrait la peur, et Dolando se demandait avec anxiété où s'arrêteraient les pouvoirs magiques de la femme shamud.

— C'est grâce à la pierre à feu, expliqua Ayla en rajoutant des copeaux pour alimenter la flamme.

— Ayla l'a découverte quand elle habitait dans sa vallée, intervint Jondalar. On en trouvait partout sur les berges rocailleuses, et j'en ai ramassé beaucoup. Demain, je te montrerai comment s'en servir, et je t'en donnerai une. Tu en trouveras peut-être dans la région. Comme tu l'as constaté, le feu démarre beaucoup plus vite avec ces pierres.

— Où as-tu dit que je trouverais la graisse ? demanda Ayla.

— Dans la boîte, près de l'entrée. Je vais la chercher, je rapporterai aussi les mèches.

Il déposa un gros morceau de suif — de la graisse fondue dans l'eau bouillante, et écumée après refroidissement — dans le bol en grès, y enfonça une fibre de lichen torsadé qu'il alluma avec une brindille enflammée. La mèche grésilla, et de l'huile coula dans le fond du bol. L'huile, bientôt absorbée par le lichen, nourrit la flamme qui répandit une lumière égale dans la hutte en bois.

Ayla fit chauffer des pierres dans le feu, et vérifia le niveau d'eau dans le récipient en bois. Elle allait sortir le remplir quand Dolando le lui prit des mains et s'en chargea. Pendant son absence, Jondalar et Ayla installèrent leur paillasse sur une plate-forme. Ayla choisit ensuite des sachets d'herbes séchées pour préparer une infusion apaisante, et dans un de ses bols, elle versa d'autres ingrédients destinés à Roshario si elle se réveillait. Peu après le retour de Dolando, l'infusion était prête, et elle en versa un bol à chacun.

Ils s'assirent, et burent en silence le liquide chaud. Dolando était soulagé. Il n'était pas d'humeur à faire la conversation. Pour Ayla, ce n'était pas une question d'humeur. Elle ne savait tout simplement pas quoi dire. N'eût été la blessure de Roshario, elle ne serait certainement pas restée. La perspective de passer la nuit dans la hutte d'un homme qui l'avait menacée n'avait rien de réjouissant, et elle était reconnaissante à Jondalar d'avoir décidé de rester avec elle. Jondalar attendait avec angoisse que quelqu'un parle le premier. Mais comme personne ne s'y aventura, ils burent en silence, ce qui, finalement, était la meilleure solution.

Avec un heureux à-propos, Roshario s'agita et gémit à l'instant même où ils avaient terminé leur infusion. Ayla saisit la lampe et s'avança à son chevet. Elle déplaça un vase tressé, rempli de giroflées à l'arôme épicé, et posa la lampe sur le banc qui faisait office de table. Le bras de Roshario était enflé et brûlant au toucher, même à travers le bandage serré. L'examen d'Ayla et la lumière de la lampe réveillèrent la femme. Elle ouvrit un œil vitreux, reconnut la guérisseuse, et esquissa un pauvre sourire pâle.

— Je suis contente que tu sois réveillée, dit Ayla. Il faut que je desserre les bandages et les attelles. Tu t'agitais dans ton sommeil et je préférerais que tu évites de bouger ton bras. Je vais changer ton emplâtre, cela aidera ton bras à désenfler. Mais d'abord, laisse-moi te préparer quelque chose contre la douleur. Je peux te laisser un instant ?

— Oui, fais ce que tu as à faire, Dolando restera auprès de moi, assura Roshario en regardant par-dessus l'épaule d'Ayla. Jondalar, aide donc Ayla au lieu de rester à ne rien faire.

Jondalar s'exécuta, comprenant qu'elle l'éloignait pour parler en tête à tête avec Dolando. En outre, il n'était pas fâché de les laisser seuls. Il sortit chercher du bois pour le feu, puis de l'eau, et rapporta aussi d'autres galets pour la cuisson. L'une des pierres s'était fendue quand on l'avait sortie du feu et qu'on l'avait plongée dans l'eau froide que Dolando était allé puiser. Pendant qu'il surveillait Ayla qui préparait ses remèdes, des murmures lui parvenaient du fond de la hutte, et il était soulagé de ne pas entendre les secrets des deux Sharamudoï. Après qu'Ayla eut terminé les pansements de Roshario, tous étaient fatigués, et ils sombrèrent dans le sommeil.

Le lendemain matin, Ayla fut réveillée par les rires joyeux des enfants, et par le museau froid de Loup. Lorsqu'il la vit ouvrir les yeux, il regarda vers la sortie, d'où provenaient les rires et les cris, puis il quêta son approbation en couinant.

— Tu veux aller jouer avec les enfants, hein ?

Loup couina de plus belle, et sa queue balaya le sol avec frénésie.

Ayla rejeta les couvertures et s'assit. A côté d'elle, Jondalar était affalé de tout son long, et dormait profondément. Elle s'étira, se frotta les yeux, et jeta un coup d'œil vers Roshario. La femme dormait toujours. Elle avait du sommeil à rattraper. Enroulé dans une couverture de fourrure, Dolando dormait à même le sol, à côté du lit de sa compagne. Lui non plus n'avait pas beaucoup dormi ces derniers temps.

Lorsque Ayla se leva, Loup bondit vers la porte et l'attendit, frétillant d'impatience. Elle souleva le rabat et sortit en ordonnant à Loup de rester à l'intérieur. Elle ne voulait pas qu'il effraie quelqu'un en se ruant dehors sans prévenir. Elle aperçut plusieurs enfants et leurs mères se baignant dans le bassin où se jetait la cascade. Elle s'y rendit suivie de près par Loup. Shamio poussa un cri de joie en le voyant.

— Viens, 'ti Loup ! Viens prendre un bain ! s'écria-t-elle.

Loup aboya en regardant Ayla.

— Tholie, tu crois que Loup peut se baigner avec eux ? demanda-t-elle. J'ai l'impression que cela ferait plaisir à Shamio.

— J'allais partir, dit la jeune femme. Mais Shamio peut rester et jouer avec le loup, si les autres veulent bien.

Devant l'absence d'objection, Ayla accorda son autorisation à Loup qui n'attendait que ce signal. Il plongea dans le bassin au milieu d'une gerbe d'éclaboussures, et fonça vers Shamio.

Une femme, qui sortait de l'eau en même temps que Tholie, ne put réprimer un sourire.

— Ah, si mes enfants étaient aussi obéissants que ce loup ! s'exclama-t-elle. Comment fais-tu, Ayla ?

— Cela prend du temps. Il faut de la patience, répéter chaque chose, et c'est parfois difficile de lui faire comprendre ce que tu veux. Mais une fois qu'il a compris, il n'oublie plus. Il est très intelligent. Pendant le Voyage, chaque jour je lui apprenais quelque chose.

— C'est comme avec un enfant, alors ? s'étonna Tholie. J'ignorais qu'on pût leur apprendre quoi que ce soit, mais pourquoi l'as-tu fait pour ce loup ?

— Parce que je savais qu'il pouvait effrayer les étrangers, et c'est justement ce que je voulais éviter, expliqua Ayla.

Ce fut seulement en voyant Tholie sortir du bassin qu'elle remarqua que la Mamutoï était enceinte. Oh, pas depuis longtemps, et ses rondeurs naturelles cachaient son état lorsqu'elle était vêtue, mais il n'y avait aucun doute.

— J'ai bien envie de me baigner aussi, dit Ayla. Mais il faut d'abord que j'urine.

— Si tu suis le sentier, tu trouveras une tranchée, expliqua Tholie.

Ayla faillit appeler Loup, mais se ravisa. Comme d'habitude, il avait levé la patte contre un buisson — elle lui avait appris à ne pas faire ses besoins à l'intérieur des habitations, mais pas encore à utiliser des endroits spéciaux. A le voir jouer avec les enfants, elle devina qu'il préférerait rester avec eux, mais elle hésitait. Elle savait qu'il n'arriverait rien, mais elle ne pouvait jurer de la réaction des mères.

— Laisse-le ici, Ayla, dit Tholie. Je l'ai bien observé, il ne fera pas de mal aux enfants. Tu avais raison. Ils seraient très déçus si tu l'emmenais.

— Oh, merci, dit Ayla en souriant à la jeune femme. Je reviens tout de suite.

Elle s'engagea sur le sentier qui montait en diagonale

la paroi rocheuse la plus abrupte. Elle escalada ensuite le sommet à l'aide des marches, poutres en bois maintenues par des piquets, et scellées par des pierres mêlées de terre.

La tranchée, ainsi que la surface qui la prolongeait, plantée de souches d'arbre sur lesquelles on s'asseyait, avait été creusée à même le versant opposé de la muraille. On devinait son usage à l'odeur et au bourdonnement des mouches, mais les rayons du soleil qui filtraient à travers les feuillages et les chants d'oiseaux rendaient l'endroit agréable, et ce fut avec plaisir qu'Ayla s'y installa pour soulager ses intestins. Elle aperçut un tas de mousse séchée dont elle devina l'utilité, et en apprécia la douceur ainsi que les propriétés absorbantes. Lorsqu'elle eut terminé, elle remarqua que les excréments avaient été ratissés dans le fond de la tranchée.

Elle décida de continuer à suivre le sentier qui descendait la colline. Elle constata avec surprise que la végétation ressemblait à celle qui poussait près de la caverne où elle avait grandi, et elle avait l'étrange impression d'être déjà venue par ici. Elle ne cessait de tomber sur tel rocher connu, une avancée au sommet d'une crête, des plantes familières. Elle s'arrêta pour cueillir quelques noisettes à un buisson qui poussait contre un mur de roche, et elle se surprit à dégager les branchages pour vérifier si la petite grotte s'y trouvait toujours.

Elle découvrit un autre buisson de mûres défendu par ses épines, et dont les rameaux courbaient sous le poids des fruits juteux. Elle s'en gava tout en se demandant ce qu'étaient devenues les baies qu'elle avait récoltées la veille. Elle se souvint alors d'en avoir mangé à la cérémonie de bienvenue. Elle décida de revenir plus tard en cueillir pour Roshario. Elle se rendit alors compte qu'elle devait rentrer. Peut-être la femme était-elle réveillée et avait besoin d'elle. Les bois étaient si familiers qu'elle en avait perdu toute notion du temps, et se croyait revenue des années en arrière. Elle avait erré dans les collines comme la petite fille de son enfance, en faisant semblant de chercher des plantes médicinales pour Iza afin de prolonger son exploration.

Etait-ce à cause de sa seconde nature, ou parce qu'elle cherchait les plantes qui serviraient d'excuse à son retard, toujours est-il qu'au retour, Ayla prêta davantage d'attention à la végétation. Elle faillit crier de joie et de soulagement, à la vue de la fine plante grimpante aux feuilles minuscules et aux tiges entortillées autour d'autres végétaux morts et desséchés, étouffés par les fils d'or de la plante parasite.

Enfin ! se dit-elle. Voilà les fils d'or, la plante magique d'Iza ! Voilà ce qu'il me faut pour mon infusion matinale, et empêcher un bébé de grandir dans mon ventre. Il y en a en quantité, moi qui avais peur de ne pas en avoir assez pour le reste du Voyage ! Je me demande s'il y a aussi de la sauge dans les parages. Oh, certainement. Il faudra que je revienne jeter un coup d'œil.

Elle cueillit de grandes feuilles qu'elle tressa avec des brindilles pour confectionner un récipient de fortune, et collecta un maximum de fils d'or, en prenant soin de ne pas tous les ramasser. Iza lui avait souvent recommandé d'en laisser afin de garantir la récolte de l'année suivante.

Sur le chemin du retour, elle fit un détour par un sentier qui traversait la forêt dans sa partie la plus épaisse et la plus sombre, espérant découvrir la plante blanche et cireuse qui apaisait les yeux des chevaux. Elle fouilla les sous-bois avec soin, certaine d'en trouver dans ce lieu si familier. Mais quand elle tomba sur les feuilles vertes d'une plante particulière, elle poussa un cri et se sentit parcourue d'un frisson glacé.

18

Ayla se laissa choir sur le sol humide et contempla les plantes, enivrée par l'air chargé des senteurs de la forêt, submergée de souvenirs. A l'intérieur même du Clan, le secret de cette racine était jalousement gardé. Ce savoir appartenait à la lignée d'Iza, et seuls ceux de cette lignée connaissaient le procédé complexe de fabrication de la drogue. Ayla se souvint d'Iza lui expliquant la méthode inhabituelle de séchage de la plante pour que ses propriétés pussent se concentrer dans les racines qu'il fallait conserver longtemps à l'abri de la lumière afin d'en augmenter l'effet.

Iza lui avait maintes fois répété comment fabriquer le breuvage à partir des racines, mais elle avait toujours refusé qu'Ayla en préparât avant le jour où elle se rendrait au Rassemblement du Clan. Le rituel était indispensable à la fabrication, Iza avait insisté là-dessus. C'était une drogue sacrée qu'on ne gaspillait pas. C'était précisément pour cette raison qu'Ayla, sachant pourtant que c'était rigoureusement interdit aux femmes, avait bu la lie restée dans le fond de la coupe antique d'Iza, après qu'elle eut fabriqué le breuvage pour les mog-ur. Certes elle n'avait pas toute sa tête à ce moment-là. Tant d'événements s'étaient produits, d'autres drogues avaient obscurci son esprit, et la décoction de racines était si puissante que le peu qu'elle avait avalé en le fabriquant avait suffi à lui tourner la tête.

Elle avait alors erré dans un labyrinthe de galeries

étroites creusé à l'intérieur d'une caverne profonde, et lorsqu'elle était tombée sur Creb et les autres mog-ur, elle n'avait pas pu faire demi-tour quand bien même elle l'eût voulu. Tout avait commencé là. Creb s'était rendu compte de sa présence, et il l'avait entraînée avec eux dans le voyage à travers la mémoire. Il le fallait, sinon elle aurait continué d'errer pour toujours dans le trou noir du néant. Mais après cette nuit-là, Creb ne fut plus jamais le même. Il cessa d'être le puissant Mog-ur, il n'avait plus le cœur à cela, excepté le dernier jour.

Lorsqu'elle avait quitté le Clan, il lui restait encore des racines. Elle les conservait dans sa bourse sacrée de cuir rouge, et Mamut s'était montré très intéressé quand elle lui en avait parlé. Mais il n'avait pas autant de pouvoirs que le mog-ur. Ou bien les Autres réagissaient différemment à la plante. Mamut et Ayla s'étaient retrouvés dans le trou noir du néant et avaient failli s'y perdre pour toujours.

Assise sur le sol moussu, Ayla, assaillie de souvenirs, contemplait la plante en apparence inoffensive, et qui produisait pourtant une drogue redoutable. Un nuage passa au-dessus de sa tête. Soudain, elle frissonna. Elle plongea dans l'obscurité et se mit à revivre l'étrange Voyage qu'elle avait fait avec Mamut. La verte forêt s'estompa et Ayla se sentit happée par le souvenir de la caverne obscure. Sa bouche s'emplit d'un arrière-goût d'humus et de moisissure provenant des forêts vierges primitives. Elle tombait à une vitesse vertigineuse vers les mondes étranges qu'elle avait visités avec Mamut, et la terreur du trou noir l'envahit.

C'est alors qu'elle perçut dans le lointain la voix vibrante d'inquiétude et d'amour de Jondalar. Il l'appelait. Par la seule force de son amour, il réussit à les tirer du néant, Mamut et elle. Tout à coup, elle revint sur terre, transie jusqu'à l'os malgré la douceur d'une fin d'été ensoleillée.

— C'est Jondalar qui nous a fait revenir ! s'écria-t-elle.

A l'époque elle n'en avait pas été consciente. C'était lui qu'elle avait vu en ouvrant les yeux, mais il avait subitement disparu, remplacé par Ranec lui offrant un bol d'infusion chaude. Mamut lui avait affirmé que quelqu'un les avait aidés à revenir, mais elle n'avait pas compris qu'il s'agissait de Jondalar. Et soudain elle comprenait, comme si maintenant il était important qu'elle l'apprît.

Le vieil homme s'était juré de ne plus jamais utiliser la racine. Il avait mis Ayla en garde, mais il lui avait aussi conseillé de s'assurer que quelqu'un l'assistât si elle devait en reprendre un jour. Quelqu'un qui pourrait l'aider à revenir. Il avait affirmé que la racine était plus dangereuse que la mort. Elle risquait de lui voler son esprit, et Ayla tomberait pour toujours dans le trou noir du néant, incapable à jamais de revenir vers la Grande Terre Mère. Cela n'avait plus tant d'importance puisqu'elle n'avait plus de racine. Mais voilà que la plante sacrée se trouvait à ses pieds.

Rien ne l'obligeait à la cueillir, songea-t-elle, et elle n'aurait donc pas à se soucier de perdre ou non l'esprit. En outre, cette drogue lui était interdite. Elle était réservée aux mog-ur pour communiquer avec le monde des esprits, et les guérisseuses se contentaient de la leur préparer. Oui, mais elle en avait déjà bu deux fois. Et Broud l'avait damnée. Pour le Clan, elle était morte. Qui d'autre lui interdirait d'en boire, maintenant ?

Machinalement, Ayla cassa une branche morte et s'en servit pour creuser la terre et extraire soigneusement plusieurs pieds de la plante en prenant garde de ne pas abîmer les racines. Comment aurait-elle renoncé, elle était l'une des rares au monde à connaître leur propriété et à savoir les préparer. Non qu'elle eût une envie particulière d'en consommer. Elle possédait des tas de préparations d'herbe qu'elle n'utiliserait sans doute jamais. Certes, c'était différent. Il s'agissait d'herbes médicinales comme les fils d'or, le remède magique d'Iza pour lutter contre l'essence de l'homme. En application externe, elles soulageaient les piqûres d'insecte. La plante qu'elle avait devant les yeux n'avait aucune vertu curative. Sa magie était purement spirituelle.

— Enfin, te voilà ! On commençait à s'inquiéter, déclara Tholie en voyant Ayla revenir par le sentier. Jondalar était sur le point d'envoyer Loup à ta recherche.

— Ayla, pourquoi es-tu partie si longtemps ? demanda Jondalar. Tholie nous a dit que tu revenais tout de suite.

Sans s'en rendre compte, il avait parlé en zelandonii, ce qui prouvait son inquiétude.

— Le sentier continuait, et j'ai eu envie de voir où il menait. Ensuite j'ai trouvé ce que je cherchais, expliqua Ayla en montrant sa collecte. Cette région ressemble beaucoup à celle où j'ai passé mon enfance. Il y a des plantes que je n'avais jamais revues depuis.

— Etait-ce si urgent ? A quoi sert celle-là par exemple ? demanda Jondalar en montrant les fils d'or.

Ayla le connaissait assez pour comprendre que sa colère était le fruit de son inquiétude, mais sa question la prit au dépourvu.

— C'est... c'est pour... c'est contre les piqûres, bredouilla-t-elle, gênée.

Elle avait le sentiment de mentir, même si sa réponse était parfaitement exacte. Incomplète, mais exacte. Ayla avait été élevée comme une femme du Clan, et les femmes du Clan n'avaient pas le droit de refuser de répondre à une question, surtout venant d'un homme. D'un autre côté, Iza avait bien insisté pour qu'elle ne dévoilât jamais le pouvoir des minces fils dorés, et surtout pas à un homme. Même Iza n'aurait pas pu refuser de répondre à la question de Jondalar, mais elle n'aurait jamais eu à affronter un tel dilemme. Aucun homme du Clan n'aurait posé une question sur les plantes à une guérisseuse, et encore moins sur son art. Dans l'esprit d'Iza, Ayla devait s'abstenir de fournir des informations avant d'en avoir été priée.

Il était permis de ne pas tout dire, mais uniquement par courtoisie, ou pour préserver la vie privée d'autrui, et Ayla était bien consciente d'avoir outrepassé cette restriction. Elle avait délibérément dissimulé une information. Elle avait le droit d'administrer la drogue si elle le jugeait nécessaire, mais Iza l'avait prévenue du risque qu'elle encourrait si on découvrait qu'elle connaissait le moyen de vaincre le plus puissant des esprits et d'empêcher ainsi toute grossesse. Le danger était encore plus grand si un homme apprenait son secret, qui devait rester l'apanage des seules guérisseuses.

Une pensée lui traversa l'esprit. Si la drogue magique d'Iza était capable de L'empêcher de répandre Sa bénédiction dans le corps d'une femme, était-elle donc plus forte que la Mère ? Etait-ce concevable ? Pourtant, puisqu'Elle avait créé toutes les plantes, Elle avait aussi créé celle-là ! On était obligé d'en déduire qu'Elle avait voulu aider les femmes pour qui une grossesse représenterait un danger. Mais alors, pourquoi si peu de femmes connaissaient-elles ce secret ? Et s'il y en avait plus qu'elle ne le croyait ? Peut-être les femmes sharamudoï utilisaient-elles cette plante puisqu'elle poussait dans leur région. Si elle le leur demandait, lui répondraient-elles ? D'un autre côté, si elles ignoraient son usage, comment leur demander sans dévoiler le secret ? Mais puisque la Mère l'avait créée pour aider les femmes, n'était-il pas légitime de les renseigner ? Ayla était assaillie de questions dont elle ne connaissait pas les réponses.

— Quel besoin urgent avais-tu de cueillir des plantes pour les piqûres d'insectes ? demanda Jondalar dont l'anxiété ne s'était pas dissipée.

— Je ne pensais pas que tu t'inquiéterais, répondit Ayla en lui souriant. Mais le coin m'était si familier. Je me croyais revenue au pays de mon enfance, et j'ai voulu l'explorer davantage.

— Et je parie que tu as trouvé des mûres pour ton petit déjeuner ! s'exclama Jondalar en retrouvant sa bonne humeur. Ah, je commence à comprendre ce qui t'a retenue si longtemps ! Je n'ai jamais rencontré personne qui raffolait des mûres autant que toi.

Il avait remarqué la gêne d'Ayla ainsi que sa réticence à avouer le véritable but de sa promenade, et il se réjouissait d'avoir deviné ce qu'il croyait en être la cause.

— Euh... c'est vrai, j'en ai mangé. Nous pourrions retourner en cueillir pour tout le monde. Elles sont délicieuses. J'en profiterais pour chercher certaines plantes.

— Ah, Ayla ! Avec toi je suis sûr de ne jamais manquer de mûres, plaisanta Jondalar en déposant un baiser sur sa bouche barbouillée.

Il était tellement soulagé de la savoir saine et sauve, et si fier d'avoir découvert sa prétendue faiblesse pour les mûres qu'Ayla se contenta de sourire en se gardant bien de le détromper. Bien sûr, elle adorait les mûres, mais sa véritable faiblesse, c'était lui. Elle défaillit de tendresse. Soudain elle voulut être seule avec lui, pouvoir le toucher, le caresser, lui procurer les Plaisirs, et s'abandonner aux Plaisirs qu'il savait si bien lui prodiguer.

Son regard trahit ses pensées, et les extraordinaires yeux bleus de Jondalar brillèrent d'un éclat particulier, prouvant qu'il avait compris. Un violent désir fit chavirer Ayla, et elle dut se détourner pour recouvrer ses esprits.

— Comment va Roshario ? demanda-t-elle ensuite. Est-elle réveillée ?

— Oui, et elle dit qu'elle a faim. Carolio est revenue du ponton et nous prépare quelque chose, mais nous avons préféré t'attendre avant de la faire manger.

— Je vais voir comment elle va, et après, j'aimerais bien aller nager.

Elle se dirigeait vers la hutte quand Dolando souleva le rabat et parut. Loup surgit de l'abri comme un bolide et sauta sur Ayla, posa ses pattes avant sur ses épaules, et lui lécha le visage à grands coups de langue.

— Loup, descends ! Tu vois bien que je suis chargée.

— On dirait qu'il est content de te voir, déclara Dolando... Moi aussi, ajouta-t-il après une longue hésitation. Roshario a besoin de toi.

Cela pouvait passer pour un aveu de reconnaissance, ou au moins pour une acceptation des soins qu'Ayla prodiguait à sa compagne. Ce qui était déjà un progrès, après le scandale qu'il avait déclenché la veille. Elle l'avait déjà obtenu puisqu'il l'avait autorisée à dormir dans sa hutte, mais il ne l'avait pas dit expressément.

— As-tu besoin de quelque chose ? demanda Dolando, remarquant qu'elle était chargée.

— Oui, il me faut un séchoir pour étendre ces plantes. Je pourrais en fabriquer un, à condition d'avoir du bois ainsi que des lanières ou des tendons pour les fixations.

— Je crois que j'ai mieux que ça. Shamud séchait ses plantes lui-même, et je sais où il rangeait ses séchoirs. En veux-tu un ?

— Oui, ce serait parfait.

Il hocha la tête et partit le chercher pendant qu'Ayla entrait. Elle sourit en voyant Roshario assise sur sa couche, puis déposa les plantes et s'avança.

— J'ignorais que Loup était revenu, dit-elle. J'espère qu'il ne t'a pas ennuyée ?

— Penses-tu ! Il montait la garde. Il est rentré — il a compris comment soulever le rabat — et il est venu directement me voir. Je l'ai caressé et il est parti s'installer dans le coin, là-bas. C'est sa place, maintenant.

— Tu as bien dormi ? demanda Ayla en arrangeant les fourrures et les coussins pour que Roshario pût s'adosser confortablement.

— Oh oui, surtout après la longue explication que j'ai eue avec Dolando. Cela faisait longtemps que je n'avais pas si bien dormi, assura Roshario.

Elle dévisagea l'étrangère que Jondalar lui avait amenée, qui avait bouleversé leur vie et précipité tant de changements en si peu de temps.

— Tu sais, Ayla, il ne pensait pas tout ce qu'il t'a dit. La mort de Doraldo lui a pesé pendant des années, il n'a jamais réussi à s'en remettre. Et jusqu'à hier soir, il ignorait dans quelles circonstances c'était arrivé. Il a toujours considéré les Têtes Plates comme des bêtes cruelles, et aujourd'hui il est obligé de réviser son jugement, en partie grâce à toi, Ayla. Ah, des années de haine à effacer !

— Oui, mais toi, Roshario ? C'était ton fils.

— Moi aussi, je les détestais. Et puis, la mère de Jetamio est morte, et nous avons recueilli la petite. Elle n'a pas tout à fait pris la place de Doraldo, mais elle était si malade et elle avait tellement besoin que je m'occupe d'elle que j'ai peu à peu oublié la mort de mon fils. Plus je la considérais comme ma fille, moins la perte de Doraldo me pesait. Dolando s'est mis à aimer Jetamio, mais les garçons comptent davantage pour les hommes. Surtout les garçons nés dans leur foyer. Il n'a jamais accepté que Doraldo disparaisse si jeune, à l'aube de sa vie, affirma Rosha-rio, les yeux brillants de larmes. Maintenant, Jetamio aussi s'en est allée. J'ai longtemps hésité avant de recueillir Darvo. J'avais peur qu'il ne meure jeune, lui aussi.

— C'est toujours dur de perdre un enfant, déclara Ayla.

Roshario crut apercevoir une ombre de douleur assombrir le visage d'Ayla quand elle se leva pour aller préparer les remèdes. Elle revint chargée de bols dans lesquels elle mettait ses herbes. Roshario n'en avait jamais vu de pareils. Les Shamudoï gravaient ou peignaient tous leurs outils, ustensiles et récipients, et ceux de Shamud étaient à la fois peints et sculptés. Les bols d'Ayla étaient délicatement poncés et d'une forme agréable, mais ils étaient nus. Le grain du bois constituait leur seule décoration.

— As-tu encore mal ? demanda Ayla en aidant Roshario à s'allonger.

— Un peu, mais de moins en moins, assura la femme pendant qu'Ayla ôtait ses bandages.

— On dirait que c'est désenflé, remarqua Ayla qui examinait le bras de Roshario. C'est bon signe. Je vais remettre les attelles et la bandoulière de peau au cas où tu voudrais te lever. Ce soir, je t'appliquerai un emplâtre. Lorsque l'enflure sera complètement résor-bée, je t'envelopperai le bras dans de l'écorce de bouleau que tu garderas jusqu'à ce que l'os se res-soude. Au moins pendant une lune et demie, expli-qua-t-elle en ôtant délicatement la peau de chamois humide pour examiner l'ecchymose causée par ses manipulations de la veille.

— De l'écorce de bouleau ? s'étonna Roshario.

— Oui. Trempée dans l'eau chaude, elle se ramollit et épouse la forme qu'on lui donne. Comme elle durcit en séchant, elle maintiendra bien ton bras pour empêcher l'os de bouger. Cela te permettra d'aller et venir sans danger.

— Je ne serai plus obligée de rester couchée à ne rien faire ? Je vais donc pouvoir me lever et me rendre utile ? s'exclama Roshario, l'air ravi.

— Tu ne pourras te servir que d'un bras, mais rien ne t'empêchera d'aller sur tes deux jambes. C'est la douleur qui te clouait au lit.

— Oui, c'est vrai.

— Je voudrais faire une petite expérience avant de remettre tes bandages. Essaie de bouger les doigts, si tu peux. Vas-y doucement, tu risques d'avoir un peu mal.

Ayla s'efforça de prendre un ton détaché. Si quelque lésion interne empêchait Roshario de bouger les doigts, cela voudrait dire qu'elle ne retrouverait pas l'usage complet de son bras. Les deux femmes observaient la main de Roshario, le visage tendu. Elles sourirent en même temps avec soulagement quand Roshario leva son majeur, puis tous les autres doigts.

— Bravo ! s'exclama Ayla. Voyons si tu peux les plier maintenant.

— Oh, ça tire ! gémit Roshario.

— Essaie de serrer le poing si ce n'est pas trop douloureux.

— Si, ça fait mal, mais j'y arrive.

— Très bien. Montre jusqu'où tu peux bouger ta main. Peux-tu la plier vers ton poignet ?

Rosharío grimaça et souffla, mais elle réussit à plier la main.

— Bon, ça suffit, décréta Ayla.

Loup émit une sorte de toux rauque pour annoncer l'arrivée de Jondalar. Les deux femmes se retournèrent et sourirent en le voyant entrer.

— Je viens voir si je peux me rendre utile. Veux-tu

que je t'aide à porter Roshario dehors ? demanda Jondalar.

Apercevant le bras meurtri de Roshario, il détourna rapidement les yeux. La chose enflée, la peau décolorée ne l'inspiraient guère.

— Non, je n'ai pas besoin de toi pour l'instant. Mais d'ici un jour ou deux, il me faudra des bandes d'écorce fraîche. Si tu passes devant un bouleau de bonne taille, essaie de te souvenir où tu l'as vu pour m'y emmener plus tard. J'aurai besoin de l'écorce pour maintenir son bras, précisa Ayla en fixant les attelles.

— Pourquoi voulais-tu me faire remuer les doigts, Ayla ?

— Eh bien, je voulais simplement vérifier l'état de ton bras. Avec un peu de chance, tu pourras bientôt t'en servir comme si de rien n'était... ou presque.

— Voilà une excellente nouvelle, lança Dolando.

Il venait d'entrer. Darvalo l'aidait à porter le séchoir, et l'Homme Qui Ordonne avait entendu le diagnostic d'Ayla.

— Ça conviendra ? lui demanda-t-il.

— Oui, merci de l'avoir rentré. Certaines plantes doivent sécher à l'abri de la lumière.

— Carolio me charge de vous prévenir que votre repas est prêt, déclara le jeune garçon. Elle aimerait savoir si vous préférez manger dehors. Il fait tellement beau.

— Oh oui, j'aimerais bien... enfin, si tu penses que c'est raisonnable, dit Roshario en interrogeant Ayla.

— Attends que je t'aie remis la bandoulière et tu pourras marcher, à condition que Dolando te soutienne.

Pour une fois, un large sourire éclaira le visage du chef taciturne des Shamudoï.

— Si personne n'y voit d'inconvénient, j'aimerais bien aller nager avant de manger, reprit Ayla.

— Un bateau, ça ? s'exclama Markeno en aidant Jondalar à appuyer la chose ronde recouverte de peau contre le mur, à côté des longues perches. Comment fais-tu pour le gouverner ?

— Ah, ce n'est pas aussi facile qu'avec les vôtres, mais nous l'utilisons surtout pour traverser les cours d'eau et les pagaies sont largement suffisantes. Et puis, nous amarrons le bateau aux perches et Whinney nous tire. C'est plus facile, expliqua Jondalar.

De l'autre côté du pré, Ayla étrillait Whinney sous le regard de Rapide. Elle avait soigné auparavant les yeux des deux chevaux, et maintenant qu'ils bénéficiaient d'un climat plus frais, que les moucherons avaient disparu, leur état s'améliorait de jour en jour.

— Ce qui me surprend le plus, ce sont les chevaux, dit Markeno. Jamais je n'aurais imaginé qu'ils acceptent la compagnie des humains. Ceux-là ont même l'air de l'apprécier. Pourtant, au début, j'avoue que c'est le loup qui m'a sidéré.

— Oui, mais tu t'y es habitué. Ayla le garde toujours près d'elle parce qu'elle pensait qu'il effraierait les gens davantage que les chevaux.

Ils aperçurent Tholie avec Shamio, et Loup gambadant autour d'elle, aller rejoindre Ayla.

— Shamio est folle de lui. Regarde-la, dit Markeno. Je devrais être inquiet, ce monstre n'en ferait qu'une bouchée. Mais, non, il n'est pas menaçant, il joue avec elle.

— Les chevaux aussi aiment jouer, mais le plus agréable, c'est de les chevaucher. Tu devrais essayer ! Evidemment, par ici, ça manque d'espace pour galoper.

— Tant pis ! Je crois que je m'en tiendrai aux promenades en bateau, dit Markeno. Tiens, voilà Carlono ! ajouta-t-il en voyant une tête apparaître au bord de la falaise. Eh bien, Ayla va pouvoir faire un tour en bateau.

Ils se retrouvèrent tous à hauteur des chevaux, et repartirent ensemble à l'endroit où le petit cours d'eau se déversait de la falaise dans la Grande Rivière Mère.

— Crois-tu vraiment qu'elle doive descendre le long de la falaise ? demanda Jondalar. C'est tellement haut, et ça peut faire peur. Moi-même je ne suis pas très à l'aise, j'ai perdu l'habitude.

— C'est toi qui voulais qu'elle fasse un tour dans un

vrai bateau, Jondalar. Et elle a peut-être envie de voir notre ponton.

— Oh, ce n'est pas si difficile ! protesta Tholie. On se tient à la corde et il y a des prises où poser les pieds. Je vais lui montrer.

— Elle n'est pas obligée de descendre la falaise de cette façon, intervint Carlono. On peut utiliser le panier. Rappelle-toi, Jondalar, c'est comme ça qu'on vous avait hissés, ton frère et toi, la première fois.

— Oui, je crois que cela vaut mieux, approuva Jondalar.

— Descends avec moi, nous leur enverrons le panier.

Ayla avait tendu l'oreille tout en contemplant le fleuve, en bas. Elle examina le sentier précaire qu'on utilisait — celui-là même où était tombée Roshario, qui le connaissait pourtant bien. Elle vit la grosse corde à nœuds, maintenue par des pieux en bois enfoncés dans des fissures de la roche, et qui partait du sommet où ils se trouvaient. Une grande partie de la descente était balayée par la chute d'eau qui cascadait de rochers en saillies.

Elle regarda Carlono franchir le rebord de la falaise avec aisance, empoigner la corde d'une main pendant que son pied trouvait la première prise. Elle vit Jondalar pâlir légèrement, prendre sa respiration, et suivre le Ramudoï, avec tout de même davantage de lenteur et de précaution. Pendant ce temps-là, Markeno, que Shamio voulait aider, attrapa un rouleau de grosse corde. Il passa une boucle tressée à une extrémité dans un gros pieu fiché à mi-chemin entre les deux lourds poteaux entre les deux murailles rocheuses, au bord de la falaise, et fit pendre le reste de la corde dans le vide. C'étaient les cordages les plus solides qu'Ayla eût jamais vus, et elle était curieuse de connaître la nature des fibres qui les composaient.

Peu après, Carlono reparut. Il remontait l'autre extrémité de la corde. Il alla jusqu'à un deuxième pieu, proche du premier, et commença à tirer sur la corde qu'il enroulait habilement au fur et à mesure. Un grand panier apparut au bord de la falaise, entre les deux pieux. Poussée par la curiosité, Ayla s'avança pour l'examiner de plus près.

Le panier était aussi extrêmement solide. De forme ovale, il avait un fond tressé et renforcé de planches en bois, des bords rigides qui constituaient une sorte de clôture basse, et il était assez grand pour contenir une personne allongée, ou un esturgeon de taille moyenne dont la tête et la queue dépasseraient. Les plus grands esturgeons, une des deux espèces vivant en eau douce, atteignaient jusqu'à neuf mètres, pesaient près de deux tonnes et on devait les découper avant de les hisser dans le panier.

Le panier se balançait à deux cordes enfilées sur quatre anneaux en fibres, deux sur chaque largeur. Chaque corde passait par deux anneaux disposés en diagonale, de sorte que les deux cordes se croisaient sous la base du panier. Les extrémités des cordes étaient tressées ensemble, formant au-dessus du panier une large boucle dans laquelle on avait glissé la corde qu'on avait lancée par-dessus le bord de la falaise.

— Vas-y, Ayla ! Nous allons te descendre doucement, dit Markeno qui enfila une paire de moufles en cuir avant d'enrouler la section longue de la corde autour du deuxième poteau pour préparer la descente.

— Si tu préfères descendre toute seule, je vais te montrer comment on fait, proposa Tholie en la voyant hésiter. Je te comprends, je n'aime pas non plus voyager dans ce panier.

Ayla jeta encore un coup d'œil à la paroi abrupte. Aucun des deux moyens ne la tentait vraiment.

— Je vais plutôt essayer le panier, décida-t-elle à regret.

Le sentier, taillé dans la muraille, descendait en pente abrupte, mais assez inclinée pour qu'on pût tout juste l'emprunter. Là où on avait planté les pieux, le haut de la falaise formait un encorbellement qui saillait au-dessus de l'à-pic.

Elle monta dans le panier, et s'assit en se cramponnant au rebord de toutes ses forces.

— Tu es prête ? demanda Carlono.

Ayla acquiesça d'un signe de tête sans relâcher sa prise, les jointures blanchies à force de crispation.

— Vas-y, Markeno, descends-la, ordonna Carlono.

Le jeune Ramudoï laissa glisser la corde, et Carlono guida le panier au-dessus du rebord de la falaise. Markeno laissa filer la corde entre ses mains protégées par les moufles, contrôlant la vitesse de la descente grâce à la corde enroulée au pieu. Suspendue dans le vide, à la verticale du ponton, Ayla descendait lentement.

Cette invention, simple mais efficace, permettait de hisser les marchandises, ou les gens, de l'embarcadère au camp des Shamudoï. Grâce à la relative légèreté du panier, pourtant solide, une personne pouvait à elle seule monter des charges assez lourdes. A plusieurs, on en transportait de beaucoup plus lourdes encore.

Quand elle bascula par-dessus la falaise, Ayla ferma les yeux et s'accrocha au panier, le cœur battant. Puis, constatant qu'elle descendait en douceur, elle ouvrit un œil et s'émerveilla d'un panorama unique.

Suspendue au-dessus de la Grande Rivière Mère, glissant le long de la muraille rocheuse, Ayla avait l'impression de flotter dans l'air. Sur l'autre rive, la muraille distante de près de deux kilomètres paraissait pourtant plus proche. En d'autres points de la Porte, les deux murailles étaient vraiment plus proches. A cet endroit, le fleuve coulait presque en ligne droite, offrant à Ayla une vue dégagée sur ses eaux puissantes et tumultueuses, à l'est comme à l'ouest. Lorsqu'elle approcha de l'embarcadère, elle aperçut en levant la tête un nuage blanc qui s'envolait lentement du bord de la falaise, ainsi que deux silhouettes — dont l'une minuscule — et Loup qui se penchaient pour l'observer. Elle leur fit un petit signe. Le léger choc de l'atterrissage la surprit.

— Oh, Jondalar, c'était fantastique ! s'exclama Ayla en voyant son compagnon s'approcher.

— Et spectaculaire, non ? renchérit-il en l'aidant à sauter du panier.

Une foule attendait Ayla, mais l'endroit l'intéressait

plus que les gens. Elle posa le pied sur le sol en bois, et sentit le ponton bouger, comprenant soudain qu'il flottait sur le fleuve. L'embarcadère était de taille respectable, et abritait plusieurs constructions semblables à celles qui se dressaient sous la saillie de grès. On avait également aménagé des aires de réunion. Sur un bloc de grès entouré de rocs, un feu brûlait.

Plusieurs embarcations, comme celles qu'elle avait vues en aval — étroites et effilées à l'avant comme à l'arrière — étaient amarrées au ponton. Toutes étaient différentes, il y en avait de toutes les tailles, du petit canot à une place au longs bateaux à plusieurs rangées de sièges.

Deux immenses bateaux la frappèrent particulièrement. Les proues surélevées se terminaient par une tête d'oiseau aussi étrange qu'inconnu. La coque, décorée de dessins géométriques, semblait recouverte de plumes, et on avait peint des yeux au-dessus de la ligne de flottaison. Le plus gros était pourvu d'un dais en son milieu. Elle se retourna vers Jondalar pour lui faire part de son étonnement ébloui, et le vit contempler la tête d'oiseau avec une expression de douleur et d'angoisse. Elle comprit que le bateau avait quelque chose à voir avec son frère.

Entraînés par un groupe de Ramudoï impatients de leur prouver leurs qualités de navigateurs, ils n'eurent pas le temps d'en parler. Ayla vit deux hommes escalader prestement une sorte d'échelle qui reliait le ponton au bateau, vers laquelle on la poussa aussitôt. Elle comprit ce qu'on attendait d'elle et s'engagea sur la frêle passerelle. Les Ramudoï la franchissaient d'un pas souple et chaloupé, alors que le bateau et le ponton bougeaient parfois en sens contraire, et Ayla prit avec soulagement la main secourable que lui tendait Carlono.

Elle s'installa entre Jondalar et Markeno, sur un banc où bien d'autres encore auraient pu s'asseoir, sous le dais qui s'étendait d'un bord à l'autre du bateau. D'autres s'assirent sur les bancs qui les entouraient et plusieurs d'entre eux empoignèrent des pagaies à long manche. Avant qu'elle ait pu s'en rendre compte, ils avaient largué les amarres et le bateau était déjà au milieu du fleuve.

Carolio, la sœur de Carlono, debout à l'avant du bateau, entonna un chant cadencé d'une voix forte qui couvrit l'écoulement mélodieux de la Grande Rivière Mère. Ayla observa, fascinée, les hommes ramer en cadence à contre-courant, au rythme du chant. Elle était stupéfaite par la vitesse à laquelle le bateau remontait le fleuve.

A un coude de la Grande Rivière Mère, les parois de la gorge se resserrèrent et le vacarme du courant devint assourdissant. L'air se refroidit, l'humidité les enveloppa, dégageant un parfum de fraîcheur qui monta aux narines d'Ayla. Les odeurs de la vie aquatique étaient bien différentes de la senteur pénétrante des plaines arides.

La gorge s'élargit de nouveau, et des arbres commencèrent d'apparaître sur les berges.

— Il me semble reconnaître l'endroit, déclara Jondalar. C'est là qu'on construit les bateaux, non ? On s'y arrête ?

— Non, pas cette fois. On continue et on fera demi-tour au Demi-Poisson.

— Le Demi-Poisson ? s'étonna Ayla. Qu'est-ce que c'est ?

Un homme sur le banc devant elle se retourna en souriant. Ayla reconnut le compagnon de Carolio.

— Demande-lui donc, suggéra-t-il en désignant Jondalar qui s'empourpra aussitôt. C'est là qu'il est devenu une moitié de Ramudoï. Il ne t'a pas raconté ? insista-t-il en provoquant l'hilarité générale.

— Pourquoi ne lui racontes-tu pas toi-même, Barono ? proposa Jondalar. Tu dois avoir l'habitude.

— Jondalar n'a pas tort, intervint Markeno. C'est l'une des histoires préférées de Barono. Carolio commence à être fatiguée de l'entendre, mais lui n'est pas fatigué de la raconter.

— Avoue tout de même que c'était drôle, Jondalar, dit Barono. Mais je préfère que tu la racontes.

— Oui, c'était peut-être drôle... pour les autres,

admit Jondalar en souriant malgré lui sous le regard étonné d'Ayla. Voilà : j'apprenais à diriger un petit canot. J'avais un harpon — c'est une sagaie pour tuer les poissons — et je remontais le courant, quand j'aperçus un esturgeon. Je me suis dit que c'était l'occasion de tuer mon premier gros poisson, sans me demander comment je rapporterais une aussi grosse prise tout seul.

— L'esturgeon lui a offert son plus beau voyage ! ne put s'empêcher de s'exclamer Barono.

— Je n'étais même pas sûr de savoir me servir du harpon, poursuivit Jondalar. Une sagaie attachée au bout d'une corde, ce n'est pas pratique. Mais j'aurais dû réfléchir avant de viser.

— Je ne comprends pas, l'interrompit Ayla.

— C'est simple. Imagine que tu sois sur la terre ferme et que tu touches un cerf, par exemple. Même s'il n'est que blessé et que la sagaie tombe, tu peux toujours le suivre à la trace, expliqua Carlono. Mais tu ne peux pas suivre un esturgeon dans l'eau. C'est pour ça que le harpon est muni de barbillons et d'une corde solide. Quand tu harponnes un poisson, la pointe se fiche dans sa chair et grâce à la corde attachée, le poisson ne t'échappe pas. En général, on noue l'autre extrémité de la corde au bateau.

— L'esturgeon qu'il a harponné l'a entraîné à contre-courant avec son bateau, intervint encore Barono. Nous étions sur la berge, et nous l'avons vu passer comme un bolide, agrippé à la corde attachée au bateau. Je n'ai jamais vu personne filer aussi vite, c'était à mourir de rire. Jondalar croyait avoir harponné un poisson, mais c'était le contraire !

Ayla rit de bon cœur avec les autres.

— Le poisson a fini par mourir d'épuisement, exsangue, mais j'étais loin de mon point de départ, poursuivit Jondalar. Le canot était empli d'eau et j'ai dû nager jusqu'au rivage. Dans le tumulte, le bateau redescendit le courant mais l'esturgeon s'échoua dans un bras de la rivière, près de la berge, et j'ai pu le hisser à terre. Mais j'étais frigorifié, j'avais perdu mon couteau et je ne trouvais rien pour allumer du feu. Tout d'un coup, un Tête Plate... euh... un jeune du Clan surgit.

Ayla l'écoutait bouche bée. L'histoire prenait une nouvelle tournure.

— Il m'a conduit jusqu'à son feu. Une vieille femme de son camp m'a donné une peau de loup en me voyant frissonner. Une fois réchauffé, nous sommes retournés au bord du fleuve. Le Tête... le jeune voulait la moitié du poisson, et je lui ai donné de bon cœur. Il a coupé l'esturgeon en deux dans le sens de la longueur, et il est reparti avec sa part. Ceux qui m'avaient vu emporté par l'esturgeon étaient partis à ma recherche, et ils m'ont trouvé à ce moment-là. Ils avaient beau se moquer, j'étais bien content de les revoir.

— Je n'arrive toujours pas à croire qu'un Tête Plate ait pu transporter cette moitié d'esturgeon tout seul, avoua Markeno. Il a fallu qu'on se mette à trois pour déplacer la moitié restante. C'était un sacré morceau.

— Les hommes du Clan sont très forts, affirma Ayla. Mais c'est bizarre, je ne savais pas qu'ils venaient jusqu'ici. Je croyais qu'ils ne vivaient que dans la péninsule.

— Avant, il y en avait pas mal de l'autre côté du fleuve, assura Barono.

— Ah, bon ? Que sont-ils devenus ?

Les Ramudoï évitèrent son regard, l'air gêné.

— Après la mort de Doraldo, dit enfin Markeno, Dolando a réuni quelques hommes et... ils les ont chassés. Après ça, ils ont presque tous... disparu... Ils ont dû s'en aller.

— Montre-moi encore une fois, demanda Roshario, voulant essayer à tout prix.

Ayla lui avait appliqué l'écorce de bouleau le matin même. L'écorce n'était pas encore tout à fait sèche, mais le moulage, léger et résistant, était déjà assez rigide pour que Roshario pût bénéficier d'une plus grande liberté de mouvements. Mais Ayla ne voulait pas que Roshario se servît déjà de sa main.

Elles étaient assises au soleil avec Tholie, entourée

d'une pile de peaux de chamois. Ayla avait sorti sa trousse de couture et leur montrait le tire-fil qu'elle avait inventé avec l'aide des femmes du Camp du Lion.

— Il faut d'abord percer des trous avec un poinçon dans les deux pièces de cuir que tu veux assembler, expliqua Ayla.

— Oui, c'est ce qu'on fait toujours, assura Tholie.

— Mais ensuite, tu te sers de ça pour passer le fil à travers les trous. Tu vois, il y a un petit trou à la base de l'aiguille. Tu y glisses le fil, tu passes la pointe dans les trous du cuir, tu tires de l'autre côté et elle entraîne le fil.

Tout en faisant sa démonstration, elle pensait aux améliorations qu'elle pourrait apporter à sa découverte. Si le tire-fil était assez pointu, ne pourrait-il pas aussi percer le trou ? Cela irait plus vite, mais le cuir était parfois très dur.

— Je peux le voir ? demanda Tholie. Comment passes-tu le fil dans le trou du tire-fil ?

— Comme ça, regarde.

Après lui avoir montré, elle lui tendit le tire-fil, et Tholie fit quelques essais.

— Comme c'est facile ! s'extasia-t-elle. On pourrait presque coudre d'une seule main.

Roshario, qui ne perdait pas une miette de l'expérience, n'était pas loin de penser comme Tholie. Bien qu'elle ne pût utiliser son bras cassé, avec un tire-fil pareil, en tenant les deux pièces de cuir de sa main invalide, elle serait peut-être en mesure de coudre avec sa bonne main.

— Je n'ai jamais vu quelque chose d'aussi ingénieux, déclara-t-elle. Comment l'as-tu inventé, Ayla ?

— Je ne sais pas. Cela m'est venu un jour où j'avais du mal à coudre. Mais les autres femmes m'ont beaucoup aidée à le mettre au point. Le plus dur a été de fabriquer une pointe de silex assez petite pour creuser le trou au bout d'un tire-fil en ivoire. C'est Jondalar qui l'a réalisé avec l'aide de Wymez.

— Wymez est le tailleur de silex du Camp du Lion, expliqua Tholie à Roshario. On dit qu'il est très bon.

— Et Jondalar est très adroit, ça je le sais, remarqua Roshario. Il a apporté tellement d'améliorations aux outils qui nous servent à fabriquer les bateaux que tout le monde l'admire. Ce sont de petits détails, mais ils font une énorme différence. Avant de partir, il apprenait le métier à Darvo. C'est un bon maître, j'espère qu'il va reprendre l'enseignement de Darvo.

— Jondalar prétend que Wymez lui a beaucoup appris, déclara Ayla.

— C'est possible. En tout cas, vous me semblez tous les deux très doués pour améliorer l'outillage, dit Tholie. Ton tire-fil va simplifier la couture. Même quand on a le coup de main, c'est difficile de pousser le fil dans les trous avec un poinçon. Et le propulseur de Jondalar est une merveille. On s'est tous dit qu'on pourrait en faire autant, mais je reste persuadée que ce n'est pas aussi facile que ça en a l'air. Il doit falloir beaucoup d'entraînement.

Jondalar et Ayla avaient fait une démonstration de lancement de sagaies avec le propulseur. Il fallait beaucoup d'adresse et assez de patience pour approcher un chamois, et quand les chasseurs shamudoï virent la portée des jets de sagaie, il furent tous impatients d'essayer les propulseurs sur les insaisissables antilopes des montagnes. Plusieurs Ramudoï, chasseurs d'esturgeons, furent tellement enthousiastes qu'ils décidèrent d'adapter le harpon au propulseur. Dans la discussion qui suivit, Jondalar fit part de son idée de sagaie en deux parties : une longue hampe empennée de deux ou trois plumes et un bout muni d'une pointe qu'on emmanchait dessus. Le potentiel de cette découverte n'échappa à personne, et il y eut différentes tentatives des deux groupes les jours suivants.

Des éclats de voix leur parvinrent soudain de l'autre côté du champ. Les trois femmes levèrent la tête et virent qu'on hissait le panier sur le rebord de la falaise. Quelques jeunes accoururent en criant.

— Ils en ont pris un ! Ils en ont pris un avec le lance-harpon !

— C'est une femelle ! annonça fièrement Darvalo, qui faisait partie du groupe.

— Oh, allons-y ! proposa Tholie.

— Va, dit Ayla, je te rejoindrai dès que j'aurai rangé mon tire-fil.

— Je t'attends, décida Roshario.

Quand elles arrivèrent au bord de la falaise, on avait déjà déchargé la première moitié de l'esturgeon et redescendu le panier. Le poisson était trop gros pour être monté en une fois, mais on avait d'abord hissé le meilleur : près de cent kilos de petits œufs noirâtres. Que la première prise due à la nouvelle arme dérivée du propulseur de Jondalar fût une énorme femelle sembla à tous un présage favorable.

On apporta des séchoirs à poissons et tous se mirent à découper l'esturgeon en petits morceaux. Le caviar fut porté jusqu'aux habitations et la responsabilité de sa distribution échut à Roshario. Elle demanda à Ayla et à Tholie de l'aider, et leur en fit goûter.

— Hmm ! Cela fait des années que je n'en avais pas mangé ! s'exclama Ayla qui en reprit une bouchée. C'est encore meilleur frais, et quelle quantité !

— Heureusement, dit Tholie, sinon, on ne pourrait pas en manger.

— Ah bon, pourquoi ? s'étonna Ayla.

— Mais parce que c'est avec les œufs d'esturgeon que nous assouplissons les peaux de chamois, expliqua Tholie. On gardera la majeure partie des œufs pour ça.

— Je serais curieuse de voir comment vous rendez les peaux aussi souples, dit Ayla. J'ai toujours aimé travailler le cuir, ou la fourrure. Quand je vivais avec le Camp du Lion, j'ai appris à teindre les peaux, et j'en avais réussi une rouge très jolie. Crozie m'avait également montré comment faire du cuir blanc, mais vos peaux jaunes me plaisent aussi beaucoup.

— Tiens, ça m'étonne que Crozie ait accepté de te montrer cela, remarqua Tholie en jetant un regard à Roshario. On dit que la fabrication du cuir blanc est un secret du Foyer de la Grue.

— Elle ne m'a jamais dit que c'était un secret. Sa

mère lui avait appris à le faire et le travail du cuir n'intéressait pas sa fille, alors elle semblait seulement contente de transmettre son savoir.

— Evidemment, puisque vous étiez toutes deux membres du Camp du Lion, c'est comme si vous étiez de la même famille, admit Tholie sans conviction. Elle n'aurait certainement pas dévoilé son secret à une étrangère. Nous non plus, d'ailleurs. Le traitement des peaux de chamois est un secret des Sharamudoï. Nos peaux sont très appréciées et elles représentent une grande valeur d'échange. Si tout le monde savait les faire, elles perdraient de leur valeur. Alors nous gardons notre secret.

Ayla prit un air entendu, mais la déception se lisait sur son visage.

— En tout cas, elles sont très belles, et le jaune leur donne un joli brillant.

— C'est le myrte des marais qui lui donne cette couleur, mais on ne l'utilise pas pour cette raison. C'est un simple hasard. Le myrte des marais permet à la peau de rester souple, même après avoir été mouillée, déclara Roshario en veine de confidences. Si tu restes avec nous, on t'apprendra comment on obtient nos peaux de chamois.

— Si je reste ? Si je reste combien de temps ?

— Oh, le temps que tu voudras. Toute la vie, si tu veux, dit Roshario d'un air engageant. Jondalar est presque de la famille. Nous le considérons comme un des nôtres, il lui faudrait si peu pour devenir un Sharamudoï à part entière. Il a déjà participé à la construction d'un bateau. Comme vous n'avez pas encore été unis, je suis sûre qu'on trouverait sans difficulté un couple qui accepterait de s'unir avec vous, et la cérémonie pourrait avoir lieu ici. Tu sais, Ayla, tu serais la bienvenue. Depuis la mort de notre vieux Shamud, nous avons besoin d'une Femme Qui Soigne.

Bien que spontanée, la proposition de Roshario semblait tomber à un moment propice.

— Nous serions d'accord pour nous unir avec vous, proposa Tholie. Bien sûr, il faudrait que j'en parle à

Markeno, mais je suis sûre qu'il accepterait. Nous n'avons trouvé personne pour remplacer Jetamio et Thonolan. Le frère de Thonolan, ce serait merveilleux, et je serais ravie de partager ma hutte avec une Mamutoï, assura-t-elle en adressant un sourire chaleureux à Ayla. Shamio serait si contente d'avoir un « Ti' Loup » pour elle toute seule.

L'offre avait pris Ayla par surprise. Quand elle en eut compris tout le sens, elle fut bouleversée et ses yeux s'emplirent de larmes.

— Oh, Roshario, je ne sais comment te remercier. Je me sens comme chez moi depuis que je suis ici. Tholie, j'aimerais tant partager...

Les larmes l'empêchèrent de terminer sa phrase. Emues, les deux Sharamudoï durent refouler leurs propres larmes qui leur montaient aux yeux, et elles se souriaient comme deux complices venant de réussir un coup particulièrement brillant.

— Dès le retour de Jondalar et de Markeno, nous leur demanderons leur avis, dit Tholie. Markeno sera soulagé, j'en suis sûre...

— Oui, mais Jondalar... Il voulait absolument passer chez vous, c'est vrai. Il a même décidé de ne pas prendre le raccourci, uniquement pour vous voir. Pourtant, je ne sais pas s'il voudra rester, il a tellement envie de retourner chez son peuple, déclara Ayla.

— Mais nous sommes son peuple, assura Tholie.

— Non, Tholie. Même s'il est resté avec nous aussi longtemps que son frère, Jondalar est toujours un Zelandonii. Il n'arrive pas à chasser les siens de sa tête. Je l'ai toujours su, avoua Roshario. C'est pour ça qu'il n'a jamais éprouvé de sentiments assez solides pour Serenio.

— C'est la mère de Darvalo, n'est-ce pas ? demanda Ayla.

— Oui, répondit la vieille femme, qui aurait bien voulu savoir jusqu'où Jondalar s'était confié à Ayla. Mais on voit bien qu'il t'adore. Alors, peut-être avec le temps est-il moins prisonnier de son attachement aux Zelandonii. N'êtes-vous pas las de voyager ? Pourquoi poursuivre ce long Voyage puisque vous avez trouvé ici un lieu qui vous convient ?

— Sans compter que Markeno et moi devons choisir le couple avec qui nous unir... avant l'hiver... avant que... je ne t'ai pas encore annoncé la nouvelle : la Mère m'a bénie pour la deuxième fois... Il faut qu'on s'unisse avant que le bébé arrive.

— Oui, je m'en doutais. Oh, Tholie, c'est merveilleux ! s'exclama Ayla. Un jour, peut-être, ce sera mon tour de bercer un bébé... ajouta-t-elle, l'air absent.

— Si nous nous unissons, celui que je porte t'appartiendra aussi, Ayla. Et je serais tellement plus rassurée si tu m'assistais dans la délivrance, au cas où... bien que je n'aie eu aucune difficulté à mettre Shamio au monde.

Ayla aimerait bien avoir un bébé à elle, avec Jondalar. Mais à supposer qu'elle ne puisse en avoir ? Elle avait pris son infusion chaque matin, et elle n'avait pas été enceinte, mais était-ce vraiment grâce à la drogue ? Et si elle ne pouvait plus avoir d'enfant ? Quelle consolation ce serait de partager avec Jondalar le bébé de Tholie ! En plus, la région ressemblait tant à celle de la caverne du clan de Brun. Elle s'y sentait chez elle. Les Sharamudoï étaient gentils... bien que Dolando... Serait-il d'accord pour qu'elle reste ? Et comment réagiraient les chevaux ? Elle était contente qu'ils pussent se reposer un peu, mais auraient-ils assez de fourrage pour l'hiver ? Assez d'espace pour galoper ?

Le plus important restait la décision de Jondalar. Accepterait-il de renoncer à son retour dans la terre des Zelandonii ?

19

Tholie s'avança vers le grand feu, silhouette immobile éclairée par la lueur rougeâtre des braises mourantes, sous un ciel nocturne découpé par les hautes murailles de la terrasse. Presque tous les Sharamudoï s'attardaient encore sur l'aire de réunion abritée par le surplomb rocheux, et buvaient qui son infusion favorite, qui un vin de mûres nouveau, légèrement mousseux. Le festin en l'honneur de l'esturgeon avait commencé par une seule et unique dégustation de caviar. Le reste des œufs était destiné à un usage plus pragmatique : la fabrication des peaux de chamois.

— Dolando, commença Tholie, puisque nous sommes tous rassemblés, je voudrais en profiter pour dire quelque chose. Je crois me faire l'interprète de tous, poursuivit-elle sans attendre l'assentiment du chef, en affirmant que nous sommes très heureux de la présence de Jondalar et d'Ayla.

Des murmures d'approbation ponctuèrent sa déclaration.

— Nous étions tous inquiets pour Roshario. Pas seulement à cause de ses souffrances, mais aussi parce que nous craignions qu'elle perde son bras. Ayla a changé tout cela. Roshario affirme qu'elle n'a plus mal, et si la Mère le veut bien, elle retrouvera bientôt l'usage de son bras.

Des exclamations de gratitude accompagnées d'invocations à la Mère fusèrent de toutes parts.

— Remercions aussi notre parent, Jondalar, reprit Tholie. La première fois qu'il est venu parmi nous, les améliorations qu'il a apportées à nos outils nous ont été d'un grand secours. Cette fois-ci, il nous a fait découvrir son propulseur qui a permis ce festin.

Là encore, des murmures d'approbation s'élevèrent.

— La première fois qu'il a vécu parmi nous, il a chassé le chamois et l'esturgeon, mais il n'a jamais précisé s'il préférait l'eau ou la terre. Moi, je crois qu'il ferait un fier homme du Fleuve...

— Je suis d'accord, Tholie. Jondalar est un Ramudoï ! s'écria un homme.

— Un demi-Ramudoï, au moins ! ajouta Barono au milieu des rires.

— Non, il a appris le monde de l'eau, mais c'est la terre qu'il connaît, protesta une femme.

— C'est vrai ! Demandez-lui ! Il lançait des sagaies avant de toucher à un harpon. C'est un Shamudoï ! intervint un plus vieux.

— Il accepte même que les femmes chassent !

Ayla lança un coup d'œil à celle qui venait de parler. C'était une nommée Rakario, une jeune fille un peu plus âgée que Darvalo. Elle suivait Jondalar partout, ce qui avait le don d'agacer celui-ci. Il se plaignait de l'avoir toujours dans les jambes.

Le visage fendu d'un large sourire, Jondalar assistait à la discussion animée dont il était l'objet. Ce vacarme illustrait bien la compétition amicale à laquelle se livraient les deux moitiés du groupe, rivalité qui pimentait la vie de la famille sans jamais dépasser des limites bien comprises. Plaisanteries, fanfaronnades, et même insultes jusqu'à un certain degré, étaient tolérées. En revanche, tout ce qui risquait d'humilier gravement, ou de mettre en danger la communauté, était vite réprimé. Les deux camps joignaient alors leurs forces pour calmer les excités ou consoler les offensés.

— Comme je le disais, reprit Tholie quand chacun se fut apaisé, je pense que Jondalar ferait un bon Ramudoï. Mais Ayla est plus à l'aise sur terre, et je suis prête à encourager Jondalar à choisir les chasseurs de chamois. A condition que lui-même et les Shamudoï y consentent, bien entendu. Si Jondalar et Ayla veulent rester parmi nous et devenir des Sharamudoï, nous leur proposons de s'unir avec nous. Mais comme Markeno et moi sommes ramudoï, il faudra qu'ils deviennent shamudoï.

Les cris et les exclamations reprirent de plus belle. On lançait des encouragements aux deux couples, et même des félicitations.

— C'est une excellente idée, Tholie, approuva Carolio.

— C'est Roshario qui y a pensé la première, dit Tholie.

— Oui, mais Dolando est-il d'accord ? demanda Carolio en regardant le chef des Shamudoï dans les yeux. Accepterait-il Ayla, une femme que ceux de la péninsule ont élevée ?

Un silence pesant s'abattit sur l'assemblée. Les implications de la question n'avaient échappé à personne. Après sa violente diatribe contre Ayla, Dolando allait-il l'admettre parmi les siens ? Ayla avait espéré que son accès de rage serait oublié et elle ne comprenait pas pourquoi Carolio prenait le risque de rouvrir cette blessure. Mais Carolio ne faisait que son devoir.

Autrefois, Carlono et sa compagne avaient été unis à Dolando et Roshario. Ensemble, ils avaient fondé ce groupe si atypique de Sharamudoï, après avoir quitté avec quelques autres un camp familial surpeuplé. Selon l'usage, la position d'Homme Qui Ordonne était conférée par un consensus informel, et procédait d'un choix naturel. En pratique, la compagne du chef recevait les responsabilités de la Femme Qui Ordonne, mais la compagne de Carlono était morte quand Markeno n'était encore qu'un enfant, et le chef des Ramudoï ne s'était jamais uni par la suite. Sa sœur jumelle, Carolio, qui s'était chargée de l'enfant, avait peu à peu occupé les fonctions de compagne d'un Homme Qui Ordonne. Avec le temps, cette responsabilité était devenue acquise. C'est pourquoi son devoir exigeait qu'elle posât cette question.

Tout le monde savait que Dolando avait autorisé Ayla à prodiguer ses soins à Roshario, car celle-ci en avait vraiment besoin. Peut-être Dolando refrénait-il ses sentiments pour le bien de sa compagne. Cela ne signifiait pas qu'il supporterait la présence permanente d'Ayla. Or, Dolando était un Shamudoï. Aussi indispensable que fût la présence d'une Femme Qui Soigne dans leur société, aucun d'eux n'accepterait une étrangère susceptible de causer des problèmes à leur chef et de possibles dissensions dans le groupe.

Pendant que Dolando réfléchissait, Ayla sentit son estomac se nouer et sa gorge se serrer. Elle avait l'impression d'assister à son propre jugement. Pourtant, elle n'avait rien fait de mal. Révoltée, elle faillit se lever et partir. On ne lui reprochait pas ce qu'elle avait fait, mais ce qu'elle était. Elle avait déjà connu cette épreuve avec les Mamutoï. Etait-elle donc condamnée à toujours être jugée ainsi ? Le peuple de Jondalar réagirait-il à son tour de la même façon ? Iza, Creb, et le clan de Brun avaient pris soin d'elle, et elle refusait de renier ceux qui l'avaient aimée. Mais elle se sentait seule et vulnérable.

Quelqu'un vint se glisser à ses côtés. Elle se retourna et remercia Jondalar d'un sourire. Sa présence la réconfortait. Elle savait qu'il guettait la façon dont les choses tourneraient. Elle l'avait soigneusement observé, et connaissait sa réponse à la proposition de Tholie. Pourtant, il attendait la décision de Dolando pour formuler la sienne.

Les éclats de rire de Shamio détendirent soudain l'atmosphère. Accompagnée d'autres enfants, elle arrivait en courant, poursuivie par Loup.

— Ce loup qui joue avec les enfants ne cesse de m'étonner, déclara Roshario. Il y a seulement quelques jours, cela m'aurait inquiétée. C'est une leçon à retenir. Si on se prend à s'y intéresser, on finit par aimer une bête qu'on détestait et dont on avait peur. Mieux vaut essayer de comprendre que de se laisser aveugler par la haine.

Dolando ne savait que répondre à Carolio. Il avait examiné toutes les implications de la question, et pesé l'enjeu de sa réponse. Mais il ignorait comment formuler sa pensée et la complexité de ses sentiments. Il sourit avec gratitude à la femme qu'il aimait. Elle le connaissait si bien ! Elle avait deviné son embarras et lui indiquait l'issue qu'il cherchait.

— La haine m'a aveuglé, commença-t-il. J'ai tué ceux que je haïssais, croyant qu'ils avaient ôté la vie à celui que j'aimais. Je les prenais pour des animaux cruels, et je voulais les tuer tous. Mais cela ne m'a pas rendu Doraldo. J'ai compris maintenant qu'ils ne méritaient pas une telle haine. Animaux ou pas, on les avait provoqués. Il me faudra vivre avec cela, mais...

Il faillit accuser ceux qui en savaient plus qu'ils ne lui avaient avoué, et qui pourtant l'avaient accompagné dans sa vengeance destructrice... mais il changea d'avis.

— Cette femme, reprit-il en regardant Ayla, cette Femme Qui Soigne nous a appris qu'elle avait été élevée et initiée par ceux que je considérais comme des fauves cruels, et que je haïssais. Mais même si je devais continuer à les haïr, je ne pourrais pas haïr cette femme. Elle m'a rendu Roshario. Le temps de la compréhension est venu.

« Laissez-moi vous dire que je trouve l'idée de Tholie excellente. Je serais heureux que les Shamudoï acceptent Ayla et Jondalar.

Ayla se sentit soulagée d'un grand poids, et comprit pourquoi les Shamudoï s'étaient choisi un tel chef. À le côtoyer dans leur vie quotidienne, ils avaient pu apprécier la qualité profonde de l'homme.

— Alors, Jondalar ? questionna Roshario. Qu'en dis-tu ? Tu ne crois pas qu'il est temps de mettre un terme à ce long Voyage ? Qu'il est temps de poser ton fardeau et de fonder un foyer ? De permettre à la Mère de bénir Ayla en lui offrant un ou deux bébés ?

— Les mots me manquent pour vous exprimer toute ma gratitude, commença Jondalar. Je ne sais comment vous remercier. Pour moi, les Sharamudoï sont mon peuple, ma famille. Ce serait si simple de m'installer parmi vous, et j'avoue que ton offre me tente, Roshario. Mais je dois retourner chez les Zelandonii... ne serait-ce que pour Thonolan, ajouta-t-il après une longue hésitation.

Ayla savait qu'il refuserait, mais pas de cette façon. Elle remarqua son hochement de tête imperceptible, comme si une pensée lui traversait l'esprit. Puis, il se tourna vers elle et lui sourit.

— A sa mort, Ayla a rassuré autant qu'elle l'a pu l'esprit de Thonolan afin de lui faciliter son Voyage dans l'autre monde. Mais son esprit ne connaissait pas le repos, et je crains, j'ai le pressentiment qu'il erre en solitaire et qu'il cherche désespérément le chemin qui le ramènera à la Mère.

Cette explication surprit Ayla qui se mit à observer Jondalar avec attention.

— Je n'ai pas le droit de le laisser errer indéfiniment. Mais je ne connais qu'une personne capable de l'aider : Zelandoni, une shamud, une shamud d'un grand pouvoir qui a vu naître Thonolan. Avec l'aide de notre mère, Marthona, Zelandoni arrivera peut-être à retrouver son esprit et à le guider dans la bonne voie.

Ayla savait bien que ce n'était pas l'unique raison qui le poussait à retourner chez son peuple. Elle se rendit alors compte que, à l'instar de sa réponse quand il l'avait questionnée sur les fils d'or, Jondalar ne faisait qu'énoncer une stricte vérité. Mais une vérité partielle.

— Tu es resté absent si longtemps, Jondalar, plaida Tholie qui ne cachait pas sa déception. Qu'est-ce qui te prouve que ta mère et Zelandoni sont toujours en vie ?

— Tu as raison, Tholie, je n'en sais rien. Mais si je ne peux pas aider mon frère, Marthona et tous ses parents seraient quand même heureux d'apprendre qu'il a vécu parmi vous, avec Jetamio, Markeno, et toi, Tholie. Je suis sûr que ma mère aurait apprécié Jetamio, et je sais qu'elle t'aurait aimée, Tholie.

La femme essaya de ne pas montrer sa fierté, mais on devinait que le compliment l'avait touchée, en dépit de sa déception.

— Thonolan avait entrepris un grand Voyage, son Voyage. Je n'ai fait que le suivre pour prendre soin de lui. Et je veux raconter son périple à ses proches. Il est allé jusqu'au bout de la Grande Rivière Mère, but qu'il s'était fixé, mais plus encore, il s'est trouvé un foyer au milieu de gens qui l'aimaient. Son histoire mérite d'être contée.

— Jondalar, je crois que tu essaies encore de suivre ton frère. Tu vas même jusqu'à le rechercher dans l'autre monde, dit Roshario. Si tel est ton choix, nous te souhaitons tous bonne chance. Shamud, lui-même, t'aurait conseillé de suivre ta voie.

Le demi-mensonge de Jondalar fit réfléchir Ayla. La proposition de Tholie, reprise par tous les Sharamudoï, n'avait pas été faite à la légère. C'était une offre généreuse, et un grand honneur. La refuser sans offenser personne n'en était que plus difficile. Seul un devoir supérieur, une quête à poursuivre pouvaient rendre son refus acceptable. Jondalar préférait ne pas avouer que, même s'il les considérait comme des proches, d'autres l'étaient bien davantage qui justifiaient sa nostalgie. Mais il avait trouvé un moyen élégant de ménager leur susceptibilité.

Dans le Clan, il était permis d'omettre certaines précisions pour ménager la vie privée dans une société où il était difficile de cacher quoi que ce soit. Les émotions et les pensées se trahissaient dans les gestes, les mimiques, et toute expression corporelle, même inconsciente. Jondalar avait choisi de manifester les égards indispensables. Ayla avait le sentiment que Roshario n'était pas dupe, et qu'elle avait accepté les prétextes de Jondalar pour les mêmes raisons qui avaient incité celui-ci à les formuler. La subtilité n'échappa pas à Ayla, mais elle avait besoin d'y réfléchir. Elle comprit toutefois qu'une offre généreuse pouvait receler plusieurs facettes.

— Combien de temps resterez-vous encore ? demanda Markeno.

— Nous avons voyagé plus vite que je ne l'aurais cru. Je ne m'attendais pas à arriver chez vous avant l'automne. Grâce aux chevaux, nos étapes sont plus longues, mais il nous reste encore beaucoup de chemin, et de nombreux obstacles à franchir. J'aimerais partir dès que possible.

— Jondalar, nous ne pouvons pas partir tout de suite ! protesta Ayla. Je veux attendre que le bras de Roshario soit guéri.

— Cela prendra combien de temps ? demanda Jondalar, l'air contrarié.

— J'ai prévenu Roshario qu'elle devra garder le moule d'écorce pendant une lune entière et la moitié de la suivante.

— Impossible. Nous ne pouvons pas attendre si longtemps !

— Combien de temps, alors ?

— Pas très longtemps.

— Mais qui lui ôtera son moule ? Et qui saura que le moment est venu de le faire ?

— Nous avons envoyé un coureur chercher un shamud, intervint Dolando. Crois-tu qu'il pourrait l'aider ?

— Oui, certainement, convint Ayla. Mais j'aimerais parler à ce shamud. Jondalar, pourquoi n'attendrions-nous pas son arrivée ?

— S'il ne tarde pas, je veux bien. Mais je te conseille tout de même d'expliquer à Tholie et à Dolando ce qu'il faudra faire.

Jondalar, qui brossait Rapide, constata que la fourrure de l'étalon poussait avec rapidité. Il songea que, le matin même, la morsure du froid l'avait surpris, et il trouvait le cheval particulièrement fringant.

— On dirait que tu as hâte de bouger, Rapide, dit-il.

Le cheval dressa les oreilles à l'appel de son nom, et Whinney s'ébroua en hennissant.

— Toi aussi tu veux partir, hein, Whinney ? Ce n'est pas un lieu pour les chevaux, ici, ça manque d'espace. Il faudra que je le rappelle à Ayla.

Il donna une dernière tape sur la croupe de Rapide et se dirigea vers l'abri de grès. Il vit Roshario assise devant le grand feu, qui cousait d'une seule main grâce au tire-fil d'Ayla. Il lui trouva meilleure mine.

— Sais-tu où est Ayla ? lui demanda-t-il.

— Elle est partie avec Tholie, Shamio et Loup. Elles ont dit qu'elles allaient à l'endroit où on construit les bateaux, mais je pense que Tholie a voulu montrer l'Arbre à Souhaits à Ayla, et y déposer une offrande pour s'assurer une heureuse délivrance, et un beau bébé. On commence à voir que Tholie a été bénie par la Mère.

Jondalar s'accroupit à côté de la vieille femme.

— Roshario, il y a quelque chose que je voulais te demander. C'est au sujet de Serenio. Je me sens coupable de l'avoir quittée comme ça. Etait-elle… euh… heureuse, quand elle est partie ?

— Au début, elle était triste et contrariée. Elle prétendait que tu lui avais offert de rester, mais qu'elle t'avait conseillé de suivre Thonolan. C'était lui qui avait besoin de toi, disait-elle. Ensuite, le cousin de Tholie est arrivé à l'improviste. Il est aussi franc qu'elle, il dit les choses comme il les pense.

— Oui, tous les Mamutoï sont comme cela, ne put s'empêcher de remarquer Jondalar, un sourire aux lèvres.

— Il lui ressemble aussi physiquement. Il a bien une tête de moins que Serenio, mais il est fort. Et il n'a pas traîné. Dès qu'il l'a vue, il a décidé qu'elle était faite pour lui — il l'appelait son « beau saule », en mamutoï. Je n'aurais jamais cru qu'il la convaincrait, et j'ai même failli lui conseiller d'y renoncer. D'ailleurs, cela ne l'aurait pas fait changer d'avis. Mais j'étais sûre qu'il perdait son temps, que personne n'aurait pu la satisfaire après toi. Et un jour, je les ai vus rire tous les deux et j'ai alors compris que je m'étais trompée. On aurait dit qu'elle se réveillait d'un long hiver. Elle était épanouie. Je ne me souviens pas de l'avoir vue aussi heureuse depuis son premier compagnon, depuis la naissance de Darvo.

— J'en suis content pour elle, assura Jondalar. Elle méritait d'être heureuse. Mais je me demandais si… quand je suis parti… elle, elle pensait que la Mère l'avait bénie. Dis-moi, Roshario, Serenio était-elle enceinte ? Mon esprit avait-il provoqué une nouvelle vie en elle ?

— Je n'en sais rien, Jondalar. Quand tu es parti, je me

souviens qu'elle le pensait. Si c'était le cas, ce serait une précieuse bénédiction pour leur nouvelle union. Mais elle ne m'en a jamais parlé.

— Oui, mais toi, qu'en penses-tu, Roshario ? Etait-elle grosse ? Peut-on le voir si tôt ?

— J'aimerais être en mesure de te l'assurer, Jondalar. C'est possible, c'est tout ce que je puis dire.

Roshario l'étudia attentivement, surprise de sa curiosité. Ce n'était pas comme si l'enfant était né dans son foyer puisqu'il avait abandonné cet espoir en quittant Serenio. Pourtant, si elle était enceinte, il y avait de fortes chances pour que l'enfant fût issu de son esprit. L'image d'un fils de Serenio, devenant aussi grand que Jondalar, et né dans le foyer d'un petit Mamutoï trapu, lui arracha un sourire. Roshario pensa que le chasseur de mammouths en serait probablement très fier.

Jondalar jeta un coup d'œil à la couche en désordre et s'aperçut que la place à côté de lui était vide. Il repoussa les couvertures, s'assit sur le bord, bâilla et s'étira. Tout le monde était parti et il comprit qu'il avait dormi longtemps. La veille, devant le feu, il avait été question de chasser les chamois que quelqu'un avait aperçus descendre des rochers escarpés. La chasse à la chèvre des montagnes au pied sûr allait bientôt commencer.

Ayla était impatiente de chasser, mais en se couchant ils avaient longuement parlé à voix basse comme ils le faisaient toujours, et Jondalar lui avait rappelé que leur départ ne tarderait pas. Puisque les chamois descendaient des montagnes, cela signifiait que le froid gagnait les hauts plateaux, annonce du prochain changement de saison. Ils avaient un long chemin à parcourir et ils devraient bientôt se mettre en route.

Ils ne s'étaient pas vraiment querellés, mais Ayla avait laissé entendre qu'elle n'avait pas envie de partir. Elle s'était inquiétée du bras de Roshario, et Jondalar savait qu'elle aimerait chasser le chamois. En réalité, il était sûr qu'elle préférait rester avec les Sharamudoï, et il se demandait si elle ne cherchait pas des prétextes pour retarder leur départ en espérant le faire ensuite changer d'avis. Tholie et Ayla étaient devenues de grandes amies, et tout le monde appréciait sa compagnie. Il était certes rassuré de voir la sympathie qu'elle attirait, mais il pressentait que plus ils retarderaient leur départ, plus la séparation serait difficile.

Il était resté longtemps éveillé à réfléchir. Il avait envisagé de rester pour lui faire plaisir, mais dans ce cas, ils auraient aussi bien fait de ne pas quitter les Mamutoï. Il en était arrivé à la conclusion qu'il leur faudrait partir le plus vite possible, avant un jour ou deux. Il ne savait comment l'annoncer à Ayla.

Il se leva, enfila ses jambières, et se dirigea vers la sortie. Il écarta le rabat et fut saisi par le vent froid et sec qui fouetta son torse nu. Il pensa qu'il lui faudrait des vêtements plus chauds, et se hâta vers l'endroit où les hommes avaient l'habitude d'uriner au réveil. Au lieu du nuage de papillons multicolores, dont le curieux attrait pour cet endroit à l'odeur si forte l'étonnait, il vit voleter une feuille, et remarqua que celles des arbres changeaient de couleur.

Pourquoi ne s'en était-il pas rendu compte plus tôt ? Les jours avaient passé si vite, et le temps était si doux qu'il n'avait pas fait attention au changement de saison. Il se souvint alors qu'ils se trouvaient sur le versant sud d'une chaîne méridionale. La saison était peut-être plus avancée qu'il ne le croyait, et au nord régnait déjà sans doute un froid plus intense. En retournant à la hutte, il était plus déterminé que jamais à partir au plus vite.

— Ah, tu es réveillé, dit Ayla, qui entra avec Darvalo pendant que Jondalar s'habillait. Je venais te chercher avant qu'il ne reste plus rien à manger.

— Je suis venu mettre des vêtements plus chauds. Le froid est déjà vif, je vais bientôt laisser pousser ma barbe.

Ayla devina le sous-entendu. Le temps changeait et ils devaient se mettre en route. Elle ne voulait pas aborder ce sujet.

— Nous devrions peut-être déballer nos vêtements d'hiver pour vérifier leur état. Les paniers sont-ils toujours chez Dolando ?

Il sait pertinemment qu'ils y sont, se dit Ayla Pourquoi me le demande-t-il ? Allons, ne joue pas la naïve, se reprocha-t-elle, tu le sais très bien. Elle chercha comment dévier la conversation.

— Oui, ils y sont, confirma Darvalo, qui voulait se rendre utile.

— J'ai besoin d'une tunique plus chaude. Est-ce que tu te souviens dans quel panier se trouvent mes vêtements d'hiver, Ayla ?

Bien sûr qu'elle s'en souvenait. Et lui aussi.

— Tu n'as plus du tout les mêmes habits que la première fois que tu es venu, remarqua Darvalo.

— Non. C'est une femme mamutoï qui m'a offert ceux-là. La première fois que tu m'as vu, j'avais encore mes vêtements zelandonii.

— J'ai essayé la tunique que tu m'avais donnée. Elle est encore trop grande pour moi, mais moins qu'avant.

— Tu l'as toujours, Darvo ? J'ai presque oublié à quoi elle ressemblait.

— Tu veux la voir ?

— Oh, oui. J'aimerais bien.

Ayla ne put s'empêcher de partager sa curiosité. Ils franchirent les quelques pas qui les séparaient de la hutte en bois de Dolando. Sur une étagère, au-dessus de son lit, Darvalo saisit un paquet délicatement enveloppé. Il dénoua la cordelette, défit le souple emballage de cuir, et déplia la tunique.

Ayla la trouva peu ordinaire. Les motifs décoratifs, la longueur et la large échancrure la différenciaient des vêtements mamutoï auxquels elle était habituée. Les queues d'hermines blanches à la pointe noire, notamment, la stupéfièrent.

Jondalar lui-même ne la reconnut pas. Il avait vécu tant d'aventures depuis la dernière fois qu'il avait porté cette tunique qu'elle lui sembla désuète et pour tout dire, démodée. Pendant les années qu'il avait vécues auprès des Sharamudoï, il avait préféré s'habiller comme tout le monde, et bien qu'il en eût fait cadeau à Darvo quelques lunes seulement auparavant, il avait le sentiment de ne pas avoir vu cet habit traditionnel de son pays depuis des lustres.

— Ça se porte large, Darvo, et avec une ceinture, expliqua-t-il. Vas-y, mets-la, je vais te montrer. As-tu quelque chose pour l'attacher ?

Le jeune garçon enfila la tunique de peau richement décorée, et tendit à Jondalar une longue lanière de cuir. Le Zelandonii demanda à Darvalo de se redresser, et noua la lanière assez bas, à hauteur des hanches environ, afin de lui donner un volume gonflant, et pour permettre aux queues d'hermines de pendre librement.

— Tu vois ? Elle n'est pas trop grande, assura Jondalar. Qu'en penses-tu, Ayla ?

— Elle est bizarre. Mais elle te va bien, Darvalo.

— Oui, elle me va, approuva le jeune garçon qui leva les bras et pencha la tête pour essayer de juger de l'effet produit. Je la porterai peut-être la prochaine fois que je rendrai visite aux Sharamudoï du fleuve. Il y a là-bas une fille que j'ai remarquée. J'espère que ma tunique lui plaira.

— Je suis content de t'avoir montré comment la porter... avant mon départ, dit Jondalar.

— Ah ! Quand partez-vous ? demanda Darvalo avec inquiétude.

— Demain, après-demain au plus tard, répondit Jondalar sans quitter Ayla des yeux. Dès que nous serons prêts.

— Les pluies ont peut-être déjà commencé de ce côté des montagnes, dit Dolando. Et quand la Sœur est en crue... tu te rappelles ?

— J'espère que ce sera moins terrible, avoua Jondalar. Sinon, il nous faudrait un de vos gros bateaux pour la traverser.

— Si vous voulez aller en bateau jusqu'à la Sœur, nous pouvons vous y conduire, proposa Carlono.

— Nous avons justement besoin de myrte des marais, précisa Carolio. Et c'est là-bas qu'on en trouve.

— J'aimerais bien remonter le fleuve dans votre bateau, répondit Jondalar, mais que faire des chevaux ?

— Tu disais qu'ils pouvaient traverser les rivières à la nage. Pourquoi ne suivraient-ils pas le bateau ? Le loup monterait avec nous.

— Non, c'est impossible. Il y a plusieurs jours d'ici à la Sœur, et les chevaux ne peuvent pas nager à contre-courant aussi longtemps.

— Alors, il y a un passage par les montagnes, déclara Dolando. Vous devrez revenir sur vos pas, puis monter et contourner un des pics inférieurs. La piste est signalée, et elle vous mènera assez près de l'endroit où la Sœur se jette dans la Mère. Arrivés aux plaines occidentales, vous trouverez au sud une haute corniche d'où vous pourrez voir votre route.

— Est-ce un bon endroit pour traverser la Sœur ? demanda Jondalar en se rappelant les tourbillons du courant.

— Non, peut-être pas. Mais de là, vous pourrez longer la Sœur vers le nord et trouver un meilleur gué. Mais ce n'est pas une rivière facile. Elle est nourrie par des torrents qui dévalent des montagnes, et ses courants sont plus rapides que ceux de la Mère, et plus traîtres, dit Carlono. Quelques-uns d'entre nous l'ont remontée une fois pendant presque une lune, et elle était partout aussi rapide et dangereuse.

— C'est la Mère que je veux suivre, ce qui nous oblige à traverser la Sœur, expliqua Jondalar.

— Alors je vous souhaite bonne chance.

— Vous aurez besoin de provisions, dit Roshario, et j'ai aussi quelque chose pour toi, Jondalar.

— Nous ne pouvons pas nous charger davantage.

— C'est un cadeau pour ta mère, dit Roshario. Le collier favori de Jetamio. Je l'avais gardé pour Thonolan au cas où il reviendrait. Il ne prendra pas beaucoup de place, je t'assure. Après la mort de sa mère, Jetamio a éprouvé le besoin d'appartenir à un lieu. Je lui ai conseillé de se rappeler qu'elle appartenait aux Sharamudoï. Alors, elle a fabriqué ce collier avec les dents d'un chamois et les arêtes d'un esturgeon, symbolisant la terre et le fleuve. J'ai pensé que ta mère aimerait avoir un objet que possédait celle que son fils avait choisie.

— Tu as raison, Roshario, cela lui plaira. Et merci. Marthona y sera très sensible, j'en suis sûr.

— Où est Ayla ? demanda Roshario. J'ai aussi quelque chose pour elle. J'espère qu'elle aura assez de place.

— Elle est à l'intérieur avec Tholie. Elle prépare ses affaires. Elle n'approuve pas notre départ, tu sais. Elle préférait attendre que ton bras soit guéri, mais c'est malheureusement impossible.

— Ne t'inquiète pas, ça ira, assura Roshario qui lui emboîta le pas comme il se dirigeait vers les huttes. Ayla m'a ôté le moule d'écorce hier, et l'a remplacé par un autre, plus léger. Mon bras va très bien, sauf qu'il a minci à force de rester inactif, mais elle préfère que je garde encore un peu ce moule léger. Elle m'a assuré que mon bras reprendra du muscle dès que je recommencerai à m'en servir.

— Oui, j'en suis sûr.

— Le coureur devrait déjà être de retour avec le shamud, mais Ayla m'a laissé des conseils. Elle a aussi expliqué quoi faire à Dolando, à Tholie, à Carolio et à d'autres. On se débrouillera sans elle, ne t'en fais pas. J'aimerais pourtant que vous restiez tous les deux. Tu peux encore changer d'avis, tu sais...

— Je ne sais comment te remercier de ton accueil, Roshario. Je suis sincèrement touché, du fond du cœur... surtout après l'histoire de Dolando et les... euh... les origines d'Ayla...

Roshario s'arrêta pour observer le géant.

— Cela t'a beaucoup tracassé, n'est-ce pas ?

— Oui, beaucoup, admit-il en rougissant, mais plus maintenant. Quand j'ai vu que vous l'acceptiez quand même, sachant combien Dolando haïssait... C'est... c'est dur à expliquer, mais cela m'a soulagé. Je ne veux pas qu'elle en souffre, elle a déjà subi tant d'épreuves.

— Ça lui a permis de s'endurcir, dit Roshario en étudiant Jondalar, notant son front soucieux et l'inquiétude qui voilait ses étonnants yeux bleus. Tu es parti longtemps, Jondalar. Tu as rencontré beaucoup de monde, appris de nouvelles coutumes, d'autres langues. Tes proches risquent de ne pas te reconnaître — tu n'es déjà plus celui que j'ai connu à ton précédent passage. Eux-mêmes seront certainement différents de ceux dont tu te souviens. Chacun verra l'autre tel qu'il était, et non tel qu'il est devenu.

— Je m'inquiète tant pour Ayla que je n'ai pas pensé à cela. Mais tu as raison, Roshario, le temps a passé. Ayla s'adaptera peut-être mieux que moi. Ce sont des étrangers pour elle, et elle ne tardera pas à les comprendre, comme elle fait toujours...

— Toi, en revanche, tu seras peut-être déçu parce que tu en attends trop, dit Roshario en se remettant en marche.

Elle s'arrêta une dernière fois avant d'entrer.

— Vous serez toujours les bienvenus parmi nous, Jondalar.

— Je te remercie, mais c'est trop loin. Tu n'as pas idée à quel point c'est loin, Roshario.

— C'est vrai, je l'ignore. Mais tu connais la route et tu as l'habitude des voyages. Si jamais tu décidais de revenir, cela ne te semblerait pas si loin.

— Pour quelqu'un qui n'avait pas envie d'entreprendre un long Voyage, j'en ai déjà eu mon content, assura Jondalar. Une fois chez moi, je ne bougerai plus. Tu disais qu'il était temps que je m'installe quelque part, et tu avais raison. Mais je m'habituerai plus facilement à la vie chez les Zelandonii, puisque je peux choisir d'en partir... grâce à toi.

Lorsqu'ils écartèrent le rabat, ils trouvèrent Markeno dans la hutte.

— Où est Ayla ? demanda Jondalar.

— Elle est allée avec Tholie chercher les plantes qu'elle avait mises à sécher. Tu ne les as pas croisées, Roshario ?

— Nous sommes venus par le pré, expliqua Jondalar. Je pensais la trouver ici.

— Elle y était. Elle s'est mis dans la tête d'apprendre quelques remèdes à Tholie. Après avoir examiné ton bras, hier, et lui avoir expliqué comment te soigner, elles n'ont parlé que de plantes et de leurs vertus. Cette femme en sait long, Jondalar !

— Oh, oui ! Je me demande comment elle peut tout se rappeler.

— Tholie et Ayla sont sorties ce matin et elles ont rapporté des paniers entiers de plantes. Il y en avait de toute sorte, même des drôles de fils d'or minuscules. Maintenant, Ayla lui explique comment les préparer, dit Markeno. Dommage que vous partiez, Jondalar. Tholie va regretter Ayla. On vous regrettera tous les deux.

— Partir me fait de la peine, mais...

— Je sais. Thonolan. Ah, cela me fait penser que j'ai quelque chose pour toi, se souvint Markeno en fouillant dans un coffret en bois rempli d'outils et d'instruments en bois, en os et en corne.

Il sortit un objet bizarre, taillé dans un andouiller dont les cors avaient été tranchés, percé d'un trou à la base de la fourche, et orné de sculptures, différentes des oiseaux et des poissons stylisés typiques des Sharamudoï. Elles représentaient des cerfs et des ibex, qu'on aurait crus vivants. Jondalar s'émerveilla. En l'examinant de plus près, il reçut un choc.

— Le redresseur de Thonolan ! s'exclama-t-il.

Combien de fois avait-il vu son frère s'en servir ? Il se souvenait même du jour où Thonolan l'avait trouvé.

— J'ai pensé que tu aimerais le conserver en souvenir de lui, et qu'il te serait utile quand tu chercheras son esprit. Et puis, quand tu... tu l'auras retrouvé et apaisé, il réclamera peut-être son redresseur.

— Merci, Markeno.

Jondalar prit le robuste outil et l'examina avec respect. Il était tellement indissociable de son frère que Jondalar fut assailli de souvenirs.

— Ce redresseur est très précieux pour moi, dit-il. Tu as raison, Markeno. Cet outil est encore tout imprégné de Thonolan, je peux presque sentir sa présence.

— Moi, j'ai un cadeau pour Ayla, dit Roshario en sortant, suivie de Jondalar. Un cadeau qui tombe à pic.

Lorsqu'ils pénétrèrent dans la hutte de Roshario,

Ayla et Tholie sursautèrent, et la vieille femme eut la fugitive impression de déranger, mais des sourires accueillants dissipèrent vite sa crainte. Roshario alla prendre un paquet sur une étagère.

— Tiens, c'est pour toi, Ayla, dit-elle. En remerciement de ton aide. Je l'ai bien enveloppée pour que le voyage ne la salisse pas. Plus tard, l'emballage pourra te servir de serviette.

Enchantée mais surprise, Ayla dénoua la cordelette et ouvrit le paquet fait de peaux de chamois et découvrit une autre peau jaune, superbement décorée de perles et de plumes. Elle l'étendit devant elle et ne put réprimer un cri. C'était une tunique de toute beauté ! En dessous, soigneusement plié, elle trouva une paire de jambières, dont le devant et le fond étaient ornés de décorations identiques à celles de la tunique.

— Oh, Roshario ! Mais c'est magnifique ! Je n'ai jamais rien vu d'aussi beau. Je ne pourrai jamais les porter, s'écria Ayla.

Elle reposa la tunique et étreignit la vieille femme.

— J'espère qu'elles t'iront. Tu ne veux pas les essayer ? demanda Roshario.

— Je peux vraiment ? fit Ayla, osant à peine y toucher.

— Il faudra bien si tu veux les porter pour la Cérémonie de l'Union.

Ayla adressa un sourire à Jondalar. La tunique et les jambières l'enchantaient, mais elle s'abstint d'avouer qu'elle possédait déjà une tunique de cérémonie, que lui avait offerte Nezzie, la compagne de Talut, le chef du Camp du Lion. Impossible bien sûr de porter les deux, mais elle se jura de trouver une occasion d'étrenner celle de Roshario.

— Moi aussi, j'ai un cadeau pour toi, dit à son tour Tholie. Ce n'est certainement pas aussi beau, mais c'est très utile.

Elle présenta à Ayla une poignée de bandes de peaux souples qu'elle avait cachées dans une bourse qui pendait à sa ceinture. Ayla, qui savait ce que c'était, les admira en évitant le regard de Jondalar.

— Comment as-tu deviné que j'avais besoin de sangles neuves pour mes périodes lunaires ? s'étonna-t-elle.

— Oh, une femme en a toujours besoin, surtout en voyage. J'ai aussi des serviettes absorbantes, si tu les veux. Roshario m'a montré ce qu'elle te réservait, et je voulais te donner quelque chose d'aussi beau, mais je craignais que tu ne puisses pas te charger davantage. Alors j'ai essayé d'imaginer ce qui te serait le plus utile, expliqua Tholie pour justifier son cadeau.

— C'est exactement ce qu'il me fallait ! Tu penses à tout, Tholie, dit Ayla en détournant la tête pour cacher ses larmes. Oh, comme vous me manquerez !

— Allons, allons, tu n'es pas encore partie ! Nous avons encore beaucoup de temps jusqu'à demain matin, la consola Roshario en retenant ses larmes de son mieux.

Ce soir-là, Ayla déballa ses affaires et les étala avec les cadeaux qu'on lui avait offerts, cherchant comment tout emporter en y ajoutant la nourriture qu'on leur avait préparée. Jondalar en prendrait une partie, mais il manquait de place, lui aussi. Ils avaient maintes fois discuté du bateau en peau, se demandant s'il valait la peine de le garder, eu égard aux difficultés qu'ils rencontreraient dans les forêts montagneuses. Ils avaient finalement, non sans réticence, décidé de le conserver en prévision des multiples cours d'eau à traverser.

— Comment comptes-tu transporter tout ça ? demanda Jondalar en contemplant d'un air effaré la pile de mystérieux ballots, soigneusement enveloppés. Tu n'as que deux paniers. Es-tu sûre d'avoir besoin de tous ces paquets ? Qu'y a-t-il dans celui-là, par exemple ?

— Ce sont mes affaires d'été. J'ai décidé de l'abandonner si je ne peux pas tout prendre, mais j'en aurai besoin l'été prochain. Encore heureux que je n'aie plus à me charger de mes vêtements d'hiver.

Jondalar se contenta de grommeler, mais l'importance du chargement l'inquiétait. Il remarqua un paquet qu'il était sûr d'avoir déjà vu. Ayla le transportait depuis leur départ, mais il ne savait toujours pas ce qu'il contenait.

— Et celui-ci, c'est quoi ? demanda-t-il.

— Jondalar, tu ne m'aides pas beaucoup, reprocha-t-elle. Prends plutôt ces rations de nourriture que Carolio nous a préparées et va voir si elles rentrent dans tes paniers.

— Ho, Rapide ! Tout doux ! fit Jondalar.

Il tira sur la longe pour maintenir le cheval. Il caressa le chanfrein de Rapide et lui flatta l'encolure afin de le calmer.

— Il s'impatiente, constata Jondalar. Il sent qu'on va partir.

— Ayla ne va pas tarder, assura Markeno. Ces deux-là ne se sont pas quittées pendant votre séjour ici. Tholie a pleuré tant et plus. Elle aimerait tant que vous restiez, et franchement, moi aussi. Nous avons parlé à plusieurs couples, mais nous n'avons trouvé personne avec qui nous unir. Et nos vœux d'engagements ne peuvent plus attendre. Tu es sûr de ne pas revenir sur ta décision ?

— Tu n'imagines pas à quel point j'ai eu du mal à la prendre, Markeno. Qui sait ce que je trouverai là-bas. Ma sœur sera grande et ne se souviendra probablement plus de moi. Je n'ai aucune idée de ce qu'est devenu mon frère aîné. J'espère seulement que ma mère sera encore en vie. Ainsi que Dalanar, l'homme de mon foyer. Ma cousine, la sœur de son second foyer, devrait être déjà mère, mais je ne sais même pas si elle s'est trouvé un compagnon. Et si elle en a un, je ne le connais certainement pas. En fait, je ne connaîtrai plus personne, alors qu'ici, vous m'êtes tous proches. Pourtant, je dois m'en aller.

Markeno fit signe qu'il comprenait. Un léger hennissement de Whinney leur fit lever la tête, et ils virent Roshario, Ayla et Tholie, qui portait Shamio, sortir de la case. Apercevant Loup, la petite fille se débattit pour descendre des bras de sa mère.

— Je ne sais pas ce que va devenir Shamio quand le loup sera parti, soupira Markeno. Elle ne le quitte pas. Si je la laissais faire, elle dormirait avec.

— Trouve-lui un bébé loup, conseilla Carlono qui les avait rejoints.

— Tiens, je n'y avais pas pensé, dit Markeno. Ce sera difficile, mais je pourrais peut-être en dénicher un dans une tanière. En tout cas, je lui promettrai d'essayer. Il faudra bien que je trouve quelque chose à lui dire.

— Prends-le très jeune, si tu te décides, dit Jondalar. Loup tétait encore sa mère quand elle est morte.

— Alors comment Ayla l'a-t-elle nourri ? interrogea Carlono.

— Je me le demande, dit Jondalar. Elle prétend qu'un bébé peut avaler tout ce que mange sa mère, à condition que la nourriture soit tendre et facile à mastiquer. Elle lui préparait des bouillons, y trempait des morceaux de cuir, et lui faisait sucer. Elle lui coupait aussi de tout petits bouts de viande. Il mange la même chose que nous, maintenant, mais il continue à chasser de son côté. Il lui arrive même de nous lever du gibier. Il nous a aidés à chasser l'élan que nous avons apporté ici.

— Oui, mais comment lui apprendre à obéir ? demanda Markeno.

— Ah, il faut une grande patience. Ayla a passé beaucoup de temps à lui répéter toujours la même chose jusqu'à ce qu'il l'assimile. C'est stupéfiant ce qu'il est capable d'apprendre, et il cherche tellement à lui faire plaisir.

— Ça, on l'avait remarqué ! s'exclama Carlono. Mais n'importe qui pourrait-il en faire autant ? Après tout, c'est une shamud.

— Je monte sur le dos de Rapide et pourtant je ne suis pas un shamud, rétorqua Jondalar.

— Oh, je n'en suis pas si sûr, plaisanta Markeno. Je me rappelle toutes ces femmes qui te tournaient autour... tu leur faisais faire ce que tu voulais.

Jondalar avait oublié ses anciens succès, et la remarque de Markeno le fit rougir. Ayla, qui arriva à ce moment-là, se demanda la raison de sa gêne. Mais Dolando les rejoignit à son tour.

— Je vous accompagne un bout de chemin pour vous montrer la piste, et le meilleur passage pour franchir les montagnes, déclara-t-il.

— Je te remercie, Dolando, cela nous aidera beaucoup, dit Jondalar.

— Je viens aussi, décida Markeno.

— Oh, puis-je vous accompagner ? demanda Darvalo, qui portait la tunique que Jondalar lui avait offerte.

— Et moi, et moi ? s'écria Rakario.

Darvalo lui jeta un coup d'œil inquiet, croyant que seul Jondalar comptait pour elle. Mais la jeune fille dévorait Darvalo d'un regard amoureux. Ayla surprit l'expression du garçon passer de la colère à l'étonnement. Comprenant avec surprise ce qui lui arrivait, il s'empourpra soudain.

Presque tous les Sharamudoï s'étaient rassemblés au milieu du pré pour fêter le départ des visiteurs, et de nombreuses voix s'élevèrent, proposant de les accompagner un bout de chemin.

— Je ne viens pas, déclara Roshario en dévisageant tour à tour Ayla et Jondalar, mais j'aimerais vraiment que vous restiez. Je vous souhaite un bon Voyage.

— Merci, Roshario, dit Jondalar en enlaçant la vieille femme. Tes souhaits ne seront pas superflus.

— Laisse-moi te remercier de m'avoir amené Ayla. Je ne veux pas imaginer ce que je serais devenue sans elle.

Elle tendit la main vers Ayla. La jeune femme s'en empara, puis saisit l'autre retenue par la bandoulière, constatant avec plaisir que Roshario avait retrouvé toute sa poigne. Elles tombèrent alors dans les bras l'une de l'autre.

D'autres adieux suivirent, mais la plupart des Sharamudoï avaient décidé d'accompagner les deux voyageurs jusqu'à la piste.

— Tu ne viens pas, Tholie ? s'étonna Markeno en emboîtant le pas à Jondalar.

— Non, répondit la Mamutoï, les yeux gonflés de larmes. Cela ne faciliterait pas les adieux. J'ai beaucoup de mal à être aimable avec toi, Jondalar, ajouta-t-elle à l'adresse du Zelandonii. Je t'ai toujours apprécié, et encore plus depuis que tu m'as fait connaître Ayla. J'aurais tant voulu que vous restiez, mais tu t'entêtes. Je comprends tes raisons, mais cela ne me console pas.

— Je suis désolé de te peiner, assura Jondalar. Si je savais comment te faire plaisir...

— Tu le sais très bien, mais tu t'obstines, rétorqua Tholie.

Une telle franchise lui ressemblait bien. C'était ce qu'il appréciait chez Tholie, on n'avait pas besoin de chercher à deviner ce qu'elle voulait dire.

— Ne m'en veux pas. Si je pouvais rester, ce serait avec plaisir. Et nous nous unirions volontiers avec Markeno et toi. Tu ne peux pas savoir à quel point j'ai été fier que tu me le demandes, ni la tristesse que j'éprouve. Mais c'est plus fort que moi, il faut que je poursuive ma route, assura Jondalar en plongeant ses étonnants yeux bleus, tristes, et malheureux, dans ceux de Tholie.

— Ne me regarde pas avec ces yeux-là, soupira Tholie. Cela me donne encore plus envie que tu restes. Allons, serre-moi dans tes bras.

Il se pencha et enlaça la petite Mamutoï qui s'efforçait de retenir ses larmes. Elle se dégagea pour regarder la jeune femme blonde à côté de lui.

— Oh, Ayla, je ne veux pas que tu nous quittes, hoqueta-t-elle entre deux sanglots en tombant dans les bras de son amie.

— Moi non plus, je ne veux pas te quitter, dit Ayla. Une force que je ne comprends pas pousse Jondalar, et je dois le suivre.

A son tour, elle fondit en larmes. Soudain, la jeune mère se dégagea, ramassa Shamio et s'enfuit en courant. Loup s'apprêta à les suivre.

— Reste ici, Loup ! ordonna Ayla.

— Ti'loup ! Je veux Ti'loup, implorait l'enfant en tendant les bras vers l'animal.

Loup regardait Ayla en poussant des petits cris plaintifs.

— Reste ici, Loup. Nous partons, expliqua-t-elle.

20

La clairière ouvrait une large perspective sur les montagnes. Le cœur serré, Ayla et Jondalar regardèrent partir Dolando, Markeno, Carlono et Darvalo. Les autres avaient quitté le cortège en chemin par petits groupes. Avant de disparaître derrière un coude, les quatre derniers Sharamudoï se retournèrent et leur firent de grands signes d'adieu.

D'un geste qui voulait dire « revenir », Ayla leur renvoya leur salut, se rendant compte avec une acuité soudaine qu'elle ne les reverrait plus jamais. Pendant son court séjour, elle avait appris à les aimer. Ils l'avaient accueillie, puis l'avaient suppliée de rester, et elle aurait volontiers vécu parmi eux.

Cette séparation lui rappela son départ de la Réunion d'Eté. Les Mamutoï aussi l'avaient acceptée et beaucoup restaient dans son cœur. Elle aurait pu être heureuse avec eux, bien qu'elle eût dû composer avec la tristesse qu'elle avait causée à Ranec. Mais à ce moment-là, la joie d'accompagner chez son peuple l'homme qu'elle aimait l'avait emporté sur l'affliction du départ. Cette fois-ci, aucun malentendu pénible ne troublait ses rapports avec les Sharamudoï, et cette nouvelle séparation lui pesait davantage. Malgré tout l'amour qu'elle portait à Jondalar, et son désir intact de le suivre, elle avait trouvé une reconnaissance chez des amis, et il était difficile d'y renoncer.

Les voyages sont faits d'adieux, se dit-elle. Elle

revoyait ses adieux au fils qu'elle avait laissé dans le Clan... En restant chez les Sharamudoï, qui sait si un jour elle n'aurait pu descendre la Grande Mère en bateau jusqu'au delta. Elle aurait alors poussé jusqu'à la péninsule, et aurait cherché la nouvelle caverne du clan de Broud... Mais à quoi bon ressasser ses regrets ?

Cette fois, il n'y avait pas de retour possible, aucun espoir auquel se raccrocher. Leurs voies se séparaient, son fils partait d'un côté, et elle de l'autre. Iza le lui avait maintes fois répété : « Va et cherche ton peuple, trouve-toi un compagnon. » Son peuple l'avait acceptée, elle avait trouvé un homme qu'elle aimait, et qui lui rendait son amour. Mais que de pertes en échange. Et son fils en faisait partie. Elle devait assumer cet état de fait.

En regardant les quatre hommes s'éloigner, Jondalar se sentait tout aussi mélancolique. Il avait vécu avec eux plusieurs années, c'étaient ses amis. Ils n'étaient pas liés à sa mère, et n'étaient pas de son sang, mais il se sentait plus proche d'eux que de sa propre famille. Sa promesse de retourner parmi son peuple éloignait de lui à jamais ceux qu'il considérait comme les siens, et une grande tristesse assombrit son cœur.

Lorsque le dernier Sharamudoï eut disparu dans un tournant, Loup s'assit sur son arrière-train, leva la tête et poussa quelques cris aigus qui se transformèrent bientôt en un long hurlement plaintif qui déchira le silence de la belle matinée ensoleillée. Les quatre hommes reparurent un peu plus bas sur le sentier et comprenant l'adieu de Loup, saluèrent une dernière fois les voyageurs. Soudain, on entendit, comme en écho, le hurlement d'un autre loup. Markeno chercha des yeux l'auteur de ce deuxième adieu avant de disparaître une dernière fois dans le sentier. Ayla et Jondalar se tournèrent face à la chaîne de montagnes donc les pics glacés étincelaient de reflets bleu-vert.

Moins haute que la chaîne occidentale, celle qu'ils traversaient s'était pourtant formée à la même époque récente, toute relative vu la lenteur des mouvements de l'épaisse croûte terrestre flottant sur le magma incandescent du globe. Au cours de l'orogenèse du continent, des soulèvements et des plissements de terrain avaient dessiné des chaînes parallèles. Le relief accidenté de l'extrémité orientale de la nouvelle chaîne montagneuse où ils se trouvaient était revêtu d'un manteau de verdure.

Une ceinture de caducifoliés les séparait des plaines où perdurait la douceur de l'été, pendant qu'en altitude le froid s'installait. La forêt mixte se composait surtout de chênes, de hêtres, de charmes et d'érables. Les feuillages changeaient déjà de couleurs et adoptaient tous les tons de rouge et de jaune que rehaussait le vert profond des épicéas semper virens regroupés tout en haut. Un manteau de conifères, comprenant non seulement des épicéas, mais des ifs, des pins, des sapins et des mélèzes aux aiguilles caduques, enveloppait les rondes épaules des plus bas sommets et recouvrait les pentes abruptes des hautes cimes. Là, de subtiles variations de vert mettaient en valeur le vert tirant sur le jaune des mélèzes. Au-dessus de la ligne forestière, un collier de pâturages alpins blanchissait sous la première neige et, couronnant le tout, le casque de glace bleutée surgissait dans toute sa splendeur.

La chaleur qui balayait les plaines du souffle éphémère de l'été s'évanouissait lentement, remplacée par l'étreinte glaciale de l'hiver. Bien qu'un radoucissement ait tempéré leur effet dévastateur — sur une période de plusieurs milliers d'années — les glaces se regroupaient pour un dernier assaut avant que leur retrait ne tourne en déroute des milliers d'années plus tard. Mais même pendant le répit précédant l'assaut final, les glaciers ne recouvraient pas seulement les bas sommets ou les flancs des hautes montagnes, ils emprisonnaient le continent entier dans leur étau.

Dans un tel relief accidenté, et de surcroît encombrés par le bateau, Ayla et Jondalar avançaient plus souvent à pied qu'à cheval. Ils escaladaient des pentes escarpées, franchissaient des crêtes, traversaient des éboulis, et redescendaient des ravines abruptes, creusées au printemps par la fonte des neiges et par les torrents alimentés par des pluies diluviennes, fréquentes sur les montagnes méridionales. Dans certains lits, où l'eau suintait des couches de végétation en putréfaction, les chevaux comme les humains s'embourbaient dans la glaise collante. Des filets d'eau claire ruisselaient parfois, mais bientôt, avec l'automne, les ravines déborderaient de flots impétueux.

Plus bas, dans les forêts feuillues, les broussailles gênaient leur progression, et ils devaient se frayer un chemin à travers les ronces ou contourner les halliers. Les branches rigides et les épineux couverts de mûres si délicieuses constituaient des obstacles infranchissables. Les ronces se prenaient dans les cheveux ou dans les poils, et déchiraient les vêtements et la peau des hommes comme celle des bêtes. Les épaisses toisons des chevaux des steppes, mieux adaptées aux vastes plaines glaciales, se prenaient facilement dans les épineux, et Loup, lui-même, avait son lot de bardanes et de brindilles.

Ils furent soulagés d'atteindre enfin les forêts de conifères, où l'obscurité empêchait la végétation de se développer. Mais sur les pentes abruptes, le soleil perçait la voûte moins dense, et les sous-bois se garnissaient de nouveau de broussailles. Chevaucher dans les forêts de hautes futaies était tout aussi difficile. Les montures devaient contourner les obstacles incessants, et leurs cavaliers éviter les branches basses. La première nuit, ils campèrent sur un tertre, dans une petite clairière bordée de hauts résineux aux aiguilles d'un vert profond.

Ils atteignirent la lisière de la forêt le deuxième jour, à la nuit tombante. Enfin libérés des broussailles qui les déchiraient, ils plantèrent leur tente dans un vaste pâturage, près d'un petit torrent. Déchargés de leurs paniers, les chevaux partirent brouter sans attendre. Le fourrage sec et grossier des terrains chauds de moindre altitude leur convenait, mais ils mangèrent avec délice la douce herbe grasse des verts alpages.

Ils partagèrent leur pâturage avec un troupeau de cerfs dont les mâles s'acharnaient à frayer leurs andouillers sur les branches. Le rut automnal approchait et ils devaient libérer leurs cors de la mince couche de peau appelée velours, irriguée par de minuscules vaisseaux sanguins.

— C'est bientôt leur saison des Plaisirs, remarqua Jondalar en installant le foyer. Les combats ne vont pas tarder.

— Est-ce que les combats sont des Plaisirs pour les mâles ? demanda Ayla.

— Je ne me suis jamais posé la question, mais pour certains c'est possible.

— Tu aimes te battre ?

Jondalar parut réfléchir.

— J'ai eu mon compte de combats, assura-t-il enfin. Il arrive qu'on soit entraîné dans une bagarre, pour une raison ou une autre, mais je ne peux pas dire que j'aime ça. Pas si c'est sérieux, en tout cas. Pourtant, je n'ai rien contre la lutte par exemple.

— Les hommes du Clan ne se battaient jamais entre eux, c'était interdit. Mais il y avait des concours de lutte. Les concours réservés aux femmes étaient différents.

— C'est-à-dire ?

— Les hommes s'enthousiasment davantage pour l'action, expliqua en souriant Ayla, après une longue réflexion. Les femmes, elles, s'intéressent à ce qu'elles fabriquent, les enfants notamment. C'est d'ailleurs une sorte de compétition assez subtile, dont chacune s'imagine la gagnante.

Jondalar aperçut une famille de mouflons vers le haut de la montagne.

— Tiens, voilà de vrais bagarreurs ! s'exclama-t-il en désignant les moutons sauvages dont les cornes énormes s'enroulaient en boucle. Quand ils foncent l'un sur l'autre tête baissée, le choc résonne comme un coup de tonnerre.

— Quand les cerfs ou les béliers se battent à coups de cors ou de cornes, crois-tu que ce soit pour de vrai ? N'est-ce pas plutôt une sorte de compétition ?

— Je ne sais pas. Il arrive qu'ils se blessent, mais c'est rare. Il y en a toujours un qui abandonne avant. Parfois ils brament et paradent, mais se séparent sans s'être battus. Oui, tu as raison, c'est peut-être une compétition. Mais dis-moi, femme, ajouta Jondalar en riant, tu poses des questions très intéressantes !

Le soleil se cacha derrière les cimes et l'air frais se changea en brise glaciale. Dans la journée, une neige poudreuse, balayée par les vents, s'était abattue des sommets. Le soleil l'avait fait fondre, mais elle s'était entassée dans les recoins ombreux, présageant une nuit froide et de futures chutes de neige.

Loup disparut peu après qu'ils eurent dressé leur tente en peau de bête. Ne le voyant pas revenir à la nuit tombée, Ayla s'inquiéta.

— Tu ne crois pas que je devrais siffler pour l'appeler ? demanda-t-elle quand ils furent sur le point de se coucher.

— Enfin, Ayla ! Ce n'est pas la première fois qu'il part chasser tout seul. Chez les Sharamudoï, tu l'as gardé constamment près de toi. Tu n'es plus habituée à ses absences, voilà tout.

— J'espère qu'il sera rentré demain matin, soupira Ayla qui se leva, essayant en vain de percer la pénombre qui entourait le camp.

— Cesse donc de t'inquiéter, c'est un animal, il retrouvera son chemin. Viens t'asseoir. (Il remit une bûche dans le feu et regarda les étincelles jaillir en crépitant.) Regarde les étoiles, Ayla. En as-tu jamais vu autant ?

Ayla leva la tête.

— Oh, comme elles sont nombreuses ! s'exclama-t-elle. C'est sans doute parce que nous sommes plus près de la voûte et qu'on peut en voir davantage. Surtout les plus petites... à moins qu'elles ne soient plus petites parce qu'elles sont plus éloignées. Crois-tu que le ciel finisse jamais ?

— Je n'en sais rien. Je n'y ai jamais songé. Comment le saurais-je ?

— Est-ce que ta Zelandoni connaît la réponse ?

— C'est possible, mais je ne suis pas sûr qu'elle la révélerait. Certaines choses sont réservées à Ceux Qui

Servent la Mère. Tu as vraiment le don de poser des questions bizarres ! dit Jondalar, parcouru de frissons dont le froid n'était pas le seul responsable. Ça se rafraîchit, et nous devons partir tôt. Dolando annonçait les pluies pour bientôt. Cela signifie qu'il va sans doute neiger, là-haut. J'aimerais que nous soyons redescendus avant.

— Je reviens tout de suite. Je veux m'assurer que Whinney et Rapide vont bien. Loup est peut-être avec eux.

Plus tard, Ayla vint se glisser dans ses fourrures, toujours aussi inquiète. Elle tendait l'oreille au moindre bruit qui lui signalerait le retour de Loup, et sombra d'un coup dans le sommeil.

Il faisait sombre. Trop sombre pour voir au-delà des quantités d'étoiles qui s'échappaient du feu et montaient dans le ciel nocturne, mais elle essayait tout de même. Alors, deux étoiles, deux points jaunes brillèrent dans la nuit. C'étaient des yeux. Les yeux d'un loup qui la regardait fixement. Il s'en alla, et elle comprit qu'il lui demandait de le suivre. Elle s'élança derrière lui, mais un ours énorme lui barra le chemin.

L'ours se dressa sur ses pattes arrière et poussa un profond grognement, et elle recula, effrayée. Mais en regardant mieux, elle s'aperçut que ce n'était pas un ours. C'était Creb, le mog-ur, revêtu de son manteau en peau de bête.

Elle entendit au loin son fils l'appeler. Derrière le grand sorcier, elle vit un loup. Ce n'était pas un loup ordinaire. C'était l'esprit du loup, le totem de Durc, et il voulait qu'elle le suive. L'esprit du loup se changea alors en Durc, et ce fut son fils qui lui demanda de le suivre. Il l'appela encore, mais quand elle s'apprêta à lui emboîter le pas, Creb l'en empêcha. Il désignait un point derrière elle.

Elle se retourna et vit un sentier qui menait à une caverne. Le toit de la caverne était formé d'un surplomb de roche colorée qui saillait d'une falaise, au sommet de laquelle un étrange rocher en équilibre semblait s'être figé au moment de basculer dans le vide. Elle se retourna, Durc et Creb avaient disparu.

— Creb ! Durc ! Où êtes-vous ? s'écria Ayla en se redressant brusquement.

— Ayla, tu as encore rêvé, dit Jondalar en s'asseyant, lui aussi.

— Ils sont partis. Pourquoi ne voulait-il pas que je les accompagne ? gémit Ayla, les larmes aux yeux, un sanglot dans la voix.

— Ils sont partis, qui ça ? demanda Jondalar en l'enlaçant.

— Durc, et Creb ne voulait pas que je le suive. Il m'a empêchée de passer. Pourquoi ? Oh, pourquoi ? se lamenta-t-elle en fondant en larmes dans les bras de Jondalar.

— Ce n'était qu'un rêve, Ayla. Il a peut-être un sens, mais ce n'était qu'un rêve.

— Oui, je sais que tu as raison, mais il semblait si réel.

— Tu as pensé à ton fils, ces derniers temps ? demanda Jondalar.

— Oui, je crois. Je me suis rendu compte que je ne le reverrais plus jamais.

— C'est peut-être pour cela que tu as rêvé de lui. Zelandoni prétend qu'on doit essayer de retenir ce genre de rêves, et qu'un jour on en comprendra le sens, assura Jondalar en essayant de distinguer le visage d'Ayla dans l'obscurité. Allons, tâche de te rendormir.

Ils restèrent encore longtemps éveillés. Le lendemain matin, un ciel couvert incita Jondalar à partir au plus vite. Mais Loup n'était toujours pas rentré. Pendant qu'ils repliaient la tente et chargeaient leurs bagages, Ayla le sifflait de temps en temps, mais il ne reparut pas.

— Ayla, il faut partir. Il nous rattrapera comme d'habitude.

— Je ne partirai pas sans savoir où il est, protesta-t-elle. Pars si tu veux, moi je vais le chercher.

— Le chercher où cela ? Il peut être n'importe où.

— Il est peut-être retourné au camp, il aimait beaucoup Shamio. On devrait y aller.

— Ah, non, pas question ! On n'a pas fait tout ce chemin pour rien.

— S'il le faut, j'irai, s'entêta Ayla. Je ne partirai pas sans Loup.

En hochant la tête, Jondalar la regarda rebrousser chemin. Impossible de la faire changer d'avis. Dire qu'ils seraient déjà loin sans cette maudite bête ! S'il ne tenait qu'à lui, les Sharamudoï pouvaient bien garder Loup !

Tout en marchant, Ayla sifflait de temps en temps, et soudain, alors qu'elle pénétrait dans la forêt, elle le vit apparaître à l'autre bout de la clairière et courir à sa rencontre. Il la renversa presque en sautant sur elle, la lécha et lui mordilla la joue.

— Loup ! Enfin, te voilà ! Où étais-tu passé ? s'écria-t-elle en empoignant sa fourrure et en frottant sa tête contre la sienne, mordant ensuite sa mâchoire en retour. J'étais folle d'inquiétude, tu ne devrais pas disparaître comme ça.

— On peut y aller, maintenant ? s'impatienta Jondalar. La matinée touche à sa fin.

— Eh bien, il est revenu ! dit Ayla en enfourchant Whinney. Nous n'avons pas eu besoin de faire demi-tour. Par où allons-nous ? je suis prête !

Ils traversèrent les pâturages sans dire un mot, en colère l'un contre l'autre, et parvinrent au pied d'une crête qu'ils longèrent, à la recherche d'un chemin praticable. Ils ne rencontrèrent qu'un passage escarpé, parsemé de rocs et où les pierres glissaient sous les pas. Trouvant la montée dangereuse, Jondalar poursuivit ses recherches. Sans les chevaux, ils auraient pu gravir la pente à différents endroits, mais avec eux il ne restait que le passage caillouteux.

— Qu'en penses-tu, Ayla ? Les chevaux pourront-ils gravir ça ? A moins de redescendre et de contourner la colline ?

— Je croyais que tu ne voulais pas faire demi-tour, surtout pour un animal ?

— C'est vrai, excepté lorsque c'est indispensable. Si tu estimes que c'est trop dangereux pour les chevaux, nous ne prendrons pas de risques.

— Et si c'est trop dangereux pour Loup ? On l'abandonnera ?

Jondalar jugeait les chevaux utiles, mais Loup, qu'il aimait pourtant bien, ne valait pas la peine à ses yeux de retarder leur avance. A l'évidence, Ayla ne partageait pas son point de vue, et le conflit couvait. Sans doute son désir de rester chez les Sharamudoï renforçait sa mauvaise humeur. Jondalar espérait qu'à mesure qu'ils s'éloigneraient du camp, elle oublierait sa déception et partagerait aussi son impatience d'arriver à destination. En attendant, il ne voulait pas l'accabler davantage.

— J'étais sûr qu'il nous rejoindrait, comme il le fait toujours. Je n'avais pas l'intention d'abandonner Loup, affirma-t-il, bien qu'il eût été à deux doigts de le faire.

Ayla ne le croyait pas tout à fait, mais ne supportait pas de se fâcher avec l'homme qu'elle aimait. Son anxiété disparue avec le retour de Loup, sa colère retomba. Elle descendit donc de cheval et testa la stabilité de la pente. Elle n'était pas certaine que les chevaux pussent la gravir, mais Jondalar avait bien précisé qu'ils chercheraient un autre passage en désespoir de cause.

— Essayons, proposa-t-elle. Ça dérape moins qu'on le croit. S'ils n'y arrivent pas, nous ferons demi-tour et nous chercherons un autre endroit.

Ils entreprirent donc d'escalader la pente qui s'avéra moins glissante que prévu. Il y eut bien quelques moments ardus mais l'aisance des chevaux les surprit. Contents d'avoir franchi cet obstacle, ils continuèrent de gravir la montagne et affrontèrent d'autres difficultés. Partageant la même inquiétude pour leurs montures, ils en avaient oublié leur dispute.

Pour Loup, la pente fut un jeu d'enfant. Il l'avait

escaladée en courant et était déjà redescendu pendant qu'ils menaient les chevaux avec de multiples précautions. Arrivée en haut, Ayla le siffla et attendit. Jondalar, qui l'observait, se rendit compte qu'elle s'angoissait davantage qu'avant pour le quadrupède. Surpris, il fut sur le point de lui demander des explications, mais se ravisa, craignant de la froisser. Il décida malgré tout de lui poser la question.

— Ayla, est-ce que je me trompe, je te trouve plus inquiète au sujet de Loup ? Avant, tu le laissais volontiers aller à sa guise. Dis-moi ce qui te tracasse. Après tout, c'est toi qui souhaitais qu'on ne se cache rien.

Ayla ferma les yeux et prit une profonde inspiration. Elle regarda ensuite Jondalar d'un air soucieux.

— Tu as raison. Mais je ne cherche pas à te cacher quoi que ce soit, c'est moi qui ne veux pas voir les choses en face. Tu te souviens des cerfs qui frayaient leurs andouillers ?

— Oui, pourquoi ?

— Eh bien, j'ai peur que ce soit aussi la saison des Plaisirs pour les loups. Et je refuse d'y penser. C'est Tholie qui m'a mis cela dans la tête quand je racontais comment Bébé m'avait quittée. Elle m'a demandé si Loup ne risquait pas de faire pareil un jour. Jondalar, je ne veux pas que Loup me quitte. C'est comme un fils pour moi, c'est mon enfant.

— Qu'est-ce qui te fait croire qu'il s'en ira ?

— Eh bien, avant que Bébé ne parte pour de bon, il s'absentait de plus en plus souvent, et de plus en plus longtemps. D'abord un jour, puis plusieurs, mais il revenait toujours. Je voyais bien qu'il s'était battu et je savais qu'il se cherchait une compagne. Et il a fini par en trouver une. Maintenant, chaque fois que Loup s'en va, j'ai peur qu'il ne cherche une louve, avoua Ayla.

— C'est donc cela ! Dans ce cas, je ne vois pas ce qu'on peut y faire. Mais crois-tu vraiment qu'il ait envie de te quitter ? demanda Jondalar qui se surprit à l'espérer.

Il ne pouvait s'empêcher de maudire la conduite de Loup, qui les avait plusieurs fois retardés, ou avait provoqué des conflits entre eux. Si Loup trouvait une compagne et qu'il parte avec elle, il dut s'avouer qu'il n'en serait pas fâché.

— Je ne sais pas, murmura Ayla. Jusqu'à présent, il est toujours revenu, et il a l'air content de voyager avec nous. On dirait qu'il nous considère comme sa bande, mais tu connais les Plaisirs. C'est un Don puissant qui pousse à agir.

— C'est vrai, mais qu'y pouvons-nous ? Je suis tout de même content que tu m'en aies parlé.

Ils continuèrent de chevaucher en silence, mais leur animosité avait disparu. L'aveu d'Ayla avait soulagé Jondalar et il comprenait mieux son comportement étrange : celui d'une mère possessive qu'elle n'était pourtant pas d'habitude. Jondalar avait toujours éprouvé une certaine pitié pour les garçons auxquels leur mère interdisait de prendre des risques, comme les escalades osées, ou s'aventurer dans une caverne profonde.

— Oh, regarde Ayla ! Un ibex ! s'écria Jondalar en désignant un bel animal d'une surprenante agilité.

Perché sur une haute corniche au-dessus d'un à-pic, l'espèce de bouquetin aux longues cornes recourbées dominait l'espace.

— J'en ai déjà chassé, reprit Jondalar. Ah, là-bas, ce sont des chamois !

— C'est cela que chassent les Sharamudoï ?

Cousine de la chèvre des neiges, l'antilope aux petites cornes dressées cabriolait sur la paroi rocheuse d'un pic inaccessible.

— Oui, et j'en ai chassé avec eux.

— Mais comment fait-on ? Comment peut-on les atteindre ?

— Il faut grimper au-dessus d'eux. Ils croient que le danger vient d'en bas. Alors, si tu grimpes assez haut, tu as des chances de t'approcher suffisamment pour les atteindre. Tu comprends maintenant tout l'avantage du propulseur, expliqua Jondalar.

— Et surtout j'apprécie encore plus l'habit que m'a offert Roshario.

Ils poursuivirent leur escalade, et arrivèrent à la limite des neiges dans l'après-midi. De chaque côté se dressaient des murailles à pic, couvertes de plaques de glaces. La pente qu'ils gravissaient semblait monter vers le toit du monde. Arrivés au sommet, ils firent halte pour admirer le spectacle fabuleux.

En se retournant, ils purent apprécier le chemin qu'ils avaient parcouru depuis la lisière de la forêt qui s'étendait jusqu'au pied de la montagne, et dont le tapis vert camouflait le terrain accidenté sur lequel ils avaient tant peiné. A l'est, une vaste plaine s'étendait, agrémentée du ruban bleu d'une rivière qui coulait nonchalamment. Ayla ne reconnut pas la Grande Rivière Mère. Du haut de la montagne glacée, elle ne pouvait imaginer que ce filet d'eau fût le même qu'ils avaient longé en suffoquant de chaleur, il n'y avait pas si longtemps. De l'autre côté d'une profonde vallée plantée de flèches vertes, une autre montagne, sensiblement moins haute, se dressait devant eux. Au-dessus de leur tête, les pics de glace scintillaient de mille feux.

Chavirée par la grandeur et la beauté du spectacle, Ayla le contemplait avec un émerveillement mêlé de crainte. On la devinait haletante à la buée qui s'échappait de sa bouche dans le froid vif.

— Oh, Jondalar ! s'exclama-t-elle. C'est merveilleux, je ne suis jamais montée aussi haut. J'ai l'impression d'être sur le toit du monde ! C'est si... c'est si beau. C'est magique.

L'enthousiasme d'Ayla, son regard fasciné, son sourire ravi déteignirent sur Jondalar qui s'enflamma soudain pour elle.

— Oui, c'est sublime, approuva Jondalar.

Quelque chose dans sa voix la fit se retourner et la lueur qu'elle vit dans son regard la troubla. Ses yeux étaient si bleus qu'on aurait dit deux morceaux volés au ciel. Hypnotisée, fascinée par son charme aussi incompréhensible que la magie de son amour, elle n'essaya pas, ou ne voulut pas, lutter. Elle avait toujours vécu l'émergence du désir chez Jondalar comme le « signal ». Et sa réaction à ce signal n'était pas consciente. C'était un désir physique, aussi puissant et impératif que le sien.

Ayla se retrouva, sans savoir comment, dans les bras vigoureux de Jondalar qui baisa sa bouche avec fougue. Les Plaisirs ne la fuyaient pourtant pas et ils partageaient régulièrement le Don de la Mère avec délices, mais cette fois-ci, c'était différent. Etait-ce la majesté du lieu ? Toujours est-il que toutes les sensations étaient décuplées, chaque parcelle de son corps parcouru de frissons vibrait au contact de Jondalar et elle sentait comme autant de brûlures voluptueuses ses mains caressant son dos, l'étreinte de ses bras, la pression de ses hanches. A travers l'épaisseur de leurs pelisses, elle sentit la dure protubérance virile, et aurait voulu que son baiser ne s'arrêtât jamais.

Il relâcha son étreinte pour la déshabiller, et tout le corps d'Ayla criait son désir. Elle ne pouvait plus attendre tout en souhaitant qu'il prît son temps. Lorsqu'il glissa ses mains sous sa tunique et enveloppa ses seins, elle accueillit la fraîcheur de ses caresses sur son corps en feu avec soulagement. Elle gémit quand il pressa ses mamelons érigés, provoquant des frissons au plus profond de son intimité.

La réaction d'Ayla décupla l'excitation de Jondalar et, dans son membre gonflé, le sang se mit à battre. Sentant la langue d'Ayla fouiller sa bouche, il la suça avidement, et bien que pris d'un désir soudain de goûter les plis humides et salés de sa Féminité, il ne pouvait se résoudre à interrompre le baiser. Ah, s'il pouvait la posséder toute ! Il empoigna les globes de ses seins, les caressa, les pétrit, joua avec chaque mamelon, et n'y tenant plus, souleva sa tunique pour les sucer goulûment pendant qu'elle se collait contre lui en gémissant de plaisir.

Il imagina, palpitant, sa virilité entrer en elle et alors qu'ils s'embrassaient de nouveau, Ayla sentit son propre désir croître et la submerger, avide de ses caresses, de ses mains, de son corps, de sa bouche, de son sexe.

Leurs deux bouches toujours scellées par le même baiser, il ouvrit sa pelisse et elle s'en débarrassa avec délice, abandonnant son corps brûlant aux caresses du vent glacial. Elle le laissa dénouer les lacets de ses jambières qu'il lui ôta en les tirant. Ils se retrouvèrent allongés sur la pelisse d'Ayla, et Jondalar lui caressa les hanches, le ventre, glissa sa main entre ses cuisses. Ayla s'ouvrit toute.

Il descendit lentement entre ses jambes et goûta sa chaude fente parfumée. Ayla sentit des langues de feu lui transpercer le ventre, luttant contre son désir exacerbé, presque insoutenable, et pourtant si exquis.

La réponse si violente et si spontanée n'échappa pas à Jondalar. C'était un tailleur de silex, un fabricant d'outils et d'armes de chasse. Son talent venait d'une fine intuition de la pierre, de sa faculté à reconnaître les moindres variations ou subtilités de son grain. Les femmes répondaient à ses gestes experts avec le même naturel qu'une belle pièce de silex et, comme avec la pierre, Jondalar donnait là le meilleur de lui-même. Il aimait voir sous sa main habile un outil réussi émerger d'un beau morceau de silex, ou sentir une femme atteindre la plénitude du plaisir sous ses caresses, et il avait des deux une grande expérience.

Il baisa l'intérieur de ses cuisses, fit courir sa langue, notant au passage les tressaillements qu'il provoquait. Elle tremblait mais restait allongée, les yeux fermés, inconsciente du froid dont Jondalar voyait pourtant l'effet sur chaque parcelle de peau. Il se leva, ôta sa pelisse et l'en recouvrit, ne la laissant nue que des pieds à la taille.

La fourrure, encore imprégnée de la chaleur de Jondalar et de sa forte odeur virile, parut délicieuse à Ayla. Et le contraste avec la peau de ses cuisses, humide des baisers de Jondalar, et exposée au vent la fit frissonner de plaisir. Un chaud liquide envahit son puits d'amour pendant qu'un souffle de vent glacial l'emplissait d'une caresse brûlante. Elle se cambra dans un râle.

Des deux mains, il lui ouvrit les cuisses, admirant la fleur rose de sa Féminité, et ne put s'empêcher de réchauffer les pétales de sa langue humide, se délectant encore une fois de son agréable saveur. Soumise à l'alternance des douces brûlures du froid et du chaud, elle gémit de volupté sous l'effet de cette nouvelle sensation. Il utilisait le vent glacial des cimes montagneuses pour l'amener aux Plaisirs, et elle se surprit à admirer intérieurement son art de l'amour.

Mais elle oublia bientôt le froid ambiant. N'existaient plus pour elle que la bouche de Jondalar s'abreuvant à son puits, sa langue léchant et caressant son centre des Plaisirs, ses doigts exercés fouillant son intimité. Alors, une lame de fond qu'elle avait sentit grandir en elle l'emporta et, comme elle atteignait le paroxysme de la jouissance, elle saisit le membre durci du géant blond et le guida dans son puits impatient. Elle cambra les reins pour le recevoir entièrement.

Fermant les yeux, il plongea sa lance au plus profond, sentant la douce et humide chaleur de la fente chérie. Il resta immobile, puis retira lentement son arme, jouissant pleinement du frottement délicieux, et l'enfonça de nouveau. Chaque mouvement le rapprochait de l'extase et provoquait chez lui une tension extrême. Ayla poussa un râle profond et tendit tout son corps. Il n'y tint plus, et laissa exploser enfin les vagues successives des Plaisirs.

Le silence se fit, troublé par les seuls murmures du vent. Les chevaux attendaient, placides ; le loup avait observé la scène avec grand intérêt, mais il avait appris à réfréner une curiosité plus active. Jondalar se souleva enfin, et les bras tendus, contempla la femme qu'il aimait tant.

— Et si nous avions mis en route un bébé ? s'inquiéta-t-il.

— Non, cela m'étonnerait.

Elle remercia la Mère d'avoir permis son réapprovisionnement de plantes magiques, et fut tentée de se confier à Jondalar comme elle l'avait fait avec Tholie. Mais se souvenant de la réaction profondément choquée de son amie, elle n'osa pas avouer son secret.

— On ne peut jamais l'assurer, mais je ne crois pas que le moment soit propice à l'éclosion d'une vie dans mon ventre, dit-elle simplement.

Elle ne pouvait effectivement pas en être sûre. Iza, elle-même, avait fini par avoir une fille, bien qu'elle eût pris son infusion contraceptive pendant des années. Les plantes perdaient-elles de leur pouvoir au bout d'un certain temps, ou Iza avait-elle oublié de boire son infusion, ce qu'Ayla ne pouvait croire ? Elle se demanda ce qui se passerait si elle cessait de prendre son breuvage matinal.

Jondalar espérait qu'Ayla ne se trompait pas, même si une petite voix souhaitait le contraire. Il se demandait si un enfant naîtrait un jour dans son foyer. Un enfant né de son esprit, ou de sa propre essence, qui pouvait le savoir ?

Ils atteignirent le sommet suivant quelques jours plus tard. La montagne était moins haute que la précédente, la cime s'élevait juste au-dessus de la forêt de conifères, mais ils eurent leur premier aperçu des vastes steppes occidentales. C'était un jour frais et sec, le ciel était limpide, bien qu'il eût neigé peu auparavant, et de hautes montagnes recouvertes de glace se dessinaient au loin. En bas, dans la plaine, ils virent une rivière se jeter vers le sud dans ce qui semblait être un lac immense.

— Est-ce la Grande Rivière Mère ? demanda Ayla.

— Non, c'est la Sœur. C'est elle que nous devons franchir. J'ai bien peur que ce ne soit la traversée la plus périlleuse de tout le Voyage. Tu vois, là-bas au sud ? Ce qui ressemble à un lac ? Eh bien, c'est la Mère. Ou plutôt l'endroit où la Sœur se jette dans la Mère... enfin, où elle essaie. L'eau reflue et déborde, et les courants sont traîtres. On ne traversera pas là, mais Carlono prétend que la Sœur est partout aussi turbulente.

Le lendemain, ils se réveillèrent sous un ciel menaçant, si bas que les nuages envahissaient les creux et les vallons. L'air était chargé d'un brouillard si dense qu'on pouvait presque le toucher, et que de minuscules gouttelettes se posaient sur les fourrures et les cheveux. Dans ce paysage drapé d'un linceul immatériel, des formes indistinctes devenaient soudain rocs ou arbres à mesure qu'on avançait.

L'après-midi, le ciel se déchira dans un grondement de tonnerre inattendu, qu'un violent éclair avait à peine précédé. Ayla sursauta, et trembla de peur en voyant les zébrures d'un blanc aveuglant jouer avec les cimes des montagnes. Ce n'étaient pas les éclairs qu'elle redoutait, mais le bruit assourdissant qu'ils annonçaient.

Ayla sursautait aux grondements lointains comme aux plus proches, et il lui parut qu'à chaque coup de tonnerre la pluie redoublait d'intensité, comme si, terrorisée par le bruit, elle se précipitait hors des nuages. Pendant qu'ils essayaient tant bien que mal de descendre le versant de la montagne, d'immenses paquets d'eau, semblables à de gigantesques cascades, se déversaient du ciel. Les cours d'eau se gonflèrent et débordèrent, et les ruisseaux se transformèrent en torrents bouillonnants. Le sol devint glissant et dangereux.

Ils remercièrent les Mamutoï pour leurs capes imperméables. Celle de Jondalar était en peau de mégacéros, le cerf géant des steppes, et celle d'Ayla en peau de renne. Teintes en ocre jaune et rouge, elles se portaient sur leur tunique, ou sur leur pelisse, par temps froid. On mélangeait le colorant minéral à de la graisse, et on en imprégnait les peaux par brunissure à l'aide d'un outil spécial fabriqué avec une côte. Le mélange déposait sur le cuir un lustre brillant relativement imperméable. Même humide il offrait encore une certaine protection, mais la teinture graisseuse était impuissante devant les averses diluviennes.

Le soir, tout était gorgé d'eau, même leurs fourrures de couchage, et il était impossible d'allumer un feu. Ils rapportèrent sous la tente des branches mortes de conifères, espérant qu'elles sécheraient pendant la nuit. Au petit matin, le déluge continuait et leurs vêtements étaient toujours trempés, mais grâce à un peu d'amadou et à sa pierre à feu, Ayla parvint à allumer quelques branches, assez pour faire chauffer de l'eau. Ils burent une infusion chaude et mangèrent les galettes que Roshario leur avait données. C'était un aliment compact et nutritif dont on pouvait se nourrir exclusivement, fait de viandes séchées et hachées, mélangées dans de la graisse avec des fruits secs ou des baies, auxquels on ajoutait parfois des céréales grillées ou des racines.

Les chevaux les attendaient dehors, impassibles, tête tombante, leur longue fourrure hivernale dégoulinante. L'eau remplissait à moitié le bateau qui s'était retourné. Ils étaient prêts à l'abandonner ainsi que les longues perches. Le travois et le canot, tellement utiles, les avaient surtout encombrés dans la traversée des forêts. En terrain accidenté, ils avaient entravé leur marche, retardé leur avance, et étaient parfois dangereux dans les descentes rendues glissantes par la pluie torrentielle. Si Jondalar n'avait pas su que les plaines constitueraient l'essentiel du reste de leur Voyage, il les aurait volontiers laissés.

Ils détachèrent les perches et retournèrent le canot afin d'en vider l'eau, ce qui les amena à envisager que le canot, qui leur avait permis de flotter sur l'eau des rivières, puisse aussi bien les protéger de celle qui tombait du ciel. Même si c'était impossible en marchant, ils pourraient s'y réfugier lorsque l'averse redoublait.

Cette découverte ne résolvait pas le problème du transport. Comme mus par une même idée, ils placèrent le canot sur le dos de Whinney. A condition de trouver une façon de le faire tenir, il garderait ainsi leur tente et leurs paniers au sec. A l'aide des perches et de cordages, ils imaginèrent un moyen d'équilibrer la charge sur le dos de la docile jument. L'effet n'était pas esthétique, et ils seraient sans doute amenés à en débarrasser Whinney pour franchir certains obstacles, mais ce ne serait pas une difficulté pire qu'avant, et le canot leur serait bientôt utile de toute façon.

Ils harnachèrent et chargèrent les chevaux. Ils installèrent la tente et le tapis de sol sur le dos de Whinney et les recouvrirent du canot, maintenu par les perches croisées. Ils jetèrent sur les paniers de Rapide une lourde housse en peau de mammouth, qu'Ayla utilisait pour protéger le panier à provisions.

Avant de partir, Ayla rassura et remercia longuement Whinney en lui parlant la langue qu'elle avait inventée lorsqu'elles vivaient seules dans la vallée. Ayla ne s'était jamais demandé si Whinney la comprenait, mais le langage familier calmait la jument, et on ne pouvait nier qu'elle réagissait à certains sons.

Même Rapide dressait les oreilles, s'ébrouait et hennissait lorsque Ayla lui parlait, et Jondalar en avait conclu qu'elle communiquait avec les chevaux dans un dialecte spécial qu'il ne comprenait pas, bien qu'il en devinât une partie. Cela ajoutait au mystère qui le fascinait tant chez elle.

Ils descendirent la pente escarpée en guidant Whinney et Rapide par le licol. Loup, qui avait passé la nuit sous la tente, fut bientôt aussi ruisselant que les chevaux, si ce n'est plus. Sa fourrure, d'ordinaire épaisse et bouffante, était plaquée sur sa peau, le faisant paraître plus petit et dévoilant le dessin de ses côtes et de ses muscles. Les pelisses des voyageurs étaient suffisamment chaudes, bien que l'eau dégoulinât bientôt de la fourrure trempée des capuches dans leur cou. L'averse persistait avec le même acharnement et Ayla décida qu'elle avait horreur de la pluie.

Les jours suivants, une pluie continuelle les accompagna dans leur longue descente. Lorsqu'ils parvinrent sous les grands conifères, la voûte de verdure les protégea quelque peu, mais ils quittèrent assez vite la forêt pour s'engager sur une vaste terrasse qui dominait la plaine. Ayla commença à comprendre que la rivière qu'elle avait vue du sommet devait être beaucoup plus éloignée et beaucoup plus large qu'elle ne l'avait cru. En dépit de courts ralentissements, la pluie tombait sans discontinuer, et dès qu'ils sortaient de l'abri — bien imparfait — des arbres, l'eau les fouettait comme des misérables. Au moins pouvaient-ils maintenant chevaucher leur monture de temps en temps !

Vers l'ouest, ils traversèrent une série de terrasses de lœss qui s'étageaient à flanc de montagne. Les plus élevées étaient déchiquetées par d'innombrables ruisseaux que le déluge avait grossis. Ils pataugèrent dans la boue, franchirent plusieurs torrents et arrivèrent bientôt sur une terrasse inférieure où ils découvrirent avec étonnement un petit groupe d'habitations.

Les grossières constructions en bois, sortes d'auvents améliorés, et de toute évidence assemblées à la hâte, avaient l'air bien délabrées, mais elles offriraient au moins un semblant d'abri. Ayla et Jondalar, soulagés, mirent pied à terre à l'approche des bâtisses afin de ne pas en effrayer les habitants. Ils appelèrent et crièrent en sharamudoï, espérant qu'on les comprendrait. Mais ils n'obtinrent aucune réponse, et en arrivant devant les abris ils comprirent qu'ils étaient vides.

— Je suis persuadé que la Mère savait qu'on avait besoin d'un abri, et Doni acceptera volontiers de nous laisser entrer, déclara Jondalar en pénétrant dans l'un des abris.

A l'exception d'une lanière de cuir pendue à une cheville de bois, l'endroit était vide, et un ruisseau avait inondé le sol, transformant la poussière en boue. Ils sortirent et se dirigèrent vers l'abri le plus grand. Ayla comprit alors ce qu'il manquait au campement.

— Mais où est la donii ? demanda-t-elle. Aucune représentation de la Mère ne protège l'entrée.

— C'est certainement un camp d'été provisoire. Ils n'ont pas laissé de donii parce qu'ils n'ont pas demandé Sa protection. Ceux qui ont construit ces cabanes n'espéraient pas qu'elles résistent à l'hiver. Ils les ont abandonnées, et sont partis en emportant tout ce qu'ils possédaient. Ils ont certainement émigré vers les hauteurs au début des pluies.

Ils pénétrèrent dans la plus grande cabane, moins nue que la précédente. Les murs étaient pleins de trous et l'eau gouttait du toit mais le sol était surélevé, protégé de la boue. Il y avait même des morceaux de bois éparpillés autour d'un foyer de pierres entassées. Ils n'avaient pas vu d'endroit aussi sec et confortable depuis plusieurs jours.

Ils sortirent détacher le travois et firent entrer les chevaux. Ayla alluma du feu pendant que Jondalar retournait dans la première cabane arracher des planches sèches. A son retour, il s'aperçut qu'Ayla avait tendu des cordes entre les murs, accrochées à des chevilles de bois, et qu'elle y étendait les vêtements mouillés et les fourrures de couchage et il l'aida à déployer la tente sur une corde.

— Il faut trouver un moyen de boucher ces fuites, observa Jondalar.

— J'ai vu des massettes qui feraient l'affaire. Les feuilles sont faciles à natter, et on pourra en recouvrir les trous.

Ils allèrent cueillir les feuilles de prêles, plutôt épaisses et rigides, et en rapportèrent chacun une pleine brassée. Les feuilles, enroulées autour de la tige, longues d'environ soixante centimètres, larges de trois centimètres ou plus, se terminaient en pointe. Ayla montra à Jondalar la technique du nattage, et il se mit à confectionner à son tour des carrés nattés. Ayla le regarda faire d'un air amusé. C'était plus fort qu'elle, elle était toujours surprise de voir Jondalar exécuter un travail de femme, et sa bonne volonté l'émerveillait. A deux, ils eurent bientôt autant de nattes qu'il y avait de fuites.

Les cabanes étaient recouvertes de chaumes de roseaux attachés sur un cadre de longs troncs d'arbrisseaux liés entre eux. L'ensemble rappelait un peu les huttes des Sharamudoï, sauf que la poutre centrale n'était pas inclinée et que le toit était asymétrique. Le côté percé d'une porte, et qui ouvrait sur la rivière, était presque vertical et formait un angle aigu avec l'autre pan. Les deux extrémités étaient fermées à la base, mais pouvaient se lever, un peu comme des stores.

Ils bouchèrent les trous avec les nattes qu'ils attachèrent avec les longues feuilles filandreuses des massettes. Ils connurent quelques difficultés avec deux fuites que même Jondalar, pourtant de haute taille, eut du mal à atteindre. Ils renoncèrent à escalader le toit de crainte qu'il ne pût supporter leur poids. Ils rentrèrent dans la cabane pour réfléchir, et décidèrent de disposer des récipients sous les fuites pour récolter de l'eau potable. Jondalar réussit ensuite à atteindre un des deux trous et décida de l'obstruer de l'intérieur.

Après avoir fermé l'entrée avec la housse en peau de mammouth, Ayla examina la pièce, éclairée par la seule lueur du feu. Ils étaient enfin à l'abri de la pluie, dans un endroit sec et chaud, qui commençait toutefois à s'emplir de vapeur à mesure que les vêtements séchaient. En outre, il n'y avait pas de cheminée. Les anciens occupants laissaient la fumée s'échapper par les nombreux jours des murs et du toit, où par les portes souvent relevées à cause du climat estival. Mais les chaumes s'étaient gonflés avec l'humidité, empêchant ainsi la fumée de s'échapper facilement, et elle se condensa bientôt autour de la poutre centrale du plafond.

Les chevaux s'adaptaient aux intempéries, mais Whinney et Rapide, élevés parmi les humains, étaient habitués à partager leurs habitations, même sombres et enfumées. Ils restèrent donc près de l'entrée, à la place qu'Ayla leur avait désignée, à l'abri du déluge. Ayla déposa des pierres dans le feu, et elle aida ensuite Jondalar à frictionner les animaux pour que leur fourrure sèche plus vite.

Ils ouvrirent tous les paquets pour vérifier l'étendue des dégâts, trouvèrent des vêtements secs qu'ils enfilèrent aussitôt, et s'assirent près du feu pour boire une infusion chaude pendant que la soupe, préparée avec les galettes pressées, cuisait lentement. Quand la fumée commença à envahir tout le plafond, ils pratiquèrent au sommet des chaumes des trous qui servirent de cheminée et laissèrent entrer un peu de lumière.

Comme c'était bon de se détendre ! Ils ne s'étaient pas rendu compte à quel point ils étaient fatigués, et avant qu'il fasse nuit, ils se glissèrent dans leurs fourrures de couchage encore légèrement humides. Pourtant, Jondalar ne trouvait pas le sommeil. Les souvenirs de son dernier affrontement avec la rivière pleine de traîtrise qu'on appelait la Sœur lui revinrent en mémoire, et dans l'obscurité de la cabane il frémit de terreur à la perspective de la dangereuse traversée qui les attendait, lui et la femme qu'il aimait.

21

Ayla et Jondalar restèrent encore le lendemain dans le camp d'été abandonné, et le jour d'après. Au petit matin du troisième jour, la pluie tombait moins violemment. Dans l'après-midi, le soleil réussit enfin à percer la grisaille monotone, et des nuages floconneux défilèrent bientôt dans le ciel bleu. Un vent frais soufflait de timides rafales, tantôt dans une direction, tantôt dans une autre, comme s'il hésitait avant de s'engager définitivement.

La plupart de leurs vêtements étaient secs, mais ils relevèrent les extrémités de la cabane afin d'aérer leurs affaires et de laisser le vent sécher les fourrures les plus épaisses. Certains cuirs s'étaient raidis et auraient besoin d'être travaillés et étirés, bien que le simple usage pût les assouplir, mais ils n'avaient souffert aucun autre dommage. On ne pouvait pas en dire autant de leurs paniers tressés, déformés, effilochés et moisis. Ramollis par l'eau, affaissés sous le poids de leur contenu, les fibres déchirées, ils étaient tous percés.

Ayla décida d'en fabriquer de nouveaux, même si les matériaux disponibles, brûlés par le soleil estival, n'étaient pas d'une extrême robustesse. Elle fit part de sa décision à Jondalar qui souleva alors un autre problème.

— De toute façon, je ne trouve pas ces paniers très pratiques, déclara-t-il. Chaque fois que les chevaux doivent traverser une rivière à la nage, les paniers se mouillent si on ne prend pas la peine de les ôter. Avec le bateau et les chevaux, ça va encore tant que nous sommes en plaine. Il y a surtout des steppes devant nous, c'est vrai, mais nous devrons aussi traverser des bois et des terrains accidentés, et nous aurons les mêmes difficultés que dans les montagnes que nous venons de franchir. Un de ces jours, nous devrons abandonner le bateau et les perches. Mais alors, nous aurons besoin de paniers qui ne se détrempent pas dès que les chevaux se mettent à l'eau. Crois-tu pouvoir fabriquer cela ?

Ayla sembla perplexe.

— C'est vrai, ils prennent l'eau facilement, concéda-t-elle en fronçant les sourcils. Lorsque je les ai tressés, je n'avais que des petites rivières à traverser. Mais je me souviens qu'au début, je n'utilisais pas de paniers de charge. La première fois que j'ai voulu faire porter quelque chose à Whinney, j'ai fabriqué un grand panier peu profond. Je pourrais peut-être en construire de semblables. Bien sûr, si nous ne montions pas les chevaux, ce serait plus simple...

Les yeux fermés, elle essayait de visualiser son projet.

— Ah, attends... Si je pouvais fabriquer des paniers qu'on puisse remonter sur leur dos quand ils nagent, au lieu de les laisser pendre sur leurs flancs... Non, nous ne pourrions plus rester aussi, à moins que... il faudrait que je tresse des paniers que les chevaux puissent transporter sur leur croupe, derrière nous... Oui, je crois que je peux y arriver.

Ils cueillirent des roseaux et des feuilles de massette, des rejets d'osier, de longues et fines racines d'épicéa, et tous les matériaux qu'Ayla put trouver pour tresser des paniers ou des cordages. Toute la journée, Jondalar et Ayla travaillèrent à des modèles qu'ils essayèrent sur le dos de Whinney. Vers la fin de l'après-midi, ils avaient réalisé une sorte de porte-paniers suffisamment grand pour contenir l'attirail d'Ayla, et que Whinney porterait sur sa croupe. Ils en firent immédiatement un autre pour Rapide, en beaucoup moins de temps, car ils en maîtrisaient déjà la technique.

Vers le soir, le vent nordit et balaya avec force les

nuages vers le sud. A la nuit, le ciel était complètement dégagé, mais il faisait beaucoup plus froid. Ils envisageaient de partir à l'aube, et décidèrent de faire l'inventaire des affaires à abandonner, les nouveaux porte-paniers étant plus petits que leurs anciens paniers. Ils avaient essayé sans succès toutes les solutions possibles, et ils durent avec regret s'alléger. Ils disposèrent donc toutes leurs affaires par terre, afin de les trier.

— On n'a plus besoin de ça, dit Ayla en désignant le bloc d'ivoire sur lequel Talut avait tracé la carte des premières étapes de leur voyage. Le pays de Talut est loin derrière nous, reprit-elle avec une pointe de tristesse.

— Oui, tu as raison, admit Jondalar avec une grimace amère. Pourtant, cela me chagrine de le jeter. Pourquoi ne pas le garder, ne serait-ce que pour montrer le genre de carte que gravent les Mamutoï ? Et aussi en souvenir de Talut.

— Bon, si tu as de la place, prends-le, consentit Ayla, comprenant la nostalgie de son compagnon. Mais ce n'est pas un objet indispensable.

Jondalar examina l'étalage des affaires d'Ayla, et ramassa le mystérieux paquet qu'il avait déjà remarqué.

— Qu'est-ce que c'est ? demanda-t-il.

— Oh, rien. Une chose que j'ai faite l'hiver dernier, répondit Ayla en rougissant.

Elle lui prit vivement le paquet des mains et l'enfouit sous une pile d'affaires qu'elle rassemblait.

— Je laisse mes vêtements d'été. De toute façon, ils sont usés et pleins de taches. D'ailleurs, je ne porterai que ceux d'hiver, reprit-elle. Cela fera de la place.

Jondalar lui jeta un regard aigu, mais s'abstint de tout commentaire.

Au matin, ils se réveillèrent dans le froid et une fine buée sortait de leur bouche à chaque respiration. Ayla et Jondalar s'habillèrent à la hâte, et emballèrent leurs affaires, pressés de partir. Mais une fois dehors, ils restèrent interdits.

Un fin manteau de givre avait transformé les collines

environnantes. Tout scintillait dans le soleil matinal avec une intensité inhabituelle. En fondant, le givre libérait des particules d'eau qui formaient autant de prismes reflétant chacun un morceau d'arc-en-ciel. Des éclats de lumière dansaient, du rouge, du vert, du bleu à l'or à mesure que les voyageurs se déplaçaient, recevant le spectre lumineux sous un angle chaque fois différent. La beauté des diamants éphémères du givre rappelait que la saison chaude n'était qu'une touche de couleur passagère dans un univers régi par l'hiver, et confirmaient que l'été éphémère venait de s'achever.

Avant de partir, Ayla contempla une dernière fois le camp d'été qui leur avait offert un refuge inespéré. Il semblait encore plus délabré après que Jondalar avait arraché des morceaux de toiture qui leur avaient servi de combustible, mais comme ces habitations ne survivraient pas à l'hiver, Ayla ne ressentait aucun remords. Elle remercia la Mère de les avoir guidés vers elles.

Ils poursuivirent leur route vers l'ouest et la Rivière Sœur, descendirent sur une terrasse inférieure, encore assez élevée pour qu'ils pussent apercevoir les vastes pâturages des steppes sur l'autre rive du fleuve tumultueux. Ils eurent ainsi une perspective de la région et une idée de l'étendue de la plaine d'inondation. Pendant la période des crues, le lit majeur était recouvert d'eau sur une quinzaine de kilomètres de large. La rive opposée subissait davantage l'inondation car de trop rares collines ou falaises n'arrêtaient la crue que par endroits, alors que les contreforts sur lesquels ils chevauchaient limitaient l'avancée des eaux.

Contrairement aux pâturages, la plaine d'inondation était une région sauvage, parsemée de marais, de petits lacs, de bois et de broussailles parmi lesquels la rivière zigzaguait. Il n'y avait pas autant de méandres, ni de canaux, mais en moins vaste, le paysage ressemblait au fantastique delta de la Grande Rivière Mère. Les marseaux et les broussailles en pleine eau témoignaient des crues dues aux pluies récentes et de l'ampleur du terrain abandonné à la rivière.

Les sabots de Whinney s'enfoncèrent alors dans le sol

sableux et la jument ralentit brusquement l'allure, ramenant Ayla à une réalité plus immédiate. Les ruisseaux qui sillonnaient les terrasses supérieures avaient creusé des lits profonds entre les dunes de marne sablonneuse. Les chevaux avançaient en pataugeant, projetant à chaque foulée des gerbes de boue riche en calcaire.

En fin d'après-midi, aveuglés par le soleil couchant, Ayla et Jondalar, la main en visière, scrutaient l'horizon à la recherche d'un endroit où planter leur tente. En approchant du lit majeur, ils remarquèrent que la texture du sable fin se modifiait. Comme sur les terrasses supérieures, c'était du lœss — poussière de roche due à l'action des glaciers sur la montagne, et dispersée ensuite par les vents — mais un lœss stabilisé par le limon argileux qu'y déposaient parfois de fortes crues. Lorsqu'ils virent les premières herbes des steppes apparaître le long de la rivière, ils décidèrent de s'arrêter.

Après avoir planté la tente, ils se séparèrent afin de chasser chacun de leur côté. Ayla partit avec Loup qui la précéda en courant et leva bientôt une compagnie de lagopèdes. Il bondit sur un oiseau, et en rapporta un second qu'Ayla avait tué de sa fronde au moment où il avait réussi à s'envoler et se croyait à l'abri dans le ciel. Elle faillit laisser Loup garder celui qu'il avait tué, mais comme il refusait de lui céder sa prise, elle changea d'avis. Un seul des volatiles au corps bien gras aurait suffi pour leur repas, mais elle voulait faire comprendre à Loup que lorsqu'elle l'exigeait, il devait partager sa chasse. Ignorant ce que réservait l'avenir, elle pensait ce dressage indispensable.

Ce n'était pas délibéré. Le froid coupant venait simplement de lui faire prendre conscience qu'ils devraient voyager l'hiver dans un pays inconnu. Ni le Clan ni les Mamutoï ne s'éloignaient jamais de leur campement pendant le froid glacial. Ils se réfugiaient dans une caverne qui les protégeait des blizzards et autres intempéries, et se nourrissaient des provisions qu'ils avaient constituées à la saison chaude. La perspective de voyager en hiver rendait Ayla anxieuse.

Avec son propulseur, Jondalar avait tué un gros lièvre qu'ils décidèrent de garder pour plus tard. Ayla voulut faire cuire les volatiles à la broche, mais dans cette contrée de steppes elle ne trouva que de maigres buissons. En cherchant mieux, elle aperçut deux andouillers de taille inégale et donc perdus l'année précédente par deux animaux différents. Les cors étaient plus difficiles à casser que du bois, mais avec l'aide de Jondalar, ses couteaux de silex bien aiguisés, et la petite hache qu'il portait à la taille, ils en vinrent à bout. Ayla transperça les oiseaux avec un morceau d'andouiller, et se servit des fourches pour supporter la broche. Vu l'effort qu'ils avaient dû déployer, elle décida de conserver ces andouillers qui résistaient bien au feu.

Elle donna à Loup une part du lagopède, accompagné de racines de roseaux qu'elle avait extraites d'un fossé d'eaux stagnantes, et de champignons qu'elle savait comestibles et goûteux. Après leur repas, ils s'assirent près du feu et regardèrent la nuit tomber. Les jours raccourcissaient et les deux voyageurs n'étaient plus aussi fatigués quand venait le soir, surtout qu'il était plus facile de chevaucher dans les plaines dégagées que de se frayer un chemin au milieu des forêts montagneuses.

— Hmm ! Ces volatiles étaient délicieux, remarqua Jondalar. J'aime quand la peau croustille.

— A cette époque de l'année, ils sont bien gras, et c'est la meilleure façon de les cuire, dit Ayla. Leurs plumes changent déjà de couleur, et celles de leur ventre sont si fournies que j'ai envie d'en emporter. Les plumes de lagopède font les meilleures litières. Dommage que nous manquions de place.

— Attends l'année prochaine, les Zelandonii aussi chassent le lagopède, assura Jondalar, lui faisant miroiter des raisons d'envisager le terme du Voyage avec impatience.

— Le lagopède était le mets favori de Creb, dit-elle simplement.

Jondalar nota une certaine tristesse dans la voix

d'Ayla et il continua à parler, espérant lui changer les idées.

— Au sud de notre Caverne, il y a une espèce de lagopède qui ne blanchit pas en hiver. Il garde son plumage d'été toute l'année, et il a le même goût que les autres. Ceux qui habitent cette région l'appellent coq de bruyère et ils ornent leurs coiffes et leurs habits de ses plumes. Ils ont un costume spécial pour la Cérémonie du Coq de Bruyère. Ils dansent en tapant des pieds et font un tas de mimiques, pour imiter la parade du mâle essayant de séduire une femelle. Ça fait partie du Festival de la Mère... Ils tissent des filets, poursuivit Jondalar devant le mutisme d'Ayla, et ils capturent une quantité de lagopèdes en une seule fois.

— J'en ai tué un à la fronde, et c'est Loup qui a pris l'autre, dit simplement Ayla.

Elle n'ajouta rien de plus et Jondalar comprit qu'elle n'avait pas envie de parler. Ils restèrent assis en silence à contempler le feu qu'ils avaient alimenté de broussailles et d'excréments qui, après les pluies diluviennes, avaient eu le temps de sécher suffisamment pour se consumer.

— Tu te souviens du Bâton Qui Revient de Brecie ? finit par demander Ayla. Ah, si je savais me servir d'une arme pareille ! Brecie pouvait tuer plusieurs oiseaux d'un coup.

Le froid tomba avec la nuit, et ils furent contents de se réfugier sous la tente. Contrairement à son habitude, Ayla restait silencieuse, perdue dans ses souvenirs nostalgiques, mais elle répondit de bonne grâce aux caresses de Jondalar. Le mutisme de sa compagne cessa alors de l'inquiéter.

Le matin suivant, l'air était vif et un linceul de givre blanc, condensation d'humidité, recouvrait encore la terre. L'eau du ruisseau était froide mais revigorante. Sous les braises, ils avaient enfoui le lièvre enveloppé dans sa dépouille, afin qu'il cuise pendant la nuit. Lorsqu'ils épluchèrent la peau calcinée, la riche réserve de graisse hivernale avait arrosé la viande, ordinairement maigre et filandreuse, et la lente cuisson du gibier dans son enveloppe naturelle avait rendu la chair tendre et moelleuse. C'était la meilleure saison pour chasser les animaux aux longues oreilles.

Ils chevauchèrent en silence dans les hautes herbes, sans se presser mais à bonne allure. Ils échangeaient tout de même quelques mots de temps à autre. Plus ils approchaient de la Sœur, plus le petit gibier abondait, mais les seuls gros animaux visibles étaient loin, de l'autre côté de la rivière : une petite bande de mammouths mâles qui se dirigeait vers le nord. Plus tard dans la journée, ils aperçurent un troupeau mixte de chevaux et de saïgas, toujours sur la rive opposée. Leur présence n'échappa ni à Whinney ni à Rapide.

— Le Saïga était le totem d'Iza, déclara Ayla. Pour une femme, c'est un totem puissant, plus puissant que le totem de naissance de Creb, le Chevreuil. Evidemment, par la suite Creb a été choisi par l'Ours des Cavernes. C'est devenu son second totem avant qu'il reçoive l'initiation des mog-ur.

— Mais ton totem est le Lion des Cavernes, et c'est un totem beaucoup plus puissant que le Saïga, s'étonna Jondalar.

— Oui, je sais. C'est un totem d'homme, de chasseur. C'est pourquoi ils ont eu du mal à l'admettre au début. Iza m'a affirmé que Brun s'est mis en colère contre Creb quand il a nommé mon totem à la cérémonie d'adoption. Cela explique aussi que tout le monde croyait que je n'aurais pas d'enfants : aucun homme n'avait un totem assez fort pour battre le Lion des Cavernes. Grande a été la surprise quand j'ai été enceinte de Durc ! Mais je persiste à penser que c'est Broud qui l'a fait germer en me prenant de force. En supposant que les totems jouent un rôle dans la fabrication des bébés, or celui de Broud était le Rhinocéros Laineux. Les chasseurs du Clan racontaient une histoire sur un rhinocéros qui avait tué un lion des cavernes, ce qui voudrait dire qu'il était assez puissant. Et les rhinocéros sont comme Broud, ils sont mauvais.

— Les rhinocéros laineux sont imprévisibles, et

cruels, renchérit Jondalar. L'un d'eux a encorné Thonolan, non loin d'ici. Il serait mort, si les Sharamudoï ne nous avaient pas trouvés et secourus.

Le géant ferma les yeux en revoyant la pénible scène, laissant à Rapide le soin de le conduire.

— Chacun possède un totem dans le Clan ? demanda enfin Jondalar.

— Oui, bien sûr, répondit Ayla. Le totem sert de guide et de protecteur. C'est le mog-ur du clan qui découvre le totem de chaque nouveau-né, en général avant la fin de sa première année. Lors de la cérémonie du totem, il donne à l'enfant une amulette qui contient un morceau de pierre rouge. L'amulette est la maison de l'esprit du totem.

— Ah bon ! Comme une donii est l'endroit où l'esprit de la Mère trouve le repos ?

— Si tu veux, oui. Sauf qu'il ne protège que toi, pas ta maison. Mais, bien sûr, il préfère que tu habites dans un lieu qui lui est familier. Tu dois toujours conserver ton amulette sur toi, c'est comme cela que l'esprit du totem te reconnaît. Creb m'a bien prévenue que l'esprit de mon Lion des Cavernes ne me trouverait pas sans l'amulette, et que je perdrais alors sa protection. Creb prétendait que si je perdais mon amulette, je mourrais.

Auparavant, Jondalar ignorait la signification de l'amulette d'Ayla, ni pourquoi elle s'en souciait tant. Parfois, il s'était dit qu'elle allait trop loin : elle ne la quittait jamais, sauf pour se baigner ou pour nager, et encore ! Il avait cru que c'était sa façon de se raccrocher au Clan de son enfance, et il avait espéré qu'elle l'oublierait peu à peu. A présent, il comprenait. Si un homme aux grands pouvoirs magiques lui avait donné un objet en lui recommandant de ne jamais le perdre, au risque de sa vie, il aurait agi comme elle. Or, Jondalar ne doutait plus que l'homme sage du Clan qui avait élevé Ayla ait possédé d'authentiques pouvoirs qu'il détenait du monde des esprits.

— L'amulette sert aussi à interpréter les signes que ton totem t'envoie quand tu prends une décision importante, continua Ayla.

Une sourde inquiétude, qui l'avait longtemps poursuivie, s'empara d'elle avec force. Pourquoi son totem ne lui avait-il pas envoyé de signe approuvant son choix de suivre Jondalar jusque chez les siens ? Depuis qu'elle avait quitté les Mamutoï, elle n'avait pas trouvé un seul objet qu'elle aurait pu interpréter comme un signe de son totem.

— Peu de Zelandonii ont des totems personnels, déclara Jondalar. Mais certains en possèdent. On croit que cela porte chance. Willomar en a un.

— C'est le compagnon de ta mère, n'est-ce pas ?

— Oui. Thonolan et Folara sont nés dans son foyer, et il m'a toujours traité comme eux.

— Et quel est son totem ?

— C'est l'Aigle Royal. L'histoire raconte que lorsqu'il était bébé, un aigle royal a fondu sur lui, mais que sa mère l'a attrapé avant que l'aigle l'emporte. Willomar a encore les cicatrices des serres sur sa poitrine. Leur zelandoni a dit que l'aigle l'avait reconnu comme sien et venait le réclamer. Voilà comment on a su que c'était son totem. Marthona croit que c'est son totem qui l'incite à voyager. Il ne peut pas voler comme un aigle, mais il a besoin de voir du pays.

— C'est un totem très puissant, comme le Lion des Cavernes ou l'Ours des Cavernes. Creb disait toujours qu'il était difficile de vivre avec un totem puissant. C'est vrai, mais j'ai tant reçu ! J'ai eu beaucoup de chance. C'est mon totem qui t'a conduit vers moi. J'espère que le Lion des Cavernes te portera chance, Jondalar. C'est aussi ton totem à présent.

— Oui, je sais. Tu me l'as déjà dit, fit Jondalar en souriant.

— Le Lion des Cavernes t'a choisi, et tes cicatrices le prouvent. Il t'a marqué, comme Willomar a été marqué par le sien.

— Tu as peut-être raison, admit Jondalar après réflexion. Je n'avais pas vu les choses comme ça.

Loup apparut soudain, de retour d'exploration. Il aboya pour attirer l'attention d'Ayla, et reprit sa place aux côtés de Whinney, langue pendante, oreilles dressées. Il semblait alerte et heureux. Il adorait courir de sa foulée infatigable parmi les herbes, mais il revenait toujours, ce qui rassurait Ayla. Et elle se sentait heureuse, elle aussi, de chevaucher de conserve avec l'homme qu'elle aimait.

— A ta façon d'en parler, j'ai l'impression que ton frère devait ressembler à l'homme de son foyer, avança Ayla, reprenant le fil de la conversation. Thonolan aimait aussi voyager, n'est-ce pas ? Ressemblait-il vraiment à Willomar ?

— Oui, mais pas autant que je ressemble à Dalanar. Tout le monde nous le disait. Thonolan était davantage comme Marthona, précisa Jondalar en souriant. Mais il n'a jamais été choisi par un aigle, ce qui n'explique donc pas sa passion des voyages. (Son sourire s'évanouit.) Ses seules cicatrices provenaient de ce rhinocéros imprévisible... Tiens, j'y pense, Thonolan aussi était parfois imprévisible. C'était peut-être son totem, après tout. Il ne lui a pas porté chance, même si les Sharamudoï nous ont secourus et que je ne l'ai jamais vu aussi heureux qu'après sa rencontre avec Jetamio.

— Non, je ne crois pas non plus que le Rhinocéros Laineux soit un totem qui porte bonheur, approuva Ayla. Le Lion des Cavernes, si. Quand il m'a choisie, il m'a laissé la même marque que le Clan utilise pour son totem, afin que Creb sache qu'il me protégeait. Tes cicatrices ne ressemblent pas à la marque du Clan, mais elles sont indiscutables. Tu as été marqué par un Lion des Cavernes, c'est sûr.

— Ah, ça, je peux prouver que j'ai été marqué par ton lion, Ayla !

— Je suis sûre que le Lion des Cavernes t'a choisi pour que l'esprit de ton totem soit assez fort pour combattre le mien, et qu'un jour je puisse porter tes enfants, affirma Ayla.

— Tiens, tu disais pourtant que c'était l'homme qui faisait naître un bébé dans le ventre d'une femme, et non pas les esprits, s'étonna Jondalar.

— Oui, c'est un homme, mais les esprits peuvent aider. Et comme je possède un totem puissant, il en faudra un aussi puissant pour mon compagnon. Alors, la Mère a certainement décidé le Lion des Cavernes à te choisir, afin que nous puissions avoir des enfants.

Songeurs, ils chevauchèrent de nouveau en silence. Ayla essayait d'imaginer un bébé qui ressemblerait à Jondalar. Mais elle voulait que ce fût une fille. Les garçons ne lui portaient pas chance, et elle pensait garder plus facilement une fille.

Jondalar aussi pensait aux enfants. S'il s'avérait que l'homme introduisait un enfant dans le ventre d'une femme avec son membre, il avait eu maintes occasions d'en faire naître un. Alors pourquoi Ayla n'était-elle pas enceinte ?

Serenio l'était-elle quand je l'ai quittée ? se demanda-t-il. Je suis heureux qu'elle ait trouvé un compagnon, mais j'aurais aimé qu'elle se confie à Roshario avant de partir. Y a-t-il quelque part des enfants qui viennent de moi ? Jondalar s'efforça de se rappeler toutes les femmes qu'il avait connues. Il se souvint de Noria, la jeune femme du peuple Haduma avec qui il avait partagé les Premiers Rites. Noria et la vieille Haduma elle-même avaient semblé convaincues que son esprit était entré en elle et qu'une nouvelle vie avait germé. Noria devait donner naissance à un fils aux yeux bleus qui recevrait le nom de Jondal. Cela s'était-il réalisé ? se demanda-t-il. Mon esprit s'est-il mêlé à celui de Noria pour faire naître une nouvelle vie ?

Le peuple d'Haduma ne vivait pas très loin, au nord-est. Ils allaient dans la bonne direction, et pourraient leur rendre visite... mais Jondalar se rendit compte qu'il ne savait pas où les chercher exactement. Ceux d'Haduma avaient trouvé Thonolan et Jondalar à leur campement, mais il ne connaissait pas l'emplacement exact de leurs cavernes. Il savait seulement qu'elles se trouvaient à l'ouest de la Sœur, et de la Grande Rivière Mère. Il se souvenait vaguement avoir chassé avec eux dans la région comprise entre les deux rivières, ce qui ne constituait qu'un maigre indice. Il avait peu de chance de savoir un jour si Noria avait mis ce bébé au monde.

Ayla songea d'abord qu'il était nécessaire d'attendre

la fin du Voyage avant de commencer un enfant, puis elle médita sur le peuple de Jondalar. Avant toute chose, l'accepteraient-ils ? Certes, sa rencontre avec les Sharamudoï l'avait rendue confiante. Elle trouverait un foyer quelque part, mais pas forcément chez les Zelandonii. Elle n'oubliait pas la violente répulsion de Jondalar découvrant qu'elle avait été élevée par le Clan, et se souvint de son comportement étrange chez les Mamutoï, l'hiver précédent.

L'une des causes en avait été Ranec. Dans le Clan, la jalousie était inconnue, et elle n'avait compris que peu avant leur départ de quel mal souffrait Jondalar. Même s'il avait éprouvé un tel sentiment à cause d'une femme, un homme du Clan ne l'aurait jamais montré. Mais le comportement étrange de Jondalar était aussi dicté par son inquiétude concernant l'accueil que son propre peuple réserverait à Ayla. Elle avait fini par comprendre que, même s'il l'aimait, il n'en avait pas moins eu honte de son enfance parmi le Clan, et surtout, surtout de l'enfant qu'elle y avait laissé. Il ne semblait plus éprouver cette honte, il la protégeait et n'avait manifesté aucune gêne quand on avait évoqué son passé devant les Sharamudoï. Mais ce qui préoccupait Ayla, c'était la cause d'une telle répulsion.

Enfin, elle l'aimait et voulait vivre avec lui. Il était trop tard pour changer d'avis, elle espérait seulement ne pas avoir fait d'erreur en le suivant. Elle invoqua encore une fois un signe favorable de son totem, le Lion des Cavernes. Mais aucun signe ne vint.

A l'approche de l'étendue d'eau bouillonnante, au confluent de la Rivière Sœur et de la Grande Rivière Mère, la marne — mélange naturel d'argile et de calcium — molle et friable des terrasses supérieures céda la place aux cailloux et au lœss des terres basses.

Pendant la saison chaude, la fonte des glaciers de montagnes nourrissait les rus et les rivières. A la fin de l'été, les pluies diluviennes, et les chutes de neige en altitude, dues aux changements de températures, transformaient les cours d'eau rapides en torrents impétueux. Sur le versant occidental des montagnes, nul lac ne retenait les eaux dans un réservoir naturel pour les redistribuer ensuite avec plus de modération, et les flots se déversaient librement sur les pentes abruptes. En cascades puissantes, l'eau creusait les grès, les calcaires et les schistes argileux des montagnes, arrachant du sable et des pierres qu'elle charriait vers le fleuve, et qui se déposaient en route sur les lits et les plaines d'inondation.

La plaine centrale, ancienne cuvette d'une mer intérieure, formait un bassin encastré entre deux chaînes de montagnes à l'est et à l'ouest, et de hauts plateaux au nord et au sud. La Sœur en crue, d'un volume devenu presque égal à celui de la Mère à mesure qu'elle s'en approchait, recevait l'écoulement des eaux d'une partie de la plaine et du versant occidental de la chaîne de montagnes qui s'incurvait en dessinant un grand arc vers le nord-est. La Rivière Sœur courait le long de la basse dépression du bassin pour apporter son offrande à la Grande Mère des Rivières, mais ses eaux déferlantes étaient repoussées par celles de la Mère, déjà au maximum de sa crue. Dans un violent ressac, elle dissipait son présent dans un vortex de contre-courants et d'inondations destructrices.

Vers midi, Ayla et Jondalar approchèrent des immenses étendues marécageuses inondées, semées de broussailles à demi immergées et plantées d'arbres occasionnels. Ayla trouva de grandes similitudes avec le delta oriental, à une exception près : les courants et contre-courants des deux grandes rivières produisaient des maelströms gigantesques. Comme le climat s'était considérablement rafraîchi, les moucherons cessaient de les importuner, mais les carcasses boursouflées et à moitié dévorées de bêtes en putréfaction en attiraient une grande quantité. Au sud, un massif couvert de forêts émergeait d'un brouillard violet causé par des tourbillons impétueux.

— Ce sont certainement les Collines Boisées dont parlait Carlono, dit Ayla.

— Oui, mais ce ne sont pas de simples collines. Elles sont bien plus hautes qu'on le croit, et elles s'étendent très loin. La Grande Rivière Mère coule vers le sud jusqu'au barrage qu'elles forment. Ensuite, elle dévie vers l'est.

Ils longèrent un bassin d'eau calme, bras mort coupé de la rivière, et s'arrêtèrent légèrement en amont du confluent des deux géantes. Devant les eaux tumultueuses, Ayla commença à comprendre pourquoi Jondalar insistait tant sur la difficulté de traverser la Sœur.

Les eaux boueuses tourbillonnaient autour de troncs de saules et de bouleaux qui surgissaient d'îles immergées, et déracinaient les plus fragiles. De nombreux arbres penchaient dangereusement alors qu'un enchevêtrement de branches nues et de troncs arrachés des bois en amont tournoyait dans une danse folle, ballotté par les flots.

Ayla s'interrogeait de plus en plus sur leurs chances de réussite.

— Où allons-nous traverser ? s'inquiéta-t-elle.

Jondalar aurait bien voulu voir apparaître le grand bateau ramudoï qui les avait repêchés, son frère et lui, et les avait déposés sur l'autre rive quelques années auparavant. Le souvenir de Thonolan lui déchira le cœur, et il s'inquiéta soudain du danger que courait Ayla.

— On ne peut pas traverser ici ! Je ne m'attendais pas à ce que la Sœur soit déjà si grosse. Nous trouverons peut-être un meilleur passage plus haut. Espérons qu'il ne va pas recommencer à pleuvoir ! Encore un déluge comme celui que nous avons essuyé et la plaine entière sera inondée. Je comprends pourquoi le camp était abandonné.

— La rivière va monter tant que ça ? s'étonna Ayla, les yeux écarquillés.

— Non. Pas tout de suite, encore que... toute l'eau des montagnes terminera sa course par ici. Si la rivière qui coulait près du camp déborde d'un coup, elle peut très bien l'inonder jusqu'ici. Ça doit arriver souvent. Dépêchons-nous, Ayla, s'il se remet à pleuvoir, cet endroit sera dangereux, avertit Jondalar en regardant le ciel d'un œil anxieux.

Il poussa son cheval au galop et le maintint à une telle allure que Loup avait du mal à suivre. Ils finirent par ralentir, sans toutefois se remettre au pas

De temps en temps, Jondalar s'arrêtait pour étudier la rivière, puis reprenait sa route vers le nord en examinant le ciel avec inquiétude. La rivière semblait s'étrécir par endroits, et s'élargir à d'autres, mais vu sa taille gigantesque, ce n'était peut-être qu'un effet d'optique. Ils chevauchèrent jusqu'au crépuscule sans trouver de passage fiable, mais Jondalar insista pour atteindre un plateau plus élevé où ils pourraient planter leur tente en sécurité. Il faisait nuit noire quand ils s'arrêtèrent enfin.

— Ayla ! Ayla ! Lève-toi ! dit Jondalar en la secouant gentiment. Il faut qu'on parte.

— Hein ? Jondalar ! Que se passe-t-il ?

D'habitude, elle était toujours la première debout et ce brusque réveil la désorientait. En se glissant hors de sa fourrure, elle sentit une brise glaciale et remarqua alors le rabat de la tente ouvert. Les nuages menaçants diffusaient une pâle lumière grise qui éclairait à peine l'intérieur de leur abri. Elle devinait le visage inquiet de Jondalar, et se mit à trembler en pensant à ce qui les attendait.

— Il faut y aller, insista Jondalar.

Il n'avait presque pas fermé l'œil de la nuit. Quelque chose lui disait qu'ils devaient absolument traverser la rivière le plus vite possible, et cette sourde intuition lui nouait l'estomac. Il s'inquiétait surtout pour Ayla.

Elle se leva sans demander d'explications. Elle savait qu'il ne l'aurait pas réveillée pour rien. Elle s'habilla promptement, et sortit son équipement pour faire du feu.

— Nous n'avons pas le temps, l'arrêta Jondalar.

Ayla parut perplexe, mais n'insista pas et leur versa à chacun un bol d'eau froide. Ils emballèrent leur matériel tout en mangeant des galettes d'aliments pressés. Une fois prête, Ayla chercha Loup qui avait disparu.

— Où est Loup ? s'alarma-t-elle.

— Oh, il doit sûrement chasser. Il nous rejoindra comme d'habitude.

— Je vais l'appeler, décida-t-elle et son sifflement transperça l'air matinal.

— Viens, Ayla. Il faut partir, insista Jondalar, sentant sourdre une irritation familière.

— Non, je ne partirai pas sans lui, s'entêta Ayla, sifflant de plus belle.

— Il faut absolument trouver un passage avant la pluie, sinon nous ne traverserons jamais.

— Et pourquoi ne pas remonter encore ? La rivière finira bien par se resserrer, non ?

— Dès qu'il va commencer à pleuvoir, elle grossira davantage, c'est tout ce que nous gagnerons. Et plus haut, elle sera encore plus grosse qu'ici. On n'imagine même pas les torrents qui vont dévaler la montagne. Nous risquons d'être emportés par l'inondation. Dolando disait que cela arrivait fréquemment à la saison des pluies. Et si nous tombions sur un affluent trop large, que ferions-nous ? Escalader la montagne pour le contourner ? Non, il faut traverser la Sœur le plus tôt possible.

Sur ce, il sauta sur le dos de Rapide et lança un regard courroucé à la jeune femme qui était restée à côté de Whinney. Ayla se retourna et siffla encore.

— Il faut partir, Ayla.

— Mais enfin ! Pourquoi ne pas attendre juste un peu ? Il va venir.

— Ce n'est qu'un animal, Ayla. Pour moi, ta vie est plus précieuse que la sienne.

Elle le regarda et baissa la tête, l'air contrarié. Le danger était-il aussi grand que Jondalar le prétendait ? Ou était-il seulement impatient ? Et si c'était dangereux, pourquoi s'inquiétait-elle plus pour Loup que pour lui ? L'arrivée opportune de Loup interrompit ses interrogations. Elle poussa un soupir de soulagement et enlaça l'animal qui la léchait avec fougue, ses pattes posées sur ses épaules. Elle enfourcha Whinney en s'aidant des perches du travois. Après avoir fait signe à Loup de rester près d'elle, elle suivit Jondalar et Rapide.

Il n'y eut pas de lever de soleil. La luminosité augmenta progressivement sans jamais atteindre une vive intensité. Les nuages bas donnaient au ciel un gris uniforme, et l'air était chargé d'une humidité froide. Tard dans la matinée, ils firent une halte. Ayla prépara une infusion pour les réchauffer, et aussi une soupe faite avec les galettes de voyage. Elle y ajouta des feuilles d'oseille légèrement acides et des gratte-culs dont elle avait enlevé les pépins et les poils piquants, ainsi que quelques feuilles d'églantiers qui poussaient par là. L'infusion et la soupe chaude eurent le don d'apaiser Jondalar, mais de nouveaux nuages noirs qui s'amoncelaient de manière menaçante réveillèrent son inquiétude.

Il pressa Ayla d'emballer rapidement ses affaires, et ils se remirent en route. Jondalar surveillait le ciel et notait avec anxiété les prémices de l'orage. Il observait aussi la rivière, toujours à la recherche d'un passage. Il tablait sur un ralentissement du débit à un endroit plus large ou plus profond, ou sur une île ou même un banc de sable entre les deux rives. Finalement, de crainte que l'orage n'éclatât, il décida de tenter la chance bien que la redoutable Sœur ne parût pas moins bouillonnante qu'ailleurs. Sachant que la rivière serait infranchissable sitôt que la pluie tomberait, il se dirigea vers une portion de berge qui offrait un accès relativement facile. Ils s'arrêtèrent et descendirent de cheval.

— Si on essayait de traverser à cheval? proposa Jondalar qui jetait toujours des regards angoissés vers le ciel.

Ayla étudia le débit de l'eau et les débris qu'elle charriait. Des arbres entiers flottaient au milieu de troncs et de branchages. Elle frissonna en apercevant la grande carcasse boursouflée d'un cerf, les andouillers emmêlés dans les branches d'un arbre échoué sur le rivage. Elle pensa immédiatement aux chevaux.

— Non, les chevaux seront plus à l'aise s'ils n'ont pas

à nous porter, décida-t-elle. Nous nagerons à côté d'eux.

— Oui, c'est préférable, admit Jondalar.

— Mais il nous faudra une corde pour nous accrocher à eux.

Ils sortirent donc des cordages, vérifièrent les harnais et leurs paniers pour s'assurer que la tente, la nourriture et le matériel fragile étaient bien amarrés. De crainte qu'il ne ralentisse la progression de la jument dans le courant torrentueux, Ayla détacha le travois de Whinney.

Mais ne voulant pas perdre les perches ni le canot, ils lièrent les longs piquets ensemble et Jondalar attacha un bout de la corde au bateau pendant qu'Ayla nouait l'autre au harnais qui servait à maintenir le porte-paniers sur la croupe de Whinney. Elle utilisa un nœud coulant, vite défait en cas d'urgence. Ensuite, elle attacha une corde à la sangle tressée qui retenait la couverture sur le dos de Whinney.

Jondalar fit de même avec Rapide. Il ôta ensuite ses bottes, les bandes de peau qui protégeaient ses pieds, sa cape et sa pelisse, qui, une fois trempées, pèseraient trop lourd et risqueraient de le faire couler. Il les enveloppa et les entassa sur le porte-paniers, ne conservant que sa tunique et ses jambières. Ayla l'imita.

Les bêtes sentaient la nervosité des humains et le courant rapide les inquiétait. Les chevaux s'étaient éloignés du cerf mort et caracolaient en s'ébrouant et en roulant des yeux, les oreilles dressées, aux aguets. Loup, quant à lui, s'était avancé jusqu'au bord de la rivière, et reniflait le cerf. Mais il se gardait bien de pénétrer dans l'eau.

— Tu crois que les chevaux vont s'en tirer ? demanda Jondalar alors que d'énormes gouttes commençaient à tomber.

— Ils sont nerveux, mais ça devrait aller. D'autant que nous serons avec eux. C'est pour Loup que je me fais du souci.

— Ayla, on ne peut tout de même pas le porter ! s'exclama Jondalar. Il faudra qu'il se débrouille... tu le sais très bien... Loup est un excellent nageur, ajouta-t-il en voyant la détresse de sa compagne. Il s'en sortira, ne t'en fais pas.

— Espérons-le, dit Ayla en s'agenouillant pour encourager son protégé.

— Dépêchons-nous, s'écria Jondalar en s'apercevant que les gouttes tombaient dru et fort.

La corde étant nouée plus bas sur le passage de sangles, il empoigna directement le harnais de Rapide, et ferma un instant les yeux en implorant le sort. Il pensa à Doni, la Grande Mère Terre mais ne trouva rien à Lui promettre en échange de leur vie sauve. Il fit néanmoins une requête silencieuse. Il espérait que le moment n'était pas encore venu de rejoindre la Mère, mais surtout, il ne voulait pas perdre Ayla.

L'étalon secoua la tête et tenta de ruer en comprenant que Jondalar le conduisait à la rivière.

— Là, là, tranquille ! le calma Jondalar.

L'eau était froide et tourbillonnait autour de ses pieds nus, grimpant sur ses mollets et ses cuisses. Une fois dans la rivière, Jondalar lâcha le harnais de Rapide et enroula la corde autour de sa main, confiant au robuste étalon le soin de choisir sa traversée.

Ayla fit plusieurs fois le tour de sa main avec la corde reliée au garrot de Whinney, et la serra dans son poing. Elle suivit alors le géant blond, marchant à côté de la jument. Elle tira ensuite sur la corde qui attachait les perches et le bateau, s'assurant qu'elle ne risquait pas de s'emmêler quand Whinney entrerait dans la rivière.

Ayla sentit immédiatement la morsure de l'eau froide et la force du courant qui l'entraînait. Elle jeta un dernier coup d'œil vers le rivage, et aperçut Loup qui hésitait, avançait, reculait, et poussait des petits cris affolés. Elle l'appela, l'encouragea. Il continuait d'aller et venir, regardait l'eau et s'inquiétait de la distance grandissante qui le séparait de la femme. Soudain, alors que la pluie venait de redoubler d'intensité, il s'assit et hurla. Ayla le siffla, et après quelques nouveaux faux départs, il finit par plonger et essaya de la rejoindre en barbotant. Ayla reporta alors son attention sur Whinney et sur la rive opposée.

La pluie redoublant semblait aplatir les vagues qui clapotaient au loin, mais devant Ayla les eaux tumultueuses étaient encore plus encombrées de débris qu'elle ne l'avait cru. Troncs brisés et branches arrachées, feuillues ou dénudées, tournoyaient et la percutaient. Le spectacle des carcasses d'animaux boursouflées était encore pire : souvent déchiquetés par la violence des flots qui les avaient happés dans les montagnes et entraînés ensuite dans la rivière boueuse.

Ayla aperçut plusieurs mulots et campagnols, mais eut plus de mal à reconnaître un grand rat palmiste. Sa peau marron clair avait viré au brun foncé et les longs poils ébouriffés de sa queue étaient tout aplatis. Un lemming, dont les longs poils blancs d'hiver, raides mais brillants, poussaient sous sa fourrure grise d'été qu'on aurait presque crue noire, présentait déjà une fourrure blanche à la base des pattes. Ayla se dit qu'il avait probablement été emporté depuis les sommets, là où la neige revêtait la montagne. Les gros animaux étaient davantage abîmés. Un chamois les dépassa, une corne brisée et la tête à moitié écorchée, exposant la chair sanguinolente. Lorsqu'elle vit la carcasse d'un jeune léopard des neiges, elle se retourna pour s'assurer que Loup la suivait toujours. Mais il n'était pas en vue.

Toutefois, elle remarqua que des débris s'agglutinaient aux perches et au canot que tirait la jument. Une souche aux racines protubérantes alourdissait le fardeau et ralentissait Whinney. Ayla tira par petits coups sur la corde qui se libéra soudain. Seule une petite branche fourchue resta prise. Mais ne voyant pas Loup, Ayla commença à s'inquiéter sérieusement, même si au ras de l'eau, il lui était difficile de distinguer ce qui se passait loin d'elle. Son impuissance la rongeait. Elle siffla, mais le vacarme des éléments déchaînés couvrit son appel.

Elle observa alors Whinney, se demandant si le poids de la souche ne l'avait pas épuisée, mais la jument nageait vaillamment. Ayla aperçut soudain Rapide suivi de Jondalar et en fut soulagé. Elle tenta de nager avec sa main libre afin d'éviter d'être un fardeau trop lourd pour Whinney. Mais au bout d'un moment, elle se contenta de se laisser tirer, et commença à frissonner. Elle trouvait le temps démesurément long, et la berge opposée paraissait si loin encore. D'abord, les frissons ne l'inquiétèrent pas, mais l'eau était si froide qu'ils augmentèrent tant et plus, si bien qu'elle fut incapable de les contrôler. Ses muscles se raidirent et elle claqua des dents.

Elle chercha encore Loup des yeux, mais ne le vit pas. Je devrais retourner le chercher, se dit-elle en tremblant violemment, il fait si froid. Et si je demandais à Whinney de faire demi-tour ? Elle essaya de parler, mais ses mâchoires étaient si crispées et ses dents claquaient si fort que pas un son ne sortit. Non, ce n'est pas à Whinney d'y aller, j'irai seule. Elle s'efforça de dénouer la corde enroulée autour de sa main, mais elle était trop serrée et elle sentait à peine sa main engourdie. Jondalar ira peut-être, pensa-t-elle pour se rassurer. Mais où est-il ? Est-il toujours dans la rivière ? Est-il à la recherche de Loup ? Ah, encore une souche prise dans la corde ! Il faut que je fasse... il faut que je tire... dénouer... dénouer la corde... trop lourd... trop lourd... Whinney...

Les frissons avaient cessé mais ses muscles étaient si crispés qu'elle ne pouvait plus bouger. Elle ferma les yeux et essaya de se reposer. C'est si bon de fermer les yeux... enfin un peu de repos...

22

A moitié inconsciente, Ayla sentit les pierres rouler sous son corps. Comprenant que Whinney la traînait sur le fond caillouteux, elle tenta maladroitement de se redresser, fit quelques pas jusqu'à la plage de galets polis et tomba. La corde, toujours enroulée autour de sa main, imprima une forte secousse qui arrêta la jument.

Jondalar, également transi, saisi par les premiers symptômes d'hypothermie, avait rejoint la rive bien avant Ayla et n'avait pas eu le temps de s'ankyloser ni d'être atteint d'incohérence. Ayla aurait pu traverser plus vite si les souches n'avaient considérablement ralenti Whinney. La jument elle-même avait commencé à souffrir du froid avant que le nœud coulant, bien que durci par l'eau, ne se détachât enfin, libérant l'animal de l'encombrant fardeau.

Malheureusement, le froid avait tout de même assez affecté Jondalar pour lui faire perdre une partie de ses esprits. Il enfila sa pelisse sur ses vêtements trempés et se mit à la recherche d'Ayla en menant Rapide par la bride, mais il s'engagea dans la mauvaise direction. La marche le réchauffa et lui remit les idées en place. Le courant les avait tous déportés en aval, mais comme la traversée d'Ayla avait duré plus longtemps, elle devait se trouver beaucoup plus bas. Il fit demi-tour et revint sur ses pas. Lorsque Rapide hennit et que Jondalar entendit Whinney lui répondre, il se mit à courir.

Il aperçut alors Ayla étendue sur le dos sur la rive

caillouteuse, toujours reliée à la patiente jument par la corde enroulée autour de sa main. Il se précipita vers elle le cœur battant. Après s'être assuré qu'elle respirait toujours, il la prit dans ses bras et la serra contre lui, les yeux baignés de larmes.

— Ayla ! Ayla ! Tu es vivante ! s'écria-t-il. J'avais tellement peur que tu sois partie dans l'autre monde. Mais... mais tu es gelée !

Il fallait absolument la réchauffer. Il dénoua la corde qui la retenait à Whinney et la souleva. Ayla s'agita et ouvrit les yeux. Les muscles tétanisés, elle pouvait à peine parler. C'était pourtant ce qu'elle essayait de faire. Il approcha l'oreille.

— Loup... Trouve Loup, articula-t-elle d'une voix rauque.

— Mais Ayla, il faut que je prenne soin de toi !

— Je... t'en prie... Loup. Perdu trop d'enfants... Pas Loup... Non, pas Loup, murmura-t-elle les mâchoires serrées, le regard implorant.

Il n'eut pas le courage de refuser.

— Bon. D'accord, je vais le chercher. Mais je veux d'abord te trouver un abri.

Sous une pluie battante, il gravit la pente douce de la berge en portant Ayla, et la déposa sur une petite terrasse plantée de saules, de buissons et de laîches, bordée par quelques pins. Il chercha un emplacement à l'écart des ruisseaux et monta prestement la tente. Il recouvrit le tapis de sol de la peau de mammouth pour l'isoler de la terre gorgée d'eau et y transporta Ayla, puis les paquets, et étendit les fourrures de couchage. Il lui ôta ses vêtements trempés, se déshabilla aussi, installa Ayla entre les fourrures et se glissa contre elle.

Sortie de son inconscience, elle baignait à présent dans une douce torpeur. Sa peau était humide et glacée, son corps rigide. Il s'allongea alors sur elle pour tenter de la réchauffer, et poussa un soupir de soulagement en la voyant de nouveau frissonner. Elle commençait donc à se réchauffer, mais en reprenant conscience son inquiétude pour Loup se réveilla. Elle exigea, avec une énergie violente et irrationnelle, de partir à sa recherche.

— C'est ma faute, parvint-elle à marmonner entre deux claquements de dents. C'est moi qui lui ai dit de sauter à l'eau. Je l'ai sifflé et il m'a fait confiance. Il faut que je le retrouve, gémit-elle en luttant pour se lever.

— Ayla, je t'en prie, oublie Loup. Tu ne sais même pas où le chercher.

Il voulut l'obliger à rester couchée, mais tremblante, elle se débattait, criait, au bord de la crise de nerfs.

— Il faut que je le retrouve ! s'entêta-t-elle. Il faut que je le retrouve !

— Non, Ayla, j'irai. Reste ici, et je te promets que j'irai, assura-t-il, espérant la convaincre. Mais jure-moi que tu ne bougeras pas et que tu resteras bien couverte.

— Retrouve-le, je t'en supplie.

Il enfila rapidement des vêtements secs et mit sa pelisse. Il prit ensuite quelques galettes de nourriture compressée, riche en graisse et en protéines.

— J'y vais. Mange ça et couvre-toi bien.

Il allait partir quand elle lui retint la main.

— Promets-moi que tu le chercheras, supplia-t-elle en le regardant droit dans les yeux.

Elle frissonnait toujours, mais parlait plus facilement. Il plongea son regard dans ses yeux gris-bleu, inquiets et implorants, et la serra très fort dans ses bras.

— Oh, Ayla, j'ai eu si peur que tu sois morte !

Elle s'agrippa à lui, rassurée par sa force et son amour.

— Je t'aime, Jondalar. Je ne veux pas te perdre, mais retrouve Loup, je t'en supplie. Je ne supporterai pas de le perdre. C'est... c'est comme mon fils. Je ne veux pas encore perdre un fils. Non, je ne veux pas, s'écria-t-elle en sanglotant.

Il la relâcha et la regarda dans le fond des yeux.

— Je vais le chercher. Mais je ne peux pas te

promettre que je le retrouverai, ni qu'il est encore en vie.

Les yeux d'Ayla s'emplirent d'horreur.

— Trouve-le, murmura-t-elle en fermant les paupières.

Il était sur le point de s'en aller quand elle se cramponna encore à lui.

La première fois qu'il avait tenté de partir, son intention n'avait pas été de chercher Loup. Il voulait trouver du bois pour allumer un feu, lui faire boire une infusion ou de la soupe bien chaude, et s'assurer de la santé des chevaux. Mais il avait promis. Rapide et Whinney se tenaient sous le taillis de saule, leur couverture et leur harnais toujours attachés, l'air tranquille.

Arrivé au bord de l'eau, il hésita puis décida finalement de descendre la rivière. Il inspecta la berge, fouillant les amas de bois morts et de débris. Il trouva une quantité de cadavres d'animaux, vit autant de carnassiers que de charognards, ailés ou quadrupèdes, faisant festin des carcasses déposées par les eaux. Il vit même une bande de loups, mais aucun ne ressemblait à celui d'Ayla.

Finalement, il fit demi-tour. Il pensa remonter un peu la Sœur, mais commençait à douter du résultat de ses recherches. Il ne s'attendait pas vraiment à retrouver le loup, et s'aperçut que cela l'attristait. Loup l'agaçait souvent mais il s'était pris d'une réelle affection pour l'intelligent animal. Loup lui manquerait sincèrement et Ayla serait inconsolable.

Il atteignit la rive caillouteuse où il avait trouvé Ayla, marcha le long de la grève, hésitant à poursuivre, surtout que les eaux montaient encore. Il décida de déplacer la tente un peu plus haut dès qu'Ayla pourrait marcher. Inquiet pour sa compagne, il faillit retourner près d'elle afin de s'assurer qu'elle n'avait besoin de rien, mais choisit malgré tout de remonter la rivière un court instant. Ayla lui demanderait sûrement s'il l'avait fait.

Il avançait en se frayant un chemin parmi un monceau

de troncs et de branchages, quand il aperçut la silhouette majestueuse d'un aigle impérial planant au-dessus de lui. Il s'arrêta et admira le rapace. Soudain, il le vit plier ses ailes et piquer comme une pierre vers la berge, puis remonter, un gros souslik emprisonné dans ses serres.

Un peu plus haut, là où l'oiseau avait trouvé son repas, un bel affluent, qui s'élargissait en une sorte de delta, ajoutait sa part aux eaux tumultueuses de la Sœur. Il crut voir un objet familier sur la plage, et sourit en le reconnaissant. C'était le bateau. Mais en regardant de plus près, il fronça les sourcils et se mit à courir. A côté du bateau, Ayla était assise et tenait la tête de Loup sur ses genoux. Un filet de sang s'écoulait d'une plaie au-dessus de son œil gauche.

— Ayla ! Qu'est-ce que tu fais ici ? Comment es-tu venue ? rugit-il, rongé d'inquiétude.

— Il vit, Jondalar, s'écria-t-elle, tremblant de froid et sanglotant si fort qu'elle pouvait à peine articuler. Il est blessé, mais il est vivant.

Après avoir sauté dans la rivière, Loup avait nagé vers Ayla, mais en atteignant le travois, il s'était reposé en appuyant ses pattes sur les perches attachées au bateau. Il se laissait traîner tranquillement quand le nœud s'était dénoué, libérant perches et canoé qui commencèrent à donner sérieusement de la bande. Ballotté par les flots, et alors qu'il était presque arrivé sur l'autre rive, le canoé fut soudain projeté contre un lourd tronc d'arbre flottant entre deux eaux. Emporté par son élan, il ricocha sur la plage de sable, entraînant à moitié hors de l'eau une partie des perches sur lesquelles Loup gisait de tout son long. Le choc l'avait étourdi, et rester à demi immergé dans l'eau glacée lui faisait courir un danger encore plus grand. Même les loups étaient sujets à l'hypothermie, et risquaient d'en mourir.

— Viens, Ayla, tu trembles de froid. Viens rentrons. Pourquoi es-tu sortie ? Je t'avais dit que je le chercherais. Allez, viens, je porterai Loup.

Il souleva l'animal et aida Ayla à se relever. Il comprit que le retour serait difficile. Ayla pouvait à peine marcher et Loup, alourdi par sa fourrure imbibée d'eau, représentait une charge trop importante. Jondalar ne pouvait pas porter Ayla et son loup, et il savait que sa compagne l'empêcherait de laisser Loup, même s'il revenait le chercher plus tard. Ah, s'il pouvait siffler les chevaux comme elle !... Mais pourquoi ne pas essayer ? Il s'était exercé à siffler mais n'avait pas encore eu l'occasion de vérifier si Rapide comprenait son signal. Quand Ayla sifflait Whinney, l'étalon accourait toujours avec sa mère.

Que risquait-il ? Whinney répondrait peut-être à son appel. Il imita le sifflement d'Ayla, espérant être assez près des chevaux pour qu'ils l'entendent, mais déterminé à poursuivre sa marche dans le cas contraire. Loup dans ses bras, il essayait de soutenir Ayla de son mieux.

Ils n'avaient pas encore atteint le tas de bois échoué que Jondalar était déjà épuisé, et n'avançait plus qu'à force de volonté. Il avait nagé dans la rivière déchaînée, transporté Ayla en haut de la berge, planté la tente, arpenté la rive à la recherche de Loup. Il était vidé de ses forces. Un hennissement lui fit lever la tête. L'arrivée des deux chevaux le remplit de joie et de soulagement.

Il déposa Loup sur le dos de Whinney, qui l'avait déjà porté et ne se formalisa pas ; il aida ensuite Ayla à enfourcher Rapide et le conduisit à la tente. Whinney suivit son fils. La pluie redoubla encore et Ayla, grelottante dans ses habits trempés, faillit perdre l'équilibre lorsque l'étalon gravit la pente. Jondalar demanda à Rapide de ralentir l'allure et ils arrivèrent enfin au petit bois de saules.

Jondalar aida Ayla à descendre de cheval et la soutint jusqu'à la tente, mais l'hypothermie la plongea dans un nouveau délire et elle exigea de voir Loup immédiatement. Jondalar dut s'exécuter et promettre de sécher l'animal. Il fouilla les bagages à la recherche d'un objet pour brosser Loup. Puis, Ayla voulut faire entrer l'animal dans leurs fourrures de couchage, ce que Jondalar refusa énergiquement. Mais il jeta une couverture sur le corps glacé de la bête. Il aida Ayla, prise de sanglots incontrôlables, à se déshabiller et l'enveloppa dans les fourrures.

Il sortit encore, débarrassa Rapide de son harnais, ôta les couvertures des deux chevaux, les cajola et leur exprima sa reconnaissance. Jondalar savait qu'ils n'aimaient pas la pluie et craignait pour leur santé. Il revint enfin dans la tente, ôta ses vêtements et rampa à côté d'Ayla que de violents tremblements agitaient. Elle se blottit contre Loup, pendant que Jondalar l'enveloppait de son corps. Bientôt, réchauffée par la chaleur du loup d'un côté, et celle de l'homme de l'autre, elle cessa de grelotter, et ils sombrèrent tous dans un sommeil de plomb.

Ayla fut réveillée par des coups de langue humide sur son visage. Joyeuse, elle repoussa d'abord Loup, puis l'étreignit. Elle maintint la tête de l'animal entre ses mains et examina sa blessure. La pluie avait nettoyé la plaie et le sang ne coulait plus. Il semblait aller pour le mieux mais elle envisagea tout de même de lui préparer un remède. Le coup qu'il avait pris sur la tête n'était pas bien grave, mais l'eau glacée de la rivière l'avait affaibli. Chaleur et repos avaient constitué une excellente médecine. Ayla se rendit compte que les bras de Jondalar l'entouraient, et elle resta immobile, enlaçant Loup, à écouter la pluie tambouriner sur la paroi de la tente.

Des bribes de la veille lui revinrent : sa marche trébuchante au milieu des buissons et du bois échoué, la recherche de Loup ; la vive douleur à la main, causée par la corde enroulée trop serrée ; Jondalar la portant dans ses bras, ou encore plantant la tente. Elle se sentit légèrement honteuse de n'avoir pu l'aider davantage.

Loup se dégagea de son étreinte et pointa son museau dehors. Ayla entendit Whinney hennir et, transportée de joie, faillit lui répondre mais se rappela à temps que Jondalar dormait toujours. Elle commença à s'inquiéter pour les chevaux trempés sous une pluie battante. Ils étaient davantage habitués au temps froid et sec, mais Ayla se souvint avoir aperçu des chevaux les jours précédents. Un épais duvet, qui restait chaud même s'il était humide, poussait sous leurs longs poils de couverture et Ayla supposa qu'ils pouvaient supporter cette pluie, à condition qu'elle ne dure pas trop longtemps.

Ayla n'aimait décidément pas les fortes pluies d'automne de cette région méridionale. Elle préférait le long printemps humide avec ses brumes de chaleur et son crachin doux. La caverne du clan de Brun se trouvait au sud, et les pluies d'automne étaient fréquentes, mais elle n'avait pas le souvenir d'un tel déluge. Les régions méridionales ne se ressemblaient donc pas toutes. Ayla pensa à se lever, mais avant de se décider elle s'était de nouveau endormie.

Lorsqu'elle se réveilla pour la deuxième fois, l'homme s'agitait à ses côtés. Elle nota une différence qu'elle n'arrivait pas à définir, et s'aperçut finalement que le bruit des gouttes avait cessé. Elle se leva et sortit. L'après-midi était déjà bien entamé et le temps s'était refroidi, lui faisant regretter de ne pas s'être couverte davantage. Elle urina près d'un buisson et se dirigea ensuite vers les chevaux qui broutaient des laîches près d'un ruisseau bordé de saules. Loup était avec eux. Dès qu'ils la virent, ils vinrent à sa rencontre, et elle resta quelque temps à les cajoler et à leur parler. Ensuite elle retourna à la tente, et se glissa dans les fourrures, à côté de Jondalar.

— Oh, femme, comme tu as froid !

— Et toi tu es bien chaud, répondit-elle en se pelotonnant contre lui.

Il l'enlaça et baisa son cou, heureux qu'elle se soit réchauffée si vite, après l'inquiétude qu'il avait eue le matin.

— Comment ai-je pu te laisser avoir froid à ce point ? Où avais-je la tête ? fit Jondalar. Nous n'aurions jamais dû traverser cette rivière.

— Mais Jondalar, que pouvions-nous faire d'autre ? Franchir un torrent grossi par la pluie ? Ç'aurait été pire !

— Si nous étions partis plus tôt de chez les Sharamudoï, nous aurions évité la pluie, et la Sœur n'aurait pas été aussi difficile à traverser, répliqua Jondalar encore repentant.

— Mais c'est ma faute si nous nous sommes attardés ! Carlono lui-même estimait que nous traverserions avant les pluies.

— Non, c'est ma faute. Je connaissais cette rivière, j'aurais dû insister pour partir plus tôt. Et si nous avions abandonné le canoé, nous aurions perdu moins de temps dans les forêts et dans les montagnes. Je me suis conduit comme un abruti !

— Jondalar ! Cesse de t'accabler de reproches ! Comment aurais-tu prévu ce qui est arrivé ? Même Ceux Qui Servent la Mère ont du mal à prévoir l'avenir. Rien n'est jamais clair. Et puis, nous avons réussi, nous sommes tous sains et saufs, même Loup. Grâce à toi ! Nous avons même gardé le bateau, et qui sait combien il nous sera utile !

— Oui, mais j'ai failli te perdre, Ayla ! s'écria-t-il en plongeant la tête dans son cou. (Il la serra si fort contre lui qu'elle manqua crier.) Comment te faire comprendre à quel point je t'aime, Ayla ? Les mots ne suffisent pas pour dire un tel amour.

Il la serra plus fort encore, comme s'il cherchait à ne faire qu'un avec elle, comme si c'était le seul moyen de ne jamais la perdre.

Elle l'enlaça à son tour, cherchant comment calmer son angoisse bouleversante. Elle souffla légèrement dans le creux de son oreille et déposa des baisers dans son cou. La réaction de Jondalar fut immédiate. Il l'embrassa avec fougue, caressa ses mains, étreignit ses seins et les suça avidement. Elle l'entoura de ses jambes, le fit basculer sur elle, offrant ses cuisses ouvertes. Il se recula, et la fourragea de son membre à la recherche de sa fente. Elle s'empara de sa virilité et la guida, aussi affamée de lui qu'il l'était d'elle.

En un instant, tous les cauchemars et les terreurs s'envolèrent, remplacés par la joie extatique que le Don du Plaisir de la Mère leur accordait. Jondalar se retira, replongea dans la fournaise, se retira encore, et bientôt Ayla accompagna ses mouvements dans un même rythme. Le balancement de ses reins renforçait la passion de Jondalar.

Il semblait si heureux qu'Ayla en oublia toutes ses inquiétudes. Leurs deux corps se mouvaient avec une telle harmonie qu'Ayla, emportée par ses sens exacerbés, s'abandonna totalement au rythme qui s'accéléra. Des pointes de feu jaillissaient dans son ventre et irradiaient son corps à chaque balancement.

Jondalar sentait monter en lui une lave en fusion, des ondes d'excitation l'emportaient, et quand il s'y attendait le moins, le volcan explosa. Il s'abandonna avec délice à l'anéantissement et après quelques dernières secousses, il goûta la volupté d'une suave lassitude.

Couvrant Ayla de son corps détendu, il reprenait son souffle. Les paupières closes, Ayla baignait dans une douce béatitude. Il roula bientôt sur le côté et se moula contre Ayla qui colla sa croupe contre lui.

— Jondalar ? murmura Ayla après un long moment.

— Hmmm ? marmonna-t-il.

Il savourait son bien-être paresseusement.

— Combien de rivières comme celle-là devrons-nous traverser ? demanda Ayla.

— Aucune, souffla-t-il au creux de son oreille.

— Aucune ?

— Oui, parce qu'il n'y a pas deux rivières comme la Sœur.

— Même pas la Grande Rivière Mère ?

— Non, même la Grande Rivière Mère n'est pas aussi rapide, ni aussi traître. Mais nous ne franchirons pas la Grande Mère. Nous resterons sur cette rive jusqu'au glacier. Une fois là-bas, j'aimerais visiter quelques personnes qui vivent de l'autre côté de la Mère. Mais c'est encore loin, et d'ici là, elle ne sera pas plus large qu'un torrent, expliqua-t-il en roulant sur le dos. Oh, il nous reste plusieurs rivières de bonne taille à franchir. Tu verras, dans les plaines qui nous attendent, la Mère se sépare en de multiples bras avant de redevenir une, et à ce moment-là elle aura tellement rétréci que tu ne la reconnaîtras pas.

— Diminuée des eaux de la Sœur, je ne suis déjà pas sûre de la reconnaître, avança Ayla.

— Oh, si ! La Sœur est immense, mais à l'endroit où

elle rejoint la Mère, celle-ci est encore plus grande. Elle reçoit un gros affluent avant les Collines Boisées qui l'obligent à dériver vers l'est. Thonolan et moi avons rencontré des gens qui nous ont fait traverser sur des radeaux, juste à cet endroit. D'autres affluents descendent des montagnes de l'ouest, mais nous irons vers le nord et nous ne les verrons pas.

Jondalar s'assit. Cette conversation lui avait donné envie de poursuivre la route. Pourtant, ils ne partiraient pas avant le lendemain matin. Maintenant qu'il était reposé, il ne se sentait pas d'humeur à rester couché.

— Nous ne traverserons plus beaucoup de cours d'eau jusqu'aux hauts plateaux du nord, reprit-il. Du moins, est-ce ce que m'ont affirmé ceux d'Haduma. D'après eux, nous rencontrerons quelques collines mais surtout des plaines, et la plupart des rivières que nous verrons sont des chenaux de la Mère. Elle s'étend dans toutes les directions. Ce sont des territoires giboyeux, paraît-il. Le peuple d'Haduma traverse sans arrêt la Mère pour venir y chasser.

— Le peuple d'Haduma ? Oui, je crois que tu m'en as déjà parlé très vaguement, dit Ayla en se levant pour se diriger vers son porte-paniers.

— Nous ne sommes pas restés longtemps parmi eux, juste assez pour...

Jondalar hésita à lui parler des Premiers Rites qu'il avait partagés avec une jolie jeune fille appelée Noria. Ayla remarqua son changement d'expression, et son embarras soudain, mêlé de fierté.

— ... pour participer à une Cérémonie, termina Jondalar.

— En l'honneur de la Grande Terre Mère ?

— Euh... oui, c'est ça. Ils m'ont demandé de... euh... ils nous ont demandé, à Thonolan et à moi, de partager cet honneur.

— Est-ce qu'on leur fera une visite ? demanda Ayla depuis l'entrée de la tente, une peau de chamois à la main en prévision du bain qu'elle voulait prendre dans la crique sous les saules.

— Ah, j'aimerais bien, mais je ne sais pas où ils

habitent... Quelques-uns de leurs chasseurs avaient découvert notre campement, s'empressa d'expliquer Jondalar devant l'air médusé d'Ayla. Et ils ont envoyé chercher Haduma. C'est elle qui a décidé d'organiser les festivités, et elle a fait venir le reste de son peuple. Haduma était une femme extraordinaire. La plus vieille femme que j'aie rencontrée, elle était même plus vieille que Mamut. Haduma était la mère de six générations. (Du moins je l'espère, pensa-t-il.) Oui, j'aimerais bien la revoir, mais nous n'avons pas le temps de les rechercher. D'ailleurs, elle est peut-être morte à présent. Tamen, son fils, doit être encore en vie, et c'était le seul à parler zelandonii.

Ayla sortit. Pris d'une forte envie d'uriner, Jondalar enfila sa tunique et sortit à son tour. Sa verge d'une main, il contemplait l'arc de liquide jaunâtre et odorant arroser le sol. Il se demandait si Noria avait finalement mis ce bébé au monde, et si le membre qu'il tenait en main était responsable de cette nouvelle vie.

Il aperçut Ayla se diriger vers les saules, vêtue d'une simple peau de chamois jetée sur les épaules. Il songea à se laver, lui aussi, bien qu'il eût déjà son content d'eau froide pour la journée. Non qu'il craignît l'eau froide : s'il le fallait, pour traverser une rivière par exemple, il n'hésitait pas à y plonger, mais lorsqu'il voyageait avec son frère, se laver régulièrement dans l'eau glacée semblait moins important.

Ayla ne lui faisait aucune remarque, mais compte tenu que la température de l'eau ne l'arrêtait jamais, il se sentait obligé d'en faire autant. Il lui fallait bien admettre qu'il aimait son odeur propre et fraîche. Mais lorsqu'elle devait briser la glace pour atteindre l'eau, il s'étonnait tout de même qu'elle pût supporter une telle température.

En tout cas, elle semblait dispose. Il avait craint qu'elle dût rester couchée plusieurs jours, ou même qu'elle tombât malade. L'habitude de l'eau glacée l'avait peut-être préservée, se dit-il. Dans ce cas, un bain ne me ferait pas de mal. Il se rendit compte qu'il avait observé le derrière nu d'Ayla pointer sous la peau de chamois, et se balancer au rythme de ses pas.

Les Plaisirs l'avaient excité et satisfait au-delà de toute espérance, vu la rapidité avec laquelle ils les avait atteints. Mais en voyant Ayla accrocher la peau de chamois sur une branche et plonger dans l'eau du ruisseau, un violent désir le prit. Mais cette fois, il se promit de lui faire connaître les Plaisirs lentement, longuement, avec amour, et en savourant chaque instant.

Ils reprirent la route sous une pluie intermittente, chevauchant à travers les plaines alluviales cernées par la Grande Rivière Mère et l'affluent qui l'égalait presque en taille, la Sœur. En dépit de nombreux obstacles, ils maintenaient leur cap au nord. Les plaines centrales ressemblaient aux steppes orientales dont elles étaient en fait la continuation. Mais les rivières qui traversaient l'ancien bassin du nord au sud façonnaient les paysages. Les multiples méandres de la Grande Rivière Mère, notamment, et son réseau de chenaux créaient d'énormes plaines que prolongeaient de vastes prairies.

Des bras morts s'étaient constitués à l'intérieur des méandres aigus des canaux les plus larges. Les marais et les grasses prairies foisonnantes abritaient d'innombrables variétés d'oiseaux. Ils forçaient aussi les voyageurs à de nombreux détours. La faune et la flore étaient plus riches et plus denses que dans les steppes orientales. On aurait dit une sorte de concentré du delta, comme s'il avait rétréci tout en restant aussi peuplé.

Entourées de montagnes et de hauts plateaux qui déversaient leurs eaux dans le bassin, les plaines centrales, surtout au sud, étaient parsemées de bois. Les buissons et les arbres qui poussaient dru aux abords des cours d'eau se développaient pleinement. Au sud-est, près du confluent turbulent, tourbières et marécages stagnaient dans les vallons et envahissaient des surfaces immenses à la saison des pluies. De petits bosquets d'aulnes, de frênes et de bouleaux attiraient les imprudents dans des bourbiers entourés de tertres couronnés de saules, auxquels s'ajoutaient parfois chênes et hêtres, alors que les pins s'enracinaient dans les sols plus sableux.

Les sols, mélange de lœss et de terreau, ou de sable et de graviers, étaient veinés d'affleurements d'anciens rochers. Les conifères croissaient sur les hauts plateaux isolés et descendaient quelquefois jusqu'en plaine. S'y abritaient toutes sortes d'espèces animales qui n'auraient pas survécu à ciel découvert. C'est aux lisières de ces bois que la vie était la plus riche. Toutefois, petites et grandes herbacées, herbes, fougères et fétuques constituaient la principale végétation et la riche steppe centrale ondulait au gré du vent.

Plus Ayla et Jondalar approchaient du nord, plus la saison froide semblait en avance. Le vent glacé leur fouettait le visage. L'extraordinaire champ de glace qui s'étendait sur d'immenses espaces se trouvait droit devant eux à une distance inférieure à celle qu'ils avaient déjà parcourue.

Avec le changement de saison, le vent glacial redoubla de puissance. Les pluies diminuèrent et finirent par disparaître, et des bandes de nuages blancs déchiquetés par la violence des vents persistants remplacèrent les gros nuages noirs. De furieuses bourrasques arrachaient les feuilles mortes et les éparpillaient au pied des arbres en un tapis ocre. Puis, d'humeur changeante, elles emportaient les fragiles cadavres dans un tourbillon rageur, et lassées de ce petit jeu, les déposaient plus loin.

Malgré tout, le temps sec et froid convenait mieux aux deux voyageurs, confortablement emmitouflés dans leur pelisse à capuchon. On avait bien renseigné Jondalar : la chasse était bonne dans les plaines centrales, et les proies bien grasses après un été de gavage. C'était aussi la saison de la cueillette pour nombre de fruits, céréales, noix ou racines. Ayla n'eut pas besoin d'entamer ses provisions d'urgence, et put au contraire les reconstituer. Elle remplaça par exemple les provisions qu'elle avait utilisées quand ils s'étaient arrêtés quelques jours pour faire sécher la viande du cerf géant qu'ils avaient tué. Leur visage rayonnait de santé, et de bonheur.

Les chevaux aussi s'étaient régénérés. Ils étaient dans leur élément, dans leur lourde robe gonflée de la fourrure hivernale, dispos et fringants. Le loup, nez au vent, retrouvait les senteurs familières enfouies dans les recoins de sa mémoire instinctive. Il gambadait joyeusement, s'échappait pour de brèves explorations solitaires, et réapparaissait soudain, en affichant un air suffisant, à en croire Ayla.

La traversée des cours d'eau ne présentait plus de difficultés. La plupart coulaient du nord vers le sud, parallèlement à la Grande Rivière Mère, et ceux qu'ils durent franchir n'étaient pas profonds. Les méandres des chenaux étaient si nombreux et si larges qu'ils ne savaient jamais s'ils avaient affaire à un coude de la rivière ou à un des ruisseaux qui dévalaient des hauteurs. Certains chenaux parallèles se jetaient soudain dans un cours d'eau qui coulait vers l'ouest avant de se jeter à son tour dans un autre chenal de la Mère.

Souvent obligés de dévier de leur route à cause des coudes que formait la rivière, les voyageurs tiraient pleinement profit des chevaux. Chacune de leurs étapes quotidiennes était si longue qu'ils rattrapèrent le temps passé chez les Sharamudoï. Jondalar s'en réjouissait.

L'air pur et glacé leur offrait une vue large et claire du paysage, seulement obscurcie par les brouillards matinaux, lorsque le soleil réchauffait l'humidité condensée pendant la nuit. A l'est, ils apercevaient les montagnes qu'ils avaient longées en suivant le grand fleuve à travers les plaines méridionales brûlantes, et dont ils avaient escaladé l'extrémité sud-ouest. Les pics capuchonnés de glace scintillante se rapprochaient sensiblement tandis que la chaîne s'incurvait vers le nord-ouest.

A leur gauche, se déployait la plus haute chaîne de montagnes du continent avec sa lourde couronne de glace la couvrant jusqu'à mi-flancs. Au loin les sommets luisaient d'une couleur violacée et évoquaient une présence vaguement sinistre, comme une barrière insurmontable qui séparait les voyageurs de leur destination ultime. La Grande Rivière Mère les guiderait le long du versant septentrional de la gigantesque chaîne, jusqu'à un glacier plus accessible qui recouvrait un ancien massif arrondi, au nord-est des forêts de montagne.

Plus bas et plus près, au-delà de la plaine verte que ponctuaient des futaies de pins, s'élevait un autre massif. De hauts plateaux granitiques dominaient les prairies et la Mère, et s'enfonçaient vers le nord en déclinant graduellement pour finir en collines moutonnantes aux contreforts des montagnes occidentales. Les arbres qui brisaient la platitude du paysage verdoyant se faisaient de plus en plus rares, et exhibaient les contorsions familières des arbres nains sculptés par les vents.

Ayla et Jondalar avaient traversé les trois quarts des immenses plaines centrales, du sud au nord, quand les premières rafales de neige s'abattirent.

— Regarde, Jondalar ! Il neige ! s'exclama Ayla avec un sourire radieux. C'est la première neige de l'hiver !

Elle l'avait sentie dans l'air, et se réjouissait de sa venue. Les premières neiges avaient toujours eu pour elle un caractère spécial.

— Il n'y a pas de quoi s'en réjouir, commença Jondalar. (Mais la joie d'Ayla était contagieuse et il ne put s'empêcher de sourire à son tour.) Crois-moi, tu seras bientôt dégoûtée de la neige et de la glace !

— Oui, je sais, mais j'ai toujours aimé la première neige. Allons-nous camper bientôt ? demanda-t-elle plus loin.

— Nous sommes à peine au milieu du jour, s'étonna Jondalar. Pourquoi veux-tu t'arrêter si tôt ?

— Je viens de voir des lagopèdes. Ils blanchissent déjà, mais tant que le sol n'est pas recouvert de neige ils ont du mal à se cacher. Ensuite, il sera trop tard. Et puis, c'est maintenant qu'ils sont les meilleurs. Surtout si je les prépare comme Creb les aimait. Mais la cuisson est longue, c'est vrai. Il faut creuser un trou dans le sol, le tapisser de pierres, et y allumer un feu. Ensuite, on y enfourne les oiseaux enveloppés dans du foin, on les couvre et on attend, expliqua-t-elle avec un débit si rapide qu'elle trébuchait sur les mots. Mais ça vaut la peine d'attendre.

— Calme-toi, Ayla ! Quelle excitation ! dit-il, amusé par l'enthousiasme de sa compagne. Eh bien, si c'est délicieux à ce point, nous ferions mieux de nous arrêter et de nous mettre en chasse.

— Oh, tu verras, tu ne seras pas déçu ! assura-t-elle avec sérieux. Mais tu en as déjà mangé cuits de cette façon. Tu sais très bien de quoi je parle.

A son air rieur, elle comprit qu'il la taquinait. Elle saisit alors la fronde qu'elle portait à la taille.

— Installe le campement, moi j'irai chasser des lagopèdes. Et si tu prépares le trou, tu auras même le droit d'en goûter un morceau, promit-elle avec un sourire moqueur en poussant Whinney au galop.

— Ayla ! cria Jondalar avant qu'elle fût trop loin. Laisse-moi les perches, Femme Qui Chasse, et je t'installerai ton camp.

— Ça alors ! s'étonna Ayla qui fit volte-face et vint arrêter Whinney devant lui. Tu te souviens du nom que m'a donné Brun quand il m'a autorisée à chasser ?

— Je n'ai peut-être pas ta mémoire du Clan, mais je me souviens encore de certaines choses... surtout quand il s'agit de la femme que j'aime, répondit Jondalar, fasciné par le sourire d'Ayla qui l'embellissait encore. D'autre part, si tu m'aides à trouver un emplacement, tu sauras où me trouver en revenant.

— Si je ne te vois pas, je te pisterai. Mais je t'accompagne, et je déposerai les perches. Whinney sera plus libre pour courir.

Ils chevauchèrent de conserve avant de trouver un endroit idéal près d'un cours d'eau, avec un terrain plat pour monter la tente, quelques arbres et surtout une plage de galets avec lesquels Ayla pourrait tapisser son four.

— Maintenant que je suis là, déclara Ayla en descendant de cheval, autant que je t'aide.

— Occupe-toi donc de tes lagopèdes. Dis-moi seulement où tu veux que je creuse le trou.

Il a raison, se dit Ayla, plus vite les oiseaux seront tués, plus vite je les ferai cuire. La cuisson est longue, et la chasse risque de l'être aussi. Elle désigna un coin qui lui parut adéquat.

— Là-bas, fit-elle. Près des galets.

Puis elle scruta la plage à la recherche de beaux galets bien ronds pour sa fronde.

Ayla fit signe à Loup, et ils suivirent les traces qu'ils avaient laissées en venant. L'œil aux aguets, elle remarqua plusieurs spécimens d'espèces proches des lagopèdes. Elle faillit se laisser tenter par une compagnie de perdrix grises qui picoraient des graines d'ivraie et de blé épautre. Elle identifia les jeunes, en nombre impressionnant, à leurs dessins moins marqués et non à leur taille. La perdrix, oiseau trapu et de taille moyenne, pouvait pondre jusqu'à vingt œufs par couvée, mais peu survivaient à la gourmandise des prédateurs.

Les perdrix grises auraient fait un excellent gibier, mais Ayla décida de poursuivre, retenant tout de même leur position au cas où elle ne retrouverait pas les lagopèdes. Elle sursauta à l'envol d'une compagnie de cailles grégaires constituée de plusieurs couvées. Les petits oiseaux replets étaient bons à manger et si elle avait su se servir d'un Bâton Qui Revient capable d'en abattre plusieurs d'un coup, elle s'y serait peut-être essayée.

Ayla retrouva les lagopèdes bien camouflés à l'endroit où elle les avait aperçus. Ils avaient encore des dessins sur le dos et les ailes, mais comme leurs plumes blanches commençaient à pousser, ils tranchaient sur le sol grisâtre et l'herbe jaune foncé. Gras et trapus, ils avaient déjà les pattes blanches jusqu'aux griffes que leurs plumes d'hiver recouvraient, à la fois pour les protéger du froid et leur permettre de marcher sur la neige. Les cailles pouvaient parcourir de grandes distances, mais les perdrix et les lagopèdes quittaient rarement la région où ils étaient nés, et ne migraient que sur de courtes distances entre les régions froides et chaudes.

Dans ce monde hivernal, qui regroupait des créatures dont les habitats auraient été dispersés à d'autres époques, chacun avait sa niche écologique. Les perdrix comme les lagopèdes restaient dans les plaines centrales pendant l'hiver. Toutefois, la perdrix préférait les vastes prairies battues par les vents, se nourrissait de graines et perchait la nuit dans les arbres près des rivières et des hauts plateaux, alors que le lagopède choisissait les régions enneigées, creusait des niches dans la neige pour se réchauffer, et se nourrissait de brindilles, de pousses, de bourgeons de buissons, variétés contenant des huiles indigestes, ou même vénéneuses pour les autres animaux.

Ayla fit signe à Loup de ne pas bouger pendant qu'elle sortait deux pierres de sa bourse et préparait sa fronde. A cheval sur Whinney, elle visa un des volatiles et lança la première pierre. Loup, prenant son geste comme un signal, se rua sur un autre oiseau. La compagnie s'envola alors dans un grand bruit d'ailes percé de gloussements rauques. Leur camouflage, qui les rendait difficilement détectables sur le sol, se transforma en vol, avec leur plumage érigé, en dessins éclatants qui permettaient aux membres de la compagnie de se repérer et de rester groupés.

Après ce brusque remue-ménage affolé, les lagopèdes ralentirent leur vol, comme épuisés. D'un imperceptible mouvement du corps, Ayla incita Whinney à suivre les volatiles pendant qu'elle préparait son deuxième lancer. La jeune femme glissa la seconde pierre dans la poche de la fronde sans en briser l'élan, et la propulsa dans le même mouvement.

Son habileté à lancer deux pierres coup sur coup nécessitait une telle adresse que si elle avait demandé comment faire, on lui aurait répondu que c'était impossible. Mais elle n'avait eu personne à qui le demander, personne pour lui conseiller d'y renoncer. Elle avait donc seule mis au point sa technique du double lancer, et l'avait perfectionnée au fil des ans au point d'être aussi précise avec les deux pierres. L'oiseau qu'elle avait visé au sol ne s'envola jamais, et pendant que le deuxième tombait du ciel, Ayla sortit promptement deux autres pierres, mais la compagnie était déjà loin.

Loup apparut, un troisième lagopède dans la gueule.

Ayla descendit de cheval et, à son signal, Loup déposa l'oiseau à ses pieds.

— Cette femme apprécie ton aide, Whinney, déclara-t-elle dans le langage qu'elle avait inventé, mélange de signes du Clan et de hennissements de cheval.

Whinney leva la tête, s'ébroua, et s'approcha de la jeune femme. Ayla saisit le chanfrein de la jument et souffla dans ses naseaux, échangeant avec elle des odeurs de reconnaissance et d'amitié.

Elle tordit le cou d'un volatile qui n'était pas encore mort. Puis, avec d'épaisses tiges d'herbe, elle attacha les trois oiseaux ensemble en liant leurs pattes couvertes de plumes. Elle remonta sur Whinney et les déposa en travers du porte-paniers. Sur le chemin du retour elle croisa encore les perdrix et ne put résister. Avec deux autres pierres, elle abattit deux nouvelles proies, mais en manqua une troisième. De son côté, Loup en attrapa une qu'Ayla lui permit de garder.

Elle pensa les cuire tous ensemble pour comparer leurs chairs et garder les restes pour les jours suivants. Elle se demanda ensuite avec quoi les accommoder. S'ils avaient couvé, elle se serait servie des œufs, puis elle se souvint avoir utilisé des céréales quand elle vivait chez les Mamutoï. Mais cueillir assez de grains prendrait trop de temps. Moissonner les céréales sauvages était un long travail qu'on accomplissait en groupe. Elle se rabattit alors sur les racines : des carottes sauvages et des oignons, par exemple.

Absorbée par ses projets de repas, la jeune femme ne prêtait guère attention à l'environnement, quand soudain la jument s'arrêta net. Whinney s'ébroua et hennit, puis resta immobile. Ayla sentit la tension de son amie. La jument se mit à trembler et la jeune femme comprit bientôt pourquoi.

23

En proie à une indicible appréhension, Ayla écarquilla les yeux. Elle se secoua pour chasser sa peur. Après tout, qu'avait-elle à craindre ? Une innombrable bande de chevaux lui barrait la route, que trouvait-elle là d'inquiétant ?

Ils regardaient de leur côté, et Whinney se montra fort intéressée par ses congénères. Devinant la curiosité qui démangeait Loup, Ayla lui fit signe de rester tranquille. Souvent la proie des loups, les chevaux avaient de bonnes raisons de ne pas le laisser approcher.

En y regardant de plus près, et dans l'attente de leur réaction, Ayla s'aperçut qu'il n'y avait pas une, mais deux bandes bien distinctes. La plus importante était constituée de femelles accompagnées de leurs petits, et conduite par une femelle dominante postée devant les autres dans une attitude agressive. Une bande de mâles se tenait en retrait, et parmi eux Ayla remarqua soudain le cheval le plus exceptionnel qu'elle eût jamais vu.

La plupart des chevaux étaient d'une couleur proche du louvet de Whinney. Certains tendaient vers le roux sombre, d'autres vers le marron jaunâtre. La robe marron foncé de Rapide était déjà inhabituelle, mais Ayla n'avait encore jamais vu d'étalon comme celui-là : l'animal, dans la pleine puissance de sa maturité, était d'un blanc immaculé !

Avant de remarquer Whinney, l'étalon blanc avait tenu les autres mâles à distance, leur signifiant ainsi qu'on les tolérerait s'ils n'approchaient pas trop des femelles puisqu'on n'était pas à la saison des amours, mais qu'il était le seul à avoir le droit de s'accoupler. Toutefois, l'apparition soudaine d'une étrange femelle piqua sa curiosité et attira l'attention des autres chevaux.

Les chevaux étaient des animaux sociables, aimant la compagnie des autres chevaux. Les juments surtout tendaient à nouer des relations durables. Mais contrairement aux autres bandes d'animaux, où les filles restaient avec leurs mères, les juments se regroupaient hors des liens parentaux, après avoir quitté leur bande natale en atteignant leur maturité vers l'âge de deux ans. Leur société était hiérarchisée. Les juments dominantes, ainsi que leurs petits, bénéficiaient de privilèges tels que l'accès prioritaire à l'eau, les meilleurs pâturages. Mais le groupe était cimenté par les soins mutuels comme la toilette, la chasse aux moucherons.

Poulains, ils se battaient entre eux pour jouer. Mais c'était à l'âge adulte, vers leur quatrième année, lorsqu'ils rejoignaient les étalons, que les jeunes mâles commençaient à s'entraîner pour de bon, en prévision du jour où ils devraient affronter un rival pour obtenir le droit de s'accoupler. Ils continuaient de s'entraider mais la lutte pour le pouvoir constituait leur principale activité. D'abord simples poussées, défécations rituelles ensuite reniflées, les défis s'intensifiaient, surtout pendant la saison du rut : morsures, coups de sabot dans les genoux, ruades à la tête et à la poitrine. Ce n'était qu'après plusieurs années passées de la sorte que les mâles parvenaient à enlever de jeunes femelles, ou à destituer un mâle dominant.

En tant que femelle sans attache qui venait de pénétrer sur leur territoire, Whinney excitait la curiosité de la bande de femelles comme celle des mâles célibataires. Ayla n'aimait décidément pas la façon fière et arrogante de l'étalon, prêt à réclamer son dû.

— Vas-y si tu veux, Loup ! fit-elle en le libérant d'un signe.

Elle le regarda se mettre en position. Loup croyait

avoir affaire à une bande de Whinney et de Rapide, et il voulait jouer avec eux. Ayla savait qu'il ne menaçait pas les chevaux. Un loup seul n'attaquerait pas de si grosses bêtes. En bande, à la rigueur, bien que les loups attaquassent rarement un animal adulte en bonne santé.

Ayla pressa Whinney de rentrer au campement. La jument hésita, mais l'habitude d'obéir aux ordres de la jeune femme domina sa curiosité, et elle se mit lentement au pas, non sans regarder en arrière à plusieurs reprises. Alors Loup fonça dans la troupe et se régala de folles poursuites. Ayla vit avec soulagement les chevaux s'égailler. Tant qu'ils ne s'occupaient plus de Whinney... !

Au camp, tout était prêt. Jondalar venait d'installer les trois perches pour y suspendre la nourriture hors d'atteinte des rôdeurs que l'odeur risquait d'attirer. La tente était montée, le trou dans le sol creusé, et tapissé de cailloux, Jondalar avait même construit un cercle de pierres pour le feu.

— Tu as vu cette île ? demanda-t-il dès qu'Ayla fut descendue de cheval.

Il lui montra au milieu de la rivière une langue de terre faite de limon et plantée de laîches, de roseaux et d'arbres.

— J'ai vu s'y poser toute une compagnie de cigognes, des blanches, des noires, reprit-il avec un sourire béat. J'aurais voulu que tu sois là, c'était magnifique. Elles piquaient, remontaient toutes ensemble. Elles repliaient leurs ailes pour se laisser tomber, et les rouvraient d'un coup en arrivant au sol. J'ai l'impression qu'elles migrent vers le sud. Elles partiront sans doute demain matin.

Ayla observa les grands oiseaux majestueux aux longues pattes et au long bec. Ils se nourrissaient avec frénésie, marchant, courant sur l'île ou dans l'eau peu profonde, attrapant tout ce qui bougeait d'un coup de bec : poissons, lézards, grenouilles, insectes, ou vers de terre. Ils dévoraient même la charogne, à en juger par la façon dont ils se ruèrent sur la carcasse d'un bison échouée sur la rive. Les deux espèces se ressemblaient quant à la forme mais les cigognes blanches, plus nombreuses, avaient le bout des ailes noir, alors que les cigognes noires avaient le ventre blanc et pêchaient dans l'eau pour la plupart.

— Nous avons vu des chevaux en revenant, raconta Ayla en déchargeant les lagopèdes et les perdrix. Surtout des juments et quelques poulains. Une bande de mâles tournait autour. L'étalon dominant était blanc.

— Blanc ?

— Oui, aussi blanc que ces cigognes. Il n'avait même pas les jambes noires, précisa-t-elle en dénouant les sangles du porte-paniers. On ne le distinguerait pas dans la neige.

— Un cheval blanc ? C'est rare. Je n'en ai jamais vu.

D'un coup, il repensa à Noria et à la cérémonie des Premiers Rites. Il se souvint d'une peau de cheval blanche accrochée au mur, derrière la couche, et décorée avec les têtes de jeunes pics épeiches.

— Ah, si ! Un jour j'ai vu la dépouille d'un cheval blanc, rectifia-t-il.

Quelque chose dans l'intonation éveilla l'attention d'Ayla. Jondalar surprit son regard et, gêné, se tourna pour ôter le porte-paniers du dos de Whinney.

— C'était pendant... pendant la cérémonie des Hadumaï, se sentit-il obligé de préciser.

— Les Hadumaï sont-ils des chasseurs de chevaux ?

Elle plia la couverture de Whinney, ramassa les oiseaux morts et se dirigea vers la rivière.

— Oui, dit Jondalar en l'accompagnant, pourquoi ?

— Tu te souviens que Talut nous avait parlé d'une chasse au mammouth blanc ? L'animal était sacré parce que les Mamutoï sont des chasseurs de mammouths. Alors si les Hadumaï utilisent la dépouille d'un cheval blanc dans leur cérémonie, je me demande si les chevaux n'ont pas une importance particulière à leurs yeux.

— Je ne sais pas, nous ne sommes pas restés assez longtemps chez eux.

— Mais chassent-ils les chevaux ? insista Ayla en commençant à plumer les volatiles.

— Oui, c'est d'ailleurs ce qu'ils faisaient quand Thonolan les a rencontrés. Ils nous ont mal accueillis parce que nous avions effrayé la bande qu'ils pistaient. Nous l'ignorions, bien sûr.

— J'ai bien envie d'attacher Whinney près de la tente pour cette nuit. Si des chasseurs de chevaux traînent dans les parages, je préfère savoir où elle est. En plus, je n'ai pas apprécié la façon dont l'étalon blanc venait la chercher.

— Tu as peut-être raison. Je ferais mieux d'attacher Rapide aussi. Mais j'aimerais tout de même voir cet étalon blanc.

— Eh bien, moi j'aimerais autant ne pas le revoir ! Il s'intéressait un peu trop à Whinney. Mais, c'est vrai qu'il est très beau. Et très rare.

Les plumes qu'Ayla arrachait aux oiseaux d'un geste rapide voletaient autour d'elle. Elle s'immobilisa soudain, comme pour mieux réfléchir.

— Le noir aussi est rare, reprit-elle. C'est Ranec qui l'affirmait, tu t'en souviens ? Il devait penser à lui en disant cela, même s'il était plus brun que noir.

Jondalar ressentit un pincement au cœur. Sa jalousie se réveilla au nom de l'homme avec qui Ayla avait failli s'unir. C'était pourtant avec lui, Jondalar, qu'elle avait choisi de partir...

— Regrettes-tu les Mamutoï ? Tu aurais peut-être préféré t'unir à Ranec ?

Elle interrompit son ouvrage et le regarda en face.

— Jondalar ! Tu sais très bien que je m'étais promise à Ranec uniquement parce que je croyais que tu ne m'aimais plus. Alors que Ranec m'aimait, lui... Mais c'est vrai que je regrette les Mamutoï. Si je ne t'avais pas rencontré, j'aurais pu vivre heureuse avec eux... et avec Ranec. D'une certaine façon, je l'aimais... Mais pas autant que toi.

— Eh bien, voilà une réponse honnête !

— J'aurais aussi pu rester chez les Sharamudoï, mais je veux être toujours là où tu es. Tu veux retourner chez les tiens, alors je veux y aller aussi, poursuivit Ayla, désireuse de s'expliquer.

A la mine déconfite de Jondalar, elle comprit que ce n'était pas la réponse qu'il attendait.

— Tu m'as posé une question, Jondalar. Quand tu m'interroges, je te réponds ce que je pense. Et je veux que tu agisses de même. Que tu me dises tout, même si je ne te le demande pas. Je ne veux plus de malentendus entre nous comme l'hiver dernier. Je ne comprenais pas ce que tu voulais, et tu refusais d'en parler. Toi, tu croyais deviner mes sentiments mais tu n'osais rien en dire. Promets-moi de toujours me dire la vérité, Jondalar.

Une telle sincérité et un si grand sérieux arrachèrent un sourire de tendresse à Jondalar.

— C'est promis. Moi non plus, je ne veux pas revivre ce cauchemar. Je ne supportais pas de te voir avec Ranec, d'autant qu'il avait beaucoup de succès auprès des femmes, tout le monde le savait. Il était drôle, sympathique, c'était un excellent tailleur de pierres, un véritable artiste. Ma mère l'aurait aimé. Les sculpteurs et les artistes lui ont toujours plu. Dans d'autres circonstances, j'en aurais volontiers fait mon ami. Il me rappelait un peu Thonolan. Il était différent des Mamutoï, mais il était sûr de lui et franc, comme eux.

— C'était un vrai Mamutoï ! déclara Ayla. Ah, comme le Camp du Lion me manque ! Les gens me manquent ! Nous n'avons guère rencontré de monde jusqu'à présent. Je ne me rendais pas compte que tu avais voyagé aussi loin. Les terres sont si vastes, et si peu habitées !

A mesure que le soleil déclinait à l'horizon, les nuages flamboyants au-dessus des montagnes à l'ouest paraissaient se rassembler joyeusement pour enlacer la sphère rougeoyante. Puis l'embrasement de l'écrin nuageux s'évanouit peu à peu, et l'obscurité enveloppa les deux voyageurs qui terminaient leur repas. Ayla se leva et mit de côté ce qu'il restait des oiseaux. Elle en avait fait cuire beaucoup trop. Jondalar replaça les pierres dans le feu en prévision de leur infusion du soir.

— C'était délicieux, affirma-t-il. Tu avais raison, ça valait la peine de s'arrêter plus tôt.

Le hasard voulut qu'Ayla regardât du côté de l'île, et ce qu'elle vit lui arracha un cri. Jondalar leva les yeux à son tour.

Des silhouettes armées de sagaies sortaient de la pénombre et apparaissaient sur la rive à la lueur du feu. Deux hommes, vêtus d'une cape taillée dans une dépouille de cheval, et dont la tête était rabattue sur leur crâne comme un capuchon. Jondalar se leva. L'un des hommes rejeta la tête de cheval en arrière et s'avança vers lui.

— Zel-an-don-yee ! s'écria-t-il en montrant le géant blond. Hadumaï ! Jeren ! fit-il ensuite en se frappant la poitrine, le visage éclairé d'un large sourire.

Surpris, Jondalar l'examina de plus près, et lui rendit son sourire.

— Jeren ! Est-ce bien toi ? Par la Grande Mère, je n'arrive pas à le croire !

L'homme se mit à parler dans une langue aussi incompréhensible pour Jondalar que celle de Jondalar l'était pour le visiteur. Mais les sourires amicaux se passaient de traduction.

— Ayla ! dit Jondalar en lui faisant signe d'approcher. Voici Jeren. C'est le chasseur hadumaï que nous avons rencontré à l'aller.

Les deux hommes semblaient réjouis. Jeren examina Ayla, et d'un hochement de tête, fit part à Jondalar de son appréciation flatteuse.

— Jeren, voici Ayla, Ayla des Mamutoï, annonça Jondalar avec cérémonie. Ayla, voici Jeren du Peuple d'Haduma.

— Bienvenue dans notre camp, Jeren du Peuple d'Haduma, dit Ayla en tendant ses deux mains.

Le geste ne faisait pas partie de la coutume des Hadumaï, mais Jeren en comprit l'intention. Il rangea sa sagaie dans l'étui qu'il portait en bandoulière, et serra les mains d'Ayla.

— Ayla, fit-il. Jeren, ajouta-t-il en se frappant de nouveau la poitrine.

Soudain il sursauta. Il venait d'apercevoir Loup qui approchait d'Ayla. La jeune femme, voyant sa réaction, s'agenouilla et enlaça le cou de l'animal. Les yeux de Jeren s'agrandirent de stupeur.

— Jeren, dit Ayla en se relevant. Voici Loup. Loup, voici Jeren, du Peuple d'Haduma.

— Loup ? répéta Jeren, le regard inquiet.

Ayla approcha sa main du museau de la bête, comme pour lui faire respirer son odeur. Elle s'agenouilla de nouveau et enlaça le loup, témoignant ainsi de sa confiance et de sa familiarité. Elle toucha la main de Jeren, fit renifler la sienne à Loup, essayant d'inciter l'homme à l'imiter. Jeren tendit craintivement la main vers le jeune carnassier.

Loup lui toucha la main de sa truffe froide et humide, et se recula. Chez les Sharamudoï, Ayla lui avait souvent fait subir ce genre de présentations, et il savait ce qu'elle attendait de lui. Ayla leva son regard sur Jeren, lui prit la main, et lui montra comment caresser la tête du loup. Quand Jeren lui adressa un sourire et tapota la tête de l'animal, Ayla put enfin se détendre, soulagée.

— Loup ! annonça Jeren en se retournant vers ses compagnons et en désignant l'animal.

Il ajouta d'autres mots, et prononça ensuite le nom d'Ayla. Quatre hommes s'avancèrent dans la lueur du feu. Ayla leur adressa des signes de bienvenue, et les invita à s'asseoir.

Jondalar, qui l'avait observée, sourit pour marquer son approbation.

— Oui, c'est une bonne idée, Ayla.

— Crois-tu qu'ils aient faim ? Il nous reste de la nourriture.

— Alors, offres-en, on verra bien.

Dans une écuelle en ivoire de mammouth où elle avait déposé les volatiles, Ayla prit quelque chose qui ressemblait à une boule de foin, et l'ouvrit. Apparut un lagopède braisé entier qu'elle apporta à Jeren et aux autres. Il embaumait. Jeren détacha une cuisse tendre et juteuse et son sourire après qu'il l'eut goûté encouragea ses compagnons à faire de même.

Ayla servit aussi une perdrix avec la farce de racines dans des bols et de petites écuelles en ivoire, en bois ou simplement tressées. Elle laissa les hommes se partager les victuailles comme ils l'entendaient, et sortit une grande jatte en bois qu'elle avait fabriquée elle-même. Elle la remplit d'eau pour l'infusion.

Après le repas, les hommes se montrèrent beaucoup plus détendus, même lorsque Ayla amena Loup pour qu'il les reniflât. Assis autour du feu, un bol d'infusion à la main, ils tentèrent d'engager la conversation, la curiosité de chacun ne pouvant plus se satisfaire de simples sourires amicaux ou de gestes de bienvenue.

Jondalar commença.

— Haduma ? interrogea-t-il.

Jeren hocha la tête d'un air triste, et désigna le sol. Ayla devina qu'elle était retournée auprès de la Grande Terre Mère. Jondalar comprit également que la vieille femme, avec qui il s'était lié d'amitié, était partie.

— Tamen ? demanda-t-il ensuite.

Tout sourire, Jeren hocha vigoureusement la tête. Il désigna ensuite l'un de ses compagnons et prononça quelques mots, dont le nom de Tamen. Celui dont il était question, un tout jeune homme, sourit et Jondalar lui trouva une ressemblance avec l'homme qu'il avait connu.

— Tamen, ah oui ! s'exclama Jondalar d'un air entendu. C'est le fils de Tamen, ou son petit-fils. Je regrette que Tamen ne soit pas là. Il parlait un peu zelandonii, expliqua-t-il à l'adresse d'Ayla. Il avait fait le Voyage jusque là-bas quand il était jeune.

Jeren promena son regard dans le camp, puis le posa sur Jondalar d'un air interrogateur.

— Zel-an-don-yee... Ton...Thonolan ? demanda-t-il.

Ce fut au tour de Jondalar de secouer la tête avec tristesse. Il pensa alors à désigner le sol du doigt, et Jeren, d'abord surpris, prit un air grave. Il questionna ensuite Jondalar d'un mot que celui-ci ne saisit pas.

— As-tu compris sa question ? demanda Jondalar en se tournant vers Ayla.

Bien que cette langue lui fût totalement inconnue,

certains sons lui paraissaient familiers. A la façon dont Jeren répéta sa question, Ayla eut une idée. La main en forme de griffe, elle imita le rugissement du lion des cavernes.

L'imitation était si parfaite que les Hadumaï sursautèrent, mais Jeren fit un signe d'assentiment. Il avait demandé comment était mort Thonolan et Ayla le lui avait expliqué. Un des hommes dit quelques mots à Jeren qui lui répondit en citant un nom que Jondalar reconnut : Noria. Celui qui avait posé la question sourit au géant blond en le montrant du doigt. Il désigna ensuite ses yeux en souriant de plus belle.

L'excitation gagna Jondalar. Avait-il voulu dire que Noria avait mis au monde un bébé aux yeux bleus comme les siens ? Ou bien le chasseur avait-il entendu dire que l'homme aux yeux bleus avait partagé les Premiers Rites avec Noria ? Jondalar était perplexe. Les autres montrèrent ses yeux en s'esclaffant. Riaient-ils d'un bébé aux yeux bleus ? Ou s'amusaient-ils des Plaisirs partagés avec un homme possédant de tels yeux ?

Il faillit prononcer le nom de Noria en faisant le geste de bercer un bébé, mais un coup d'œil vers Ayla le retint. Il ne lui avait pas parlé de Noria, ni de la prédiction d'Haduma au lendemain de la cérémonie : la jeune femme mettrait au monde un garçon aux yeux identiques aux siens et on le nommerait Jondal. Il savait trop bien qu'Ayla voulait un fils de son... ou de son esprit. Accepterait-elle que Noria en eût déjà un ? A sa place, il serait certainement jaloux.

Par gestes, Ayla proposait aux chasseurs de dormir près du feu. Plusieurs firent signe qu'ils acceptaient et partirent chercher leurs fourrures. Ils les avaient cachées près de la rivière avant d'approcher du feu dont ils avaient senti la fumée, espérant sans en être sûrs que c'était un feu ami. Lorsque Ayla les vit contourner la tente dans l'intention de s'installer là où elle avait attaché les chevaux, elle courut les en empêcher. Ils se regardèrent avec surprise en la voyant disparaître dans la nuit. Ils allaient avancer plus loin lorsque Jondalar leur fit signe d'attendre un peu. Ils acquiescèrent avec force sourires.

Mais leur sourire se figea en un rictus effaré en voyant Ayla revenir accompagnée de deux chevaux. Les tenant par la bride, elle essaya d'expliquer, à grand renfort de gestes et de mimiques du Clan à l'appui, que ces chevaux n'étaient pas comme les autres et qu'il ne fallait pas les tuer. Ni elle ni Jondalar n'étaient sûrs qu'ils eussent compris. Jondalar craignait qu'ils pussent croire qu'elle avait l'extraordinaire Don d'Appel des chevaux et leur avait apporté Whinney et Rapide pour leur offrir comme trophée de chasse. Il proposa à Ayla de leur faire une démonstration.

Il alla chercher une sagaie dans la tente et fit mine de l'enfoncer dans les flancs de Rapide. Ayla s'interposa, croisa devant elle ses bras tendus, et secoua énergiquement la tête. Jeren se grattait la sienne, perplexe, et les autres écarquillaient les yeux d'un air ahuri. Finalement, Jeren acquiesça, sortit une sagaie, la pointa sur Rapide et la ficha ensuite en terre. Jondalar ignorait si l'homme avait compris qu'Ayla lui demandait de ne pas tuer ces deux chevaux, ou lui interdisait de chasser les chevaux en général, mais il était sûr que Jeren avait compris le principe.

Les hommes dormirent donc près du feu, et se levèrent à l'aube. Jeren dit quelque chose à Ayla que Jondalar comprit comme un remerciement pour le repas. L'homme adressa un sourire à la jeune femme quand Loup vint le renifler et se laissa ensuite caresser. Ayla voulut les inviter à partager leur repas, mais ils partirent sans manger.

— Quel dommage de ne pas parler leur langue, soupira Ayla. Leur visite m'a fait plaisir, mais comment les comprendre et nous faire comprendre ?

— Oui, je le regrette aussi, assura Jondalar qui aurait bien voulu savoir si Noria avait eu son bébé, et s'il avait les yeux bleus.

— Dans le Clan, chaque clan possédait des mots inconnus des autres, mais nous connaissions tous le langage des signes. Tous les clans pouvaient communiquer entre eux. Dommage que les Autres n'aient pas de langue commune à tous.

— Oui, ce serait utile, surtout quand on entreprend le Voyage. Mais je n'arrive pas à concevoir une langue que tout le monde parlerait. Es-tu sûre que tous ceux du Clan, où qu'ils soient, comprennent le même langage des signes ? demanda Jondalar.

— Oui, mais ce n'est pas comme s'ils devaient l'apprendre. Ils sont nés avec, Jondalar. Le langage est si ancien qu'il est incrusté dans leur mémoire, et leur mémoire remonte à la nuit des temps. Et c'est loin, tu ne peux pas imaginer comme c'est loin !

Elle frissonna en se rappelant la fois où Creb lui avait sauvé la vie, et l'avait ramenée avec lui, allant à l'encontre de toutes les traditions. La loi du Clan exigeait qu'elle mourût. Elle était d'ailleurs morte à leurs yeux. Elle découvrit soudain toute l'ironie de son histoire. La malédiction que Broud avait prononcée contre elle avait été injustifiée, alors que Creb avait d'excellentes raisons de la damner : elle avait brisé le plus puissant tabou du Clan. Il aurait dû la faire mourir, mais il ne l'avait pas fait.

Ils commencèrent à lever le camp. Avec la précision et la rapidité d'exécution nées de l'habitude, il rangèrent la tente, les fourrures de couchage, les ustensiles de cuisine, les cordes, avec le reste de leurs affaires dans les porte-paniers. Ayla remplissait des outres d'eau à la rivière quand Jeren et ses chasseurs revinrent. Avec force sourires et de longues phrases — de remerciements, sans doute — les hommes présentèrent à Ayla un paquet enveloppé dans une peau d'aurochs toute fraîche. Elle l'ouvrit pour trouver un morceau de bœuf bien tendre, découpé dans une bête récemment abattue.

— Que mes remerciements t'accompagnent, Jeren, déclara Ayla en lui décochant le sourire qui faisait fondre Jondalar.

Jeren parut sensible au même charme, et Jondalar sourit intérieurement en voyant son expression béate. Il fallut un moment à Jeren avant de reprendre ses esprits, puis il se tourna vers Jondalar et débita un flot de paroles, cherchant désespérément à exprimer quelque chose. Voyant qu'il ne se faisait pas comprendre, il s'adressa aux autres chasseurs, et se retourna ensuite vers Jondalar.

— Tamen, dit-il, et il se mit à marcher en direction du sud en leur faisant signe de le suivre. Tamen, insista-t-il en répétant les mêmes gestes accompagnés de mots incompréhensibles.

— Il veut que tu le suives pour rencontrer l'homme que tu connais, expliqua Ayla. Celui qui parle zelandonii.

— Tamen, Zel-an-don-yee. Hadumaï, articula Jeren en leur faisant signe de le suivre.

— Il veut que nous allions chez eux, tu ne crois pas ? demanda Jondalar.

— Oui, je pense que tu as raison. En as-tu envie ?

— Cela m'ennuie de rebrousser chemin, déclara Jondalar, d'autant que c'est peut-être loin. Si on les avait rencontrés plus au sud, on aurait pu s'arrêter en route, mais avoir parcouru tout ce chemin pour faire demi-tour...

— Alors, trouve un moyen de le lui expliquer.

— Je suis désolé, dit Jondalar à l'adresse de Jeren en joignant le geste à la parole. Nous nous dirigeons vers le nord. Le nord, répéta-t-il en montrant la direction.

Jeren parut déçu et ferma les yeux comme quelqu'un qui réfléchit. Il s'approcha d'eux et sortit un petit bâton de sa ceinture, et Jondalar en remarqua l'extrémité sculptée. Il essaya de se rappeler où il avait déjà vu un objet semblable. Jeren balaya une surface sur le sol, traça une ligne avec son bâton, puis une autre qui la croisait. Sous la première ligne, il dessina une figure ressemblant vaguement à un cheval. Au bout de l'autre qui pointait vers la Grande Rivière Mère, il traça un cercle d'où partaient plusieurs traits. Ayla s'approcha pour examiner la figure.

— Jondalar ! s'exclama-t-elle avec enthousiasme. Quand Mamut m'a montré les symboles et qu'il m'a enseigné leur sens, il y avait une figure comme celle-là. C'est le soleil.

— Et ce trait indique la direction du soleil couchant, dit Jondalar en désignant l'ouest. Là où il a dessiné le cheval, c'est donc le sud.

Et il montra la direction du sud. Jeren approuvait vigoureusement. Il montra ensuite le nord et fit la grimace. Il s'avança jusqu'à l'extrémité nord de la ligne qu'il avait tracée et leur fit face. Alors, il croisa devant lui ses bras tendus, comme Ayla l'avait fait pour lui expliquer de ne pas chasser Whinney et Rapide. Il fit ensuite non de la tête. Ayla et Jondalar se regardèrent.

— On dirait qu'il cherche à nous dire de ne pas aller vers le nord, déclara Ayla.

Jondalar commençait à comprendre ce que Jeren essayait de leur expliquer.

— Ayla, je ne crois pas qu'il veuille seulement nous inviter. Il veut nous empêcher d'aller vers le nord, il cherche à nous mettre en garde.

— Nous mettre en garde ? Contre quoi ?

— Le mur de glace, peut-être.

— Mais nous connaissons la glace. Nous avons chassé le mammouth avec les Mamutoï près des glaces. C'est vrai qu'il y fait froid, mais ce n'est pas dangereux.

— Les glaciers avancent, fit Jondalar. Cela prend des années, et ils peuvent déraciner des arbres aux changements de saison, mais ils n'avancent pas assez vite pour qu'on ne puisse les éviter.

— Je ne crois pas que ce soit la glace. En tout cas, il nous dit de ne pas aller vers le nord, et il a l'air très inquiet.

— Oui, mais je ne comprends pas ce qui pourrait être si dangereux. Parfois, ceux qui ne voyagent pas au-delà de leur territoire imaginent que tout ce qui se trouve ailleurs est dangereux, parce que c'est différent de ce qu'ils connaissent.

— Je ne crois pas que Jeren soit homme à s'effrayer facilement.

— Oui, je dois l'admettre... Ah, Jeren ! reprit Jondalar en se tournant vers lui. J'aimerais tant comprendre ce que tu nous dis !

Jeren les avait observés avec anxiété. Il lut sur leur visage qu'ils avaient compris sa mise en garde, et il attendait leur réaction.

— Crois-tu qu'on devrait l'accompagner et parler à Tamen ? demanda Ayla.

— Sans doute pas. Il faut arriver au glacier avant la fin de l'hiver. Si nous continuons, nous y serons en avance. Mais si nous nous attardons, nous risquons d'arriver pour le printemps et la fonte des glaces. Traverser deviendra dangereux.

— Alors on continue vers le nord ?

— Oui, je crois que cela vaut mieux, mais nous devrons être prudents. Si seulement je savais à quoi m'attendre ! Jeren, mon ami, je te remercie pour ton conseil, dit Jondalar à l'adresse du chasseur. Nous poursuivons notre route vers le nord, mais nous serons vigilants.

Il désigna le sud, secoua négativement la tête, puis montra le nord.

Jeren commença par protester énergiquement, mais finit par renoncer et acquiesça avec tristesse. Il avait fait ce qu'il avait pu. Il parlementa avec l'autre homme au chef orné d'une tête de cheval, et revint vers les deux voyageurs leur expliquer qu'ils allaient les quitter.

Ayla et Jondalar regardèrent partir Jeren et les chasseurs en leur adressant de grands signes d'adieu. Puis ils terminèrent leur rangement et se mirent en route, non sans une certaine appréhension.

Chevauchant à travers l'extrémité nord de la vaste plaine centrale, les voyageurs notaient les changements progressifs : le terrain plat laissait place peu à peu aux collines moutonnantes. Les hauts plateaux partiellement enfouis qui limitaient la plaine centrale correspondaient à l'aboutissement de l'énorme bloc rocheux de la faille sédimentaire qui courait à travers la plaine, du nord-est au sud-est, comme une colonne vertébrale déformée. Des éruptions volcaniques relativement récentes avaient recouvert les hauts plateaux de sols fertiles où poussaient des pins, des épicéas, et des mélèzes. A leur pied croissaient des bouleaux et des saules et sur leurs flancs arides et venteux, des buissons et des herbacées.

Comme ils commençaient à gravir les collines, ils durent rebrousser chemin pour contourner de profondes crevasses et des anfractuosités qui leur barraient le passage. Ayla trouvait la terre plus stérile et se demandait si le changement de saison, avec son refroidissement brutal, n'en était pas responsable. Quelques arbres à feuilles caduques et des arbustes se dressaient, dénudés, mais la plaine centrale, recouverte du manteau d'or des foins, nourrirait encore des multitudes d'animaux pendant tout l'hiver.

Ils virent une quantité de gros herbivores, solitaires ou en troupeau. D'après Ayla, les chevaux étaient les plus nombreux, sans doute parce qu'elle s'intéressait davantage à eux, mais plus ils se rapprochaient du nord, plus les cerfs géants, les cerfs et les rennes abondaient. Les bisons, rassemblés en gigantesques troupeaux migrateurs, se dirigeaient vers le sud. Pendant une journée entière, le cortège des énormes bêtes bossues aux impressionnantes cornes noires recouvrit les collines nordiques d'un tapis ondulant. Emerveillés, Ayla et Jondalar s'arrêtèrent souvent pour les contempler. Des nuages de poussière enveloppaient d'un voile épais la masse mouvante, le martèlement des sabots faisait trembler le sol, et les meuglements et mugissements résonnaient comme les grondements du tonnerre.

Les mammouths, qui migraient d'habitude vers le nord, étaient rares, mais même de loin ils attiraient l'attention. Hors des périodes de rut, quand l'impérieuse nécessité de la reproduction était endormie, les mammouths mâles se regroupaient en petits troupeaux aux liens de parenté plutôt lâches. Il arrivait parfois qu'un mâle décidât de se joindre à un troupeau de femelles et les accompagnât un bout de chemin, mais tous les mammouths solitaires que les deux voyageurs croisaient étaient des mâles. Les femelles constituaient des troupeaux plus nombreux au sein desquels les liens de parenté étaient très étroits : une grand-mère, vieille femelle rusée, commandait à une ou deux sœurs et à la tribu de leurs filles et petites-filles. On reconnaissait un troupeau de femelles à leurs défenses légèrement plus courtes et moins incurvées, ainsi qu'à la présence des petits.

Les rhinocéros laineux étaient tout aussi impressionnants mais on en voyait rarement, et ils fuyaient la société de leurs semblables. Ils ne fondaient jamais de troupeau. Les femelles restaient en petits groupes familiaux, et les mâles étaient des célibataires endurcis, sauf à l'époque du rut. A part les jeunes et les très vieux, ni les mammouths ni les rhinocéros ne craignaient grand-chose des quadrupèdes prédateurs, y compris le lion des cavernes. Les mâles pouvaient se permettre le luxe de la solitude, mais les femelles avaient besoin de la protection du troupeau pour élever leurs petits.

Les bœufs musqués laineux, créatures rappelant la chèvre, s'assemblaient pour assurer leur protection commune. Attaqués, les adultes affrontaient l'ennemi en phalange circulaire, les plus jeunes cachés au milieu.

Avec l'altitude, Ayla et Jondalar commencèrent à apercevoir des ibex et des chamois, qui migraient vers les terres plus basses à l'approche de l'hiver.

Pendant l'hiver, les petits animaux se réfugiaient dans les trous qu'ils avaient creusés et où ils avaient pris soin de stocker des quantités de graines, noix, bulbes, racines. Les pikas empilaient dans leurs terriers du foin qu'ils avaient coupé et séché. Les lapins et les lièvres changeaient de couleur, et adoptaient une fourrure tachetée, presque blanche. Ils aperçurent aussi un castor et un écureuil. Jondalar tua le castor avec son propulseur. La grasse queue du castor rôtie à la broche était un mets riche et d'une rare délicatesse.

D'habitude, ils réservaient leur propulseur pour le gros gibier. Ils étaient tous deux d'excellents tireurs. Jondalar, plus puissant, atteignait des cibles plus éloignées. De son côté, Ayla abattait quantité de petit gibier avec sa fronde.

Ils notèrent la présence d'outres, de blaireaux, de martres et de putois, mais ne les chassaient pas. Les visons étaient aussi très nombreux. Les carnivores — renards, loups, lynx, et autres gros chats — se nourrissaient de petit gibier ou d'herbivores.

Ils pêchèrent rarement dans cette partie du Voyage, mais Jondalar savait que la rivière regorgeait de poissons, parmi lesquels des perches, des brochets, et aussi de très grosses carpes.

A l'approche de la nuit, ils aperçurent la large ouverture d'une grotte et prirent le parti de l'explorer. Les chevaux ne montrèrent aucune nervosité, ce que leurs cavaliers interprétèrent comme un présage favorable. Loup, curieux, renifla partout avec grand intérêt, mais pas un poil de son dos ne se hérissa. Ayla en déduisit que la grotte n'était pas habitée et ils décidèrent d'y passer la nuit.

Après avoir allumé un feu, ils fabriquèrent une torche pour examiner tous les recoins. Près de l'entrée, de nombreuses traces indiquaient que la grotte avait déjà été utilisée. Jondalar découvrit des éraflures sur les murs qui ressemblaient à des griffures de lion ou d'ours des cavernes. Loup renifla des excréments, trop secs et trop anciens pour donner une indication. Ils découvrirent d'énormes tibias à moitié rongés. La façon dont ils avaient été brisés et les marques de dents incitèrent Ayla à penser que c'était l'œuvre de hyènes des cavernes aux mâchoires puissantes. Cette pensée la fit frémir.

Les hyènes n'étaient pas pires que bien d'autres. Elles se nourrissaient de charognes comme beaucoup de prédateurs, y compris les loups, les lions et même les humains, et chassaient aussi en bande avec succès. Là n'était pas la question, la haine d'Ayla était totalement irrationnelle. Les hyènes représentaient à ses yeux le mal absolu.

En tout cas, la grotte n'avait pas servi récemment. Toutes les traces étaient vieilles, comme cette cavité où s'était déposé du charbon de bois provenant d'un feu allumé par quelque visiteur humain. Ayla et Jondalar pénétrèrent plus profondément dans la grotte mais elle semblait se prolonger indéfiniment, et hormis près de l'entrée, il n'y avait de signes de vie, récents ou anciens, nulle part. Les colonnes de pierres, qui semblaient pousser du sol ou descendre des plafonds et se rejoignaient parfois, étaient les seules locataires de l'espace froid et humide.

Arrivés devant un coude, ils crurent entendre de l'eau souterraine ruisseler dans le lointain et ils décidèrent de faire demi-tour. La torche n'éclairerait pas longtemps, et aucun d'eux ne souhaitait s'éloigner de la lumière pâlissante de l'entrée. Ils revinrent sur leur pas en longeant les murs et accueillirent avec soulagement le spectacle de l'herbe jaunie et de la luminosité dorée filtrant des nuages au couchant.

Plus ils s'enfonçaient dans les hauts plateaux qui bordaient la grande plaine centrale au nord, plus le paysage changeait. Grottes, cavernes, avens, allant de la simple cuvette couverte d'herbe au précipice vertigineux. Un paysage aussi particulier n'était pas fait pour rassurer nos deux voyageurs. Alors que les cours d'eau et les lacs se faisaient rares, ils entendaient parfois le clapotis sinistre et inquiétant de rivières souterraines.

Les créatures oubliées d'anciennes mers chaudes étaient la cause de cette terre étrange aux obstacles imprévisibles. Au cours d'innombrables millénaires, des quantités de coquillages et de squelettes s'étaient déposés sur les fonds marins. Pendant les millénaires suivants, les sédiments de calcium durci, soulevés par les pressions contraires des couches géologiques, s'étaient transformés en carbonate de calcium pour donner des roches calcaires. Immenses étendues sous-jacentes, les roches calcaires se dissolvent et forment alors des grottes.

Le calcaire se dissout à peine dans l'eau pure, mais sera attaqué par une eau ne contenant qu'une infime quantité d'acide. Pendant les saisons chaudes et dans les climats humides, les nappes d'eaux souterraines chargées de l'acide carbonique des plantes et de gaz carbonique dissolvaient de grandes quantités de roches.

Les eaux souterraines, qui coulaient horizontalement et s'infiltraient dans les minuscules interstices des joints verticaux des pierres calcaires, finissaient par élargir et creuser les fissures. Charriant le calcaire dissous, elles déchiquetaient les murs des galeries, sculptaient des réseaux de gouttières, et trouvaient ensuite leur voie vers les eaux d'infiltration et les sources. Sous l'effet de la force de gravitation, les eaux acides agrandissaient les flaches souterraines jusqu'à former des cavernes qui devenaient ensuite des grottes. Les canaux souterrains, percés de puits étroits, finissaient par se rejoindre pour former un réseau d'irrigation extrêmement complexe.

L'érosion chimique avait des répercussions sur la surface des sols, et le paysage, le karst, présentait des particularités inhabituelles. En s'élargissant et à mesure que leur plafond affleurait à la surface, les grottes s'effondraient, créant des dolines aux murs abrupts. Quelques vestiges de plafond formaient des ponts naturels. Les torrents et les rivières qui couraient tranquillement sur la surface pouvaient disparaître brusquement dans des avens et poursuivre un parcours souterrain, condamnant parfois à la sécheresse les vallées qu'ils avaient autrefois irriguées.

Les voyageurs commencèrent à manquer d'eau. Les rivières plongeaient dans les cavités de la roche ou dans des marmites de géants. Même après de fortes pluies, l'eau disparaissait presque instantanément, et aucun ruisseau, aucun torrent n'irriguait le sol. Au point que Jondalar fut obligé un jour de descendre au fond d'un aven puiser le précieux liquide. Une autre fois, un grand torrent apparut soudain, courant sur une courte distance avant de disparaître tout aussi subitement.

La terre était aride et rocailleuse, et la roche affleurante. La vie animale était réduite, elle aussi. A part quelques mouflons, avec leur fourrure de laine drue encore plus épaisse en prévision de l'hiver et leurs grosses cornes en volute, les voyageurs ne virent que de rares marmottes. Les petites bêtes, vives et rusées, étaient passées maîtresses dans l'art d'échapper aux prédateurs. Que des loups, des renards polaires, des faucons ou des aigles royaux se montrassent et le cri haut perché d'une sentinelle faisait détaler les petits rongeurs qui s'évanouissaient dans les cavités rocheuses.

Loup essaya sans succès de les poursuivre. Les chevaux aux longues pattes n'étant pas perçus comme dangereux, seule Ayla réussit à en tuer quelques-uns avec sa fronde. Les petits rongeurs poilus, engraissés pour l'hibernation, avaient le goût du lapin, mais leur taille était insuffisante pour permettre de copieux repas, et pour la première fois depuis l'été précédent, Ayla et Jondalar durent pêcher dans la Grande Rivière Mère.

Le malaise provoqué par le paysage karstique, avec ses étranges concrétions, ses trous, ses grottes, ses cavernes, avait rendu Jondalar et Ayla extrêmement prudents. Mais à force d'habitude, leur attention se relâcha. Ils mirent pied à terre pour reposer leurs montures. Jondalar menait Rapide par une longue longe mais le laissait brouter les touffes d'herbes éparses. Whinney en arrachait aussi quelques brins par-ci, par-là, et rejoignait Ayla qui n'utilisait pas de harnais.

— Je me demande si Jeren ne voulait pas nous mettre en garde contre cette terre stérile pleine de grottes et de trous, dit Ayla. Tout cela ne me plaît guère.

— A moi non plus. Je ne m'y attendais pas.

— Ah bon ? Mais je croyais que tu étais déjà passé ici ? s'étonna la jeune femme. Tu m'as dit que vous aviez longé la Grande Rivière Mère.

— Oui, mais sur l'autre rive. Nous avons traversé plus au sud. Je croyais que ce serait plus facile de revenir par cette rive-ci. Et puis, j'avais envie de la connaître. Un peu plus loin, la Mère décrit un coude assez brusque. Mon frère et moi allions vers l'est, et j'étais curieux de voir les montagnes qui forcent la Mère à obliquer au sud. Je savais qu'une occasion pareille ne se représenterait plus jamais.

— Tu aurais dû m'en parler.

— Quelle différence ? Nous suivons toujours la même rivière, non ?

— Oui, mais je croyais que tu connaissais la région, or tu ne la connais pas plus que moi.

Ayla ne s'expliquait pas sa colère, sauf qu'elle avait compté sur Jondalar pour servir de guide. Du coup, le malaise que lui inspirait le paysage augmenta.

Ils marchaient toujours pris par leur discussion qui avait tourné en reproches et en dispute, sans plus prêter attention à l'environnement. Soudain, Loup qui trottait à côté d'Ayla se mit à aboyer et frotta son museau contre ses mollets. Les deux voyageurs s'arrêtèrent net. La panique s'empara d'Ayla, et Jondalar blêmit.

24

Interdits, Ayla et Jondalar contemplaient le vide où ils avaient failli basculer. La terre devant eux avait cessé d'exister. Jondalar sentit une boule familière lui nouer l'estomac, mais il découvrit avec surprise, au fond du précipice, une petite prairie verte arrosée par un cours d'eau.

Le sol des énormes gouffres était souvent recouvert d'épaisses couches de terre. Certains se rejoignaient en s'ouvrant sur des dépressions allongées, créant de vastes prairies en dessous du niveau normal. Sur ces terres bien irriguées croissait une végétation riche et abondante, mais inaccessible. Les deux voyageurs ne voyaient pas comment descendre le long des parois abruptes.

— Jondalar, cet endroit a quelque chose d'anormal, déclara Ayla d'une voix sourde. En haut la terre est aride et stérile, rien ne peut y vivre. En bas, la terre est riche et bien irriguée, mais on ne peut y descendre. L'animal qui s'y risquerait mourrait dans la chute. En haut, c'est invivable, en bas, c'est inaccessible. C'est étrange.

— Oui, c'est étrange. Et c'est certainement ce que Jeren essayait de nous expliquer. Il n'y a pas de gibier, et c'est une région dangereuse. Je n'avais encore jamais vu d'endroit où on risque de tomber dans un gouffre à chaque pas.

Ayla s'agenouilla, empoigna la tête de Loup et appuya son front contre celui du jeune fauve.

— Merci de nous avoir prévenus, Loup, lui dit-elle, émue.

Il aboya pour exprimer son affection, et lui lécha la figure d'un grand coup de langue. Ils reculèrent sans un mot, et contournèrent le gouffre. Ayla ne se souvenait même plus des motifs de leur dispute. Elle se reprocha seulement de s'être laissé distraire.

Comme ils poursuivaient vers le nord, la rivière sur leur gauche s'engagea dans une gorge qui se creusait à mesure que les parois rocheuses s'élevaient. Jondalar hésita entre suivre le cours d'eau ou rester sur le haut plateau, mais il était soulagé qu'ils ne fussent pas obligés de traverser. Dans les régions karstiques, au lieu de suivre des vallées alluviales verdoyantes, les larges rivières se frayaient souvent une voie entre des murailles calcaires abruptes. Longer une rivière dépourvue de berge n'était pas chose aisée, mais il était encore plus difficile de la traverser.

Au souvenir des gorges de la Mère où vivaient les Sharamudoï, et où les parois tombaient à pic jusque dans l'eau, Jondalar décida de rester sur le plateau. La vue d'une cascade ruisselant sur la paroi opposée le rassura. Elle prouvait qu'il y avait parfois de l'eau sur les hauts plateaux, même si les ruisseaux s'engloutissaient d'un coup dans les fissures de la roche.

Dans cette région de grottes, les voyageurs passèrent les deux nuits suivantes sans avoir besoin de planter leur tente. Après en avoir exploré quelques-unes, ils discernèrent au premier coup d'œil celles qui leur convenaient.

Les grottes souterraines remplies d'eau allaient toujours en s'élargissant, au contraire des cavernes proches de la surface dont l'espace intérieur se rétrécissait rapidement quand le climat était humide, et à peine pendant les sécheresses. Certaines cavernes n'étaient accessibles que par temps sec, et se remplissaient d'eau quand il pleuvait. D'autres étaient sillonnées de ruisselets. Les voyageurs recherchaient les cavernes sèches, légèrement surélevées. Mais celles-ci étaient rares, l'eau ayant été, avec le calcaire, l'instrument qui les avait façonnées et sculptées.

L'eau de pluie, en s'infiltrant, absorbait le calcaire dissous. Chaque goutte d'eau calcaire, même la plus minuscule gouttelette en suspension, était saturée de carbonate de calcium qui se déposait dans la caverne. Souvent d'un blanc immaculé, le minéral en durcissant prenait parfois de superbes tons translucides, se tachetait ou s'ombrait de gris, ou encore se colorait de pâles reflets rouges ou jaunes. Des glaçons pendaient des plafonds, poussés par chaque nouvelle goutte à rejoindre leur double qui s'élevait du sol. Certains en se rejoignant formaient des colonnes resserrées à la taille, et qui s'épaississaient avec le temps et le cycle toujours renouvelé de la nature.

Les jours devenaient de plus en plus froids et le vent soufflait de plus en plus fort. Ayla et Jondalar appréciaient les cavernes qui les protégeaient des morsures du vent. Avant de s'aventurer dans un abri, ils s'assuraient qu'il n'était pas occupé par des fauves, mais ils finirent par se fier aux sens plus développés de leurs compagnons de voyage pour les avertir d'un danger éventuel. Quant à eux, d'instinct, et sans se concerter, ils guettaient la présence de fumée, les humains étant les seuls animaux à utiliser le feu, mais ils n'en virent jamais.

Leur surprise n'en fut que plus grande de tomber sur une région à la végétation bizarrement luxuriante, comparée au paysage désolé et rocailleux qu'ils venaient de traverser. Le calcaire y était différent, en ce sens qu'il se dissolvait plus facilement, mais aussi par sa proportion de résidu insoluble. Comme conséquence, des prairies et des arbres poussaient par plaques au bord de rivières qui coulaient en surface, et les dépressions, les grottes et les rivières souterraines se faisaient plus rares.

Lorsqu'ils aperçurent une bande de rennes paissant dans un champ de foin qui avait séché sur pied, Jondalar sourit à Ayla, et sortit son propulseur. Elle lui fit un signe d'assentiment et incita Whinney à suivre l'homme sur son étalon. Avec comme seul gibier des petits rongeurs en piètre quantité, la chasse avait été mauvaise, et comme la rivière coulait loin en contrebas dans la gorge, ils n'avaient pas pu pêcher. Ils n'avaient donc vécu que de viande séchée et sur leurs provisions de secours, qu'ils avaient même partagées avec Loup. Les chevaux étaient affamés. Les rares brins d'herbe qui réussissaient à pousser sur le sol trop mince n'étaient guère nourrissants.

Jondalar trancha la gorge de la femelle aux courts andouillers. Après l'avoir saignée ils la hissèrent dans le bateau fixé au travois, et se mirent à la recherche d'un campement. Ayla voulait faire sécher un peu de viande et faire rendre la graisse. La perspective d'un cuissot rôti et d'un bon morceau de foie bien tendre faisait saliver Jondalar. Ils envisageaient de rester un jour ou deux, pour profiter aussi de la prairie toute proche. Les chevaux avaient besoin de se restaurer. De son côté, Loup avait découvert une myriade de campagnols, pikas et lemmings, et il était en chasse, ravi de l'aubaine.

Ils aperçurent une caverne au pied d'une colline et s'y dirigèrent aussitôt. Elle était plus petite qu'espérée mais de dimensions suffisantes. Ils détachèrent d'abord le travois et déchargèrent les chevaux pour leur permettre de paître librement, déposèrent les paniers près de la caverne, tirèrent eux-mêmes le travois à l'intérieur, et se séparèrent pour aller ramasser du bois et des excréments séchés.

Impatiente de préparer un vrai repas de viande fraîche, Ayla imaginait déjà comment faire cuire le gibier. Elle récolta des céréales dans la prairie, avec une poignée de graines noires d'herbe à cochons qui poussait près d'un petit cours d'eau aux abords de la caverne. A son retour, Jondalar avait déjà allumé le feu, et elle lui demanda d'aller remplir les outres au ruisseau.

Loup reparut avant le retour de Jondalar, mais en approchant de la caverne, il montra les dents et grogna d'un air menaçant.

— Qu'est-ce qu'il y a, Loup ? murmura Ayla, aussitôt sur le qui-vive.

Elle saisit machinalement sa fronde sans penser au

propulseur, pourtant à sa portée. Le loup, grondant toujours, rampa vers le fond de la caverne. Ayla baissa la tête pour le suivre sous la voûte sombre, regrettant de ne pas avoir emporté de torche. Elle n'en eut pas besoin. Son nez lui apprit ce que ses yeux ne pouvaient voir. Il y avait des années qu'elle n'avait plus senti l'odeur familière, mais elle ne l'oublierait jamais. Un vieux souvenir lui revint soudain en mémoire.

C'était au pied des montagnes, non loin du Rassemblement du Clan. Portant son fils sur sa hanche, elle marchait à la place dévolue aux guérisseuses, bien qu'elle fût encore jeune et du Peuple des Autres. Tous s'étaient arrêtés et contemplaient avec effroi le monstrueux ours des cavernes qui se grattait nonchalamment le dos contre l'écorce d'un arbre.

Bien que la gigantesque créature — deux fois la taille des ours bruns — fût le totem le plus révéré du Clan, les jeunes du clan de Brun n'avaient jamais eu l'occasion d'en voir un vivant. Ils avaient tous disparu des montagnes qui entouraient leur caverne, et seuls de vieux ossements attestaient de leur présence passée. Après le départ du monstre, Creb avait récupéré quelques touffes de poils prises dans l'écorce à cause de la puissante magie qu'ils renfermaient. L'animal n'avait laissé derrière lui que son odeur caractéristique.

Ayla fit signe à Loup de sortir de la caverne. Soudain consciente de tenir sa fronde en main, elle la rangea à sa ceinture avec un sourire désabusé. A quoi bon une fronde contre un ours des cavernes? Elle s'estimait déjà assez heureuse de ne pas avoir réveillé le fauve plongé dans son long sommeil hivernal. Elle jeta précipitamment de la poussière dans le feu et le piétina, ramassa son porte-paniers et sortit de la caverne. Heureusement, ils n'avaient pas déballé entièrement leurs affaires. Elle revint chercher les paniers de Jondalar et tira le travois toute seule hors de la caverne. Elle venait de reprendre son porte-paniers pour le déplacer un peu plus loin, quand Jondalar reparut, transportant les outres pleines d'eau.

— Ayla, qu'est-ce que tu fais ?

— Il y a un ours des cavernes là-dedans ! Il a commencé son long sommeil, précisa-t-elle en devinant son inquiétude. Mais on ne sait jamais, ils se réveillent parfois si on les dérange. En tout cas, c'est ce qu'ils disaient.

— Qui ça ?

— Les chasseurs du clan de Brun. Je les écoutais quelquefois raconter leurs histoires de chasse... non, pas quelquefois, ajouta-t-elle avec malice, le plus souvent possible. Surtout quand j'ai commencé à m'exercer à la fronde. Les hommes ne faisaient pas attention à la petite fille qui s'activait près d'eux, et comme je savais qu'ils ne m'apprendraient jamais à chasser, je les écoutais. C'était le meilleur moyen. Je me doutais bien qu'ils n'aimeraient pas découvrir ce que je faisais, mais j'étais loin d'imaginer un châtiment si sévère...

— Si c'est eux qui le disaient, ils savaient de quoi ils parlaient. Crois-tu qu'on puisse rester par ici ?

— Je ne sais pas, mais je n'en ai pas envie.

— Alors appelle Whinney. Il n'est pas trop tard pour chercher un autre endroit.

Ils dormirent sous la tente et partirent le lendemain à l'aube, impatients de mettre quelque distance entre l'ours des cavernes et eux. Jondalar refusait de perdre du temps à sécher la viande et persuada Ayla que la température était suffisamment froide pour garantir sa conservation. Il n'avait qu'une hâte : quitter la région. Là où on trouvait un ours, il y en avait souvent d'autres.

Parvenus en haut d'une crête, ils s'arrêtèrent. Dans l'air vif, pur et clair, leurs regards se portaient sur un spectacle magnifique. A l'est, une montagne relativement peu élevée dressait son pic enneigé, et signalait la chaîne orientale qui encerclait les deux voyageurs. Les montagnes de glaciers, d'une hauteur raisonnable, culminaient devant eux au nord et leurs crêtes déchiquetées, blanches avec des reflets bleus, se découpaient sur l'azur profond du ciel.

Ces montagnes au nord formaient la ceinture extérieure de l'arc. Ayla et Jondalar se trouvaient au pied de la chaîne de montagnes sur la crête du massif qui s'étendait au nord de l'ancien bassin formant la plaine centrale. Le grand glacier, qui avait débordé du nord jusqu'à couvrir un quart du pays et se terminait par un mur montagneux, était caché par le pic le plus éloigné. A l'est, on devinait encore les hauts plateaux. La glace qui scintillait au loin diffusait une pâle lumière vacillante. A l'ouest, une gigantesque chaîne de montagnes, d'une altitude inégalée, se perdait dans les nuages.

Les montagnes qui les encerclaient étaient superbes, mais c'était à leur pied que la vue coupait le souffle. Dans la gorge profonde, le cours de la Grande Rivière Mère avait changé de direction, et elle coulait à présent d'ouest en est. Perchés sur leur promontoire, Ayla et Jondalar admiraient le fleuve au cours indécis et comprirent qu'ils étaient parvenus, comme lui, à un tournant.

— Le glacier que nous devons traverser est à l'ouest, expliqua Jondalar d'une voix lointaine qui reflétait son état d'esprit. Mais nous suivrons la Mère qui tourne tantôt à droite, tantôt à gauche. Le glacier n'est pas très haut, et excepté au nord-ouest, il est plat. On dirait une plaine de glace. Après l'avoir traversé, nous obliquerons légèrement au sud-est, et ensuite nous irons toujours à l'ouest jusque chez moi.

En franchissant le massif de calcaire et de roche cristalline, le fleuve, comme hésitant, serpentait en tous sens avant d'opter enfin pour le sud et la plaine.

— Est-ce la Mère ? demanda Ayla. Ce n'est pas seulement un de ses bras ?

— Non, c'est bien elle. Elle est encore large, mais moins qu'avant, évidemment.

— C'était donc elle que nous longions ? Je l'avais toujours vue tellement grosse. Je croyais que nous suivions un de ses affluents. Nous avons déjà traversé des rivières bien plus grandes, déclara Ayla avec une pointe de déception.

— N'oublie pas que nous sommes en hauteur. Elle est plus grosse que tu ne le crois. Il nous reste d'autres larges affluents à traverser et la Mère se divisera encore de temps à autre, mais elle diminuera de plus en plus, c'est un fait. (Il scruta l'ouest en silence.) Nous voici à peine au début de l'hiver, reprit-il. Nous avons largement le temps d'atteindre le glacier... A condition que rien ne vienne nous retarder.

Les voyageurs tournèrent à l'ouest. Ils continuèrent de grimper jusqu'à atteindre une corniche d'où ils voyaient le sud du coude. A l'ouest, la pente était abrupte et ils remontèrent plus au nord pour trouver un chemin moins pentu. Ils descendirent à travers des broussailles éparses jusqu'à un affluent qui contournait la montagne, et ils cherchèrent un gué. Sur l'autre rive, ils trouvèrent un relief vallonné, et ils longèrent l'affluent jusqu'à ce qu'il rejoigne la Grande Mère. De là, ils se dirigèrent vers l'ouest.

Peu d'affluents avaient grossi la Mère dans la plaine centrale, mais ils arrivaient dans une région où cours d'eau et torrents dévalaient les montagnes du nord pour apporter leur offrande à la Grande Mère des Rivières. Plus tard dans la journée, ils durent franchir un autre affluent assez large et se trempèrent jusqu'aux cuisses. L'été était terminé. La température descendait en dessous de zéro pendant la nuit, et on ne se mouillait plus avec plaisir. Frigorifiés, ils décidèrent de camper sur place pour se réchauffer et faire sécher leurs vêtements.

Ils continuèrent plein ouest et débouchèrent sur une plaine alluviale, une zone de marais différente de celle qu'ils avaient connue en aval. Ici, les sols étaient acides, plus spongieux que marécageux, et recouverts d'une lande de sphaigne qui formait par endroit des plaques de tourbe. Un jour, ils firent un feu sur cette tourbe séchée et découvrirent qu'elle brûlait. Le lendemain, ils en firent provision pour leurs prochains feux.

Parvenus à un large affluent qui se jetait dans la Mère en formant un vaste delta, ils décidèrent de le suivre à la recherche d'un passage plus facile. Ils arrivèrent à une fourche où deux rivières convergeaient, et remontèrent la branche de droite, jusqu'à une nouvelle fourche. Les chevaux traversèrent aisément la plus petite, et celle du milieu, bien que large, ne posa pas trop de problèmes. Une lande de sphaigne séparait la branche centrale de celle de gauche, le sol était spongieux et ils avançaient avec difficulté.

La dernière rivière était profonde, et ils ne purent la traverser sans se mouiller. Mais arrivés de l'autre côté, ils dérangèrent un mégacéros couronné d'une énorme ramure palmée et décidèrent de le poursuivre. Avec ses longues pattes le cerf géant distança aisément les chevaux trapus. Toutefois, Rapide et Loup l'inquiétèrent sérieusement. Whinney, encombrée par les perches du travois, ne put les suivre. Mais l'exercice avait mis tout le monde de bonne humeur.

Jondalar, le visage rougi, la capuche rejetée en arrière, revint enthousiasmé. Ayla sentit son cœur battre en le voyant. Comme tous les hivers il laissait pousser sa pâle barbe blonde pour se protéger du froid, et c'était comme cela qu'il lui plaisait le plus. Il aimait répéter qu'elle était belle, mais c'était lui qu'elle trouvait beau.

— Il courait trop vite ! s'exclama Jondalar. As-tu vu ses andouillers ? Deux fois plus hauts que moi !

— Oui, il était superbe, magnifique, mais je suis contente qu'on l'ait raté. Il était trop gros pour nous. Nous n'aurions su que faire de tant de viande, et ç'eût été honteux de le tuer sans nécessité.

Ils retournèrent jusqu'à la Mère, et bien que leurs habits eussent un peu séché dans la course, ils ne furent pas fâchés de camper et de se changer. Ils prirent soin d'étendre leurs vêtements mouillés près du feu.

Les jours suivants, ils reprirent la route de l'ouest, mais la rivière obliqua bientôt vers le nord-ouest. Au loin, ils distinguaient une ligne de montagnes imposantes. C'était l'autre extrémité de la grande chaîne de montagnes qu'ils avaient suivie depuis le début, ou presque. Ils l'avaient d'abord aperçue à l'ouest, puis ils l'avaient contournée par le sud en longeant la Grande Mère. Ses pics enneigés les avaient accompagnés à travers la plaine centrale en décrivant à l'est un large arc de cercle, tandis qu'ils suivaient le fleuve sinueux. Et maintenant cette ligne qui épousait le cours supérieur de la Mère en constituait le dernier massif.

Ayla et Jondalar ne rencontrèrent plus aucun affluent avant d'être presque au pied du massif et ils s'aperçurent qu'ils se trouvaient encore pris entre deux bras de la Mère. La rivière qui venait de l'est pour rejoindre la Mère au pied de l'éminence rocheuse était en réalité le bras nord du grand fleuve. La Mère courait entre le massif montagneux et une haute colline, mais la plaine alluviale était assez large pour qu'on puisse y chevaucher.

De l'autre côté de la montagne, ils traversèrent un autre affluent, une rivière provenant d'une vallée qui marquait la séparation entre les deux massifs montagneux. Les hautes collines, à l'ouest, composaient en fait les contreforts orientaux de l'énorme chaîne occidentale. Ensuite, la rivière se partagea encore en trois bras. Ils suivirent la berge extérieure du bras le plus au nord, et traversèrent les steppes d'un petit bassin, prolongement de la plaine centrale.

A l'époque où le bassin central était encore une mer immense, la vallée de steppes herbeuses, la lande, et les terres marécageuses de la plaine alluviale ainsi que les pâturages du nord, constituaient des bras de mer gigantesques. La courbe intérieure de la chaîne orientale offrait des lignes de fragilité dans la croûte terrestre par où s'infiltrèrent les futures éruptions volcaniques. Les matières projetées, combinées au dépôt de l'ancienne mer et au lœss, produisirent un sol riche et fertile. Mais seuls les arbres squelettiques de l'hiver en témoignaient.

Les doigts osseux et les membres décharnés de quelques bouleaux s'entrechoquaient dans les cruelles rafales du vent du nord. Des broussailles desséchées, des roseaux et des fougères bordaient les rives qui se recouvraient d'une pellicule de glace. En s'épaississant, la couche de glace s'élèverait en digue déchiquetée, future banquise dérivant au printemps. Sur les versants nord et les collines moutonneuses bordant la ligne de partage des eaux de la vallée, le vent déferlait en rafales régulières sur les champs houleux de foin dressé, et des bourrasques capricieuses contournant l'adret agitaient les rameaux tremblotants des épicéas et des pins. Une neige poudreuse voletait en tourbillonnant avant de se poser délicatement sur le sol.

Le temps avait définitivement viré au froid, mais les rafales de neige n'étaient pas gênantes. Les chevaux, le loup, et même les humains étaient habitués aux hivers rigoureux des steppes nordiques, au froid sec et aux légères chutes de neige. Seule la neige entassée en couches épaisses, où les chevaux s'enfonçaient et s'épuisaient, pouvait inquiéter Ayla. Et pour l'instant, elle avait d'autres soucis. Elle venait d'apercevoir des chevaux dans le lointain. Whinney et Rapide les avaient aussi remarqués.

En se retournant par hasard, Jondalar crut voir de la fumée sur une colline, de l'autre côté de la rivière. Il y avait peut-être là le signe d'une présence humaine. Il se retourna à plusieurs reprises, mais la fumée avait disparu.

Vers le soir, ils remontèrent le cours d'un petit affluent à travers un bois clairsemé de saules et de bouleaux, remplacé bientôt par une futaie de pins de pierre. Une pellicule de glace s'était formée pendant la nuit à la surface d'un petit étang dont les bords avaient gelé, mais au milieu, l'eau continuait de couler et ils décidèrent de s'arrêter pour camper. Une neige sèche tombait, habillant l'ubac d'un manteau blanc.

Whinney était nerveuse depuis qu'elle avait senti les chevaux, et Ayla s'inquiétait. Elle décida de lui mettre un harnais pour la nuit, et elle l'attacha au tronc d'un pin avec une grande longe. Jondalar noua celle de Rapide à un arbre voisin. Ils ramassèrent des feuilles sèches, et arrachèrent les branches mortes au bas des pins. Le peuple de Jondalar appelait ça du « bois de femmes » parce qu'on n'avait pas besoin de couteau ni de hache pour le récolter. On le trouvait sur la plupart des conifères, et il était toujours sec, même par temps très humide. Ils allumèrent un feu devant l'entrée de la tente, et laissèrent le rabat ouvert afin de chauffer l'intérieur.

Un lièvre en mue, déjà presque blanc, traversa leur campement au moment même où Jondalar s'exerçait avec une nouvelle sagaie qu'il perfectionnait depuis plusieurs soirs. D'instinct, il propulsa son arme et eut l'agréable surprise de toucher l'imprudent animal. La sagaie était plus courte que celles qu'il utilisait auparavant, et l'embout était taillé dans le silex et non dans l'os. Jondalar alla ramasser le lièvre et essaya d'extirper la hampe. Voyant qu'elle ne venait pas facilement, il sortit son couteau, trancha la pointe, et constata avec plaisir que la sagaie était toujours utilisable.

— Voilà de la viande pour ce soir ! annonça-t-il en tendant le lièvre à Ayla. A croire que cet animal a choisi son moment pour me permettre d'essayer mes nouvelles sagaies. Elles sont légères et maniables, il faudra que tu les essaies.

— Je crois plutôt que nous avons planté notre camp au milieu de son passage habituel, mais ton jet était excellent. J'aimerais bien essayer tes sagaies, mais je vais d'abord faire cuire ce lièvre et trouver de quoi l'accompagner.

Elle vida les entrailles mais ne dépouilla pas le lièvre pour ne pas perdre la graisse. Elle l'embrocha sur une branche de saule effilée et le mit à cuire au-dessus du feu sur deux fourches fichées en terre. Ensuite, et bien qu'elle dût briser la glace pour les arracher, elle collecta quelques racines de massette et de réglisse. Elle les pila ensemble avec une pierre ronde dans un récipient en bois plein d'eau afin d'extraire les dures fibres filandreuses. Elle laissa reposer la pulpe blanche pendant qu'elle fouillait dans ses réserves pour voir ce qu'il lui restait.

Quand le féculent eut reposé, elle versa avec précaution la moitié du liquide clarifié dans un bol et y ajouta des baies de sureau. Pendant que les baies gonflaient,

Ayla arracha des bandes d'écorce de bouleau, gratta la couche de cambium comestible qu'elle ajouta au mélange de racines, de rhizomes et de baies. Elle ramassa des pommes de pin, et les mit sur le feu. Elles regorgeaient de pignons que la chaleur faisait éclater.

Lorsque le lièvre fut cuit, elle arracha quelques lambeaux de peau calcinée, et en frotta des pierres chaudes. Elle prit ensuite le féculent pâteux, mélangé aux baies, aux douces racines de réglisse parfumées, et à la sève de bouleau légèrement sucrée, et le versa en petits tas sur les pierres chaudes.

Jondalar observait Ayla avec intérêt. Son savoir culinaire ne cessait de l'étonner. Tout le monde, surtout les femmes, savait où trouver des plantes comestibles mais il n'avait rencontré personne d'aussi savant. Lorsque plusieurs biscuits furent cuits, Jondalar en goûta un.

— Hmm, c'est bon ! s'exclama-t-il. Tu m'étonneras toujours, Ayla. Trouver de quoi manger en plein hiver !

— Nous ne sommes pas encore en plein hiver, Jondalar. Attends qu'il gèle ! rétorqua Ayla qui retira le lièvre de la broche, pela le reste de peau carbonisée, et déposa la viande dans le plat en ivoire de mammouth.

— Je suis sûr que tu trouveras ce qu'il faut.

— Peut-être, mais pas des plantes, dit-elle en lui offrant une cuisse de lièvre.

Lorsqu'ils eurent terminé la viande et les biscuits de massette, Ayla donna les restes avec les os à Loup. Elle fit infuser des plantes en y ajoutant un peu de cambium de bouleau pour le goût, et sortit les pommes de pin de la cendre. Ils s'assirent près du feu et grignotèrent les pignons dont ils cassaient la coque avec une pierre ou avec leurs dents, tout en buvant leur infusion. Après le repas, ils préparèrent leurs affaires pour partir de bonne heure le lendemain, et allèrent voir les chevaux avant de retourner s'emmitoufler dans leurs fourrures pour la nuit.

Ayla longeait la galerie sinueuse d'une caverne, guidée par un filet de lumière qui éclairait de superbes formations calcaires. L'une d'elles ressemblait à la queue ondulante d'un cheval. Lorsqu'elle l'approcha, l'animal louvet hennit en agitant sa queue au crin sombre, comme pour lui faire signe de le suivre. Elle obéit, mais la caverne devenait de plus en plus sombre et d'innombrables stalagmites gênaient sa progression.

Elle regardait soigneusement où elle mettait les pieds, et quand elle releva la tête, elle s'aperçut qu'elle s'était trompée. Ce n'était pas un cheval qui la guidait, mais bien un homme. Elle cherchait à le reconnaître et fut très surprise de voir Creb sortir de l'obscurité. Il lui fit signe de se dépêcher de le suivre, et disparut en claudiquant.

Ayla s'apprêtait à lui emboîter le pas quand elle entendit un cheval hennir. Elle se retourna pour chercher Whinney, mais la queue marron de la jument louvette se perdait parmi celles de la même teinte d'une troupe de chevaux. Elle courut vers eux, mais ils se métamorphosèrent en un enchevêtrement de colonnes de pierre translucide. Lorsqu'elle se retourna, Creb disparaissait dans l'obscurité d'une profonde galerie.

Elle courut pour le rattraper et parvint à un embranchement, sans savoir quelle galerie Creb avait suivie. Prise de panique, elle hésita. Elle opta finalement pour celle de droite et tomba sur un homme qui bouchait le passage.

C'était Jeren ! Jambes écartées, bras tendus, croisés devant lui, secouant la tête de droite à gauche, il remplissait tout l'espace. Elle le supplia de la laisser passer, mais il ne comprenait pas. Il pointa alors un petit bâton sculpté vers le mur, derrière elle.

Elle regarda ce qu'il lui désignait et vit un cheval jaune foncé poursuivit par un homme aux cheveux blonds. Soudain, la troupe de chevaux entoura l'homme et le cacha à sa vue. L'inquiétude lui noua l'estomac. Elle se précipita vers l'homme au milieu et aperçut Creb devant l'entrée de la grotte qui la pressait de se hâter. Soudain, le martèlement de sabots s'amplifia, elle entendit hennir et reconnut, horrifiée, l'appel déchirant d'un cheval.

Ayla se réveilla en sursaut. Jondalar aussi était réveillé. Des chevaux hennissaient, des sabots martelaient le sol devant la tente. Loup qui grondait poussa soudain un cri de douleur. Ils rejetèrent leurs couvertures et se ruèrent dehors.

Le mince croissant de lune éclairait à peine la nuit, et il faisait très sombre, mais ils se rendaient compte qu'il y avait plus de deux chevaux dans le bois de pins où ils avaient attaché Whinney et Rapide. Ils ne voyaient rien, mais le bruit des sabots ne laissait aucun doute. Ayla s'élança en direction du bruit, se prit le pied dans une racine et chuta lourdement, le souffle coupé.

— Ayla ! Tu t'es fait mal ? s'écria Jondalar qui l'avait entendue tomber et la cherchait à tâtons.

— Je suis là, répondit une voix rauque et essoufflée.

Ayla prit la main que Jondalar lui tendait et au bruit de chevaux s'enfuyant dans la nuit, elle se releva prestement et ils coururent tous deux à l'endroit où ils avaient attaché leurs montures. Whinney avait disparu !

— Elle est partie ! s'écria Ayla, qui siffla et appela sa jument.

Un hennissement lointain lui répondit.

— C'est elle ! C'est Whinney. Les chevaux l'ont emmenée. Il faut que je la ramène, il le faut ! dit Ayla qui s'élança à travers bois en trébuchant.

Jondalar la rattrapa en deux enjambées.

— Ayla, attends ! On ne peut pas y aller maintenant, il fait trop sombre. Tu ne vois même pas où tu mets les pieds.

— Enfin, Jondalar, je dois la ramener !

— Nous irons la chercher demain matin, assura-t-il en la prenant dans ses bras.

— Non, demain il sera trop tard, gémit-elle.

— Non, il fera jour, et nous pourrons voir leurs traces. Nous les suivrons, et nous la ramènerons, je te le promets.

— Oh, Jondalar. Que vais-je devenir sans elle ? Whinney est mon amie. C'est ma seule amie !

Le géant blond la berça dans ses bras, la laissant pleurer tout son saoul.

— Bon ! fit-il ensuite. Allons voir si Rapide est toujours là. Il faut aussi retrouver Loup.

Ayla se souvint brusquement avoir entendu Loup hurler de douleur, et commença à s'inquiéter pour le jeune animal et aussi pour l'étalon. Elle siffla Loup, et appela Rapide avec le cri habituel.

Un hennissement lui répondit, suivi d'un cri plaintif. Jondalar se dirigea à l'endroit où il avait attaché Rapide pendant qu'Ayla cherchait Loup, guidée par ses gémissements. Lorsqu'elle l'eut retrouvé, elle voulut le caresser et sa main rencontra un liquide poisseux.

— Loup ! Mais tu es blessé !

Elle essaya de le transporter près du feu afin d'examiner la blessure de l'animal. Elle titubait sous son poids, et Loup ne cessait de gémir. Il se débattit et glissa par terre, mais réussit à tenir sur ses pattes, et marcha jusqu'au campement au prix de douloureux efforts.

Jondalar ramena Rapide pendant qu'Ayla ranimait le feu.

— Sa longe a tenu, annonça-t-il.

Habitué aux difficultés avec Rapide, Jondalar se servait toujours de corde solide.

— Comme je suis contente qu'il soit sauf, soupira Ayla en flattant l'encolure de l'étalon.

Elle l'examina soigneusement pour s'assurer qu'il n'était pas blessé.

— Pourquoi n'ai-je pas utilisé une corde plus robuste ? se reprocha-t-elle. Si j'avais été plus prudente, Whinney serait toujours là.

Mais telle était sa relation avec la jument. Whinney était une amie qui ne lui obéissait que parce qu'elle le voulait bien, et Ayla ne la mettait à l'attache que pour l'empêcher de s'éloigner. Une corde mince avait toujours suffi.

— Ce n'est pas ta faute, Ayla, assura Jondalar. Rapide ne les intéressait pas. C'est une jument qu'il leur fallait, pas un étalon. Whinney serait restée aussi s'ils ne l'avaient pas forcée.

— Oui, mais je savais qu'ils étaient dans les parages, et j'aurais dû deviner qu'ils viendraient chercher Whinney. Maintenant, elle est partie. Et Loup est blessé.

— Est-ce grave ?

— Je ne sais pas. Je ne peux pas le toucher, il a trop mal. J'ai l'impression qu'il a une côte cassée, ou une forte contusion. Il a certainement reçu un coup de sabot. Je vais lui donner quelque chose contre la douleur, et je regarderai mieux demain... avant de partir à la recherche de Whinney. Oh, Jondalar ! s'écria-t-elle en se réfugiant dans ses bras. Suppose qu'on ne la retrouve jamais... Par la Grande Mère, que deviendrais-je ?

Impression réalisée sur Presse Offset par

BRODARD & TAUPIN

GROUPE CPI

18056 – La Flèche (Sarthe), le 05-05-2003
Dépôt légal : juin 1994

POCKET – 12, avenue d'Italie - 75627 Paris cedex 13
Tél. : 01.44.16.05.00

Imprimé en France